KB083783

파라텍스트

이청준

지은이 김남혁(金南赫, Kim, Nam-Hyuk)

고려대학교 산림자원환경학과를 졸업하고 같은 학교 국문과 대학원에서 현대문학을 전공했다. 2007년 평론 부문 중앙신인문학상을 받았고, 동료들과 함께 『그래서 우리는 소설을 읽는다』(자음과모음, 2011)를 발표했다.

파라텍스트 이청준

초판 인쇄 2015년 4월 10일 **초판 발행** 2015년 4월 15일
지은이 김남혁 **펴낸이** 공홍 **펴낸곳** 케포이북스
출판등록 제22-3210호 **주소** 서울시 서초구 반포대로14길 71 302
전화 02-521-7840 **팩스** 02-6442-7840 **전자우편** kephoibooks@naver.com

값 22,000원 | ⓒ 김남혁, 2015
ISBN 978-89-94519-49-4 93810

파라텍스트

이청준

A Study of Lee Chung Jun's Paratexts
Focused on the Concept of Liberty

김남혁

케포이북스
KEPHOI BOOKS

多來에게

.

책머리에

　누군가에게 이청준과 관련해서 글을 쓰고 있다고 말하면 으레 듣던 말이 있다. '『당신들의 천국』이나 「눈길」 같이 참 좋은 소설들을 쓰신 분이죠'라며 자신의 독서경험에 기대어 나의 글쓰기를 격려해주는 말이나, '이청준의 문학 작품이 많던데 정확히 얼마나 되지요?'라며 다소 구체적인 질문을 건네주는 말이 그것이다. 말하는 방식이야 다를 수 있지만 여러 가지로 막막한 상황에서 내가 하고자 하는 일에 대해 관심을 가져주고 응원해주는 말들이라고 생각했기에 당연히 고맙게 여겼다. 그런데 참 좋은 소설은 무엇인가라는 어떻게 보면 가장 기초적인 질문이 머리에서 벗어나지 않았다. 『당신들의 천국』이나 「눈길」은 그동안 나도 즐겨 읽었던 소설이고 참 좋은 소설이라고 생각해왔는데, 그렇다면 나뿐만 아니라 많은 사람들이 그처럼 생각하는 연유는 어디에서 비롯된 것일까. 참 좋은 소설이라며 모두 한 목소리를 냈지만 서로 다른 의미를 품고서 대화했던 것일까. 참 좋은 소설은 정말 무엇일까. 마찬가지로 이런 질문들도 내게서 떠나지 않았다. 이청준의 문학 작품은 과연 몇 편이나 되는 것일까. 어디서부터 어디까지를 이청준의 문학 텍스트 전체라고 한정할 수 있을까. 텍스트 전체라는 것은 정말 무엇일까. 시간이 지날수록 격려와 응원의 말들은 내 사유를 자극하는 난제들이 되어 있었다. 이 책은 이청준의 문학 작품을 접해본 사람이라면 대개 한 번쯤 떠올렸을 이런 기초적인 두 묶음의 질문에 대한 답변을 마련하기 위해 씌어졌다.

그렇다면 대학 입시 문제로도 곧잘 출제되기에 남한 사람이라면 한번 쯤 접해봤을 이청준의 모든 텍스트들 가운데 사람들이 가장 많이 읽은 것은 무엇일까. 『당신들의 천국』일까? 아니, 「눈길」은? 「소문의 벽」인 가. 아무래도 등단작 「퇴원」이 아닐까. 한때 유행했던 '허무 개그'식 답 변일지 모르겠지만 나는 '이청준'이라고 생각한다. 그의 문학 작품을 단 한 편도 읽어보지 않은 사람에서부터 전문적으로 그의 작품을 반복해서 읽어왔던 수많은 연구자들에 이르기까지, 서점과 책을 연애 코스의 일 부로 활용하는 사람들에서부터 그것들을 신전이나 성서만큼이나 소중 하게 여기는 사람들에 이르기까지 '이청준'이라는 이 세 글자 텍스트를 읽어보지 않은 사람은 아마 없을 것이다. 그렇기에 대개 사람들은 이청 준의 작품을 실제로 읽지 않더라도 이청준이라는 이름에 익숙하다. 나 를 포함해서 나름대로 열심히 이청준을 읽은 사람들 역시 이청준이라는 이름에 계속해서 익숙한 것 같기도 하다. 어느 연구자가 다른 맥락에서 붙여준 별명이지만, 그야말로 '국민작가 이청준'이다. 그런데 참 좋은 소설을 남긴 이청준이라는 이렇게 작고도 익숙한 세 글자 텍스트가 그 의 문학 전체를 살펴보는 데 다소 큰 영향을 주고 있다고 여겨진다. '이 청준', 이것은 단순한 이름이기 이전에 이청준의 텍스트 전체를 독해하 는 데 중요한 영향을 주는 이른바 '국민텍스트'가 되어 있는 것은 아닐 까. '이청준', 이 세 글자는 이청준 문학 작품이라고 말하기에는 부족하 고 작품의 외부에 놓여 있지만 그의 문학 작품 전체에 지대한 영향을 미치기에 문학 작품을 초과하며 작품의 가장 핵심부에 위치해 있다. 다시 말해 '이청준' 이것은 중심텍스트라고 단언할 수도 없고, 완전히 주변텍스트라고 무시하지도 못하는 이상한 위치에 놓여 있다. 이렇게 중심과 주변 사이에서 언제든지 중심을 전복할 수 있지만 종종 많은 사람들이 간과하는 텍스트를 이 책에서는 파라텍스트(곁텍스트)라고 명명했다.

그런데 현재 '이청준'은 익숙한 국민텍스트가 되면서 서서히 파라텍스트의 활력을 잃고 있는 측면이 없지 않다. 공식화되고 익숙해진 '이청준'이라는 국민텍스트가 또 다른 파라텍스트들을 선별하여 지나치게 강조하거나 과도하게 배제하고 있기 때문이다. 요컨대 하나의 파라텍스트(이청준)에 의해서 다수의 파라텍스트들이 재조정되고 있는 중이다. 마치 플라톤의 이데아처럼 우리에게 익숙한 이청준이라는 세 글자 텍스트에서 한 단계 한 단계 벗어날수록 어떤 것들은 이데아를 망각한 파편적인 텍스트들이 되어버린다.

등단작 「퇴원」을 쓰기 이전에 이청준이 공식적인 지면에 발표했던 몇몇 작품들, 이를테면 광주서중과 광주일고를 다니면서 『학원』지와 『대학신문』(고교판)에 투고했던 이청준의 산문들과 서울대학교를 다니면서 『대학신문』에 투고했던 시와 소설과 콩트 들은 '이청준'이라는 국민텍스트에 의해서 차차 망각되어 가는 파라텍스트들 가운데 하나이다. 이것만이 아니다. '관념의 작가이자 지적인 작가'인 이청준은 1970년대 군부 정권과 대립각을 세웠던 자유실천문인협의회와 어떤 관계에 있었던 것이며, 1980년 초반 구로 공단의 노동자들을 대상으로 꾸려진 YMCA 푸른세대운동의 일요교양대학에서 어떤 강연을 했던 것일까. 이 과정에서 생산되고 발표된 텍스트들은 무엇일까. 더불어 마치 장인처럼 소설이란 장르에 평생을 걸었던 이청준이 1970년대 말부터 비교적 꾸준히 발표해온 동화들은 어떻게 봐야 하는 것일까. 단지 대가의 여기로 받아들여야 하는 것일까. 한편 이청준은 김현의 두 번째 평론집을 왜 강에 던져 버렸던 것일까. 이와 다른 맥락이지만, 1969년 겨울 평생지기였던 김현과 싸운 후 2년간 소원했던 과정 이면에는 그들 간의 어떠한 문학적 세계관의 대립이 있던 것일까. 이러한 작은 텍스트들과 활동들은 그가 평생 써왔던 소설과 어떤 영향 관계에 놓여 있는 것일까. 그런데 왜 유독 1980년대에 이청준의 작품 수가 갑자기 줄어든 것일까. 문학 텍스트가 줄어든 대신 당시 이청준이 문학상을 받거나 심사하면서 남긴 무수한 텍스트들은 어떤 내용을 담고 있을까. 1980년대 이청준의 소설은 당대 어떤 작가보다 가장 많이 드라마로 개작되었다는데, 그 드라마들은 어떤 모습을 띠고 있으며 가장 많이 개작된 이유는 무엇일까. 참 좋은 소설을 남긴 지적인 작가 이청준이라는 국민텍스트에 익숙해지면 익숙해질수록 사라지는 것은 이 같이 작은 텍스트들이고, 어떻게 보면 전혀 '문학적'이지 않은 가십 성향의 질문들이다.

그렇지만 이 책은 이렇게 자잘하고 파편적인 텍스트들과 질문들이야말로 진정 문학적인 것이자 그야말로 중심텍스트에 육박하며, 반대로 『당신들의 천국』이나 「눈길」과 같은 이른바 이청준의 대표적인 텍스트들이야말로 특정 시대의 권력과 담론의 질서에 의해 이루어진 하나의 허구적 산물이라는 식의 고압적인 주장을 내세우진 않는다. 그러한 사유는 기존의 견해들과 방향만 다를 뿐이지 또 다른 억압적 권력과 질서를 조장하는 일에 불구하기 때문이다. 더구나 평생토록 억압 없는 질서를 갈망했던 이청준의 문학 텍스트를 두고서 또 다른 억압적 질서를 짜려는 것은 어울리지도 않고 말이다. 다만, 하나의 파라텍스트였던 '이청준'이 일종의 국민텍스트가 되면서 사라지게 된 여러 파라텍스트들을 하나하나 찾아보고 함께 음미하고 독해해보길 원했다. 그 과정을 통해서 이청준의 전체 텍스트는 무엇이고 더 나아가 좋은 소설이란 무엇인지 답해볼 수 있는 다른 사유들이 추동될 수 있다고 생각했기 때문이다.

만년의 이청준은 한 대담에서 '삶 가운데서 개체들의 체험을 존중하고 드러내는 것, 경험의 진실을 옹호하는 것'이야말로 문학의 임무라고 힘주어 말했다. 그런데 그가 막 등단하고 얼마 지나지 않은 시기, 문학사적으로 순수와 참여의 이분법이 재등장하여 문학의 가치를 두고 거친 의견들이 팽배하던 이 시기 청년 이청준은 한 좌담에서 자신은 문학의 실천적 측면이야말로 중요한 문제로 여기며 그것을 지지한다고 말했다. 알레고리 기법과 액자 형식과 사변적 서사를 주로 구사했던 관념의 작가 이청준이 말이다. 이것은 말과 행동, 또는 작가의 문학적 세계관과 실제 창작된 작품상의 괴리를 보여주는 것은 아니라고 생각한다. 이청준에게 경험의 진실과 삶의 구체성과 문학의 실천성은 모두 사변과 추상과 순수의 반대말이 전혀 아니다. 오히려 그것들은 바로 그러한 이분법의 폭력성을 거부하고 극복하는 것을 표현하는 말들이다. 그러므로 이청준 문학의 실천은 (새로운) 실천이면서 (통념의) 실천이 아니게 된다. 마치 텍스트면서 텍스트가 아닌 파라텍스트처럼 말이다. 이청준은 수많은 인터뷰와 개작 등을 통해 파라텍스트를 계속해서 양산했는데, 이청준의 문학은 그 자체가 파라텍스트의 보고라고 여겨질 정도이다. 많은 연구자들이 이청준의 전체 작품의 수효가 얼마냐는 단순한 질문에 머뭇거리는 이유가 바로 여기에 있다. 어떤 때 소설이었던 작품이 다시 동화가 되어 있거나 산문이 되어 있고, 어떤 텍스트들은 중간 중간 잘리거나 다시 연결되거나 수정되어 또 다른 작품의 일부로 활용되기도 했다. 하지만 이같이 활발하고 변화무쌍한 문학 텍스트만이 아니라 그가 평생토록 옹호했던 독특한 '실천'과 '구체성', 그리고 이 모든 것들을 아우르는 '자유'라는 문학적 세계관이야말로 파라텍스트의 활력 그 자체라고 여겨진다. 중심과 주변 사이에서 진동하는 파라텍스트처럼 이청준은 전근대와 근대, 고향과 도시, 순수와 실천, 평등과 자유 등등의 이분법적 대립물들 사이에서 끝없이 진동하면서 고정된 진리에 대해 언제든지 질문했고, 그것들로부터 배제된 것들과 함께 아파했다. 그 과정을 살피는 것이 또한 이 책의 주요 목표이기도 하다. 그러나 청년 이청준의 사유가 노년의 이청준의 사유와 연결되며 그것이 대단한 활력을 지니고 있었던 점에 대해 나는 변함없이 신뢰하지만, 그것을 통해 이청준을 신화할 필요는 전혀 없다고 생각한다. 그것이야말로 독특한 자유를 실천했던 '파라텍스트 이청준'을 다시 국민텍스트라는 하나의 우상으로 고정시키는 일이기 때문이다. 이 책에서 본론 6장 「소설과 자유」는 이청준의 문학적 사유가 역사적인 도정 위에서 어떤 변화와 부침을 겪으면서 힘겹게 하나의 일관성을 유지했는지 살펴보고자 했다. 그러므로 2장부터 5장에 이르는 네 개의 본론은 다소 공시적인 관점에서 서술되어 있고, 마지막 본론인 6장은 이러한 관점을 통시적인 위치에서 조정해보고자 했다. 즉, 파라텍스트 이청준의 활력을 신화화시키지 않기 위한 하나의 시도이다.

이청준은 생전에 많은 인터뷰와 대담을 했음에도 불구하고, 이를 통해 남겨진 텍스트들은 동어반복적인 경우가 많다. (실제로 한 번도 뵌 적은 없지만) 이제 더 이상 그를 직접 만나서 물어볼 수 없기에 더욱 안타깝기도 하다. 만약 지금의 내가 이청준을 만날 수 있다면, 액자 형식 서사의 목적이 무엇이고 자유에 대해서 어떻게 생각하는지 운운하는 지금까지 숱하게 반복되어온 질문은 하지 않을 것 같다. 그보다 왜 김현과 싸웠고 그의 평론집을 강에 내버렸으며, 1970년 어느 술자리에서 모든 사람들이 증오스럽다며 서럽게 울었던 이유는 무엇이고, 1980년대 홍성사의 이재철 사장이 건넨 안요한 목사의 인터뷰 녹음테이프를 반복해서 들으며 어떤 생각을 했는지, 또 서울대 출신의 동료들은 집을 사고 나름의 안락한 자리를 잡고 있을 무렵 전라남도 최고의 수재였던 이청준은 문학을 한다는 이유 때문에 어떤 때는 일 년에 두 번씩 이삿짐을 싼 채 서울 이곳저곳을 전전해야 했던 심정 속에는 자유를 실천하는 문학에 대한 자부심만큼이나 큰 어떤 증오심 같은 것이 있지 않았는지 운운하는 가십성 질문들을 쏟아낼 것 같다. 이렇게 작고 속된 것들이 문학의 전부는 전혀 아니지만 나는 분명 문학의 중요한 일부라고 생각한다. 이청준 문학을 연구 대상으로 삼아 발표된 논문들 가운데도 동어반복적인 경우가 없지 않다. 그러나 이들의 연구 활동이 모두 잘못된 것은 아니다. 나는 이들의 열정적이고 수고로운 활동들 때문에 난해하고 복합적인 이청준 사유의 많은 부분이 해명됐다고 생각한다. 하지만 그동안 우리는 '이청준' 또는 '문학'이라는 텍스트를 너무 무겁게 여기거나 장르적 구분에 한정하려는 어떤 고정관념에 익숙해 있었던 것은 아닐까. 인터뷰와 대담과 연구물들의 동어반복은 바로 이러한 태도에서 비롯되는 것은 아닐까. 물론 이청준과 문학에 대한 이들의 진지하고 무거운 태도가 손쉬운 비판의 대상이 될 수는 없다. 비판 이전에 그러한 무거운 태도의 맥락과 효과를 이해하는 자세가 훨씬 중요하다. 그렇기에 선행자들에 의해 비로소 알려지고 부각된 이청준의 문학이 있는 만큼 은폐된 것들이 있다는 점은 생각해볼 필요가 있다. 다시 한 번 말하지만 이렇게 은폐된 것들이야 말로 이청준 문학의 진짜이거나 핵심은 아니다. 오히려 핵심은 이청준의 파라텍스트들이 더 많이 발굴되고 알려져서 현재의 국민텍스트의 논리를 좀 더 객관적으로 보완하거나, 이것을 다시 수정하려는 활력들이 끊이지 않는 데 있다. 이를 위해 이 책은 정본 이청준 텍스트를 고정하는 데 사용되기보다, 파라텍스트 이청준과 이청준의 파라텍스트를 고정시키지 않는 데 활용된다면 소기의 목적을 다했다고 생각한다. 그러므로 부족한 면이 없지 않지만 무엇보다 이 책의 마지막 부분에 있는 '부록'이 다른 독자들과 연구자들에게 적극 활용되고 그곳의 오류들이 적극 수정되어 부록의 페이지가 더 확장되고 정교해졌으면 좋겠다.

이 책은 박사학위 논문을 손질하고 매만진 것이다. 여기 실린 글을 가장 먼저 읽고 알기 쉽게 지도해주셨던 다섯 분의 선생님들께 감사의 인사를 드린다. 실제 논문 심사가 아니었다고 하더라도 이 분들이 발표했던 글들을 읽으며 나의 20대와 30대 전반부가 성장했고, 문학과 삶 전반에 대해 많은 것들을 배울 수 있었다. 그 가르침들에 대해 다시 한 번 감사의 인사를 드리고 싶다. 특히 6장 「소설과 자유」 부분은 심사위원 한 분의 아이디어와 견해가 각주 없이 많이 활용되었다. 이 파트에 오류가 있다면 그것은 전적으로 나의 책임이지만, 이청준 텍스트에 대한 통시적인 관점을 마련할 수 있도록 나를 자극해 주신 선생님께 깊은 감사의 인사를 드린다.

2015년 봄

차례_

제1장

문헌과 문자의 의미

1. 문제 제기 및 범주 설정
─파라텍스트의 관점에서 살펴본 선행 연구

"이청준은 1965년『사상계』에 단편「퇴원」을 발표하며 문단에 등단한 이후 2008년 타계하기까지 공백의 기간을 거의 찾아볼 수 없을 만큼 왕성한 작품 활동을 했다."[1] 이 서술은 비교적 최근에 발표된 특정 논문에서 인용됐지만 마치 췌언처럼 기능하기 때문에 이른바 최신 연구로서의 개별성을 드러내지는 못한다. 이청준 문학을 다룬 연구물들의 전형적인 첫 문장이라고 할 수 있을 정도로, 실제로 그 같은 서술은 지금까지

---

1 김효은,「이청준 소설의 자유 구현 양상 연구」, 한양대 석사논문, 2012.

발표된 선행 연구들의 거의 모든 첫 문장을 채우고 있기 때문이다. 물론 이러한 서술은 이청준의 문학적 이력을 간단히 소개함으로써 본격적인 연구의 시작을 환기시키는 기능을 적절히 수행한다. 하지만 문제는 이러한 문장으로 제공되는 정보들이 사실에 있어 오류는 없지만 모종의 관행에 기대어 있다는 것이다.

비슷한 시기에 발표된 다른 논문의 첫 문장은 이보다 좀 더 정교한 정보를 제공한다. "이청준은 1965년 『사상계』에 「퇴원」을 발표하면서 등단하여, 40여 년의 작품 활동을 통해 13편의 장편과 100여 편의 중단편 소설을 발표했다."[2] '공백의 기간을 거의 찾아볼 수 없을 만큼 왕성한 작품 활동'을 했다며 다소 피상적으로 전개되었던 앞의 서술은 '40여 년의 작품 활동을 통해 13편의 장편과 100여 편의 중단편 소설을 발표'했다는 서술로 보다 정밀해졌다. 그렇지만 두 번째 서술 역시 엄밀성이 떨어지는 것은 마찬가지다. 장편 소설이 '13편'이라며 엄밀하고도 객관적이던 자세를 보여주던 서술은 이청준이 발표한 중단편 소설의 수효를 검증하고 그의 문학적 이력의 시간을 언급하려는 순간 어느새 '100여 편'이나 '40여 년'이란 표현에서 보듯 유보적인 태도를 드러낸다. 분량이 적은 평문이나 소논문이 아니라 학위 논문처럼 전체적인 관점에서 이청준 소설을 독해해보려는 의욕을 드러낸 선행 연구들 역시 이와 같이 엄밀성이 떨어지는 첫 문장[3]으로 시작하는 것은 마찬가지다. 작가가

---

2 서철원, 「이청준 소설의 주제구현 양상 연구」, 전북대 석사논문, 2012.

3 실제로 선행 연구들의 '첫 문상'에서부터 위와 같은 문장이 서술된 경우는 빈번하지만, 당연히 여기서 문제 삼고자 하는 것은 엄밀하지 못한 전형적인 문장이 등장하는 위치는 아니다. 첫 문장이 아니더라도 위와 같은 서술을 많은 선행 연구들은 공유하고 있다. 이 논문이 문제 삼고자 하는 것은 그러한 전형적인 문장을 공유하게 만드는 어떤 관행이자 그 원인이다.

작고한 이후에 발표된 논문은 말할 것도 없지만, 그 이전에 발표된 논문들[4] 역시 전체적인 독해의 필요성에 공감하고 그것을 논증하고자 하는 의욕은 충만하지만 이와 같은 전형적인 첫 문장을 공유하고 있다. 보통 작품론이라고 불릴 수 있는 계통의 연구물들은 특정 작품을 정밀하게 독해할 수는 있지만, 해당 작품으로 도출된 특성을 이청준 문학 전체의 특성으로 과장하거나 일반화시킬 우려가 있기 때문에, 이를 극복하기 위해 그의 문학에 대한 전체적인 독해를 시도하려는 의도와 의욕은 충분히 설득력이 있다.[5] 그렇지만 전체적인 독해의 필요성을 언급하면서도 이청준 문학의 '전체'라는 것이 실제로 어디부터 어디까지 해당하는지 말해주는 논문은 거의 찾아보기 힘들다. 이처럼 이청준 텍스트의 물

---

4 작가가 작고하기 이전인 2004년에 발표된 논문임에도 연구자는 스스로 "이청준 소설을 총체적인 관점에서 살펴보고자"한다며 적극적인 의욕을 보여주고 있지만 다음과 같이 전형적이고도 엄밀하지 않은 서술로 논문을 시작하고 있다. "이청준은 1965년 『사상계』 신인문학상에 「퇴원」이 당선되어 등단한 이래 현재까지 왕성한 창작활동을 지속하고 있는 작가이다. 지금까지 발표된 작품으로는 장편 소설이 14편이고 단편 소설 및 중편 소설에 해당하는 작품들은 백여 편을 상회할 정도로 방대하다." 장편 소설 14편 운운하며 엄밀성을 드러내던 서술은 갑자기 단편 소설과 중편 소설을 언급하려는 순간 '백여 편' 운운하며 유보적인 태도를 드러낸다. 이청준 문학에 대한 전체적인 독해를 시도한다는 식의 거창한 의욕을 드러냈음에도 불구하고 시작부터 이처럼 엄밀하지 않은 서술이 선행 연구들에서 계속해서 반복되는 원인은 어디에서 비롯되는가. 엄밀하지 못한 연구자의 자세에서 비롯된 것이기도 하겠지만, 주원인은 문학 텍스트의 범주를 구획하는 연구자들의 관습적인 인식과 이청준 문학이 지니는 장르적 혼종성 때문이다. 주지영, 「이청준 소설에 나타난 '고향'의 변모양상과 주체의 동일화」, 서울대 석사논문, 2004.

5 이청준 사후에도 그의 작품을 전체적인 시야에서 살펴보는 대신 특정 작품의 성격을 주밀하게 독해하는 작품론들은 지금까지 많이 발표되어 있다. 물론 작품론 자체가 문제는 아니다. 진정 문제는 그런 연구물들 가운데 과도한 일반화의 오류를 드러내는 경우에 있다. 이를테면 그동안 거의 상찬으로 일관됐던 이청준 소설에 대해 설득력 있는 비판을 제시했다는 데 의미가 있는 작품론이지만, 연구자 스스로 인정했듯이 「소문의 벽」 단 한 편을 통해서 이청준 소설의 '탈권력적 권력'의 특성을 논하는 것은 무리가 있다. 이선영, 「'탈권력'을 위한 권력적 글쓰기」, 『국어국문학』 162, 2012.

질성 그 자체를 검토하는 단계를 거치지 않은 채 추상적인 해석만을 누적시키는 연구물들이 계속해서 발표되는 원인은 무엇인가. 다르게 질문하면, '장편 소설 14편에 중단편 소설 100여 편' 운운하는 표현에서 볼 수 있듯이, 사실을 말하지만 엄밀하지 않은 서술이 계속해서 선행 연구들에서 반복되는 이유는 무엇인가. 지금까지 발표된 많은 수의 학위 논문들은 대개 선행 연구들의 목록은 차분히 검토했지만 정작 연구의 대상인 이청준의 작품 목록 전체는 정리하지 않았다.[6] 물론 이청준의 작품 목록을 정리하는 것만이 연구의 최종 목적이 될 수는 없고, 그러한 과정을 생략한 연구들이 무조건 한계를 지니는 것은 전혀 아니다. 하지만 이청준 문학의 전체를 살펴보겠다던 선행 연구들의 과잉된 의욕이 텍스트에 대한 통념을 의심 없이 받아들인 데에서 비롯되었거나 도리어 그러한 통념을 확고하게 구축하는 데 일조했다는 점은 문제 삼을 필요가 있다. 과연, 이청준 텍스트 전체는 어디서부터 어디까지인가. 앞서 인용된

---

6 학위 논문은 아니지만 이청준의 작품 목록을 정리하고자 시도한 사례가 없는 것은 아니다. 이청준 소설들을 수록하거나 연구 대상으로 다루고 있는 몇몇 단행본들과 연구서들은 그의 작품 목록과 문학적 이력을 정리하고자 했다. 수록작의 서지사항이나 그의 문학적 이력을 일종의 부록으로 정리하여 제시하는 단행본은 다음과 같다.
• 작품집 : 『별을 보여드립니다』(일지사, 1971), 『가면의 꿈』(일지사, 1975), 『예언자』(문학과지성사, 1977), 『자서전들 쓰십시다』(열화당, 1977), 『잃어버린 말을 찾아서』(문학과지성사, 1981), 『시간의 문』(중원사, 1982), 『나』 1(청람, 1987), 『새가 운들』(청아출판사, 1991), 『가해자의 얼굴』(중원사, 1992).
• 비평집 : 『우리시대의 작가연구총서-이청준』(은애, 1979), 『박경리와 이청준』(민음사, 1982), 『이청준론』(삼인행, 1991), 『작가세계-이청준 특집』(세계사, 1992 가을), 『이청준 깊이 읽기』(문학과지성사, 1999). 하지만 이러한 단행본들이 제공하고 있는 정보에는 오류가 적지 않고 문학 작품에 대한 시대적 통념 때문에 누락된 작품들 역시 적지 않다. 일례로 이청준의 산문들과 동화들의 목록은 위의 책들에서 단 한 번도 정리되지 않았다. '소설'만이 이청준 문학이라는 식이 통념이 작용했기 때문이라고 판단되는데, 이는 특히 산문과 동화와 소설에 대한 장르적 경계가 명확하지 않았던 이청준 문학을 전체적으로 살펴보는 데 장애가 된다.

서술이 알려주듯이 이청준은 정말 공백기 없이 소설을 발표했는가. 유독 소설 발표수가 현저하게 줄어든 1986년 어름은 공백기로 볼 수는 없는가. 작가 스스로 소설 쓰기를 그만두고 싶었을 정도로 창작에 대한 피로감을 느끼던 기간이라고 말한 1990년대 무렵은 어떠한가.[7] 오히려 소설 발표가 줄어들고 동화처럼 소설 장르가 아닌 글쓰기와 문학상 심사처럼 창작 외적 활동이 활발해지는 이 기간에 그가 발표했던 여러 가지 부수적인 텍스트들은 그의 문학 전체에 포함될 수 없는가. 이청준의 문학적 이력이 1965년 등단 이후부터 시작한다고 보는 통념은 무리 없이 받아들일 수 있는가. 그렇다면 그가 등단 이전부터 발표했던 다수의 산문과 시와 소설은 살펴볼 이유가 없는가.[8] 1965년 이후 이청준이 발표한 '소설'들만이 그의 문학의 전체인가. 이를테면 '산문'이란 장르명을 달고 발표되었다가 별다른 내용 수정 없이 '소설'이란 장르명 아래 다시 발표된 「조물주의 그림」[9]은 이청준 문학의 전체 범주에서 생략되어야 하는 것인가. 이청준이 발표한 수많은 동화들은 그의 '전체' 텍스트 안에 수용될 수 없는가. 이청준의 전체 텍스트가 1965년 등단 이후에 발표된 소설들에 국한된다는 암묵적인 통념을 의심하지 않는 한 이러한 질문들의 연쇄는 끝없이 나열될 수 있다. 이처럼 이청준의 문학적 이력

---

7 이청준, 「소설 부문 심사 소감」, 『문학과사회』, 1990 가을.

8 등단 이전에 발표된 이청준의 텍스트들은 다음과 같다. 「닭쌈」(산문, 『학원』, 1958.5), 「바다, 오늘」(산문, 『대학신문(고교판)』, 1959.2.9), 「오늘」(산문, 『대학신문(고교판)』, 1959.3.28), 「나무로 천년을 살다」(시, 『대학신문』, 1960.9.26), 「승자상(勝者像)」(콩트, 『대학신문』, 1960.11.14), 「영점(零點)을 그리는 사람들」(연재소설, 『대학신문』, 1961.11.6∼12.21).

9 이청준, 「조물주의 그림」(산문), 『현대문학』, 2007.2; 이청준, 「조물주의 그림」(소설), 『그곳을 다시 잊어야 했다』, 열림원, 2007.

을 1965년부터 시작한다고 보고, 그의 전체 문학은 '소설'에 국한된다는 식의 통념을 선행 연구들은 의심 없이 받아들였다. 이 같은 이유 때문에 지금까지 누적된 선행 연구들의 수효는 거대하지만 분석되는 작품들은 중복되었고 이로써 이청준 문학에 대한 일종의 해석적 공전(空轉) 현상이 발생했다고 판단된다. 이청준의 문학 전체를 파악하기 위해서는 일단 '텍스트 전체'라는 통념을 의심할 필요가 있다. 그렇다면 다시, 이청준 소설의 전체는 무엇인가. 아니, "어디까지를 텍스트라고 부를 수 있을까."

텍스트를 자세히 들여다보면, 텍스트를 이루는 요소들이 간단하고 단순하지 않다는 것을 알 수 있다. 우선 제목과 필자의 이름, 그 다음 책 뒤표지나 앞날개에 붙어 있는, 물론 없을 수도 있는 요약문들과 필자 소개문들 — 맨 첫 페이지나 맨 마지막 페이지에 붙어 있는, 이것 또한 없을 수도 있는 인용문들 — 띠지에 쓰인 글들. 이런 것들은 텍스트에 속하는가, 안 속하는가? '어디까지를 텍스트라고 부를 수 있는가'라는 우스꽝스러운 질문도, 그 문제에 허심탄회하게 접근하면, 그리 간단한 문제가 아니라는 것이 분명해진다. '텍스트와 관련된 모든 것이 다 텍스트이다'라고 동어 반복적으로 쉽게 말할 수는 없다. 우선 제목과 필자의 이름에 대해 그것을 텍스트라고 분명히 말할 수도 없지만 아니라고 말할 수도 없다. 그 다음의 것들은 더 말할 나위도 없다. 그 문제에 대한 비교적 합리적인 접근은 제라르 쥬네트라는 프랑스의 한 비평가에 의해 행해졌는데, 그는 텍스트에 붙어 있는 모든 것을 곁다리텍스트(paratexte)라고 부르기로 제안하고 있다.[10]

사전에 없는 쥬네트의 조어 '파라텍스트(paratexte)'를 김현은 "곁다리텍스트"로 번역하며 그 사례로 책들의 서문을 언급하고 있는데, 무엇보다 이때 그가 접두사 'para'의 번역어로 '곁다리'라는 어휘를 선택한 것은 흥미롭다. 왜냐하면 김현은 '곁다리'를 '부수적인 것'이라는 국어사전의 의미로만 파악하지 않고, 그와 더불어 '곁'이 주는 공간적 함의와 '다리'라는 어휘에서 환기되는 연결성을 고려하고 있기 때문이다. 그에 따르면, "책 뒤표지나 앞날개" "맨 첫 페이지나 맨 마지막 페이지"처럼 중심텍스트 곁에 붙어 있는 부수적인 곁다리텍스트들은 "텍스트와 그것을 쓴 사람 사이의 가교"이자 "사람과 텍스트에 다 같이 관련을 맺고 있"는 텍스트이다. 그런데 김현이 '다리'(가교)의 기능을 작가로부터 텍스트를 거쳐 독자에게 일방향적으로 진행되는 사유 흐름의 보조 장치 역할로 파악하지 않았다는 점은 주목을 요한다. 왜냐하면 파라텍스트가 지니는 가교의 기능은 텍스트를 둘러싼 저자와 독자 사이의 사유를 "중층적으로 용해하"는 기능을 수행하기 때문이다. 그렇기에 파라텍스트는 저자와 중심텍스트의 사유를 독자에게 좀 더 이해하기 쉽게 전달하는 기능에 국한되지 않는다. 오히려 파라텍스트라는 다리를 통해 중심텍스트는 전복되고 곡해되고 오독된다.

---

10 인용문 단락 앞뒤에 큰따옴표로 인용된 표현과 문장 들 역시 같은 지면에 쓰인 김현의 것들이다. 김현, 「서문과 독자」, 『존재와 언어 / 현대 프랑스 문학을 찾아— 김현문학전집』 12, 문학과지성사, 1992, 437쪽. 참고로 이 글이 최초로 발표된 지면은 『문예중앙』(1985 가을)이고, 김현이 언급하고 있는 쥬네트가 본격적으로 파라텍스트에 대한 연구서(*Seuils*, Paris : Editions du Seuils, 1987)를 발간한 시기는 1987년이다. 김현과 쥬네트가 발표한 글의 연도를 고려하면, 아마도 김현은 쥬네트의 1987년도 저서 *Seuils*가 아니라 1982년도 저서 *Palimpsestes*(*Palimpsestes : La littérature au second degré*, Paris : editions du Seuil, 1982)에서 언급되는 파라텍스트의 개념에 대해 읽었다고 판단된다.

이처럼 김현이 정교한 번역어를 선택하기 위해 고심했듯이, 파라텍스트라는 조어를 만들었던 쥬네트 역시 그것의 의미를 명료히 개진하기 위해 공들였다.[11] 파라텍스트는 'para'의 함의에서 이해될 수 있듯이 미달되지만 특별하다는 의미를 지니고, 중심텍스트도 아니면서 그렇다고 완전히 불필요한 텍스트도 아니기에 중심과 주변의 사이(threshold)에 위치하며, 마치 생물학에서 언급하는 삼투작용처럼 텍스트들을 사이에서 농도가 다른 사유들을 이동시키고 확산시키는 일종의 반투막의 기능을 수행한다. 그렇지만 중심텍스트와 주변텍스트라는 구분이 시대적 통념에 기반 하여 이루어지기 때문에, 파라텍스트는 불변의 고정된 자리를 지닐 수 없다. 그것은 단지 중심과 주변 사이라는, 의미가 고정될 수 없는 자리에 위치할 뿐이다. 결국 파라텍스트는 텍스트를 분류하고 평가하는 관점과 시대와 사람에 따라 달라질 수밖에 없다. 요컨대 모든 텍스트는 파라텍스트이고, 파라텍스트는 텍스트이다. 다르게 말하면, 파라텍스트가 없는 텍스트는 없고, 텍스트 없는 파라텍스트 역시 없다.[12]

앞서 김현이 언급했듯이 쥬네트는 이처럼 파라텍스트를 정의하는 것

---

11 이후 서술되는 쥬네트의 견해는 다음의 영문 번역서를 참고했다. 위 본문에서 언급되는 "threshold", "peritext", "epitext" 등과 같은 개념어는 쥬네트가 선택한 프랑스어 단어가 아니라 번역자 Jane E. Lewin이 선택한 영어 단어이다. Gérard Genette, trans. Jane E. Lewin, *Paratexts-Thresholds of interpretation*, NewYork : Cambridge University Press, 1997. 참고로 이 책은 각주10번에서 언급했던 쥬네트의 저서 중 1987년도 책인 *Seuils*를 번역한 것이다.

12 물론 쥬네트는 파라텍스트만으로 존재하는 예외적인 텍스트도 있다고 말하고 있다. 현재까지 제목만 알려진 채 본문이 발굴되지 않은 고전들이 바로 파라텍스트만으로 존재하는 텍스트들이다. 더불어 그는 이처럼 텍스트 없는 파라텍스트들이 독자들의 상상 속에서 텍스트보다 더 많은 사유를 자극할 수 있다고 말하기도 한다. 이러한 언급은 'para'의 함의 그대로 파라텍스트가 텍스트보다 미달되지만 동시에 텍스트보다 특별한 기능을 수행할 수 있음을 보여준다.

에서 더 나아가 그것을 좀 더 체계적으로 정리해보고자 했다. 그는 파라텍스트를 구성하는 요소들을 공간, 시간, 물질, 실용적 기능이라는 네 범주에 따라 구분한다. 먼저 텍스트에 위치하는 공간에 따라 파라텍스트는 텍스트 안쪽을 구성하는 페리텍스트(peritext)와 바깥을 구성하는 에피텍스트(epitext)로 구분할 수 있다. 동일한 단행본 안에 서술된 서문, 제목, 소제목, 작가노트 등은 페리텍스트이고, 단행본 밖에 위치하는 작가의 인터뷰, 대담, 일기, 편지 등은 에피텍스트이다. 이 같은 쥬네트의 구분법을 따르면 이청준의 문학 텍스트들은 그야말로 흥미로운 파라텍스트의 보고이다. 가령 최초로 발표된 「기로수 씨의 마지막 심술」 (1981) 안에는 오규원의 "實名小說·李淸俊" 「손해보는 원고」가 첨부되어 있고, 「눈길」(1977)의 최초 텍스트에는 이후에 발간된 단행본들에서 누락된 '작가노트'가 첨부되어 있다.[13] 오규원의 실명소설과 이청준의

---

13 오규원의 실명소설과 이청준의 작가노트는 다음의 지면을 참고할 것. 오규원, 「실명소설·이청준─손해보는 원고」, 이청준, 「기로수 씨의 마지막 심술」, 『소설문학』, 1981.2, 60쪽(오규원의 소설은 "기로수 씨의 마지막 심술"이란 제목 아래 함께 실려 있다); 이청준, 「눈길」, 『문예중앙』, 1977 겨울, 210쪽. 참고로 오규원의 소설과 다르게 「눈길」에 대한 이청준의 '작가노트'는 비교적 분량이 적기 때문에 전문을 인용하면 다음과 같다. "'알고보니 소설의 절반쯤은 늘 자네의 고향이나 고향 노모와 함께 써오고 있었더구먼.' 한 친구가 내게 그런 말을 하는 걸 듣고 난 후 정말 그럴는지도 모른다는 느낌이 들었었다. 그러나 나는 고향과 노모에게 보답할 것이 아무것도 없었다. 그러나 언젠가 윤흥길 씨의 작품집 『황혼의 집』을 읽다가 『장마』에 나오는 그 숙명 같은 우리들의 어머니, 속으로는 누구보다 아프고 서러우면서도 겉으로는 언제나 '암시랑토 않아' 보이려는 노인들을 만났었다. 소설쟁이가 남의 소설을 읽다가 그러기는 드문 일인데 나는 오랜만에 콧날이 찡해오는 감동으로 그 우리의 어머니를 만나고 있었다. 그리고 나는 비로소 내가 나의 늙은 어머니에게 뭔가를 갚아드릴 수 있는 작은 보답의 길을 찾아냈다. 『눈길』은 나의 노모가 소설 안에서나마 그 『장마』의 노인들과 함께 만나 당신들끼리 서로 위로가 되고 의지가 되어서 당신들의 삶이 조금은 덜 아프고 덜 가난하고 그리고 덜 외로와지이시다싶은 소망에서 꾸며본 글이다. 그런 뜻의 副題라도 붙이려다 우선은 기회를 미뤄둔 것이다."(이 인용문은 현재와 다른 띄어쓰기와 '외로와지이시다싶은' 등과 같은 구어적인 표현을 수정하지 않은 채 이청준의 서술을 그대로

작가노트는 개별 소설들이 단행본으로 묶이면서 주목 받지 못한 파라텍스트(쥬네트의 구분법에 따르면 페리텍스트)이다. 문예지에 발표된 단편들이 단행본에 수록되는 과정에서 알려지지 않은 상업적인 논리가 작동했을 경우를 고려해야 하기에 객관적인 논증은 어렵겠지만, 이러한 파라텍스트들이 이후 이청준의 단행본들에서 사라지게 된 이유와 선행 연구들마저 이러한 텍스트를 경시하게 된 원인에는 소설이란 장르만을 이청준의 문학 텍스트로 간주하는 통념이 큰 자리를 차지하고 있었다고 판단된다. 중심텍스트와 주변텍스트와 파라텍스트에 대한 경계가 영원히 고정될 수 없다면, 이러한 파라텍스트들의 사례들은 언젠가 중심텍스트가 되거나 중심텍스트를 전복시킬 것이기에 이청준 문학을 전체적으로 살펴보려는 연구라면 당연히 손쉽게 간과할 수 없는 부분이다.

한편 쥬네트는 시간적 속성에 따라 파라텍스트를 구분하기도 한다. 단행본이 발간되기 이전에 작성되는 텍스트들(prior paratext)과 이후에 발표되는 텍스트들(later paratext, delayed paratext)이 여기에 속한다. 구체적으로는 단행본이 출판되기 전에 출판사를 통해 신문이나 잡지 등에

옮긴 형태이다—인용자) 이 파라텍스트는 이청준이 「눈길」(1977)을 발표하기 이전에 윤흥길의 소설 「황혼의 집」(『현대문학』, 1970.3)과 「장마」(『문학과지성』, 1973.3)를 읽었다는 사실을 알려준다. 이청준이 윤흥길의 소설들을 어떤 판본으로 읽었는지는 알 수 없지만 시기를 길게 잡아 「황혼의 집」이 최초로 발표된 1970년부터 「눈길」이 발표된 1977년 사이에 그는 고향과 어머니에 대해서 증오심보다 부채감을 느끼고 있었다는 것을 알 수 있다. 실제로 1976년, 그는 고향을 떠난 지 15년 만에 고향집을 찾아 가고, 자신의 "고향길이 늦어진 것"을 질책하면서도 반갑게 맞아주는 친구 김천옥(金千鈺)에게 부끄러움과 고마움을 느낀다. 이러한 파라텍스트들이 전하는 비교적 단순한 사실들을 종합하면, 이청준의 「눈길」은 그의 문학적 계보 속에서는 보통 후기 계열이라고 언급되는 한과 용서의 주제를 드러내는 작품일 뿐이지만 실제로 그는 이 작품을 발표하기 이전부터 고향과 어머니로 대표되는 한과 용서의 주제를 진지하게 생각하고 있었다는 사실을 알 수 있다. 이청준의 고향 방문과 관련된 에세이는 다음을 참고. 이청준, 「육자배기처럼 살더니」, 『새농민』, 1976.11.

발표되는 광고나 안내문이 전자에 해당하고, 초간본 이후의 개작된 작품과 새로운 판본에 첨부되는 작가노트와 작가 사후에 첨부되는 편집자 안내나 비평 등이 후자에 해당된다. 이청준은 간단한 서술에서부터 서사 자체에 이르기까지 자신의 작품을 수없이 수정했으며, 제목을 바꾸는 경우 역시 빈번했고, 개별적으로 발표했던 작품을 다시 묶어서 연작 형태로 발표하기도 했으며, 산문으로 발표했던 텍스트를 소설에 삽입하거나 동화로 재발표하는 등 장르적 구속에 얽매이지 않았다. 그 과정에서 끊임없이 파라텍스트는 생산됐고 더불어 사라졌다. 즉 파라텍스트는 고정된 자리를 지니고 있지 않는 만큼 영원히 지속되는 텍스트가 아니다. 출판사의 편집자나 작가 자신의 의도 등 여러 요소들에 의해 파라텍스트는 양산되고 또한 사라진다. 이러한 생각을 좀 더 극단적으로 진행시키면 이청준 문학 텍스트에서 정본을 따지는 일은 불가능할 수 있고, 다만 이청준 문학은 파라텍스트 그 자체라고 말할 수도 있다. 그렇기에 그의 문학 '전체'를 살펴보기 위해서는 정본이라고 알려진 텍스트들(전집이나 단행본)을 모두 읽어보는 것만으로 만족할 수 없고, 오히려 텍스트의 변화 '과정'에 주목할 필요가 있다. 그런데 기존 선행 연구들과 심지어 더 이상 텍스트의 물질적 변화가 중단된 시기인 작가 사후에 발표된 연구들마저도 이청준의 문학이 고정된 진리를 고압적으로 주장하는 대신 액자 소설이나 추리 소설의 형식을 통해 진리를 추구하는 '과정' 자체를 드러낸다는 식의 전형적인 해석을 반복했음에도 불구하고, 그들의 연구 자세는 텍스트의 변이 과정 대신 고정된 텍스트(전집)에 집중하는 역설적인 한계를 드러냈다고 판단된다.[14]

파라텍스트를 구성하는 세 번째 요소로 쥬네트는 물질적 속성을 언급한다. 작가의 나이와 성별과 출생지, 문학상 수상 이력, 작품이 발표된 시기, 장르명(표지에 쓰인 장르에 대한 안내 문구) 등이 이에 속한다. 이러한 파라텍스트들은 작품의 전후 맥락(context)을 드러내는 객관적인 정보에 불과하지만 독자들의 텍스트 해석에 지대한 영향을 미친다. 한편 쥬네트는 파라텍스트를 구분하는 네 번째 기준으로 실용적 기능을 언급하고 있는데, 이 범주는 세 번째 범주인 물질적 속성과 연결해서 살펴볼 수 있다. 작가의 인터뷰와 대담 등은 실용적 기능을 수행하는 대표적인 파라텍스트이다. 더불어 작가의 부탁을 받은 사람에 의해 쓰인 대필 텍스트나 작가의 이름이 가명이나 필명 등으로 반 쯤 숨겨진 채 발표되는 텍스트들 역시 실용적 목적을 위해 발표되는 파라텍스트들이다. 이러한 파라텍스트들은 모두 객관성을 지니고 있다는 공통점을 지니지만 일종의 수행문처럼 객관적 정보를 전달하는 것 이상으로 독자들의 사유와 행동을 자극한다. 예를 들어 '소설'이라는 장르명은 독자에게 '이 텍스트를 논픽션이 아닌 픽션으로서 읽으라'는 암묵적인 강요의 메시지를 전달한다. 독자가 이러한 메시지(파라텍스트)에 구속되거나 반발함으로써 텍스트는 전혀 다르게 해석된다. 이청준의 경우 인터뷰와 대담 등의

---

14 물론 텍스트의 변이 과정을 살펴보고 여러 가지 파라텍스트들을 활용한 선행 연구가 없는 것은 아니다. 이청준의 작품이 영화로 개작되는 과정을 주목한 연구들은 이청준 텍스트들의 변이 과정과 파라텍스트들을 살펴본 대표적인 성과들이다. 다만 개작 여부를 살펴보는 연구들에도 일종의 관행이 있다고 판단된다. 이청준의 작품은 영화뿐만 아니라 연극과 드라마로도 수차례 개작되었는데, 특이하다고 여겨질 정도로 기존의 선행 연구들은 유독 영화에만 주목하고 있다. 한편 이청준 소설이 화가 김선두에 의해 그림으로 개작되는 과정에 주목한 우찬제의 연구는 개작된 영화에만 집중하던 기존의 선행 연구들과 다르게 이청준의 파라텍스트에 대한 관심의 범위를 확장시켰다는 데 의미가 있다. 우찬제, 「수사적 상황의 상호 수행적 역동성과 열린 텍스트」, 『동아연구』 53, 2007.

파라텍스트 역시 풍부하게 남아 있다. 더불어 그는 익명의 형식으로 작성한 파라텍스트를 발표하기도 했다. 이청준은 '한국문화사'에서 주간으로 일하며 『소설문예』지 1975년 7월호(창간호)부터 1976년 1월호까지 잡지 발간에 간여한 바 있다. 이 기간에 그는 『소설문예』에 '소설'을 발표하지는 않았지만 자신의 이름을 간접적으로 드러내는 편집후기와 칼럼을 발표했다. 창간호에는 "俊"이라는 약호가 본문 끝에 남겨진 편집후기가 있는데, 이 표기는 다분히 이청준(李淸俊)의 이름 마지막 글자 '준'을 연상케 한다.[15] 또 1975년 9월호에는 「소문의 문학」이라는 칼럼이 실려 있다. 이 글은 작성자의 이름 대신 "G"라는 약호와 함께 수록되어 있기 때문에 이청준이 작성했다고 단정하기는 어렵다.[16] 마찬가지로 1975년 10월호 칼럼인 「자서전은 가능한가」 역시 작성자의 이름을 "K"로 표기하고 있어서 이청준의 텍스트인지 명확히 확정하기 어렵다. 하지만 "글로 쓰는 문학" 대신 "말로 하는 문학"만이 번성하는 세태에 대

---

15 편집 후기 전체를 인용하면 다음과 같다. "우리는 누구나 발표된 小說의 讀者가 될 권리가 있으며, 보다 많은 독자를 가진 소설이 그렇지 않은 소설보다 언제나 덜 문학적일 수는 없다는 믿음을 가지고 있다. // 우리는 오히려 좋은 소설이란 보다 많은 이웃 사람들의 영혼과 정신, 정서와 인격에 관계되어야 하며, 그것은 또 우리의 시대 진실에 바탕한 보편적이고도 광범한 共感帶를 형성할 수 있어야 한다는 확신을 가지고 『小說文藝』를 창간하였다. // 그러므로 『小說文藝』는 신인이고 노장이고 간에, 어떤 경향이나 유파의 소설이고 간에 우리의 영혼을 윤택하게 가꾸어주고 각박한 현실생활에 꿈과 희망과 용기를 주는 모든 소설들이 자리를 함께 할 수 있는 韓國小說文學의 광장이 될 것이다. 作家와 讀者가 즐겁게 만날 수 있는 보람 있는 책이 되 갈 것이다." 「편집후기」, 『소설문예』, 1975.7.

16 이청준이 주간으로 활동하던 시기 『소설문예』에 발표된 칼럼들의 제목과 작성자의 약호는 다음과 같다. 「소문의 문학」(1975.9, 작성자 "G"), 「六〇年代 작가」(1975.9, 작성자 "H"), 「자서전은 가능한가」(1975.10, 작성자 "K"), 「노벨상 유감」(1975.12, 작성자 표기 누락), 「신춘문예 유감」(1976.1, 작성자 표기 누락). 참고로 1975년 7월 창간호와 11월호에는 칼럼이 발표되지 않았다.

해 비판하는 「소문의 문학」의 논자 (G)의 태도와 제목에 쓰인 '소문'이라는 단어, 그리고 자서전을 쓰기 위해서는 "자신의 과오"를 진실하게 드러내는 "뼈아픈 참회"의 과정을 반드시 통과해야 한다는 「자서전은 가능한가」의 논자 (K)의 서술 등은 「조율사」(1972)와 「소문의 벽」(1971)과 「자서전들 쓰십시다」(1976)의 저자 이청준을 충분히 연상케 한다. 이런 글들은 쥬네트가 언급했던 익명과 대필의 파라텍스트라고 볼 수 있다. 문학상 수상 경력이나 이청준의 출생에 대한 정보들처럼 눈에 띄게 드러난 파라텍스트와 더불어 이처럼 은폐되어 결국 작성자가 이청준인지 여부를 명확하게 판정하기 어렵게 된 파라텍스트 역시 그의 소설들과 함께 살펴볼 필요가 있다. 왜냐하면 파라텍스트의 "영향은 우리가 생각하는 것 이상으로 심대할 뿐만 아니라 때로 서사의 수용 과정에 지속적으로 영향을 미칠 수도 있"기 때문이다.[17]

이제 다시 처음으로 돌아가서 기존의 연구자들이 객관적 사실을 전달하면서도 엄밀하지 못한 첫 문장을 반복적으로 서술했던 이유에 대해 말할 수 있다. 무엇보다 핵심 이유는 간단하다. 이청준의 텍스트는 파라텍스트의 보고이고, 심지어 파라텍스트 그 자체이기 때문이다. 어디서부터 어디까지 소설이고 동화이고 에세이인지, 또는 어느 것이 정본이

---

17 H. 포터 애벗, 우찬제·이소연·박상익·공성수 역, 「서사의 경계」, 『서사학 강의』, 문학과지성사, 2010, 71쪽. 이 책의 번역자들은 파라텍스트(paratext)를 김현과 다르게 '곁텍스트'라고 옮기고 있다. 앞서 언급했듯이 김현의 번역어인 '곁다리텍스트' 역시 복합적인 의미를 효과적이면서도 활달하게 전달하는 장점을 지닌다. 그러나 1990년대 남한의 대학담론 안에서 번성했지만 기본적인 술어조차 통일되지 않은 채 2000년대 들어 갑자기 위축된 서사학에 대한 정교한 검토와 더불어 번역어의 통일성을 강화하는 방식의 성실한 번역서를 제출했다는 점을 존중하여, 앞으로 이 책에서 '파라텍스트'는 김현의 '곁다리텍스드' 대신 『서사학 강의』의 번역자들이 선택한 '곁텍스트'로 지칭하고자 한다.

고 어느 것이 이본인지 구별할 수 없을 정도로 그의 텍스트는 형식적 혼종성을 보이기 때문에 단편 소설 몇 편이라는 식의 확정적인 답변을 제시하기 곤란하다. '중단편 소설 100여 편' 운운하는 연구자들의 유보적인 서술이 반복되는 이유는 이청준 텍스트가 중심텍스트와 주변텍스트 사이에서 끊임없이 진동하는 곁텍스트인데도 불구하고 소설만을 텍스트로 보려는 통념에 기반하여 그의 텍스트를 검토하려 했기 때문이다. 하지만 곁텍스트는 단순히 작가의 중심텍스트(소설)를 해명하기 위한 보조 도구가 아니라 중심텍스트를 전복하고 더 나아가 문학에 대한 모종의 통념을 극복하기 위해 우선적으로 검토되어야 할 중요한 자료가 아닐 수 없다. 더욱이 '곁텍스트는 곧 중심텍스트'라는 쥬네트의 견해는 이청준 텍스트의 경우 무리 없이 적용될 수 있다고 판단된다.

곁텍스트는 겉으로 보기에 작고 잡다하고 보조적이고 순전히 다른 것(중심텍스트)을 위해 헌신하지만, 실제로는 중심텍스트를 전복하고 작가의 의도마저 배반한다. 요컨대 곁텍스트는 중심텍스트와 작가의 의도를 대리 보충한다.[18] 그렇기에 곁텍스트(파라텍스트)를 검토하는 일은 일찍이 롤랑 바르트가 거부했던 '대학비평'의 한계를 반복하는 일이 전혀 아니다. 롤랑 바르트 이전까지 대학비평은 일종의 실증주의적 연구로서 문학 연구에 과학적 객관성을 부여한다고 여겨져 왔었다. 그러나 그가

---

18 '파라텍스트'라는 술어를 전면에 내세우지 않았으며 이청준의 텍스트를 연구 대상으로 삼지는 않았지만, 번역자, 광고문, 개작된 작품, 작가소개문 등의 파라텍스트들에 대한 면밀한 검토를 통해 전체주의를 비판하는 조지 오웰의 작품이 남한에서 반공주의를 강화하는 작품(전제주의를 강화하는 작품)으로 수용된 과정을 살펴본 안미영의 연구 역시 파라텍스트가 중심텍스트를 어떤 방식으로 전복하고 왜곡하고 오독하는지 잘 보여준다. 안미영, 「해방이후 전체주의와 조지 오웰 소설의 오독」, 『민족문학사연구』 49, 2012.

보기에 작가의 자전적인 사실들로 작품을 해석하려는 대학비평은 작품 고유의 내재적 원리를 간과한 채 작가를 작품의 해석적 준거로 신화화 시킨다. 바르트는 대학비평과 더불어 해석비평 역시 거부했는데, 해석 비평은 마르크스주의나 정신분석 등의 이론을 활용하여 작품을 해석하 는 것이다. 겉으로 보기에 해석비평은 대학비평과 다르지만, 두 비평 행 위 모두 작품 외적 사실과 사유를 기준으로 하여 작품을 그것들의 사례 로 축소시키기 때문에 비평의 방법적 원리에 있어서는 동일하다. 저자 의 죽음을 주장했던 바르트는 대학비평과 해석비평의 한계를 거부하고 텍스트의 주인은 저자(저자의 자전적 사실)도 철학적 담론도 아닌 작품 그 자체이자 독자임을 주장했다.[19] 그런데 이청준 작품에서 겉텍스트를 검 토하는 일은 단순히 작품 외적 사실을 작품 해석의 압도적인 준거로 활 용하거나 반대로 작품을 작품외적 사실을 증명하는 사례로 축소하려는 행위와 무관하다. 겉텍스트가 중심텍스트를 전복하고 오독하는 기능을 수행할 수 있다면, 겉텍스트를 살펴보는 일은 이청준의 작품들을 작가 의 자전적 사실의 근거로 활용하는 게 아니라 오히려 텍스트에 대한 통 념을 의심하고 텍스트의 외적 범위를 확장하는 일이 될 수 있다. 간단히 말해 겉텍스트들을 살펴보는 일은 이청준 텍스트의 '전체'를 확장하는 일이다. 앞서 말했듯이 겉텍스트는 고정되어 있지 않다. 텍스트와 관련 된 다양한 역사적 맥락들이 겉텍스트를 양산하고 다시 소멸시킨다. 그 러므로 겉텍스트를 살펴보는 것은 텍스트가 발생했던 시대적 맥락과 흐 름을 검토하는 일과 다르지 않다. 가령 이청준의 소설들을 주제적인 차

---

19 롤랑 바르트의 비평관이 전개된 과정에 대해서는 나음의 글 1장 참고. 김남혁, 「아토 포스, 문학의 자리」, 『자음과모음』, 2012 겨울.

원에서 살펴보거나 기법적인 차원에서 접근했던 선행 연구들은 이청준 문학작품들이 발표된 시기와 맥락 등을 고려하지 않은 채 주제의 유사성을 고려해서 연속적으로 독해하거나 문학적 기법과 관련된 현실적 맥락을 살펴보지 못한 한계를 지닌다. 일례로 이청준의 소설관을 언급하는 선행 연구들은 「지배와 해방」(1977)이 이청준 문학 전체에서 어떤 맥락에 위치하는지 살펴보지 않은 채 단순히 이청준의 소설론으로 일반화했다. 대개의 선행 연구들이 언급하듯이 이청준은 자신의 소설 쓰기에 대해 등단 이후부터 영면하기까지 부단히 성찰했다. '부단한 자기 성찰'이라는 이청준 문학의 특성이 틀림없는 진실이라면, 이를테면 「지배와 해방」을 발표했던 1977년 무렵 이청준의 소설론이 2000년대 그의 소설론과 똑같을 수는 없다. 또한 형식적 기법에 주목한 연구들이 자주 언급하는 알레고리 역시 비슷한 한계를 지닌다. 알레고리가 표면의 서사 속에 현실적 맥락을 은폐하는 기법이라면, 알레고리 형식을 논증하기 위해서 먼저 서사가 은폐한 현실적 맥락을 살펴볼 필요가 있다.[20] 현실적 맥락을 고려하지 않거나, 이청준이 특정 시기에 발표한 소설론을 그의 일반적인 소설론인 것처럼 환원시키는 연구들은 모두 텍스트 옆과 앞뒤에 놓였던 곁텍스트를 살펴보지 않은 공통된 한계를 지닌다. 이와

---

20 알레고리라는 미학적 기법만을 추출하는 것이 아니라 그 기법 속에 은폐된 구체적인 현실의 맥락을 먼저 살펴보고자 했다는 점에서 장윤수의 논문은 의미가 있다고 판단된다. 다만 알레고리가 특정 시기의 현실적 맥락을 포함하면서 동시에 보편적 의미로 소설을 확장시키는 미학적 형식이라는 점을 고려할 때, 후자에 대한 탐구가 장윤수의 논문에서는 소략하다고 여겨진다. 더불어 「조율사」의 알레고리적 기법 속에 은폐된 현실적 맥락을 살펴볼 때 이청준과 관련된 파라텍스트가 거의 활용되지 않고 '산업화시대의 물신주의와 결합한 파시즘'이라는 다소 익숙한 시대 인식이 차용되었다는 점도 이 논문에서 아쉬운 지점이다. 장윤수, 「'조율사'의 우의법과 소설가의 죽음」, 『어문논집』 55, 2007.

다르게 곁텍스트를 고려할 때 이청준 문학작품들은 문학 외적 사실들로 억압되는 것이 아니라 비로소 새롭게 해명될 수 있다. 더구나 이청준의 텍스트들은 곁텍스트의 보고라 할 수 있을 정도로 다양하고 많은 곁텍스트들과 더불어 존재해 왔다는 사실을 유념할 필요가 있다.

이 책은 이청준이 남긴 산문, 르포, 시, 동화, 습작기 작품, 개작된 작품, 강연문, 인터뷰, 대담, 문학상 심사평, 문학상 수상소감문, 신문 기사, 동료 작가의 일기 등의 곁텍스트들을 적극적으로 활용하여 그동안 암묵적으로 중심텍스트라고 여겨진 그의 소설들을 다시 살펴보는 작업을 수행할 것이다.

2. 연구 방법―두 개의 자유

자유, 욕망, 개인, 회의(懷疑), 격자소설, 열린 결말 등은 이청준 소설을 분석할 때마다 따라다니는 대표적인 술어들이다. 이 단어들은 서로 모순되지 않고 상호 보완하는 방식으로 이청준 소설의 특징을 해명하는 데 활용되곤 했다. 이를테면 이청준 소설은 억압적인 권력과 제도적 질서와 집단의 비합리적 판단에 '회의'함으로써 '개인'의 '자유'와 '욕망'을 정직하게 드러내며, '격자 소설'이나 '열린 결말'은 그러한 '회의'의 방법과 내용을 심화시키는 소설적 형식으로 이해된다. 더 나아가 이러한 견해는 이청준을 포함한 『68문학』[21]과 『문학과지성』[22] 동인들의 세계관과 연결되거나 '4·19세대'나 '한글세대'라는 명명처럼 이들 작가 군의 새로움을 드러내는 데 활용되었다. 1969년 1월 창간호를 낸 후 곧 이어 종간된 『68문학』과 1970년 가을에 발표된 『문학과지성』의 권두 언에는 비슷한 내용의 선언이 표현을 달리해서 등장하는데, 그 공통된 내용은 토속적 샤머니즘과 관념적 계급의식과의 대결을 선포하는 것이 다. 이들이 거부하는 토속적 샤머니즘은 김동리를 비롯한 선배들의 전 통주의적 문학관을 뜻하며 관념적 계급의식은 백낙청을 중심으로 성립 된 민족주의적 문학관을 뜻한다. '한글세대'로 호명되곤 하는 이들에게 전통주의와 계급의식은 문학적 지향은 달라도 구체성을 결여했다는 점 에서 공통된 한계를 지니고 있다고 보았다. 이청준 소설에 붙여진 자유, 욕망, 개인, 회의, 격자소설, 열린 결말 등의 술어들의 대타항인 억압, 권 력, 제도, 집단, 소문 등은 여기서 전통주의와 계급의식의 관념성으로

---

21 1969년 1월 15일에 발행된 『68문학』에는 김승옥, 김주연, 김치수, 김현, 박태순, 염 무웅, 이청준의 이름이 편집인으로 명기되어 있다. 참고로 이 잡지에 「자유와 현실」이 란 평문을 발표한 김병익 역시 실질적으로 편집인으로 활동하였지만, 당시 『동아일 보』 기자로 재직 중이었기에 편집인으로 이름을 올리지 않았다. 『68문학』과 『문학과 지성』이 창간되는 1969년에서 1970년 가을 무렵까지의 분위기는 다음의 책을 참고. 김병익, 「회상─황인철과의 40년」, 추모문집간행위원회 편, 『'무죄다'라는 말 한마 디』, 문학과지성사, 1995; 문부식, 「문학과지성, 그 영혼의 쉼터에서」, 이석태 외편, 『'무죄다'라고 말할 수 있는 용기』, 문학과지성사, 1998; 김병익·류철균(대담), 「되 돌아봄, 둘러봄, 들여다봄」, 『우공의 호수를 보며』, 세계사, 1991; 김병익, 「김현과 '문지'」, 『자료집─김현문학전집』 16, 문학과지성사, 1993.

22 『문학과지성』창간호(가을호 제1권 제1호)의 발행일은 1970년 8월 30일이고 편집인 은 김병익, 김치수, 김현이다. 참고로 김병익은 창간호 발행일을 1970년 9월 5일로 기억하고 있지만, 실제로 잡지에는 8월 30일로 표기되어 있다. 김병익의 회상대로 '제 마─185호'라는 번호로 출판 등록이 이루어진 날은 1970년 9월 11일이다. 이러한 날짜들을 고려하면 출판 등록증이 나오기 대략 1, 2주 전에 잡지를 발행할 정도로 새 로운 문학 담론을 전개하려 했던 편집인들의 의욕은 충만했다고 판단된다. 김병익, 위의 글, 1993.

연결된다.

그런데『68문학』,『문학과지성』과 관련해서 이청준의 문학을 이해하는 데 좀 더 생각해볼 만한 추론을 가능케 하는 두 개의 일화가 있다. 하나는『산문시대』부터『68문학』에 함께 참여했던 염무웅이『문학과지성』의 동인에서 빠지게 된다는 사실이고, 다른 하나는 창간호를 발표한 후『68문학』이 나아갈 방향에 대해 토론하는 도중 김현과 이청준이 크게 싸웠다는 사실이다. 염무웅이 동인[23]에서 빠지고『창작과비평』에 참여하기까지의 과정이나 김현과 이청준이 싸운 원인에는 공개되지 않은 사적(私的) 맥락들이 포함되어 있을 것이기에 당연히 섣부른 판단을 내릴 수 없다. 더불어 이들의 탈퇴와 불화를 두고 이른바 문단 비사 운운하며 속된 호기심을 충족시키려는 행위 역시 당대 문학의 흐름을 이해하는 데 큰 도움을 주지는 않는다. 중요한 것은 사적으로 보이는 이러한 사건들로부터 그간 주목받지 못했던 이들의 문학적 의미들을 찾아내는 데 있기 때문이다. 먼저 염무웅은 그 시기를 회상하며 이렇게 말한다.

하우저 번역(1967년경,『문학과 예술의 사회사—현대편』—인용자)을 하고 '창비' 편집에 관여하면서 적극적인 의미에서 사회의식을 갖게 됐는데, 그 무렵 김지하가 자주 저를 찾아왔어요. 돌이켜보면 그게 상당히 의도적인 접근이었던 것 같아요. 아무튼 그를 통해서 김현, 김승옥과는 전혀 다른 세계에 접하게 되고 급속도로 거기 빨려 들어가게 되었죠. 저로서는 말하자면

---

23 한 대담에서 염무웅은 자신을『68문학』에 글을 보냈던 준동인(準同人)이었다고 설명하고 있다. 염무웅·김윤태(대담),「1960년대와 한국문학」,『증언으로서의 문학사』, 깊은샘, 2003, 412쪽.

방향 전환을 한 것인데, 그러고서 처음 쓴 글이 『창작과비평』 1967년 겨울 호의 「선우휘론」입니다. 그 글 때문에 선우휘 씨한테서 '사회과학파'라는 지칭을 듣게 됐고, 그 뒤 오랫동안 일종의 사상 시비에 휘말리게 됐습니다.[24]

하우저를 번역하던 무렵 염무웅은 이청준의 단편 「매잡이」(1968)[25]의 격자구조에 대해 비판적인 견해를 제시하기도 한다. "이씨(이청준−인용자)가 이 작품에서 사용한 중층적 구조는 주제의 집요한 추구가 언제나 제공해 주는 박력을 치명적으로 둔화시킨다. 억지로 꾸민 듯싶은 복잡한 복선은 작중상황의 어설픈 신비화에 기여할 뿐이며 그것은 결국 작품의 기본의도를 흐리게 하고 있다."[26] 이청준 소설에 대한 비판적 견해

---

24 위의 글, 414쪽. 하우저의 『문학과 예술의 사회사−현대편』의 초판은 1974년 5월에 출간됐지만 염무웅의 회고에 따르면 1967년경에 백낙청과 함께 번역을 시작했다고 한다.

25 이청준, 「매잡이」, 『신동아』 47호, 1968.7. 이청준은 자신의 작품을 여러 번에 걸쳐서 개작하는데 염무웅이 거론하는 작품은 당연히 대중들에게 최초로 발표된 『신동아』 소재의 「매잡이」이다. 「매잡이」의 개작 과정에 대해서는 다음의 연구를 참고할 수 있다. 정혜경, 「'매잡이'의 서술 방식 연구」, 『어문논집』 48, 2003; 이윤옥, 「텍스트의 변모와 상호 관계」, 이청준, 『매잡이−이청준 전집 2』, 문학과지성사, 2010.

26 염무웅, 「7월의 작단」(소설), 『경향신문』, 1968.7.17. 지금까지 발표된 이청준 소설에 대한 비평과 논문들에서 비판적인 견해는 쉽게 찾기 어려울 정도인데 그러한 해석들과 다르게 염무웅은 이청준 소설에 대해 비판적인 관점을 계속해서 유지하는 평론가 중 한 명이다. 그는 1971년에도 이청준 소설의 지적인 성격이 타인과 함께 살아가고자 하는 타협적 정신이 결여된 채 폐쇄적인 자기분석에만 머문다는 견해를 제시한 바 있고, 1997년의 대담에서도 이 같은 견해는 계속해서 유지된다. "그 친구(이청준−인용자)가 『사상계』에 데뷔했을 때 내 일처럼 좋아하고 그랬죠. 그런데 차츰 세월이 지나면서 이청준의 문학 세계가 저로서는 뭐랄까, 하여간 맘에 안 들었어요. 너무 정신 유희적인 쪽으로 가고, 관념적인 도식이 있고, 그래서 중요한 작품들은 내가 못 읽은 것이 참 많아요." 염무웅, 「문학인은 무얼 했나」, 『월간중앙』, 1971.12, 250∼251쪽; 염무웅·김윤태(대담), 앞의 글, 435쪽. 참고로 대개의 연구자들이 상찬하는 이청준의 격자 소설 양식에 대해 반론을 제기한 연구로 김영찬의 글이 있다. 김영찬, 「이청준 격자소설의 정치적 (무)의식」, 『한국근대문학연구』 6-2, 2005.

가 『68문학』 이후 염무웅의 문학적 지향을 곧바로 해명해주는 것은 아니겠지만, 위에서 언급된 삽화들을 통해 염무웅의 문학관이 『문학과지성』 동인들과 조금씩 비껴나고 있다는 점은 쉽게 확인할 수 있다. 동시대 문학의 관념성을 비판하며 등장한 『문학과지성』이 염무웅의 자리에서는 문학적 활력을 사장시키는 또 다른 관념성으로 보였다. 그렇다면 이 시기만 국한해서 보더라도 『문학과지성』으로부터 "말하자면 방향 전환을" 한 염무웅과 유사한 문학적 지향을 보이지 않았던 이청준은 『68문학』을 발표한 후 김현과 어떤 이유 때문에 싸운 것일까.[27] 김현의 회고[28]에 기대 보면 그 싸움은 1969년 초에 있었고 이청준이 「소문의 벽」[29]을 발표하는 것을 계기로 둘은 화해하게 된다. "너는 내 친구가 아니다"라며 시작된 싸움의 골은 대략 2년의 시간이 흐른 뒤에 메워진다. 물론 이들 간의 화해에 직접적인 계기를 제공해 주었던 「소문의 벽」을 두고 현실 속 인간들 간의 불화마저 해결해준 작품이라는 식의 허황된

---

27 『68문학』은 창간호를 내고 종간되었는데, 이청준과 김현의 싸움이 종간의 직접적인 원인은 아닌 듯하다. 『68문학』은 당시 월간 『아세아』의 편집일을 맡고 있던 이청준의 소개로 인쇄소를 가지고 있는 한명문화사의 경제적 지원을 받아 창간된다. 1969년 1월 동인지가 발간되자 언론에서는 한글세대의 새로운 도전이라는 평가와 함께 상당한 호응을 보였고 이에 고무된 동인들은 제2호를 준비하지만 이때 한명문화사는 이들에게 정확한 이유를 밝히지 않은 채 더 이상 재정적 지원을 할 수 없다는 의사를 전한다. 이처럼 『68문학』의 폐간은 한명문화사의 경제적 지원이 끊긴 데 직접적인 원인이 있다고 판단된다. 당시를 회상하며 김치수는 『68문학』이 한명문화사가 예상하지 못한 적자를 냈거나 외부의 어떤 압력을 받았을지 모르겠다고 말한 바 있다. 김치수, 「'문학과지성'의 창간」, 『문학과지성사 30년』, 문학과지성사, 2005.
28 "한 호로서 창간과 동시에 종간이 되어버린 『68문학』을 내놓고 그것의 앞날의 방향에 대해 심한 논쟁을 한 끝에 너는 내 친구가 아니다라는 말을 서로 퍼붓고 헤어진 후 거의 1년이 넘어서 그는 나에게 「소문의 벽」을 보여주었다. 그것을 읽고 나는 감동했고, 우리의 우정은 그때 다시 살아났다." 김현, 「이청준에 대한 세 편의 글」, 『문학과 유토피아ー김현문학전집 4』, 문학과지성사, 1992, 245쪽.
29 이청준, 「소문의 벽」, 『문학과지성』 4, 1971.6.

신비화를 부여하는 것은 이청준의 문학을 이해하는 데 큰 의미는 없다고 판단된다. 간단히 보더라도 김현과 다투고 소원해진 기간에 이청준이 발표한 작품들[30]이 「소문의 벽」과 완전히 다른 성향의 작품들은 아니기 때문이다. 이제 여기서 몇 가지 질문이 가능하다. 먼저 "『68문학』을 내놓고 그것의 앞날의 방향에 대해 심한 논쟁을 한 끝에 '너는 내 친구가 아니다'라는 말을 퍼붓고 헤어"졌다는 김현의 회고와 다르게 둘의 싸움은 『68문학』의 지향을 논의하는 자리에서 발생했을 뿐 문학과는 아무런 관련이 없는 사적인 문제에서 비롯된 것이었을까. 그러나 상대에

---

30 『68문학』 창간호(1969.1.15) 이후부터 「소문의 벽」(1971.6) 이전까지 발표된 이청준의 작품들을 순서대로 나열하면 다음과 같다. 「보우너스」(『현대문학』, 1969.2), 「선고유예」(『문화비평』, 1969.3·1970.3), 「소매치기올시다」(『사상계』, 1969.5~1969.6), 「6월의 신화」(『아세아』, 1969.6~7·8 합본호), 「꽃과 뱀」(『월간중앙』, 1969.6), 「꽃과 소리」(『세대』, 1969.7), 「가수(假睡)」(『월간문학』, 1969.6), 「원무」(『조선일보』, 1969.11.15~1970.8.14), 「가학성 훈련」(『신동아』, 1970.4), 「전쟁과 악기」(『월간중앙』, 1970.5), 「11시 반 밤 택시」(『대학신문』, 1970.5.4), 「그림자」(『월간문학』, 1970.10), 「발아」(『월간문학』, 1971.4)
참고로 장편 「선고유예」는 온전히 발표되기까지 다소 복잡한 과정이 있었기에 좀 더 자세히 서지사항을 언급할 필요가 있다. 이 작품은 김현에 따르면 1968년에 쓰였다(김현, 「60년대 작가 소묘」, 『현대 한국 문학의 이론 / 사회와 윤리-김현문학전집』 2, 문학과지성사, 1991, 418쪽). 이 작품이 처음 발표된 『문화비평』에도 "전작장편"이란 표기가 있는 것으로 보아 이청준은 1968년에 완성한 작품을 1969년 3월에 창간된 『문화비평』에 보낸 듯하다. 『문화비평』 창간호 편집후기에는 "李淸俊 氏의 長篇 『宣告猶豫』를 얻은 것을 다행으로 생각한다. 우리 文壇의 今年度 수확 중 가장 큰 作品이라 믿어 의심치 않는다"라는 기록이 있다. 『문화비평』 창간호에는 이청준의 작품을 「宣告猶豫 (上)」으로 표기하여 장편 중 전반부를 먼저 싣고 있는데, 이후 일 년 동안 장편의 후반부는 잡지에 발표되지 않는다. 후반부는 『문화비평』 1970년 3월호에 "연재소설 제2회"라는 부제와 함께 장편 전체 중 일부만 발표된다. 잡지 편집자는 "本社側의 사정"으로 중단되었던 장편을 다시 연재한다는 기록을 남기고 있으나, 어떤 사정으로 작품 게재가 돌연 중단되고 이후 연재 방식이 변경되었는지는 알 수 없다. 또한 『문화비평』은 1970년 3월호 이후부터 「선고유예」의 나머지 부분을 연재하지 않는다. 이 장편의 전체 서사는 1972년에 발행된 소설집 『소문의 벽』(민음사)에 「쓰여지지 않은 자서전」으로 제목이 변경되어 발표된다.

게 절교를 선언하고 2년여의 시간을 소원하게 지낼 정도로 서로 간에 큰 상처를 준 문제였다면 어쩌면 단순히 사적인 문제에서 비롯된 싸움은 아닐지 모른다. 그러면 이들이 화해는 했으나 둘 간의 싸움의 원인이 되었던 어떤 문제들은 끝내 해소하지 못했던 것은 아닐까. 화해를 하고 10년이 지나서 김현과 이청준은 문예진흥원에서 주관한 문인 해외시찰[31]에 함께 참여한다. 이 당시 이청준은 전두환 정권과 어떻게든 연결될 수밖에 없는 이 같은 행사에 참여한다는 사실에 민감하게 반응하여 해외시찰을 망설였는데, 이때 이청준의 참여 결정을 종용한 자가 바로 김현이다. 그 시절을 이청준은 이렇게 회상하고 있다.

나는 애초 그 여행(문인 해외시찰－인용자)을 탐탁하게 여기지 않았다. (…중략…) 그 프로그램의 배후엔 정부 관련 부처의 관심과 도움이 뒷받침되고 있어, 정통성이 허약한 당시의 정권과 어수선한 사회 상황에 비추어 아무래도 썩 화창하지 못한 권력층의 선심성 같은 것이 느껴졌기 때문이다. (…중략…) 그런데 그 무렵 어느 날 그런 내 내심을 들은 김현이 엉뚱한 협박을 해왔다.

"그래? 네놈 안 가면 나도 안 가는 거지 뭐. 난 이미 다녀온 곳이 많지만, 이번에 네가 간다길래 함께 따라가보려 했더니!"

"내가 안 가는데 귀하까지 왜?"

그의 결연한 말투에 내가 되물으니 위인의 설명이 나로선 더욱 뜻밖이었다.

---

31 문예진흥원의 예산으로 1981년 9월 23일부터 시작된 문인 해외시찰에서 이청준과 김현은 4진 멤버로 참가하여 11월 7일부터 15일간 인도, 요르단, 그리스, 프랑스 등을 둘러보고 온다. 4진에 속한 7명의 문인은 강용준, 김광림, 김현, 오학영, 이영걸, 이청준, 조해일이다. 「문인 해외시찰 종료」, 『매일경제』, 1981.11.11.

"내가 지금까지 네놈 글은 좀 아는 척해왔지만, 네 본바탕이나 엉큼한 속내는 대강밖에 아는 게 없었잖아. 그래 이번 길을 함께 하면서 네놈이 어떤 인간 족속인지 곁에서 좀 살펴볼 참이었지. 그런데 네가 안 가다면 나도 뭐⋯⋯."[32]

위의 삽화는 단순히 권력에 대한 이청준의 예민한 자의식을 보여주는 데 불과한 것일까. 또 김현이 아직까지 "네놈이 어떤 인간 족속인지" 모른다고 했던 말은 이청준과 해외여행을 함께 하고 싶어서 내뱉은 한낱 구실에 불과한 것일까. 확실한 답을 제시할 수는 없겠지만 이러한 이청준의 회고를 말 그대로 받아들인다면 김현과 이청준 사이에는 『68문학』의 향후 방향에 대해 토론하던 1969년 겨울부터 1981년 문인시찰에 참여하기까지에 이르는 10여 년의 세월 동안 서로 싸우게도 하고 다시 서로 화해하게 하면서도 끝내 상대에게 동화되지 않게 하는 세계관의 차이가 있다는 사실로 이해할 수 있다. 둘 간의 개별성을 유지하게 하면서도 험난한 한 시절을 동료로서 함께 할 수 있게 했던 차이는 어디에서 비롯되는 것일까.

이에 대한 하나의 설득력 있는 답변은 김윤식의 연구[33]로부터 얻을 수 있다. 김윤식은 이청준과 김현에게 공통된 것은 4·19에 대한 세대의식이고 다른 것은 그들의 출신 성분에 있다고 본다. 목포에서 약종상을 하며 목제, 남농, 의제, 소전까지도 사귀며 산수화 수집에도 나아간

---

32 이청준, 「중동 건설 붐과 사해의 염석」, 『그와의 한 시대는 그래도 아름다웠다』, 현대문학사, 2003, 31∼32쪽. 참고로 이 산문은 『현대문학』 2002년 7월호에 먼저 발표되었고, 산문집에 실린 대부분의 글은 『현대문학』 2002년 6월호부터 2003년 9월호까지 연재되었다.

33 김윤식, 『전위의 기원과 행로』, 문학과지성사, 2012.

집안[34]의 아들로 태어난 김현은 가난을 운명처럼 겪어야 하는 이청준의 생[35]을 절대로 이해할 수 없었을 것이라고 김윤식은 말하고 있다. 즉

---

34 김현, 『두꺼운 삶과 얇은 삶』, 나남출판, 1986, 134쪽. 김현이 국민학교에 다니던 시절 그의 부친은 목포 북교동 127번지 공설시장 앞에서 구세약국(救世藥局)을 열어 양약 도매업에 종사하면서 충청도 이남의 양약 공급을 장악할 만큼 사업에 크게 성공했다. 김현의 외가 역시 유복했는데, 그의 외삼촌인 종교학자 정경옥(1903~1945)은 진도의 부잣집 맏아들로 태어나 도쿄 아오야마학원[靑山學院]과 미국 개릿 신학교(Garrett Biblical Institute)를 졸업한 후 감리교신학교 교수를 지낸 바 있다. 김현이 대학을 다니던 시절까지 집안은 내내 부유했다. 김지하와 김승옥의 회고에 따르면 김현은 방학마다 친구들을 고향에 데리고 가 그들의 모든 숙식을 해결해 주면서 문학에 대해 이야기하는 것을 즐겼고, 5호까지 발표했던 동인지 『산문시대』의 제작비용은 모두 김현의 부친이 부담했다고 한다. 홍정선, 「연보-'뜨거운 상징'의 생애」, 『자료집-김현문학전집』 16, 문학과지성사, 1993; 김영명, 『한국 감리교 신학의 개척자 정경옥』, 살림, 2008; 김지하, 「김현」, 『흰 그늘의 길』 1, 학고재, 2003; 김승옥, 「산문시대 이야기」, 『내가 만난 하나님』(개정판), 작가, 2007.

35 어릴 적부터 가난해서 중학교 입학을 위해 광주 친척집에 유숙했던 일화나 서울대 문리대 신입생 시절부터 머물 집이 없어서 빈 교실에서 잠을 잤던 일화, 군대를 가기 전에 살았던 하숙방이 제대 후 사라져서 이청준의 모든 짐을 잃어버렸다는 사연 등은 익히 잘 알려져 있다. 이에 대해서는 이청준의 에세이 「밤 산길을 헤매는 독행자」(『나는 왜 문학을 하는가』, 열화당, 2004), 단편 소설 「눈길」(『문예중앙』, 1997 겨울)과 「키 작은 자유인-가위 밑 그림의 음화와 양화 5」(『문학사상』, 1989.8), 김승옥의 에세이 「내가 만난 하나님」(작가, 2007) 등에서 확인할 수 있다. 한편 이청준의 가난은 결혼 후에도 계속되었던 듯하다. 이청준이 "서울을 사수하자"라는 암묵적인 선언을 하며 아파트를 구하기까지 겪었던 과정들은 작가 스스로 작성한 「이청준 연보」(『자서전들 쓰십시다』, 열화당, 1977)에 잘 소개되어 있다. 이 연보에서 이청준은 당시 아파트 가격에서 원고료까지 세세히 기록하고 있고, 아파트를 얻으려는 자신의 집착을 하나의 종교라고 부르며 스스로를 비하하고 있다. 그런 자기비하의 표현은 가난 그 자체와 가난을 벗어나려는 속물적인 태도 모두에서 이청준이 괴로워하고 있다는 점을 보여준다. 한편 이 연보에 따르면 이청준이 결혼 후 잦은 이사를 하며 살았다는 사실을 알 수 있는데 그가 전전했던 집들은 다음과 같다. 약수동의 전세방 20만 원에 계약(1968.10), 북아현동 소재 13평 아파트 205만 원에 구입(1970.8), 이화동 소재 20평 아파트 100만 원에 전세 계약(1973 봄), 한강가의 16평 아파트 120만 원에 선세 계약(1973.12), 화곡동 산비탈에 있는 38평 대지에 18평 건평외 최저가격 주택을 340만 원에 구입(1974.2), 강남 소재 주택공사 분양 15평 아파트 338만 원에 구입(1974.11). 참고로 김금례(金今禮) 씨의 아들 이청준은 1968년 10월 10일 정오에 신문회관 강당에서 남경우(南敬祐) 씨의 삼녀 남경자(南京子) 씨와 결혼했다. 주례는 당시 서울대 독문과 교수였던 강두식이 맡았다. 열화당의 「이청준 연보」는 작가

김현에게 4·19와 선험적 관념으로서의 프랑스 문학이 있다면,[36] 이청준에게는 4·19와 선험적 운명으로서의 가난이 있다. 이 같음과 다름이 이청준과 김현 사이에서 상대의 개별성을 존중하는 우정으로 확대되었다고 볼 수 있다. 하지만 이청준과 김현에게 4·19의 의미는 김윤식이 말했던 것처럼 완벽히 같은 것이었을까. 다르게 질문하자면, 김현의 프랑스 문학은 4·19와 명쾌히 분리되고 이청준의 가난은 4·19와 섞일 수 없는 것이기에 김현과 이청준에게 4·19는 같은 의미로 이해되었던 것일까. 어쩌면 김현의 프랑스 문학과 이청준의 가난은 둘 사이에 4·19를 바라보는 어떤 시차를 만들어 냈던 것은 아닐까. 두 사람이 4·19를 이해하는 핵심 단어인 '자유'는 소설로 문명(文名)을 떨치는 시절까지도 계속해서 가난을 운명처럼 감내하고 있던 이청준에게 어떤

가 자신의 삶의 내력을 세부적으로 작성했다는 데 자료로서 의미가 있다. 이 「이청준 연보」가 포함되어 있는 소설집 『자서전들 쓰십시다』는 당시 열화당이 기획했던 "현대 작가 신작 소설선"의 하나로 발표됐다. 이 시리즈는 타 지면에 발표되던 작품을 묶지 않고 오로지 신작소설로만 소설집을 묶었다는 점, 작가 스스로 출생에서부터 근황까 지의 일들을 소개하는 연보를 작성했다는 점 등을 특징으로 내세웠다. 이 소설집 시리 즈에 대해 한 기사는 "작가에게는 사생활이 없다는 말을 실감케"할 정도라고 평가하 고 있다. 이 소설집 시리즈의 새로운 기획에 대해 김주연 역시 큰 기대를 내보인 바 있다. 이청준의 결혼과 관련된 정보와 열화당 소설집에 대한 기사와 김주연의 글은 다음을 참고. 『동아일보』, 1968.3.23; 『경향신문』, 1977.7.13; 김주연, 「새 소설을 낳는 출판사—열화당의 '현대작가 신작 소설선'」, 『뿌리깊은나무』, 한국브리태니커, 1977.4.

36 김윤식에 따르면 이청준 문학을 만나기 이전의 김현에게 '4·19'는 '말라르메', '순수 의식', '관념으로서의 자유', '외부 없는 내성(內省)' 등과 동의어였다. 김현이 품었던 4·19의 의미 속으로 역사와 현실이 유입되는 계기로 이청준의 『당신들의 천 국』(1976)을 언급하는 김윤식의 견해를 따른다면, 1970년대 초까지 김현은 『산문시 대』의 제사(題詞)에 언급된 작가 이상(李箱)처럼 남한 문학사가 가둔은 가장 전위적인 근대성 그 자체였다. 참고로 김윤식의 이 같은 김현론은 비평가가 되기 이전의 김현의 습작들에 대한 정교한 해석을 바탕으로 수행되었다. 김윤식, 「어떤 4·19세대의 내면 풍경」, 『김윤식 선집 3—비평사』, 솔, 1996. 김현의 습작 소설과 산문들 전체는 『자료 집—김현문학전집 16』에 수록되어 있다.

의미로 와 닿았을까. 일련의 질문들에 답하기 위해 먼저 1970년에 발표한 이청준의 산문 한 편을 살펴보겠다.

경부고속도로가 완공(1970.7.7)된 지 며칠이 지나 이청준은 『경향신문』에 네 번에 걸쳐 '경부고속도로 서행기(徐行記)'[37]라는 산문을 연재한다. 「(1) 뜻을 세워 얻은 길」, 「(2) 실감 안 나는 속도」, 「(3) 관광붐에의 저항」, 「(4) 움트는 변화」라는 제목에서 보듯 이 글은 하나하나 독립된 개별성을 지니면서도 일종의 기승전결 식의 연결성을 지니고 있다. (1)의 글에서 이청준은 다소 추상적으로 경부고속도로의 의미를 해석하고 있어서 마치 자신의 소설론을 고속도로에 빗대어 제시하고 있다고 여겨질 정도이다. 이 글에서 이청준은 경부고속도로를 통해 "새로운 길"을 얻었다고 말하는데, 여기서 그는 '길'의 다양한 의미를 받아들이고 있다. 이청준은 길을 경부고속도로라는 하나의 결과이자 말 그대로 하나의 과정으로 이해한다. 경부고속도로를 결과와 과정이라는 복합적 의미로 이해하기에 그는 경부고속도로 앞에서 길이라는 소망의 결과가 너무 빨리 도착한 것 같다며 주저하고, 그 결과를 새로운 시작이자 더 큰 목적을 위한 과정으로 이해해야 한다고 역설한다. 그에게 '더 큰 목적'은 "이제부터 이 하나의 선분(경부고속도로 - 인용자)을 어떻게 우리의 목적에 충실히 봉사시켜 그것을 면으로 살쪄나가게 할 것인가"이다. 선이 면으로 확장된다는 것이 어떤 의미인지 이 글에서는 자세히 드러나 있

---

[37] 어떤 이유인지 모르지만, 이 산문은 지금까지 발표된 이청준의 모든 산문집에서 누락되어 있다. 이청준, 「천리를 가뿐하게, (1)뜻을 세워 얻은 길」, 『경향신문』, 1970.7.13; 이청준, 「천리를 가뿐하게, (2)실감 안 나는 속도」, 『경향신문』, 1970.7.14; 이청준, 「천리를 가뿐하게, (3)관광붐에의 저항」, 『경향신문』, 1970.7.15; 이청준, 「천리를 가뿐하게, (4)움트는 변화」, 『경향신문』, 1970.7.17.

지 않지만 섣부른 완성을 거부하고 그것을 하나의 시작으로 되돌리려는 사유는 그의 수많은 소설이 보여주었던 문제의식이기도 하다. 예컨대 「이어도」의 천남석 기자는 이어도 수색 작전이 완료되자 그것을 새로운 시작으로 되돌리기 위해 자살해버린다. 그런데 (2), (3)의 글은 제목에서도 예상할 수 있듯이 고속도로에 대한 다양한 의미를 성찰하기 어렵다. 마치 국가 관료의 목소리를 대변하듯이 펼쳐지는 두 글에서 이청준은 경부고속도로가 관부연락선이나 경부선철도와 다르게 우리의 노동과 목적에 의해 만들어졌다는 사실을 다소 맹목적으로 보일 정도로 상찬하고 있다. 고속도로는 소비문화를 조장하는 관광 목적으로 활용해서는 안 되고, 고속도로 주변에 펼쳐진 "공업단지의 풍경을 (…중략…) 아름다움으로 삼아야" 한다고 그는 말한다. 숱한 개인들의 다양한 욕망을 억압하는 산업화에 대해서 어떤 의심도 드러내지 않기에 이 두 편의 글은 이청준의 글이라고 판단하기 어려울 정도이다. 하지만 결론 격에 해당하는 (4)의 글은 (2)와 (3)의 맹목적인 상찬을 거두고, (1)의 추상적인 견해를 보완한다. 여기서 이청준은 단지 고속도로에 국한하여 말하지 않고 고속도로에서 파생될 변화에 대해 점검한다. '선이 면으로' 확장되는 '시작'으로서 고속도로를 이해하라던 (1)의 추상적인 견해는 고속도로 자체에서 고속도로가 놓인 맥락으로 관심을 유도하는 서술에서 비로소 해명된다. 이청준은 고속도로 때문에 지역적 특이성들이 사라질지 모르고, 한 집에서조차 본채와 돼지우리가 떨어지는 식의 피해가 발생될 우려가 있기에 고속도로라는 선은 선 주변의 폭넓은 면에 위치한 사람들의 삶의 방식을 고려해야 한다고 말한다. 영천군 강화 마을이나 울주군 활천 마을 등의 구체적인 피해 사례를 제시하며 고속도로의 의미를 분석하는 (4)의 글만 보면 이청준의 경부고속도로 서행기는 (2)와 (3)의 견해와 정반대로 당시 군사정권의 업적을 비판하는 논지로 이해될 수 있다. 당시 신문사 편집자들도 이 점을 고려했는지, 이청준의 (4)번 글에 대해 그들이 뽑은 소제목은 본문의 내용을 완전히 전도시키고 있다. "오랜 시간 성실한 고투가 지나면 선이 면으로 살찌고 함께 긍정할 수가"라고 제시된 편집자의 소제목에서 '성실한 고투'는 다소 모호하게 읽히기 때문에 고속도로에서 비롯된 문제들을 주변에 살고 있는 사람들 스스로 성실히 극복해야 한다고 이해될 수 있다. 또 "지역 특성, 더 넓은 세계 향해"라고 서술한 편집자의 소제목 역시 고속도로를 통해 폐쇄적인 지역성이 극복될 수 있으나 반대로 지역적 개별성이 사라질 우려가 있다는 이청준의 논점 가운데 일부만 취하고 있다. 이 에세이에서 보듯 추상과 구체를 오가는 활달한 사유와 (1)에서 (4)까지 이어지는 논점의 복합적 시선은 군사 정부의 입장을 옹호하기도 하고 비판하기도 하는 일종의 양날의 칼이 되고 있다.[38]

---

38 아감벤은 푸코의 훈육권력과 통치성을 함께 사유하기 위해 장치라는 개념을 주장한다. 권력은 억압적인 방법만을 통해 주체를 관리하는 게 아니라 억압적이지 않아 보이는 방식(통치성)으로 주체를 다룬다. 이때 권력과 무관해 보이는 것들의 느슨한 관계들이 주체를 생산한다. 아감벤에 따르면 구조나 시스템 등의 개념과 다르게 이러한 이질적인 요소들의 유연한 연결을 푸코는 장치라고 불렀다. 양창렬은 아감벤이 참고한 티쿤 (Tiqqun, 새로운 공동체의 조건들을 사유하던 프랑스의 철학 저널)의 견해를 소개하는데, 티쿤에 따르면 "고속도로는 순환의 최대치와 통제의 최대치가 일치하게 되는 곳"이다. 여기서 순환의 최대치가 통제의 최대치와 일치한다는 말은 주체의 자율성이 최대로 보장되는 방식으로 통제가 이루어짐을 의미한다. 고속도로라는 '길'을 결과와 과정으로 이해하고 그것을 선에서 면으로 확상해야 한다고 역실하는 이청준의 견해는 통제와 자율성이 합치되는 장치에 대한 하나의 저항 방식으로 읽을 수도 있다. 양창렬, 「장치학을 위한 서론」, 『장치란 무엇인가?』, 난장, 2010, 133쪽. 더불어 경부고속도로 건설이 1970년내 농촌 사회의 경제·문화적 측면에 끼친 영향은 다음의 연구 참고. 홍승직, 「고속도로와 사회변동」, 임희섭·박길성 공편, 『오늘의 한국사회』, 나남, 1993.

그러면 이제『68문학』의 향후 방향성을 논하던 김현과 이청준이 놓여 있던 장면으로 되돌아가서 그들의 싸움에 대해 말해볼 수 있다. 어쩌면 두 사람의 불화의 원인은 '경부고속도로 서행기'에서 보여준 이청준의 양면적인 사유 방식에서 비롯된 것은 아니었을까. '길'을 완성이자 과정으로 이해하려는 이청준의 이중적인 관점이 당대의 전통주의와 민중주의에 대한 선명한 비판의 날을 세우려 하는 김현을 한편으로 옹호하면서 다른 한편 비판하게 만든 것은 아니었을까. 지금 여기서 그들이 싸웠던 이유가 무엇인지 확정하는 일 자체는 당연히 큰 의미를 지니지 않는다. 보다 중요한 것은 이청준에게 비판은 결과이자 시작이라는 양면성을 지닌다는 데 있다. 그의 에세이에서 경부고속도로라는 선은 더 넓은 면으로 확장하기 위해 선으로부터 버림받은 사람들을 포용해야 했듯이, 김현과 이청준이 공유했던 비판은 더 넓은 가능성을 확보하기 위해서 바로 그 비판으로부터 상처받은 자들과 함께 하는 어려운 일을 시작해야 한다. 마찬가지로 김윤식이 이청준과 김현이 공유하고 있는 세계관으로 보았던 4·19의 '자유' 역시 이청준의 자리에서는 복합적인 의미로 이해할 필요가 있다. 김현이 이청준을 이해할 수 없었던 것은 김윤식이 말했던 그의 선험적인 가난만은 아닐지 모른다. 오히려 그들의 불화는 서로 함께 공유한다고 생각하는 바로 그 자유에서 비롯됐다고 판단된다. 요컨대 이청준에게 진정 자유는 자유 옹호와 자유 비판이라는 함께 놓일 수 없는 양면성을 동시에 고려할 때 이루어진다.

그러므로 자유, 욕망, 개인, 회의(懷疑) 등과 같이 이청준 소설에 거의 자동적으로 따라붙는 술어는 보완될 필요가 있다. 그의 소설에서 그 같은 술어들은 자신의 의미와 반대되는 의미를 함께 품고 있다. 이러한 양면성과 동시성을 고려해야만 그가 남긴 소설과 에세이는 온전히 이해될 수 있다. 예를 들어 『당신들의 천국』에서 주인공은 소록도에 부임한 조백헌 원장인가, 아니면 그를 끊임없이 의심하는 이상욱 보건과장인가. 김윤식[39]은 김현이 이해할 수 없었던 조 원장이야말로 그 소설의 주인공이라고 말하고 있지만, 한 대담에서 이청준[40]은 주례사를 연습하는 조 원장을 문 뒤에 숨어 감시하는 이상욱 과장의 역할이 결코 가볍지 않음을 강조하고 있다. 어떤 억압도 부정하는 자유 자체만을 옹호하는 자들에게 이상욱 과장은 주인공으로 보이게 되고, 반대로 자유를 발생케 하는 조건들만을 고려하는 자들에게는 조 원장이 두드러져 보이게 된다. 그렇기에 이 소설에서 동상을 세우려는 자들을 비판하는 이상욱 과장의 역할만을 염두에 둔 사람들에게 이청준이 인생의 스승들에게 찬사의 글[41]을 바쳤다는 점은 쉽게 이해될 수 없을 것이다. 이청준은 자신이 만났던 여러 스승들에게 존경의 마음을 담은 에세이를 여러 편 남겼는데 거기서 그가 스승으로 언급하는 인물들의 공통된 특징은 특히 김준엽을 위해 쓰인 글의 제목 속 단어인 "자유인과 어른"에 명확히 담겨 있다. 그에게 스승들은 자신의 자유를 지키기 위해 권력의 억압과 유혹에도 굴

---

39 김윤식, 『전위의 기원과 행로』, 문학과지성사, 2012, 39~49쪽.

40 이청준·우찬제(대담), 「'우리들의 천국'을 향한 '당신들의 천국'의 대화」, 『문학과사회』, 2003 봄.

41 스승과 관련된 소재를 담고 있는 에세이는 다음과 같다. 김준엽에 대한 에세이(이청준, 「'자유인'의 정신과 '어른'의 풍모」, 김준엽, 『역사의 신』, 1990); 은사 강두식에 대한 에세이(이청준, 「세상에서 제일 비싼 소철분 이야기」, 『날이 갈수록 그리운 것들』, 문이당, 1992); 중학교 1학년 때 담임선생님에 대한 에세이(이청준, 「선생님의 밥그릇」, 『경향신문』 1991년 1월 17일); 고등학교 선생님에 대한 에세이(이청준, 「두 가지 행사」, 『광주 고보·서중·일고 육십년사 1920~1985』, 1986). 참고로 앞에서 언급했던 에세이 「경부고속도로 서행기」처럼 김준엽과 고등학교 선생님에 대한 에세이는 전집을 포함해서 그가 지금까지 발표했던 모든 책에서 누락되었다.

복하지 않는 신념을 지닌 자들이자 자신의 신념이 타인의 자유를 축소시킬 수 있다는 점을 끊임없이 성찰하는 사람들이다. 그렇기에 이청준 소설에서 자유는 아이보다는 어른의 이미지와 연결된다. 이청준에게 스승이자 어른은 자신의 자유를 최대화하면서도 절대화하지 않는 사람들이다. 이청준의 '경부고속도로 서행기'에서 고속도로라는 하나의 선은 고속도로 주변의 더 넓은 면으로 확장해야 했듯이, 자신의 자유가 최대로 발현되는 일은 타인의 자유의 조건으로 연결되어야 한다. 그렇기에 이청준 소설이 권력의 억압으로부터 해방되기를 갈망한다고 언급했던 선행 연구들은 그의 소설을 반만 읽었다고 말할 수 있다.[42] 그러한 해석은 단순히 권력이 없는 삶이나 권력 이전(또는 이후)의 삶을 이청준 소설이 지향한다고 보기 때문이다. 하지만 이청준의 소설에서 억압으로부터의 해방(소극적 자유)은 곧바로 자유(적극적 자유)와 동의어가 되지 않는다.[43] 해방에서 자유로 나아가기 위해서는 나의 자유와 타인의 자유를

---

[42] 한상규, 「멈추지 않는 자유의 현상학」, 『작가세계』, 1992 겨울; 김은경, 「이청준 소설의 글쓰기 양상에 대한 일고찰」, 『관악어문연구』 26, 2001; 서동수, 「시뮬라크르의 세계와 미시권력」, 『겨레어문학』 27, 2001; 이화진, 「이청준 소설의 글쓰기 양상에 대한 검토 ― 탈권력 지향과 계몽의 기획에 대한 비판」, 『반교어문연구』 15, 2003; 허만욱, 「이청준 소설에 나타난 탐색과 해체적 글쓰기의 미학 연구」, 『우리문학연구』 20, 2006; 장윤수, 「이청준 소설 '선고유예'의 탈근대성」, 『어문논집』 60, 2009; 송기섭, 「자유를 표현하는 방식과 그 의미 ― 이청준론」, 『한국문학이론과비평』 54, 2012; 김주언, 「타자의 시선 앞에 놓인 문학의 운명과 자유」, 『어문연구』 40-3, 2012. 이상의 논문들은 이청준 문학에서 드러나는 자유가 양면성을 지닌다는 점을 고려하지 않은 채 억압적 현실로부터 벗어나려는 소극적 자유의 의미를 지나치게 과장하고 있다. 특히 이러한 연구들이 포스트모던적 사유를 비판 없이 활용해서 이청준의 소설을 해석하고 있다는 점은 주목을 요한다. 이러한 연구들과 다르게 나병철은 이청준의 소설이 도구적 이성을 비판하는 포스트모던적 사유를 지니고 있지만 합리주의에 대한 믿음 역시 포기하지 않고 있다고 본다. 나병철의 견해는 이청준 소설에 내장된 자유의 이중성과 관련된다고 판단된다. 나병철, 『한국문학의 근대성과 탈근대성』, 문예출판사, 1996, 372~400쪽.

함께 생각해야 하기 때문이다. 그렇기에 이청준 소설은 권력 자체를 완전히 부정하기보다 권력의 재배치와 다른 사용을 사유한다.

그렇다면 이제 이청준 소설에서 자유의 의미는 자신의 자유를 지켜내면서 동시에 그것을 성찰하는 양면성을 지닌다는 사실을 강조해야 하는 이유에 대해 살펴볼 순서이다. 먼저 외적 억압으로부터 벗어나는 것을 의미하는 소극적 자유와 소극적 자유로부터 비롯된 고립상태에서 벗어나는 것을 의미하는 적극적 자유를 구별하지 않을 때 발생하는 문제는 이청준 소설에서 권력의 작동 방식을 읽어내기 어렵게 된다는 점이다. 만약 모든 권력은 억압적이고 권력은 어디나 편재한다는 식으로 권력을 일반화시켜 이해하면 이청준이 소설을 통해 대결하고자 했던 당대 권력의 구체적인 작동방식을 알 수 없게 된다. 이러한 해석들은 마치 '권력은 편재한다'는 푸코의 유명한 견해를 아무 검토 없이 그대로 따르고 있는 듯 보인다. 이청준 소설에서 소극적 자유와 적극적 자유의 의미를 구분하지 않고 권력을 무조건 억압적으로만 이해하는 견해들은 푸코의 권력론에 대한 이탈리아 마르크스주의자 둣치오 뜨롬바도리의 다음과 같은 반론과 마주할 필요가 있다.

---

43 자유는 오로지 개인의 의지에서 의해서만 이루어지는 게 아니라 타자가 어울려 합리적인 소통을 할 수 있는 공론장이라는 조건을 갖출 때 비로소 가능하다고 사이토 준이치는 말하고 있다. 특히 그가 공론장이라는 자유의 조건을 고려하지 않는 '소극적 자유'를 옹호한 이사야 벌린의 자유론을 비판하는 대목은 주의 깊게 읽어볼 필요가 있다. 그는 '해방(소극적 자유)에서 자유(적극적 자유)로 가는 길은 멀다'라고 주장하는데, 나와 타인의 자유가 실현되는 조건들에 대해 성찰할 때 비로소 나의 해방은 나와 너의 자유가 된다. 사이토 준이치, 이혜진 외역, 『자유란 무엇인가』, 한울, 2011. 한편 자유와 자유의 조건을 구분하는 사이토 준이치의 사유를 존중하면서도 공론장 구축이라는 추상적이고도 현실성이 부족해 보이는 실천에 대해 흥미로운 반론을 제기하는 글로는 아즈마 히로키의 다음의 책을 참고할 수 있다. 이즈마 히로키, 안천 여, 『일반의지 2.0』, 현실문화, 2012.

권력의 문제를 다루면서, 당신(미셸 푸코―인용자)은 국가의 수준에서 행사되는 권력의 효과와 다양한 기구들 속에서 드러나는 권력의 효과들을, 직접적으로 구분하지 않는 것 같습니다. 이런 점 때문에, 몇몇 사람들은 당신에게 있어 권력은 말하자면 얼굴을 가지지 않은, 편재하는 것이라고 이야기하기도 했는데요. 그렇다면, 예를 들어 "전체주의" 체제와 "민주주의" 체제 간에는 어떤 차이점도 없는 것인가요?[44]

푸코의 권력론은 억압적인 권력이 역사적인 맥락에 따라 다르게 작동하는 메커니즘을 보지 못할 수 있다는 뜨롬바도리의 반론은 이청준 소설이 한국전쟁, 4·19와 5·16, 1963년 학보병 사건, 유신체제, 문인간첩단 사건, 5·18광주민주화운동 등과 같은 역사의 실제 사건들과 관련되어 있다는 사실을 고려할 때 중요한 관점을 제공한다. 이청준 소설이 다루고 있는 다기한 역사적 사건들의 원인을 모두 억압적인 권력으로 단순화시켜 해명하려 할 때 발생하는 문제는 사건들의 역사적 맥락을 놓치게 된다는 점뿐만 아니라 권력에 대한 대응 방식을 소극적 자유라는 추상적이면서도 성급한 낙관론으로 제시할 수밖에 없다는 점이다. 이청준 소설이 성급한 낙관론을 무엇보다도 경계했다는 사실만 고려하더라도, 권력에 대한 역사적인 관점을 생략하거나 소극적 자유와 적극적 자유의 차이를 구별하지 않는 관점의 한계는 무엇보다도 여실하다. 그렇다면 뜨롬바도리의 질문에 대해 푸코는 어떻게 대답했을까.

---

44 미셸 푸코·둣치오 뜨롬바도리, 이승철 역, 『푸코의 맑스』, 갈무리, 2005, 158쪽.

내가 이러한 작업을 한 것은(권력이 편재함을 증명하려 한 것은), 서구 문명화가 모든 면에서 하나의 '훈육적 문명화'와 동일한 것이라고 주장하기 위해서가 아닙니다. (…중략…) 나는 왜 그리고 어떻게 이러한 체계가 특정한 시기에, 특정한 국가에서, 특정한 필요들에 조응하면서 발생하게 되었는지에 대해 적절히 설명하고자 노력했지요. 즉, 나는 사회가 시대나 지리적 위치에 따른 고유성을 갖지 않는다고 이야기하지 않았습니다.[45]

뜨롬바도리가 권력론을 잘못 이해했다고 말하고 있는 푸코의 답변은 이청준 소설을 대하는 하나의 방법론으로 활용될 수 있다. 이청준 소설에서 '억압적인 권력으로부터의 해방'(간적접인 자유)이라는 도식적인 해석을 경계하기 위해서는 특정 권력이 "특정한 시기에, 특정한 국가에서, 특정한 필요들에 조응하면서 발생하게 되었는지에 대해" 살펴보아야 한다. 뜨롬바도리의 질문처럼 푸코의 권력론이 역사적인 관점을 생략했다고 보는 오해가 생기는 이유는 푸코의 서술 방식에서 비롯되기도 한다. 이를테면 『감시와 처벌』의 서술 방식은 구체적인 사례와 추상적인 개념이 마치 하나의 변주처럼 반복해서 출현한다. 푸코는 구체적인 관점에서 16세기 프랑스에서의 사법 권력의 역사를 다루면서 동시에 그때의 권력을 좀 더 일반적인 시야에서 해명하고자 한다. 그렇기에 푸코의 독자들이 그의 책에서 일반론에만 집중할 때 놓치는 것은 16세기 프랑스에서 권력이 작동했던 구체적인 방식이다. 더불어 푸코의 연구가 훈육권력에서 통치성으로 변화된 것도 권력에 대한 역사적인 관점을 그

---

45 위의 책, 158~159쪽.

가 포기하지 않았다는 사실을 잘 보여준다.[46] 이청준의 소설에서 자유가 단순히 소극적 자유가 아니라는 것, 더 나아가 자유의 가능성을 확장하는 일은 그것의 불가능성을 동시에 성찰할 때 비로소 이루어진다는 점을 고려하는 것은 자유를 억압하는 권력의 메커니즘을 구체적으로 검토하는 작업과 연결된다.

이청준 소설에 드러나는 자유의 양면성을 고려하지 않을 때 발생하는 두 번째 문제는 권력을 추상화시키고 소극적 자유를 막연히 옹호하는 첫 번째 문제와 연결된다. 이청준 소설을 포스트모더니즘의 사유로 환원시키려는 해석들이 바로 이에 해당한다.[47] 즉, 소극적 자유에 대한 막연한 동경은 차이나 다양성 등과 같은 포스트모더니즘의 사유를 아무런 비판 없이 받아들이게 만든다. 이를테면 이청준 소설을 데리다의 글쓰기 이론으로 해명하려는 연구[48]들은 이러한 한계에 봉착하게 된다. 본문에서 자세히 분석되겠지만, 이청준 소설이 자유에 대한 맹목적인 옹호

---

46 그러므로 푸코의 연구가 권력의 편재성을 드러내면서 권력의 차이를 점검하지 못했다고 보는 견해는 당연히 오해에서 비롯된다. 푸코가 권력을 규율권력과 통치성으로 세분하여 연구를 진행시킨 과정을 기억할 필요가 있고, 그러한 권력의 세심하고도 구체적인 분석 이후에 비로소 자기배려라는 견해를 제시할 수 있었다는 사실 역시 주목할 필요가 있다. 푸코의 자기배려를 "근대로부터 고대로의 향수어린 회귀로 파악해서는 안" 되고 구체적인 권력에 대한 독특한 저항 "전략"으로 이해해야 한다는 논의와, 자기배려를 위해서는 복종화된 신체와 이를 복종시키는 권력의 역사적인 매커니즘에 대한 탐구가 선행되어야 한다는 견해는 사토 요시유키의 책 참고. 사토 요시유키, 김상운 역, 『권력과 저항』, 난장, 2012. 더불어, 금지가 아니라 허용의 방식으로 진화되는 통치성에 대한 개념(더 나아가 미국과 독일의 신자유주의와 통치성의 관련성에 대한 연구)은 다음의 두 강의록을 참고할 수 있다. 미셸 푸코, 오트르망 역, 『안전, 영토, 인구』, 난장, 2011; 미셸 푸코, 오트르망 역, 『생명관리정치의 탄생』, 난장, 2012.
47 각주 42번에 언급된 선행 연구 중 한상규의 글을 제외한 연구들이 이러한 오류를 보이는 대표적인 경우이다.
48 우정권, 「이청준의 『잃어버린 말을 찾아서』에 나타난 '말'과 '소리'에 관한 연구」, 『현대소설연구』 13, 2000.

가 아니라 어떤 자유인지를 성찰하듯, 이청준 소설은 막연히 차이와 다양성을 주장하는 게 아니라 그것들이 어떤 차이이고 어떤 다양성인지 검토한다. 물론, 텍스트의 주이상스를 강조하고, 타자에 대한 이해불가능성을 주장하고, 거대서사로 해명할 수 없는 우연성을 인정하고, 몽타주 기법을 통해 시·공간의 동시성을 드러내는 포스트모더니즘의 사유는 언뜻 보면 이청준 소설의 한 특성과 매우 흡사하다. 더욱이 포스트모더니즘은 보편성이라는 명목하에 인간의 자율성을 억압하였던 근대 이성과 전체주의 체제에 대한 비판을 시도하기에 미학적으로나 정치적으로도 유효하다. 더 나아가 이러한 계열의 작품들은 근대적인 개념으로 현시대적 상황을 논하는 게 무력하다는 사실을 잘 보여준다. 이를테면 자본주의를 살아가는 개인들의 문제는 더 이상 마르크스의 고전적인 소외 개념으로 해명될 수 없다.[49] 소외되었다는 말에는 소외의 대상이 될 자아가 분절되지 않고 연속된다는 생각이 미리 전제되어야 하기 때문이다. 노동이 임노동으로 변화되면서 인간은 상품을 더 많이 생산하면 생산할수록 자신의 생산물로부터 강력히 소외되기에, 노동 소외를 이끌어내는 자본주의의 착취 구조를 근본적으로 거부해야 한다는 마르크스의 가르침은 이제 실천력을 지니지 못한다. 주체는 없거나 분절되어 있기에 소외 자체가 불가능하기 때문이다. 더 나아가 개인의 정체성이 연속되지 않는 것처럼 권력 역시 일관성을 지니지 않는다. 변하지 않는 신분

---

[49] 영국 출신의 지리학자 데이비드 하비는 포스트모더니즘이 자본주의 시대의 지배 권력에 대항할 수 있는 예술적 실천 능력을 지니지 못한다고 말하면서도, 현시대 자본주의에 저항하기 위해 프롤레타리아와 소외와 같은 근대적인 개념을 활용할 수 없다는 점을 확실히 하고 있다. 데이비드 하비, 구동회·박영민 역, 『포스트 모더니티의 조건』, 한울, 2009.

구조나 계급 격차를 만들어내는 권력은 이제 없다. 권력 역시 계속해서 전변한다. 권력과 주체가 근대와 다른 방식으로 변화했기에 이른바 프롤레타리아라는 고정된 정체성의 주체를 통해 자본주의 착취구조를 극복하겠다는 식의 사유는 이제 실천력을 지닐 수 없게 된다.

그런데 민중이라는 고정된 정체성과 관념적으로 파악된 소외에 대해 거부하면서 자신들의 문학의 출발점을 제시했던 사람들이 바로『68문학』동인들이다. 그렇지만 이 같은 견해의 유사성을 근거로 이청준의 소설을 곧바로 포스트모더니즘의 계보로 환원하는 것은 설득력이 부족할 뿐만 아니라 자본주의의 작동방식과 포스트모더니즘이 유착되는 현시대에 이청준 소설이 대항할 수 있는 가능성을 축소시킬 수 있기에 한계가 있다. 포스트모더니즘이 옹호하는 우연성과 다양성과 차이는 시장을 확장하기 위한 현시대 자본주의의 대표적인 전략이기도 하다.[50] 그러므로 많은 선행 연구들이 논했듯이 이청준 소설이 지배 권력에 저항한다면, 단순히 차이와 다양성만을 옹호하는 방식으로는 그 저항의 유효성이 이제는 없다고 볼 수 있다. 그러므로 중요한 것은 차이 자체가 아니라 차이가 놓인 맥락이다. 이는 이청준이 자유 자체가 아니

---

50 포스트모던적 사유와 자본권력의 유착 상태를 안토니오 네그리와 마이클 하트는 '제국'이라고 언명한 바 있다. 더불어 그들은 이러한 상황을 타개하기 위해 제국 이전의 상태로 복귀하려는 운동은 현실성이 없을 뿐만 아니라 심지어 사태를 더 악화시킨다고 말한다. "전 지구화에 대한 저항과 국지성의 방어라는 이러한 좌파의 전략은 많은 경우 (…중략…) 자본주의적 제국 기계의 발전에 연료를 공급하고 그 발전을 지지하기 때문에 해롭기도 하다. (…중략…) 국지적 저항 전략은 적을 잘못 확인하고 그래서 적을 감춘다. (…중략…) 적은 우리가 제국이라고 부르는 전 지구적 관계들의 특정한 체제이다. 더욱 중요하게는, 국지적인 것을 방어한다는 이러한 전략은 제국 안에 현존하는 현실적인 대안들과 해방을 향한 잠재력을 흐리게 하고 심지어 부정하기 때문에 해롭다." 안토니오 네그리·마이클 하트, 윤수종 역, 『제국』, 이학사, 2001, 82쪽.

라 자유가 놓인 맥락을 성찰하려 했다는 앞의 견해와 다르지 않다.

지금까지 이청준의 자유가 양면성을 지니고 있다는 점을 살펴보았다. 자유의 양면성을 살피지 않을 때 이청준 소설에서 다뤄지는 권력의 역사적 맥락을 살펴보지 못하게 되고, 더 나아가 외적 억압으로부터의 해방(소극적 자유)이라는 낙관주의에 빠지게 되며, 이청준의 소설을 포스트모더니즘의 계보 안에 무비판적으로 환원시키게 된다. 마찬가지로 시대적 통념에서 비롯된 '정본' 텍스트 자체가 아니라 텍스트가 놓여 있던 앞뒤 맥락을 드러내는 곁텍스트를 함께 살펴봐야 하는 이유도 이청준이 옹호했던 자유가 역사성과 보편성이라는 양면적 특성을 지녔다는 데서 비롯된다. 텍스트 자체와 텍스트가 놓여 있던 맥락을 알려주는 곁텍스트를 함께 살펴볼 때 이청준이 옹호했던 자유의 복합적 양상이 좀 더 선명히 드러날 수 있을 것이다.

다시 한 번 말하지만, 이청준에게 자유의 양면성을 고찰하는 일은 자유의 보편성을 탐색하는 일과 다르지 않다. 나의 자유가 너의 자유를 억압하지 않는 보편적 자유가 되는 방법을 찾기 위해 그는 문학을 평생의 업으로 삼았다. 그렇기에 이청준과 그의 문학이 옹호한 자유는 나와 너의 사이에 위치하고, 나와 너의 "상호 모순되는 에너지를 흡수하면서 스스로를 심화한다."[51] 그러므로 이청준에게 자유는 충동이나 자연과 동의어가 되지 않는다. 오히려 그에게 충동과 자연은 자율적이라기보다 외적인 자극에 타율적으로 구속된 상태를 의미한다. 이청준에게 자유는 이성을 통해 충동과 자연이라는 구속 아닌 구속을 다시 사유하는 것과

---

51 김우창, 「자유·이성·정치」, 『신동아』, 1982.3, 91쪽.

관련된다. 그렇기에 이청준의 자유는 개인 안에 국한되지 않고 윤리(환대)와 정치를 두루 성찰할 때 가능하다.[52] 이후 본론에서는 이청준 소설이 자유의 가능성과 자유의 불가능성을 함께 고려했다는 점을 알레고리, 동화, 환대, 정치, 소설이라는 다섯 개 관점에서 살펴보고자 한다. 알레고리와 동화를 검토하는 2장과 3장에서는 문학의 미학적 기법과 장르적인 차원에서 이청준의 자유가 어떤 방식으로 사유되고 실험되었는지 논증될 것이다. 4장과 5장에서는 나와 너의 자유를 고려하는 이청준의 자유가 그것의 조건이 되는 환대와 정치를 통해 보편성을 획득하는 과정이 고찰될 것이다. 마지막으로 6장에서는 지금까지 논의된 알레고리, 동화, 환대, 정치라는 조건들을 모두 수용한 그의 문학적 세계관이 1960년대부터 2000년대까지의 시간적 도정 위에서 어떻게 변화되는지 고찰될 것이다.

---

[52] 관용, 이성, 정치는 자유주의의 기본적인 조건들이도 하다. 노명식, 「자유주의의 여러 가치들」, 『자유주의의 역사』(개정판), 책과함께, 2011. 물론 이 책 『파라텍스트 이청준』은 이청준의 자유를 자유주의가 주장한 자유로 환원시키려는 목적이 아니라 이러한 기본적인 자유의 조건들을 사유하고 실천한 구체적인 맥락들을 검토하려는 의도를 지닌다.

　　　알레고리와 자유

1. 문제 제기

　비평문과 논문을 망라하여 대개의 선행 연구들은 이청준 소설에 대해 공감하거나 상찬하고 있다.[1] 비판적 견해[2]를 찾아보기 힘들다는 점은 이청준 소설을 대상으로 삼은 선행 연구들의 공통된 특징인데, 이는 연구자의 문학적 편견으로 작품을 섣불리 재단하지 않으려는 자세로 볼 수 있기에 일단 긍정적이라고 판단할 수 있다.[3] 더구나 이청준 소설이 거짓

1　"필자가 아는 한 그를 평하는 목소리는 거의 하나같이 동감을 보이거나 때로는 찬탄으로 가득 차 있기도 하다." 윤지관, 「억압사회에서의 소설의 기능」, 『실천문학』, 1992 봄.
2　1990년 2월 13일 『문학정신』 주최 좌담에서 보여준 권성우의 견해는 이청준의 문학적 세계관을 존중하면서도 설득력 있는 비판을 담고 있다. 이청준·권성우·우찬제 (좌담회), 「이청준—영혼의 비상학을 위한 자유주의자의 소설탐색」, 『말·삶·글』, 열음사, 1992.

명분으로 인간의 자유를 억압하는 행위에 대해 지속적으로 비판해왔다는 점을 고려하다면 특정 이념에 기대어 작품을 비판하는 대신 먼저 공감을 앞세우기에 선행 연구들은 무엇보다 이청준 소설의 내용을 비평적으로 정확히 실천하고 있는 듯하다. 또, 1960년대 후반에 이루어진 순수·참여 논쟁을 지양하고자 했던 4·19세대 작가 중 한 명인 이청준에게 공감의 비평은 그의 소설을 순수 / 참여 식의 거친 이분법적 틀에 갇히지 않게 하는 미덕을 지닌다.[4] 그런데 이 같은 선행 연구들에 대해 좀 더 구체적으로 따져보기 전에 일단 이청준이 순수 / 참여 식의 억압적인 명분론과 편견에 대해 어떤 생각을 품고 있었는지 살펴보자.

1960~1970년대 문학 논쟁을 직접 언급한 것은 아니지만 1970년대 중반 이청준은 「명분에 대하여─명분이라는 칼자루」라는 산문을 발표한다.[5] 제목에서도 쉽게 연상할 수 있듯이 그는 그럴듯한 명분으로 이루어지는 당대의 폭력을 비판한다. 특히 이청준은 '조국과 민족'이라는 명분으로 행해지는 당대의 억압 체계를 거부한다. 그가 보기에 '조국과 민족'은 당시 정치인과 경제인 심지어 문학인들까지도 독점하고자 하는 명분이었다. 이러한 명분을 좇는 문학인에 대한 그의 비판은 1960년대에서 1970년대에 이르는 문학 논쟁들에 대한 우의적인 비판으로 읽힌

---

3 책의 기획 때문에 발생한 특성일 수도 있지만 다음의 비평집들은 이청준 소설에 대한 깊은 공감의 태도를 보여주는 대표적인 성과물이다. 김치수, 『박경리와 이청준』, 민음사, 1982; 김치수 외, 『이청준론』, 삼인행, 1991; 권오룡 외, 『이청준 깊이 읽기』, 문학과지성사, 1999.

4 순수·참여 논쟁의 구체적인 내용과 한계에 대해서는 다음의 책 참고. 김영민, 『한국현대문학비평사』, 소명출판, 2000. 논쟁 과정에 드러난 글을 완벽히 정리했다고 볼 수 없지만, 일차 자료를 성실히 스크랩한 책은, 홍신선 편, 『우리문학의 논쟁사』, 어문각, 1988.

5 이청준, 「명분에 대하여─명분이라는 칼자루」, 『작가의 작은 손』, 열화당, 1978.

다. 그는 자기 합리화를 이끌어내면서 동시에 타인의 자유로운 사유마저 억압하는 명분에 대해 시종 비판적인데, 그렇다고 그가 명분 그 자체를 무용하다고 보는 것은 아니다. 이청준은 바둑을 예로 들어 패세에 몰리더라도 떳떳한 패배로 시합을 끝내겠다는 명분을 내세우는 기사(棋士)를 옹호한다. 이기고 지는 데 있어 타인에게 부끄럽지 않은 공명정대한 명분이 사라진 채, 권력자일수록 명분을 많이 갖고 약자일수록 명분 자체를 불신하거나 무력감에 빠지게 되는 세태를 이청준은 안타까워한다. 여기서 명분은 앞 장에서 살펴본 자유와 동의어라고 할 수 있다. 이청준에게 진정한 자유는 자유의 가능성과 한계를 두루 살피는 것이었듯이, 진정한 명분은 개인의 고유한 인격을 드러내면서도 그것이 타인에게 억압적 폭력이 되지 않는지 부단히 반성할 때 비로소 모든 사람들에게 인정된다. 즉, 자유와 명분은 이청준에게서 최대화되지만 절대화되지 않는다.

그런데 반성이 결여된 명분에 대한 비판과 명분을 빼앗긴 삶에 대한 거부는 이청준이 소설을 습작하던 시절부터 줄곧 품고 있던 생각이다. 대학 2학년생이던 시절 그는 『대학신문』에 단편 「영점(零點)을 그리는 사람들」(1961)을 발표한다.[6] '먹이를 찾아 돌아다니는 여우처럼' 장의차를 몰며 죽은 사람들을 찾아다니는 대학 중퇴생인 주인공과, 여러 가지 상처들로 삶의 의미를 잃어버린 주인공의 여동생은 그가 단편 「퇴원」(1965)으로 등단한 후 처음으로 공적 지면에 발표했던 「임부(姙夫)」

---

6 단편 「영점을 그리는 사람들」은 『대학신문』 1961년 11월 6일부터 12월 21일까지 일주일에 한번씩 7회에 걸쳐 분재된다. 『대학신문』 1961년 11월 27일 자에는 본교(서울대) 재학생 가운데 작품 투고를 받는다는 광고가 있다. 대학 2학년생이던 이 시기의 이청준 역시 『대학신문』에 투고하여 작품을 게재하게 된 듯하다.

(1966)의 등장인물과 유사하다.[7] 「영점을 그리는 사람들」에서 중심인물들은 가난과 질병 등으로 사는 것이 죽는 것보다 괴롭기에 오로지 자살만을 바라고 있다. '영점을 그리는 사람들'은 바로 죽음만을 원하는 젊은이들의 이 같은 처지를 드러낸 제목이다. 특히 시집을 갔다가 소박을 당하고 "유산도 없이 창조의 자유마저 병마에 박탈당"한 채 "살려줘, 살려줘"하며 비명을 내뱉는 누이의 모습은 1960년의 4·19가 보여준 활력이 어느새 소진된 상황을 비유적으로 형상화하고 있다고도 보인다.[8] 물론 이처럼 환원론적으로 소설을 해석하지 않더라도 주인공이 보이지 않는 권력자들에게 삶의 명분을 빼앗긴 채 무기력하게 살아가고 있는 모습은 이 소설에서 특히 두드러져 보인다. 이를테면 삶에서 "승패의 결정은 시합의 종말에 있는 것이 아니고 처음부터 결정되어 있는 것"이라고 자조하는 대목은 4·19의 '젊은 사자들'[9]에서 장의차 운전수로 전락

---

7 이청준, 「임부(姙夫)」, 『사상계』, 1966.3. 「임부」는 『사상계』 1965년 12월호에 「퇴원」을 발표하며 문단에 데뷔했던 이청준의 차기작이다. 1968년 봄에 있었던 한 좌담에서 이청준의 대학 시절을 언급하며 김승옥은 "「임부」는 대학 이학년 때 건데 한 열 번쯤 고쳤지"라고 말하고 있는데, 「영점을 그리는 사람들」은 이청준이 대학 2학년 때 쓴 작품이다. 김승옥의 말과, 「임부」와 「영점을 그리는 사람들」에 등장하는 인물의 유사성을 고려하면, 등단 후 심리적 부담을 느꼈을 이청준이 등단 전에 써둔 「영점을 그리는 사람들」을 한 열 번쯤 고친 후 「임부」로 개제(改題)하여 발표한 듯하다. 김승옥·김현·박태순·이청준(좌담회), 「현대문학 방담」, 『형성』, 1968 봄, 84쪽.

8 4·19에 대한 이 시기 이청준의 심정을 직접적으로 알 수는 없지만, 「영점을 그리는 사람들」이 발표된 1961년 11월 정도의 시기에 김승옥은 4·19가 보여준 미래의 가능성이 사라지는 것에 대해 안타까워하고 있다. 이정숙·천정환·김건우, 『혁명과 웃음 ─김승옥의 시사만화 '파고다 영감'을 통해본 4·19혁명의 가을』, 앨피, 2005.

9 당시 일반적으로 4·19의 주체라고 여겨진 대학생들을 사람들은 어윈 쇼(Irwin Shaw)의 소설 제목 '젊은 사자들'로 명명하곤 했다. 참고로 박태순은 4·19의 주체를 대학생으로 한정시키고 4·19를 그들의 순수하고 애국적인 운동으로 포장하려는 담론들이 4·19에 심층적으로 놓여 있던 민중들의 요구를 보지 못하게 했다고 말한다. 박태순, 「4·19의 민중과 문학」, 『4월혁명론』, 한길사, 1983.

한 "인텔리" 주인공의 심정을 잘 보여준다.

여기서 다시 이청준 소설에 대한 선행 연구들로 되돌아 갈 수 있다. 비판보다 공감적인 태도를 보이는 선행 연구들은 그럴듯한 명분을 내세워 타자를 억압하지 않는다. 즉 이들 연구의 문학적 명분은 폭력적인 편견이 아니라 이청준이 갈망했던 진정한 정신의 자유를 실천한다고 볼 수 있다. 그런데 이 같은 선행 연구들과 다르게 이청준의 소설들이 발표되는 시간과 거의 동시적으로 발표되던 신문의 월평들에는 그의 소설에 공감과 더불어 날카로운 지적을 남기는 경우가 적지 않다. 글을 쓰는 데 지면과 시간의 제약이 있는 월평의 특수한 성격을 고려하더라도 이청준 소설에 대한 공감의 태도를 보이던 비평가들의 글에서도 비판의 수위가 낮지 않다는 점은 쉽게 납득되지 않을 정도이다. 가령 이청준의 작품에 대해 누구보다 공감했던 김현은 그의 작품에 대한 존중과 더불어 다음과 같은 월평을 남기고 있다. "「행복원의 예수」를 읽어보면 작자의 지나치게 너절한, 말하자면 흥분된 요설이 보여지며, 주인공의 행동을 정당화시키기 위해 난데없이 튀어나온 늑막염에 관한 짧은, 그러기 때문에 너무 전형적이고 상투적인 에피소드, 주제를 육화시켜 가는 어렵고 힘든 많은 과정을 생략하기 위해 어쩔 수 없이 씌어진 것처럼 보이는 '지드'류의 서문 등이 이 작품의 결점의 중요한 부분처럼 생각된다."[10] 문장의 수식 관계마저 선명하지 않을 정도로 잔뜩 흥분해서 이청준 소설에 대해 날카로운 비판을 내세우는 이 같은 월평의 일부는 마치 김현의 글이 아닌 것 같다. 그런데 이처럼 다소 거친 월평을 김현만 쓴 것은 아니

---

10 「행복원의 예수」에 대한 월평. 김현, 「작단시감」, 『동아일보』, 1967.4.25.

다. 다음은 신문에 실린 월평들 가운데 이청준 소설에 대해 비판적 견해를 드러내는 대목들이다.

> 무명의 독자 : 이 작가는 작중 현실의 구체화에 힘써야 할 줄 안다. 소설의 본질은 어디까지나 그것의 완성된 형상화에 있기 때문이다. 그러면 이 작품도 난해한 현대소설을 이해시키는 데 더 좋은 지침이 되었을 것이다.[11]

> 염무웅 : 이씨가 이 작품에서 사용한 중층적 구조는 주제의 집요한 추구가 언제나 제공해 주는 박력을 치명적으로 둔화시킨다. 억지로 꾸민 듯싶은 복잡한 복선은 작중상황의 어설픈 신비화에 기여할 뿐이며 그것은 결국 작품의 기본의도를 흐리게 하고 있다.[12]

> 서기원 : 「꽃과 소리」는 너무 재주를 부리다가 재주에 걸린 결과가 되었고, 그와 같은 신기를 쫓을 내적 필연성을 찾을 수 없어 더욱 허전한 작품이다.[13]

> 신동욱 : 주인공이 발광할 수밖에 없다는 사실은 있을 법한 일이면서도 다른 방향으로 생각게 할 문제점을 지니고 있다. 거대한 힘 앞에서 한 개인은 상대적인 무력함이 시대의 책임이나 사회의 그것만으로 환원된다고 하여 역사적 책임을 개인으로서의 한 시민이 면할 수 있다는 것인

---

11 「마기의 죽음」에 대한 월평. 무명의 독자, 「소설」, 『동아일보』, 1967.9.18.
12 「매잡이」에 대한 월평. 염무웅, 「7월의 작단—소실」, 『경향신문』, 1968.7.17.
13 「꽃과 소리」에 대한 월평. 서기원, 「7월 작단 소설」, 『동아일보』, 1969.7.29.

가. 이 점에 있어서 「소문의 벽」은 작품이 던지는 파문 못지않게 비판을 받아야 하리라.[14]

구중서 : 여기서 다시 문제가 되는 것은 집단의 타락적인 분열 다음에 오는 어떤 각성의 기미를 제시하지 않은 점이다. 산문 예술인 소설은 특히 독자로 하여금 생각의 매듭을 지을 수 있게 할 필요가 있다.[15]

'지나치게 너절하고도 흥분된 요설'(김현), '형상화와 구체화의 완성도가 떨어지는 소설'(무명의 독자), '복잡한 복선으로 박력을 잃은 서사'(염무웅), '내적 필연성이 떨어진 채 재주만 부린 서사'(서기원), '인간의 역사적 책임을 면피하게 만들 우려가 있는 소설'(신동욱), '독자들에게 생각의 매듭을 건네지 않는 소설'(구중서). 이 같은 이들의 견해는 이청준 소설에 대해 각기 다른 방향의 요구를 드러내는 듯 보이지만 일차적으로는 서사가 내적 필연성보다 산만한 관념의 나열로 이루어졌다는 의견으로 수렴된다. 물론 위의 월평들이 이청준의 소설에 대해 근거 없는 비난만을 일삼는 것은 아니다. 위의 견해들은 이청준 소설을 '그 달의 문제작'으로 선택했을 정도로 상당한 공감에서 비롯된 비판이고, 월평의 형식적 제약 때문에 정교한 논리를 잃고 있다고도 볼 수 있다. 하지만 그러한 판단은 월평과 선행 연구들에서 보이는 견해 차이의 원인에 대해 근본적인 답변을 제공해주지는 못한다. 서사의 내적 필연성이 떨어지는 이청준 소설의 특성이 어떤 사람들에게는 지식인 소설로서의 새로운 가능성으로 보이게 되고,

---

14 「소문의 벽」에 대한 월평. 신동욱, 「이달의 소설」, 『동아일보』, 1971.6.18.
15 「줄빰」에 대한 월평. 구중서, 「이달의 소설」, 『경향신문』, 1974.7.18.

반대로 다른 사람에게는 지나치게 너절하고 산만한 요설로 보이게 되는 이유는 무엇인가. 심지어 김현의 사례에서 볼 수 있듯, 동일한 비평가일지라도 전혀 상반된 견해가 드러나기도 한다. 김현뿐만 아니다. 예를 들어, 위의 1969년 7월 월평에서 재주만 부린 소설이라며 이청준 소설에 대해 비판적인 태도를 드러냈던 서기원은 불과 한 달 전 월평[16]에서는 이청준 소설에 대해 상당히 호의적인 의견을 개진한 바 있다. 6월 월평에서 서기원은 「꽃과 뱀」을 "언제나 사회 현실보다 인간의 근원적인 문제를 의식의 심층을 통해서 탐구"하려는 소설이라고 고평한다. 그는 이러한 작품에서 드러나는 이청준의 관념적 서사는 "매우 야심적인 것이어서 어쩌면 한국적(한국이 아니다) 소설의 새로운 미학을 창조하려는 것인지도 모른다"고 말한다. 더불어 그는 이러한 관념성에 대해서 섣불리 "현실을 외면하고 있다고 비난을 해서는 안 될 것 같"다고 말하는데, 왜냐하면 이청준의 소설은 "한국의 현실보다 문명 전체를 상대로 하고 싶은 모양"이기 때문이다. 그렇다면 서기원의 6월 월평과 7월 월평의 차이는 단지 월평으로 논하고자 하는 대상 작품의 차이에서 비롯되는 것일까. 무명의 독자부터 전문 비평가들까지, 동일한 비평가의 '어제의 월평'에서 '오늘의 월평'까지 계속해서 이청준의 작품에 대한 견해가 상반될 정도로 다른 이유는, 단지 작품의 해석 가능성은 독자에 따라 다양하게 발현된다는 식의 수용미학적 관점으로만 설명될 수 있는 것일까. 아니면 다양한 해석들은 그럴싸한 문학적 명분을 내세우지 않는 것이라며 성급히 긍정하고 넘어가야 하는가. 그렇지 않다. 대상 작품의 차이나 작품 수용 독자의 견해차는 물론

---

16 서기원, 「작단시감」, 『동아일보』, 1969.6.21.

이청준 작품을 다양하고 심지어 상반되게 해석하게 만든다. 하지만 더 중요한 것은 이러한 해석상의 차이를 이끌어내는 이청준 작품 자체의 속성이다. 미리 말하자면 그 특성은 바로 알레고리이다.

2. 징후의 문학과 알레고리

> 김　현 : 자아와 타인의 구별이 없는 참여는 말도 안 되는 얘기지.
>
> 이청준 : 참여는 어떤 방식으로든 되어야 하는 것이지. 참여는 진짜 의미에서 새로운 논쟁거리지. 나도 참여에는 동의하는데 방법의 문제에 있어 사회의 여건이나 역사적 패턴을 먼저 규명하고 마지막으로 얘기 해야지.[17]

위 인용문에서 보듯 참여·순수 논쟁이 활발하던 1960년대 말, 문학사의 통념적 시선으로 보면 낯설게 느껴질 정도로 이른바 '관념의 작가'인 이청준은 자신의 문학적 세계관이 참여 계열의 비평가들이 내세운 담론을 지지한다고 말하고 있다. 물론 자유를 주장하면서도 자유의 한계를 성찰하는 이청준의 동시적이고 복합적인 사유를 생각한다면 여기서 이청준이 말하는 '참여' 역시 당대의 참여 담론과 동일하지 않다는

---

17 김승옥·김현·박태순·이청준(좌담회), 「현대문학 방담」, 『형성』, 1968 봄, 82~83쪽. 인용된 김현과 이청준의 대화 사이에는 김승옥과 박태순의 대화가 있으나 이 책의 맥락 상 불필요하다고 판단되어 좌담 내용을 왜곡하지 않는 범위에서 김현과 이청준의 대화만을 인용했다.

것은 쉽게 예상할 수 있다. 이청준 스스로도 참여 자체가 아니라 어떤 참여인지가 중요하다고 말하고 있다. 그렇다면 그가 말하는 참여는 무엇일까. 개인의 독특한 개별성을 존중하지 않는 참여론에 대한 김현의 반대는 이 시기 그렇게 색다른 의견은 아니다. 문학과 개인의 자율성에 대한 옹호는 당대 순수파를 지지하면서 참여론을 거부했던 논자들의 익숙한 답변이기 때문이다. 이들과 다르게 이청준은 개별성을 옹호함으로써 참여론을 부정 또는 갱신한다기보다, '사회적 구조와 역사적 패턴'을 분석한 뒤에 마지막에 드러나는 참여를 언급하고 있다. 이 같은 이청준의 참여론이 뜻하는 바를 살펴보기 위해 그의 산문의 일부를 살펴보자. 이청준은 최인훈의 『광장』(1960)에 대해 언급하면서 '징후로서의 문학'의 개념에 대해 말하고 있다.

『광장』은 이를테면 망각 속으로 파묻혀 들어가는 1950년과 53년 사이의 사건들을 다시 발굴해내어 기록함으로써 그 사건들을 그것이 벌어진 당대의 자리로 고정시켜 놓으려는 노력에서가 아니라, 1960년을 살고 있는 작가의 정신과 시선에 의하여 그 사건이 다시 상기되고 해석되어진다는 이야기다. 다시 말할 것도 없는 일이지만, 그래서 그 『광장』 속의 6·25는 1950년의 6·25가 아니라, 오히려 1960년에 다시 겪는 6·25라고 말해야 할 것이다. (…중략…) 한 소설의 주인공의 삶은 그러므로 어느 경우나 그 주인공이 뿌리박고 살아온 시대와 사회의 구체적 사실성과 그 소설이 씌어진 시대의 정신풍속의 당대성이라는 이중의 뼈대 위에 조건 지어진 삶이라 할 수 있다.[18]

---

18 이청준, 「알리바이 문학」, 『작가의 작은 손』, 열화당, 1978, 206~207쪽.

위에 인용된 산문의 다른 부분에서 이청준은 과거를 발굴해내어 그대로 재현하는 것은 '알리바이 문학'의 특징이라고 말한다. 이와 다르게 이청준이 쓰고자 하는 문학은 '징후의 문학'이다. 징후의 문학에서 주인공은 소설 내용의 시간과 소설이 쓰이는 시간, 이렇게 이중의 시간 위에 놓이게 된다. 위 인용문에서 "이중의 뼈대"는 이 같이 중첩된 시간을 뜻한다. 알리바이 문학에는 과거의 시간만이 존재하지만, 징후의 문학에는 과거와 현재의 시간이 중첩되어 있다. 그러므로 이청준이 옹호하는 징후로서의 문학은 과거를 재현할수록 소설이 쓰이고 있는 당대성을 지니게 된다. 과거로 돌아갈수록 현재, 더 나아가 미래를 제시하는 문학적 참여를 이청준은 지지한다. 그렇기에 좌담에서 그가 말했듯이 "사회의 여건이나 역사적 패턴을 먼저 규명"할 때 그 결과로서 "마지막으로" 당대의 특성을 드러내는 문학적 실천("참여")은 바로 징후로서의 문학을 통해 이루어진다. 과거를 말함으로써 미래를 예언하게 되고, 사회 구조와 역사적 패턴을 규명함으로써 현재의 징후를 드러내는 문학적 실천을 이청준은 주장하고 있다.

이러한 이중적 움직임은 알레고리라고 명명될 수 있다. 이청준이 지향하는 '징후로서의 문학'에 과거의 시간과 현재의 시간이 중첩되듯이 알레고리에는 문자 그대로의 의미와 비유적인 의미가 겹쳐있다. 알레고리에서 한 층위의 의미는 다른 층위의 의미로 옮겨간다. 이를테면 알레고리적 서사에서 역사적인 층위는 추상적인 층위로 전이되고, 사실적인 층위는 "예표(豫表)적인 층위"로 변화된다. 이처럼 하나의 표현 속에 복합적인 층위의 의미가 내장되어 있기에 알레고리는 "촌스러운 노골적인 표현을 쓰는 말이 아니라 도시인다운 기지로 세련된 말"이다. "다시 말하자면 그것은 가공적이고, (…중략…) 비현실적인 껍데기 속에 생동하는 의미의 핵심이 숨겨져 있는 것"이다. 일례로 이솝의 알레고리에서 짐승이나 무생물이 사람처럼 이야기하는 것은 가공적이고 비현실적이지만 그 속에는 무의미하지 않은 어떤 가르침과 비판의식이 담겨 있다.[19] 그렇기에 알레고리는 단순히 저자와 독자의 흥미만을 위해 수행되지 않는다. 그렇다면 작가들이 겉으로 보기에 비현실적이고 가공적인 이야기를 만드는 이유는 무엇인가. 이에 대해 이론적인 일반론을 따지기 이전에 이청준이 알레고리 기법을 사용하는 이유에 대해 살펴보자. 1981년 여름 더위를 잊으러 시골집에 내려갔던 이청준은 낮잠을 자던 중 벽시계 소리에 놀라 깬 후 이상(李箱)의 산문 「권태」[20]를 떠올리며 다음과 같은 단상을 남기고 있다.

한 시대의 불꽃 이상(불꽃은 원래 파괴 위에 피어오르는 꽃이 아니던가). 그 천재의 여름도 그처럼 무덥고 견딜 수가 없었던 것일까. 사람들은 때로 견딜 수가 없는 것을 견디기 위하여 그의 현실을 파괴하여 우화를 만든다. (…중략…) 어느 해던가. 이상은 그의 더운 여름의 모든 것을 그렇게 한 편의 우화로 베껴 놓는다. 그리고 그의 삶과 시대 전체를 우화로 바라보며 우화로 살고 간다.[21]

---

19 알레고리에 대한 이 같은 일반적인 견해는 다음의 책을 참고했다. 존 맥퀸, 송낙헌 역, 『알레고리』, 서울대 출판부, 1980. 이 문단에서 직접 인용한 두 개의 문장은 존 맥퀸의 책 60쪽과 56쪽에 서술되어 있다.

20 산문 「권태」가 쓰여진 배경에 대해서는 다음의 책 참고. 김윤식, 『이상 연구』, 문학사상사, 1987.

21 이청준, 「청론탁설─더위의 우화, 귀향일기 ①」, 『동아일보』, 1981.8.4. 이 산문은 「더위의 우화─80년 여름의 '귀향일기' 중에서」라는 제목으로 『말없음표의 속말

1980년 광주를 한 원인으로 떠올릴 수 있겠지만, 이청준에게 1981년 여름 무렵의 어떤 일들이 "무덥고 견딜 수 없"는 것을 "견디기 위해" 모든 것을 우화로 바라보며 삶을 우화로 살아 간 이상을 생각나게 했는지는 확실히 알 수 없다. 하지만 여기서 중요한 것은 우화가 견딜 수 없는 세상을 견디는 하나의 방법이라는 점이다. 가공되고 비현실적인 이야기가 최소한 이 시기 이청준에게는 단순한 흥미의 차원은 아니었음을 알 수 있다. 그뿐만 아니라 관념적인 작가라고 흔히 호명되곤 했지만, 앞서 좌담에서 보았듯이 문학의 '참여'를 옹호했던 이청준은 정신적이고 문학적인 세계와 얼핏 무관해 보이는 정치적인 현실에 대해 전혀 무관심하지 않았으며, 심지어 당대의 정치적 상황에 적극 개입하기도 했다. 이청준은 1968년 8월 1일부터 69년 12월 31일까지 월간 『아세아』 편집부 기자로 활동했다.[22] 이 잡지[23]의 발행인은 한국정유의 소유자 이요한 박사(영어 이름 John Lee)였는데, 그는 부도 위기의 한국정유를 살리기 위해 1969년 박정희의 삼선개헌 지지 성명을 발표하기도 했다.[24] 이때 이

들』(나남, 1985)에 재수록되어있다.

22 이청준의 이력은 여러 단행본에서 참고할 수 있는데, 여기서는 이청준이 '자랑스런 일고인 상'을 받으면서 제출했던 이력서를 참고했다. 이청준이 졸업한 광주일고 총동창회는 1995년부터 학교를 빛낸 졸업자들 가운데 매해 한 명을 선정하여 상을 주었다. 이청준(35회 졸업)은 1998년에 이 상을 수상했다. 광주제일고등학교 동창회, 『광주고보·서중·일고 80년사, 1920~2003』, 광주제일고등학교, 2004, 813~815쪽.

23 이력서에 따르면 이청준은 1968년 8월 1일부터 일했다고 하는데, 월간 『아세아』의 창간호는 1969년 2월에 발간되었다. 이청준은 이 잡지에 「6월의 신화」라는 소설을 연재하기도 했다. 이 잡지의 종간호가 정확히 언제인지 현재로서는 정확히 확인되지 않아서, 이곳에 연재된 이청준의 소설은 온전한 형태로 확인할 수 없다. 현재 국내 도서관에서 입수할 수 있는 마지막 호는 1969년 7·8월호(합본호)이고 이곳에 이청준의 연재소설 제2회의 서사가 실려 있다.

24 이상의 내용은 당시 이청준과 함께 『아세아』의 편집기자 일을 담당했던 김창현(블로그 필명 씨야)의 블로그(「씨야 memorandum」 http://blog.daum.net/cya713)의

청준은 잡지 발행인 이요한 박사의 주장과 반대로 편집기자 김창현과 함께 삼선개헌 반대 성명을 발표했다. 이청준이 1969년 12월 말에『아세아』에서 일할 수 없게 된 이유는 삼선개헌 반대 성명과 완전히 무관하지는 않아 보인다.[25] 심지어 1970년대 중반 이청준은 한 편의 글로는 완성하지 못한 짤막한 메모들을 스크랩 했었는데, 그 노트에는 미국을 노골적으로 비판하는 다음과 같은 대목도 담겨 있다. "중성자탄 — 전쟁수단을 파괴하고 인간만 살아남게 하는 것이 아니라, 인간만 도륙하고 전쟁수단만 살아남게 하는 해괴한 핵무기. 도덕 외교가 번창한 미국식 인도주의의 산물."[26] 이청준답지 않아 보일정도로 선명한 비판이 담긴 이러한 문장을 그는 '행간에 떨어진 이삭(「행간낙수」)'이라는 제목 아래 모아두었는데, 행간낙수라는 제목은 현실에 대한 비판적 견해를 드러내고자 하면서도 그럴 수 없는 당대의 억압적인 상황을 이청준이 힘겹게 견뎌내고 있다는 점을 우의적으로 보여준다. 이러한 사례들은 이청준이 현실로부터 유리된 도도한 관념의 소유자가 아님을 뚜렷이 증명한다. 삼선개헌안의 통과는 그 자체로 국민의 기본권과 자유주의 원리의 약화를 의미했는데,[27] 이러한 시기 이청준은 억압적인 상황을 견뎌내면서도 줄곧 침묵하거나 관념으로 도피하는 대신 개인의 자유를 지켜내기 위해

2009년 5월 22일 포스팅「이청준 1주기」(http://go9.co/kaJ)의 글을 참고했다. 이 포스팅에는『아세아』의 발행인 이요한 선생뿐만 아니라 편집기자 일을 보던 이청준에 대해 글로는 알려지지 않은 흥미로운 세목들을 접할 수 있다. 일례로 이 시절 이청준은 청자담배를 자주 피웠고, 서린호텔 지하의 빠찡코에 정신을 못 차릴 정도로 빠져 있었다고 한다.

25 『아세아』 다음의 일자리는 월간『지성』이다. 이곳에서 이청준은 문화담당 부장으로 1971년 7월 1일부터 1972년 3월 31일까지 일했다.

26 이청준,「무세 ─ 행간낙수」, 앞의 책, 1978, 120쪽.

27 문지영,『지배와 저항 ─ 한국 자유주의의 두 얼굴』, 후마니타스, 2011, 120쪽.

알레고리를 활용했다. 이청준의 알레고리는 비현실적이고 가공적으로 보이지만 그 기법 안에는 당대 정치 현실로부터 개인의 자유를 지켜내고자 하는 작가의 열망과 더불어 당대 현실에 대한 비판의식이 내장되어 있다.

그런데 일반적으로 알레고리는 관습에 기댄 비유이기에 의미를 다양하게 분산시킬 수 없다고 알려져 있다. 알레고리의 대표적인 사례로 언급되는 이솝 우화에서 교훈성과 풍자성을 읽을 수 있는 이유도 알레고리 기법의 이야기들이 의미의 복수성을 단 하나의 공인된 해석으로 축소시키기 때문이다.[28] 그렇다면 이청준은 억압적인 현실을 견디고 극복하기 위해 알레고리를 활용했지만 역설적이게도 그것은 자유로운 사유의 활력을 또 다른 중심적인 견해로 억압하게 만든 것은 아닐까. 만약 그렇지 않다면 억압적인 현실과 대결하면서도 해석의 다양성과 정신의 자유를 지켜내는 알레고리는 무엇인가. 이태리 출신의 문학이론가 프랑코 모레티는 『근대의 서사시』에서 이렇게 독특한 알레고리에 대해 자세히 설명하고 있진 않지만, 알레고리를 통해 알레고리의 한계를 극복한 사람으로 발터 벤야민, 폴 드만, 조나단 컬러 등을 언급하고 있다. 이들 가운데 벤야민이 교수 자격 심사를 받기 위해 프랑크푸르트 대학에 제출했던 논문 『독일 비애극의 원천』은 바로 이 같은 알레고리에 대해 집중하고 있다. 『독일 비애극의 원천』[29]의 첫 장 「인식비판적 서론」에는 마치 플라톤의

---

28 프랑코 모레티, 조형준 역, 『근대의 서사시』, 새물결, 2001.
29 발터 벤야민, 김유동 · 최성만 역, 『독일 비애극의 원천』, 한길사, 2009; 발터 벤야민, 조만영 역, 『독일 비애극의 원천』, 새물결, 2008; Walter Benjamin, trans. John Os-borne, *The origin of German tragic drama*, New York : Verso, 2003. 두 개의 한국어 번역서 모두 독일어판 원서를 번역했다고 하는데, 여기서는 영문 번역서와 비교적 잘 대응되는 한길사판을 활용했다.

유명한 삼 항인 시뮬라크르-사본-이데아를 연상케 하는 현상-개념-이념이란 삼 항이 등장한다. 플라톤을 두 번 언급하고 있는 이 서론에서 "이념들은 극단들(현상들-인용자)이 그 이념들 주위에 모여들 때 살아 움직이기 시작하는 법이다"[30]와 같은 서술에 유념한다면, 벤야민이 플라톤의 이데아를 계승하면서도 이데아로 나아가는 길을 그와 다른 지점에서 찾고 있다는 것을 알 수 있다.[31] 오로지 이데아를 기억하고 있는 사본들로부터 시작해서 천상(이데아)에 이르고자 하는 길을 찾았던 플라톤의 방법론은 이 논문의 백미라 할 수 있는 '상징'과 '알레고리' 가운데 전자에 연결되고, 도리어 플라톤이 내버렸던 파편적인 시뮬라크르에서 천상의 별자리를 찾았던 벤야민의 방법론은 후자에 연결된다. 요컨대 알레고리는 무미건조한 전문어가 아니라 의미가 붕괴된 폐허의 파편들(현상들)에서 독특한 성좌(이념)를 드러내고자 했던 벤야민의 갈망이 깃든 뜨거운 술어이다. 여기서 성좌와 이념을 그의 아우라라는 술어와 연결시키는 것은 자연스럽다. 그런데 흔히 아우라의 비유로 읽히곤 하는 벤야민의 소품 「산딸기 오믈레트」에서 왕이 재현코자 하지만 절대로 재현할 수 없는 오믈레트의 아우라가 바로 전장의 폐허에서만 드러난다는 점은 그 무엇보다 중요하다. 벤야민이 그렇게도 찾고자 했던 아우라는 사람들 간의 '구별짓기'를 조장하는 세련되고도 단정하며 평화로운 고급문화 체험에서 비롯되는 아우라가 아니라 엉성하고 긴급하고 심지어 부조리해 보이는 체험에서 돌연 떠오르는 다른 아우라였기 때문이다. 「이야기꾼」[32]이

---

30 발터 벤야민, 위의 책, 2009, 46쪽.
31 벤야민의 아우라가 플라톤의 이데아와 유사하면서도 다르다는 사실에 대해서는 다음의 글에도 언급되어 있다. 최성만, 「벤야민 횡단하기 1」, 『문화과학』, 2005 겨울.
32 「산딸기 오믈레트」와 「이야기꾼」은 반성완의 한국어 번역서 참고. 발터 벤야민, 반성

라는 에세이에서 벤야민이 시간이 지나면 지날수록 풍화되지 않고 오히려 더 큰 생명력을 갖게 되는 이야기가 근대의 발명품이라 할 수 있는 소설과 신문에 의해 사라진다며 아쉬워했을 때, 이야기와 소설(신문)을 가르는 그의 성긴 이분법은 수정될 필요가 있지만 여기서 중요한 것은 이야기에 아우라가 깃드는 방법이다. 벤야민은 이야기가 시공간을 초월해서 또 다른 독자와 예기치 않은 재회를 이룰 수 있는 방법을 알려주기 위해서 스위스 태생의 신학자 요한 페터 헤벨(Johann Peter Hebel)의 소품 「예기치 않은 재회」를 사례로 언급한다.

먼저 이 작품의 내용은 이렇다. 결혼을 하루 앞둔 약혼자가 탄광에 들어갔다가 죽게 되고, 홀로 남겨진 약혼녀는 결혼하지 않은 채 50여 년의 세월을 보내게 된다. 그리고 50여 년이 지난 어느 날 오래 전 탄광에서 죽었던 약혼자의 시체가 발견된다. 그 시체는 탄광 속 황산염에 흠뻑 젖어 있어서 부패되지 않았다. 이처럼 헤벨은 이미 늙어버린 약혼녀가 청년의 모습을 유지하고 있는 약혼자를 예기치 않게 재회하는 신비롭고도 아름다운 이야기를 그리고 있다. 그런데 벤야민이 이 이야기에서 관심을 갖는 부분은 50여 년을 혼자서 살아온 여성의 지고지순한 태도라든지 젊었을 적 모습을 그대로 유지하고 있는 약혼자 모습 따위가 아니다. 벤야민은 이런 무거운 메시지와 기발한 소재 속에는 시간의 풍화를 이겨내는 아우라가 담겨 있지 않다고 본다. 벤야민이 주목하는 것은 결혼을 앞둔 약혼자가 죽은 후 50여 년의 세월이 지나는 장면에 대한 헤벨의 서술이다. 약혼자가 광산에서 돌아오지 않은 후부터 진행된 50여 년의

완 역, 『발터 벤야민의 문예이론』, 민음사, 1983.

시간을 작가는 이렇게 서술하고 있다. "그 사이 포르투갈의 리스본 시는 지진으로 파괴되었고, 7년 전쟁이 끝났으며, 프란츠 1세 황제가 서거했다. 그리고 가톨릭의 예수회가 폐지되었으며, 폴란드가 분할되었고, 마리아 테레지아 여왕이 서거했으며, 덴마크의 정치가 스트루엔제 공작이 처형되었고, 미국이 독립했고, 프랑스와 스페인의 연합군이 지브롤터 해협을 정복하지 못했다. 터키군은 슈타인 장군을 헝가리의 베트란 동굴에 가두었고, 황제 요셉도 서거했다. 스웨덴 국왕 구스타프는 러시아령 핀란드를 정복했고, 프랑스 혁명이 발발하여 긴 전쟁이 시작되었으며, 레오폴드 2세 황제도 역시 사망하여 무덤으로 갔다. 나폴레옹이 프로이센을 정복했고, 영국군이 코펜하겐을 폭격했으며, 농부들은 씨를 뿌렸고 가을걷이를 했다. 방앗간 주인은 방아를 찧었으며, 대장간 주인은 망치질을 했고 광부들은 지하 작업장에서 광맥을 찾아 곡괭이질을 했다."[33] 비극적 상황에 놓인 여인의 내면을 그리는 대신 헤벨은 죽음과 전쟁이 난무했던 역사적 사건들을 파편적으로 나열하고 있다. 약혼녀의 슬픈 내면과 가장 거리가 먼 서술, 어떻게 보면 독자들을 약혼녀의 슬픈 내면과 동일시하지 못하도록 하는 이처럼 건조하고도 파편적인 서술을 벤야민은 아우라가 깃든 알레고리라고 말하고 있다. 이같이 파편적인 서술은 약혼자가 죽은 후 홀로 살아야 했던 약혼녀의 내면을 직접적으로 제시하지 못하지만 그녀의 내면에는 수많은 전쟁과 죽음이 지나간 것과 비슷한 강도의 상처가 남아 있을 거라는 암시를 우의적으로 보여

---

33 요한 페터 헤벨, 배중환 역, 『예기치 않은 재회 - 독일 가정의 벗, 이야기 보물상자』, 부산외대 출판부, 2003, 17쪽. 번역서에는 인용된 문장들 사이사이에 다수의 역자주가 첨부되어 있는데, 여기서는 이 각주들은 인용하지 않았다.

준다. 그 무엇으로도 재현될 수 없는 그녀의 슬픔은 그 슬픔과 가장 무관해 보이는 파편적인 사건들의 나열 때문에 드러날 수 있게 된다. 무엇으로도 표현할 수 없는 그녀의 슬픔을 표현할 수 있게 만든 파편적인 사건들의 나열은 『독일 비애극의 원천』에서 이념을 드러내는 극단적인 현상들이라고 할 수 있다. 시간이 지난다고 해도 작품이 죽지 않고 독자와 뜻하지 않는 재회를 이루기 위해서 벤야민은 이처럼 작품의 의미를 드러내면서도 감추는 알레고리의 서술(파편적인 현상들의 나열)이 필요하다고 말하고 있다.[34]

어울릴 수 없는 현상들의 조합을 통해 비로소 미래에 도래하는 이념을 강조했던 벤야민의 견해는 사회 구조와 역사의 맥락을 분석한 후에야 비로소 결과적으로 드러나는 참여를 말했던 이청준의 견해를 연상케 한다. 더불어 알레고리를 통해 드러나는 벤야민의 아우라가 전장과도 같이 긴급한 상황과 무관하지 않았듯이 이청준의 알레고리 역시 긴급한 시대적 상황과 연결되어 있다. 앞서 살펴보았듯이 이청준 소설에 대한 선행 연구의 상찬과 월평의 비판이 엇갈렸던 것도 그의 소설에는 어울릴 수 없는 현상들이 알레고리로서 나열되어 있기 때문이다. 알레고리를 이루는 파편적인 현상들은 바라보는 관점에 따라 누군가에게는 '생각의 매듭이 없고 내적 필연성이 없는 흥분된 요설들'로 보이기도 하고 또 다른 누군가에게는 '한국적 소설 미학의 새로운 특성을 창안하려는 모험의 서사'로 보이기도 했던 것이다.

---

34 벤야민의 알레고리와 상징에 대해 언어 이전의 체험(Erlebnis)과 언어로 통제된 경험(Erfahrung)을 중심으로 정교하게 설명하고 있는 글은 다음의 논문 서론에 실려 있다. 김수림, 「식민지 시학의 알레고리」, 고려대 박사논문, 2011.

3. 가공적 서사 안에 숨겨진 실제 사건

　이청준의 알레고리는 단지 '너무 재주를 부린 신기'(서기원)가 아니라 폭압적인 당대 현실로부터 자유를 지켜내기 위한 절박한 기법이었음은 무엇보다 강조될 필요가 있다. 왜냐하면 이 점을 망각할 경우 이청준 소설에 대한 상찬과 비난은 이청준이 누누이 강조한 역사적 맥락과 사회 구조에 대한 비판을 망각한 채 이루어지기 때문이다. 더욱이 이청준이 강조한 징후로서의 문학이 지니는 "이중의 뼈대"(알레고리)를 존중한다면 이청준 작품의 서지사항에 대한 엄밀하고도 실증적인 연구는 단순히 연구자의 기본적인 자세를 드러내는 일이 아님을 알 수 있다. 이를테면 작품의 발표 시기를 고려하지 않는 채 수행되는 소설의 내재적 독해는 작품에 내장된 이중의 시간을 고려하지 않기에 '징후로서의 문학'을 하나의 시간만으로 수행된 '알리바이의 문학'으로 전락시키는 결과를 초래한다. 앞서 살펴보았듯이 이청준에게 알레고리는 징후로서의 문학을 실현시키는 대표적인 기법이다. 하나의 서사 안에 복합적인 의미 층위를 지닌 알레고리가 역사적 사건을 통해 예표적 징후를 드러내고, 가공적 현실을 통해 근원적인 문제를 드러내듯이, 징후로서의 문학은 등장인물의 문제(서사의 시간)를 드러냄으로써 소설이 씌어지는 당대 현실의 문제에 적극적으로 관계 맺는다. 그러므로 이청준 소설의 알레고리와 징후적 특징을 존중한다면 무엇보다도 작품이 발표된 시기와 작품이 감추고 있는 구체적인 현실을 함께 살펴볼 필요가 있다. 이러한 견해를 증명하기 위해 여기서는 이청준이 1967년에 발표한 「공범」을 다룰 것이다. 오로지 가공적인 현실만을 보여주는 듯 보이는 이 작품은 1962년 무렵의 실제 사건을 배경으로 하고 있다. 먼저 그 사건에 대해 살펴보자.

이청준의 단편 「공범」(1967)의 모델이 되는 실제 사건은 보통 '학보병사건'[35]이란 이름으로 알려져 있다. 학보병사건은 최영오(崔永吾) 일병이 상사 2명을 총으로 쏘아 죽이고 1명을 부상 입게 한 일로 대법원까지 가는 3차 공판 끝에 사형을 선고받은 사건을 말한다. 최영오는 이청준과 동갑인 1939년 생으로 경기공고를 졸업한 후 서울대 문리대학 천문기상학과에 다니던 중 졸업을 12학점 남겨두고 학보병으로 군에 입대한다.[36] 나이와 대학뿐만 아니라, 최영오와 이청준의 가정사는 상당히 유사하다. 이청준은 아버지를 일찍 여의고 홀어머니와 살았으며 가난했기 때문에 중학생 때부터 가정교사를 했으며 전남에서는 일류라고 하는 광주서중과 광주일고에서 계속 수석을 했고 고등학생 때에는 학생회장을 할 정도로 자신의 불우한 처지를 극복하기 위해 매사 최선을 다했다.[37] 이청준처럼 최영오 역시 어릴 때(4세 때) 아버지와 동생을 잃고 행상을 하던 어머니와 함께 생활했다. 당시 39세였던 어머니 이숙진(李淑眞)은 죽은 남편의 양복 한 벌을 판 23원으로 행상을 시작하며 5남매를 길렀다. 수학을 좋아하던 최영오는 대학 진학을 고민하던 때 하루빨리 집안에 도움을 주기 위해 육사에 지원했지만 신체검사에서 불합격했다. 그러자 그는 당시(1958년) 신설된 서울대 천문기상학과에 들어가면 빠른 시일 안에 성공할 수 있다고 판단하여 그곳으로 진학한다. 최영오는

---

35 한국사사전편찬회, 『한국근현대사사전』, 가람기획, 2005.

36 「최영오 학우를 살릴 길 없는가—온정 속에서 몸부림치는 5709번 사형수」, 『대학신문』, 1963.3.11.

37 김승옥, 「'산문시대' 이야기」, 『내가 만난 하나님』(개정판), 2007, 154~155쪽.

가계에 부담을 주지 않고자 이때부터 가정교사를 시작했다. 이 일을 하면서도 그는 아픈 어머니의 약값을 마련하기 위하여 여름에는 수영장에 나가 짐을 지켜주는 일을 하고, 겨울에는 스케이트장에 나가 스케이트 날을 갈아주는 일을 했다. 어머니에 대한 효심이 지극해서 그는 마을 사람들로부터 항상 신뢰를 잃지 않는 청년이기도 했으며, 친구들 간에는 "호프적 존재"가 될 정도로 유연하고 활달한 대학생이기도 했다.[38]

가정교사를 하면서 가르쳤던 장현숙(張賢淑)이 대학에 들어가고 나서 얼마 후 1960년 7월 8일 대학 3학년생이던 최영오는 그녀와 교제를 시작했다.[39] 그는 대학 4학년 재학 중 1961년 8월 3일 학보병(학적보유현역병)으로 육군에 입대했고, 각대를 거쳐 1962년 4월 5일 보병 제15사단 106무반동총중대 제1소대에 전입되어 2번 탄약수로 복무했다. 군대에서 그는 장현숙으로부터 편지와 신문 등을 자주 받았는데 특히 그들 간의 편지는 같은 중대 고참인 서무계 병장 정방신(22세)과 중대 교육계 상병 고한규(24세)에 의해 먼저 개봉되어 동료들 앞에서 희롱되기도 했다. 1962년 7월 4일 그는 중대장에게 사신(私信)이 고참들에게 희롱되는 것을 시정해달라고 요청했고, 중대장은 정방신과 고한규에게 시정 조치를 내렸다. 이 때문에 정방신과 고한규는 최영오 일병에게 증오심을 품기도 했다. 7월 7일 저녁 8시 30분, 전 중대원이 중대 막사 앞에서 집합하여 일석 점호를 받을 때 피해자 정방신이 선창하여 "차렷, 열중쉬

---

38 이상의 내용은 다음의 책과 기사를 참고했다. 작은 부분에서 정보가 어긋나는 경우가 있는데 그럴 경우 단행본에 소개된 내용을 중심으로 정리했다. 가령, 신문에서는 최영오의 어머니 이름이 '이숙자'라고 기록되어 있는데, 단행본에서는 '이숙진'으로 표기되어 있다. 「최영오 이십삼년간의 생애」, 양성일 편, 『이 캄캄한 무덤에서 나를 잠들게 하라』, 합동문화사, 1963; 「살인한 '군복의 지성'」, 『동아일보』 1962.7.30.
39 장현숙, 「장현숙 양의 일기」, 양성일 편, 위의 책.

엇, 받들어 총" 등 구령조정연습을 했는데, 여기서 최영오와 정방신 간의 문제가 발생했다. 정방신이 선창하면 중대원이 후창 하는 방식의 연습이었는데, 정방신이 '열중쉬엇'을 선창하자 최영오만 '열중쉬엇' 대신 '편히쉬어'를 후창 했고, 이날 21시 50분경 정방신과 고한규는 최영오를 불러내어 수건으로 최영오의 안면부를 수회 구타하였다. 이에 최영오가 따지자 상급자에게 모욕감을 준다면서 옆에 있던 나무로 한 차례 구타하기도 했다. 다음날인 7월 8일 최영오는 3일 전에 노천에서 습득해 두었던 M1 실탄 1크릿(8발)을 작업복 하의 우측 호주머니 속에 넣은 후 내무반으로 돌아와 그들을 살해할 기회를 노렸다. 12시 35분경 사단사령부에서 위문단공연을 관람하기 위해 전장병이 연병장에 집합하고, 정방신과 고한규 등이 본부소대 내무반 출입문 앞 국기 게양대 옆에 서있는 것을 본 최영오는 총을 들고 나가 이들 배후를 향해 각각 1발을 쐈다. 그런 후 나머지 5발을 쓰러진 이들에게 발사했다. 정방신은 흉부에 3발 좌측 대퇴부에 1발의 총알을 맞아 즉사했고, 고한규의 견갑부에 1발 복부에 2발을 맞았다.[40]

최영오는 그 자리에서 체포되었고 1962년 7월 27일 106부대 보통군법회의에서 사형을 선고받는다. 이때 검찰은 기소장에서 최일병이 기고만장해서 상급자들에게 미움을 산 것이라고 말했고, 변호인은 상급자들이 자신들보다 우월한 학력을 지닌 최일병에게 질투와 열등감을 느껴괴롭힌 것이라고 말했다. 최영오의 소식이 알려지자 30일부터 각계에서 구명운동이 일어났다. 8월 1일부터 문화인들은 연판 진정서를 꾸며

40　이상의 내용은 제2군단 보통군법회의의 1심의 판결문을 참고했다. 「최일병 '상사살해사건' 판결문」, 『조선일보』, 1962.8.4.

서명 날인 운동을 펼쳤는데, 백철, 정비석, 박계주, 박화성, 최정희, 장덕조 등의 문인들이 앞장서서 서명을 받은 후 그것을 3일 선고공판이 있기 전 박정희 의장(대통령 권한대행 국가재건최고회의 의장)과 관계기관에 제출했다. 문화인들은 "홀어머니 밑에서 가난을 이겨가며 고학을 해온 최군이 군에서 상사로부터 모욕적인 처우(편지를 뜯어보고 그 내용을 공개하며 구타하는 등)를 받고 일시적인 흥분으로 상사를 쏴 죽였지만 최군을 사형에 처하게 되면 홀어머니의 살 길이 막막할뿐더러 그가 특수 자연계통인 기상천문학을 전공하고 있는, 국가에 필요한 수재라는 점을 참작해서 관대히 봐주어야 할 것이다"라며 한목소리를 냈다.[41] 이 같은 최일병의 처지를 이해하려는 시도에서 더 나아가 이 사건은 군대에 대한 비판적인 목소리를 이끌어내기도 했다. 당시 서울대 문리대 천문기상학과 김철수(金哲洙) 교수는 다음과 같이 말하기도 했다. "이번 일의 가장 큰 책임은 그 부대의 일반적인 분위기가 아니었는가 생각되며 특히 그의 애로를 모른 체 해버린 윗사람들이 반성해야 된다. 질서를 세우는 일은 좋으나 때리는 것만은 부디 없어져야 한다." 이 같은 비판은 "죄를 묻는다면 최일병에게가 아니라 부대 안의 일반 분위기에 물어야 하지 않을까?"라는 청년들의 질문으로 이어졌다.[42] 이처럼 최일병 사건은 5·16 이후 진취적이고도 도덕적인 이미지를 구축하려던 군 세력에 대한 오점이 되기에 충분했다.[43] 1심 판정이 있고 나서 며칠이 지나지 않은 7월

---

[41] 이상의 내용은, 「교수, 학생들이 구명운동 전개」, 『경향신문』, 1962.8.1.

[42] 「구명탄원」, 『동아일보』, 1962.8.2.

[43] 5·16 직후에도 군인은 경찰과 다르게 신선하고 긍정적인 이미지를 어느 정도 유지하고 있었다고 판단된다. 권보드래, 「4·19는 왜 기적이 되지 못했나?」, 권보드래·천정환, 『1960년을 묻다』, 천년의상상, 2012 참고. 그렇지 않다고 하더라도 최영오가 상사 2명을 죽이고 사형을 선고받고 그것이 집행되기까지의 기간, 그러니까 1962년 8

31일에 육군 참모총장 김종오(金鐘五)가 담화문을 긴급하게 발표한 데에는 군에 대한 신뢰가 떨어질 수 있다는 위기의식에서 비롯된 듯하다.

군은 상경하애(上敬下愛)의 군은 단결 아래 전투태세를 완비코자 매진하던 중 최영오 일병 사건과 같은 불미로운 일이 야기됨으로써 국민 여러분에게 실로 미안한 감을 금치 못하는 바입니다. 이번 사건에 있어서 중대급 부대의 하사관이 사신(私信) 검열을 했다는 것은 육군 규정을 위반한 것이며 또한 법정에서 학보병 차별대우 운위(云謂)는 피고를 옹호키 위한 변호사의 입장에서 취한 발언에 지나지 않으며 군 내에 있어서는 절대로 학보병 출신을 차별한 사실이 없을뿐더러 앞으로도 절대로 없을 것입니다. 이번 사건에 관련된 자는 법에 의해 엄정 처리될 것이며 이를 거울삼아 육군은 모든 사적 제재금지, 사신의 비밀유지, 인권옹호에 더욱 신중을 기할 것입니다.[44]

당시 일반 병들은 36개월을 복무했고 학보병은 18개월 근무하고 일

월부터 1963년 3월까지의 기간은 대통령으로 정권을 장악하고자 했던 박정희 세력이 군대에 대한 긍정적인 이미지를 만들기 위해 고심했을 시기라는 것은 쉽게 예상할 수 있다. 참고로 김승옥 역시 1963년 무렵의 군대에 대해 다음과 같이 회상하고 있다. "4·19 때도 군에 대해서 좋은 인상을 가지고 있었지요. 그때는 군인이 학생들의 데모를 보완해주는 세력이었으니까. 그런데 치사스럽게 쿠데타가 나다니 대한민국이 이렇게 한심한 나라였던가 하는 낙심천만이 말도 못할 정도였죠. 그런데 이 자리에서 고백할 게 하나 있는데, 나중에 박정희 대통령이 민정이양 형식으로 대통령선거에 나왔을 때 나는 박정희에게 투표했어요. 학교 친구들은 다 아니라고 하는데, 아까 염 형(염무웅-인용자)도 야당이 보수적이었다고 얘기했지만, 그 무렵 내 눈에는 4·19 이후 집권한 민주적 세력들이 어쩐지 미국 원조물자 가지고 나눠먹고 사는 똘마니구나 싶은 느낌밖에 안 들었단 말예요. 별로 기대할 것이 없었어요. 그 사람들보다는 차라리 촌티나는 박정희의 민주주의가 낫겠다, 그래서 나는 정말 박정희한테 표를 찍었어요.(웃음)" 최원식 외, 『4월혁명과 한국문학』, 창작과비평사, 2002, 46쪽.
44 「김종오 육군참모총장 담화문」, 『조선일보』, 1962.8.1(조간).

병으로 제대했는데, 이 같은 학보병(학적보유현역병) 제도는 일반 청년들과 다르게 대학생들에게만 주어지는 일종의 특혜였다. 학보병들은 18개월간 전방부대 보병 소총수로 복무한 후 일단 귀휴(歸休)하여 6개월 이내에 복학하여 복학증명서를 지구 병사구 사령부에 제출하면 6개월 귀휴 기간을 합쳐 24개월 복무한 것으로 제대특명을 받았다. 학보병들은 '00'으로 시작하는 군번을 받았는데, 학보병으로 입대한 신병들을 못살게 굴기도 했던 일반 고참병들은 학보병의 군번을 따서 그들을 "빵빵"이라고 부르며 기합을 주기도 했다. "학보병 차별대우 운위는 피고를 옹호키 위한 변호사의 입장에서 취한 발언"이라는 김종오 육군 참모총장의 발언은 사실과 달랐다. 그의 발언에는 군대가 억압 없는 질서의 구현체이자 인권과 국가를 동시에 수호하는 집단으로 포장하려는 의지가 숨겨져 있다. 김종오의 공식적 담화가 만들어내는 군대에 대한 긍정적인 이미지는 곧이어 판사의 판결문으로 완벽하게 보완됐다.

범행동기를 살피건대 당초 피고인이 피해자 등에 대하여 사감을 품은 것이 연인으로부터 내왕하는 사신을 피해자 등이 수차에 걸쳐 임의로 개피 열독 공개 희롱한 데서 배태된 것이라 하는바, 동인 등의 소치는 물론 위법으로서 있어서는 안 될 일이지만, 한편 생각해보면 이러한 이성 관계에 가장 관심을 쓰는 20대 시기에 더구나 고향을 수백 리 씩 격해 그야말로 생사고락을 같이하는 남성들만의 군대세계에서 일어난 일인즉 타전우보다 학식이나 인격 면에서 월등한 처지에 놓인 피고인에게는 혹 이러한 연서가 왔다면 그 내용을 서로 공개하여 같이 즐길 수 있는 아량까지도 기대할 수 있는데도 원래 성격상으로 내성적이며 고독 우울한 탓으로 이러한 사소한 일로 인해

도리어 그들에게 원한을 품으니 자연적으로 그들도 반발하여 피고인에게 증오심이 배태되어 갔음을 규지(窺知)하기 무난하고, 또 7월 4일 일석점호 시 구령조정연습 때만 하여도 무의식중에 '편의쉬어'이라는 구령이 나왔다 하나 원래 한 번 토라지면 돌아설 줄 모르는 성격의 소유자인 피고인이 평소에 동 피해자에 대하여 얼마나한 원정을 품었길래 이런 엄숙하여야 할 때 (일석점호-인용자)까지도 나타났는가를 짐작할 수 있을뿐더러 (…중략…) 평소에 동인(피해자-인용자)을 얼마나 멸시해 왔던가를 추측하기 무난하고 (…중략…) 그 살해 방법 또한 각인에 3~4발씩 발사 살해하는 등 잔인했을 뿐만 아니라 (…중략…) 요컨대 중대한 사명을 띠고 멸공전선에 나선 피고인이, 또한 사리판단에 남보다 월등한 두뇌를 가진 피고인이 사전에 지휘관에게 건의하여 달리 방책을 강구할 수가 있었음에도 불구하고 이를 하지 않고 사소한 연서 몇 장으로 인하여 동고동락하던 전우 두 사람의 귀중한 생명을 끊은 처사는 우리 국군 사상 영원히 씻지 못할 천인공노할 소위로서 그 정상에 추호도 참작할 여지없이 법정형을 극형 하나로만 규정한 군형법의 입법취지에 감하여 피고인을 사형에 처함이 상당하다. 자(玆)에 주문(主文)과 같이 판결한다.[45]

김종오 장군의 공식적인 담화와 판사의 권위적인 판결은 최영오 일병을 "사소한 연서 몇 장으로 인하여 동고동락하던 전우 두 사람의 귀중한 생명을 끊은" 무뢰한으로 전락시킨다. 이후 최영오 일병은 항소하지만 1963년 2월 26일 대법원에서 항소 기각 판정을 내림으로써 사형은 변

---

45 「최일병 '상사살해사건' 판결문」, 『조선일보』, 1962.8.4.

함없이 선고된다.[46] 대법원에서까지 사형 판정을 받은 최영오 일병이 구명될 수 있는 마지막 길은 박정희 의장의 선처뿐이었다. 당시 여성 문인들은 서명운동과 더불어 박정희 의장과의 면담을 요청했고 최영오의 형 최영수는 자신의 동생이 단지 연서 몇 장에 사람을 죽인 사람이 아니라는 것을 증명하기 위해 최영오와 그의 애인 장현숙의 편지, 일기, 수기 등을 모아 책을 출간하고자 했다.[47]

당시 5709번의 사형수로 서대문 구치소에 수감되어 있던 최영오에게는 월요일, 수요일, 금요일에 한하여 하루 한 번 3분 동안의 면회가 허락되었다. 그의 형은 매주 세 번의 면회를 거의 모두 활용했다. 그의 사형이 집행되기 3시간 전에도 최영수는 동생과 면회했는데, 그때까지도 형제는 사형 집행에 대해서 아무것도 알지 못했다. 사형은 갑자기 이루어졌고, 동생을 면회하고 집에 돌아오자 형 최영수 앞으로 최영오의 시체를 찾아가라는 전보가 전달되었다. 그 소식을 들은 최영오의 어머니는 그날 밤(3월 18일) 10시경 아들의 이름을 목메어 부르다가 마포전차 종점 근처 높이

---

46 최영오 일병이 재판을 받은 과정은 다음과 같다. 1심－1962.8.3 제2군단 보통군법회의(사형 선고); 2심－1962.10.19 육군고등군법회의(항소 기각 사형 선고); 3심－1963.2.26 대법원(항소 기각 사형 선고).

47 책이 출간되기 이전 최영오의 옥중 수기와 장현숙의 산문은 그가 대법원의 최종 판결을 받기 전에 잡지에 발표되기도 했다. 이 글들은 세간의 이목을 끈 사건 당사자들의 수기를 상업적으로 이용하려는 목적을 지녔다기보다 최영오에 대한 왜곡된 이미지를 정정하고 그를 구명하고자 하는 의도를 지녔다고 봐야 할 듯하다. 최영오, 「이 캄캄한 무덤에서 나를 잠들게 하라」, 『동아춘추』, 1962.12; 장현숙, 「푸른 '유니폼'의 연인들에게」, 『동아춘추』, 1963.1. 이 두 편의 글과 이들의 편지와 일기 등을 묶어서 최영오 구명운동의 일환으로 발표된 단행본은, 양성일 편, 앞의 책. 이 책의 출간 목적이 최영오 구명운동의 하나였음은 그가 사형된 후 이루어졌던 최영수(최영오의 형)의 인터뷰에도 드러나 있다. 이 인터뷰에서 최영수는 "동생을 이 꼴(고작 연서 때문에 사람을 죽인 무뢰한－인용자)로 만들지 않겠다고 출판할 것을 승낙해주었"다고 말하고 있다. 『대학신문』, 1963.3.21.

10미터 되는 절벽에서 한강으로 투신했다. 사형 집행 전에 최영오 일병은 "어머님 생전에 몹쓸 죄를 짓고 먼저 가는 몸 송구스럽다. 그 동안 많은 걱정을 끼쳐드린 동료나 장 양(그의 애인)께 미안하기 짝이 없다"라는 짧은 말을 남겼고, 자살한 그의 노모는 "선생님들이 영오를 죽인다니 영오대신 모친이 죽을 터이니 영오를 살려주시오. 모친은 영오가 죽는 것을 볼 용기가 없으니 영오를 살려주시오. 말이 잘 안되지만 간단히 펜을 들어 쓸 뿐입니다. 그만 펜을 놓겠습니다"라는 유서를 남겼다.[48]

4. 자유의 이율배반

이청준의 「공범」(1967)은 최영오 일병 사건을 소재로 하고 있다.[49] 이청준이 스스로 말한 '징후의 문학'으로서의 특징, 다르게 말하면 알레고리의 특징을 살펴보기 위해서는 이 소설이 소재로 차용하고 있는 1962

---

48 이상의 내용은 다음의 기사를 참고. 『경향신문』, 1963.3.19; 『대학신문』, 1963.3.11; 『대학신문』 1963.3.21.

49 이 소설이 1962년의 최영오 일병 사건을 소재로 삼고 있다는 점은 최근 권오룡에 의해서 지적된 바 있다. 정신분석적 관점에서 이청준 작품을 분석하고 있는 권오룡은 "1962년의 실제 있었던 사건을 소재로 한 것이지만 이 사실을 알고 모름이 이 소설을 이해하는 데 관건이 되지는 않는다"라고 단언하고 있다. 권오룡의 이 같은 견해는 작품 자체의 고유성과 해석의 다양성을 존중하려는 태도에서 비롯됐다고 여겨지지만, 실제로는 작품이 놓여 있던 다양한 맥락을 간과할 우려가 있다. 권오룡 해석의 이 같은 한계는 정신분석학적 비평 자체의 한계에서 비롯된다고 보인다. 정신분석적 관점의 비평이 작품이 놓인 역사적 맥락과 서지학적 정보에 대해 간과할 수 있다는 점은 로버트 단턴의 다음의 책을 참고할 수 있다. 단턴은 민담 「빨강 모자 소녀」에 대한

년도의 실제 사건과 더불어 이청준이 이 사건을 1967년에 쓸 수밖에 없었던 이유를 함께 생각해야 한다. 더구나 한국전쟁을 비롯하여 군대와 관련된 소재는 이청준 소설에서 시기를 달리해서 반복해서 등장하기 때문에, 「공범」만의 특성을 고찰하기 위해서는 작품에 내장된 '이중의 뼈대'인 1962년의 실제 사건과 1967년의 집필 상황을 동시에 고려해야 한다. 그렇다면 굳이 1960년대의 군대가 아니더라도 이청준이 군대 일반에 대해서 갖고 있던 생각은 무엇인지 먼저 살펴볼 필요가 있다. 이를 위해 그가 「공범」의 집필 시기와 다른 1970년대에 발표한 두 편의 산문[50]을 간단히 살펴보자.

이청준은 1976년에 「집단인격시대」라는 산문을 발표한다. 이 산문은 그가 예비군 훈련을 받기 위해 평소와 다른 제복을 입은 경험을 바탕으로 쓰였다. 제복을 입으면 무의식중에 나는 내가 아니라는 생각마저 들 정도로 "제복의 마술은 참으로 놀라운 힘을 발휘한다." 제복을 입는 순간 사람들은 자신의 행동에 대해 책임질 필요가 없게 되고 집단의 특성에 자신의 개성 전체를 맡기게 된다. 심지어 이러한 태도는 사고를 경직시켜 버리기 때문에 더 큰 문제를 지닌다. "제복의 가장 큰 힘은 개인

에리히 프롬의 정신분석적 관점의 해석이 수많은 판본의 이질성을 단순화 시킨다고 비판하고 있다. 즉, 무의식의 억압을 최전선에서 방어하는 정신분석적 관점의 해석이 작품의 다양한 해석 가능성과 판본들의 이질성과 다양성을 도리어 억압할 수 있다. 권오룡, 「이카루스의 꿈」(해설), 『병신과 머저리―이청준 전집 1』, 문학과지성사, 2010; 로버트 단턴, 「농부들은 이야기한다―마더 구스 이야기의 의미」, 조한욱 역, 『고양이 대학살』, 문학과지성사, 1996.

50 이청준, 「집단인격시대」(수필), 『대학신문』, 1976.9.13; 이청준, 「후배들에게―미완의 규격품으로」, 『대학신문』, 1975.6.30. 이 두 편의 산문은 각각 「제복에 대해여―집단인격시대에 즈음하여」와 「대학에 대하여―대학과 두부공장」이라는 제목으로 단행본 『작가의 작은 손』(열화당, 1978)에 재수록되어 있다.

의 소멸에 대한 그것의 기여에서 발휘된다." 질서와 규율을 의미하는 제복은 그것 나름의 긍정적인 특성을 넘어 인간의 자유마저 억압할 우려가 있기에 이청준은 유치원생들부터 어른들까지 제복을 입는 당시의 세태에 대해 근심을 표하고 있다. 집단의 질서 때문에 개인의 자유가 억압될 수 있다는 점은 이보다 먼저 발표된 산문에도 잘 드러난다. 「후배들에게─미완의 규격품으로」라는 제목으로도 잘 알 수 있듯이 대학생들을 대상으로 쓴 산문에서 그는 점점 사고가 보수적으로 변하는 대학생들에 대해 우려의 목소리를 드러낸다. 그는 젊은이들이 비현실적이고 방만한 사고를 한다기보다 오히려 경직되고 보수적인 사고를 하는 것 같다고 말하며, 그 징후를 요즘 적지 않게 볼 수 있다고 말한다. 그가 우려하는 징후는 다음과 같다. "스트리킹인가 뭔가 하는 낮도깨비 장난질이 상륙해 들어왔을 때의 그 지사풍(志士風)의 엄숙한 반발(스트리킹을 찬미하고 있지 않음을!), 극장가에서 흥행이 순조로웠던 대본들만 거의 다 고스란히 재연하고 있는 대학가의 연극 무대들, 기성의 문인들보다 더 기성다운 글을 쓰는 상아탑의 어떤 창작인들, 일반 신문보다 더 신문다운 어떤 대학 신문, 은행원보다도 학원 강사보다도 더 빨리 실망하고 지치기 쉬운 민감스런 현실 반응(어찌 그것이 여기서 비난을 받아야 할까마는)." 미국의 젊은이들이 당대의 규율과 질서로부터 반항하기 위해 거리를 나체로 뛰어다니던 일(streaking)에 대해서는 엄숙하게 비판하면서도 제도권 문화에 대해서는 비판 의식을 지니지 못하는 대학생들의 풍조에 대해 그는 안타까워하고 있다. 그렇기에 이 글에서 이청준은 대학생들이 비록 어려울지 모르더라도 좀 더 유연하고 활달한 사고를 지향하기 위한 노력을 포기하지 말아 달라고 부탁한다. '대학은 두부공장이 아니고, 대학생은 목판 위에 얌전히 잘라 올려질 두부 모'들이 아니라는 이청준의 비유에는 대학생들이 집단과 제복과 질서 속에 안주하려는 대신 자신들의 고유한 자유와 개성을 지켜주길 바라는 마음이 담겨 있다.

이상의 산문에서 보았듯이 집단적 규율의 억압성을 비판하는 일은 이청준이 유독 1970년대에만 집중했던 것은 아니다. 이청준은 개인의 자유를 억압하는 집단적 기제에 대한 비판 의식을 창작 기간 내내 갖고 있었다고 판단된다. 그런데 최영오 일병 사건을 앞에 두고 집단과 개인의 대립구도를 설정한 후 개인의 자유를 옹호하는 일은 그렇게 독창적인 생각이 아닐 뿐만 아니라 최영오 일병을 구명하는 데에도 유익한 전략이 아니었다. 「공범」은 바로 이러한 난관에서 시작되는 소설이다. 집단의 질서에 대항하여 개인의 자유를 무엇보다 중요하게 여겼던 이청준의 평소 태도는 최영호 사건이 발생했을 당시 많은 문화인들에게서 볼 수 있는 것이기도 하다. 당시 문화인들은 앞장서서 최영오 일병을 위해 서명 운동을 벌이고 탄원서를 법원에 제출하기까지 했다. 1심(1963.8.3)에서 최영오 일병이 사형을 확정 받은 직후 백철은 신문에 인권을 옹호하는 글을 발표한다. 「인권옹호와 군규율」에서 그는 상사를 사살한 군인에게 사형이 선고된 것은 일반적인 관점에서 볼 때는 옳다고 본다. 하지만 "휴매니스트의 입장에서" 볼 때 연서를 무단 개봉한 것은 "인권을 침해하고 가장 지탄받아야 할 일"이다. 더욱이 "민주주의 사회에서 개인의 가장 귀중한 권리인 사신(私信)을 무단으로 개봉하고 그것도 한 번도 아닌 여러 차례에 걸쳐 무수한 사람 앞에서 공개하며 희롱한다는 것은 진정 참을 수 없는 모독인 것이다." 또한 이십대의 젊은 청년에게 인격을 침해한 것에 대한 분노는 대단한 것이다. 법 판결은 사건의 결과만 보고 있는데, 사건의 동기를 생각한다면 도의적인 판단을 하지 않을 수 없다. 더구나 백만 군사를 통솔하기 위해서는 엄격한 규율만으로는 부족하고 인간으로서의 거룩한 일면을 지키기 위해 "휴매니스틱한 군대"가 되어야 한다. 이제 "우리의 군대가 좀 더 휴매니스틱한 군대가 되어주기를 바란다."[51] 백철이 주장하는 '휴매니스틱한 군대'는 개인의 자유와 집단의 질서가 조화를 이룬 이상적인 군대를 의미한다. 최영오 일병 사건을 집단의 질서에만 집중해서 바라보는 시선에 대해 교정하려 하기 때문에 백철의 주장은 분명 타당성을 지닐 뿐만 아니라 앞의 산문에서 보았듯이 '집단인격시대'에 대한 이청준의 비판적 견해와 그렇게 다르지 않다. 더욱이 인권과 자유에 대한 옹호는 비단 백철만의 고유한 의견은 아니었다. 이 시대 문화인, 지식인, 대학생들은 최영오 일병이 사형을 선고 받은 것에 대해 반대 의견을 수차례 발표했다. 최영오 일병을 구명하고자 개인의 자유를 주장하는 사람들의 목소리는 이 당시 대중들에게 무리 없이 받아들여졌다. 그렇지만 5·16의 정당성을 확보해야 했을 1963년도 지배 권력은 대중의 동요를 잠재울 필요가 있었다. 지배 권력의 이 같은 입장은 당시 지배적 담론들과 밀접하게 연결된다. 다음은 2차 공판이 있은 후 『동아일보』의 기사이다.

편지 중에는 ① 애인이 면회 왔을 때 같은 방에서 잤던 일, '쎅스'에 대해 노골적인 묘사 ② 애인이 최(崔)를 영화 「현해탄은 알고 있다」의 주인공인

---

51 백철, 「인권옹호와 군규율」, 『조선일보』, 1962.8.5(석간).

아노운(阿魯雲)이라고 부른 것 등의 내용이 들어 있었으며, (피해자들로부터─인용자) '네가 아노운이라면 맛 좀 봐라'하면서 구박을 당했었다 (…중략…) 검찰관은, ① 범행 4시간 전에 이미 살해를 결의한 것이 명백하다. ② 일반병보다도 단기복무의 혜택을 받고 있는 학도병이 자신의 우월감에만 사로잡히고 있음은 부당하다. ③ 군 내에서 이 같은 비극이 재발해서는 안 되며, 상관 살해 죄를 선택형을 주지 않고 극형 하나만으로 다스리려는 입법 취지도 여기에 있다고 지적, 논고한 후 극형(사형)을 구형하였다.[52]

위의 신문 기사가 발표되었을 때 최영오 일병의 애인 장현숙은 사실과 다르게 사건이 해석되는 것에 매우 놀랐다. "'섹스'에 관한 이야기가 어떻게 있을 수 있었을까? 무엇에 필요성이 생겨 조성되었을까. (…중략…) 永!(최영오─인용자) 우리는 세간에서 오해를 받고 있어요. 永의 입에서 나온 말이 아니지만 야릇하게 오해를 받고 말았다. 실감이 나게 말해보라던 인간(판사─인용자)들이 무지하고 저주스러웠다."[53] 위에 인용된 기사는 장현숙이 말하고 있듯이 오해의 소지를 품고 있다. 2차 공판에서 판사는 피해자들이 어떻게 야유했는지 실감나게 말해보라고 최영오에게 주문했고, 최영오는 그들이 '섹스'와 같이 입에 담을 수도 없는 말들로 자신을 조롱했다고 말했는데, 기사는 마치 최영오와 장현숙 양의 연애가 당시 기준으로 비도덕적이라고 판단될 수 있는 '야릇한 오해'를 불러오게 한다. 즉, 오해를 낳을지 모른다는 것을 생각하지 않는 판사의 취조와 신문 기사는 점점 최영오 일병이 사형을 받아도 무관하다

---

52 「최영오 일병에게 사형을 선고」, 『동아일보』, 1962.10.19.
53 장현숙, 「장현숙 양의 일기」, 양성일 편, 앞의 책, 226쪽.

는 식의 여론을 조성하는 데 일조하게 된다. 하지만 최영오 일병이 선고받은 사형을 감형하기 위한 운동은 끊이지 않았다. 특히 최정희, 손소희 등의 여류 작가와 화가 들은 박정희를 직접 만나기 위한 면담 신청과 구명운동에 적극 나섰다.[54]

이청준의 「공범」은 최일병의 사건과 그를 구명하기 위한 여류 문인들과 언론의 활동을 소재로 삼고 있다. 실제 사건이 가공적 사실처럼 보이도록 이청준은 인물, 배경, 사건에 대한 세목을 다르게 서술했다. 서울대 문리대 천문학과를 다니던 최영오 일병은 소설에서 M대학에 재학 중 학보병으로 입대한 김효 일병으로 등장하고, 사건이 있었던 1962년의 시간은 "195×년 9월의 어느 날"로 표기되며, 그를 구명하고자 했던 여류 작가들은 "여류 소설가이며 어머니회 회장인 K여사"로 서술되고, 당시 대법원 판결 이상의 최종 판결권을 지녔던 박정희 대통령 권한대행 국가재건최고회의 의장은 '대통령 L노인'으로 표현된다. 앞서 말했듯이, 이처럼 실제 현실의 사건을 가공적 사건으로 조작하는 것은 알레고리의 기초적인 기술이다. 박정희 정권의 치부를 정면에서 다루고 있었음에도 불구하고 이 소설이 발표되었던 1967년도에도 집권세력으로부터 어떠한 제재도 받지 않을 수 있었던 것은 이러한 알레고리적 기법 때문이다. 특히 사건의 시대적 배경을 '195×년'으로 설정하고 박정희를 연상케 하는 인물을 '대통령 L노인'으로 표현함으로써, 이 소설의 알레고리 기법이 비판의 타격점으로 삼는 시대가 박정희 정권 역시 비판했던 이승만의 제1공화정을 연상케 한 점은 박정희 정권의 눈으로부터

---

54 「최일병 구명운동 여류문인들 '직소(直訴)'」, 『경향신문』, 1963.3.8.

벗어날 수 있는 결정적인 조건으로 작용한 듯하다. 이렇듯 이청준은 알레고리 기법을 통해 창작의 자유를 획득할 수 있었다.[55] 그 뿐만 아니라 그가 알레고리를 통해 얻어낸 자유는 시대의 현실과 무관하게 고립된 자유가 아니었다. 즉 「공범」의 알레고리는 무엇보다 이청준에게 창작의 자유와 더불어, 그 자유가 '순수 / 참여'의 이분법 중 순수 담론에 고립되지 않게 하는 계기를 마련해 주었다. 그렇기에 앞서 1, 2장에서 살펴보았듯이, 그의 소설은 상찬과 비판 가운데서 진동할 수 있었고, 이청준이 강조했던 독특한 참여(사회 구조를 비판하고 나서 마지막에 가서야 달성되는 문학의 참여)를 수행할 수 있었다.

하지만 이 작품의 알레고리적 기법은 작가에게 자유와 참여라는 어울릴 수 없어 보이는 것을 동시에 실천하게 해주는 기능만 수행하지 않았다. 이 소설의 알레고리 기법은 최영오 일병 사건을 두고 활성화되었던 당시의 비판적 담론 전체를 포용하면서 동시에 그러한 담론 전체를 반성하게 만든다. 요컨대 자유를 옹호하면서도 자유를 성찰한다. 일단 이 소설은 대학을 다니다 입대한 학보병과 "나무손"이라 불리는 일반병들 간에 서로를 존중하는 유대가 이루어지지 않는다는 사실을 비판한다.

---

55 알레고리의 핵심은 알레고리 기법 자체를 숨기는 데 있기도 하다. 알레고리를 분명히 드러낼 때 알레고리의 기능은 제대로 작동되지 않으며, 결국 권력의 억압적 통제를 벗겨나는 창작의 자유는 실현되기 어렵다. 이에 대해서는 「공범」과는 다른 시대의 일화를 언급하고 있지만, 이근배 시인의 회고를 참고할 수 있다. "신구부가 계엄령을 내렸던 1980년 초였다. 그러지 않아도 사전 검열을 한답시고 무식한 군인들이 아무거나 트집을 잡을 때인데 이청순이 「우화3제」라는 세목으로 소실을 보내왔다. 「진인힌 도시」가 박정희 정권하의 억압당하는 자유를 새를 내세워 알레고리로 쓴 것인데 이번엔 내놓고 '우화'라고 하면 검열에 무사할 리가 없었다. 나는 생각 끝에 이청준에게 제목을 「새를 위한 악보」로 비꿔야겠다고 허락을 받았다." 이근배, 「이청준 스승의 혼신의 작가 정신을 담은 '이상한 선물'」, 『문학의 문학』, 2008 가을, 33쪽.

현재 이 소설의 화자 고준은 김효 일병처럼 학보병으로 입대한 상태이다. 일반병들은 학보병에게만 주어진 혜택 때문에 그들을 조롱하거나 증오하는 경우가 빈번한데, 김효 일병은 일반병들의 이 같은 태도를 용납하지 않았다. 김효의 살인은 일차적으로 일반병들의 부당한 태도에서 비롯됐지만, 그의 한계는 일반병들이 학보병을 괴롭히는 근본적인 이유에 대해서는 성찰하지 못했다는 데 있다. 김효와 다르게 고준은 일반병들의 심정을 잘 이해하는 듯하다. 즉 일반병들은 학보병에게만 혜택이 주어지는 것을 부당하다고 여기기 때문에 그에 대한 반발로 학보병에게 이치에 맞지 않는 태도를 보이는 것이라는 사실을 고준은 잘 이해하고 있다. 하지만 이러한 이해가 일반병들에 대한 인간적인 유대로 확장되는 대신 고준은 영악하게도 그들을 이해해 주는 듯한 제스처를 보임으로써 자신의 군 생활을 좀 더 편안하게 유지하도록 만든다. 이처럼 이 소설은 최영오 사건이 발생한 직후 군의 공식적인 담론에서 언급했던, 학보병과 일반병 사이의 차별대우는 없다는 식의 견해가 거짓이라는 점을 비판하고 있으며, 더불어 두 명의 학보병 고준과 김효의 군 생활을 대조적으로 보여줌으로써 일반병과 학보병 간의 인간적인 유대가 근본적으로는 이루어지지 않는다는 사실을 알려준다.

두 번째로 이 소설이 비판의 타깃으로 삼는 대상은 인권과 자유를 옹호하는 문인들과 언론이다. 문인들과 언론은 집단적 규율 때문에 인권과 자유가 억압되는 것에 대해 단호히 비판한다. 여류 작가 K여사는 "김효 청년은 마땅히 재출발의 기회가 주어져야 한다고 호소"하고, "신문들은 계속해서 김효를 걱정하는" 기사를 내보낸다.[56] 그들은 인간의 자유를 옹호해야 한다는 데 일말의 의심도 갖지 않는다. 특히 K여사의 이러한 행동은 1960년대 후반 순수·참여 논쟁에서 참여론을 지지하는 작가를 연상케 한다. K여사는 "결과야 어떻든 자신이 지금 조용히 보고만 있는 것은 자기 문학의 진실을 배반하는 행위임이 분명"[57]하다고 생각한다. 앞서 이청준은 자신이 지지하는 참여는 마지막에 가서야 실천될 수 있는 것이며 그것이 처음부터 시작될 수 없다고 말한 바 있는데, K여사의 실천은 이청준의 참여론과 다른 모습을 보여준다. 자신의 행동이 어떤 파장을 이끌어낼 수 있는지 생각하지 않은 채 K여사는 개인의 자유라는 보편적인 가치를 무조건적으로 옹호하고 있다. 이청준의 참여는 사회 구조와 역사적 맥락을 규명한 후에 마지막에 실천되는 것이고, 그것은 다르게 말하면 보편적인 가치를 무조건 옹호하는 것이 아니라 그러한 보편성이 어떠한 역사적 맥락에서 실천되는지 검토하는 작업이 선결되는 것을 뜻한다. 이처럼 역사적 맥락을 무시한 채 보편적 가치인 자유만을 맹목적으로 옹호하는 태도에 대해 이 작품은 시종 비판하고 있다. 왜냐하면 김효 일병의 인권을 옹호하는 K여사와 언론은 자신들이 옳다고 믿는 신념의 실천 때문에 그를 죽게 만들고, 더 나아가 김효에게 살해된 일반병들의 처지를 이해하지 않은 채 그들을 마치 악당처럼 바라보기 때문이다.

마지막으로 이 작품이 비판하는 대상은 대통령 L이다. 김효 일병으로 대변되는 한 개인의 고귀한 생명은 생명 그 자체로서 고려되는 것이 아니다. 그의 삶과 죽음은 대통령 L에 의해 표현된 당대 지배자의 권력의 이해관계에 따라 결정된다. 대통령 L은 일반병과 학보병의 처지에 대해

---

56 이정준, 「공범」, 『병신과 머저리—이청준 전집 1』, 문학과지성사, 2010, 276–277쪽.
57 위의 글, 270쪽.

이해하려고 하지 않는다. 그가 관심을 갖는 것은 오로지 자신의 권력에 대한 정당성을 획득하기 위한 방법뿐이다. 그렇기에 그는 K여사와 언론의 비판적인 목소리를 막기 위해 사형을 시급히 결단한다. 즉 K여사와 언론이 인간의 보편적 자유를 강조하면 할수록 이율배반적으로 김효 일병은 사형을 면할 수 없게 된다. 이렇듯 소설은 사형당한 김효 학보병, 그에게 살해된 일반병, 일반병과 위선적으로 유대를 맺는 화자 고준, 인간의 보편적 자유를 역설하는 K여사와 여론, 자신의 권력만을 위해서 타인의 생명을 하찮게 여기는 대통령 L 등, 이들 모두가 이번 사건의 '공범'이라고 말하고 있다. 알레고리가 하나의 권위적인 해석으로 고정되는 것을 막기 위해 「독일 비애극의 원천」에서 벤야민은 이질적인 '현상'들의 나열을 중요하게 생각했고 그 사례로 헤벨의 「예기치 않은 재회」를 거론했다. 「공범」은 마치 벤야민의 알레고리와 헤벨 소설의 서술처럼 김효 일병 사건을 두고 서로 연결될 수 없어 보이는 수많은 입장들을 '공범'으로 연결하고 있다.

5. 소결

1장 「연구 방법–두 개의 자유」에서 이 책은 이청준과 김현의 자유를 비교하면서 이청준의 자유는 자유의 가능성과 불가능성을 함께 포용하고 있다고 말한 바 있다. 「공범」(1967)에서 이청준은 자유에 대한 맹목적인 강조가 오히려 김효 일병을 죽게 만들었다는 점을 뚜렷이 강조한다. 즉 자유의 결과에 대해 고려하지 않은 채 이루어지는 자유에 대한 맹목적인 주장은 일시적으로는 긍정적인 효과를 불러낼 수 있을지 모르지만, 근본적으로는 재앙을 초래할 수 있다. 정치적으로 1967년은 박정희 정권이 '국가와 민족'이라는 명분을 내세운 채 5·16 당시의 약속을 거듭 부정하며 권력을 연장하고 시민들의 자유를 억압하는 시기였고, 문학사적으로는 참여·순수 논쟁이 발화되는 시기였다. 이러한 시기에 이청준은 1962년의 최영오 학보병 사건을 소재로 삼는 「공범」을 발표했다. 이 작품을 통해 그가 드러내고 싶었던 점은 당연히 '학보병사건'에 대한 단순한 재현이 아니었을 뿐만 아니라, '참여'나 '자유'에 대한 맹목적인 지지도 아니었다. 「공범」에서 볼 수 있었듯이 참여와 자유의 가치가 아무리 절실히 요구되는 시기라고 하더라도 이청준은 그것들이 놓이게 될 역사적인 맥락(1967년의 상황)에 대해 생각했다. 이러한 이청준의 복합적인 사유는 바로 알레고리 기법에 의해서 수행될 수 있었다. 알레고리를 통해 가공적 현실을 보여줌으로써 그는 실제로 문학 창작의 자유를 획득할 수 있었다. 그와 더불어 「공범」의 알레고리는 보편적 가치를 옹호하는 고정된 해석으로 수렴되지 않는 다기한 시점을 유지할 수 있었다. 제목으로 쓰인 '공범'은 K여사나 비판적 언론처럼 의도와 다르게 전개되는 자신들의 과오를 끝내 이해하지 못하는 자들을 지적하는 말이다. 「공범」은 자신의 신념을 의심하지 않는 자들을 비판하듯이, 개인의 자유를 맹목적으로 옹호하거나 피해자를 덮어놓고 두둔하는 식의 하나의 고정된 해석을 경계한다. 그러므로 「공범」의 알레고리 형식은 작가 자신조차 예상할 수 없는 다양한 해석들에 대한 존중의 의미를 담고 있다. 이처럼 알레고리는 창작의 자유와 시대의 비판과 작품 해석의 다양성이라는 세 가지 복합적인 임무를 성공적으로 수행했다.

「공범」은 회초리를 든 강 중위가 사병들에게 기합을 주는 장면으로 시작된다. "코를 담으로! 천천히, 천천히"라고 외치는 강 중위의 구호에 맞춰 사병들은 소변이 묻은 담벼락으로 전진한다. 강 중위는 사병들을 직접 때리진 않지만 사병들에게 모멸감을 주는 기합을 준다. 이 소설에서 김효 일병이 상사를 죽였던 이유 중 하나도 이 같이 비인간적으로 타인을 대하는 군대의 기합 때문이었다. 「공범」보다 7년 뒤에 발표된 「줄빰」(1974)[58] 역시 군대의 기합을 등장시킨다. 그런데 「줄빰」에서 김만석 중대장이 사병들에게 가하는 기합은 「공범」의 강 중위가 보여주었던 기합과 다르다. 김만석 중대장의 기합은 서사가 진행될수록 점차 세련되고 비폭력적으로 개선된다.[59] "기합 방식과 그 합리적인 행사에 관한 그(김만석−인용자)의 연구 노력은 보다 문화인다운 인간 존엄성의 고양에 첫 동기가 발단하고 있었다."[60] 이 같은 서술은 『감시와 처벌』에서 푸코가 언급했던 권력의 진화 방식을 연상케 한다. 권력은 피지배자가 더

---

58 이청준, 「줄빰」, 『세대』, 1974.7.

59 이청준은 서사가 진행될수록 하나의 공통된 소재를 변화시키면서 사유를 심화시키곤 했는데, 이러한 방식은 다른 소설에서도 자주 반복된다. 예를 들면, 지금까지 이청준의 모든 단행본에서 누락된 단편 「11시 반 밤 택시」가 있다. 이 소설은 「줄빰」에서 김만석 중대장이 시간이 지남에 따라 기합의 방식을 변화시키듯이, 택시에 합승한 손님들이 한 명씩 내릴 때마다 인간들의 위선적인 태도가 변화되는 과정을 보여준다. 이청준, 「11시 반 밤 택시」, 『대학신문』, 1970.5.4. 참고로 「동행」이라는 콩트는 「11시 반 밤 택시」처럼 택시에 합승한 손님들을 소재로 삼고 있다. "밤 11시 30분."이라는 문장으로 시작하는 「동행」은 「11시 반 밤 택시」와 다르게 택시 운전수가 주인공으로 설정되어 있지만 다분히 단편 「11시 반 밤 택시」를 연상케 한다. 이청준, 「동행」, 『따뜻한 강』, 우석, 1986.

60 이청준, 「줄빰」, 『숨은 손가락−이청준 문학전집, 중단편 소설 9』, 열림원, 2001, 94쪽.

이상 권력이라고 여기지 못할 정도로 미시적이고도 합리적이며 경제적인 방식으로 변화한다고 그는 말했는데, 김만석 중대장의 기합은 바로 푸코의 전언을 그대로 재현하는 듯하다. 그는 부대원의 개인적인 존엄성을 존중하는 방식으로 기합을 변화시키고 더 나아가 개인을 집단의 규율에 구속시키는 대신 "철저한 개인화 작업"을 "기합의 진짜 목적"이라고 여긴다. 부대원이 서로 마주서서 상대의 뺨을 때리는 기합(줄뺨)은 권력의 합리성과 경제성과 개인화 작업이라는 목표를 모두 성취하게 한다. 권력자는 사라지고 어느새 피해자들끼리 치열한 복수극을 펼치게 되는 형태가 바로 김만석 중위가 이상적으로 생각하는 기합이다.

군대와 기합을 소재로 삼고 있지만 「공범」(1967)과 「줄뺨」(1974)은 지배자가 권력을 운용하는 방식을 전혀 다르게 그리고 있다. 이청준 소설에서 1960년대의 권력과 1970년대의 권력은 단순히 억압적이라는 데 공통점을 지닌 것이 아니라 작동방식에 있어서 다기한 차이를 보이고 있다. 두 소설에서 알 수 있는 것은 이청준이 단순히 집단의 억압적인 폭력을 비판하고 개인의 자유를 옹호하는 식의 도식적인 이분법에 갇혀 있지 않았다는 점이다. 이청준의 소설은 항상 시대의 문제와 밀접한 관련성을 유지함으로써 그러한 이분법을 극복할 수 있었다. 그의 소설에서 구체성은 현실에 대한 단순한 재현을 의미하는 것이 아니고 바로 관념적인 이분법을 극복하는 것을 뜻한다. 알레고리는 그의 소설을 현실에 깊이 관계 맺게 하면서 동시에 관념적 이분법을 극복하게 했다. 군대라는 비슷한 소재를 차용하고 있지만 1960년대의 현실과 연관된 「공범」은 자유의 이율배반을 성찰하고 있고, 1970년대와 관계 맺은 「줄뺨」은 가짜 자유를 조장하는 권력에 대해 사유하고 있다. 군사독재가 심화되는 1970년대 이미 이청준은 권력이 집단적인 방식으로 개인을 억압하는 것이 아니라 개별성을 존중하는 제스처로 개인을 소외시킨다는 점을 날카롭게 간파하고 있었다고 판단된다.

제3장 　　　동화와 자유

1. 문제 제기

이청준은 생전에 소설 장르만의 독특한 개별성을 존중했다. 그러한 태도는 소설이야말로 개인의 자유를 실현케 할 뿐만 아니라 타자와의 조화로운 질서 역시 창안케 한다는 일종의 신념에서 비롯됐다. 그는 이러한 신념을 평생토록 포기하지 않았는데, 그럼에도 불구하고 그가 소설가로서 자만하거나 자조하지 않을 수 있었던 이유는 그의 소설 쓰기가 단순히 자신의 신념을 재확인하려는 목적으로 쓰이는 대신 그 신념이 상이한 역사적 맥락에 따라 대면해야 하는 아포리아를 드러내는 데 활용됐기 때문이다. 한 편의 소설은 자유와 질서의 동시적 실현이라는 풀기 어려운 문제(아포리아)를 드러내기 때문에 언제나 다음 소설의 창작 동기가 되었다. 요컨대 한 편의 완성된 소설은 항상 다시 씌어야 하는 미완의 소설과 다르지 않다. 이 같은 소설에 대한 신념은 소설의 미완성을 인정해야 하는 역설적인 결과를 초래했는데, 이청준에게 이러한 역설은 은폐해야 할 것이 아니라 언제나 대면하고 풀어야 할 숙제였다. 그렇기에 이청준은 소설 장르의 개별성과 소설가라는 직업에 대해 누구보다 엄격하고도 진지하게 생각했지만,[1] 이와 다르게 겉으로 보기에는 쉽게 이해할 수 없을 정도로 유연한 태도 역시 잃지 않았다. 즉, 소설에 대한 신념은 그에게 엄격한 태도와 유연한 태도 모두를 지니게 했다.

> 나는 한 편의 소설이 그것을 읽은 사람의 입장이나 취향에 따라 얼마든지 다른 방식으로 인용되어져도 좋다고 생각한다. 그리고 그 인용의 폭이 넓을수록 그 작품은 보다 다면적인 진실의 결정체로 평가되어 마땅하리라 생각한다. (…중략…) 그러나 소설은 그때 어떤 인용과 기여에 대해서도 소설 고유의 논리와 특성을 전면적으로 양도해 버려서는 안 된다. 그것은 그 일차적인 인용과 기여의 공적으로부터 소설의 자리로 다시 돌아와 그 인용과 기여의 성과를 소설 자체의 문학적 성과로 귀하게 간직한 채 또 다른 인용과 기여를 위하여 의연히 문학으로 남아 있어야 하는 것이다.[2]

그런데 "나는 한 편의 소설이 그것을 읽은 사람의 입장이나 취향에 따라 얼마든지 다른 방식으로 인용되어져도 좋다고 생각한다"는 말은 그

---

[1] 문학이란 장르와 소설가라는 직업을 대수롭지 않게 여기는 자들에게 권력욕과 위선이 내포되어 있다는 이청준의 비판은 특히 다음의 산문 참고. 이청준, 「문학이 뭐 별건가」, 『작기의 작은 손』, 열화당, 1978.
[2] 이청준, 「고용의 문학」, 위의 책, 210~211쪽.

자체로만 보면 온당하지만 상황에 따라 위선적인 태도를 은폐한 견해일 수 있다. 일단 이러한 견해가 자신의 작품과 관련될 때, 스스로 혼신을 다해 만든 예술작품을 자신의 의도와 다르게 남들이 사용해도 좋다는 식의 태도는 타인의 자유를 존중하는 것처럼 보이지만 실제로는 힘의 관계에서 우월한 입장에 놓인 자의 관용일 수 있기 때문이다. 즉 타인을 위한 무조건적인 시혜의 태도 뒤에는 자신의 유무형적 이익을 위한 계산이 은폐되어 있을 수 있다. 하지만 이청준은 이처럼 관용 뒤에 숨겨진 권력과 위선에 대해 자신의 소설뿐만 아니라 실제 삶에서도 철저하게 의심했다. 한 산문에서 그는 1960년대 말에 잡지 창간을 돕던 때를 회상하고 있다.[3] 잡지의 편집 방향을 고려하지 않은 채 발행인과의 인맥을 이용해서 손쉽게 작품을 잡지에 실으려 했던 원로 시인 K에게 이청준은 글을 실을 수 없다는 의사를 전하는데, 예상과 다르게 시인은 그의 거절을 흔쾌히 받아준다. 이에 대해 이청준은 "K씨의 노련한 빈말과 허세쯤으로" 여기지만, 이러한 그의 의심은 훗날 K씨의 행동으로 완전히 사라진다. K씨는 원고를 거절당한 후에도 이청준에 대한 자상한 배려를 계속해서 아끼지 않았는데, 이러한 태도는 이청준이 의심을 거두고 스스로를 반성케 했다. 즉, 이청준은 단 한 번의 선행에는 진실과 거짓의 양면성이 존재하지만, 지속적인 선행에는 그러한 양면성을 극복하는 힘이

---

3 이청준, 「거절을 용납하는 도량」, 『사라진 밀실을 찾아서』, 월간에세이, 1994. 이 산문에서 이청준은 1960년대 말경 '어느 유지(有志)분'의 도움으로 잡지 창간을 도왔다고 말하는데, 그 잡지는 당시 한국정유의 소유자이기도 했던 이요한 박사가 출자하여 발행한 월간 『아세아』로 판단된다. 『아세아』의 창간호는 1969년 2월에 발행되었다. 참고로 이청준은 월간 『지성』의 창간 작업에도 참여한 바 있다. 월간 『지성』의 창간호는 1971년 11월에 발행되었고, 이 잡지사에서 이청준은 문화담당부장으로 1971년 7월 1일부터 1972년 3월 31일까지 근무했다.

내재한다고 본다. 그렇기에 '나는 나의 작품이 얼마든지 다르게 인용되어도 좋다'는 발언이 만약 위선 없는 진실성을 획득하고자 한다면 그는 자신의 작품에 대한 무한한 인용을 언제든 허용해야 할 것이다. 일단 이청준의 소설들이 영화나 드라마로 수차례 각색된 사실[4]은 이청준의 발언에 진실성을 부여한다. 심지어 그는 자신의 소설이 1987년 집권 여당의 도구로 활용되려 했던 것에 대해서도 용납했다. 1987년 12월 대선을 앞두고 KBS는 좌경이데올로기와 남북문제를 다루는 '이데올로기 특집드라마' 3편을 제작하고자 했다. 이러한 기획은 송기원의 『월행』, 황석영의 『한씨 연대기』, 이청준의 『숨은 손가락』을 각색해서 "좌경이데올로기에 편향된 인간이 사상 문제에만 집착한 나머지 인간성이 무너져가는 과정을 밀도 있게" 그리려는 목적을 지니고 있었다. 이 같은 기획의도에 황석영과 송기원은 적극 항의했지만 이청준은 그러지 않았다.[5]

---

4 KBS 〈TV문학관〉이 120회를 방영하기까지 가장 많이 각색된 작품을 지닌 작가는 황순원과 이청준으로, 두 사람의 작품은 각각 6편이 드라마로 제작되었다. 〈TV문학관〉으로 극화된 이청준의 작품 목록은 다음과 같다. 「소문의 벽」(극본 김하림, 37회 방송), 「잔인한 도시」(극본 이호, 43회), 「이어도」(극본 김도영, 76회), 「소리의 빛」(극본 백결, 100회), 「석화촌」(극본 김하림, 110회), 「눈길」(극본 이은교, 115회). 이상의 자료는 다음의 글 참고. 「기획특집 문학사상 보고서 1-TV 속의 문학」, 『문학사상』, 1984.2. KBS 〈TV문학관〉외에도 이청준의 소설은 영화, 연극, 뮤직컬, MBC 〈베스트셀러극장〉 등 여러 장르로 개작되었는데, 이에 대해서는 별도의 연구를 요한다고 본다.

5 이상의 내용은 다음의 신문 기사 참고. 「이데올로기 갈등 그린 드라마 3편 곧 방영」, 『동아일보』, 1987.11.17; 「KBS대하역사극 삼국기」, 『한겨레신문』, 1992.7.8. 하지만 이 기사는 오보인데, 실제로 송기원의 「월행」(이영국 연출)은 대통령 선거 전인 1987년 12월 15일에 방영됐고(12월 16일 오후에 재방송), 황석영의 「한씨 연대기」(김현준 연출)는 대통령 선거가 끝난 후인 1988년 6월 18일에 방영됐다. 한편 이정순의 「숨은 손가락」(임학송 연출)은 '삼화비니오'(현재 '삼화네트웍스' : http://www.shnetworks.co.kr)에서 제작하여 1987년 12월 5일에 방영되었다. (참고로 이 드라마는 1989년 12월 공연윤리위원회가 제정한 제1회 우수창작 비디오극영화부문 우수상을 받은 바 있다. 『경향신문』, 1989.12.28) 그러나 드라마를 위한 사전 기획과 실제로 창작된 드라마가 정확히 일치할 수는 없다. 이에 대해서

물론 이 사례를 두고 작품 활용에 대한 타인의 자유를 무한히 존중하려는 이청준의 태도가 작품의 본질을 왜곡하게 하고, 더 나아가 대중들의 온건한 정치의식을 방해하는 반공주의와 손잡을 수 있다고 비판할 수 있다. 즉 미학적 자유주의가 정치적 보수주의로 연결되는 역설을 여기서 읽을 수도 있다. 하지만 더 중요한 것은 이러한 이청준의 미학적 자유주의의 태도가 소설 고유의 개별성에 대한 신념에서 비롯된다는 데 있다. 이청준에게 소설은 무한히 인용되고 개작될 수 있지만 그 소설 안에는 인용 불가능하고 개작 불가능한 "고유의 논리와 특성"이 잔존한다. 『숨은 손가락』이 1987년 대통령 선거에서 특정 정당의 이익을 위해 드라마로 각색된다고 하더라도 소설에는 드라마로 각색되지 않는 고유의 논리와 특성은 남기 마련이고, 이러한 잔여 때문에 각색된 드라마는 한계를 지닐 수밖에 없게 되며, 드라마는 "소설의 자리로 다시 돌아와" "다른 인용과 기여를 위하여" 파괴될 수밖에 없다. 다시 말해, 각색의 성공은 역설적이게도 각색의 한계를 증명한다. 드라마는 어떤 방식으로든 소설을 각색할 수 있지만 그렇게 극화된 드라마들은 결코 소설에 내장된 고유한 특성을 온전히 담아낼 수 없기 때문이다. 이처럼 소설 고유의 특성에 대한 이청준의 신념은 타 장르와 유연한 관계를 맺게 하면서도 소설 장르의 개별성을 지켜낼 수 있게 한다. 간단히 정리하자면 이청준 소설이 타장르의 창작자들에 의해 수없이 개작된 사실은 일차적으로 위 인용문('나의 작품이 누구에게나 인용되어도 좋다')에 대한 이청준의 정직한 태도를 보여주고, 근본적으로는 자유와 질서를 동시에 실천해야 하는

는 다음의 글 참고. 김남혁, 「끔찍한 모더니티」, 『벌레 이야기―이청준 전집 20』, 문학과지성사, 2013.

문학 고유의 역할을 그가 절대적으로 믿고 있음을 보여준다.

그런데 이청준은 자신의 문학작품들이 타인들로부터 자유롭게 활용되는 것을 인정한 만큼, 그와 반대로 타인과 자신의 작품들을 자유롭게 활용해서 새로운 소설을 창작했다. 타인에 의한 작품 활용의 "폭이 넓을수록 그 작품은 보다 다면적인 진실의 결정체로 평가되어 마땅하리라 생각한다"는 이청준의 말이 진실이라면, 그의 작품이 다른 작품들로 인용될 수 있듯이, 타인의 작품 역시 당연히 이청준의 작품들로 인용될 수 있기 때문이다. 이러한 점을 고려하면 이청준 소설의 개작에 대한 선행 연구들에 대해서 비판적인 관점을 마련할 수 있다. 이청준 소설이 타 장르로 개작되거나 각색된 사례를 밝힌 선행 연구들은 대개 원본과 개작 간의 개별성을 꼼꼼히 따지고 이를 통해 원작과 개작 간의 위계가 사라진다는 식의 포스트모던적 사유를 적극적으로 개진하고 있다.[6] 그런데도 불구하고 이들 선행 연구들에서 일종의 출발점은 이청준 소설에 있다는 사실은 공통된 한계이다. 다시 말해 원작과 모작의 위계를 거부한다는 결론을 내세우지만 이들 연구는 이청준의 작품에서 파생된 작품들을 연구한다는 점에서 볼 때 암묵적으로는 이청준 작품을 원작으로 대하고 있다. 이청준 작품에서 분기된 작품들에 대한 연구는 많지만 반대로 이청준 작품이 다른 작품들을 모방하고 인용한 과정에 대한 연구를 찾아보기 어렵다는 사실은 포스트모던적 사유를 개진하면서도 이청준 작품을 하나의 중심으로 여긴다는 점에서 모순된다. 더욱이 이청준이 소설들 간에 인용하고 인용되는 것에 대해 유연하게 생각했다는 사실을

---

6 비교적 최근에 발표된 연구로 박싱익의 논문을 언급할 수 있다. 박상익, 「소설, 연극, 그리고 영화의 매체 간 서사 재현 양상 연구」, 『국제어문』 55, 2012.8.

고려한다면, 이청준의 작품이 오로지 다른 장르로 인용되는 것에만 편중된 선행 연구들은 일차적으로 한계를 지닐 수밖에 없다.

이청준은 타인의 작품들뿐만 아니라 자신의 작품들까지도 자유롭게 활용해서 새로운 작품을 창작했다. 그러한 행위의 대표적인 결과물이 바로 아동문학이다. 아동문학이라는 장르가 담론의 우연적이고도 역사적인 생산물이자 장르의 명칭으로서도 부적절하다는 사실은 이미 선행 연구들에 의해 증명된 바 있다.[7] 이 같은 연구들은 '아동문학'이 '시'나 '소설'과 같이 문학 내적 특성에 따라 부여된 이름이 아니라 오로지 문학 외적 조건인 수용자를 고려한 명칭이라는 점, 그 뿐만 아니라 '아동'이라는 관념이 역사적 맥락에 따라 상대적으로 변화하듯이 아동문학이란 범주 역시 절대성을 지닐 수 없다는 점 등을 증명했다. 그렇지만 '아동문학'이라는 장르 명칭의 상대성을 인정하면서도 아동문학이 지니는 고유한 특성은 계속해서 사유될 필요가 있는데,[8] 그렇지 않다면 아동문학이라는 장르 자체가 존재할 이유가 사라지기 때문이다. 아동문학이라는 장르를 절대화시키지 않으면서도 그것의 고유한 기능을 항상 사유해야 하는 데 아동문학의 가능성이 있고, 이청준의 동화는 이러한 아동문

---

7 가라타니 고진, 박유하 역, 「아동의 탄생」, 『일본근대문학의 기원』, 도서출판b, 2010; 조은숙, 「한국 아동문학의 형성과정 연구」, 고려대 박사논문, 2005.

8 이오덕은 아동문학에서 핵심은 '동심'이라고 말하고 있다. 아동문학의 역사적 상대성을 정교하게 살피진 못했지만 그는 아동문학이 일반 문학과 다른 고유한 특성을 사유하지 않을 때 일반 문학에 대한 열등감(감각적 기교주의)이나 관념성(동심천사주의)에 빠지게 된다고 지적한다. 이오덕에게 아동문학의 고유한 특성은 '동심'과 '서민성'과 '현실성'으로 명명되기도 했다. 이에 대한 자세한 설명은 다음의 책 참고. 이오덕, 『시정신과 유희정신』, 창작과비평사, 1977. 더불어 이오덕이 동심과 서민성과 같은 개념으로 동화의 고유한 특성을 밝히려 했다는 데 동의하면서도, 그러한 특성이 2000년대적 상황과는 어울리지 않을 수 있다는 점을 밝힌 글은 다음의 책 1부 평문들 참고. 원종찬, 『동화와 어린이』, 창작과비평사, 2004.

학의 역설적인 성격을 그대로 반영한다. 이청준은 동화가 장르적인 차원에서 상대적인 특성을 지니지만 아이들을 대상으로 하는 뚜렷한 목적을 지니고 있어야 한다고 생각했다. 이를 테면, 산문으로 발표되었던 글은 개작되지 않은 채 동화라는 이름을 달고 다시 발표되기도 했고, 동화로 발표된 작품은 특별한 설명 없이 소설의 한 부분으로 활용되기도 했다. 그러면서도 이청준은 동화를 쓰는 목적[9]을 여러 산문들과 후기 등을 통해 뚜렷이 명시했다. 3장의 연구 목적은 이 같은 이청준 동화의 특성을 살펴보는 데 있다.

한편 이청준의 동화가 산문과 뚜렷한 경계를 지니기 어려울 정도로 느슨한 경계를 지니고 있었다는 것을 고려하면, 이청준이 지금까지 발표한 동화와 산문은 단독 저서로만도 대략 28여 권이 된다.[10] 단행본마다 중복된 작품들을 고려한다고 하더라도 이청준이 발표한 동화 작품의 방대한 수효는 별도의 연구 대상이 되기에 충분하다. 하지만 이청준 동화에 대한 선행 연구[11]들은 상당히 적고 기본적인 연구라고 할 수 있는

---

9 이에 대해서는 본문에서 자세히 분석되겠지만, 이청준이 소설과 동화의 특성을 구별하고, 소설이 아닌 동화를 쓰는 이유에 대해 직접 언급한 대목을 인용하면 다음과 같다. "소설이 사람과 사람끼리 서로 행복하고 보람스럽게 어울려 살아가는 이야기의 글이라면, 동화는 우리 사람들끼리 뿐 아니라 나무와 꽃, 새와 짐승들, 산이나 강이나 바람이나 별과 같은 이 세상 만물의 모든 자연과도 함께 어울려 살아가는 이야기의 글이라 할 수 있습니다." 이청준, 「책 끝에 붙이는 말―함께 사는 법」, 『욕심 많은 다람쥐―한국 전래 동화집 1』, 샘터, 1986.

10 이청준 동화와 산문 목록은 본 책 마지막 장의 부록 참고. 다른 작가들의 작품과 함께 엮인 작품집들까지 고려하면 이청준의 동화가 실린 단행본은 대략 40여 권에 육박한다.

11 다음의 선행 연구들은 연구자들의 관심권에서 비교적 멀리 놓여 있는 이청준의 동화에 주목했다는 데 일차적인 의미가 있지만, 개별적 특성을 논하기 이전에 이 연구들역시 이청준이 1990년대에 발표한 동화와 '판소리 소설'에만 편향되어 있다는 점은한계라고 판단된다. 연구 성과물의 수효 자체가 적기 때문에 개별 연구들이 다양성을

대상 작품의 실증적인 조사마저 누락되어 있다. 이청준 소설에 대해서 상당히 많은 수의 연구 성과가 누적되어 있음에도 불구하고 그러한 선행 연구들이 특정 작품들에 편중되어 있을 뿐만 아니라 기본적인 서지사항조차 정리되어 있지 않은 한계는 이청준의 동화를 대상으로 한 선행 연구들에서 특히 두드러진다.[12] 중심과 주변의 위계를 거부하는 포스트모던적 사유를 이청준 소설에서 읽어내려고 하는 연구들일수록 비교적 잘 알려지지 않은 작품이나 주변적인 작품이라고 할 수 있는 동화를 살펴보는 대신 세간에 많이 알려진 '중요 작품'들에 집중하는 모순적인 현상은 앞으로 이청준 문학 연구가 지양해야 할 점이라고 여겨진다.

지녀야 한다는 점은 무엇보다도 중요하다. 그러므로 1970, 1980년대에 발표된 많은 수의 동화들을 검토하는 연구가 우선적으로 필요한 시점이다. 이청준의 1990년대 동화와 '판소리 소설'에 대한 선행 연구들은 다음과 같다. 정선혜, 「우리 그림책의 도약 −이청준의 그림이야기『할미꽃은 봄을 세는 술래란다』」, 『아동문학평론』, 1996.6; 선안나, 「동화의 독자는 누구인가?−이청준·강석경의 동화분석을 중심으로」, 같은 책; 정선혜, 「한국 불교 동화연구−이청준의 판소리동화를 중심으로」, 『아동문학평론』, 1998.6; 황정현, 「문학 텍스트로써의 판소리 동화 수용의 교육적 의의−이청준 판소리 동화를 중심으로」, 『한국초등국어교육』 37, 2008.

12 이청준 동화에 대해 비교적 정교하고 논리적인 견해를 전개하는 이주미의 연구 역시 기본적인 서지사항을 잘못 말하고 있다. 이주미는 "이청준이 맨 처음 동화를 선보인 책은 1993년에 발간한 『광대의 가출』"이라고 말하고 있는데, 이청준이 발표한 최초의 동화는 국민서관에서 1971년에 발간한 『엄마 찾아 삼만리』이다. 일반적으로 이 같은 서지사항에 대한 오류는 이해될 수 있지만 이 논문에서는 단순한 의미를 지니지 않는다. 왜냐하면 이 논문은 이청준이 다른 시기도 아니고 바로 1990년대에 동화를 쓰기 시작할 수밖에 없었던 계기를 논리적으로 증명하고 있기 때문이다. 1970년대와 1980년대에 발표된 동화들의 서지사항에 대한 이 논문의 오류는 이청준 동화의 성격을 1990년대적 상황과 직결시키는 일반화의 오류를 초래한다. 이주미, 「이청준 동화의 특징과 아동문학적 가치」, 『한민족문화연구』 38, 2011.10.

2. 근대인의 자기창조와 피로

이청준에게 알레고리적 기법이나 소설 쓰기는 작가의 사유를 직설적으로 전달하지 않게 함으로써 작가에게 창작의 자유를 제공할 뿐만 아니라 이질적이고도 다양한 사유를 독자에게 건넬 수 있게 했다. 이청준이 소설의 개별성을 옹호했던 이유도 그것이 작가와 독자의 자유를 옹호하는 일이기 때문이었다. 그런데 이청준은 소설을 쓰는 일과 소설이라는 장르에 대해서 순진하게 자유만을 만끽한 것은 아니다. 그는 억압적인 시대에도 정신의 자유를 획득하게 해주던 소설의 양식이 의도와다르게 자신을 피로하게 한다는 것을 느꼈다. 다음에 인용된 세 편의 산문들의 일부는 작가에게 정신의 자유를 제공하던 소설이 역설적이게 하나의 구속이 될 수 있음을 보여준다.

① 일정 기간 작품 활동을 하고 나서 그 작품들을 다시 한 권의 창작집으로 묶어낼 때 작가들은 흔히 작가후기(作家後記)라는 것을 책 끝에 써 붙인다. (…중략…) 작품은 모두가 꾸며낸 얘기들이니까, 후기에서나마 작가의 꾸밈새 없는 육성을 직접 들어 볼 수 있게 하자는 이유 때문이다. 그래서 본문 가운데선 모습을 깊이 감추고 있던 작가의 얼굴을 독자 앞에 가까이 드러내 보이게 하자는 배려에서일 터이다. 이유 있는 일이다. 하지만 나는 이 후기 쓰는 일을 즐거워해 본 적이 한 번도 없었다. 후기 쓰기가 즐겁기는커녕 그것처럼 새삼스럽고 겸연쩍고 그리고 힘든 고역은 없는 듯 여겨져 오고 있는 것이다. 독자들 앞에 맨 얼굴을 하고 나서는 일 바로 그것이 그토록 내게

후기 쓰는 일을 꺼리게 하고 있는 것이다.[13]

②동화는 그 잃어버린 지혜, 사람과 자연이 함께 어울려 세상을 넓고 자유롭게 살아가는 지혜를 다시 찾으려는 꿈의 이야기입니다. (…중략…) 그러므로 소설을 쓰는 일이 사람들끼리만 사는 세상에서의 어렵고 힘든 고통이라면, 동화를 쓰는 일은 오히려 사람 본래의 천성을 누리는 큰 즐거움입니다. (…중략…) 나는 그렇게 꿈을 꾸듯이 즐거운 마음으로 이 책을 썼습니다. 더욱이 전래의 동화를 쓰는 일은 이야기 전체를 새로 꾸미는 것도 아닙니다. 전해 내려온 이야기 그대로를 읽기 편하게 정리하는 것뿐입니다.[14]

③수필(혹은 에세이)은 소설에 비해 그 작자의 얼굴이나 목소리가 훨씬 직접적으로 드러난다. (…중략…) 글을 쓰는 자의 도덕성이나 자기 글에 대한 책임은 그러므로 수필 쪽이 소설에서보다 그만큼 더 직접적이고 분명해지게 마련이다. 그것이 썩 수월찮은 위험부담으로 여겨질 때가 많았다. 그런 만만찮은 부담에도 불구하고 내가 그간 이따금 수필이나 에세이 비슷한 산문들을 써 온 것은, (…중략…) 소설문법의 굴레에서 벗어나 보고 싶은 때가 많았던 때문이리라. 그리고 그런 글들에서 나는 소설과는 유다른 자연스런 삶의 생기와 소박한 사유의 은밀스런 성취감을 맛볼 수 있었던 것도 사실이다.[15]

위에 인용된 세 편의 산문은 서로 다른 시기에 쓰였는데, ①에서 개

---

13 이청준, 「후기(後記)의 반성」, 앞의 책, 1978, 216~217쪽.
14 이청준, 앞의 글, 1986, 230쪽.
15 이청준, 「책을 내면서」, 앞의 책, 1994, 11쪽.

진한 소설과 산문(후기)에 대한 이청준의 생각은 ②와 ③에서 정반대로 바뀌고 있다. 1980년대 이후에 쓰인 ②와 ③의 글에서 이청준은 소설이 아닌 다른 장르, 심지어는 ①을 쓰던 1970년대에는 불편하게 여겼던 산문에 대해서 긍정적인 태도를 보이고 있다. 알레고리적 기법을 활용하여 생각을 복합적으로 전개함으로써 가까스로 정신의 자유를 지켜주던 소설이 이른바 "소설문법"이 되어 이청준 스스로에게 "굴레"처럼 느껴질 때가 있었기 때문이다. 물론 위 인용문이 시대별 이청준의 속마음을 그대로 반영하는 것은 아니다. 생을 마감할 때까지 이청준은 소설 쓰기를 포기한 적이 없으며 유독 1980년대 이후에만 소설 이외의 글쓰기를 시도했던 것은 아니기 때문이다. 다만 위 산문들에서 중요한 것은 소설이 인간의 자유를 지켜내기도 하지만 한편으로는 자유를 지켜내는 소설의 형식이 하나의 문법처럼 작가에게 구속으로 느껴질 수 있다는 점이다. 소설 쓰기에 대해 일종의 피로를 느끼던 시절, 이청준은 영등포 YMCA에서 추진하던 '푸른세대운동'에 참여하기도 했다. 이 시기의 그의 푸른세대운동 참여와 이와 관련된 산문은 이청준이 느끼던 그 '피로'에 대해 시사점을 제공해준다.

푸른세대운동은 서울 영등포 YMCA의 푸른세대운동본부(본부장 이호동(李鎬東))의 주도하에 1978년 11월부터 사업체 청소년 근로자를 대상으로 '푸른교실' 강좌를 열면서 시작되었다. 이 운동을 처음 받아들여 근로자들에게 교양 교육의 기회를 제공한 한국시그네틱스를 시작으로 방림방적, 효성중공업, 해태제과 등이 연이어 푸른세대 직장교실을 갖게 됨으로써 푸른세대운동은 점차 기업에 번져가게 된다. 1980년에는 전국 400여 업체에서 3만여 명의 청소년 근로자들이 이 운동에 참여하기도 했다. 당시 구로공단(한국수출산업 공단)은 230여 개 업체에 12만여 명의 젊은 근로자들(남녀 비율 4대 6)이 일하는 산업 근로 청소년의 최대 일터였다. 푸른세대운동본부는 이곳 노동자들의 서클 활동(산악회, 등산반, 기타반, 숙녀교실, 연극반, 합창반, 민속춤반)을 지원했고, 노동자들의 교양 교육을 위해서 1981년 5월부터는 '일요교양대학'을 열기도 했다.[16] 일요교양대학 제1기 수강생 모집에 200여 명이 찾아왔고 7주 강의에 이들은 거의 한 번도 빠지지 않을 정도로 청소년 근로자들의 열기는 대단했다. 1981년 8월 2일부터 7주간 진행된 2기 과정에는 300여 명의 수강생이 교실에 밀려들었고, 2개 반으로 나뉘어 오후 4시부터 6시 반까지 진행되는 강좌에는 대학 교수, 국회의원 등의 명사들이 직접 강사로 참여하기도 했다. 당시 일요교양대학의 '작가와의 만남' 강좌를 맡았던 이청준은 수강생들의 진지한 자세에 감명 받았다고 이야기했다. "빛나는 눈초리로 강사의 한 마디 한 마디를 경청해주어 오히려 저 자신이 배울 점도 많았습니다. 어렵고 고달픈 생활에서나마 좀 더 나은 생활을 향한 그들의 열성을 보면서 사회의 보다 선택 받은 계층, 특히 기업 경영주들이 해야 할 일을 곰곰 생각해보았습니다."[17]

이청준은 1981년의 일요교양대학의 강사로 푸른세대운동에 참여했

---

16 푸른세대운동에 대한 정보는 다음의 기사를 참고했다. 「근로청소년들에 꿈과 용기 주는 푸른세대운동」, 『매일경제』, 1980.10.18; 「땀 흘려 일하며 인격 다진다」, 『경향신문』, 1981.3.26; 「생활문화론−최일남 산책」, 『경향신문』, 1983.12.21.

17 9월 27일에 끝난 제2기 강좌의 내용은 "'한국여성의 좌표'(국회의원 김현자), '결혼과 성'(가족계획협회 김숙희), '좋은 부모가 되려면'(이화여대 이정환 교수), '가족관계'(이화여대 이상금 교수) 등 가정주부로서 갖추어야 할 소양 강좌와 '생활철학', '여가를 보람 있게', '종교와 인간', '작가와의 만남', '음악의 이해를 위하여' 등과 같은 기초 교양 과정으로 나뉘어 있다." 이상의 내용과 본문에 인용된 이청준 인터뷰는 다음의 기사 참고. 「못다 푼 배움의 꿈을 키운다」, 『조선일보』, 1981.9.30.

을 뿐만 아니라 이보다 1년 전인 1980년에는 푸른세대운동에서 주최했던 제1회 전국 산업청소년 글짓기 대회의 심사를 맡기도 했다.[18] 전국에서 1,200여 편의 글이 응모되었고, 이 가운데 입상작 38편은 『보소서 우리들의 포도밭을』이라는 제명하에 작품집으로 묶여 발표되기도 했다.[19] 이 작품집은 '꿈', '일터', '역경', '고향', '어머니', '만학(晚學)', '노력'이라는 7개의 소제목 밑에 4~7편의 입상작들과 그에 대한 심사위원들의 소감을 함께 수록하고 있다. 이 가운데 이청준은 '고향'을 주제로 한 글짓기들에 대한 심사를 맡았다. 그런데 '고향'을 주제로 글을 써서 입상한 5편의 작품은 마치 이청준의 글과 청소년기 체험을 보는 것처럼 내용적으로 유사하다. 원주부설방통고 3학년에 다니는 김태옥의 입상작 「내 고향에 내가 살아야 해」는 돈을 벌기 위해 고향을 떠난 남동생에 대한 글이다. 자신의 결핍을 채우고자 도시로 떠난 남동생과, 소를 사려고 모아둔 돈마저 갖고 나간 동생을 용서하고 기다리는 누나의 모습은 이청준의 산문과 작품들에서 빈번히 등장하는 아들과 어머니의 모습을 연상케 한다. 일례로 이청준의 연작 동화 「새와 어머

---

18 푸른세대운동본부는 제1회 전국산업청소년글짓기 작품을 1980년 10월 15일부터 11월 15일까지 모집했다. "산업청소년들의 생활주변이야기를 발표할 수 있는 기회를 제공, 그들의 정서함양과 인격완성에 기여하기 위한 이 모집은 제목이 나라사랑, 고향, 어머니, 서울, 땀, 인연, 일터 등이다." 「소식」, 『매일경제』, 1980.10.18. 작품 공모 결과 1,200여 편이 출품되었고, 심사 결과 최우수상은 「끝이 없는 시작 속으로」의 정인옥(김포교통 소속)이, 특상은 「나의 어머니」의 김상춘(대일수지)과 「다시 살게 된 보람」의 김종화(전주 밀양 야간학교)가 차지했다. 이밖에 우수상 2명, 우등상 10명, 특별상 3명, 장려상 23명, 가작 104명을 선정했다. 「산업청소년 글짓기입상자 발표」, 『동아일보』, 1980.11.29; 「산업 청소년 작품집 출간」, 『경향신문』, 1981.9.14.

19 푸른세대운동본부, 『보소서 우리들의 포도밭을』, 중원사, 1981. 신문 기사를 검토해보면 1981년 10월에 제2회 전국 산업청소년 글짓기 대회를 실시했음을 알 수 있는데, 작품집은 1회 글짓기 대회 이후로 발간되지 않은 듯하다. 「YMCA 푸른세대본부 청소년작품 모집」, 『매일경제』, 1981.10.16.

니를 위한 변주」는 연을 날리며 허기와 결핍을 견디던 아이가 도시로 떠나게 되고 고향에 남은 어머니가 자식을 기다리는 장면이 담겨 있다.[20] 한편 성문기업사에 다니던 박순선의 「내 고향에 가는 길」은 집이 가난해서 고등학교 진학을 포기한 시골의 학생이 등장한다. 시골 학교에서 내내 1등을 놓친 적 없는 주인공은 여러 사람들의 도움으로 서울 소재 학교에 진학하게 되고, 그는 "성공하기 전에는 다시는 이 고향땅에 발을 딛지 않으리라"며 결심한다. 주인공은 서울 학교에서도 계속 1등을 하고, 등록금과 원서 마감 등의 문제로 고생을 하며 결국에는 "어엿한 기능공"으로 취직을 하게 된다. 이러한 박순선의 수기는 이청준의 과거사를 보여주는 듯하다. 이청준은 1954년 대덕동 초등학교를 우수한 성적으로 졸업했지만 집안 형편 상 상급학교 진학이 어려웠다. 그때 고재출(高在出) 교장선생님과 이종남(李鐘南) 담임선생님의 권유와 도움으로 그는 광주서중에 진학했다.[21] 이러한 체험은 소설로 쓰이기도 했는데, 「들꽃 씨앗 하나」는 상급학교 진학을 위한 서류를 마련하기 위해 주위 사람들의 조력을 받으며 동분서주하는 아이의 모습이 잘 그려져 있다.[22] 이처럼 고향을 등지고 자신의 꿈을 실현하기 위해 도시로 나아

---

20 이청준, 「연(鳶)―새와 어머니를 위한 세 변주 ①」, 「빗새 이야기―새와 어머니를 위한 세 變奏 ②」, 「학(鶴)―새와 어머니를 위한 세 변주 ③」, 『따뜻한 강』, 우석, 1986. 이 연작 동화 중 「연(鳶)」은 『남도사람』(예조각, 1978)에 단편 소설로 장르명이 바뀐 채 다시 발표된 바 있다. 또, 「연」과 「빗새 이야기」는 연작동화의 형태로 묶이지 않고 개별 단편 소설의 형태로 소설집 『새가 운들』(청아출판사, 1991)과 『눈길―중단편 소설 5』(열림원, 2000)에 발표되기도 했다. 이렇듯 이청준은 동화와 소설에 대해서 장르적 경계를 엄격히 설정하지 않았고, 자신의 작품들을 결합시키는 방식에 따라 다양한 의미를 창출하고자 했다. 이에 대해서는 이후 본문에서 자세히 살펴보겠다.

21 김병익·김현 편, 「작가연보」, 『우리시대의 작가연구총서―이청준』, 은애, 1979.

22 이청준, 「들꽃 씨앗 하나」, 『꽃 지고 강물 흘러』, 문이당, 2004. 서문에서 이청준은 이 소설집에 실린 소설들이 대개 자신의 실제 체험을 바탕으로 쓰였다고 말하고 있다.

간 청소년 근로자들의 모습은 이청준에게 자신의 모습을 떠올리게 했을 것이다. 결핍과 억압과 허기를 극복하기 위해 자신의 잠재성을 최대로 실현시키고자 하는 이들의 모습은 개인의 자유를 실현시키려는 근대인들의 태도와 다르지 않다.

그런데『보소서 우리들의 포도밭을』에 수록된 글들은 대개 청소년 근로자 김태옥과 박순선의 서사를 공유한다. 제1회 전국산업청소년글짓기 대회에 입상한 대다수 작품들은 '운명과도 같은 가난이 억압한 자신의 자유를 실현하기 위해 용기를 잃지 않겠다'는 식의 서사 전개를 보여준다. '꿈', '일터', '역경', '고향', '어머니', '만학(晚學)', '노력'이라는 상이한 7개의 주제로 글을 모집했지만 입상한 작품들의 중심 서사는 크게 다르지 않다. 한편 청소년 근로자들의 글에 대해 7명의 심사위원들은 독후감을 남기고 있는데, 근로자들의 수기가 비슷한 서사를 공유했듯이 이들의 심사평 역시 유사하다. 7편의 심사평 가운데 유경환(소년조선 주간)의「엉킨 감정에서 뽑아낸 비단실」, 황산성(변호사)의「오늘의 아픔을 내일의 밑거름으로」, 곽광수(서울대 불문과 교수)의「자기창조의 철학」, 서성호(서울 윤중국민학교 교장)의「성공이 보이는 사람들」, 유종호(이화여대 영문과 교수)의「역경을 이겨내는 일의 고귀함」 등은 제목만 보더라도 고난을 극복하여 개인의 자유("자기창조")를 확장시키려는 이들 산업근로자들의 태도에 대해 심사위원들이 아낌없는 응원의 메시지를 전달하고 있음을 쉽게 짐작할 수 있다. "괴로움을 극복하는 것은 퍽 값진 일"(유경환)이고, 만약 어려운 처지를 극복하지 못한다면 "낙오자가 되며, 쓰레기 인간이 되는 것"(황산성)이며, "쉽게 말해 (…중략…) 어려운 상황을 극복하고 새로운 상황을 만듦으로써 바라는 목표에 도달해가는 여러분들의 삶 자체가 (…중략…) 자유로와"져야 하고(광광수), 그것은 "성공이 보이는 삶"(서성호)이다. 그런데 산업 근로자들의 글과 이에 대한 심사평은 푸른세대운동본부의 글짓기 대회 취지와 정확히 일치한다. 푸른세대운동을 책임졌던 이호동은 글짓기 공모와 작품집 발간의 의미를 다음과 같이 말한다. "산업화, 도시화의 물결 속에서 근로청소년들이 그들의 가정과 사회 환경 속에서 겪어야 하는 수많은 문제에도 불구, 그들 나름대로의 가치관을 형성해야 하는 데서 오는 부적응 문제를 한 개인의 문제로서 미룰 것이 아니라 사회 전체가 공동으로 책임져야 할 중요한 과제입니다."[23] 푸른세대운동은 산업 근로자들을 구속하는 억압적인 현실을 많은 사람들에게 알리고, 그러한 현실 앞에서 굴복하지 않는 근로자들을 격려하기 위한 목적에서 수행되었다. 그러므로 산업 근로자들이 보낸 글에 대해서 "쓰레기 인간"이 되지 않게 하는 "자기 창조"의 철학을 강조하는 심사위원들의 메시지 역시 이 운동과 잘 부합한다.

그런데 이청준의 심사평은 이들 심사위원의 글의 논조와 다르고 심지어는 푸른세대운동의 글짓기대회 취지와 어울리지 않아 보인다. 이청준의 독후감인 「고향, 그 은혜스런 삶의 뿌리」에서 그는 고향으로 대변되는 결핍과 허기를 극복하려는 근대인(산업근로자)에게 지금보다 더 많은 자유를 얻기 위해 노력하라고 말하지 않는다. "얻을 것이 많으면 많을수록 우리의 싸움은 길고 고됩니다. 그런 싸움에 휩쓸리면서 우리는 고향에서부터 얻은 귀중한 것들을 하나하나씩 잃어가기 시작합니다. 그리고

---

23 「산업청소년 작품집 출간」, 『경향신문』, 1981.9.14.

마침내는 고향자체를 잃어버립니다." 이청준은 고향에 없는 돈과 명예와. 권력을 도시에서 획득한 후 당당히 귀향하겠다는 식의 생각에 대해 거부한다. 고향은 결핍된 곳이 아니라, 인간에게 "절대 무한의 위로"와 "관대하고 무조건적인 사랑"을 주는 "생명의 샘이요, 삶의 항구"라고 이청준은 말하고 있다. 언뜻 보면 지금 이청준은 고향을 떠나 도시에서 자리를 잡고자 분투하는 청소년 근로자들에게 다시 고향으로 되돌아가라고 말하는 듯하다. 자유를 얻고 자기창조를 실현하기 위해 노력하라던 심사위원들의 메시지와 이청준의 견해는 이처럼 어긋난다. "고향을 잃어버리지 않음은 곧 사랑과 꿈과 믿음과 같은 우리들 자신의 삶의 뿌리를 잃어버리지 않는 일이 되기 때문"이다.[24] 운명의 구속을 극복하는 근대인이 되라며 대다수 심사위원들이 산업 근로자들을 격려하는 자리에서 이청준은 근대인이 되고자 분투하는 것이 '사랑과 꿈과 믿음' 같은 "삶의 뿌리"를 잃어버리는 행동일 수 있다고 말한다. 이청준 자신의 과거 모습을 떠올리게 하는 청소년 근로자들에게 다시 고향으로 되돌아가라는 메시지는 마치 고향을 등지고 서울에 올라와 소설을 쓰고 있는 현재의 자기 자신에게 보내는 전언 같다. 시기를 정확히 고정시킬 수 없겠지만, 푸른세대운동에 참여하고 있던 1980년의 초반 무렵 그는 근대인의 자기창조이자 근대인의 글쓰기인 소설에 대해 모종의 피로를 느끼고 있었다.

---

24 이 문단에 직접 인용된 이청준 문장의 출처는 다음과 같다. 이청준, 「고향, 그 은혜스런 삶의 뿌리」, 푸른세대운동본부 편, 『보소서 우리들의 포도밭을』, 중원사, 1981.

3. 작가 없는 작품

이청준은 무엇과도 공유할 수 없는 문학 일반의 개별성을 엄격히 지켜 내고자 했지만, 동화와 산문과 소설에 대해서는 장르적 경계를 명확히 세우지 않았다. 소설로 발표되었던 글은 시간이 지난 후 동화나 우화나 산문이라는 이름으로 다른 장르의 단행본에 재수록되기도 했고, 반대로 소설 외적인 글쓰기는 어느새 소설로 다시 수록되기도 했다. 이를테면, 「별을 기르는 아이」[25]는 여러 단행본에 재수록되는데 그때마다 이 작품 은 '동화', '단편' 등의 각이한 장르명으로 불리고 있다. 또한 한 편의 개 별적인 글로 발표되었던 것이 연작처럼 엮이는 경우도 빈번하다. 『사랑이여 빛일레라』(홍성사, 1982)에서 '기원'이라는 제목 아래 연작처럼 묶 였던 두 개의 작품 「별이 되어 간 어느 친구의 누님 이야기」와 「마지막 선물」은 『따뜻한 강』(우석, 1986)에서는 연작의 형태가 아닌 개별 작품으 로 발표된다.[26] 또, 『동백꽃 누님』이라는 동화의 머리말(산문)은 표현이 조금 수정되어 「한해살이 나무」라는 동화로 발표되기도 한다.[27] 이러한

---

25 이청준, 「별을 기르는 아이」, 『새싹문학』, 1977 봄. 이후 이 작품은 『별을 보여드립니 다』(일지사, 1971), 『자서전들 쓰십시다』(열화당, 1977), 『눈길―이청준문학전집 3』(홍성사, 1984), 『젊은 날의 이별』(청맥, 1991), 『선생님의 밥그릇』(다림, 2000), 『별을 보여드립니다―중단편 소설 1』(열림원, 2001)에서는 소설로 분류되고, 『쟁이만이 사는 동네』(우성사, 1978), 『따뜻한 강』(우석, 1986), 『광대의 가출』(청맥, 1993), 『보물상자―해님편』(인간과예술사, 1994)에서는 동화로 분류된다.

26 이 과정에서 「별이 되어간 어느 친구의 누님 이야기」(『따뜻한 강』)는 제목이 「별이 되어간 누님」(『사랑이여 빛일레라』)으로 바뀐다.

27 이청준 외, 「한해 살이 나무」, 『나무 밑에 서면 비로소 그대를 사랑할 수 있다』, 나무생 각, 1999; 이청준, 『동백꽃 누님』, 다림, 2004. 참고로 『동백꽃 누님』은 『숭어 도 둑』(디새집, 2003)이라는 창작 동화집에 「봄꽃 마중」이라는 제목으로 발표된 바 있다.

사례는 일일이 나열할 수 없을 정도로 많은데, 여기서 중요한 것은 이청준의 의도였건 출판사 편집자의 의도였건 간에 산문과 동화와 소설을 구분하는 장르적 경계가 엄격하게 드러나지 않는다는 점이다.

이러한 점을 고려해서 이청준이 최초로 발표했던 동화를 선정하자면, 그것은 『엄마 찾아 삼만리』이다. 책 표지에는 "글 : 이청준, 감수 : 김동리"라고 쓰여 있지만, '글'이라는 모호한 표현에서 드러나듯 이 작품은 이청준 고유의 창작물이라고 단정하기 어렵다.[28] 『엄마 찾아 삼만리』에는 「엄마 찾아 삼만리」, 「왕곰 쟈크」, 「견우와 직녀」 세 편의 작품이 수록되어 있고, 책 말미의 「어머니가 꼭 읽어야 할 해설」에서 글쓴이[29]도 분명히 언급하고 있듯이 세 작품은 이청준의 고유한 창작물이 아닐 뿐만 아니라 개작이라고 부르기도 어려울 정도로 원작으로부터 변화된 성격을 내세우지 않는다.[30] 그렇기 때문에 이 작품은 '이청준'이라는 이름 표기를 지우면 누구의 작품인지 예상할 수 없을 정도로 작가의 개성이 드러나지 않는다. 실제로 「엄마 찾아 삼만리」는 이듬해 1972년 제목만 「어머니를 찾아」로 바뀐 후 문장과 삽화까지 완벽히 똑같은 형태로 『(어린이 교육) 칼라텔레비전』 4라는 동화책에 실린다.

---

28 표지와 달리 속지에는 "글 : 이청준(소설가), 감수 : 정희경(이화여자고등학교 교장)"이라고 쓰여 있다. 이청준, 『컬러판 세계의 명작동화 6 - 엄마 찾아 삼만리』, 국민서관, 1971.

29 이 해설을 누가 썼는지는 명기되어 있지 않다. 다만 "중국 사람들은 견우와 직녀를 사랑하는 연인으로 비유하여 만들었습니다만, 이 책에서는 형제의 사랑으로 이야기를 바꾸었습니다"와 같이 창작 과정을 언급하는 대목으로 볼 때 이청준이 직접 썼다고 생각할 수 있다.

30 「엄마 찾아 삼만리」의 원작은 에드몬도 데 아미치스(Edmondo De Amicis)의 『쿠오레(Cuore)』이고, 「왕곰 쟈크」의 원작은 어니스트 시턴(Ernest Evan Thompson Seton)의 『내가 아는 야생동물(Wild Animals I Have Known)』이고, 「견우와 직녀」는 중국의 전설이다.

이 책에는 시인 이준범의 머리말과 "이원수(아동문학가), 정성환(아동문학가), 장경룡(시인), 최광렬(시인)"이 "글쓴이"로 명기되어 있지만, 이청준의 이름은 포함되어 있지 않다.[31] 이청준이 발표했던 「엄마 찾아 삼만리」가 『칼라텔레비젼』 4에서 무단 복제됐을 수 있고, 만약 이러한 복제가 당시 출판사들 간의 암묵적인 관행이었다면, 이청준의 「엄마 찾아 삼만리」 역시 다른 누군가의 작품의 무단 복제물일 수도 있다. 그런데 여기서 중요한 것은 표절과 무단 복제 여부를 판단하는 것이 아니고,[32] 이청준의 「엄마 찾아 삼만리」는 다른 사람의 이름으로 발표되더라도 문제없을 정도로 작가의 개성이 전혀 드러나지 않는다는 점이다.

즉 이청준의 동화는 장르적 경계를 무너뜨릴 뿐만 아니라 작가의 개성마저도 지워버린다. 이청준은 이러한 작업을 단 한번 시도한 것이 아니다. 이청준이 비교적 명확한 장르명을 내세워 발표했던 단행본으로 『한국 전래 동화』가 있다.[33] 책 표지에는 "이청준 엮음"이라고 표기되어 있는데, '엮음'이라는 표현에서 알 수 있듯이 이청준은 『한국 전래 동화』가 자신의 고유한 창작물이 아님을 분명히 밝히고 있다. 물론 이 시기 이청준이 자신의 이름을 뚜렷이 드러낸 '창작 동화'를 발표하지 않은 것은 아니다. 이청준은 이미 「별을 기르는 아이」(1971)와 「뻐꾸기

---

31 『(어린이 교육)칼라텔레비젼 4─아라비안나이트, 어머니를 찾아……기타』, 금성출판사, 1972.

32 이 시기 동화 출판의 관행과 표절 및 무단 복제에 대해서는 별도의 연구가 필요하다고 판단된다. 참고로 이오덕은 1970년대 이전까지 잔존한 동요 창작물의 표절과 해적판 출판물에 대해 구체적인 사례를 들어 정교하게 설명한 바 있다. 이오덕, 「표절 동시론」, 『시정신과 유희정신』, 창작과비평사, 1977.

33 이청준 편, 『욕심 많은 다람쥐─한국 전래 동화집 1』, 샘터, 1986. 여기에 수록되었던 작품들은 1990년대 두 권의 책으로 다시 묶인다. 이청준 편, 『한국 전래 동화 1』, 파랑새, 1997; 이청준 편, 『한국 전래 동화 2』, 파랑새, 1997.

와 오리나무」(1981)라는 창작동화를 발표하기도 했다. 하지만 1970, 1980년대 그는 전래동화와 같이 창작자의 개성을 드러내지 않는 작품에 집중했고, 창작동화는 1995년의 『할미꽃은 봄을 세는 술래란다』부터 본격적으로 발표된다.[34] 1995년 이전까지 이청준이 동화를 창작하거나 개작하면서 자신의 이름을 지우려고 했던 태도를 두고, 작가의 개성을 명확히 드러내고자 했던 근대 소설의 형식이라기보다 오히려 전근대적이거나 포스트근대적인 텍스트의 특성이라고 판단할 수 있다.[35] 그런데 이청준이 동화를 통해 이른바 '저자의 죽음'을 실천하는 현상을 포스트모더니즘의 특성이라고 해명하는 것은 성급한 오류를 불러올 수 있다. 이미 이청준은 소설에서도 그 같은 실천을 보인 바 있으며, 이청준의 동화에는 포스트모더니즘이 옹호하는 해석의 다양성을 거부하는 작가의 메시지가 "교훈"이라는 형식으로 부기되어 있기 때문이다.

④ 그(이청준－인용자)의 문장은 그의 감정과 느낌을 될 수 있는 한 극단적으로 절제하여 독자들에게 작자의 감정적 개입을 느끼지 않게 하려는 의도로 치밀하게 씌어져 있다. 그러므로 그의 문체는 고전적인 엄격성, 가령 명확성, 비상징성을 그 특색으로 갖고 있다. 그는 그러한 논리적이고 고전적인 문체를 사용하여 자신을 감출 수 있는 한도까지 숨긴다. 다시 말하자면 그는 문체의 개인적 특성에서 자신을 소외시킨다. 그의 문체에서는 그러므

---

34 이청준, 『할미꽃은 봄을 세는 술래란다』, 열림원, 1995. 이 작품은 소설 『축제』(열림원, 1996)와 임권택 감독의 95번째 영화 〈축제〉(1996.4)에 삽입된다.

35 텍스트의 성격을 논하면서, 저자의 개성이 지워지는 현상은 특이한 것이 아니라 근대 이전에는 빈번한 현상이었다고 밀하는 롤랑 바르트의 견해를 생각할 수 있다. 롤랑 바르트, 「저자의 죽음」, 김희영 역, 『텍스트의 즐거움』, 동문선, 1997.

로 그와 동시대의 박태순, 김승옥, 방영웅 등이 내보여주는 폐쇄된 개인성이 보여지지 않는다. (…중략…) 그는 대상에서 자신의 개인적인 체취를 될 수 있는 대로 지워버린다. 그러한 그의 태도는 문체 속에 함몰하여 문체 연습을 하지 않겠다는 의지의 소산이다.[36]

⑤교훈 : 불과 열 두 살의 어린 나이로, 엄마를 찾아 수만리를 헤매는 마르코의 열성 앞에, 감동하지 않는 사람은 없을 것이다. 온갖 고난과 멸시를 이기며, 엄마를 찾아 헤매는 마르코는, 무서운 병에 걸려 죽음을 각오했던 엄마에게 삶의 희망을 불어넣어, 수술을 받게 만들기까지 했다. 이것은 오직, 마르코의 초인적인 애정 앞에 어머니가 감동했기 때문이다. 또한 엄마를 찾는 마르코를 도와주는 많은 사람들의 온정은, 우리가 본받을 만하다.[37]

이미 김현은 ④에서 보듯 1960년대 발표된 이청준의 소설(「매잡이」와 「가수(假睡)」)에서 작가의 개성을 없애는 문체의 특성을 발견했다. 이청준의 소설은 "폐쇄된 개인성", 즉 작가의 독특한 개성을 허용하지 않으며, 결국 "개인적인 체취"를 지워버리고 '개성을 스스로에게서 소외시킨다.' 작가의 개성을 지워버리는 이청준 소설의 문장이 하나의 온전한 작품으로 구현된 것이 바로 동화라고 할 수 있다. 『엄마 찾아 삼만리』나 『한국 전래 동화』에서 보듯 이청준은 스스로를 창작자라고 말하지 않는다. 이청준은 『한국 전래 동화』를 쓰기 위해 국내에 발간된 거의 대부분

---

36 김현, 「60년대 작가 소묘」, 『현대 한국 문학의 이론 / 사회와 윤리 – 김현문학전집 2』, 문학과지성사, 1991, 415~416쪽.
37 이청준, 『컬러판 세계의 명작동화 6 – 엄마 찾아 삼만리』, 국민서관, 1971, 39쪽.

의 민담 관련 서적과 전래 동화책을 샅샅이 조사한 후 작품을 선정했다고 회고하지만, 자신의 그러한 수고마저도 그는 창작 행위의 하나로 인정하지 않는다.[38] 자신의 이름을 지우고 '저자의 죽음'을 실천하면서까지 그가 살려내고 싶어 했던 것은 원작자를 알 수 없을 정도로 유명해져 버린 외국 동화이거나 한국 전래 동화였다. 이처럼 이청준은 저자의 죽음을 통해 독자의 탄생을 기도했지만, 그때 탄생한 독자가 텍스트의 즐거움 때문에 분열되거나 주체성을 잃게 되는 것을 원하지 않았다. ⑤에서 보듯, 「엄마 찾아 삼만리」를 썼던 이청준은 저자의 죽음을 통해 아동 독자에게 전달하고 싶은 '교훈'을 분명히 명기하고 있다.[39]

물론 이청준의 「엄마 찾아 삼만리」는 개작이라고 말할 수 있다. 그가 쓴 「엄마 찾아 삼만리」는 이태리 작가 에드몬도 데 아미치스(Edmondo De Amicis)의 『쿠오레(Cuore)』의 서사 가운데 일부를 차용하고 있기 때문이다. 「엄마 찾아 삼만리」는 『쿠오레』의 등장인물인 선생님이 5월의 작문 숙제로 주인공 엔리코에게 내준 작품인 「압펜니니 산맥에서 안데스 산맥까지」를 바탕으로 쓰였다.[40] 그런데 이청준의 개작은 원작에서 부

---

38 이청준, 「살아있는 동화책」, 앞의 책, 1994.

39 동화 말미에 노골적으로 보일 정도로 '교훈'과 같은 메시지를 남기는 형식은 이청준의 『한국 전래 동화』에서도 계속되고, '창작 동화'의 경우에도 '작가의 말'과 같은 형식을 통해 이청준은 작품의 의미를 비교적 선명하게 제시하고 있다. 더불어 이청준 동화들에는 아동문학전문가나 문학비평가의 해설이 함께 실려 있는 경우도 빈번한데, 이들의 글 역시 작품을 창조적으로 해석하려는 목적이 아니라, 아동들에게 작품의 의미를 쉽게 설명하기 위한 목적으로 작성되었다고 판단된다. 일례로, 1996년에서 1997년 사이에 발표된 이청준의 '판소리 동화'는 2005년에 개정판으로 다시 발표되며, 이때 개정판에는 어린이 독자를 대상으로 삼은 비평가의 해석이 첨부된다.

40 이탈리아어판 『쿠오레』의 한국어 번역본은 다음의 책을 참고했다. E. 데 아미치스, 「압뻰니니 산맥에서 안데스 산맥까지」, 이현경 역, 『사랑의 학교』 3, 창작과비평사, 1997. 한편 『쿠오레』의 최초 한국어 번역은 이정호에 의해서 시도되었고, 번역된 작품은 1929년 1월 23일부터 5월 23일까지 4개월 동안 『동아일보』에 연재됐다. 이정호

족한 세부 정보를 보충하는 방식으로 이루어지지 않고 반대로 원작의 세부 정보를 생략하는 방식으로 이루어졌다. 이를테면 원작과 다르게 이청준의 「엄마 찾아 삼만리」에서는 가세가 기울자 아빠 대신 엄마가 돈을 벌어야 하는 이유, 돈을 벌기 위해 이태리가 아니라 굳이 아르헨티나로 가야하는 이유, 엄마를 찾으러 집안에서 가장 어린 아이인 마르코가 아르헨티나로 가야 하는 이유 등이 설명되지 않는다. 이처럼 이청준의 「엄마 찾아 삼만리」는 인물의 행동을 독자에게 납득시킬 수 있게 하는 세부 정보가 생략되어서 개연성을 잃고 있다. 그 뿐만 아니라 원작에서는 이태리 사람들 간에 이루어지는 민족주의적 연대가 강조되고, 그러기 위해서 타민족 출신을 업신여기는 아르헨티나 사람들의 편견과, 주인공 마르코의 고뇌와 복합적인 심정이 핍진하게 묘사되어 있지만, 이청준의 작품에서는 이러한 사항들이 모두 생략되어 있다. 즉 이청준의 작품은 원작 서사의 세부 정보를 거침없이 생략하고 있기 때문에 배경과 인물의 이름만 이국적일 뿐 실제로는 무국적인 특성을 드러낸다. 이청준의 「엄마 찾아 삼만리」는 원작의 세부를 보충하는 방식이 아니라 오히려 원작의 세부를 소거하는 방식으로 완성되었기 때문이다.

이 같은 개작의 원인은 일차적으로는 아동 독자의 독서를 좀 더 수월하게 돕기 위한 목적에서 비롯됐겠지만, 그 의도와 상관없이 개작의 근본적인 효과는 역사적 구체성을 초월하는 보편적 교훈을 독자에게 곧바로 전달하게 만든다는 점에 있다. 이청준이 개작을 통해 독자에게 전달하고자 하는 것은 원작에서 도출할 수 있는 민족주의도 애국심도 아닌

와 『쿠오레』 번역에 대해서는 다음의 논문 참고. 김영순, 「일제강점기 시대의 아동문학가 이정호」, 『아동청소년문학연구』, 2007.12.

오로지 자유와 사랑의 동시적 실천이다. 현재 자기 주변에 없는 엄마를 찾아서 모국 이탈리아를 떠나 아르헨티나를 향해 거침없이 나아가는 12세 어린이 마르코는 앞서 푸른세대운동본부 주최의 글쓰기 대회에 참여했던 청소년 근로자들이 제출한 글들의 중심 서사를 연상케 하고, 더 나아가 어릴 적 고향에서는 채울 수 없는 '허기'를 극복하기 위해 장흥에서 광주로 다시 광주에서 서울로 떠나온 이청준을 연상케 한다. 언뜻 보면 마르코는 운명적인 한계를 극복하는 근대인의 형상과 자유를 대변하는 듯하다. 그렇지만 마르코의 자유는 고향을 배반하는 행위가 아니다. 앞서 이청준이 고향은 '사랑과 꿈과 믿음이라는 삶의 뿌리'를 뜻한다고 말했듯이, 한계적이고 억압적인 조건을 벗어나게 하는 마르코의 자유의 실천은 푸른세대운동본부에 글을 보낸 청소년 근로자나 이청준 자신과 다르게 어머니(고향)에게 되돌아가게 한다. 즉 마르코에게 자유의 실천은 타인에 대한 사랑과 고향이라는 '삶의 뿌리'를 배반하지 않는다. 현실에서 청소년 근로자와 이청준에게 자유는 고향을 배반하기 마련이었지만, 동화에서 마르코는 자유와 고향이 모순관계에 놓이지 않게 된다.

이처럼 이청준이 원작 『쿠오레』에서 서사의 세부를 누락시키고 역사적 구체성을 소거하면서까지 집중했던 것은 자유와 사랑의 동시적 실천에 있었다. 즉 이청준이 작가의 개성을 소거하고, 원작의 세부를 누락시키면서, 사라져 버린 이야기를 부활시키려 할 때, 그 이야기는 포스트모던적 즐거움(jouissance)을 목표로 한 것이 아니다. 「엄마 찾아 삼만리」의 교훈란(欄)에 명확히 자신의 의견을 제시했듯이, 저자의 죽음을 통해 이청준은 타자(엄마)를 절망에서 구원할 수 있는 "초인적인 애정"이 깃든 독특한 '자유'를 아동 독자에게 뚜렷이 전달하고자 했다.

4. 쿠오레 경향의 동화

김현의 지적처럼 이청준은 작품의 문장에서 작가의 개성을 지웠지만 그의 소설은 분명 한국 문학사에서 뚜렷한 개성을 지니고 있고, 그의 소설을 포스트모던적 사유로 해석하려 했던 수많은 선행 연구들의 경우에서 보듯 이청준 소설은 다양한 해석의 가능성을 옹호했으며, 실제로 그의 소설에서 자주 활용된 알레고리 기법은 고정된 해석과 편견으로부터 정신의 "화창한 자유"[41]를 지켜내고자 했던 이청준의 바람이 담겨 있다. 앞서 2장에서 살펴보았듯이 그는 알레고리를 통해 알레고리의 한계(고정된 해석)를 벗어나고자 했던 대표적인 소설가이다. 그런데 이청준의 동화는 이러한 견해 모두를 부정하는 듯하다. 동화에서 비로소 이청준의 작가적 개성은 완벽하게 사라지고, 다양하게 발산하는 작품의 해석 가능성은 보편적인 교훈으로 수렴된다. 『엄마 찾아 삼만리』 이후 1986년에 발표된 『욕심 많은 다람쥐 – 한국 전래 동화집 1』 역시 이청준 동화의 이 같은 성격을 그대로 반영하고 있다. 이 책에 실린 전래 동화들은 1997년 『한국 전래 동화』라는 제목의 두 권의 책에 다시 묶이게 되고, 이때 작품들의 해석을 고정시키는 장치는 더욱 강화된다.[42] 1986년판

---

41 '화창한 자유'는 말버릇처럼 이청준의 산문에서 자주 반복되는 표현이다.

42 1986년 샘터판 전래 동화집 『욕심 많은 다람쥐 – 한국 전래 동화집 1』에 실린 작품들이 모두 1997년에 발간된 두 권의 파랑새판 전래 동화집 『한국 전래 동화』 1·2에 재수록되지는 않는다. 이 과정에서 누락된 작품들은 다음과 같다. 「욕심 많은 다람쥐」, 「바보 신랑 똑똑한 신랑」, 「세상에서 제일 무서운 것」, 「말하는 빨래」, 「흘러간 물」, 「암돼지 잡은 셈」, 「종이만 있으면」, 「황소 도둑과 쌀가마 도둑」, 「부처님의 눈과 돼지의 눈」, 「임금님이 말린 명당」, 「윤관 장군과 잉어 다리」, 「중과 고자의 싸움」,

과 다르게 1997년에 발간된 전래 동화집에는 개별 작품마다 '엄마랑 함께 생각하기'라는 난을 별도로 마련하여 다양한 작품 해석의 가능성을 거부하고 있다. 물론 이러한 장치가 이청준의 의도인지 출판사 편집인의 의도인지는 확인되지 않으나, 같은 전래 동화집이 시대가 지날수록 해석의 다양성을 거부하는 방향으로 발표된다는 점은 특징적이다. 앞서 밝혔듯이 이청준은 산문과 동화와 소설의 경계를 불분명하게 생각하고 있었지만, 동화 쓰기의 목적에 대해서는 뚜렷한 의식을 갖고 있었다. 근대적 개인의 자유보다는 공동체의 조화를 강조하고, 더 정확히는 「엄마 찾아 삼만리」에서 보듯 개인의 자유와 타인에 대한 사랑이 동시에 실천되기를 바라는 이청준의 소망은 동화 쓰기의 근본적인 목적이었다. 시기를 명확히 구분할 수 없지만, 소설이 아니라 동화를 쓰는 이청준은 개인의 자유에 대한 맹목적인 강조를 분명히 거부하고 있었다. 그가 선택한 전래 동화들은 외적 억압으로부터 벗어나려는 개인의 자유에 대한 추구가 역설적이게도 타자를 억압하는 이기적인 욕심과 연결될 수 있다는 점을 시종 강조한다. 「엄마 찾아 삼만리」에서 보듯 타자와의 조화로운 삶을 고려할 때 개인의 자유는 자신과 타인의 삶 모두를 구원하지만, 자신의 자유에 대한 맹목적인 실천은 전래 동화 「못 말리는 욕심쟁이 염소」에서 보듯 자신과 타인 모두를 죽게 만든다.[43] 「못 말리는 욕심쟁이

「절을 두 번 한 까닭」, 「대원군을 야단친 사람」, 「아기 장수의 꿈」, 「책 끝에 붙이는 말─함께 사는 법」.

43 「못말리는 심술쟁이 염소」(1997)는 1986년판에서는 제목이 「염소의 심술」이었다. 제목에서도 이청준의 전래 동화가 시간이 갈수록 의미를 더욱 선명히 하는 방향으로 변화된다는 점을 확인할 수 있다. 한편 개인적 자유의 추구가 이기심과 구별되지 않을 수 있다는 우려의 메시지는 「욕심 많은 다람쥐」, 「황소 도둑과 썰가마 도둑」, 「평생 신는 신발」, 「욕심이 배어든 글씨」, 「내 몫과 남의 몫」 등에서도 반복적으로 등장한다.

염소」에서 근대의 개인을 연상케 하는 염소 부부는 서로 자신의 자유로운 향유를 상대에게 빼앗기지 않고 존중받기를 원하는데, 그 같은 행동은 역설적이게도 염소 부부를 얼어 죽게 만든다. 이처럼 이청준의 동화는 그의 소설에 대한 선행 연구들의 견해를 완전히 부정하는 듯 보인다.

바로 여기에서 이청준 동화가 보이는 한계성을 볼 수 있다. 즉, 이 동화는 이청준 시대의 아동들에게는 너무나 부합되는 동화이지마는 오늘날의 어린이가 요구하는 것은 아닌 것이다. 바로 성인작가로써 어린이들에게 너무나 일방적으로 만너리즘에 빠진 자기만족을 위한 서술적 표현을 하고 있다는 점이다. 특히 그림동화라는 특성이 언어매체가 갖고 있는 표현과 이해를 극복하여 어린이에게 풍부한 상상력의 기쁨을 증폭시킨다는 점인데 오히려 부연설명과 진부한 서술로 상상력을 제한하여 (…중략…) 창조성 신장의 면이 반감되고 있다.[44]

구체성을 소거하고 보편성에 직접 호소하거나, 작품 해석의 다양성을 거부하는 이청준의 동화에 대해서 위의 인용문과 같은 견해는 일면 설득력을 지닌다. 하지만 정신의 자유를 지켜낸다고 믿어왔던 소설 쓰기에 대해 피로를 느끼고, 창작자로서의 지위와 개성을 과감히 포기하며, 지금까지 그가 소설에서 보여준 열린 결말의 효과마저 포기한 데에는

---

[44] 정선혜, 앞의 글, 149쪽. 이청준 동화를 대상으로 한 것은 아니지만 소설가들이 동화를 쓸 때 발생하는 오류에 대한 이재복의 의견도 참고할 수 있다. "일반문학을 하는 작가들이 동화를 쓰면서 아이들에게 자꾸만 어떤 세계관을 심어 주려는 의욕이 너무 지나치다 보니 이렇게 관념적인 말을 많이 쓰게 된 것이라고도 볼 수 있다." 이재복, 「아동문학은 계단문학이 아니다―동화를 쓰는 소설가와 시인 이야기」, 『우리 동화 바로 읽기』, 한길사, 1995, 306쪽.

작가로서 어떤 절박함이 느껴진다는 점을 간과해서는 안 된다. 즉 이청준의 동화 쓰기는 대가(大家)의 여기로 간주될 수 없다.[45] 『엄마 찾아 삼만리』(1971)를 이청준이 발표한 최초의 동화로 간주한다면, 그는 이미 서른 살 초반 무렵부터 근대 개인의 자유와 소설 형식이 불러오는 이율배반적 성격에 대해 예민하게 자각하고 있었음을 알 수 있다. 50대(1991.5)에 작성한 한 산문에서 그는 "독창성의 맹목적인 지향이 엉뚱한 아집과 독선을 부를 위험이 없지 않음도 사실이다"[46]라고 말하고 있다. 이러한 생각은 단지 그가 청년기를 지나 중년이 되어 뒤늦게 알게 된 깨달음은 아닌 듯하다. 이청준의 동화는 그가 소설만이 자유를 옹호하다는 신념을 고수하며 활발하게 활동하던 청년기 때부터 자신의 그 같은 신념을 복합적으로 성찰하고 있었다는 사실을 보여준다. 억압적인 현실에서 개인의 자유를 지켜내는 소설의 독창성과 상상력이 오히려 '엉뚱한 아집과 독선'이 되어 개인을 다시 억압할 수 있다는 점을 그는 동화를 쓸 때 이미 의식적으로건 무의식적으로건 감지하고 있었다. 한 아동문학 평론가는 한국의 동화를 '쿠오레 경향'과 '피노키오 경향'으로 분류한 적이 있는데, 이청준의 최초 동화가 『쿠오레』의 개작이었다는 점은 우연적인 일치일 뿐이지만 하나의 시사점을 건네준다.[47] 피노키오 경향의 동화가 모험과 일탈의 서사라면 쿠오레 경향은 덕성과 교훈의 서

---

45 이청준 동화의 서지사항을 엄밀히 밝히지 못한 한계를 지니지만, 이청준의 동화가 당대의 억압적인 현실에 대한 적극적인 대응의 방식이었다는 점을 논한 이주미의 견해를 이 책은 이어받고 있다. 이수미, 「이청준 동화의 특징과 아동문학적 가치」, 『한민족문화연구』 38, 2011.10, 288쪽.

46 이청준, 「독창적인 삶만이 진짜삶이다」, 앞의 책, 1994, 89쪽.

47 원종찬, 「'일하는 아이들'과 '유희정신'을 넘어서」, 『동화와 어린이』, 창작과비평사, 2004.

사이다. 쿠오레의 개작으로 동화 쓰기를 시작한 이청준은 쿠오레 경향의 동화를 포기하지 않았다. 심지어 그의 동화는 아이들에게 어려울 수 있는 한자 단어를 쉽게 고치는 것보다 가능하면 각주를 통해 풀이하려 했고,[48] 아이들의 독해 능력이 감당할 수 없을 정도로 정교한 액자 형식의 서사를 활용하기도 했다.[49] 이러한 점을 반영하듯이, 한 연구가는 이청준의 창작 동화인 『할미꽃은 봄을 세는 술래란다』(1995)를 초등학교 4학년 이상의 10명의 아동에게 읽혀봤는데 모든 아이들이 제목의 의미를 파악하지 못했다는 사례를 제시하기도 했다.[50] 하지만 이청준의 동화가 아동의 수준에 맞지 않다거나 지극히 도덕적이고 교훈적이라는 비판은 그가 독자를 대하는 자세를 온전히 파악하지 못한 견해이다. 이청준은 아동 독자들에게 자유와 그 한계를 동시에 알려주길 원했고, 그러한 아이들의 수준을 무조건 낮춰 잡아 동화에 서술된 어휘를 쉬운 말로 대체하지 않았다. 이청준은 한자 단어로 설명할 수밖에 없는 어휘의 고유한 특성을 아이들의 눈높이에 맞춘다는 식의 명목으로 소거하지 않았다. 전통 혼례를 소재로 삼고 1950년대 이전을 시대배경으로 하는 동화 『동백꽃 누님』(2004)에서 그는 '상객', '초례청'처럼 어려운 한자어나

---

48 이는 물론 이청준이 한자 단어만을 계속 고수했음을 의미하지는 않는다. 이를테면 1986년에 발표된 전래동화 「효부(孝婦)를 태워 준 호랑이」는 1997년도 판(『한국 전래 동화』 1, 파랑새)에 재수록할 때 '효부'라는 단어를 좀 더 쉽게 고쳐서 「착한 며느리를 태워 준 호랑이」로 바꿨다. 하지만 본문에 등장하는 한자 단어들은 쉬운 말로 바꾸는 대신 각주로 처리했다. 대표적인 사례는 『동백꽃 누님』(다림, 2004)이다. 이는 이청준이 어려운 단어를 쓰면서까지 아동 독자에게 유희보다는 교훈을 제공하고자 했음을 알려준다.

49 대표적인 사례는 「이야기 서리꾼」이다. 이 작품은 초점화자가 수시로 바뀔 정도로 액자 안팎으로 서사가 활달히 진행되는데, 이는 마치 이청준의 단편 소설을 보는 듯한 느낌을 전달한다. 이청준, 「이야기 서리꾼」, 『숭어 도둑』, 디새집, 2003.

50 정선혜, 앞의 글, 149쪽.

'바지게', '오지 물동이'처럼 낯선 어휘를 아이들에게 익숙한 단어로 대체하지 않는다. 또한 이 동화에는 그가 1986년에 발표했던 「바보 신랑 똑똑한 신랑」의 서사가 그대로 삽입되어 있는데, 여기서도 '군자대로행(君子大路行)', '만반진수(滿盤珍羞)', '백파풍창(白波風窓)'과 같이 아이들에게 어려울 수 있는 한자어를 쉬운 어휘로 바꾸지 않았다. 이러한 태도는 시기를 최소한 한정한다고 하더라도 『한국 전래 동화』가 발표된 1986년부터 『동백꽃 누님』이 발표된 2004년도까지도 바뀌지 않는다. 그러한 어려운 단어들은 그 자체로 동화의 서사 전개를 위해 필요할 뿐만 아니라 서사 전개와 무관하더라도 과거의 풍습과 분위기를 간직하고 있는 어휘이기 때문이다. 이처럼 이청준은 동화를 통해 아동 독자들에게 자유와 질서의 조화라는 내용적인 가르침뿐만 아니라 어휘적인 차원까지도 알려주기를 원했다. 즉 이청준의 동화는 전형적인 쿠오레 경향의 동화이다.

그렇다면 이제 이청준이 모험적 서사와 유희적 기능을 포기하면서까지 쿠오레 경향의 동화를 쓰고자 했던 절박한 심정에 대해 살펴보자. 이청준의 동화는 당대 교육에 대한 비판적 개입과 무관하지 않다. 이청준이 한국의 교육제도와 부모들의 교육관에 대해 비판하는 대목(『사라진 밀실을 찾아서』 소재 산문)을 나열하면 다음과 같다.

아이들의 산성화 현상을 막아줄 방도가 마련되지 않고 있는 것은 적지아니 불행한 일이 아닐 수 없어 보인다. (…중략…) 요즘 아이들 지내는 것을 보노라면, 녀석들은 차라리 어른들의 부푼 욕망을 채워주기 위한 가엾은 인질 신세가 되어가고 있는 듯한 잔인스런 느낌마저 금할 수 없어진다. (…중략…) 그래 아이들은 부모들의 과욕과 부교재 공급원의 알뜰한 인질이 되어, 심신이 급속한 산화 현상을 겪지 않을 수 없게 된다.

—「산성화하는 아이들」 중 일부, 1987.2

심정적 자기 정화와 고향시절을 지닌 세대로서 나는 우리 아이들의 그런 처지를 늘 가슴 아프고 미안하게 생각한다. (…중략…) 어른들은 (…중략…) 어째 그리 아이들을 못살게 몰아붙이며 자기욕구 실현의 가엾은 희생물로 만들고 있는가.

—「고향의 자정력」 중 일부, 1994.5

요즘같은 세태와 교육환경 아래서 좌뇌의 지능지수(이해타산에 능한 태도-인용자)가 높은 머리일수록 제 이해에 영민하고 여봐란 듯 군림하기를 좋아하는 인물형으로 자라 가게 마련이라면, 그까짓 몇 푼어치 창의성이나 몇 걸음어치 세상의 발전 따위가 대순가. 사람이 좀 덜 민첩하고 세상의 변화와 발전이 좀 더디 가면 어떤가.

—「민주적 입시제도를 위한 꿈」 중 일부, 1994.9

이청준은 개인의 자유를 강조하는 근대성과 당대의 자본주의가 이율배반적으로 타인을 지배하고 억압하려는 성격으로 왜곡되는 것에 대해 우려하고 있다. 부모들의 과욕은 아이를 주체적 인간으로 인정하지 않으며, 그러한 교육을 받고 "좌뇌의 지능지수"만 발달한 아이들은 동료 위에 군림하려고만 한다. 푸른세대운동본부 주최 글짓기 대회에서 이청준이 청소년 근로자들에게 '고향'으로 되돌아가길 원했던 이유도,

도시는 인간을 "산성화"하고 고향은 이러한 이기심을 "자기 정화"하게 만들기 때문이다. 이청준의 동화 쓰기는 아이들의 산성화에 저항하여 자기 정화와 동료에 대한 사랑과 조화로운 공동체와 잃어버린 고향을 지켜내기 위한 절박한 활동이었다. 그러한 절박한 심정은 그의 동화를 피노키오 경향으로 나아가지 않게 했다. 이청준에게 동화는 아이들을 산성화시키는 현실로부터 그들의 자유를 지켜내기 위한 목적하에 창작되었다. 심지어 이청준은 자신의 아이 교육도 동화 쓰기와 유사하게 시행했던 듯하다. 이청준의 작품 세계에 대해 질문하던 한 비평가가 다소 뜬금없이 자식 교육에 대해 묻자 이청준은 성취 결과만 따지는 교육 때문에 "제 힘으로 제대로 놀 줄 모르는, 자동인형 같은 것으로" 아이들을 만드는 교육을 비판하며, "우리 아이는 그렇게 키우고 싶지 않"다고 말하고 있다.[51] 이처럼 아이들에 대한 교육은 동화 쓰기와 무관하지 않으며, 이청준의 동화는 아이들을 '자동 인형'으로 통제하려는 당대의 현실에 대한 저항에서 비롯됐고, 그때 당대의 현실은 자유를 강조하면서 자유를 억압하는 이율배반적인 특성을 지니고 있었다.

---

[51] 이청준·이위발(대담), 「문학의 토양을 이룬 반성의 정신」, 『사라진 밀실을 찾아서』, 월간에세이, 1994.

5. 소결

이청준의 동화가 무조건 쿠오레 경향이라고 판단하는 것은 부족한 감이 없지 않다. 물론 단순화 시켜 생각하면 이청준의 동화는 『쿠오레』의 개작인 「엄마 찾아 삼만리」를 반복하고 있는 듯하다. 억압적인 조건을 극복하려는 주인공의 자유로운 실천이 자신과 타인의 삶 모두를 구원하는 숭고한 결과를 이뤄낸다는 「엄마 찾아 삼만리」의 중심 서사는 「별을 기르는 아이」, 「뻐꾸기와 오리나무」, 『심청이는 빽이 든든하다』, 『떠돌이 개 깽깽이』, 「숭어 도둑」 등의 동화에서 반복되고, 심지어는 단편 소설 「들꽃 씨앗 하나」에서도 계속된다. 하지만 이청준의 동화가 그의 소설과 다른 점은 독자들에게 '웃음'의 기회를 선사한다는 데 있다. 이청준 소설과 웃음은 잘 어울리지 않을 뿐 아니라 그의 소설이 가독성마저 떨어질 정도로 정신의 복합적인 검증 과정을 수행한다는 사실은 익히 잘 알려져 있다.[52] 『엄마 찾아 삼만리』 이후로 이청준이 서양의 동화를 개작하지 않고 한국의 전래동화와 판소리를 개작한 이유는 민족주의적 우월감과 무관하다. 그의 동화에는 에드몬도 데 아미치스의 『쿠오레』에서 강조되는 애국심이나 민족주의적 감정이 전혀 드러나지 않는다. 이청준은 자신이 어릴 적부터 자연스럽게 어른들로부터 들어왔던 이야기를 조상의 은

---

52 한 비평문에서 류보선은 "『자유의 문』은 이청준의 다른 소설과는 달리 무척 재미있게, 그리고 빨리 읽힌다"고 말하고 있는데, 그의 이 같은 언급은 이청준의 기존 소설들이 복합적인 시선으로 진지하게 전개된다는 사실을 반증한다. 그렇지만 여기서 류보선이 말한 '재미'가 위 본문에서 동화의 특징으로 언급한 '웃음'을 의미하지는 않는다. 류보선, 「새로운 방향의 모색과 운명의 힘」, 권오룡 편, 『이청준 깊이 읽기』, 문학과지성사, 1999.

혜이자 갚을 수 없는 선물로 여겼다.[53] 고향에 대한 그의 부채의식은 이야기를 소유하지 않게 하고 자신의 개성을 죽이면서까지 구전 동화를 아이들에게 되돌려주게 했다. 그런데 전래동화와 판소리의 개작은 그 같은 특성 외에도 이청준 소설에서는 찾을 수 없는 '웃음'을 드러내게 한다. 이러한 웃음은 아이들에게 교훈을 전달하면서도 그것이 억압적인 방식이 되지 않게 하는 기능을 지닌다. 더불어 웃음의 기능 때문에 이청준 동화의 캐릭터들은 선악의 이분법에 갇히지 않게 된다. 이를 테면 이청준의 판소리 개작 동화『놀부는 선생이 많다』에서 흥부와 놀부가 독자들에게 선과 악의 표상으로 재단되지 않게 하는 것은 바로 등장인물들의 엉뚱한 태도와 과장된 말투에서 유발되는 '웃음' 때문이다. 이 같은 '웃음'의 기능은 이청준의 창작 동화에서 더 강화된다.『숭어 도둑』(2003)에 실려 있는 「숭어 도둑」과 「이야기 서리꾼」은 제목에서도 쉽게 유추할 수 있듯이 도둑질과 서리라는 흥미로운 소재를 통해 이야기의 유희성과 교훈성을 동시에 지닐 수 있게 된다. 등장인물들이 보여주는 서리와 도둑질은 독자들에게 모험서사를 읽는 재미를 전달하고, 그러한 소재로부터 도출되는 타자에 대한 용서와 사랑의 가르침은 독자들에게 교훈적인 메시지를 전달한다.

정리하자면, 이청준에게 동화는 개인의 자유와 공동체의 조화를 아이들에게 가르치는 기능을 지니기에 '쿠오레 경향'에 속하지만, '웃음'의 기능을 통해 교훈 전달은 억압적인 방식을 벗어나는 '피노키오 경향'에

---

53 "나는 이처럼 아름답고 지혜로운 이야기들을 많이 남겨 주신 우리 조상님들께 새삼 큰 감사를 드립니다. (…중략…) 그 조상님들과 어머니로부터 입은 은혜를 어린이 여러분에게 되갚아 주고 싶은 것이 이 책을 쓰게 된 동기의 하나이기도 합니다." 이청준, 「어린이에게 전하는 말」,『한국 전래 동화』1, 파랑새, 1997.

접근하게 된다. 정확히 말해 이청준 동화는 쿠오레 경향과 피노키오 경향의 사이에 위치한다. 그러므로 이청준의 동화에서 등장하는 웃음의 기능을 민중주의와 같은 특성으로 섣불리 접근하는 것은 한계가 있다.[54] 이청준 동화의 웃음은 민중주의와 같은 선험적 관념에 복무하는 대신 아이들에게 자유와 평등의 조화로운 상태를 억압적이지 않은 방식으로 알려주는 실천적 기능을 담당했기 때문이다. 하지만 웃음 역시 이청준의 동화를 온전히 설명하는 개념은 아니다. 『할미꽃은 봄을 세는 술래란다』(1995)가 대표적인 경우인데, 이청준의 동화는 자주 죽음의 문제와 연결되어 있다. 「엄마 찾아 삼만리」의 중심서사가 이청준의 많은 동화

---

54 바흐친에게 웃음과 그로테스크는 세상의 엄숙하고도 고정된 질서를 "격하(degra-dation)"와 "탈관(uncrowning)"의 활동을 통해 갱신하고 전이하는 기능을 지닌다. 바흐친은 웃음과 그로테스크를 민중의 건강한 특징으로 생각했고, 그러한 특성이 서양 문학사에서 17세기 이후부터 사라진다는 데 한탄했다. 그는 라블레의 작품에서 이러한 특징이 잘 드러난다고 밝혔고, 17세기 이후 등장하는 소설의 웃음과 그로테스크는 "엿듣거나 엿보기의 리얼리즘(a realism of eavesdropping and peeping)"이나 "파괴된 그로테스크"의 기능으로 축소되어 버렸다고 아쉬워했다. 미하일 바흐친, 이덕형·최건영 역, 『프랑수아 라블레의 작품과 중세 및 르네상스의 민중문화』, 아카넷, 2001; Mikail Bakhtin, trans. Hélène Iswolsky, *Rabelais and His World*, Bloomington : Indiana University Press, 1984. 참고로 한국어 번역서에는 쉽게 이해하기 어려운 번역어들이 선택된 경우가 많은데, '격하'와 '탈관' 역시 이 책의 중요한 개념어이지만 한자나 원어를 병기하지 않아 쉽게 이해하기 어렵다. 바흐친의 개념에 대해 영어 번역서가 선택한 단어들을 위의 인용에 병기했다. 한편 바흐친이 웃음의 성격을 민중주의로 해석한 견해에 대해서 이태리 출신 사학자 카를로 긴즈부르그는 비판적인 견해를 제시한 바 있다. 그는 알려지지 않았던 중세 민중의 활력을 찾아낸 바흐친의 연구를 존중하면서도, 라블레를 통해 알려진 민중문화를 민중문화 자체로 보는 바흐친의 견해에 대해 반대한다.("바흐친이 묘사하려한 민중 문화의 주인공들인 농민이나 직인은 거의 대부분 라블레의 말을 통해서만 우리들에게 이야기하고 있다. 바흐친이 제시한 풍부한 연구 전망은 우리들로 하여금 모든 중간 매개물을 생략하고 민중 세계에 대한 직접적인 연구를 바라도록 만든다.") 카를로 긴즈부르그, 유제분·김정하 역, 『치즈와 구더기』, 문학과지성사, 2011, 32쪽. 긴즈부르그의 지적은 이청준의 동화에 등장하는 웃음을 바흐친식의 민중주의와 곧바로 연결하는 태도에 대해서 비판적인 관점을 제공한다.

에서 반복되듯이, 『할미꽃은 봄을 세는 술래란다』의 중심 서사 역시 다른 동화들에서 자주 반복된다. 대표적인 사례로 「새와 어머니를 위한 세 변주」를 언급할 수 있다. 이 연작 동화는 「연(鳶)-새와 어머니를 위한 세 변주 ①」, 「빗새 이야기-새와 어머니를 위한 세 변주 ②」, 「학(鶴)-새와 어머니를 위한 세 변주 ③」, 이렇게 세 편의 동화가 연결되어 있다. 웃음의 기능을 약화시키고 인간의 죽음을 소재로 하는 이러한 동화들의 중심 서사는 선대 사람들이 후대 사람들의 '자유'를 '용서'함으로써 죽음 이후의 영생의 삶(꽃, 학, 전설, 이야기)을 살아간다는 내용을 담고 있다. "연(鳶)"은 고향을 배반하고 도시로 나아간 자식의 자유를 상징하고, "학(鶴)"은 그러한 자식의 태도를 용서하는 어머니와 고향의 품이 넓은 사랑의 결과물을 상징한다. 『할미꽃은 봄을 세는 술래란다』에서 다양한 봄꽃들의 밑거름이 되었던 할머니의 죽음이 망각되지 않도록 후대에게 이야기로 전해지듯, 어머니는 고향을 등지게 한 자식의 자유의지를 용서함으로써 "학"이 되어 불멸한다. 푸른세대운동본부 주최 글짓기대회에서 이청준이 고향은 "절대 무한의 위로"와 "관대하고 무조건적인 사랑"을 주는 "생명의 샘이요, 삶의 항구"라고 말한 이유는 바로 여기에 있다. 자유를 추구하는 근대인들의 의지는 의도와 상관없이 고향과 타자를 배신하게 되는데, 고향은 이들을 무조건 용서하고 위로해줌으로써 마르지 않는 생명의 샘을 유지한다. 이청준은 동화를 쓸 때 편하고 행복했다고 회상했지만, 웃음과 죽음의 소재를 반복하는 그의 동화는 개인의 자유와 공동체적 삶이라는 난해한 문제를 해결하고자 한 절박한 시도였다. 이 같은 아포리아가 해소되는 공간을 그는 고향, 어머니 그리고 나무 등의 소재와 연결시켰다.

1

꽃 없는 고을에 내가 서다

少年의 노래도

少女의 손길도

모르고 자라

몸둥이엔 둔한갑옷을 둘렀다

뿌리는 구천에 숨쉬고

가시는 벽공을 노래해도

내 생명의 歷史는 하나

2

거센 폭풍우가 몰아치던

어느 한밤

검은 하늘에

가지가지는 미쳐날뛰는데

내 조상은 내게 눈물을 가르치지 않았었기

신음 같은 음조만 뱉아낼 때

내 의미도 모르는

커다란 고독의 발등에는

빨간 술을 병채로 들이킨

몸짓 큰 사내 하나가

거칠게 몸을 부비대고있었다

내 육신이 광풍에 찢겨 흩날리는 동안

그는 처음으로 나를 나무라 불렀고

또 나는

나의 오오랜 침묵대신 눈물을 배웠다

태양은

뜨고

지고

겨울이 오고

봄이 가기

다시 몇 억겁을 헤어 넘어도

아―

꽃 없는 고을에 내가서서

몸둥이채 흔들릴 폭풍을 기다려

내 한 눈물을 위해

거룩한 날을

따로마련하리라.

―「나무로 천년을 살다」 전문[55]

---

55 이청준(문리대 독문과), 「나무로 천년을 살다」(시), 『대학신문』, 1960.9.26.

위의 작품은 이청준이 대학 1학년 때 모교의『대학신문』에 발표한 시의 전문이다. 이청준에게 동화가 나무와 고향과 어머니의 무조건적인 사랑이 실현되기를 갈망한 장르였듯이, 위에 인용된 시에서도 절망과 상처로 쓰러진 사람을 무조건적으로 포용하는 나무가 등장한다. "오오랜 침묵대신 눈물을 배웠다"는 나무의 말은 "빨간 술을 병채로 들이킨 / 몸짓 큰 사내"를 위로하고 용서했을 때 비로소 발화된다. "거센 폭풍우"에 시달리면서도 타인을 용서하는 나무의 거룩한 모습은 이청준의 동화에 반복적으로 등장하는 어머니(할머니)를 연상케 한다. 이 같은 거룩한 용서는 천년 동안 피지 않았던 꽃을 비로소 피게 할 것이고, 이때 그것은 이청준 동화에 등장하는 학, 전설, 고향과 다르지 않다. 문청 시절의 시 한편을 확대해석할 순 없겠지만, 이청준의 문학에는 자유와 용서(사랑)라는 어울릴 수 없는 두 개념의 조화에 대한 열망이 시작부터 마치 씨앗처럼 남아 있었다. 그 씨앗의 대표적인 결과물이 바로 동화라고 여겨진다.

제4장   환대와 자유

1. 문제 제기

이청준이 1982년에 발표한 「여름의 추상」은 '소설'로 분류되지만 그 서사는 사실과 허구 사이에 놓여 있다.[1] 이 소설은 단편적(斷片的)으로 나열된 일기들로 한 편의 서사를 구성하고 있다. 그 일기의 내용들은 당시 이청준이 서울에서 마산과 장흥 등으로 이동했던 실제 경험을 바탕으로 작성됐다. 「여름의 추상」이 온전한 허구의 서사가 아니라는 점은 소설을 구성하는 일부 에피소드들이 그대로 산문에서 반복된다는 사실을 통해 증명된다. 그 뿐만 아니라 이 소설을 채우고 있는 일기들은 동화

---

1   이청준, 「여름의 추상」, 『한국문학』, 1982.4.

나 다른 산문으로 다시 활용되기도 했다. 이를테면 시골에서 부음 전보가 왔음을 알리는 소설 첫 장면은 동화 「별이 되어 간 누님」으로 다시 발표되고,[2] 노모에게 풀의 이름을 물어보는 소설의 한 장면은 이미 「청론탁설－익초(益草)의 이름, 귀향일기 ②」라는 제명의 산문으로 발표된 바 있다.[3] 또 소설의 주인공이 시골에서 조선시대 학자 정동유(鄭東愈)의 「서영편(書永篇)」을 읽는 장면이나 혼자 갯벌에서 게를 잡다가 비행기를 보며 서울의 친구들을 생각하는 장면 역시 이미 산문으로 발표되었고, 마을의 오래된 동백나무가 도시 사람들에 의해 베어져 나가 죽은 둥치만 남겨놓고 있음을 보여주는 소설의 한 장면은 사진가 한남수의 체험을 소재로 한 산문 「생명의 추상」으로 발표되기도 한다.[4] 이처럼 이청준의 실제 체험은 산문으로 기록된 후 완료되지 않는다. 이미 발표된 산문들은 소설 「여름의 추상」 안에 삽입되고, 소설의 특정 에피소드들은 또 다른 동화나 산문으로 분기하기에, 이 소설은 사실과 허구 사이에 위치하게 된다. 이 소설의 서사를 구성하고 있는 개별 일기들은 "해남에서 월 일"이나 " 월 일"과 같이 장소는 분명히 표기하고 있지만 구체적인 시간은 생략하고 있는데, 이 때문에 주인공의 다양한 경험들은 시간적 경

---

2 이청준, 「별이 되어 간 누님」, 『따뜻한 강』, 우석, 1986. 많은 부분을 공유하고 있지만 이 동화와 『여름의 추상』의 에피소드가 완전하게 일치하지는 않는다. 「별이 되어 간 누님」은 원고지 15장 안팎의 짧은 분량의 동화에 어울리는 서사적 완결성을 드러낼 수 있도록 서사 후반부가 『여름의 추상』과 다르게 수정되어 있다.

3 이청준, 「청론탁설－익초의 이름, 귀향일기 ②」, 『동아일보』, 1981.8.12. 한편 이 산문은 다음의 산문집에 재수록되어 있다. 이청준, 「익초의 이름－80년 여름의 「귀향일기」 중에서」, 『말없음표의 속말들』, 나남, 1985.

4 이청준, 「청론탁설－만남의 독서, 귀향일기 ③」, 『동아일보』, 1981.8.25; 이청준, 「청론탁설－편지쓰기, 귀향일기 ④」, 『동아일보』, 1981.9.5; 이청준, 「생명의 추상」, 『마음 비우기』, 아가서, 2005.

계로 명확히 구분되는 대신 하나의 장소에 무리 없이 뒤섞이게 된다. 시간적 구획이 사라진 고향에서 주인공이 과거와 현재, 자아와 타자, 삶과 죽음 등의 이분법적인 판단을 극복하게 되듯이 이 소설은 사실과 허구의 명확한 경계를 거부하고 있다. 이렇듯 주인공의 이질적이고도 다양한 체험은 고향이라는 장소 안에 넉넉히 포용된다. 그러므로 이때 고향을 하나의 동일성을 중심으로 유기적인 연결성을 지닌 공간으로 해석하는 것은 무리가 있다. 이 소설을 이루고 있는 개별 일기들 중 어느 한 편이 빠지거나 순서가 바뀌더라도 전체 서사의 진행에 큰 문제가 발생하지 않으며, 이질적인 장르의 글쓰기가 고향이라는 장소 안에서 뒤섞이듯이, 이 소설이 그리고 있는 고향은 낭만주의적이라기보다 모더니즘적이다.[5]

그런데 이 소설이 발표된 후 한 월평에서 이태동은 「여름의 추상」은

---

[5] 프랑코 모레티는 자신이 이해하는 모더니즘의 대표적인 사례로 『파우스트』와 『부바르와 페퀴셰』를 언급하면서 이들 서사의 주요 특성은 서사소 간의 유기적인 결합관계를 갖지 않는다는 데 있다고 말한다. 그는 자신의 이 같은 생각을 단적으로 드러내는 문장을 에밀 슈타이거의 다음과 같은 논의 속에서 찾아낸 바 있다. "생명을 위험에 빠뜨리지 않고서는 하나의 유기체로부터 큰 조각들을 잘라낼 수 없다. 하지만 『일리아드』는 반으로, 심지어 3분의 1의 길이로 축소시킬 수 있다. 그래도 이 이야기에 익숙한 사람이라면 누구도 줄어든 부분을 아쉬워하지는 않을 것이다." 프랑코 모레티, 조형준 역, 『근대의 서사시』, 새물결, 2001, 156쪽. 참고로 프랑코 모레티가 인용한 에밀 슈타이거의 문장을 한국어 번역서는 다음과 같이 번역하고 있다. "즉 유기체는 하나의 형상인 바, 이 속에서는 개별적인 부분이 동시에 목적도 되고 수단도 되는 것이며, 따라서 그 하나하나가 독립적이며, 기능적이며, 그 자체로 존재가치가 충분하며, 그러면서 동시에 전체와 연관을 이루는 것이다. 괴에테의 『헤르만과 도로테아(Hermann und Dorothea)』는 틀림없이 그러한 유기체라고 할 수 있지만, 『오딧세이』나 『일리아스』는 그럴 수 없다. 『헤르만과 도로테아』에선 전체 생명을 훼손시키지 않고서 하나의 유기체로부터 큰 단편을 떼어 놓을 수 없다. 그러나 나머지 내용을 모르는 이라도 중요한 것을 놓치지 않고서도 『일리아스』를 절반 심지어 三분의 一로 줄일 수 있을 것 같다."(강조는 인용자) E. 슈타이거, 이유영·오현일 역, 『시학의 근본개념』, 삼중당, 1978, 175쪽.

1982년 "상반기 최대 수확"이라고 고평하고 있다. 그에 따르면 이 작품은 겉으로 보기에 "산만하고 조각조각 흩어지기 쉬운 일기 형식을 사용하고 있지만 의식의 흐름 기법 못지않게 이미지 결합 방법을 통해 전통적인 소설 형식을 능가하는 유기적인 통일성을 이루고 있"고, 이러한 유기적 통일성의 형식은 상업적인 도시에서는 찾을 수 없는 '순수하고 진실하고 풋풋하고 겸허한' 고향이라는 "잃어버린 낙원"을 복원시킨다.[6] 고향이라는 유기체적 형식을 고평한 이태동과 다르게 김치수는 이 작품의 의미를 존중하면서도 "하나의 완벽한 작품으로 보기는 어렵다"는 평을 남기고 있다.[7] 이 작품에는 "어떤 일관된 줄거리나 조직적인 구성이 발견되지는 않"기 때문이다. 같은 작품을 앞에 두고 비슷한 시기에 쓰인 평문이 상반된 평가를 내렸다는 사실은 그 자체로 흥미롭지만, 여기서 그 같은 흥미보다 중요한 것은 겉으로는 상반되어 보이더라도 고향이나 그것을 그리고 있는 소설을 삶의 유기적인 형식으로 판단한다는 점에서 두 평론가의 견해가 일치한다는 사실이다. 이태동에게 「여름의 추상」은 얼핏 산만해 보이더라도 근본적으로는 유기적 통일성을 지니기에 상반기 최대 수확으로 평가되고, 김치수에게 이 소설은 유기적 통일성을 결여하기에 미학적 완성도의 측면보다 이청준의 "고향 체험을 가장 생생하게 뒷받침해 주는 자료"로서 받아들여진다. 한편 유독 이 작품에 대한 평문이나 논문을 거의 찾아볼 수 없는 이유 역시 이태동과 김치수의 관점을 많은 연구자들이 은연중에 공유하고 있기 때문이라고 판단된다. 장르 경계를 무너뜨리는 서사 구성의 모더니즘적인 특징과 유기적이며

---

6 이태동, 「이달의 소설」, 『동아일보』, 1982.6.26.
7 김치수, 「고향 체험의 의미」, 『시간의 문』, 중원사, 1982.

통일성을 지닌 공간이라는 고향에 대한 낭만주의적 통념이 「여름의 추상」에 동시에 출현한다는 점은 많은 연구자들에게 해석의 장애로 여겨졌다고 예상된다. 그런데 이러한 추론이 가능한 이유는 이청준 소설에 대한 선행 연구들에서 반복적으로 언급되는 작품들은 고향에 대한 낭만주의적 통념과 서사 구성의 모더니즘적인 특성 가운데 어느 하나만을 편의적으로 선택하여 논의를 전개하기 수월한 것들이기 때문이다. 이를테면 이청준 소설의 키워드라고 할 수 있는 '의심'은 고정된 진리를 거부하는 것에서 더 나아가 진리 자체를 거부하는 포스트모던적 사유로 해석되고, 반면에 또 다른 키워드인 '한(恨)'은 유기적이고도 전통적인 공동체 구성원들을 연결시키는 공통 정서로 해석되곤 한다. 그 같은 선행 연구들에서 '의심-열린 결말-중층구조-자유' 등으로 연결되는 어휘 목록은 '한-고향-장인(匠人)-용서' 등으로 연속되는 항목들과 대립하게 된다. 이러한 대립적인 해석의 틀 때문에 「여름의 추상」처럼 모더니즘적이면서도 낭만주의적인 특징을 동시에 드러내 보이는 소설은 손쉽게 연구 대상에서 배제되어 왔다. 결국 이 같은 대립적인 시각은 이청준 소설에서 미학적인 기법만을 강조해서 추출하거나, 반대로 현실의 구체성을 탈각시킨 채 곧바로 인간 보편의 문제에만 집중하는 한계를 벗어나지 못한다. 더불어 이러한 시각의 또 다른 문제는 이청준 소설이 그려내는 '고향'이 실제로는 낭만주의적 통념을 따르지 않는다는 점을 살펴보지 못한다는 데 있다. 이청준의 소설이 지지하고 있는 고향의 의미가 이태동이 언급했던 '순수하고 진실하고 겸손하고 우애롭고 유기적이고 통일성을 지니는 고향'과 다소 거리가 있다는 점을 알기 위해서는 무엇보다 이 소설의 화자가 어떤 이유 때문에 도시에서 고향으로 떠났는지 살

퍼봐야 한다. 이 소설에서 주인공 '나'는 자신을 쫓는 "카메라"를 두려워하고 있다. 이 소설에서 카메라가 무엇을 의미하는지는 명확하게 설명되어 있지 않으나 주인공을 붙잡기 위해서 거짓 정보를 유포하고 끊임없이 뒤를 쫓는 카메라에 대해서 주인공은 상당히 격한 감정으로 비판하고 있다.

> 카메라의 추척은 너무도 집요하다. 집요하다기보다 악착스럴 정도다. (…중략…) 그 작위적인 독선과 독단. 카메라의 조작은 언제나 한쪽이 다른 한쪽을 일방적으로 관찰할 뿐이다. 우리의 얼굴 위의 작은 것들을 세상에 드러내 폭로하고 싶어한다. 발가벗겨서 네거리 한가운데다 내세우고 싶어한다. 그것은 결국 우리를 지배하고 조작하고 변형시키고 싶어한다.[8]

그러므로 주인공이 찾아가는 고향은 카메라와 대립적인 의미를 지니는 듯하다. 얼핏 보기에 "작위적인 독선과 독단"으로 타자를 "지배하고 조작하고 변형시키"는 것을 이 소설은 '카메라'라고 말하고 있고, 그러한 지배로부터 벗어날 수 있는 가능성으로 고향을 제시하고 있다고 여겨진다. 그런데 이러한 대립적인 해석 틀을 좀 더 정교하게 살펴보기 위해서 이청준이 이 작품에 대해 직접 언급한 부분을 먼저 살펴보자. 「여름의 추상」(1982)이 발표되고 20년이 지난 어느 좌담에서 이청준은 그 카메라가 구체적으로 무엇을 의미했는지 작품을 발표한 이후 처음으로 말하고 있다.

---

8 이청준, 「여름의 추상」, 『눈길―중단편 소설 5』, 열림원, 2000, 231~233쪽.

제가 『낮은 데로 임하소서』라는 소설을 쓰고 나서, (…중략…) 심하게 얘기하면, 몇 십 명 정도의 자서전 대필 의뢰를 받은 일이 있습니다. 80년대 어느 시절엔가는 가장 높은 분의 그것이 얘기가 되어서, 집 문을 걸어 잠그고 시골에 간 일이 있습니다. 그것이 「여름의 초상」이라는 작품으로 된 적이 있습니다.[9]

이 같은 이청준의 답변은 우선 「여름의 초상」의 '카메라'처럼 이청준의 소설에 등장하는 비유적인 표현이 당대 자신의 문제와 밀접하게 연결되어 있다는 사실을 알려준다. 또한 당대의 문제와 긴급하게 연결되어 있음에도 불구하고 20년 동안 '카메라'의 의미가 정확히 무엇인지 말하지 않았다는 사실에서 알 수 있듯이 그는 자신의 비판하고자 하는 대상을 소설 안팎에서 명확히 지시하기를 거부하고 있다.[10] 「여름의 추상」에서 카메라는 작가를 포함한 타자를 지배하고 변형시키며 작가가 지니는 창작의 자유를 빼앗고 더 나아가 작가의 글쓰기가 "가장 높은" 지배자를 신화화시키는 데 복종하도록 만드는 권력의 메커니즘을 의미하는데, 이 같은 카메라의 의미를 작가 스스로 명확히 드러내어 고정시키는 행위는 역설적이게도 독자들에게 해석의 자유를 빼앗는 행위가 되기 때문이다. 즉 자유를 억압하는 카메라를 비판하면서도 그 비판이 또다시 정신의 자유를 억압하지 않도록 하는 이중의 임무를 이청준의 소

---

9 김화영, 「이청준·이승우」, 『한국 문학의 사생활』(좌담집), 문학동네, 2005. 정확히 언제 좌담이 있었는지는 알 수 없으나 김화영은 '머리말'에서 이 책에 수록된 좌담들이 2002년 가을과 겨울 3개월 동안 매주 금요일 저녁 동숭동 문예진흥원에서 진행됐다고 밝히고 있다.
10 위의 인용된 이청준의 견해는 본격적인 좌담이 모두 끝난 후 청자의 질문에 대한 답변으로 우연히 제시된 것이다.

설은 수행한다. 그러므로 이 소설에서 고향은 카메라와 대립적인 의미만을 지니는 것에 그치지 않고 그러한 대립이 카메라와 같이 자유를 억압하는 속성을 공유하지 않도록 하는 복합적인 기능을 수행해야 한다. 요컨대 카메라와 고향은 단순히 이분법적으로 구분되는 대립항들이 아니다. 고향은 카메라-도시-상업주의-권력 등으로 연결되는 항목들과 대립하는 일종의 낭만주의적인 가치만을 뜻하지 않는다. 유기적이고 통일적이고 소박하고 순수한, 그래서 낭만주의적인 고향은 자신과 대립되는 가치들을 배제하고 오로지 일자를 신화화시키는 거짓된 글쓰기와 다르지 않기 때문이다. 이와 다르게 이청준의 고향은 당대적인 문제를 품으면서도 보편적인 의미로 확장되고, 공동체의 낭만주의적인 성격을 드러내면서도 유기적이고 통일적인 결속을 거부한다. 「여름의 추상」에서 "월 일" 식으로 구체적인 시간이 지워진 채 추상적인 공백의 시간대가 마련되는 이유도 단순히 당대 구체적인 현실을 초월한 추상적이고 보편적인 고향을 희구하기 위한 목적이 아니라 당대적이면서도 보편적인 의미를 지닌 복합적인 의미의 '추상'을 드러내기 위해서다. 간단히 말해 「여름의 추상」에서 추상은 추상이면서 추상이 아니다. 마찬가지로 이청준 소설에서 지향하는 고향은 고향이면서 고향이 아니며, 정확히 말해 그것은 도시와 고향의 이분법 너머 제3의 자리에 놓이게 된다. 이청준 소설에서 고향은 도시와 대립되는 의미를 지닌 것이 아니고 바로 그와 같은 이분법이 사라지는 장소를 뜻한다. 그러므로 「눈길」이나 『남도사람 연작』과 같이 작가의 실제 고향을 소재로 삼는 작품들에서 고향의 의미를 찾는 선행 연구들은 지금까지 상당수 누적되어왔지만, 이러한 연구들은 구체적인 내용을 판단하기 이전에 이청준의 '고향'을 도시와 대립적인 장소나 의미로 이해하고 있다는 식의 오해를 낳을 수 있다. 이청준의 고향은 단순히 특정 장소를 의미하지 않는다. 그것은 이질적인 타자를 환대하는 과정에서 이분법이 사라지게 되는 장소를 뜻하기에, 도시를 소재로 삼은 소설에서도 고향의 의미는 얼마든지 살펴볼 수 있게 된다. 그러므로 이청준 소설의 고향의 의미를 찾기 위해서는 오해를 불러오기 쉬운 '고향'이라는 단어 대신 이분법적 경계를 무너뜨리는 '고향의 기능'을 뜻하는 단어를 설정할 필요가 있다. 그러한 고향의 기능을 대표하는 단어로 이 책에서는 환대를 제시하고자 한다. 환대라는 개념을 통해 이청준 소설에서의 고향의 의미는 보다 명확해지고, 그 의미를 살펴볼 수 있는 작품들의 외연은 더 확장될 수 있기 때문이다.

2. 1975년 여름의 작가적 상황

1965년에 등단한 이청준은 1970년대 이르면 문단 안에서뿐만 아니라 대중적으로도 인정받는 작가가 되었다고 판단된다.[11] 한 서지학자의 조사에 따르면 10권을 선정하는 1973년도 소설 부문 베스트셀러 목록

---

11 1970년대에 국한된 것은 아니지만, 이선영의 조사에 따르면 해방 후 등단한 작가 중에서 1990년까지 잡지와 신문에 작가론이 가장 많이 발표된 작가들은 이문열, 최인훈, 이청준, 김수영, 황석영, 조정래 순이고, 1960년대 등단한 작가들 중에서는 이청준의 소설이 가장 많이 연구되었다. 이선영, 「한국작가에 관한 사회학」, 『한국문학의 사회학』, 태학사, 1993.

에 이청준의 소설집은 두 권이나 포함되고 1976년도 한 해 최고의 베스트셀러는『당신들의 천국』이다.[12] 한편 1979년『한국문학』은 평론가, 문학기자, 대학교수 40명에게 '오늘의 작가' 5명을 선정하는 설문 조사를 벌였는데 이때 이청준은 24표를 얻어 가장 신뢰감 가는 작가 1위로 선정된다.[13] 1975년 그는 「이어도」로 제8회 한국창작문학상(『한국일보』)을 받고, 1978년에는 「잔인한 도시」로 제2회 이상문학상을 받았다. 그 시절을 회상하는 출판계 사람들은 이청준에게 글을 받기 위해 잡지사들이 공을 들일 정도였다고 한다. 이러한 점들은 1970년대 이청준이 작가로서 문명을 떨치고 있었다는 사실을 대변한다.[14] 앞서 인용한 이청

---

12 1973년도 베스트셀러 10위 안에 든 이청준의 소설집은『소문의 벽』(민음사, 1972)과『별을 보여드립니다』(일지사, 1971)이다. 참고로『낮은 데로 임하소서』(홍성사, 1981)는 1981년도 베스트셀러 목록에 포함되고, 이 작품과『시간의 문』(중원사, 1982)은 1982년도 베스트셀러 목록에 포함된다. 1993년도 목록에는『서편제』(열림원, 1993)가 포함되고,『축제』(열림원, 1996)는 1996년도 목록에 포함된다. 이임자, 『한국 출판과 베스트셀러－1883~1996』, 경인문화사, 1998.

13 이 잡지에는 이청준을 선정한 24명의 지식인 명단까지 공개되어 있는데, 그들의 이름을 나열하면 다음과 같다. 강인숙(문학평론가, 건국대 교수), 김우종(문학평론가), 김운학(문학평론가), 이광훈(경향신문 논설위원), 이상비(문학평론가, 원광대 교수), 이재선(문학평론가, 서강대 교수), 민희식(계명대 교수), 정규웅(문학평론가,『중앙일보』문화부), 박병서(『동아일보』기자), 안건혁(『경향신문』기자), 송상일(문학평론가), 이명재(문학평론가, 중앙대 교수), 김영기(문학평론가), 천승준(문학평론가), 조남현(문학평론가), 송재영(문학평론가), 홍사중(문학평론가), 김용직(문학평론가, 서울대 교수), 김승옥(金承玉, 덕성여대 교수), 김병욱(문학평론가, 충남대 교수), 권영민(문학평론가, 덕성여대 교수), 김현(문학평론가, 서울대 교수), 이태동(문학평론가, 서강대 교수), 김화영(고려대 교수). 「오늘의 작가선정 10」,『한국문학』, 1979.11. 참고로 1986년 1년 동안 전국의 국문과 대학생들을 상대로 조사한 통계에서도 이청준은 "가장 관심 가는 작가" 2위로 선정됐고, 대학생들은 「당신들의 천국」(2위), 「이어도」(13위), 「병신과 머저리」(18위)를 한국문학사에서 가장 관심 가는 작품으로 선정했다. 「지성과 반지성이 교차하는 캠퍼스－국문학과 대학생 문학관 집중 분석 ①」,『소설문학』, 1987.1.

14 이근배, 「이청준 스승의 혼신의 작가 정신을 담은 '이상한 선물'」,『문학의 문학』, 2008 가을, 33쪽; 이재철,『'믿음의 글들', 나의 고백－홍성사의 여기까지』, 홍성사,

준의 회고에서도 보았듯이 『낮은 데로 임하소서』(1981)를 발표한 이후인 1980년대에도 그의 문학적 역량은 문단과 대중 모두에게서 인정받았다. 그런데 이 같은 정황과 어울리지 않아 보일 정도로 1970년대 이청준은 '문인자유수호'를 요구하는 운동에 참여했다. 어떻게 보면 작가로서 일종의 권력과 자유를 누구보다 많이 획득했다고 보이는 이 시기 이청준은 오히려 작가의 자유를 역설하고 있다. 다음의 인용은 이청준이 동료 작가들과 "문인자유수호격려"라는 제목으로 『동아일보』에 내보낸 광고다.

문인자유수호격려 - 스물다섯 번째 광고

눈 떠라 눈 떠라 참담한 時代가 온다.

東편도 西편도 치닫는 바람

먼저 떠난 자 혼자 죽는 바람

同列에 흐느낄 때 만나는 사람

— 詩 全琫準에서 홍성원(소설가), 김승옥(소설가), 이청준(소설가), 오태석(극작가),

노경식(극작가)[15]

이청준을 포함한 동료 문인에게 1975년 여름의 시기는 탐관오리와 외세로부터 인간의 자유가 억압되었던 전봉준의 시대와 다르지 않았다. 시기를 짧게 잡으면 문인들에게 그 "참담한 시대"는 박정희가 1972년

1992, 78쪽. 『낮은 데로 임하소서』를 출판했던 홍성사 사장 이재철의 회고에 따르면 당시 사람들은 이청준을 "한국 순수문학의 최정상급 작가"로 생각했다고 한다.

15 「문인자유수호격려—스물다섯 번째 광고」, 『동아일보』, 1975.2.24.

10월 17일 저녁 7시를 기해 전국에 비상계엄을 선포하고 특별담화를 발표할 때부터 시작된다. 그 담화에서 박정희는 7·4 남북공동성명과 남북적십자회담에서 이룩한 성과를 계승하여 조국의 평화와 통일을 구현하기 위해 민족 전체의 힘을 모아서 새로운 개혁[維新]을 시도해야 한다고 역설한다.[16] 군사 쿠데타를 감행해서 마련한 기존의 헌정 체제를 스스로 개혁할 수밖에 없게 만든 냉전 이후의 세계사적 변화를 거론하며 그는 "나 개인은 조국통일과 민족중흥의 제단 위에 이미 모든 것을 바친 지 오래"라고 말하고 있다. 정치학자 문지영에 따르면 박정희의 선언 이후 개정된 유신헌법은 대한민국의 기본 질서가 자유민주주의임을 구체적으로 밝힌 최초의 헌법이다. 하지만 겉으로는 자유와 민주주의와 평화통일을 명확히 내세우지만, 실제 유신 헌법은 각 기본권마다 개별적 유보 조항을 신설하여 언제든지 그럴듯한 명분으로 개인의 자유를 억압하였고 이를 통해 새로운 독재체제를 완벽히 실현하였다. 특히 대통령 긴급조치권을 규정한 제53조는 개인의 자유를 완벽히 통제하던 유신헌법의 반민주성을 증폭시키는 치명적인 독소 조항이었다.[17] 이 같은 유신헌법의 개정을 요구하는 목소리는 재야 세력들에 의해 증폭되었고, 1974년 1월 7일 신년 벽두에 문인 61명은 유신헌법 개헌을 지지하는 선언을 발표했다.[18] 이들은 오전 9시 명동성당 맞은편 지하에 위치한 코스모폴리탄 다방에 모여 "인간다운 삶의 실현을 위해서는 양심의 자

---

16 박정희, 「10월 17일 대통령 특별선언 전문」, 『동아일보』, 1972.10.18.
17 이상의 내용은, 문지영, 「자유민주주의 헌법 이념─제1차 개정 헌법에서 제5공화국 헌법까지」, 『지배와 저항』, 후마니타스, 2011.
18 이 당시 기자, 교수, 종교인, 문학인 등 재야 민주화 운동에 대해서는 다음의 논문 참고. 최현명, 「1970년대 재야 민주화운동 연구」, 이화여대 석사논문, 2001.

유와 표현의 자유를 포함한 국민의 기본적 인권이 제도적으로 보장되어야 한다"라는 요지의 선언문을 발표했고, 이 자리에서 9명은 곧바로 중부경찰서로 연행됐다.[19] 다음날 박정희 정부는 긴급조치법 1호를 발표했으며 전날 문인 선언에 참여했던 이호철과 임헌영을 국군보안사령부로 연행했다. 그곳에서 그들은 문인 선언에 대해서는 조사받지 않았지만, 일본에서 발행되는 『한양』지에 글을 보내고 그들과 접촉했다는 이유로 간첩 혐의를 받게 된다.[20]

이처럼 개인의 자유와 민족의 통일을 명시했던 유신헌법은 박정희 체제를 비판하는 재야 세력을 절대로 용납하지 않았으며 그들을 분열시키기 위해 간첩 혐의를 씌우는 등 공포정치를 조장했다.[21] 세칭 문인 간첩단 사건 이후 민청학련사건과 인민혁명당 사건 등을 통해 박정희 정부는 재야 세력을 더욱 억압했다. 그러나 문인들은 위축되지 않았고 오히려 1월 7일 선언의 일회성을 극복하고 더 나아가 인간의 자유를

---

19 이들 선언문 전문은 다음의 기사를 참고하고, 당시의 구체적인 상황에 대해서는 이호철과 박태순의 글을 참고했다. 참고로 개헌서명에 참여한 61명의 문인들 명단에 이청준은 포함되지 않았다. 「문인 61명 개헌서명 지지」, 『동아일보』, 1974.1.7; 이호철, 「내가 겪은 탄압 사례」, 자유실천문인협의회 편, 『자유의 문학 실천의 문학』 2, 이삭, 1985; 이호철, 「천관우」·「이문구」, 『이 땅의 아름다운 사람들』, 현재, 2003; 박태순, 『문예운동 30년사』 1, 작가회의출판부, 2003a, 189~196쪽.

20 한승헌변호사변론사건실록간행위원회, 「'한양'지 관련 문인 사건」, 『한승헌 변호사 변론 사건 실록』 2, 범우사, 2006; 한승헌, 「'한양'지 '문인 간첩단 사건'」, 『한 변호사의 고백과 증언』(개정판), 한겨레출판, 2012.

21 『한양』지에 글을 보내고 잡지 관련 인사를 만나는 일이 당시 흔한 일이었음에도 불구하고 문인 선언에 참여했던 이호철과 임헌영에게 간첩 혐의를 씌운 것은 재야 세력을 분열시키고 공포를 조장하기 위해서였다. 이에 대해서는 다음의 글과 좌담 참고. 임헌영, 「74년 문인간첩단사건의 실상」, 『역사비평』 11, 1990.11; 장백일, 「세칭 문인 간첩단 사건」, 한국문인협회, 『문단유사』, 월간문학출판부, 2002; 임헌영·채호석, 「유신체제와 민족문학」, 강진호·이상갑·채호석 편, 『증언으로서의 문학사』, 깊은샘, 2003.

옹호하는 그들의 목소리를 더 확장시키기 위해 운동의 방식을 개선하고자 했다. 선언의 주체를 명확히 하여 일회성 선언을 지양하고자 했던 그들의 생각은 같은 해 11월 18일 현실적으로 드러났다.[22] 이때 이들이 발표한 선언문의 제목은 「문학인 1백 1인 선언」이고,[23] 이들의 선언 주체는 '자유실천문인협의회'라는 이름을 얻게 된다. 선언이 있기 하루 전 박태순과 고은은 두 개의 플래카드를 만들었는데 거기에는 "우리는 중단하지 않는다-자유실천문인협의회"와 "시인 석방하라-자유실천문인협의회"라는 문장이 쓰였다. 이 플래카드는 자유실천문인협의회가 지향한 운동의 목표를 명확히 보여준다. 이들은 일회성 선언을 넘어서고자 했고 김지하의 석방 요구에서 보듯 유신헌법과 박정희 정부로부터 문학인의 자유를 되찾고자 했다. 당시 이청준은 11월 18일 광화문 시위 현장에 참여하지 않았지만 문학인 1백 1인 선언에 자신의 이름을 올렸다.[24] 이들은 자신들의 선언 이후의 활동을 확장시키기 위해 우선 전국 문인들에게 '자유실천문인협의회'의 회원 명단과 활동 계획을 알리는 편지를 보냈다. 편지에는 "우리는 종래의 파벌주의적 문단 풍토를

---

22 당시 이들의 실천은 다음과 같이 평가되기도 한다. "비록 협의회 단계에 머물러 있었지만 문학을 제외한 다른 예술 장르에서 이렇다할 만한 조직적 성격을 갖춘 문예운동이 부재한 터에 자실(자유실천문인협의회-인용자)의 결성으로 말미암아 진보적 문예일꾼들의 개별적 역량을 응집하는 노력이 가시화되기 시작하였던 것이다." 강성률·고명철, 『격정시대의 문화운동-문예운동 30년사』, 한국민족예술인총연합, 2006, 66쪽.

23 선언의 전문은 다음의 책 참고. 자유실천문인협의회, 「문학적 양심으로 민주를 요구한다-자유실천문인협의회 101인 선언」, 김상웅 편, 『민족, 민주, 민중선언』, 한국학술정보, 2001.

24 참고로 광화문 시위 현장에 나왔던 문인들은 다음과 같다. 이호철, 염무웅, 황석영, 양성우, 백낙청, 조태일, 최민, 한남철, 조해일, 조선작, 송영, 이시영, 송기원, 윤흥길, 석지현, 임정남, 김국태, 김연균, 백도기, 고은, 이문구, 박태순. 이싱의 내용은, 박대순, 『문예운동 30년사』 2, 작가회의출판부, 2003b, 62쪽.

청산하고 표현 자유의 실천을 위한 제반 활동을 전개함으로써 진실과 정의가 지배하는 사회의 구현을 위해 계속 노력할 것을 다짐한다"라는 제언이 담겨 있다. 즉 1백 1인 선언 이후 이들은 이제 박정희 체제와 더불어 한국문인협의회(문협)를 중심으로 공고화된 문단 내부의 비민주주의적인 파벌 성향까지 개혁할 것을 요구하고 있다.

자유실천문인협의회의 활동에 대한 반발로 김동리는 '문학인시국선언준비위원회'를 발족하고 동년 12월 7일 전국 문인들에게 우편을 발송한다. 문학인시국선언준비위원회는 "자유민주주의의 이상을 실현해 나가기 위해서는 보다 더 안정된 사회, 보다 더 강력한 군사, 보다 더 안전한 국민총화가 선행되어야 한다"는 요지의 '한국문학인시국선언'을 문인들의 가정으로 발송한다.[25] 이처럼 자유실천문인협의회는 유신정권과 기존의 문단 세력 모두로부터 표현과 비판의 자유를 획득해야 할 위치에 놓여있었다. 문단 내부의 민주주의와 자유를 위해 이들은 다음 해 문협 선거에 40대 이호철을 내세워 조연현과 경쟁하였지만 기성세력들의 방어로 조연현은 이사장을 연임하게 된다.[26] 기록 날짜가 명확하게 제시되지 않아 이 시기 문협의 정황을 비판하고 있는지 정확히 확인할 수 없지만, 1970년대 문협에 대해 이청준은 자유를 포기했기에 "가장 편하고 안

---

25 김동리외 53인의 '문학인시국선언준비위원회'가 작성한 선언문 일부는 박태순의 책에 실려 있고, 선언문의 실물은 다음의 인터넷 블로그에서 확인할 수 있다. 박태순, 위의 책, 101쪽; 블로거 '북헌터'의 2012년 12월 14일 포스팅(http://blog.naver.com/bookhunt/110154137859).

26 당시 문협 이사장 선거에서 자행된 비민주주의적인 행태에 대해서는 다음의 기사와 박태순, 이호철의 글 참고. 「탄식으로 끝낸 문협 정총」, 『동아일보』, 1975.1.13; 「뒷맛 쓴 문협 선거」, 『경향신문』, 1975.1.13; 박태순, 위의 책, 108∼127쪽; 이호철, 「이문구」, 『이 땅의 아름다운 사람들』, 현재, 2003.

심할 수 있는" 집단이라는 내용의 비판적인 메모를 남기기도 했다.[27] 한편 이청준을 포함한 자유실천문인협의회는 문학 집단 밖의 유신체제와의 싸움을 지속했는데, 앞서 인용했던 "문인자유수호격려" 광고는 그러한 싸움의 일환이었다. 당시 문인들은 정권에 비판적인 『동아일보』에게 가해지던 물리적이고도 경제적인 제재 조치가 자신들의 문제와 밀접하게 관련된다는 점을 자각했다. 광고주들에게 『동아일보』에 광고를 싣지 못하게 한 박정희 정권에 대항하기 위해 문인들은 자신들의 돈을 모아 『동아일보』에 광고를 싣는 운동을 시작했다. 이들은 『동아일보』 문화면 연재소설(조선작, 『미쓰 양의 모험』) 옆에 돌출광고를 1월 27일부터 3월 12일까지 단 한 번도 거르지 않고 총 38번 게재한다. 이호철과 임헌영 등의 경우에서 보듯 정권을 비판한 문인들이 간첩 혐의를 받을 정도로 폭압적인 시기에 이처럼 공개적으로 유신 체제를 비판하는 일은 쉽지 않았으리라 판단된다.[28] 『동아일보』를 비롯한 언론의 자유를 지지하는 이들의 광고운동은 32번째(1975.3.4)부터 '문인자유수호격려'에서 '격려'라는 표현을 빼고 '문인의 자유수호'라는 제명으로 발표된다. 박태순의 회고에 따르면 이 같은 표현의 변화는 신문사의 조판 실수가 아니라 이들의 의식적인 수정이었다.[29] 즉 이러한 표현의 변화는 문인들이 『동아일보』 기자

---

27 이청준, 「무제─행간낙수」, 『작가의 작은 손』, 열화당, 1978, 121쪽.

28 이러한 선언에 참여한 사람들은 진보적이고 그렇지 않은 문인들은 보수적이라는 식의 이분법적인 판단은 당연히 성립될 수 없다. 임헌영은 좌담에서 6·25부터 시작된 가족 사적 문제 때문에 박정희 체제를 비판적으로 사유하더라도 구체적인 실천에 나서는 데 심리적인 부담감을 느꼈다고 회고하고 있다. 이러한 그의 생각은 이를테면 문학인 1백 1인 선언에 참여하지 못한 문인들을 보수적이거나 방관적이라고 몰아세우는 대신 그들을 이해할 수 있게 한다. 임헌영·채호석, 「유신체제와 민족문학」, 위의 책.

29 박태순, 앞의 책, 2003b, 140쪽. 이 책 143~149쪽에는 『동아일보』를 시시하는 문인들의 38개 광고가 모두 정리되어 있다.

들의 보도 자유를 위한 투쟁이 옆에서 격려를 보내야 할 문제가 아니라 바로 자신들의 자유를 위한 문제라는 사실을 명확히 인식했음을 보여준다. 다시 말해 문인의 자유와 기자의 자유, 더 나아가 모든 인간의 자유를 위해 이들의 운동은 강자가 약자를 동정하는 관용적인 태도나 개인주의적 실천 대신 타자의 문제를 자신의 문제로 받아들이는 환대의 태도와 집단적인 실천으로 점점 확장되고 있다. 당시 문단과 대중들로부터 확고한 지지를 받았던 이청준은 과장하자면 여느 문인들보다 자유롭게 작품 활동을 할 수 있는 조건을 지닐 수 있었지만, 1975년 여름의 활동에서 보듯 그는 당시의 정치적 상황이 자신의 창작의 자유를 구속하고 있음을 명확히 인지하고 있었다. 더불어 2002년 한 좌담에서 「여름의 추상」(1982)을 쓰게 된 동기를 이청준이 언급했듯이, 그 같은 구속은 그에게 유신체제에만 국한된 것이 아니고 1980년대에서도 계속되었다. 「여름의 추상」의 주인공에게 고향은 카메라의 집요한 추격에서 벗어나게 해주듯이, 1975년 자유실천문인협의회에 모인 동료 문인들은 이청준에게 창작의 자유를 지켜주는 일종의 고향이었다.

3. 윤 간호사의 자리

이청준은 1970, 1980년대를 통과하면서 명확히 시기를 구분할 순 없지만 소극적 자유와 적극적 자유 사이에서 계속해서 갈등했던 듯하다.[30]

일체의 외적 구속으로부터 벗어나고자 하는 소극적 자유와, 소극적 자유로부터 비롯되는 무기력과 고립감을 극복하기 위한 적극적 자유 사이에서 이청준이 갈등했다는 점은 다음의 산문과 작품에서도 잘 나타난다.

①그(나그네-인용자)의 삶에는 집착이 없어야 하므로 이 말을 좋아한다. 우리의 삶은 지금 가정과 이웃과 수많은 세속적 욕망에 대한 집착으로 일정한 모습으로 규격화되어 가고 있는 것이다. 그 규격화된 삶 쪽에서 보면 자기 집착의 끈을 끊고 스스로를 해방시켜 나가려는 나그네의 그것은 일종 현대적 미아(迷兒)의 삶이 아니랄 수 없을 것이다. (…중략…) 그것은(나그네의 삶-인용자) 참으로 그의 삶에 대한 가장 허심탄회하고 용기 있는 구도(求道)의 모험이 아닐 수 없을 것이다. 그러나 무엇보다도 내가 이 '나그네'라는 말을 좋아하는 것은 그의 삶을 다시 만나고자 하는 피곤한 구도의 모험 길에서도 그는 어느 곳에서나 자신의 신전(神殿)을 짓지 않기 때문이다.[31] (1980作)

---

30 비슷한 시기 자유(freedom, liberty)의 개념에 대해 에세이를 썼던 에리히 프롬과 이사야 벌린에 의하면 소극적 자유는 인간의 선천적인 질서의 구속으로부터 벗어나는 것을 뜻한다. 그들에 따르면 근대인은 과거보다 쉽게 소극적 자유를 획득할 수 있으나 소극적 자유로부터 발생하는 익명성과 고립감과 무기력이라는 새로운 문제에 직면하게 된다. 에리히 프롬은 이러한 문제를 극복하고 인간의 개성을 실현시키기 위해 사랑과 연대와 같은 방법으로 적극적인 자유를 실천하기를 강조하고, 반대로 이사야 벌린은 적극적인 자유가 나치즘을 도래케 했다면서 소극적 자유만을 옹호한다. 에리히 프롬이 (적극적인) 자유로부터의 도피의 대표적 형태로 본 나치즘을 이사야 벌린은 적극적인 자유의 부정적인 실현 형태로 본다. 하지만 이들 사유에서 공통된 모순은 적극적 자유와 소극적 자유가 명확히 구분되기 어렵다는 점을 살피지 않는다는 데 있다. 에리히 프롬의 글은 1941년에 발표됐고, 이사야 벌린의 글은 1958년도 강의에 기반하고 있다. 에리히 프롬, 김석희 역, 『자유로부터의 도피』, 휴머니스트, 2012; 이사야 벌린, 박동천 역, 「자유의 두 개념」, 『자유론』, 아카넷, 2006.

31 이청준, 「나그네-내가 좋아하는 한 마디 말」, 앞의 책, 1985, 35~36쪽.

②（나그네라는－인용자）말인즉 제법 그럴듯해 보일 수 있을는지 모른다. 하지만 실상은 공연한 객기로 지껄여본 소리일 뿐. 이제는 차라리 그런 객기가 놀랍고 우습다. 글쎄 인생살이가 정말 나그네 길이더래도, 늘상 이토록 쫓기는 길인진대.³² (1982作)

①과 ②의 인용문은 시기를 달리한 글의 일부이지만 특정 연도를 기점으로 나그네에 대한 이청준의 사유가 변했다고 말하기는 어렵다. 그보다 그는 1970, 80년대를 소극적 자유에 대한 동경(①)과 그에 대한 회의(②) 사이에서 갈등하면서 견디고 있었다고 볼 수 있다. ①에서 보듯 이청준은 타인을 억압하지 않으면서 자신을 해방시키는 나그네의 삶을 자유의 표상으로서 동경하면서도, ②에서 보듯 그는 그러한 소극적 자유에 대한 동경이 우습고도 놀라운 "객기"였을지 모른다고 말한다. 소극적 자유를 극복할 수 있는 방법을 위의 두 개 인용문에서 찾을 수는 없지만, 그는 소극적 자유를 동경하면서도(①), 그것을 거부하고 있다(②). 일단 소극적 자유는 구도의 삶이자 신전을 거부하는 삶이다. 또 이 같은 자유는 많은 선행 연구들이 그의 소설의 키워드로 주목했던, 규격화된 삶에 대한 '의심'이기도 하다. 그러나 다른 한편 그러한 삶은 개인주의적이고 엘리트적인 삶이기도 하다. 나그네의 삶은 겉으로는 소박해 보이지만 타인을 고려하지 않는 강력한 개인주의와 연결될 수 있다. 이처럼 이청준은 외적 구속을 능히 이겨내는 강한 개인들을 때때로 동경하지만, 폭력적으로 개인의 자유를 억압하는 유신체제와 어디서건 '카메

---

32 이청준, 「여름의 추상」, 앞의 책, 2000, 343쪽.

라'에 쫓기게 하는 신군부 체제에서 소극적 자유는 실현될 수 없다고 판단한다. ②의 인용문은 개인을 구속하는 권력의 밖은 없다는 사실을 그가 정직하게 인정한 것으로 볼 수 있다. 그런데 ②의 배면에 담겨 있는 작가의 무력감이 표출되는 자리를 일찍이 에리히 프롬은 자유로부터의 도피와 적극적 자유의 실천이 분기하는 지점으로 보았다. 이러한 무력감은 인간에게 스스로 자유를 버리고 지배 권력에 복종하는 삶으로 전락시키거나 반대로 무력감을 극복하기 위한 더 적극적인 자유를 실천하게 만든다. '자유실천문인협의회'와 함께 창작의 자유를 지켜내기 위해 활동하던 1970, 80년대 이청준의 모습은 그가 무력감 때문에 자유로부터 도피하지 않았음을 보여준다. 하지만 자유로부터 도피하지 않더라도 이사야 벌린이 지적하듯 적극적 자유의 실천은 파시즘을 초래할 수 있다.[33] 적극적 자유는 타인으로부터의 구속을 벗어나 자기 자신의 선택 행위를 기준으로 삼는 것인데, 벌린이 보기에 나치즘은 적극적 자유가 이끌어낸 비극이었다. 독일 민족은 자신의 행동에 대한 기준이 자신을 초월한 '민족'에서 비롯됐는데도 불구하고 자기 자신으로부터 비롯됐다고 착각했기 때문이다. 이러한 사정을 고려한다면, 두 개의 인용문 ①과 ②에서 보듯 이청준은 한편 소극적 자유를 동경하면서도 다른 한편 그것을 거부하고 있는데, 이때 그가 느끼던 무력감을 극복할 수 있는 적극적 자유를 실천하는 길은 또 다른 난관에 부딪히게 된다. 다시 말해 적극적 자유는 자유로부터 도피하지 않게 하지만 역설적이게도 타인의 자

---

[33] 이사야 벌린은 적극적 자유의 왜곡을 피하기 위해 개인들의 다양성을 지켜낼 수 있는 소극적 자유를 옹호한다. 참고로 이러한 벌린의 사유론에 대한 비판적 성찰은 다음의 책을 참고할 수 있다. 사이토 준이치, 이혜진 외역, 『자유란 무엇인가』, 한울, 2011.

유를 억압할 우려가 있다. 바로 이러한 자유의 난관 앞에서 이청준 소설의 응전방식을 살펴보는 것이 이 4장 전체의 목표이다. 이를 위해 유신체제가 사라지고 신군부의 새로운 억압체제가 시작되는 1980년에 발표된 「조만득 씨」를 먼저 살펴보겠다.[34]

이청준의 「조만득 씨」가 발표된 후 얼마 지나지 않아 조남현과 백시종은 『동아일보』에 좌담 형식의 월평을 실었다. 여기서 백시종은 "한 편의 참된 논문"을 읽는 기분이었다고 말한다. 그는 「조만득 씨」를 비롯한 이청준의 소설이 구체적인 문제를 드러내면서도 형이상학적인 문제를 동시에 제시하기에 미덥다고 말하고 있다. 이러한 의견에 조남현 역시 동의하는데, 그에 따르면 이청준 소설은 넓게 보아 "일종의 지적 토론장, 세미나 룸, 또는 작가가 그 대상에 대해서 가지고 있는 지식이라고 할까 확신을 거리낌 없이 뱉어놓을 수 있는 공간으로 여기는 그런 방식이 허용"된다. 하지만 조남현은 이러한 이청준 소설에는 등단부터 지금까지 변하지 않는 어떤 "엄숙함"이 있다고 말하고, 이에 대해 백시종 역시 이청준 소설은 재미가 떨어진다고 응답한다. "소설의 재미 이야기가 나와서 말이지만, 「조만득 씨」에서도 소설의 잔재미는 없지요. 군더더기가 너무 없다고 할까요. 다시 말해서 골격이 너무 튼튼해서이기 때문이지만, 내부 치장이 너무 없어 독자에게 조그만 즐거움도 주지 못하고 있습니다."[35] 그런데 지적이고 세미나 룸 같고 참된 논문 같은 이 소설은 이청준 소설 중에서 다른 장르로 가장 많이 각색된 작품이다. 이 단편은 지금까지 4번 각색되었는데, KBS는 〈TV문학관〉 171회 작품으로 「조

---

34 이청준, 「조만득 씨」, 『세계의 문학』, 1980 겨울.
35 백시종·조남현, 「이달의 작가」, 『동아일보』, 1981.1.9.

만득 씨」를 〈천국에서 온 광대〉(장기오 연출, 정하연 극본)로 제목을 바꿔 1985년 3월 23일에 방영했고,[36] MBC는 이 소설을 〈베스트셀러극장〉 223회 작품으로 선택하여 〈행복연습〉(박종 연출, 조혜원 극본)으로 제목을 바꿔 1988년 10월 15일에 방영했다.[37] 한편 극단아리랑의 김명곤은 이 소설을 〈배꼽춤을 추는 허수아비〉로 개제하여 1995년 9월 1일부터 10월 17일까지 대학로 바탕골 소극장에서 공연했다. 마지막으로 이 소설은 2008년 윤종찬 감독에 의해 〈나는 행복합니다〉라는 제목의 영화로 발표되었다. 특히 극단아리랑의 〈배꼽춤을 추는 허수아비〉는 당시 불황이던 연극계에 신선한 사건이었다. 이 연극이 공연되는 소극장은 연일 만원이었고 1일 막이 오른 때부터 객석 150석이 모두 메워져 주말이나 휴일에는 3, 40명의 관객이 표를 구하지 못할 정도였으며 13일까지 집계된 총 관객 수는 2,000명에 육박했다고 한다.[38] 물론 당시 연극의 흥

---

36 KBS에서 방영한 〈TV문학관〉의 작품 목록은 KBS에서 매년 발행하는 『KBS年誌』에 정리되어 있다. 그런데 이 연지는 종종 기록상의 오류를 보이는데, 이를테면 이청준의 작품을 개작한 「천국에서 온 광대」는 1986년도 연지에서 누락되어 있다. 1986년 연지에서 〈TV문학관〉 171화 작품은 1985년 3월 9일에 방영된 「하늘의 꽃처럼 땅의 별처럼」으로 기록되어 있지만, 실제로 방영된 〈TV문학관〉 171화 작품은 「천국에서 온 광대」이고 방영 날짜는 1985년 3월 23일이다. 한국방송공사, 『KBS연지 1986』, 한국방송공사, 1986, 75쪽. 참고로 이청준 소설과 개작된 영화에 대한 비교 연구는 지금까지 상당수 발표되었지만, 1980년대 TV드라마로 극화된 작품들에 대한 연구는 찾아볼 수 없으며, TV드라마에 대한 정보를 언급하고 있는 경우에도 오류가 많다. 비교적 최근에 발표된 논문임에도 불구하고 안현경의 학위 논문은 KBS 〈TV문학관〉의 171화 작품인 「천국에서 온 광대」가 1985년 3월 2일에 방영됐다고 잘못 명시하고 있다. 안현경, 「소설과 영화의 서사성 비교 연구─이청준의 단편 소설 '조만득 씨'와 '나는 행복합니다'를 중심으로」, 대구가톨릭대 석사논문, 2011.
37 MBC에서 방영한 〈베스드셀러극장〉의 작품 목록은 MBC에서 매년 발행하는 연지(年誌)에 정리되어 있고, 이청준의 원작을 드라마로 각색한 「행복연습」에 대한 기록은 실제 방송과 일치한다. MBC문화방송, 『89' 문화방송연지』, MBC문화방송, 1989, 297쪽.
38 「세태풍자 창작극에 인파」, 『경향신문』, 1995.9.14.

행을 원작이나 개작 자체의 특성으로만 돌리는 것은 무리가 있다. 이미 연극이 발표되기 2년 전 영화 〈서편제〉로 대중들의 폭발적인 관심[39]을 받았던 김명곤과 이청준의 만남이 〈배꼽춤을 추는 허수아비〉에서 재차 시도됐다는 점은 이 연극 흥행의 무시할 수 없는 원인이었을 것이다.[40] 하지만 흥행 여부를 떠나 이 작품이 1980년대부터 2000년대까지 계속 개작될 수 있게 만드는 이유는 작품 자체의 어떤 '재미'에서 비롯됐다고 판단된다. 그렇다면 「조만득 씨」가 막 발표되었던 시기의 백시종과 조남현의 의견과 다르게 이 작품에는 어떤 "잔재미"와 "내부 치장"이 담겨 있었는지, 또는 개작은 원작의 어떤 재미를 과장했는지 먼저 살펴볼 필요가 있다.

이청준의 원작과 4개의 개작은 모두 가난 때문에 과대망상증에 걸려 자신을 부자라고 생각하는 조만득이 정신병원에 입원했다는 내용의 중심서사를 공유하고 있다. 이 같은 중심서사를 공유하더라도 이청준의 원작과 다르게 개작들은 일찍이 백시종과 조남현이 이청준 소설에서

---

39 1993년도 대중문화를 요약한 정성일의 서술 참고. "1993년은 서태지와 〈서편제〉의 한 해였다. 서태지의 '하여가'는 거리를 휩쓸었고, '길보드'에서는 하루 종일 이 태평소가 더해진 랩을 틀었다. 한국 최초의 영화관 단성사에서는 개관 이래 최초로 두 번이나 간판을 새로 그리고 계절을 세 번씩 넘기며 〈서편제〉를 상영하였다. 갑자기 옛것이 돌아왔다. 대통령 김영삼은 이 영화를 보고 울었으며, 판소리는 해방 이후 처음으로 사회적 담론의 중심에 들어섰다." 정성일(대담), 이지은(정리), 『임권택이 임권택을 말하다』 2, 현문서가, 2003, 260쪽.

40 당시 이 연극을 보았던 극작가 배봉기 역시 다음과 같은 견해를 제시한 바 있다. "바탕골 소극장 앞에 온 나는 놀라고 말았다. 공연 시간은 30분 이상 남았는데도 극장 앞은 길게 줄을 선 사람들로 좀 과장하면 장사진을 이루고 있었기 때문이다. 아직 공연이 시작된 지 불과 이틀밖에 지나지 않았으므로 공연 성과 때문으로 판단할 수는 없었고, 이리저리 물어 본 결과 이유는 상당히 적극적인 기획, 즉 홍보 덕분이라고 짐작할 수 있었다." 배봉기, 「잔인한 세상 속, 우리들의 초상」, 『극단아리랑 10주년 기념 희곡집 3-배꼽춤을 추는 허수아비』, 공간미디어, 1996, 364~365쪽.

누락되었다고 지적한 "잔재미"와 "내부 치장"을 확장한다. 과대망상증에 걸려 백지를 수표라고 생각하는 조만득의 엉뚱한 행동은 그 자체로 흥미를 유발하는데 소설과 다르게 이 같은 장면들은 개작들에서 과장되게 묘사된다. 더불어 소설에서는 비교적 자세히 서술되어 있지 않은 조만득 주변의 환자들의 병태도 개작들에서는 자세히 그려지고 있다. 그렇기에 원작에서는 민 박사, 조만득, 윤 간호사의 비중이 압도적이지만 개작들에서는 그들 주변의 부차적인 인물인 환자들의 모습이 비중있게 다뤄진다. 이를테면 KBS 〈TV문학관〉 171화 작품인 〈천국에서 온 광대〉에는 조만득이 입원한 병실에 6명의 환자가 함께 등장하고 그들의 엉뚱한 행동은 시청자들에게 '잔재미'를 제공한다. 여자들이 자신만 좋아한다고 생각하는 뚱뚱한 중년 남성 환자, 바둑알까지 입에 넣을 정도로 먹을 것에 집착하는 환자, 심각한 표정으로 시(詩)를 읊는 환자, 정신병원과 어울리지 않게 시종 가곡을 부르는 환자, 자신을 유명한 축구선수로 알고 있는 환자, 부인이 자신을 독살할 거라고 생각하여 어디로든 숨으려고 하는 환자 등, 소설에서는 등장조차 하지 않을 뿐만 아니라 중심서사와 크게 관련 없어 보이는 이러한 주변 인물들의 모습은 〈TV문학관〉뿐만 아니라 나머지 개작들에서도 또 다른 광태를 보여주며 등장하기에 이들은 원작이 제공하지 못한 재미를 유발한다.

그렇지만 이렇게 엉뚱하고 흥미로운 장면들만 개작들에서 주목되는 것은 물론 아니다. 특히 개작들 가운데 가장 먼저 발표된 〈TV문학관〉의 〈천국에서 온 광대〉는 다른 개작들에 비해 무거운 배경음악과 어두운 화면 효과를 강조하여 이 작품에서 유발되는 일탈성의 흥미를 적절히 조절하고 있다. 1982년도 KBS는 "가장 훌륭하다고 생각하는 KBS-TV

프로그램"에 대한 설문 조사를 실시했는데, 이때 〈TV문학관〉은 압도적으로 1위를 기록했다.[41] 1980년대 시청자들이 〈TV문학관〉을 좋아했던 이유는 이 조사에서는 밝혀지지 않았고 또 시대마다 다르기에 일반화할 수는 없겠지만, 비슷한 시기 시도된 『문학사상』지의 설문 조사에서 시청자들은 상업적인 프로그램에서 얻을 수 없는 교양과 지적 호기심을 채워줄 창구로서 〈TV문학관〉의 시청을 선호하고 있다.[42] 이 잡지의 기사에는 〈TV문학관〉에 발표된 드라마의 원작 소설가들의 소감도 실려 있는데, 김동리는 원작과 각색은 별개의 예술임을 인정하면서도 드라마는 원작의 "초점이라고 할 수 있는 주제가 거의 나타나지 않았으며, 그렇다고 이야기 줄거리가 뚜렷하게 엮어진 것도 아니었다"면서 근래 개작된 자신의 작품 4편 모두 "나로서는 몹시 곤란하다"고 말하고 있다.[43] 개작의 자율성을 인정하면서도 〈TV문학관〉이 원작의 고유한 특성을 반영하지 못한다는 김동리의 대답에는 소설과 TV드라마의 장르를 위계적으로 구분하려는 판단이 암묵적으로 담겨 있다. 이러한 김동리의 태도는 『문학사상』지 설문조사에 글을 보낸 다른 작가들에게서도 공통적으로 드러난다. 문순태는 "소설의 재미는 '지적인 재미'를 요구하는 반

---

41 이 설문 조사는 '상을 주고 싶은 프로그램 2개'를 주관식으로 기입하도록 하는 방식으로 이루어졌다. 1위는 150명의 응답자(남성 85명, 여성 65명)가 선택한 〈TV문학관〉이고, 2위는 50명의 응답자(남성 42명, 여성 8명)이 선택한 사극 〈풍운〉이다. 1위와 2위를 선택한 인원수가 현격히 차이 나는 것을 알 수 있다. 한국방송사, 『KBS年誌 1983』, 한국방송공사, 1983, 199쪽.

42 「기획특집 문학사상 보고서 1-TV 속의 문학」, 『문학사상』, 1984.2, 336~337쪽.

43 『문학사상』의 설문 조사가 있었던 1984년 초까지 〈TV문학관〉에 발표된 김동리의 작품 4편은 다음과 같다. 「을화」(1화, 1980.12.18 방송), 「등신불」(15화, 1981.5.23 방송), 「역마」(19화, 1981.8.29 방송), 「수학여행」(원제 : '눈오는 날 오후', 92화, 1983.7.23 방송).

면에 텔레비전 드라마의 재미는 즉흥적이고 찰나적인 흥미를 유발시키는 것을 의미"하며, 이 때문에 TV드라마는 즉흥적 재미를 극단적으로 추구해서 소설 자체의 "주제를 왜곡"한다며 아쉬워한다. 장용학은 자신의 작품이 드라마로 각색된 것을 보다가 "그 엉성함에 맥이 풀린 일이" 있다고 말하고 있다. 이처럼 〈TV문학관〉에 만족하지 않는 원작 작가들과 〈TV문학관〉을 선호하는 시청자들은 〈TV문학관〉에 대한 서로 다른 호감도를 드러내지만 소설이 드라마보다는 정신적이고 무거운 장르라는 견해를 공유하며 상업성이나 재미만을 추구하는 것을 경계한다는 점에서 한 목소리를 내고 있다.[44] 그러므로 〈TV문학관〉처럼 문학 작품을 드라마로 각색하는 경우 제작자는 원작과는 다른 재미를 추구해야 하면서도 그 재미가 원작의 의미를 압도하거나 변형시키지 않는 긴장을 유지해야 할 과제를 떠안게 된다. 1985년에 KBS 〈TV문학관〉에서 방영한 〈천국에서 온 광대〉와 1988년 MBC 〈베스트셀러극장〉에서 방영한 〈행복연습〉은 원작에서 비중 있게 다뤄지지 않는 주변 인물들의 광태에 집중해서 흥미를 유발하면서도 그러한 재미가 과장되지 않게 하기 위해 화면 및 음향 효과에서부터 원작의 주제 전달까지 무거운 전달방식을 거부하지 않는다.

---

[44] 김농리, 문순태, 장용학의 글은 앞서 인급한 『문학사상』의 설문조사를 참고했다. 한편 이청준은 자신의 작품이 각색되는 것에 대하여 김동리, 문순태, 장용학 등과 반대되는 의견을 제시한다. 이청준은 TV드라마는 전혀 다른 장르이기 때문에 원작의 주제가 변화될 가능성이 얼마든지 있고 "테마의 일치"를 주장할 이유는 없다고 말한다. 「기획특집 문학사상 보고서 1—TV 속의 문학」, 『문학사상』, 1984.2, 342쪽.

①KBS 〈TV문학관〉

②KBS 〈TV문학관〉

③KBS 〈TV문학관〉

④MBC 〈베스트셀러극장〉

⑤MBC 〈베스트셀러극장〉

⑥MBC 〈베스트셀러극장〉

위의 장면들은 〈천국에서 온 광대〉(1985, KBS)와 〈행복연습〉(1988, MBC)에서 추출한 여섯 개의 화면이다. 원작 「조만득 씨」가 영상매체로 개작될 때 만약 중심 서사를 완전히 일치시켰다고 하더라도 표현 방식은 변화될 수밖에 없는데 위의 여섯 개 장면들은 그러한 원작과의 불일치를 보여준다. 이 드라마는 환자들의 광태를 자세히 묘사하고 있어서 원작이 줄 수 없는 재미를 시청자들에게 제공하고 있지만, ①에서 보듯 이들이 치료를 받는 정신병원이 감옥과 유사하다는 사실을 암시적으로 알려줌으로써 시종 무거운 분위기를 유지하고 있다. 더불어 화면 전체에 철창을 보여주고 있어서 시청자들은 마치 윤 간호사와 민 박사처럼 환자들을 감옥 밖에서 감시하고 있는 위치에 놓이게 한다. ②장면은 조감도처럼 카메라 앵글을 높은 곳(bird's eye view)에 위치시켜 시청자들이 환자들의 동태 전부를 관찰할 수 있는 위치에 놓이게 한다. 마치 시청자들을 판옵티콘의 간수처럼 환자들의 동태를 면밀히 관찰하게 만드는 이 같은 화면 처리는 원작의 중심서사를 변형시키지 않으면서도 드라마 자체의 독특한 미적 효과를 이끌어낸다. 이러한 효과를 통해 시청자는 정신병 환자에게 거리를 두는 이성적인 치료자의 입장에 놓이게 된다.

반면 MBC 〈베스트셀러극장〉의 〈행복연습〉에서 이 같은 화면 처리는 그대로 반복되지 않는다. ④번 장면에서 보이듯 1988년도에 각색된 〈베스트셀러극장〉의 드라마는 1985년도의 〈TV문학관〉과 다르게 실제 정신병원(안양신경정신병원)에서 촬영됐다. 〈천국에서 온 광대〉는 온전히 스튜디오 세트장에서 촬영됐는데, 이는 당시 추세인 야외촬영과 어긋난다는 점[45]에서도 흥미롭지만, 이보다 중요한 사실은 〈천국에서 온 광대〉가 환자들을 치료하는 병원이 감옥과 유사하게 억압적이라는 사실을 의도적으로 드러내고자 했다는 데 있다. 1988년도에 개작된 MBC의 드라마는 실제 정신병원에서 촬영되어 정신병원 자체의 억압적인 분위기가 사라져 있다. 하지만 〈천국에서 온 광대〉와 〈행복연습〉에는 드라마의 중심서사와 무관하게 전기치료 장면이나 CCTV 감시 장면이 공통적으로 등장한다. 얼핏 보기에 이러한 장면들은 드라마 전체 서사에 영향을 주지 않을 정도로 사소다고 여겨질 수 있다. 그러나 이 화면들은 시청들이 환자들을 연민하고 그들에게 동감하도록 만드는 중요한 효과를 이끌

---

[45] "「천국에서 온 광대」는 최근의 야외 촬영 추세와 달리 올 스튜디오로 제작된다고. 여태까지 〈TV문학관〉에서 올 스튜디오로 제작된 작품은 이광수 원작의 「무명」이 유일한데, 이 작품은 감방생활을 그린 것이었다." 「TV문학관―천국에서 온 광대」, 『동아일보』, 1985.2.22. 참고로 이광수 원작의 드라마는 동명의 제목 「무명」(장형일 연출, 이은성 극본)으로 1982년 2월 20일에 방영됐다.

어낸다. 중심서사와 무관한 전기치료 장면 때문에 병원을 감옥처럼 묘사하고 있으며 시청자들을 간수나 의사의 자리에 위치시키는 KBS의 〈천국에서 온 광대〉 역시 시청자의 자리를 의사와 환자 사이에서 동요하게 만든다. 그러므로 시청자들은 민 박사의 치료에 동의하면서도 그의 냉정한 태도에 거리를 두며 조만득 씨에게 동감하는 윤 간호사[46]의 이중적인 입장에 놓이게 된다.

정리하자면 각색된 두 드라마는 환자들의 광태를 통해 시청자들에게 흥미를 유발하면서도 전기치료 장면처럼 중심 서사와 무관한 화면들을 배치하여 그들의 태도에 온전히 거리를 두고 웃거나 비판만 할 수 없게 만든다. 이 때문에 감옥처럼 억압적인 조건에서 감시를 받는 환자들의 모습은 유신체제의 연장인 1980년대를 살아가고 있는 시청자들 자신의 모습을 떠올리게 했을 것이다. 각색된 두 드라마는 이처럼 환자들에게 거리를 두면서도 그들에 대한 동감의 태도를 포기하지 않고 있다. 한편 이청준의 원작 소설과 두 드라마 모두에서 민 박사는 이 같은 갈등의 자리를 거부하는 인물이다. 민 박사는 조만득 씨처럼 행복하게 미친 상태는 진짜 삶을 사는 것이 아니므로 그는 정신과 치료 후 현실과 당당히

---

46 소설 「조만득 씨」의 윤 간호사의 입장은 「천국에서 온 광대」에서도 윤 간호사라는 캐릭터로 연속된다. 반면 「행복연습」에서 이러한 입장은 원작 소설에는 없던 인물인 닥터 장(박순천 분)에 의해 수행된다. 참고로 「행복연습」을 소개하고 있는 MBC연지는 실제 드라마와 다르게 민 박사와 조만득의 입장 사이에서 갈등하는 인물로 닥터 장 대신 윤 간호사를 언급하고 있다. "서서히 현실을 인식하게 된 그(조만득―인용자)가 퇴원을 하게 되자 민 박사의 냉혹한 치유 방법에 반발을 느낀 간호원 윤지혜(윤 간호사―인용자)는 민 박사에게 반격을 가하지만 민 박사 역시 그에 대한 불안감을 떨쳐버리지 못한다." 이 같은 MBC연지 소개문의 오류는 드라마와 무관하게 원작 소설을 기반으로 작성됐거나 실제 드라마 촬영 시 계획에 없던 인물(닥터 장)이 새롭게 설정된 것에서 비롯된 듯하다. 문화방송, 앞의 책, 297쪽.

맞서 살아가야 한다고 주장하고 있다. '조만득 씨가 행복한 상태로 미쳐 있는 것이 오히려 잔인한 현실에서 살아가는 것보다 낫지 않느냐'는 윤 간호사의 질문에 민 박사는 "미친 것은 가짜의 삶이고 가짜의 행복이니까. 현실의 그것이 아무리 무겁고 고통스러운 것이더라도 거기서밖에는 삶의 진실이 찾아질 수 없거든"이라며 자신의 치료 행위를 단호히 정당화한다.[47]

그러므로 이청준 소설과 두 편의 드라마에서 중심 주제를 전달하는 인물은 윤 간호사이다. 조만득과 같이 현실의 문제 때문에 미쳐버린 자들을 치료할 수도 없고, 그렇다고 치료하지 않을 수도 없는 곤혹스런 자리에 윤 간호사와 시청자(독자)가 놓이게 된다. 그런데 원작의 중심인물 윤 간호사의 자리를 공유하면서도 두 드라마는 병원에서 퇴원한 조만득의 미래를 원작과 다르게 그리고 있다. 이청준의 단편은 퇴원한 조만득이 부모와 동생을 죽이는 것으로 끝나지만, 〈천국에 간 광대〉(KBS)는 그가 자살하는 것으로 마무리되고, 〈행복연습〉(MBC)은 병원에서 그랬던 것처럼 퇴원해서도 여전히 백지를 수표로 여기는 조만득의 모습을 보여주며 끝난다. 세 작품은 모두 조만득이 퇴원해서도 건강한 상태로 되돌아 갈 수 없다는 점을 공유하지만, 두 편의 드라마는 주인공 조만득의 광기가 타인에 대한 폭력으로 전환될 수 있다는 원작의 메시지를 담아내고 있지 않다. 영상 매체만의 고유한 표현술을 활용하면서도 원작의 문제의식을 충실히 반영하던 두 드라마가 퇴원한 조만득의 미래를 원작과 다르게 그린 원인은 물론 손쉽게 판단할 수 없다.[48] 그러므로 좀 더 객관

---

47 이청준, 「조만득 씨」, 『소문의 벽—중단편 소설 7』, 열림원, 1998, 372쪽.
48 원작을 개작한 드라마가 원작과 다르게 만들어지는 이유는 단지 드라마 연출가의 미

적으로 추론할 수 있는 것은 원작과 다른 변화의 원인이 아니라 그것의 효과이다. 두 드라마는 조만득의 광기가 폭력적으로 표출되는 것을 거부하고 있는데, 이를 통해 시청자들은 조만득을 연민하게 되고 퇴원 후 그를 자살하게 하거나 계속 미치도록 만든 가난한 현실을 비판하게 된다. 냉전 이후 급진전된 전 세계적 자본주의 체제에 급속히 편입되고 있던 남한의 1980년대 상황을 고려한다면, 물론 이 같은 드라마들의 결말 처리는 당시 자본주의 체제에 대한 우의적인 비판으로도 읽을 수 있다. 이러한 문제의식은 1990년대 개작된 극단아리랑의 〈배꼽춤을 추는 허수아비〉(1995)를 통해 더욱 두드러지게 강조된다. 이 작품은 시작부터 코러스가 등장하여 "자본권력 막강 자본천국 만세"라든지 "이걸로 세상 돌아가고 / 이것만 있으면 만사형통 / 아이고 어지러워 어지러워 / 아이고 어지러워 어지러워"와 같이 당대 자본주의에 대해 직접적으로 조롱한다. 이 같은 직접적인 비판의 태도는 연극 내내 계속된다. 이를테면 조만득은 "그놈의 돈, 돈, 돈! 벽에서도 돈, 천장에서도 돈, 바닥에서도 돈, 사방이 돈, 돈, 돈!"이라며 절규하고, 이 작품은 "자본기도문"을 코

적 재능에만 국한되지 않는다. 드라마 제작의 외적 조건인 제작기간이나 제작비 등은 원작을 변화하게 하는 이유이고, 무엇보다 1980년대 드라마와 관련된 당국의 금기와 검열은 원작 변형의 중요한 원인이다. 원작의 재구성과 윤색에 대해 드라마 연출자들은 "이런 저런 금기를 피하다 보면 자연 토속적인 정취를 담은 향토물이나 순수한 인간성을 다룬 휴먼스토리 쪽에 치우치게 된다"고 말하고 있다. 「기획특집 문학사상 보고서 1 ─ TV 속의 문학」, 앞의 책, 314쪽. 한편 이 같은 진술은 KBS 〈TV문학관〉 120회까지 이청준의 작품이 다른 작가들의 작품들에 비해 더 많이 개작된 이유에 대해 생각할 여지를 전해 준다. 즉, 드라마로 많이 개작된 사실이 이청준의 작품의 우수성을 그대로 증명하는 것은 아니다. 이청준의 작품들 가운데 드라마로 제작된 작품들은 알레고리적 특성이나 토속성을 드러내는 작품들이 대다수이다. 그러므로 검열과 같은 드라마 제작 외적 조건을 고려하지 않은 채 드라마 개작 여부를 원작 소설의 작품성으로 환원하는 평가는 그 자체로 한계가 있다.

러스들이 낭독하면서 끝난다. 이 연극에 대해 연극평론가 이상란은 자본권력에 대한 직접적인 비판이 이 연극의 리듬을 활달하게 만들지만 그러한 태도는 자본권력을 복합적인 시선에서 바라보지 못할 수 있다는 지적을 남기고 있다.[49] 이러한 견해에는 이 작품이 이청준의 원작을 공유하고 있지만 연극보다 먼저 개작된 두 편의 드라마만큼이나 당대 자본주의에 대해 강력하게 비판하고 있음을 보여준다.

이청준의 원작과 다른 결말처리를 보여주는 두 편의 드라마와 마찬가지로 원작과 다르게 자본권력에 대한 직접적인 비판을 드러내는 희곡은 모두 당대 현실에 대한 우의적이거나 직접적인 비판을 가할 수 있게 하지만 조만득이라는 인간에 대한 관심을 연민의 차원으로 축소시켜 버린다. 다시 말해, 조만득을 살인자로 만들며 서사를 마감하는 이청준의 소설은 죄와 벌에 대한 사유를 독자들에게 남겨놓게 된다. 퇴원한 조만득의 존속살인은 처벌 받아야 되는 것인가, 아니면 이해 받아야 하는 것인가. 이처럼 답하기 어려운 질문에 대해 이 소설은 명확한 해결책을 내놓지 않지만, 민 박사처럼 윤 간호사의 곤혹스런 자리를 포기할 때 조만득과 관련된 문제는 사라지는 대신 오히려 더욱 복잡한 문제(조만득의 존속살인과 관련된 문제)로 되돌아온다는 것을 알려준다. 앞서 말했듯이 윤 간호사는 자신의 직업적 의무를 따르자면 조만득을 치료해야 하지만, 그를 치료해서 퇴원시키는 것이 진정 그를 치료하지 못한다는 사실을 잘 알고 있기에 갈등하는 인물이다. 1970, 1980년대를 통과하면서 이청준

---

49 「배꼽춤을 추는 허수아비」의 희곡 전문과 이상란의 평문 「'배꼽춤을 추는 허수아비' 공연 분석」은 모두 다음의 책에 실려 있다. 극단아리랑, 『극단아리랑 10주년 기념 희곡집 3─배꼽춤을 추는 허수아비』, 공간미디어, 1996.

은 소극적 자유와 적극적 자유 사이에서 갈등했는데, 이 같은 그의 태도는 윤 간호사의 태도와 정확히 일치한다. 민 박사는 소극적 자유만을 옹호하거나 자신만의 외적 억압을 물리치려 하는 개인주의자라기보다 의사로서 소명의식과 신념을 지닌 인물로 적극적 자유를 실천하는 인물이다. 그렇지만 적극적 자유가 나치즘으로 왜곡될 수 있음을 이사야 벌린이 지적했듯이 그의 적극적 자유(치료행위)는 조만득을 죽이거나 그의 주변인물을 몰살시킨다. 한편 에리히 프롬의 견해를 따르면 나치즘은 (적극적) 자유로부터의 도피를 뜻하기에 민 박사의 적극적인 치료행위는 진정한 자유라고 할 수 없다. 이처럼 소극적 자유라는 개인주의에 함몰되는 것을 거부하면서도 적극적 자유의 왜곡된 결과를 피해야 하는 어려운 질문 앞에 당시 이청준과 윤 간호사가 놓여 있었다.

4. 관용에서 환대로

이청준 소설에서 윤 간호사와 병원은 비교적 자주 등장하는 인물과 소재이다. 그것들이 최초로 등장하는 작품은 이청준의 1965년도 등단작 「퇴원」이다. 이 작품은 앞서 언급한 「여름의 추상」(1982)과 다르게 많은 연구자들이 주목한 작품이다. 주인공이 광에 들어가 여자의 속옷을 만지며 잠이 든 장면이나 그러한 행동을 용납하지 않는 아버지의 강압적인 태도 등은 정신분석학적 연구의 소재가 되기에 충분하고, 주인공이 입원한 병실 창밖의 고장 난 시계가 수리되고 윤 간호사가 주인공에게 거울을 건네며 비로소 주인공이 병원을 떠나 자신과 세계를 직시하며 현실로 나아가고자 하는 장면에서 마감되는 이 소설은 공교롭게도 작가라는 새로운 삶의 시작을 뜻하는 등단작의 통념과 어울리기도 한다. 이러한 사항들은 많은 선행 연구들을 「퇴원」에 주목하게 했다고 여겨진다. 하지만 정신분석학이 형이상학적 기원을 거부하는 학문임에도 불구하고 정신분석학적 방법론으로 접근한 「퇴원」이 작가의 기원으로 해석되는 것은 그 자체로 오류이지만, 「퇴원」 이전에도 이청준이 수많은 작품을 써 왔다는 점을 고려한다면,[50] 등단작으로부터 작가의 세계관의 기원을 유추하는 해석은 등단이라는 기원과 제도의 우연성을 신화화한다는 점에서 한계가 있다. 하지만 이런 선행 연구들의 오류는 역설적이게도 하나의 가르침을 주는데 「퇴원」에서 두드러지는 자유는 소극적 자유라는 점이다. 아버지로부터 광에 갇힌 체험과 "뱀잡이"로 호명되던 군대 체험, 그리고 병실에 자발적으로 유폐되어 있는 모습은 소설에서 언급되듯 "자아망실증"의 원인이라면, 거울과 시계를 직시하며 병원을 나서는 주인공의 모습은 자아망실증의 원인이 되는 외적 구속(아버지, 군대, 병원)으로부

---

50 사상계로 등단하기 이전에 이청준이 공식적인 지면에 발표한 습작들은 필자가 조사한 바로는 장르를 따지지 않는다면 6편이다. 이청준, 「닭쌈」, 『학원』, 1958.5; 이청준, 「바다, 오늘」, 『대학신문(고교판)』, 1959.2.9; 이청준, 「오늘」, 『대학신문(고교판)』, 1959.3.28; 이청준, 「나무로 천년을 살다」, 『대학신문』, 1960.9.26; 이청준, 「승자상(勝者像)」, 『대학신문』, 1960.11.14; 이청준, 「영점을 그리는 사람들」, 『대학신문』, 1961.11.16~12.21. 참고로 산문 「닭쌈」이 '입선작'으로 실려 있는 『학원』 1958년 5월 호에는 시(詩)부문 '선외가작' 명단에 이청준의 이름과 작품 「아침」이 언급되어 있다. 이를 통해 이청준이 고등학교를 다닐 무렵 시, 소설, 산문 등을 장르적 구별 없이 습작해왔다는 사실을 알 수 있다. 하지만 그의 시는 『학원』지에서 입선작이 되지 못했다. 1952년 12월호부터 1961년 9월호까지 시 부문 입신작 총목록은 다음의 책에 정리되어 있다. 최덕교 편, 『(학원시단 303인집)시의 고향』, 창조사, 1989.

터 소극적 자유를 되찾고자 하는 것으로 볼 수 있다. 그러나 이미 말했듯이 선행 연구들은 이러한 소극적 자유에 대해 지나치게 낙관하고 과도하게 의미 부여했다.[51] '나그네'의 삶에 대한 동경이 이청준에게 어느새 객기일지 모른다며 성찰되었듯이, 「퇴원」의 소극적 자유에 대한 선망은 「조만득 씨」(1980)에 이르면 좀 더 복합적으로 사유된다. 「퇴원」의 '나'와 「조만득 씨」의 조만득은 비슷한 이유로 병원에 입원해 있다. 두 사람에게 현실은 자신의 참된 개성을 실현시킬 수 없게 할 정도로 가혹하다. 가혹한 현실로부터 병원으로 도피했지만 그러한 도피의 삶은 '나'에게 '자아망실증'의 연장이고 조만득에게는 '과대망상증'의 지속일 뿐이다. 「조만득 씨」의 민 박사의 말대로 병원 안으로 도피한 그들은 진짜 현실을 살아가지 못한다. 「퇴원」을 쓰던 1960년대 이청준과 「조만득 씨」를 쓰던 1980년대 이청준은 가혹한 현실로부터 도피한 인물들의 삶이 진짜 삶은 아니라는 점에서 같은 생각을 갖고 있다. 하지만 최소한 두 작품만을 놓고 볼 때 1960년대 그는 4·19의 주체인 '젊은 사자들'의 활력이 5·16의 억압적 질서에 갇혔다는 데 절망했지만, 그 우리에 갇힌 상태에서 다시 벗어날 때 4·19가 보여준 자유가 실현될 수 있다고 생각한 듯하다. 하지만 5·16이 만든 권력의 감옥이 벗어날 수 없을 만치 정교하고 미세하게 그물망(network)처럼 확장된 1980년대에 이르러 그는 '병원'(감옥) 밖의 현실로 나가는 것이 불가능하다는 것을 직시한다. 외적 억압에서 벗어나는 것이 불가능한 상황에서 소극적 자유만을 과장하는 것은

---

51 「퇴원」의 주인공이 소극적 자유를 찾아 병원을 나서는 태도에 대한 다음의 비판적 관점은 기존의 선행 연구들과 다른 견해를 제공한다. "「퇴원」의 흥분은 어쩌면 근대-발전-성장의 논리에 '나' 또한 참여할 수 있지 않겠느냐는 흥분이었을지 모른다." 권보드래·천정환, 『1960년을 묻다』, 천년의상상, 2012, 87쪽.

현실적인 대안이 될 수 없을 뿐만 아니라 지배질서와 대결하려는 소설을 역설적이게 지배질서의 이데올로기로 복무하게 만들기 때문이다. 「조만득 씨」의 민 박사는 조만득에게 「퇴원」의 '나'처럼 현실 세계로 당당히 나아가라고 말하지만, 1980년대 이청준과 윤 간호사는 그러한 견해를 긍정하지 않는다. 퇴원한 조만득은 민 박사의 예상처럼 진짜 삶을 살아가고 진정한 자유를 획득하는 대신 자살하거나(〈천국에서 온 광대〉), 미쳐 버리거나(〈행복연습〉), 존속살인(「조만득 씨」)을 저지른다. 비슷한 소재와 동일한 인물이 등장하는 「퇴원」(1965)과 「조만득 씨」(1980) 의 결말이 이처럼 정반대로 변한 원인이 무엇인지 명확히 확증하는 일은 어찌됐든 오류를 범할 수밖에 없다. 앞서 말했듯이 유신 이전과 이후의 세계정세와 남한의 정치체제의 변화는 작가에게 외적 억압으로부터 벗어나려는 소극적 자유의 추구가 불가능할 뿐만 아니라 지배체제의 이데올로기로 이용될 수 있다는 점을 직시하게 만들었을지 모른다. 그러나 일견 설득력 있어 보이지만 오류를 벗어날 수 없는 이 같은 추론 이전에 이청준의 실제 체험을 먼저 살펴 볼 필요가 있다. 등단한 1965년 이후부터 시간이 지나갈수록 그는 분명 남한 사회에서 문명을 떨쳤지만 「퇴원」에서 병실을 당당히 나서는 '나'가 아니라 병원을 나서도 병을 떨쳐내지 못했던 조만득과 비슷한 경험을 했다고 여겨진다. 1969년 이청준은 장편 「선고유예」의 원고 전체를 미리 잡지사(『문화비평』)에 보냈지만 장편 연재는 그의 의사와 상관없이 갑자기 중단된다.[52] 이 작품은 훗날 「쓰여지지 않은 자서전」으로 개제되어 소설집 『소문의 벽』(민음사, 1972)에 실리게 되고,

---

52 이 책의 제1장 각주 30번 참고.

이 당시 체험은 중편 「소문의 벽」(1971)에 비교적 사실적으로 묘사된 다.[53] 「소문의 벽」의 주인공 박준은 자신이 보낸 소설들이 계속해서 잡지에 실리지 않자 끝내 정신 이상 증세를 보인다. 창작의 자유를 억압하는 지배 체제에 대한 공포가 소문이 되고 그것이 일종의 벽이 되어, 창작자 스스로 자신을 검열하게 되는 세상에서 박준은 "진술공포증"에 빠진다. 이러한 상황에서 박준은 「퇴원」의 '나'와 「조만득 씨」의 조만득처럼 병원으로 도피한다. 「소문의 벽」의 김 박사는 「조만득 씨」의 민 박사처럼 환자를 치유해야 한다는 자신의 소명의식에 일체의 의심을 거두고 그를 치료하지만, 그 결과는 「조만득 씨」와 일치한다. 그러나 「조만득 씨」에서 병원을 퇴원한 조만득은 존속살인을 저지르지만, 「소문의 벽」에서 병원을 나간 박준의 행방은 알려지지 않는다. 이처럼 비슷한 소재와 인물이 등장하는 세 편의 소설을 토대로 보면, 소극적 자유를 옹호하던 「퇴원」(1965)의 이청준은 「소문의 벽」(1972)에 이르면 그것에 대해 회의하고, 「조만득 씨」(1980)에 이르면 현실적 맥락을 무시한 채 오로지 소극적 자유만을 강조하는 태도가 더 큰 재앙을 불러올 수 있다는 성찰로 나아간다. 이처럼 이청준의 사유가 변화되는 도정에는 그가 실제로 「소문의 벽」의 박준과 「조만득 씨」의 조만득처럼 자신의 의사와 무관하게 창작의 자유가 억압되었던 경험이 놓여 있다.

하지만 출판사에 미리 보낸 원고가 작가의 의사와 상관없이 게재되지 않는 경험은 1969년 (「선고유예」)에만 국한되지 않는다. 『낮은 데로

---

53 이청준의 두 번째 저서인 『소문의 벽』(민음사, 1972)은 이처럼 「쓰여지지 않은 자서전」과 이 소설이 『문화비평』에 발표되는 과정에 발생했던 사건을 토대로 쓰인 중편 「소문의 벽」, 이렇게 단 두 편만이 실려 있는 흥미로운 형식의 책이다.

임하소서』(1981)가 전작 장편으로 발표될 수 있었던 이유도 「쓰여지지 않은 자서전」과 유사한 사건에서 비롯됐다.[54] 연쇄 부도로 절망에 빠졌던 사업가 이재철은 1980년 7월경 서울 길음동에서 맹인을 위해 목회를 열고 있던 '새빛맹인교회'의 안요한 목사를 찾아가게 된다. 그는 눈이 멀게 되는 절망을 극복한 후 목사가 되어 타인을 위해 헌신하는 삶을 살아가고 있는 안요한 목사에게 큰 감동을 받게 된다. 당시 '홍성사'라는 출판사를 운영하고 있던 그는 안요한 목사의 이야기가 사람들에게 알려지길 원했고, 그 이야기는 그가 당대 최고의 작가라고 생각하던 이청준에 의해 쓰이길 원했다. 그 후 이재철은 안요한 목사를 여러 차례 만나면서 그의 이야기를 5시간 분량의 녹음테이프에 담았고, 그 테이프를 이청준에게 전달했다. 이청준은 그 테이프를 반복해서 들으면서 안요한 목사의 진심을 따져봤고, 결국 그의 삶에 대한 이야기를 소설로 쓰겠다고 결심한다. 그 후 일 년이 지난 1981년 이청준은 작품을 완성하고, 이재철 사장에게 두 가지 양해를 구한다. 그것은 기독교 신자가 아닌 독자를 고려해서 작품의 제목을 「떠오르는 섬」으로 바꾸고 홍성사에서 출판하기 이전에 잡지『문예중앙』에 먼저 발표했으면 좋겠다는 내용의 요구였다. 물론 이재철은 작가의 이러한 의견을 적극 받아들인다. 이때 이청준은『문예중앙』에 「떠오르는 섬」을 보내고 원고료 360만 원을 받는다. 하지만 얼마 후 이청준은 '원고 게재 불가'라는 일방적인 통보를 받고, 「떠오르는 섬」이 실리기로 한 지면에는 그의 작품 대신 나카가미 겐지[中上健次]의 장편 소설 「땅의 끝, 지상의 그때」의 일

---

54 『낮은 대로 임하소서』가 홍성사에서 전작 장편으로 출판되기까지의 과정은 다음의 책 참고. 이재철, 앞의 책, 77~116쪽.

부가 연재된다. 당시 나카가미 겐지는 나름대로 폐쇄적인 일본 근대문학에서 벗어나고자 했고, 그것을 실제로 한국이라는 장소에 자신을 둠으로써 실현하려 했다.[55] 그는 1980년 7월부터 한국에 머물며 김지하, 윤흥길 등과 교류했으며, 특히 윤흥길과는 1978년 일본의『한국문예』사무실에서 장시간 대담을 하기도 했다.[56] 1981년에 나카가미는 여의도 광장에서 있었던 '국풍(國風)81' 행사에 뜨거운 관심을 보였다.[57] '국풍81'은 한편으로는 그간 위축되었던 젊은이들의 활기와 민족적 주체성을 발현시킬 수 있는 행사였지만, 다른 한편 유신체제와의 차별성을 선전하며 집권의 정당성을 획득하려 했던 전두환 정권의 관제 축제이자 관주도 민족주의[58]의 전시이기도 했다. 이 행사에 대한 나카가미 겐지의 열광이 어떤 이유에서 비롯됐는지 명확히 따져볼 순 없지만, 일본인으로서 남한의 민족주의적 축제에 대한 그의 관심은 분명 전두환 정

---

55 가라타니 고진[柄谷行人],「나카가미 겐지에 관하여」, 허호 역,『고목탄』, 문학동네, 2001.

56 윤흥길,「작가 中上健次를 말한다―마성과 동심의 조화」,『문예중앙』, 1981 여름.

57 1981년 5월 28일부터 6월 1일까지 여의도 광장에는 '민속제', '중요무형문화재 공연', '전통예술제', '젊은이 가요제', '연극제', '국풍장사 씨름판', '팔도굿', '남사당놀이', '팔도명산물시장', '팔도 미락정(味樂亭)', '젊음의 대합창', '그네뛰기', '국풍 활쏘기', '줄다리기', '로라스케이트 경주', '제주겨루기', '학술강연회', '대학생 토론회' 등의 행사가 열렸다. 이상의 내용은 다음의 팜플렛 참고. 한국방송공사,『國風'81』, 1981.

58 '관주도 민족주의(official nationalism)'는『상상의 공동체』의 저자 베네딕트 앤더슨의 개념어이다. 앤더슨은 관주도 민족주의가 대중민족주의 운동(the popular national movements)의 반동형으로서 19세기 중엽 유럽에서 민족과 왕조 제국(dynastic empire)의 결합 형태로 등장했다고 말한다. 그는 대중민족주의 운동의 대표적인 사례로 유럽 식민지의 크리올과 원주민의 연합을 거론하고 있고, 관주도 민족주의의 사례로 일본의 메이지 유신 이후 과두 정치를 언급한다. 관주도 민족주의는 시대와 국가마다 다른 방식으로 펼쳐지는데, 국가가 주도하는 초등의무교육, 국가가 조직한 선전, 역사의 공식적 재편찬, 과시를 위한 군국주의, 왕조와 민족의 정체성에 대한 부단한 확인 등은 관주도 민족주의와 관련된 대표적인 활동이다. 베네딕트 앤더슨, 윤형숙 역,「관주도 민족주의와 제국주의」,『상상의 공동체』, 나남, 2002.

권에 의해 그의 의도와 다르게 이용될 소지가 다분했다. 원고료까지 지급된 이청준의 소설이 『문예중앙』에 실리지 않고 나카가미의 장편이 실린 맥락은 정확히 알려져 있지 않지만, '국풍81' 행사에 대한 나카가미의 뜨거운 관심과 무관하지 않을 것이라는 추론은 일면 설득력을 지닐 수 있다. 하지만 이런 추론보다 중요한 것은 「소문의 벽」에서 박준의 경험처럼 어떤 추론으로도 확신할 수 없을 정도로 돌연하게 이청준의 소설이 잡지사로부터 거절됐다는 점이다. 정확한 이유를 알 수 없기에 더욱 당혹스런 체험을 이청준은 박준과 공유하고 있다. 지금까지 서술을 간단히 정리하자면 이청준은 「퇴원」을 발표하면서부터 점점 커다란 작가적 명성을 획득했지만, 예상과 다르게 그가 지닌 창작의 자유는 확장되지 못하거나 오히려 줄었고, 명확한 이유를 알 수 없어 더욱 가혹한 방식으로 그의 작품들이 잡지사로부터 거절되었으며, 결국 그러한 그의 입장은 가짜 현실을 벗어나 진짜 현실로 나아가라는 민 박사의 맹목적인 신념의 자리가 아니라 진술공포증과 과대망상증을 앓으며 가짜 현실(병원)에서 가까스로 위로를 받는 조만득과 박준의 자리에 놓여 있었다.

조만득과 박준처럼 현실로부터 도피한 삶을 무조건 옹호할 수 없고, 그렇다고 민 박사처럼 억압적인 구속을 당당히 벗어나라는 식의 소극적 자유마저 강요하거나 실천할 수 없는 상황에서 이청준은 『낮은 데로 임하소서』를 썼다. 우선 이청준이 이 작품의 제목을 「떠오르는 섬」으로 생각했다는 점은 여러 가지 생각할 거리를 건네준다. '떠오르는 섬'이란 제목은 바다에 빠진 어부가 죽기 직전 뿌옇게 떠오르는 이상향의 섬을 발견하게 된다는 제주도 전설을 중심 소재로 삼고 있는 그의 중편 소설

「이어도」(1974)를 연상케 한다. 당시 이청준에게 맹인 목사 안요한의 삶은 거친 파도 속에서 죽음 직전에 보게 되는 이상향 '이어도'와 다르지 않다고 여겨진 듯하다. 그런데 이청준의 「이어도」는 「조만득 씨」만큼이나 많이 다른 장르로 개작되었다.[59] 일례로 KBS 〈TV문학관〉은 우여곡절 끝에 이 작품을 극화하여 1983년 3월 19일에 방영하기도 했다.[60] 드라마로 극화된 「이어도」는 원작 소설을 충실하게 따르고 있고, 이 드라마 역시 소설의 서사처럼 파랑도 수색 작전에서 실종된 천남석(백윤식 분) 기자가 시체가 되어 섬으로 되돌아온 장면에서 끝난다. 평론가 김현은 이 마지막 장면이 원작과 드라마에서 매우 중요하다고 말하면서 시청자들과 독자들에게 다음과 같은 질문을 건네고 있다.

「이어도」의 비밀 중의 하나는 첫머리의 4행에 숨어 있다. 섬을 떠나 돌아온 사람이 없다는 일반론을 주인공(?)은 주검으로 되돌아옴으로써 긍정하고 부정한다. 천남석은 왜 주검으로 되돌아왔을까?[61]

---

59 극단 신협(新協)은 이청준의 작품을 각색한 〈이어도, 이어도, 이어도〉(이해랑 연출, 하유상 각색)를 1976년 5월 20일부터 24일까지 시민회관별관에서 공연했다. 한편 김기영 감독은 이 작품을 각색하여 1977년에 〈이어도〉라는 동일한 제목의 영화로 발표했고, KBS는 TV문학관 제76화 작품으로 〈이어도〉(주일청 연출, 김도영 극본)를 1983년 3월 19일에 방영했다.

60 한 신문 기사에 따르면 〈이어도〉는 실제 방송된 1983년 3월 19일보다 4달 정도 앞선 1982년 11월 27일에 방영될 예정이었지만 11월 13일 제주항 북쪽 바다에서 행정지도선을 타고 촬영하고 있던 조명팀 스태프 박종대 씨가 바다에 빠져 죽는 사건이 발생하여 연출자 김충길이 고인의 가족들에게 뭇매를 맞는 등 여러 가지 우여곡절을 겪은 후 방영됐다. 「KBS TV문학관 〈이어도〉 사고 연발, 끝내 방영 못해」, 『동아일보』, 1982.11.24.

61 김현, 「더 좋은 즐거움을 위하여」, 『TV문학관 걸작선』 1, 대학문화사, 1983, 284쪽.

김현은 원작 「이어도」에 제사(題詞)처럼 부기되어 있는 4행의 글("긴 긴 세월 동안 섬은 늘 거기 있어 왔다. / 그러나 섬을 본 사람은 아무도 없었다. / 섬을 본 사람은 모두가 섬으로 가버렸기 때문이다. / 아무도 다시 섬을 떠나 돌아온 사람이 없었기 때문이다.")[62]에 담긴 "일반론"이 주검으로 되돌아온 천남석에 의해 긍정되면서도 부정된다고 말하고 있다. 천남석의 실종은 현실에 이어도 같은 것은 없다고 단언한 군 당국의 판단에 오점을 남기게 한다. 하지만 이와 동시에 드라마와 소설 「이어도」의 마지막 장면에서 보듯 천남석이 시체가 되어 제주로 되돌아온 것은 이어도 전설에도 오점을 남기게 한다. 즉 천남석은 근대 이성의 논리와 전근대적 전설의 논리 모두를 부정하는 자리에 놓이게 된다. 김현이 정확히 지적했듯이 이청준에게 이어도라는 이상향은 낭만주의적 환상과 근대주의적 신념 사이에 위치한다. 이러한 제3의 장소를 개척하는 실제 인물이 바로 1980년대 이청준에게는 안요한 목사였다. 안요한 목사의 일대기를 다루고 있는 『낮은 데로 임하소서』는 일종의 평전이나 간증담으로 볼 수 있을 정도로 소설적인 기법을 거의 찾아보기 힘든 소설이다. 소설은 안요한 목사에 대한 잡지 기사와 그가 직접 작성한 수기와 거의 일치하며 허구적으로 변형시킨 부분이 있다고 하더라도 작품 전체의 문제의식을 변형시키지는 못한다.[63] 독특한 소설적 기법이 사라지고 심지어 이청준 소설의 특장이라고 할 수 있는 '의심'이 배제되자 이 소설은 상업적으로나 대중적으로도 큰 호응을 얻게 되었다. 이 소설은 2000년에 한국 기독교 출판사(出版

---

62 이청준, 「이어도」, 『이어도―중단편 소설 8』, 열림원, 1998, 53쪽.
63 김규신, 「너 낮은 데로 내려가기 위하여」, 『꿈과 일터』, 1985.3; 안요한, 『낮은 데로 임하소서, 그 이후』, 홍성사, 2010.

史) 최초로 100쇄를 출간했고,[64] 이장호 감독에 의해 극화된 영화(1982)
마저 공전의 대성황을 이뤘다. 그런데 가독성을 포기할 정도로 등장인
물들의 신념에 대해 반복적인 검증절차를 거치던 기존의 이청준 소설들
과 어울리지 않아 보일 정도로 주인공 안요한 목사의 선행을 의심 없이
완전히 믿어버리는 「낮은 데로 임하소서」는 대중들의 열광적인 관심과
어긋나게도 연구자들에게는 거의 주목받지 못했다.[65] 「당신들의 천국」
에서 소록도의 환자들을 위해 한평생을 바쳤던 조백헌 원장을 연상케
할 정도로 가난한 자들과 맹인들을 위해 평생을 보낸 안요한 목사에게
이청준은 조백헌이라는 인물과는 다른 방식으로 접근한다. 「당신들의
천국」에서 조백헌의 선행과 신념은 이상욱 과장에 의해 계속해서 검증
되지만, 「낮은 데로 임하소서」에는 안요한 목사를 검증하거나 의심하는
인물이 등장하지 않는다. 두 인물은 모두 개인주의적이거나 변질된 엘
리트주의의 일종일 수 있는 소극적 자유만을 추구하지 않고 그 이상의
자유로 나아간다는 데 공통점을 지닌다. 하지만 조백헌은 자신이 돕고
자 하는 사람들(나병환자)과 다르게 의사이고, 안요한은 자신이 돕고자
하는 사람들과 마찬가지로 맹인이다. 이 같은 차이가 이청준에게 두 작
품의 접근 방식을 다르게 했다고 판단된다. 즉, 조백헌은 타자와 거리를
둘 수 있지만 안요한의 그럴 수 없는 입장이었고, 그렇기에 조백헌의 선
행은 자신의 자리를 고수하는 관용으로 변질될 우려가 있지만 안요한은

---

64 안요한, 위의 책, 240쪽.
65 이 작품에 대한 연구자들의 무관심은 이동하에 의해 이미 언급된 바 있다. 이동하는
  이러한 선행 연구들의 무관심한 태도의 한계를 지적한 후 「낮은 데로 임하소서」가 「당
  신들의 천국」을 잇는 사랑의 정치학을 실현시킨 작품이라며 고평하고 있다. 이동하,
  「한국 대중소설의 수준」, 『이청준론』, 삼인행, 1991.

자신의 자리를 타자에게 모두 내주는 무조건적 환대를 실천할 가능성이 높았다.

소극적 자유와 적극적 자유 사이에서 갈등하던 이청준이 소극적 자유를 극복하기 위해 선택한 방법은 적극적 자유가 아니라 타자에 대한 환대이다. 관용이 자신의 위치를 고수하면서 타인에게 동정어린 태도를 보이는 것이라면,[66] 환대는 주인이 손님으로 전락할 정도로 자신의 모든 것을 포기하는 행위이다. 관용은 타자와 나 사이의 거리를 유지한다면 환대는 타자를 재현하고 관찰할 수 있는 거리 자체를 수락하지 않는다.[67] 나의 모든 것을 포기할 때 타자에 대한 무조건적인 환대가 이루어진다. 홍성사 사장 이재철이 보낸 녹음테이프를 반복해서 들으며 이청준이 따져본 것은 바로 맹인 안요한이 자신의 모든 이권을 포기했는지 여부였다. 자신의 모든 것, 「이어도」의 천남석 기자처럼 심지어 자신의 생명마저 내놓았을 때 이어도가 떠오르듯이, 타자에 대한 무조건적인 환대가 위선적인 관용이 되지 않기 위해서는 자신의 모든 이권을 포기해야 하기 때문이다. 맹인으로서 같은 입장에 있는 맹인들을 위해 살아가는 안요한 목사는 1980년대 이청준에게 무조건적 환대를 실천하는

---

66 "관용은 그 대상이 되는 타자를 주인 안으로 편입시키는 동시에, 그 대상의 타자성을 계속 유지시킨다는 점에서, 매우 독특한 타자성 관리 방식이다." 웬디 브라운은 관용이 다문화주의의 통치전략이자 푸코가 언급했던 생-정치의 또 다른 판본이며 종국에는 인민의 정치성을 탈각시키는 지배전략이라는 점을 미국의 상황에 맞게 분석하고 있다. 웬디 브라운, 이승철 역, 『관용—다문화제국의 새로운 통치전략』, 갈무리, 2010.

67 데리다는 환대가 결코 관용이 될 수 없다고 말한다. 그에 따르면 관용은 오로지 받아(용서)들일 수 있는 것만을 받아들이는 것이다. 반면 그는 용서할 수 있는 것을 용서하는 것은 환대가 될 수 없다고 단호히 말한다. 받아들일 수 없고 용서할 수 없는 것을 받아들이고 용서하는 행위를 그는 부조건석 환대라고 말한다. 자크 데리다, 남수인 역, 『환대에 대하여』, 동문선, 2004.

인물이었다. 그렇기에 「낮은 데로 임하소서」에서 이청준은 마치 안요한 목사처럼 자신의 소설 기법 모두를 자발적으로 포기한다. 의심 대신 전 폭적인 믿음 속에 환대가 이루어지기 때문이다. 이청준의 「낮은 데로 임 하소서」와 이를 개작한 이장호의 영화는 마지막 장면에서 아버지(신성 일 분)가 안요한(이영호 분) 목사에게 자신을 버린 아내를 용서할 수 있는 지 따져 묻는 장면이 있다. 여기서 안요한은 자신은 누군가를 용서를 할 수 있는 사람이 아니라 용서를 구해야 하는 자라고 말하는데, 이 부분은 바로 타자에 대한 안요한의 무조건적 환대가 정직하게 이루어졌음을 최 종적으로 확인하는 장면이다. 이청준은 이어도의 존재가 현실과 가상 사이의 제3의 자리를 창안하듯이, 타인에 대한 의심을 거부한 전폭적인 믿음 속에서 소극적 자유와 적극적 자유의 이분법이 사라질 수 있다고 보았다. 자신을 눈멀게 하거나 내버린 신과 아내를 증오하는 대신 무조 건적으로 환대하자 안요한 목사는 맹인이라는 외적 구속으로 벗어남과 동시에 타인을 억압하지 않는 방식의 맹인공동체를 실현한다. 즉 그는 타자에 대한 무조건적인 환대 이후에 소극적 자유와 적극적 자유의 왜 곡된 현상을 극복하게 된다. 이처럼 이청준 소설에 따르면 자신의 생명 이 위협받을 수 있는 순간마저도 타인의 행위를 의심하지 않고 완벽히 믿고 용서할 때 인간은 비로소 외적 억압에 구속되지 않으며 타인을 구 속하지도 않게 된다. 소극적 자유가 현실성을 지니지 못하는 한계를 안 고 있고, 적극적 자유가 타인에 대한 억압(나치즘)으로 왜곡될 수 있다는 문제를 지니기에, 이청준은 두 개의 자유를 넘어서는 대안으로 천남석 과 안요한 목사의 삶을 제시했다. 한 인터뷰에서 안요한 목사는 하느님 을 믿게 됨으로써 "스스로 굴레를 쓴 한 마리 양이 된 것"이라고 자신을 말하고 있다.[68] 즉 하느님을 의심하고 따지기 이전에 무조건적으로 환대하자 그는 맹인으로서 불가능해 보이는 일들(신학공부, 점자 월간지 『새빛』을 재간, 새빛맹인교회·새빛탁아원·새빛요한의 집 등의 맹인공동체 설립)을 실현할 수 있게 되며, 그 같은 성과는 타인을 구속하지 않게 된다. 즉 환대 속에 소극적 자유와 적극적 자유의 한계가 극복되는 제3의 자유가 창안된다. 이청준 소설에서 '고향'은 그러한 제3의 자유가 위치하는 장소이다. 그러므로 「여름의 추상」에서 고향은 순수하고 시원적인 어떤 것이 아니다. 그곳은 논리적으로 말하지 않더라도 상처를 이해하고 용서해 주는 공간이다. 고향의 환대 속에서 그곳 사람들은 서로를 억압하지 않는 자유로운 공동체적 삶을 이룰 수 있게 된다.

5. 소결

소설을 쓸수록 병원 밖으로 당당히 나아간 「퇴원」의 '나'가 되는 대신 오히려 조만득과 박준처럼 외적 억압에서 벗어나지 못했던 1970, 1980년대 이청준은 그 굴레를 벗어나기 위해 소극적 자유와 적극적 자유 중 어느 하나를 선택하지 않았다. 그는 「소문의 벽」의 박준처럼 알 수 없는 이유로 창작의 자유를 박탈당하곤 했지만, 자신을 오로지 피해자로만

---

68 김규진, 앞의 글, 59쪽.

생각하는 것에도 반대했다. 원인을 알 수 없는 이유로 눈이 멀게 된 안요한 목사는 일종의 피해자로서 누릴 수 있는 자신의 권리를 자발적으로 포기했다. 그렇기에 그는 자신을 버린 아내에게 복수하거나 증오심을 품는 대신 오히려 그녀에게 용서를 빌어야 한다고 말하고 있다. 또한 신과 삶 자체에 대해 증오를 품을 수 있는 절대적 피해자인 안요한은 오히려 세상의 창조자인 하느님께 용서를 구하고 감사의 기도를 올린다. 안요한의 사례를 통해 이청준은 피해자로 보이는 자가 증오와 복수를 거부하고 가해자를 용서할 때 비로소 피해자는 진정한 자유인이 된다고 말하고 있다. 요컨대 이청준에게 진정한 자유는 타인과 외적 억압을 의심하고 파괴함으로써 이루어지지 않고 오히려 그것들을 용서하고 믿을 때 이루어진다. 그러한 자유인이 되도록 하는 환대를 그는 고향으로도 보았고, 또 이어도로 보았으며, 안요한 목사의 삶으로 이해했다.

많은 선행 연구들은 이청준 소설의 키워드로 '의심'을 제시하고 있지만, 이청준의 의심은 맹목적이거나 단순하지 않다. 무조건적 환대가 조건적 환대와 다른 점은 자신의 집을 찾아온 타자에게 소속과 이유를 묻지 않고 그를 받아들인다는 점에 있다. 이청준의 소설은 한편으로 지배 권력의 위선을 적극적으로 의심했지만, 다른 한편 그러한 방법이 한계를 지니고 있다는 점을 인식했다. 의심과 질문 후에 이루어지는 조건적 환대는 소극적 자유나 적극적 자유의 공통된 한계(타자 배제)를 완벽히 극복할 수 없기 때문이다. 그렇기에 그가 옹호하는 자유는 타자에게 자발적으로 구속됨으로써 비로소 실천되는 독특한 자유이다. 이러한 자유를 그는 실제 자신의 삶에서도 실천한 듯하다. 『당신들의 천국』의 표지를 디자인했던 오규원은 최종 인쇄되기 직전 그 결과물을 이청준에게 보여준다. 오규원은 알베르토 부리(Alberto Burri)의 「구성(Com-position)」을 활용하여 표지를 꾸몄는데, 그것은 조마포(粗麻布)로 너저분하게 기워진 인간의 형상을 드러내고 있었다. 이 그림은 소록도의 환자들을 연상케 하기에 이청준은 적지 않게 당황했지만, 끝내 오규원에게 표지를 수정하라고 말하진 않았다. 오규원은 이 사례를 자신에 대한 이청준의 전폭적인 믿음의 사례로 회상하고 있다. 그 믿음 때문에 오규원은 삽화 디자인에 대해 다시 생각하게 되고 그것을 재차 수정하게 된다.[69] 이처럼 타인에 대한 무조건적인 믿음과 환대는 주체와 타자를 구속하지 않고 오히려 예상치 못한 새로운 자유를 창안케 한다.

하지만 이러한 독특한 자유의 창안은 말처럼 쉬운 것은 아니다. 그것은 앞서 말했듯이 주인의 자리를 포기하고 심지어는 「이어도」의 천남석 기자처럼 자신의 목숨마저 기꺼이 내놓을 때 가능하기 때문이다. 이청준의 두 번째 전작 장편 소설인 『제3의 현장』(동화출판공사, 1984)의 서사는 무조건적 환대의 어려움을 잘 보여준다. 이청준은 『제3의 현장』을 발표하고 10년 정도 지난 후 제목을 바꿔 『그 노래 다시 부르지 못하

---

69 오규원, 「표지 장정과 나」, 권오룡·성민엽·정과리·홍정선 편, 『문학과지성사 30년』, 문학과지성사, 2005. 그런데 이처럼 타인의 행위를 의심하기 이전에 무조건 믿고 환대하는 행위를 이청준은 우정이라고 말한 바 있다. "우리들은 어떤 친구와의 우정의 깊이를 생각할 때 그 교유나 주고받음의 치열성보다는, 너와 나의 성정(性情)이나 인격이 얼마나 서로 깊이 합해지고 있느냐를 생각한다. 그리고 자기 자신의 존재나 인격이 상대방의 그것으로 하여 얼마나 빛나고 조화스러워지느냐보다도, 너와 내가 서로 상대방 안으로 얼마나 깊이 귀의해 들어감으로써 원래의 자기 자리와 모습을 상대방을 위하여 지워 가고 있느냐를 생각한다. 그리고 그 귀의와 합일을 통하여 독사적인 인격의 상호대립과 갈등을 아예 해소해 버리고 싶어 한다." 여기서 나 자신을 지우고 상호대립을 해소하는 우정은 본문에서 언급한 무조건적 환대와 일치하고, 오규원의 표지 디자인에 대해 일체의 수정을 요구하지 않은 이청준의 행동과도 연결된다. 이청준, 「우정의 문」, 앞의 책, 1978.

네』(동화출판사, 1993)를 재출간하는데, 이때 그는 신문기자와 인터뷰하는 과정에서 이 작품이 "1980년 광주를 빗댄 것"이라고 말했다고 한다. 그를 인터뷰했던 신문 기자는 다음과 같은 후기를 남기고 있다.

> 언뜻 보아 이 소설은 단순납치 극을 둘러싼 일련의 사건들일 뿐이지만 작가는 '80년 광주를 빗댄 것'이라고 말한다.(…중략…) 그러나 이 소설에서 작가의 별도 설명 없이 80년 광주의 흔적을 발견하기란 쉽지 않다. 이 소설이 이청준 씨에게서 보기 힘든 짙은 리얼리즘과 풍자를 드러내고 있는데도 당시 별다른 주목을 받지 못한 것은 아마 그 때문일지도 모른다. (…중략…) 작품 전반을 흘러가는 백남희의 구슬픈 노래는 80년 광주에 대해 다시 한 번 깊은 사색을 하게 한다. 광주를 보는 일반적인 시각과는 상당히 다를 수 있는 이청준의 관점은 그럼에도 피해자 백남희가 납치로 깊은 상처를 입은 뒤 다시 검사로부터 사건의 진실마저 왜곡당하는 기막힌 현실을 보여줄 때 보편적 아픔으로 복귀하게 된다.[70]

『제3의 현장』의 줄거리는 다음과 같다. 여주인공 백남희는 자신의 아파트를 무단 점거한 구종태에게 감금되고 심지어 성폭행까지 당한다. 이후 구종태는 금품을 요구하는 여느 강도와 다르게 자신의 폭력행위에 대해 묻거나 따지지 않는 무조건적인 이해와 믿음을 백남희에게 요구한다. 그녀를 폭행하고 그녀의 집을 빼앗은 이유를 따지지 않고도 자신을 이해할 수 있는지 구종태는 백남희에게 묻는다. 차차 시간이 지나자 백

---

70 「금주의 화제작─이청준 장편 '그 노래…'」, 『경향신문』, 1993.7.27.

남희는 구종태의 모습에서 이상한 동정심을 느끼게 되고 사태에 대해 논리적으로 따지지 않고서 그를 용서할 수 있다고 말한다. 하지만 이 순간 구종태는 자신의 이전 요구와 다르게 말없이 이루어지는 환대가 자신에 대한 동정심을 은폐하는 위선이 아니냐고 그녀에게 따진다. 즉 구종태에 따르면 타자와의 거리가 완전히 사라지는 무조건적인 환대는 언어의 한계를 넘어서지만 그러한 실천은 또한 인간의 영역을 넘어서는 것이다. 반대로 언어를 통해 상대를 이해하는 관용은 타자와의 거리를 포기하지 않기에 위선적일 수 있다. 즉 구종태와 백남희는 현재 아파트에 갇혀 있기도 하지만 근본적으로는 관용과 환대의 아포리아에 갇혀 있다. 백남희는 그러한 아포리아를 피하기 위해 집을 나가고, 혼자 남겨진 구종태는 자살한다. 다시 집에 돌아온 백남희는 자신을 억압했던 구종태의 피 묻은 사체를 씻어주며 자신이 그를 무조건적으로 환대하지 못했다는 것을 후회한다. 그런데 아무 이유 없이 집과 육체의 순결을 모두 빼앗긴 백남희는 이청준의 회고를 따르면 80년 광주의 시민들을 연상케 한다. 이청준은 광주를 소재로 삼은 소설에서 가해자를 심판하거나 의심하는 대신 피해자가 가해자를 용서하는 문제에 집중하고 있다. 즉 광주의 시민들은 「조만득 씨」의 조만득과 「낮은 데로 임하소서」의 안요한 목사처럼 자신의 의지와 무관하게 비극적인 상황에 놓인 사람들이다. 1980년 광주 앞에서 이청준이 생각한 것은 가해자에 대한 단호한 처벌이 아니라 피해자의 용서와 환대가 어떻게 가능한지 묻는 것이었다. 안요한 목사와 같이 타자(가해자)에 대한 무조건적인 환대가 실천되지 않는다면, 조만득처럼 존속살인이라는 또 다른 비극이 펼쳐질 수 있기 때문이다. 하지만 『제3의 현장』에서 보듯 피해자 백남희가 가해자 구종태를 무조건적으로 이해하고 용서하고 환대하는 일은 절대로 쉽지 않다. 가해자 구종태가 죽은 뒤에야 가까스로 시행되는 백남희의 무조건적 환대는 그녀 자신뿐만 아니라 그녀를 심문하는 오 검사의 이성적인 판단으로는 이해될 수 없을 정도이다.

이청준은 가해자를 의심하지 않고 무조건 용서하고 환대할 때 비로소 '제3의 현장'인 고향과 자유가 실현된다고 보았지만, 그러한 환대는 언어의 영역을 초월하기에 종교적일 뿐만 아니라 행위자 스스로도 이해하기 어려운 실천이라는 사실을 분명히 알고 있었다. 이처럼 그는 타자(가해자)에 대한 무조건적 환대를 강조하면서도 그것을 낙관하거나 과장하지 않았다. 무조건적 환대의 어려움은 1980년 광주를 소재로 하고 있는 또다른 작품 「벌레 이야기」(1985)에서도 연속된다. 이 작품에서 이유를 알 수 없이 알암이를 잃은 엄마는 백남희와 조만득과 안요한의 처지와 다르지 않다. 또 그녀의 상황은 알 수 없는 이유로 작품을 잡지에 게재하지 못했던 이청준의 처지라고도 할 수 있다. 이 작품은 1988년 3월 27일에 MBC 〈베스트셀러극장〉에서 극화되어 방송되기도 했는데, 드라마 〈벌레 이야기〉(장수봉 연출, 김남 극본)는 소설과 다르게 유괴된 아이를 갓 무용대학의 입학시험을 치른 19세 소녀(장서희 분)로 설정하고, 살인범(이희도 분)은 포장마자를 운영하며 그녀를 짝사랑하던 청년으로 설정했다. 즉 드라마 각색은 이청준 소설에서 누락됐다고 여겨질 수 있는 범행의 개연성을 확보하는 방식으로 이루어졌다. 이청준의 소설은 학원 원장이 알암이를 유괴한 이유를 알려주지 않지만, 드라마는 인물 설정을 바꾸면서 우발적 살인에 대한 설득력 있는 이유를 제시할 수 있게 된다. 하지만 드라마 〈벌레 이야기〉가 살인에 대한 개연성을 확보함으로써 놓치게 되는 것은 타자에 대한 무조건적 환대의 곤혹스러움이다. 이성으로 이해할 수 없는(개연성을 확보할 수 없는) 가해자의 행동을 피해자가 어떻게 이해할 수 있을 것인지, 다르게 말해 용서할 수 없는 가해자의 범행을 어떻게 용서할 수 있는지 이청준은 「벌레 이야기」를 통해 따져보고 있다. 타자에 대한 환대가 전제되지 않는 자유는 그것이 소극적 자유건 적극적 자유건 간에 타자를 억압할 수 있기 때문이다. 이처럼 이청준은 1970, 1980년대를 통과하면서 유신체제와 1980년 광주가 안겨준 상처를 앓고 있었고, 그 상처를 치유하는 방법으로 증오와 복수 대신 용서와 환대를 제시하고 있다. 그러한 환대 속에서만이 제3의 자리에 놓인 새로운 의미의 자유와 고향이 도래하기 때문이다.

제5장

정치와 자유

1. 문제 제기

그동안 문학사적 평가 속에서 이청준 소설은 1950년대 전후소설이나 리얼리즘 계열의 소설과 구분되는 지적(知的)인 소설로 인정되어 왔다.[1] 이청준 소설의 지적인 특성은 '대립적 세계에 대한 인식'과 '소설 쓰기의 자의식에 대한 탐색'으로 요약될 수 있다. 그의 소설은 문학과 사회, "집단의 꿈과 개인의 진실", "존재적 언어와 관계적 언어"[2] 등으로 대변되는 대립적 인식 체계 속에서 균형을 추구하고 동시에 그 균형 상

---

[1] 김현, 「이청준에 대한 세 편의 글」, 『문학과 유토피아—김현문학전집 4』, 문학과지성사, 1992, 237쪽.
[2] 이청준, 『말없음표의 속말들』, 나남, 1986, 134~150쪽.

태를 끝까지 의심하는 작가적 자의식을 드러낸다. 한편, 이 같은 이청준 소설의 지적인 성격을 비판적으로 바라보는 견해도 있다. 이청준 소설의 지적인 성격이 타인과 함께 살아가고자 하는 "타협적 정신"이 결여된 채 "폐쇄적인 자기분석"[3]에만 머문다는 견해나, 개인의 개별성이 집단의 정의(正義)보다 우위에 서 있어야 한다는 그의 신념이 역으로 기존 체제를 유지하려고 하는 보수주의적 측면으로 발현될 수 있다는 견해 등이 그것이다.[4] 이 같은 견해에 따르면, "개인적 진실"을 추구하기 위혜 현실의 문제를 끊임없이 의심하고 점검하는 이청준의 소설은 역설적이게도 현실의 당면 문제에 대한 주체적인 선택과 결단을 불가능하게 한다.[5] 이처럼 이청준 소설의 지적인 특성, 혹은 이청준 소설이 추구하는 개인적 진실은 그동안 상반되게 해석되어 왔다. 하지만 이들의 견해는 겉으로는 서로 상반되지만 이청준 소설의 정치적인 성격을 고려하지 않는다는 점에서 동일하다. 이에 대해 살펴보기 위해 먼저 이청준 소설에

---

3 염무웅, 「문학인은 무얼 했나」, 『월간중앙』, 1971.12, 250~251쪽.

4 이러한 견해를 모두 제시하고 있는 김종철의 논의를 요약하면 다음과 같다. 이청준의 소설에는 "박진성"이 부족하다. 이때 박진성의 부족은 "이청준 소설에 느껴지는 현실성의 부족"을 의미한다. 그것은 작가로서 "일상적인 체험이 부족하다는 말"이 아니고 작가 자신의 세계관이 "사회적 상황보다도 개인의 심리적 상황"에 지나치게 치우쳐 있다는 것이다. 그렇기에 이청준 소설은 대중을 무비판적 주체로 다루고 지식인의 형성과 역할을 신비화시키는 경향이 강하다. "사회적이고 역사적인 문제를 심리위주로 접근하는 일에 열중해 있는 동안 그 결과는 자기 의사에 반하여 기존의 질서를 묵인할 수도 있"게 할 것이다. 이외 윤지관, 이태동, 이화진의 의견은 김종철의 견해에서 크게 벗어나지 않는다.

김종철, 「생활 현실의 착반」, 『시와 역사적 상상력』, 문학과지성사, 1978, 85~87쪽; 김종철, 「작가의 관점과 소실의 현실성」, 『뿌리깊은나무』, 1978.2; 윤지관, 「억압사회에서의 소설의 기능」, 『실천문학』, 1992 봄, 169쪽; 이태동, 「부조리 현상과 인간의식의 진화」, 『이청준 론』, 삼인행, 1991, 25쪽; 이화진, 「이청준 소설의 글쓰기 양상에 대한 검토 탈 권력의 지향과 계몽의 기획에 대한 비판」, 『반교어문학회지』 15, 2003.

5 김영찬, 「이청준 격자소설의 정치적 (무)의식」, 『한국근대문학연구』 6-2, 2005.

서 개인적 진실을 옹호하는 견해와 그것을 비판하는 견해의 한계를 짚어보고, 이청준 소설의 정치적인 성격을 살펴보겠다.

개인적 진실을 옹호하는 견해는 공동체의 이념에 종속될 수 없는 개인의 자유를 옹호하고, 개인적 진실을 비판하는 견해는 공동체에 귀속된 인민들의 평등을 옹호한다. 자유를 옹호하는 견해는 사회 속의 개인을 보편적 인류의 차원으로 확장시켜 파악하고, 권력 그 자체를 부정하는 데까지 나아간다. 이 견해는 자유를 인류 차원의 보편성으로 파악하기에 모든 개인의 차이를 인정하는 극단적 다원주의와 연결될 수 있다. 개인의 자유와 차이를 무조건 인정하는 이러한 견해는 현실에서 어떤 차이와 어떤 자유가 지배와 복종의 관계로 만들어지는지 알 수 없게 하고, 개인들이 모여 집합적 정체성을 구성하고자 하는 여하한 시도를 모두 억압적 권력의 창출로만 파악하게 한다.[6] 하지만 권력은 부정적이고 억압적이기만 하지 않고 긍정적이고 생산적일 수 있다.[7] 권력은 억압의 가능성과 해방의 가능성을 함께 지니고 있으며 단일하지 않고 다원적이라는 사실을 이 견해는 근본적으로 사유하지 못하게 한다. 반대로, 개인적 자유를 비판하고 공동체에 귀속된 인민들의 평등을 옹호하는 견해가 있다. 이 견해는 개인적 자유와 공동체의 이념 사이의 타협적 정신과 합리적인 조화를 강조한다. 하지만 이 주장은 공동체에 내재하는 배제와

---

6 다원주의에 대한 한계는, 샹탈 무페, 이행 역, 『민주주의의 역설』, 인간사랑, 2006을 참고했다. 참고로 말하자면, 이 책의 국역본은 정확한 한국어 표현을 사용하지 않고 있으며 번역어의 일관성 역시 지니지 못하고 있다. 번역자의 특별한 언급 없이 번역어의 일관성을 놓친 부분만 간단히 언급하자면, 'citizenship'은 '시민성', '시민', '시민권'으로, 'antagonism'은 '적대', '적대감'으로, 'humanity'는 '인류', '인간'으로 번역됐다. Chantal Mouffe, *The Democratic Paradox*, New York : Verso, 2006.
7 미셸 푸코, 박정자 역, 『사회를 보호해야 한다』, 동문선, 1998, 48쪽.

예속의 메커니즘이 사라질 수 있다는 식의 낙관론에 빠질 우려가 있다. 공동체의 일관성을 완성하기 위해 필연적으로 요구되는 구성적 타자를 이러한 낙관론은 은폐한다.

　개인적 진실을 옹호하는 견해가 자유와 평등의 극단적인 분리를 유도한다면, 개인과 공동체의 화해를 추구하는 견해는 자유와 평등의 낙관적인 조화를 유도한다. 하지만 이 두 가지 견해는 문학에서 '정치적인 것'의 창안이 개인적 진리와 공동체의 이념을 모순적인 관계가 아니라 역설적인 관계로 파악할 때 이루어진다는 사실을 놓치고 있다.[8] 개인의 자유와 공동체의 이념이 하나가 다른 하나를 파괴하거나 일방적으로 수용하는 모순적 관계에 놓일 때 문학의 정치성은 사라진다. 문학 안에서 정치적인 것의 창안은 개인과 공동체 사이의 해소될 수 없는 적대를 인정하고, 두 개념 사이의 최종적인 해결이나 완벽한 균형을 낙관하지 않을 때 가능하다. 이 같이 두 개념을 역설적인 관계로 보는 태도는, 개인의 자유를 옹호하는 견해가 공허하고 추상적인 진리의 추구로 왜곡될 때 공동체에 대한 현실적인 담론을 이끌어 내고, 개인의 자유를 통합한 공동체의 이념이 구성적 타자를 은폐할 때 공동체의 이념에 포섭될 수 없는 개인의 자유를 강조한다. 한편, 개인과 공동체의 역설적인 관계를 고찰하지 않을 때 이청준 문학의 정치성은 단순히 4·19정신의 계승 속에서만 찾아질 수 있다. 4·19정신의 특권화는 60년대 소설이 4·19라는 사회적 사건을 단순히 재현하고 있다는 왜곡된 논리를 제공한다. 문학 속에서 4·19정신은 복수(複數)적이고도 중층적으로 작동한다.[9] 더 나아가 이청준

8　샹탈 무페, 앞의 책, 25쪽.
9　김영찬, 「4·19와 1960년대 문학의 문화정치」, 『한국근대문학연구』 15, 2007. 김영

문학의 정치성을 4·19정신 속에서만 찾으려고 할 때 우리 사회의 근대성을 단순화시키는 문제가 발생한다. 5·16은 4·19정신의 배반이기도 하지만, 우리 사회의 근대성을 구성하는 두 계기 중 하나이다.[10] 정치적인 것은 단순히 4·19정신을 계승하는 데서 창출되지 않는다. 그것은 사회의 민주화와 개인의 자율성을 동시에 주장했던 4·19정신과 빈곤 탈피의 의제를 들고 나온 5·16 군사 쿠데타 간의 관계를 고찰하는 데서 도래한다. 이청준 문학에서 정치성은 4·19와 5·16으로 대변되는 두 개의 근대화가 같은 시간과 같은 공간 속에서 긴장상태를 유지할 수밖에 없었던 원인을 고찰하는 데 있다.

이번 5장은 이청준 소설의 정치성이 개인의 자유와 공동체의 이념을 역설적 관계로 파악한다는 점을 살펴보고자 한다. 이 같은 관점에서 이청준의 단편 「수상한 해협」(1976), 「그림자」(1970)와 한 편의 희곡 〈제3의 신〉(1980),[11] 장편 『당신들의 천국』(1976)을 살펴볼 것이다. 이청준의 문학 작품은 2003년 출판사 열림원에서 전집이 완간됨[12]으로써 일

찬은 1960년대 문학 작품 가운데 실제로 4·19를 재현한 작품은 거의 없으며 1960년대 문학의 고유성은 4·19정신의 복합적이고도 중층적인 작용에서 비롯됨을 명확히 지적하고 있다.

10 최장집, 『민주화 이후의 민주주의』(개정판), 후마니타스, 2010.

11 이청준, 「수상한 해협」, 『신동아』, 1976.9; 이청준, 「그림자」, 『월간문학』, 1970.11; 이청준, 〈제3의 신〉, 『현대문학』, 1982.8. 이 가운데 〈제3의 신〉은 소설집 『비화밀교』(나남, 1985)에 일정 부분 수정되어 실려 있다. 본 장에서 작품을 직접 인용할 경우 괄호 안에 본문의 쪽수만 표기하고, 〈제3의 신〉은 소설집 『비화밀교』에 실린 작품을 인용한다.

12 2003년 2월 3일 장편 『축제』를 마지막으로 총 24종 25권 분량의 이청준 소설 전집이 완간되었다. 전집 1차분이 출간된 1998년 4월 15일부터 치더라도 5년여에 걸친 시간이 소요되었다. 한 권, 한 권 만들 때마다 이청준은 스스로 소설 원고를 수정 내지 교정했다. 전체적으로 서사적 맥락이 바뀔 정도로 수정된 작품은 없으나 서술어, 어휘 등이 현대적 감각에 맞추어 수정되었다. 200자 원고지로 3만 매가 넘는 원고를 작가가 직접 교정했다고는 것 자체로도 전집 작업이 단순히 문학적 업적을 정리하는 데 그치

단락된 바 있다. 이 전집은 작가가 직접 참여하여 작품을 선정하고 수정했다는 데 의의가 있다. 하지만 전집에서 누락된 작품들의 서지사항과 그 작품들이 전집에서 빠진 이유가 명시되어 있지 않은 한계를 지닌다.[13] 이때 중요한 문제는 전집의 한계가 이청준 연구에 밀접한 영향을 미치고 있다는 데 있다. 지금까지 이청준 연구는 양적인 차원에서 급증했지만, 연구대상으로 거론되는 작품이 특정 작품군에 집중되어 있는 한계를 보였다. 앞의 세 작품은 얼림원 판 전집에서 누락되어 있기도 하고, 그동안 선행 연구들로부터 주목을 받지 못하기도 했다.

한편 이들 작품과 다르게 『당신들의 천국』은 현재까지 상당수의 선행 연구가 누적되어 왔고 그 만큼 다양한 독해가 가능한 작품이다. 이를테면 이 작품은 의사와 환자의 관계를 소재로 삼고 있다는 점에 집중할 때 앞 장에서 언급했던 「조만득 씨」 계열의 작품과 연속해서 독해가 가능하다. 시기적으로는 「조만득 씨」(1980)보다 일찍 발표된 소설이지만 『당신들의 천국』(1976)은 조만득을 퇴원 시킨 후 민 박사에게 남겨진 질문("우리가 그(조만득―인용자)의 현실의 일부라면 우리에게도 그의 병세의 변화에 대한 책임의 일부가 있는 게 아닐까요"[14])에 대해 적극적으로 성찰하고 있기 때문이

지 않는다는 것을 알 수 있다. 이상의 내용은, 우찬제, 「삶과 소설을 위한 향연」, 『문학판』, 2003 가을, 276~279쪽.

13 열림원 판 전집에 누락된 작품을 거론한 연구로, 우찬제, 「견인성(堅忍性) 보헤미안의 견딤의 미학」, 『문학과 사회』, 2009 가을; 이승준, 「이청준의 엽편소설(葉篇小說) 연구」, 『우리어문연구』 34, 2009가 있다.

14 이청준, 「조만득 씨」, 『소문의 벽―중단편 소설 7』, 1998, 374쪽. 참고로 민 박사에게 건네진 윤 간호사의 이 같은 질문에 대해 알제리 독립전쟁에 참여했던 정신과 의사 프란츠 파농의 견해를 하나의 답변으로 연상할 수 있다. 프란츠 파농은 식민지 전쟁 이후 우울증과 불면증을 호소하는 환자들을 분석하면서 이렇게 말한 바 있다. "대체로 임상 정신의학에서는 우리 환자들이 보여주는 다양한 정신질환들을 '반응성 정신질환'이라고 분류한다. 하지만 그러기 위해서는 장애를 유발한 사건에 그 초점이 맞춰져

다. 그렇기에 『당신들의 천국』에서 조창원은 민 박사처럼 단지 환자를 치료하는 의사의 역할에 한정되지 않는다. 조창원 원장이 의사이자 군인이고, 환자들을 치료할 뿐만 아니라 퇴원 이후의 삶까지 책임지려 한다는 점을 고려한다면, 『당신들의 천국』은 시기적으로 먼저 발표됐지만 「조만득 씨」의 문제의식을 확장시키고 있다고 판단할 수 있다. 민 박사에서 조창원 원장으로 확장된 문제의식에 유념한다면 『당신들의 천국』이 실제 인물과 사건들을 다루고 있지만, 이 작품의 초점은 그것들의 사실적 재현에 머무르지 않는다는 점을 쉽게 짐작할 수 있다. 이청준 스스로 언급했듯이 이 작품은 이규태 기자의 르포를 참고하고 있다.[15] 이규태의 르포는 음성환자 축구팀을 만들고 간척공사를 주도하며 황 장로를

야 하는데, 어떤 경우에는 해당 사례의 배경(환자의 심리적·정서적·신체적 조건)만 언급되어 있다. (…중략…) 여기서 우리는 단순히 그 장애를 완화하거나 진정시키는 것으로는 문제가 근본적으로 해소되지 않는다는 점을 다시 한 번 강조하고자 한다. 장애를 유발한 **사건 자체**가 그와 같은 병리적인 뒤틀림을 온존시키고 강화하는 것이다."(강조는 인용자)

이처럼 파농은 당대의 임상 정신의학이 마치 「조만득 씨」의 민 박사처럼 환자들을 성심껏 치료하고자 하지만 그들 장애의 직접적인 원인인 "사건 자체"를 파악하지 못한다고 비판한다. 그가 보기에 그러한 치료 행위는 환자들의 정신 장애를 근본적으로 해결하려는 것이 아니라 "완화하거나 진정시키는 것"에 불과하다. 그는 유럽적 삶을 모방하고자 하는 식민지 부르주아 지식인 계급의 의사들이 환자들의 정신 장애가 바로 식민지 상황("사건 자체")에서 비롯됐다는 사실을 보지 못한 채 오로지 환자의 가정환경이나 성적 체험 따위만 조사하고 있다고 비판한다. 심지어 그는 이러한 식민지적 상황을 극복하기 위해 폭력마저 받아들이고 있다. 당대 정신 의학에 대한 파농의 문제 제기는 이청준 소설의 문제의식과 아주 유사하다. 하지만 이청준은 환자의 치유방법으로 현실의 모순을 극복할 수 있는 대항폭력을 옹호하는 대신, 가해자들을 환대하고 피해자들과 함께 앓는 것을 대안으로 제시하고 있다. 이에 대해서는 4장에서 살펴본 바 있다. 프란츠 파농, 남경태 역, 『대지의 저주받은 사람들』, 그린비, 2004, 283~315쪽.

15 이규태의 르포 「소록도의 반란」은 먼저 『사상계』에 발표됐고, 이 원고에 다수의 소제목을 첨부하여 그의 르포집 『인간박물관』에 재수록되었다. 이규태, 「소록도의 반란」, 『사상계』, 1966.10; 이규태, 「출소록기(出小鹿記)」, 『인간박물관―맨발기자 남한 종횡기』, 삼중당, 1967.

비롯한 환자들과 대결하는 조창원 원장의 실제 체험을 다루고 있고, 이러한 서사는『당신들의 천국』에서도 거의 유사하게 반복된다. 또한『당신들의 천국』에서 등장하는 사건들, 이를테면 동상을 세운 수호[周防正季] 원장을 환자들이 살해하거나 그들을 괴롭히는 순사를 '노루 사냥'이라고 말하며 처단하는 장면들은 일제시대 소록도의 역사적 사건을 그대로 재현하고 있다.[16] 그 뿐만 아니라 소록도에 군인 신분으로 들어와 간척사업을 수행하지만 그 공사를 끝내지 못한 채 다른 지역으로 발령받은 후 다시 민간인 신분으로 소록도에 들어오는 조창원 개인의 행적에 대한 소설의 서술 역시 실제 사실과 일치한다.[17] 한편 일제시대 소록도와 관련된 사건들은 윤정모의 장편 소설『섬』에 비교적 사실 그대로 재현되어 있다. 그녀의 소설은 소록도가 타자를 억압하고 배제하는 근대 규율체계를 적극적으로 실현시킨 장소로 보고 있으며,[18] 그곳으로부터 인권과 자유를

---

16 수호 원장이 재직하던 시기 소록도에서 환자를 치료했던 의사 유준의 대담은『당신들의 천국』에 언급된 수호 원장과 크게 다르지 않다. 물론 이청준의 소설은 수호 원장을 조창원의 신념이 왜곡될 수 있는 선례로 제시하고 있기 때문에 수호 원장을 유준 박사에 비해 복합적으로 파악하고 있지 않다. 유준 박사는 동상을 세우려 했던 수호 원장의 한계를 지적하면서도 그가 이 당시 일본에서도 시도되지 못했던 나병에 대한 미신을 척결했을 뿐만 아니라 암으로 죽은 아내의 유골을 소록도 납골당에 안치할 정도로 환자들과 함께 사는 것에 대해 거부감을 느끼지 않은 정직한 인물이라고 평가한다. 참고로 유준 박사의 대담에는『당신들의 천국』에서 잠깐 언급되는 소록도 공원 조경사에 대해서도 비교적 자세히 언급되어 있다. 유준·정근식,「한센의료인·정책지도자의 증언」,『한센병, 고통의 기억과 질병 정책－구술사료전집 1』, 국사편찬위원회, 2005.

17 조창원 원장의 실제 행적에 대해서는 다음의 책 참고. 심전황,「안정기」,『소록도 반세기』, 전남일보 출판사, 1979. 참고로 심전황의 글에서는 조창원의 활동을 보조하면서도 의심했던 황 장로에 대해서는 언급되지 않는다.

18 윤정모의 소설을 분석하고 있지는 않지만, 한순미는 소록도와 나환을 둘러싸고 이루어지는 규율권력과 담론체계에 대해 다음의 논문에서 살펴본 바 있다. 한순미,「나환과 소문, 소록도의 기억－나환 인식과 규율체제의 형성에 관한 언술 분석적 접근」,『지방사와 지방문화』13-1, 2010.5.

옹호했던 이춘성, 이길용 등의 실제 인물의 삶을 드러내고 있다.[19] 이청준의 소설 역시 소록도의 실제 사건을 소재로 삼고 있기 때문에『섬』과『당신들의 천국』의 내용 일부는 겹치기도 한다. 하지만 앞서 언급했듯이 이 소설의 관심은 소록도와 관련된 사건들을 사실적으로 재현하는 것에서 더 나아가「조만득 씨」에서 풀지 못했던 질문들에 접근하고 있다. 사실의 재현에 한정되지 않는『당신들의 천국』의 문제의식을 본 장에서는 이청준 소설의 정치적 특성으로 언급하고자 한다. 이를 위해 먼저 열림원 판 전집에서 누락된 세 편의 작품들을 살펴보자.

2. 지배의 메커니즘과 정치적인 것의 출현

1)「수상한 해협」

이청준의「수상한 해협」[20]은『삼국유사』의「기이(紀異)」편 '내물왕과 김제상[奈勿王 一作 那密王 金堤上]' 조에 실린 이야기를 바탕으로 한 소설

---

19 이 소설의 서사는 유준 박사와 심전황의 기록에서 언급된 실제 사건들과 상당히 유사하며, 작가 스스로도 머리말에서 "문학작품이라기보다 기록작품에 가까울지도 모르겠다"고 말하고 있다. 윤정모,『섬』, 한마당, 1983.

20 이청준의 소설집이 출판사를 달리하면서 수록 소설들을 개작과 더불어 중복적으로 발표했다는 점을 염두에 둘 때 이 작품은 특이하게도『신동아』에 발표된 이후 지금까지 이청준의 소설집에 단 한번만 수록되었다. 이청준,「수상한 해협」,『가해자의 얼굴』, 중원사, 1992.

이다. 『삼국유사』의 이야기와 이청준 소설의 서사에서 공통된 내용은 다음과 같다. 신라인 박제상[21]은 볼모로 잡혀 있는 미해 왕자를 구하기 위해 왜국에 들어간다. 그곳에서 박제상은 왜왕의 신뢰를 얻기 위해 거짓으로 신라왕을 비난한다. 이 같은 박제상의 기지로 미해 왕자는 무사히 탈출하게 되고, 박제상은 미해 왕자의 탈출 시간을 확보하기 위해 자발적으로 왜국에 남는다. 왜왕은 자신을 배신한 박제상을 죽이는 대신 신하가 되기를 요구한다. 이에 박제상은 칭신(稱臣)을 거부하고 왜왕은 혹독한 고문을 가한다. "신라인의 기개와 충절을 펴 보이"(432)려는 박제상의 신념을 꺾을 수 없게 되자 왜왕은 그를 목도 섬으로 데리고 가 불태워 죽인다. 이청준은 『삼국유사』에 실린 이야기의 전체 틀은 유지하면서 고문 장면을 연장하고 화자의 후기를 덧붙였다. 『삼국유사』에는 왜왕이 박제상에게 칭신을 요구하는 이유와, 고문을 가하는 왜왕의 심리와, 고문을 견뎌내는 박제상의 심리가 드러나 있지 않으며, 박제상을 목도 섬으로 데려가 불태운 이유가 설명되어 있지 않다.[22]

반면 이청준의 소설에는 왜왕이 자신을 배신했던 박제상을 죽이려 하지 않고 칭신을 요구한 이유가 자세히 서술되어 있다. 박제상의 기지 때문에 볼모로 있던 미해 왕자를 놓친 왜왕은 일종의 '이중구속' 상태에 놓이게 된다. 왜왕은 박제상이 자신을 배신했기에 살려둘 수 없지만, 그렇다고 박제상을 죽이면 그가 죽어서도 신라의 영웅이 되어 신라인들

---

21 『삼국유사』의 김제상이 이청준 소설에서는 박제상으로 바뀌어 있다.
22 『삼국유사』에는 왜왕이 후한 녹을 대가로 박제상에게 칭신을 요구하는 장면(원문 : 若言倭國之臣者, 必賞重祿), 칭신을 거부하는 박제상에게 진노하는 장면(倭王怒曰), 칭신을 거부한 박제상을 끝내 목도 섬에 데리고 가 태워 죽였다는 서술(燒殺於木島中) 만이 드러난다. 『삼국유사』 원문의 출처는 www.krpia.co.kr이다. (최송 검색일 : 2014.4.11)

사이에서 영생하기에 죽일 수도 없다. 박제상을 죽일 수도 살려둘 수도 없는 상황에서 왜왕은 "관용"(435)의 제스처를 보인다. 왜왕은 칭신만 한다면 죽이지도 않을 것이며 오히려 후한 녹을 주겠다며 박제상에게 관용을 베푼다. 하지만 왜왕의 관용은 박제상을 위한 마음에서 비롯됐다기보다 자신의 명예를 유지하면서 동시에 이중구속에서 벗어나기 위한 술책에서 비롯됐다. 박제상은 신라의 왕을 위해 자신의 목숨을 기꺼이 바치는 신념의 인물이자 왜왕의 위선적인 관용을 꿰뚫어보는 지혜로운 인물이기도 하다. 이제 박제상의 지혜는 자신의 신념을 의심하는 게 아니라 도리어 그 신념을 굳히는 데 일조한다.

> 그것은(왜왕의 관용─인용자) 어떻게 해서든지 제상의 충절을 꺾어 떳떳
> 한 죽음 대신 살아서 욕된 삶을 이어가게 해 놓고야 말겠다는 또 하나의 음
> 흉스런 계략이었다. (…중략…) 어차피 죽을 수밖에 없다고 체념스럽게 목
> 숨을 단념해야 했던 제상은 그 왜왕이 막상 오만스럽기 그지없는 화해의 더
> 러운 손을 내밀면서 칭신과 목숨을 흥정해 오자 이젠 죽을 수밖에 없다던 소
> 극적인 체념에서 저들 손에 기필코 죽임을 당해야만 한다는 적극적인 의지
> 로 결심이 더욱 굳어져 갔다.(435)

왜왕의 관용이 "오만스럽기 그지없는 화해의 더러운 손"을 숨기고 있다는 것을 간파한 박제상은 신라인의 기개와 충절을 드러내기 위해 적극적으로 죽고자 한다. 왜왕은 관용의 술책으로도 설득할 수 없자 박제상에게 혹독한 고문을 가한다. 왜왕이 점점 더 가혹한 고문을 자행할수록 박제상의 신념은 더욱 굳건해지고, 마침내 모든 고문을 이겨낸 박제상

은 왜왕이 감당할 수 없을 만큼 "기묘"하고도 "성자"(437) 같은 숭고함을 드러낸다. 박제상의 숭고한 형상 앞에서 왜왕은 자신의 '관용'과 '고문' 을 참회하고 박제상을 목도 섬으로 데리고 가 불태워 죽인다. 박제상은 죽어야만 신라의 영웅으로 영생할 수 있다는 점을 왜왕이 정직하게 받아 들였기 때문이다. 하지만 이 순간에도 이청준의 소설은 다시 한 번 왜왕 을 의심한다. 『삼국유사』에는 단 한 줄로 서술된 "倭王知不可屈, 燒殺於木 島中[왜왕은 제상을 굴복시킬 수 없음을 알고는 목도 가운데서 불태워 죽였다─인용 자]" 문장에 대해 이청준의 소설 「수상한 해협」은 긴 후기를 남기고 있 다. 소설에 기록된 후기에 따르면, 왜왕이 그 자리에서 박제상을 목 베어 죽이지 않고 신라 근처의 목도까지 끌고 간 이유는 박제상의 영웅적인 신념을 신라에 속히 퍼지게 하려는 의도에서 비롯되기도 했지만 박제상 을 더 잔인하게 죽이고 싶은 왜왕의 질투심에서 비롯되기도 했다.

고문을 이겨낸 박제상의 기묘한 모습은 왜왕에게 어떠한 상징적 이상 화로도 설명할 수 없는 과잉을 직접적으로 드러낸다. 이 같은 박제상은 더 이상 인간이 아닌 '성자'이며, 왜왕의 체제 질서를 초과하는 과잉의 체현물이기도 하며, 어떠한 합리적인 법칙에도 묶일 수 없는 잔여물이 기도 하다. 체제 질서를 위협하는 잔여물의 출현이 제도화된 정치를 넘 어서는 정치적인 것의 출현을 의미한다면, 왜왕으로 대변되는 권력자는 안정된 체제를 유지하기 위해 그 같이 기괴한 잔여를 전통적인 휴머니즘 의 관점에서 대우하거나 자본주의적인 방식으로 활용한다.[23] 다시 말해, 보수적인 집권자들은 체제를 위협하는 잔여물의 기괴함을 길들이기 위

---

23 슬라보예 지젝, 이성민 역, 『까다로운 주체』, 도서출판b, 2005, 255쪽.

해 그 같은 기괴함을 고상하고 이상적인 이미지로 둔갑시키거나 자본제적 생산을 유도하는 이미지로 활용한다. 왜왕이 박제상을 목도까지 끌고 간 이유도 이와 다르지 않다. 왜왕은 반역자 박제상의 충절을 인정하는 제스처를 통해 그의 기괴함을 휴머니즘 관점의 이상적인 이미지로 바꾸고 더불어 자신의 대범한 성품을 포장한다. 이처럼 왜왕이 관용과 고문에 대해 참회하는 것은 체제 질서를 초과하는 박제상의 숭고함을 길들이기 위한 위선적인 방어행위일 수 있다. 정리하자면, 「수상한 해협」에 첨가된 후기는 정치적인 것들이 제도 정치에 길들여지는 메커니즘을 폭로한다. 이청준은 「수상한 해협」의 본문을 통해 권력자가 체제를 유지하기 위해 활용하는 '관용'과 '폭력'을 비판적으로 고찰하고, 더 나아가 후기를 통해 왜왕의 참회마저도 치밀하게 검증한다. 그렇기에 『삼국유사』가 단순히 박제상의 충절을 높이 기리는 데 반해 이청준의 소설은 박제상의 신념과 더불어 권력자들의 위선을 고발할 수 있게 한다.

하지만 이 소설은 왜왕의 심리와 지배 메커니즘을 치밀하게 검증하는 반면, 박제상의 충절과 신념은 무조건적으로 긍정한다는 데 한계가 있다. 박제상은 왜왕 앞에서도 두려워하지 않으며 자신의 "순국이 바다를 건너 신라땅으로 전해져 가게 해야" 한다는 명분과 자신의 "죽음은 신라 사람들의 가슴 속에서 자랑스럽고도 굳센 기개와 충절로 다시 살아"(435)날 것이라는 믿음을 잃지 않는다. 이처럼 박제상은 순국이 주는 정신적 이익을 누리기 위해 죽음을 받아들인다. 더 나은 결과를 얻기 위한 도구로 자신의 죽음을 활용하기에 박제상의 순국은 위선적일 수 있다. 영국의 문학비평가 테리 이글턴[24]이 지적하듯이, 예수의 순교가 윤리적인 이유는 그가 십자가에 매달리기 직전까지 자신의 죽음을 두려워하고 아버지가 자신을 버린 것처럼 보이는 데 절망하지만 그럼에도 불구하고 아버지를 믿었기 때문이다. 죽기를 두려워하고 아버지에게 살려달라고 기도하면서도 아버지를 배신하지 않는 예수와 죽음의 공포에 초연한 채 신라왕을 배신하지 않는 박제상이 이겨낸 무의미와 절망의 깊이는 동일하지 않다. 박제상의 행위는 죽음을 인간 상황의 최종적 표현으로 받아들이지 않았기에 어떠한 절망과 무의미도 통과하지 않은 '순국'이다. 「수상한 해협」의 후기는 박제상의 충절을 의심하지 않은 채 무조건적으로 숭상하고 있다. 정치적인 것의 출현이 개인적 진실과 사회적 진실 사이의 봉합될 수 없는 간극에서 출현한다면, 박제상에 대한 무조건적인 긍정은 그 간극을 정신적인 가치로 메워버린 것이라고 할 수 있다.

2) 〈제3의 신〉

〈제3의 신〉은 이청준이 처음이자 마지막으로 발표한 희곡이며, 월남 난민 7명이 무인도에 표착한 후 겪게 되는 일들을 보여준다. 이 희곡은 발표된 다음 해 국립극장에서 공연되기도 했는데,[25] 연출자 임영웅은 연

24　테리 이글턴, 이현석 역, 『우리 시대의 비극론』, 경성대 출판부, 2006, 88~89쪽.
25　이 연극의 프로그램에는 대본이 온전히 실려 있는데, 그것은 이청준이 창작한 희곡과 완전히 일치한다. 이 희곡의 등장인물들의 대사는 자연스런 구어(口語)라기보다 마치 이청준의 소설 속 인물들처럼 다소 어색할 정도로 정교한 문어(文語)로 처리되어 있다. 실제 무대에서 실연될 때에도 이러한 대사는 수정되지 않은 듯하다. 당시 연극을 관람했던 한 기자는 인물들의 대화에 대해 "소설에서의 표현 방식이 별로 효과적으로 무대 언어로 바뀌지 못해 지루한 연극이 되었다"라고 평하기도 했다. 한편 이 작품은 1983년에 임영웅이 연출한 이후 1987년 '극단혼성'의 고금석(高金錫)에 의해 다시 연출되기도 했다. 「연극계 수준 높은 작품으로 탈불황 거냥」, 『경향신문』, 1983.7.1; 「전국 지방 연극제 22일 개막」, 『경향신문』, 1987.5.1.

출의 소회를 다음과 같이 말하고 있다.

> 월남전쟁이 끝난 것이 1975년 4월 30일, 어언 8년여의 세월이 흘러갔다.
> 그런데 〈제3의 神〉을 연출하는 동안, 나는 월남전쟁은 아직도 끝이 난 것이
> 아니라는 생각을 갖게 됐다. 그리고 월남전쟁은 월남사람들의 것만이 아닌
> 우리들의 전쟁이라는 생각을 하게 됐다.[26]

임영웅은 이청준의 희곡 〈제3의 신〉의 문제의식을 정확히 간파하고
있다. 희곡을 연출하면서 임영웅은 월남전쟁이 아직도 계속되고 있으며
우리들의 전쟁이기도 하다는 점을 깨달았는데, 이는 이청준의 희곡이
독자들에게 건네고 싶은 주제이기도 하다. 이청준 희곡의 문제의식은
보트피플의 곤란한 삶을 단순히 재현하는 데 있지 않고, 그 같은 보트피
플의 곤란한 삶을 발생시킨 원인을 파악하는 데 있다. 베트남 난민들이
바다를 표류할 수밖에 없었던 직접적인 이유가 제1막에서 인물들의 사
연을 통해 드러난다. 그들이 베트남에서 내쫓긴 직접적인 이유는 전체
주의화 된 공산주의 사상에 반대했다는 데 있지만, 더 중요한 이유는 그
들이 법질서의 외설적인 성격을 공유하지 않았다는 데 있다. 법은 겉으
로는 정의로우나 실질적으로는 정의롭지 못한 방식으로 시행된다. 단적
인 예로 메콩강 삼각주에서 농사꾼으로 살아왔던 호아의 경험을 들 수
있다. 호아는 이념의 문제와 거리를 둔 채 묵묵히 자신의 농사만을 지었
다. 베트남 전쟁이 끝나자 베트콩은 마을을 장악한 후 미국에 대한 사상

---

26 임영웅, 〈제3의 신〉, 국립극단 제108회 정기공연 안내 책자. 이 작품은 국립극장 소극
장에서 1983년 6월 15일부터 같은 해 7월 8일까지 공연됐다.

비판을 시작한다. 베트콩 앞에서 미국을 공개적으로 비판해야 하는 자리에서 사람들은 "별별 해괴한 소리들"(228)을 지어내어 미국인을 비판하지만, 호아는 미국인의 잘못을 사실 그대로 말해버린다. 미국인이 아기를 잡아다가 통조림으로 만들어 먹는다는 식의 거짓말을 지어내는 사람들과 달리, 호아는 미국인들이 베트남 사람들만 남겨두고 도망간 사실을 비판한다. 호아의 진술은 사실과 부합하지만 베트콩의 법질서를 유지시키는 법의 외설성과 일치하지 않는다.

이청준의 희곡 〈제3의 신〉은 단지 같은 민족끼리도 서로를 억압하고 배제하게 만드는 인간의 비윤리적인 태도를 고발하는 게 아니다. 오히려 이 희곡은 인간이 더 이상 범죄처럼 보이지 않는 방식으로 타인을 배척할 수 있게 하는 법적 장치 그 자체를 고발한다.[27] 슬라보예 지젝은 그 같은 법적 장치로 이루어진 사회를 의사(擬似) 정치(para-politics)[28] 사회라 부르고 있다. 의사 정치 사회에서 정치적인 것들은 치안의 논리로 번역되어 사라지게 되다. 그 사회에서 기존의 제도는 절대로 변화되지 않으며, 제도 안에서 권력을 획득하기 위한 당파적 경쟁만이 등장하

---

27 조르조 아감벤, 김상운·양창렬 역, 「수용소란 무엇인가?」, 『목적 없는 수단』, 난장, 2009, 51쪽.

28 정치적인 것의 창안을 불가능하게 만드는 반동적인 정치의 형태로 지젝은 다섯 가지 정치 형태[원-정치(arche-politics), 초-정치(para-politics), 메타-정치(meta-politics), 극-정치(ultra-politics), 후-정치(post-politics)]를 들고 있다. 자세한 내용은, 슬라보예 지젝, 앞의 책, 303~334쪽. 이 책에서는 지젝의 『까다로운 주체』를 번역한 이성민의 번역어인 '초-정치' 대신 '의사 정치(擬似政治)'를 사용하기로 한다. 『까다로운 주체』 본문에서와 같이 반동적인 정치의 다섯 가지 형태가 동시에 비판될 경우 para-politics에 대한 초-정치라는 번역어는 큰 무리 없이 이해될 수 있지만, para-politics만을 언급할 경우 '초-정치'라는 번역어는 의미가 불명확하기 때문이다. 지젝의 견해를 수용한 진은영의 논문에서도 para-politics만을 언급할 때에는 '초-정치'라는 번역어 대신 '의사(擬似) 정치'라는 번역어를 사용하고 있다. 진은영, 「한 진지한 시인의 고뇌에 대하여」, 『창작과비평』, 2010 여름, 27쪽.

게 되고, 제도의 외설적인 성격을 공유하지 못하는 자들은 제도 밖으로 추방된다. 〈제3의 신〉에서 무인도에 표착한 일곱 명의 인물들이 바로 의사 정치의 피해자이며, 그렇기에 현재 그들에게는 어떤 정치와 제도도 남아 있지 않다. 희곡 1막이 의사 정치의 메커니즘을 드러낸다면, 희곡 2막과 3막은 이들이 의사 정치를 극복하고 정치적인 것을 창안하기 위해 수행하는 고투를 보여준다.

2막에 이르러 그들은 무인도에 표착한 자신들의 처지를 한 편의 연극이라고 가정한다. "이 짓(연극이라고 가정하며 살아가는 것─인용자)이라도 해야 하루라도 더 살아 있게 된다"(243)는 상사의 말에서도 드러나듯, '연극'은 상징적인 질서 일체가 사라진 공간에서 그들 나름의 질서를 유지하기 위한 방편이다. 물론 무인도에서의 생존을 연극이라고 가정하는 그들의 태도에는 생존의 곤란함을 잊기 위한 마음과, 베트남에서와는 달리 무인도에서만은 자신들의 정체성을 사회적으로 인정받기를 원하는 심정이 담겨 있다. 하지만 단지 그 같은 바람만 있다면 이들의 연극은 베트남의 의사 정치를 반복하는 것과 다르지 않다. 무인도에서 이들이 연극을 수행하는 더 중요한 이유는 단지 생존의 곤란함을 잊고 법질서의 외설성을 재도입하기 위한 데 있지 않고, 오히려 그 법질서로부터 피해를 입은 사람들의 사연을 이해하기 위한 데 있다. 연극을 수행하는 도중 이들은 자신들보다 먼저 무인도에 표착했던 일곱 명의 사람이 죽었다는 사실을 알게 된다. 이때부터 이들의 연극은 왜 사람들이 무인도에 표착했었는지, 왜 무덤도 제대로 남기지 못한 채 죽어가야만 했는지, 어떻게 그들의 "죽음의 사연"(247)을 세상에 알릴 것인지 등을 밝혀내기 위해 수행된다. 7명의 죽음을 밝히는 과정에서 이들은 의사 정치를 구현한 사람과 그 의사 정치에 피해를 입은 사람 모두가 자신들과 다르지 않다는 사실, 다시 말해 "우리 모두가 당사자"(240)라는 사실을 깨닫게 된다. 특히 이들 가운데 의사 정치 메커니즘과 가장 무관하게 보였던 농부 호아의 깨달음은 이 작품의 문제의식을 선명히 드러낸다. 호아는 의사 정치에 무관심한 채 농사만 짓는 삶이 자신의 의도와 무관하게도 의사 정치를 강화시키는 데 일조했다는 사실을 깨닫는다. 즉, 호아는 의사 정치와 정치적인 것 사이에서 "편을 정해야 할 마당에 끝내 편을 안 정하고 있는 것은 더 큰 허물이 되는" 일이고, 의사 정치의 메커니즘에 대항하여 "싸워야 할 일에도 싸우지 않은"(253) 것이 큰 허물이라는 것을 깨닫는다. 이 같은 호아의 깨달음은 앞서 언급했던 연출자 임영웅의 깨달음과 다르지 않다. 베트남의 보트피플은 의사 정치 메커니즘의 가혹성을 보여주며, 의사 정치의 상황과 관련된 문제는 아직까지 계속되고 있는 우리 자신의 문제이기도 하다.

정치적인 것이 개인의 진실과 사회의 이념 사이의 길항 관계 속에서 창출한다면, 정치적인 것을 사장시키는 의사 정치는 그 길항 관계가 해소될 때 등장한다. 사회의 이념에 초연한 채 묵묵히 자신의 농사만 지었던 호아의 삶과 개인적 진실을 포기한 채 사회적 이념에 종속됐던 베트콩의 삶은 겉으로 보기에는 정반대의 삶을 추구하지만 모두 의사 정치의 메커니즘에 동조한다는 데에서 일치한다. 이처럼 〈제3의 신〉은 정치적인 것이 사장될 때 의사 정치가 도래하게 된다는 점과, 의사 정치의 공간에서 살아가야 하는 사람들의 삶은 무인도에 표착한 난민들의 삶과 다르지 않다는 점을 독자들에게 전달하고 있다.

3) 「그림자」

희곡 〈제3의 신〉이 국가 밖에 설치된 수용소를 그린다면, 소설 「그림자」는 국가 안에 설치된 수용소를 그린다. 앞서 살펴봤듯이 의사 정치 사회는 제도 안의 당파적 경쟁만 있을 뿐 제도 자체의 변혁이 불가능한 일종의 수용소와 다르지 않다. 그 사회는 그저 준수해야 할 분명한 규칙과 절차만 있을 따름이지, 인간의 주체적인 결단과 선택은 요구되지 않는 사회이다. 그렇기에 정치적인 것이 사라진 공간에서 인간은 주체적인 삶을 살지 못하게 된다. 「그림자」의 주인공인 '청년'의 관점에서 보자면, 의사 정치적 체제 속에서 인간은 주체가 아니라 "똥개"이다. 의사 정치의 메커니즘과 그 속에서 살아가는 사람들의 문제를 다룬다는 점에서 볼 때, 「그림자」는 〈제3의 신〉과 주제적으로 유사한 소설이다. 〈제3의 신〉에서 무인도에 표착한 난민들의 모습은 「그림자」에서 대궐 안에 묶여 있는 똥개와 베스의 모습과 겹쳐진다. 물론 난민들은 생존의 문제에 직접적으로 노출되어 있지만 대궐에서 살아가는 두 마리의 개는 안정된 일상을 유지한다. 하지만 그들은 처해 있는 공간만 다를 뿐 자신들이 살아가는 삶 자체에 대해 사유하지 않는다는 점에서 동일하다. 희곡이 진행될수록 〈제3의 신〉의 인물들은 정치적인 것을 창안하기 위해 '연극'을 수행하지만, 서사가 진행되도록 「그림자」에 등장하는 똥개와 베스는 정치적인 것을 사유하지 못하기에 무인도에 표착한 난민보다 더 완강히 의사 정치적 상황에 묶이게 된다.

「그림자」는 베스를 죽인 청년이 형사에게 취조를 받는 과정을 담고 있다. 형사는 명견(名犬) 베스를 죽인 범인을 잡았기에 청년이 베스를 죽인 진짜 이유라든지 베스와 함께 죽은 똥개에 대해서는 조사하지 않은 채 조서를 마무리하고자 한다. 형사와 대궐집 사람들은 오로지 베스의 죽음에만 관심을 갖기 때문이다. 형사에게 청년은 베스를 죽인 것이 똥개를 위한 행위였으며 똥개를 죽인 사람은 자신이 아니라고 거듭 주장한다. 똥개의 죽음은 공적인 문서에는 기록되지 않지만 청년의 반복되는 주장을 통해 형사의 머릿속에 각인된다. 청년의 고집스럽고 엉뚱한 주장은 어느 누구도 관심 갖지 않던 똥개의 죽음을 기억하게 하지만, 정작 중요한 문제는 똥개를 위해 베스를 죽이려던 행동에 대해 청년 스스로도 명확하게 설명할 수 없다는 데 있다. 청년은 "직접 진술방법"(93)으로 이루어지는 형사의 취조를 통해서는 자신이 베스를 죽인 이유를 온전히 설명할 수 없다고 말한다. 청년은 취조의 형식에 담을 수 없는 말을 알레고리의 형식으로 서술하여 형사에게 건넨다.

논리를 내세우는 형사에게 취조 기록 대신 사건을 알레고리로 각색한 이야기는 "뚱딴지같은 개소리"(93)로 보인다. 하지만 형사는 알레고리 형식의 진술서를 읽어 달라는 청년의 요구를 받아들이게 되고 대궐집에 묶여있던 똥개의 처지가 2평짜리 시민 아파트 5층에 살고 있는 청년의 처지와 다르지 않다는 사실을 유추하게 된다. 평소 고기 먹을 기회가 없었던 똥개가 독이 묻은 돼지고기를 베스 대신 받아먹고 죽었듯이, 대궐집 사람들은 베스에게 닥칠 수 있는 돌연한 위험을 대신 겪게 하기 위해 똥개를 기른 것이다. 그 사실도 모른 채 똥개는 대궐집에서 살아가는 것을 "행운"으로 여기고 "지내기가 편하기만 하면 우선 그만"(101)이라고 여긴다. 똥개에 대한 청년의 연민과 증오는 사실 의사 정치 사회에서 정치적인 것을 은폐한 채 살아가는 자기 자신에 대한 연민이자 증오였다.

형사는 이 같은 청년의 사정을 알레고리 형식의 진술을 읽어 가면서 이해하게 된다. 그렇다면 청년과 똥개의 사정이 형사에게 유독 알레고리 형식을 통해서만 더 풍부하게 이해될 수 있는 이유는 무엇일까.

　누가 그놈(똥개-인용자)을 죽이려 했든지 그런 건 얘길 하나 마나지요. 얘기해 봐야 소용도 없구요. 왜냐하면 녀석을 죽이려고 한 것은 워낙 한 사람만의 음모가 아니었거든요. 게다가 그런 음모를 한 사람들은 모두가 그 음모의 조그마한 한 부분씩만을 맡고 있었기 때문에 그것이 마지막으로는 누구의 책임이라고 단정할 수도 없구요.(99)

　똥개의 죽음은 의사 정치 사회 안에서 정치적인 것이 사라지는 것과 다르지 않고, 정치적인 것의 창안을 가능케 하는 주체의 죽음과 다르지 않다. '똥개'와 '정치적인 것'과 '주체'의 죽음에 대한 책임은 어느 한 사람에게 전가될 수 없다. 의사 정치 사회의 피해자든 가해자든 모두 "조그마한 한 부분씩"의 원인을 제공했기 때문이다. 그렇기에 명백한 범인을 잡아내기 위해 작성되는 형사의 조서는 의사 정치 상황에 대한 책임을 단 한 명에게 지우지만, 청년이 쓴 알레고리는 명백한 범인을 잡을 수 없지만 의사 정치 상황에 대한 근본적인 사유를 가능하게 한다. 〈제3의 신〉 마지막 장에서 농부 호아는 무덤을 갖지 못한 채 죽어야 할 운명에 처하게 된다. 그 순간 호아는 자신이 죽을 수도 살 수도 없는 '쭈어(Chūa, 신)'가 됐다고 말한다. 호아는 자신이 세상의 작은 일들에 둔감한 "위대한 쭈어"(285)가 되는 대신 아무도 관심 갖지 않는 사람들의 죽음을 기록하는 "새로운 쭈어"(286)가 됐다고 선언한다. 아무도 관심 갖지 않는 사람들의 죽음은 「그림자」에서 똥개의 죽음이기도 하고 의사 정치 사회에서는 볼 수 없는 정치적인 것들의 죽음이기도 하다. 이것들을 기록할 수 있는 유일한 방법은 합리적이고도 명확한 답을 제시하는 조서의 형식이 아니라 알레고리의 형식이다. 알레고리는 치안과 의사 정치의 체제에 포섭되지 않는 형식이고, 치안과 의사 정치의 시각에서 볼 때 너무 적게 말하거나 너무 많이 말하는 형식이다. 이청준 문학에서 정치적인 것의 창안이 평등과 자유 사이, 또는 개인적 진실과 사회의 이념 사이에서 하나로 통합될 수 없는 간극을 말할 때 이루어지는 것이라면, 그 간극을 말하는 형식은 이처럼 알레고리와 같은 형식일 것이다. 이때 알레고리는 그 간극을 성급하게 봉합하지도 분리하지도 않는 형식이고, 의사 정치 사회에서 영원히 죽을 수도 없고 살 수도 없는 '제3의 신'이기도 하다.

3. 두 개의 이데올로기

한 대담에서 이청준은 "자유니 사랑이니 하는 추상적 가치들이 (…중략…) 실제 삶 속에서 어느 정도 실효성이 있는가, (…중략…) 하는 문제를 탐문해보고자"[29] 『당신들의 천국』을 썼다고 밝힌 바 있다. 더불어 그는 "삶 가운데서 개체들의 체험을 존중하고 드러내는 것", "경험의 진실"[30]을

---

29 이청준·우찬제(대담), 「'우리들의 천국'을 향한 '당신들의 천국'의 대화」, 『문학과 사회』, 2003 봄, 276쪽.

옹호하는 것이야말로 문학의 임무라고 강조한다. 현실의 구체성을 기준으로 삼아 추상적인 가치들을 비판해야 한다는 그의 소설관은 구체적인 역사성을 통해 거짓보편성을 폭로하겠다는 이데올로기 비판의 테마를 연상케 한다. 일반적으로 이데올로기 비판은 이데올로기적 편견을 벗고 사태를 직시하라고 요구한다. 이데올로기적 편견에 의해 개별적인 가치들이 단 하나의 보편성에 수렴되고 은폐되기 때문이다. 즉 기존의 이데올로기 비판은 언제나 '성급한 보편화'[31]를 문제 삼는다. 언뜻 보면 경험의 진실을 강조하는 이청준 역시 이 같은 이데올로기 비판을 소설로 수행하고 있는 것으로 보인다.

하지만 『당신들의 천국』은 성급한 보편화를 비판하는 만큼 성급한 역사화 역시 비판하는 소설이다. 성급한 보편화가 현실의 구체성을 은폐하는 이데올로기적 편견으로 작동된다면, 그 같은 이데올로기적 편견을 벗어나기 위해 요구되는 성급한 역사화는 객관성에 대한 편견으로 작동된다. 구체적이고 객관적인 현실을 직시하면 거짓보편성이 사라질 것이라는 막연한 믿음이 성급한 역사화를 이끈다. 성급한 역사화를 통해 인간은 이데올로기의 편견에서 벗어나게 되는 것이 아니라 다른 형태의 편견에 빠지게 된다. 이 점을 살펴보기 위해, 『당신들의 천국』의 첫 장면에서 조백헌 원장이 새로 부임하자마자 원생 한 명이 소록도를 탈출한 사건을 살펴볼 필요가 있다. 낙원을 건설하고자 했던 선임 원장들의 신념이 원생들의 다양한 욕망을 억압하는 거짓보편성이 될 수 있다는 점을 원생들은 탈출을 통해 말하고 있다. 선임 원장들의 거짓보편성을

---

30 위의 글, 280쪽.
31 슬라보예 지젝, 이수련 역, 『이데올로기라는 숭고한 대상』, 인간사랑, 2002, 97쪽.

비판하기 위해 이상욱은 원생들의 구체적인 삶 속으로 조백헌 원장을 안내한다. 만령당(萬靈堂), 구라탑(救癩塔), 유치장, 철조망 등은 선임 원장들의 거짓보편성을 비판할 수 있게 하는 구체적이고도 객관적인 증거이다. 이처럼 섬의 실상을 보여줌으로써 조 원장의 신념을 수정하려는 이상욱의 행동은 성급한 보편화를 비판하는 기존의 이데올로기 비판과 흡사하다. 하지만 이상욱의 의도와 다르게도 그의 비판은 낙원을 건설하고자 하는 조 원장의 신념을 약화시키는 게 아니라 도리어 강화시킨다. 낙원의 한계를 보여주는 객관적인 증명이 역설적이게도 낙원에 대한 조 원장의 무의식적 편견의 합리화를 부추긴다. 이상욱은 성급한 보편화를 비판하기 위해서 구체적인 현실만을 직시하면 된다고 믿는 성급한 역사화의 오류를 범한 것이다. 이처럼 성급한 역사화는 성급한 보편화와 마찬가지로 이데올로기적 편견을 조장한다.

이 같은 관점에서 보자면, 『당신들의 천국』의 표준적인 해석으로 받아들여지는, "자유와 사랑의 실천적 화해"(김현)에서 '자유'와 '사랑'은 대립되지 않는다. 원생들의 자유는 성급한 역사화의 일례이고, 원장의 사랑은 성급한 보편화의 일례이다. 자유와 사랑은 이데올로기적 편견을 조장한다는 점에서 볼 때 서로 다르지 않다. 사랑(성급한 보편화)의 편견에서 벗어나기 위해 선택한 자유(성급한 역사화)마저도 편견을 조장하고, 마찬가지로 자유의 편견을 벗어나기 위해 선택한 사랑마저도 편견을 조장한다면, 소설의 임무라 할 수 있는 이데올로기 비판은 기존의 방식과 다르게 수행되어야 한다. 그 방법을 살펴보기 전에 먼저 정과리[32]의 지

---

32 정과리, 「마침내 사랑이 승리했을까? 혹은 반복의 산시에 내해─이청준의 세계관에 대한 하나의 질문」, 『네안데르탈인의 귀환』, 문학과지성사, 2008.

적을 참고할 필요가 있다. 정과리는 원생의 자유와 원장의 사랑이 더 큰 사랑으로 수렴된다고 보는 기존의 해석에 의문을 던진다. 『당신들의 천국』에서 자유와 사랑이라는 대립적인 가치들은 더 높은 가치로 해소되는 것이 아니라 역설적인 긴장 상태를 유지하며 항구적으로 계류된다고 정과리는 지적한다. 사랑과 자유의 대립이 변증법적 종합으로 해소된다고 보는 해석은 소설의 결말 부분에 등장하는 조 원장의 결혼식 축사 연습과 그 연습을 감시하는 이상욱의 시선에 담긴 의미를 놓치기 때문이다. 정과리의 통찰은 자유와 사랑이라는 이데올로기적 편견이 더 높은 추상적인 가치로 대체되어서는 안 된다는 점을 알려준다. 이 글은 정과리의 문제의식을 이어받으면서, '자유와 사랑의 항구적인 계류 상태'라는 그의 논리를 이데올로기 비판의 관점에서 밝혀 보고자 한다.

『당신들의 천국』에서 원생들은 자유의 관점에서 사랑의 오류를 비판하고, 조 원장은 사랑의 관점에서 자유의 오류를 비판한다. 원생들이 비판하는 원장의 사랑이 성급한 보편화의 오류를 범하고 있다면, 원장이 비판하는 원생들의 자유는 성급한 역사화의 오류를 범하고 있다. 자유와 사랑에 대한 배타적인 믿음을 고수하는 그들 각자는 타인의 오류를 비판하는 것이 자신의 오류를 은폐할 수 있게 한다는 점을 모르고 있다. 이를테면, 이상욱은 사랑의 오류를 비판함으로써 자신이 믿고 있는 자유에도 오류가 있다는 점을 인식할 수 없게 된다. 이처럼 자유와 사랑이 모두 이데올로기적 편견을 조장하고, 그것들이 내재한 문제가 더 높은 추상적인 가치로 해소될 수 없기 때문에, 『당신들의 천국』의 이데올로기 비판은 제3의 길을 개척하게 된다. 이에 대해 자세히 살펴보기 전에 먼저 이 작품의 서지사항에 대해 살펴보자.

『당신들의 천국』은 장편 소설이기 이전에 연재소설이었다. 이 소설은 1974년 4월부터 1975년 12월까지 『신동아』에 총 21회분이 연재된 후 1976년에 장편 소설로 묶였다. 이후 다섯 차례 개정되고, 2005년에 발행된 제 5판[33]이 연구자들 사이에서는 『당신들의 천국』 최종 텍스트로 인정되고 있다. 작가 스스로도 『신동아』에 연재했던 소설은 잡지사의 사정에 따라 억지로 늘인 부분도 있고 해서 단행본으로 묶을 때 많은 부분을 수정했다고 밝히고 있어,[34] 최종 텍스트에 대한 논의는 큰 의미를 지닐 수 없다. 하지만 최초 연재소설이 최종 장편 소설로 개작되는 과정에서 이루어진 변화를 짚어 보는 일마저 무용한 것은 아니다. 작가가 독자들에게 전달하고자 하는 바를 선명히 하기 위해 생략하고 첨가한 부분을 두 판본 비교를 통해 알 수 있기 때문이다. 연재본을 장편 소설[35]로 묶으면서 이루어진 개작은 단순히 어휘 선택과 종결 어미의 변화에 그치지 않는다. 서사의 맥락상 두드러진 변화는 아래에 제시한 표와 같다.[36] 참고로 『당신들의 천국』의 연재소설과 장편 소설 판본은 모두 3부

---

33 이청준, 『당신들의 천국』, 문학과지성사, 2005.

34 이청준·우찬제, 앞의 글, 266쪽.

35 2005년도 5판을 기준으로 삼는다. 앞으로 『당신들의 천국』의 문장을 직접 인용할 경우에는 5판본을 사용하고, 본문에서는 괄호 안에 쪽수만 표기한다.

36 참고로 장편 소설 5판본의 오기를 지적하자면 다음과 같다.
① "노인은 상욱에게 이야기를 상의한 일이 없었다."(158)에서 '상의한'은 '사양한'으로 수정돼야 한다. 연재본에는 '사양한'으로 쓰여 있고, 서사의 맥락상으로도 '사양한'이 옳다.
② "그 돌무더기가 최저 수심 8미터가 넘는 바닷물 속으로 장장 5킬로 이상을 뻗어나가야 했다"(202)에서 '5킬로'는 '2킬로'로 수정돼야 한다. 연재본에는 '2킬로'로 쓰여 있고, 장편 5판본 176쪽에 소개된 돌무더기의 길이 "375미터", "338미터", "1,560미터"를 모두 합치더라도 '2킬로'가 옳다.
③ "날짜를 잡아서 돼지를 잡고, 방주제마다 돼지 머리를 바치고 다니며"(263)에서 '방주제'는 '방조제'로 수정돼야 한다.
④ "공사 실적의 평가반은 실제 업무의 인수자로 대신시킴으로써"(318)에서 '평가반'

연재소설 판본 (1974~1975)	장편 소설 판본 (2005)
① 이상욱의 탈출은 윤해원과 배정면(장편 소설의 서미연과 동일 인물)의 애정관계에 어떠한 갈등도 일으키지 않는다.	① 이상욱의 탈출은 윤해원과 서미연의 애정관계에 갈등을 일으킨다. 이상욱의 탈출 때문에 윤해원은 서미연을 비롯한 건강인들에 대한 질투심을 갖게 된다.
② 배정면(서미연)과 이상욱 사이에는 어떤 애정 관계도 없기에 제1부에서 두 사람이 사적으로 만나는 장면은 없다.	② 제1부에서 서미연과 이상욱의 애정 관계를 드러내는 사적인 만남이 등장한다.
③ 제2부에는 이상욱이 탈출할 때 남긴 편지가 조 원장에게 전달되고 원장이 섬을 떠나기로 마음을 먹는 장면이 서술된다.	③ 제2부에는 조 원장이 섬을 떠나겠다고 마음을 먹는 장면이 드러나지 않는다. 아직까지 이상욱의 편지는 조 원장에게 전달되지 않는다.
④ 제2부는 황희백 장로가 밤중에 조용히 섬을 떠나는 조 원장을 배웅하는 것으로 끝난다.	④ 제2부는 조 원장이 섬을 떠나는 장면 없이 종결된다.
⑤ 제3부에서 조 원장은 재발령을 받아 원장 신분으로 소록도에 다시 들어오고, 윤해원과 배정면의 결혼식은 마을 축제로 확대되어 성대히 치러진다.	⑤ 제3부에서 조 원장은 민간인 신분으로 소록도에 다시 들어온다. 제3부는 조원장이 윤해원과 서미연의 결혼식 주례사를 연습하는 장면에서 종결된다.
⑥ 조 원장이 오마도 토지 분배 문제를 상급기관과 타협하지 않자, 상급기관은 세무감사를 실시하여 조 원장을 섬에서 내쫓는다. 제3부 서사가 종결된다.	⑥ 한편 이상욱의 편지는 제3부에서 공개되고 오마도 토지 분배가 원생들을 위해 이루어지지 않자 조 원장은 실의에 빠진다.

로 구성[37]되어 있고 1부에는 소록도에 부임한 조 원장이 장로회를 설치

하고 축구팀을 만드는 과정이 소개되고, 2부에는 조 원장과 원생들이

은 '평가만'으로 수정돼야 한다. 연재본에는 '평가만'으로 쓰여 있고, 서사의 맥락상으로
도 '평가만'이 옳다.
⑤ "우리 우리가 할 일을 다 했을 뿐이고"(329)에서 '우리 우리가'는 '우린 우리가'로
수정돼야 한다. 연재본에는 '우린 우리가'로 쓰여 있고, 서사의 맥락상으로도 '우린
우리가'가 옳다.
37 연재소설 판본과 장편 소설 판본은 모두 3부로 구성되지만 소제목은 다르다.

연재소설과 장편 소설의 목차 비교

힘을 합쳐 오마도 간척 사업을 진행하는 과정과 이상욱이 섬을 탈출하고 조 원장도 섬을 떠나게 되는 과정이 소개되며, 3부에는 조 원장이 섬에 다시 들어와 윤해원과 서미연(배정면)의 결혼식을 주간하는 과정이 소개된다.

장편 소설 판본과 다르게 연재소설 판본은 3부가 서술되지 않은 채 2부에서 종결됐어도 큰 무리가 없어 보인다. 3부 서사의 중심인물이라 할 수 있는 윤해원과 배정면의 관계가 1부와 2부에서 한 번도 소개되지 않을 뿐만 아니라, 1부와 2부에 걸쳐 소개되는 조 원장의 신념이 2부 이상욱의 탈출을 통해 비판되고, 이상욱의 탈출은 황희백 장로를 통해 비판되기 때문이다. 조 원장의 '사랑'과 이상욱의 '자유'가 동시에 비판됨으로써 소설이 수행하고자 하는 이데올로기 비판이 2부에서 완성된다. 오마도 간척 사업이 도중에 중단된 점을 제외한다면, 1부와 2부에서 전개된 사건들이 조 원장이 섬을 떠나는 장면에서 모두 해결된다. 오마도 간척 사업이 조 원장을 대신한 후임 원장에 의해 성공적으로 완수되는지 여부는 굳이 따지지 않더라도, '사랑'과 '자유'라는 추상적인 가치에 대한 비판적인 검토가 1부와 2부에서 모두 수행된다. 또한 조 원장의 낙원 기획이 환자들을 해방시켜준다는 구실로 실행되는 억압적 조치였다는 점이 이상욱의 편지를 통해 신랄하게 비판되는데, 그 편지 역시 2부에서 제시된다. 정리하자면, 윤해원과 배정면의 연애관계가 1, 2부와 무관하게 돌연 3부에서 소개된다는 점, 이상욱이 탈출하면서 남긴 편지가 2부에 소개됨(참고로, 장편 소설 판본은 3부에서 소개된다)으로써 조 원장의 낙원 기획이 날카롭게 비판된다는 점, 조 원장이 이상욱의 비판을 수용하고 홀로 섬을 떠나게 된다는 점, 원장을 배웅하는 황장로를 통해 이상욱의 탈출이 지닌 한계가 드러난다는 점, 이 같은 사항들은 연재소설 판본에서 3부가 없었다고 해도 1부와 2부만으로 서사의 완결성을 획득했을 것이라는 판단을 가능하게 한다.

그렇기 때문에 장편 소설 판본과 연재소설 판본의 두드러진 차이는 3부에서 이루어진다. 장편 소설과 다르게 연재소설은 조 원장이 다시 원장의 신분으로 섬에 찾아오는 것으로 그려지고 있다. 흥미롭게도 장편 소설 판본 3부에서 이정태 기자는 민간인으로 돌아온 조 원장에게 이렇게 질문한다.

> 원장님께서는 결국 원장으로 다시 섬을 들어오지 못하셨기 때문에, 원장의 권능으로 섬을 다스릴 수 없었기 때문에 또다시 그 자유와 사랑을 실패할 수밖에 없었다는 말씀입니까? (409)

장편 소설에서 위 질문의 맥락은 다음과 같다. 민간인의 신분으로 섬에 되돌아온 조백헌은 낙원을 기획할 수 있는 실질적인 힘을 잃었기 때문에 '동상'으로 표현되는 원장의 억압적 폭력을 행사할 가능성이 적다. 하지만 민간인의 신분으로 섬에 들어와서 원생들과 "운명을 같이하려는 작정이 있은 다음엔"(409) 힘이 없기 때문에 섬을 자치적으로 꾸릴 수 없게 된다. 오마도 간척 사업이 원생들과 무관하게 섬 밖 사람들의 이해(利害)에 맞게 진행되고 있는데도 조백헌은 그 상황에 아무런 관여를 할 수 없다. 위 질문은 이 같은 상황에서 발설된 것이다. 장편 소설 판본에서 이정태 기자는 원장의 권능을 회복하면 이번에는 우상 없는 낙원을 이룰 수 있겠느냐고 질문한다. 그런데 흥미롭게도 연재소설 판본의

3부 서사는 이정태 기자의 질문이 실현됐을 때의 상황을 제시하고 있다. 연재소설에서 조백헌은 원장의 신분으로 섬에 다시 들어온다. 그런데 연재소설에서도 조백헌은 장편 소설 판본과 마찬가지로 울타리 없는 낙원을 건설하지 못한 채 실의에 빠진다. 연재소설에서 윤해원과 배정면의 결혼식이 끝난 후 조백헌은 이상욱에게 말한다.

> 난 심부름꾼에 불과했지요. 진짜 힘은 다른 곳에 있었어요. 섬 바깥에……. 건강한 사람들에게. 그 사람들의 제도와 풍속과 편견 속에. 나는 다만 그 사람들의 힘을 잠시 빌어온 심부름꾼에 불과했어요.[38]

김현은 『당신들의 천국』이 "이청준의 소설에서는 극히 희귀한, 행복한 결혼"[39]의 가능성을 보여주는 소설이라고 말했는데, 이러한 견해는 연재소설 판본에서는 어울리지 않는다. 연재소설은 윤해원과 배정면의 결혼식이 이끌어낼 억압 없는 낙원의 가능성에 초점이 맞춰 있다기보다 오마도 토지 분배 문제에 대해 원생들의 편을 놓지 않는 조 원장이 끝내 섬 바깥의 권력자들에 의해 파직당하는 것에 초점이 맞춰 있기 때문이다. 장편 소설 판본의 3부 소제목이 「천국의 울타리」인 것에 비해 연재본의 3부 소제목은 「승자(勝者)와 패자(敗者)」이다. 장편 소설 판본이 조백헌의 마지막 천국 기획(윤해원과 서미연의 결혼)에 은폐된 억압적 지배욕(울타리)을 끝까지 점검하면서도 억압 없는 천국의 가능성을 놓

---

38 이청준, 「당신들의 天國―연재21회(최종회)」, 『신동아』, 1975.12, 430쪽.
39 김현, 「이청준에 대한 세 편의 글」, 『문학과 유토피아―김현문학전집 4』, 문학과지성사, 1992, 237쪽.

치지 않으려 한다면, 연재소설 판본은 조백헌의 낙원 기획이 억압적인 지배욕을 숨기고 있지 않다고 하더라도 끝내 낙원은 섬 밖 사람들의 통제를 받게 될 것이라는 암울한 전망을 제시한다. 즉 연재소설은 원장과 원생은 패자일 뿐이고 종국에는 섬 밖의 권력자들이 승자가 될 것이라는 사실을 드러낸다. 이 외에도 연재소설이 장편 소설로 개작되면서 첨가된 것은 2부 이상욱의 탈출이 결혼식을 거행하고자 했던 윤해원와 서미연의 관계를 급격히 위태롭게 만들었다는 점이고, 변화된 것은 서미연(배정면)이 연재소설에서는 건강인으로 등장하는 데 비해 장편 소설에서는 자신이 미감아라는 사실을 숨긴 건강인이라는 점이다. 이제 이 같은 사항에 주목해서 장편 소설 판본이 두 개의 이데올로기적 편견(성급한 보편화와 성급한 역사화)을 어떻게 극복해나가는지 살펴보자.

소록도에 부임한 조백헌 원장이 처음으로 대면하는 것은 원생들의 침묵과 탈출이다. 그는 섬의 경계 안에서 묵묵히 안주하려고 하는 사람과 그 경계를 능동적으로 벗어나려고 하는 사람이 동일한 원생이라는 사실에 당황스러워 한다. "환자로서의 남다른 처지와 인간으로서의 보편적인 존재 조건들을 두 겹으로 동시에 살아가고 있는"(39) 원생들을 이해하기 위해 조 원장은 자신의 낙원 기획을 시행한다. 그 기획은 탈출하려는 원생들을 정주하도록 하는 일이고 침묵하는 원생들을 말하게 하는 일이다. 조 원장은 건강인 지대와 환자 지대를 가르는 철조망을 제거하고 나병에 대한 편견을 불식하기 위해 과학적인 정보를 홍보하는 것이 원생들의 탈출을 막아줄 것이라고 착각하고, 마찬가지로 건의함을 설치하고 장로회를 조직하는 것이 침묵하는 그들에게 말할 기회를 제공하는 것이라고 착각한다. 그는 "입으로 말해지는 것과 실제 행동 사이에"(51)

놓인 거리, 즉 천국 기획과 그 실천 사이의 거리를 줄이면 원생들의 탈출과 침묵이 사라질 것이라고 믿는다. 그렇지만 탈출은 계속되고 건의함은 텅 비어 있고 장로회 사람들은 계속해서 침묵한다. 원생들을 이해하고자 시행한 그의 천국 기획은 엄밀히 말해 타자를 이해하지 못하게 한다. 단지 그의 기획은 타자의 이해 가능한 부분만을 받아들이고 타자의 이해 불가능한 지점을 모두 제거하려는 시도일 뿐이다.

조 원장의 천국 기획은 주정수의 천국 기획의 문제점을 모두 인식한 후에 이루어지고, 실제로도 주정수의 천국 기획이 지닌 문제점을 모두 보완한다. 그는 주정수의 천국 기획이 해방이라는 명분으로 이루어진 억압적인 조치였다는 것을 인정하고, 천국 기획이 원생들의 현실과 괴리되지 않도록 하기 위해서 노력한다. 심지어 그는 "주정수가 되고 싶지 않"(133)다고 공언하고, 행여 자신의 천국 기획이 주정수의 전철을 밟게 되더라도 이상욱을 통해 교정될 수 있다고 확신한다. 겉으로 보기에 조 원장의 천국과 주정수의 천국은 반대되는 것으로 보인다. 즉, 조 원장은 주정수의 천국 기획이 이데올로기적 편견에 속해 있다고 비판하는 것 같다. 조 원장이 보기에 주정수는 전형적인 이데올로기적 편견에서 벗어나지 못한 사람이다. 이데올로기에 대한 가장 기본적인 정의인 "그들은 그것을 알지 못한 채 행하고 있다"[40]에서, 조 원장은 주정수의 이데올로기적 환영이 지식의 차원('알지 못한 채')에 있다고 본다. 즉 그는 주정수의 천국 기획과 섬의 현실 사이의 거리, 또는 "입으로 말해지는 것과 실제 행동 사이에"(51) 놓인 괴리, 다시 말해 주정수가 생각하는 것과 실

---

40 슬라보예 지젝, 이수련 역, 『이데올로기라는 숭고한 대상』, 인간사랑, 2002, 60쪽.

제로 행동하는 것 사이의 불일치를 비판한다. 그런데 주정수가 사태를 실제 존재하는 대로 보지 못했다고 비판한 조 원장 역시 이데올로기적 편견에서 벗어나지 못한다. 조 원장의 천국 기획에도 불구하고 원생들은 여전히 침묵하고 탈출한다.

조 원장의 이데올로기적 환영은 행위의 차원에 있다. 주정수의 이데올로기적 편견을 대변하는 공식이 '그는 그것을 **알지 못한 채** 행하고 있다'라면, 조 원장의 공식은 '그는 그것을 알지 못한 채 **행하고 있다**'이다. 주정수가 이데올로기적 편견이 현실에 대한 인식을 왜곡한다는 진실을 몰랐다면, 조 원장은 그 진실을 알면서도 이데올로기적 편견을 따르는 자신의 행동 자체를 모른다. 조 원장의 이데올로기적 편견은, 실제 현실과 조 원장 자신의 천국 기획을 일치시키려고 아무리 노력해도 절대로 일치할 수 없는 어떤 지점이 원생들에게 있다는 것을 모르는 데서 비롯된다. 즉 그는 주정수의 낙원이 옳지 않다는 것은 알지만, 주정수가 낙원을 건설함과 동시에 원생들에게 애도할 수 없는 외상을 만들었다는 사실을 모른다. 주정수의 동상을 파괴하고 그 자리에 구라탑(救癩塔)을 세워도 원생들의 상처는 망각되지 않고, 섬에서 사라졌던 그들의 탈출은 어김없이 '되돌아온다.' 이 같은 사실을 모른 채 조 원장은 섬에 건의함을 설치하고 철조망을 없애고 축구팀을 만들고 오마도를 개척하면 원생들의 천국이 이루어질 수 있다고 믿는다.

주정수와 조 원장은 타자를 통해 자신의 천국 기획을 조정하는 것이 아니라 자신의 천국 기획에 따라 타자를 통제한다는 점에서 볼 때 서로 다르지 않다. 그들은 자신이 이데올로기적 편견에 사로잡혀 있다는 것을 인식하지 못한다. 그들에게 이데올로기적 편견으로 작동하는 천국 기획은 마치 유대인의 율법[41]을 엄수하고, 율법으로 포착되지 않는 타자성을 배척하고, 율법이 규정한 명령을 실현하는 다양성만을 포섭하는 유대인처럼, 주정수는 자신의 천국 기획으로 볼 수 없는 원생들의 구체적인 현실을 알지 못하고, 조 원장은 자신의 천국 기획으로 볼 수 없는 원생들의 소통 불가능한 외상을 알지 못한다. 그렇기에 원생들은 조 원장의 천국 기획을 대할 때마다 주정수의 천국 기획을 떠올린다.

> 새 원장의 통솔 방침을 접하고 나서도 원생들은 한결같이 그저 늘 그러나 보다 하는 표정일 뿐이었다. 그들은 그저 그렇게 덤덤한 표정으로 공원길을 다듬으라 하면 공원길을 다듬고, 벽돌 공장 굴뚝을 헐어내라 하면 말없이 그것을 헐어낼 뿐이었다. 원장의 결정이나 지시에 대해서는 도대체 가타부타 말들이 없었다. (…중략…) 그저 그러나 보다 하는 얼굴들이었다. (92~93)

원생들의 침묵은 전임 원장의 낙원 기획에서 받은 상처 때문이다. 이를테면 주정수의 낙원 기획은 "아름다움의 과잉"[42]에서 비롯되었다. 일급 원예사를 초빙하고, 여러 지역에서 기암괴석들을 조달하고, "남국의 정취를 북돋우기 위해 멀리 대만에서까지 남국 식물들을 주문"(156)하여 꾸며진 중앙 공원은 주정수의 낙원을 대표한다. 주정수는 중앙 공원

---

41 알랭 바디우, 현성환 역, 『사도 바울』, 새물결, 2008, 147~164쪽.
42 주정수가 자신의 낙원 기획에 따라 공원을 민든 후 원생들을 공원에서 배척하는 과정은 루마니아 독재자 차우셰스쿠가 자신의 유토피아 환상 기획을 현실에서 인정받기 위해 실재적 현실을 파괴하는 과정과 유사하다. 레나타 살레클, 「국가에 대한 사랑을 위하여—차우셰스쿠의 디즈니랜드」, 이성민 역, 『사랑과 증오의 도착들』, 도서출판b, 2003, 153~162쪽.

의 아름다움에 미달되는 결여를 필사적으로 지우려고 했기 때문에 원생들의 공원 출입을 금지했다. 이처럼 원생들의 침묵은 원장들의 낙원 기획으로부터 받은 상처에서 비롯됐다고 볼 수 있다. 하지만 그들의 침묵은 조 원장의 낙원 기획에 대한 암묵적인 비판은 될 수 있어도, 그 기획을 정지시키거나 변화시키지 못한다. 그렇기에 원생들의 침묵은 의도적이지는 않더라도 원장의 천국 기획에 스스로를 동참하게 만든다.

한편 그들의 침묵은 자신들의 죄책감을 은폐하려는 방어 행위로도 볼 수 있다. 주정수의 낙원 기획으로 받은 외상을 해소하기 위해 그들은 주정수와 그의 추종자들을 잔인하게 죽였다. 그들의 동료와 한때나마 존경했던 주정수를 죽였다는 사실은 원생들에게 죄책감으로 남게 된다. 황 장로를 비롯한 원생들이 신을 독실하게 믿는 것은 주정수로 대표되는 그들의 '아버지'(존경과 증오의 감정이 동시에 표출되는 대상)를 죽였다는 죄책감에서 비롯되고, 신임 원장들에 대한 무반응은 원장에 대한 추종이 그들의 공동체를 깨뜨릴 수 있다는 공포에서 비롯된다. 자신들의 죄책감과 공포를 은폐하기 위해 그들은 신에 대한 믿음과 낙원 기획에 대한 침묵을 선택한다. 원생들 사이에서 "말 못할 내력이나 비밀"에 대해 "입을 다물어주는"(44) 풍속 역시 그들 스스로의 죄책감을 은폐하려는 방어 행위의 하나이다. 더 문제적인 것은 신을 믿고 침묵을 고수하는 원생들의 방어 행위가 주체적인 개인의 출현을 애초부터 부정하게 만든다는 데 있다. 주체는 원장의 율법을 정지시키고, 율법에서 벗어나는 낙원의 가능성을 제시할 수 있다. 하지만 원생들은 율법을 깨뜨릴 주체와 율법을 강제하는 원장을 구분하지 못한다. 원생들은 원장의 지배에서 벗어난 평화를 갈구하지만 주체의 출현을 고려하지 못하기에 역설적이게도 자신들이 갈구한 평화 그 자체에 지배된다.

주체의 출현을 애초부터 부정하는 폐쇄된 공동체 안의 원생들과, 자신이 맹신하는 율법 밖의 타자성을 보지 못하는 원장은 사실상 대립되는 인물이 아니다. 원생들과 원장은 모두 자신들이 따르는 규칙에서 벗어난 타자의 출현을 인정하지 않는다. 1부의 소제목 '사자의 섬'에서 죽은 자[死者]는 바로 침묵을 고수하는 원생도 아니고 율법을 고수하는 원장도 아니다. 사자는 죽어야만 말을 할 수 있는 사람이자 그들의 침묵과 율법 밖에 있는 타자이다. 그렇기에 이제 이들의 규칙 밖에 놓인 타자, 『당신들의 천국』의 표현으로는 '자유'에 대해 살펴볼 차례이다.

앞서 밝혔듯이, 원생들은 '환자로서의 삶'과 '인간으로서의 삶'이 겹쳐진 존재이다. 환자로서의 삶이 건강인의 통제를 수용하게 한다면, 인간으로서의 삶은 건강인의 통제를 거부하게 한다. 환자로서의 삶에 안주하는 원생들은 폭력적인 방식이든 평화로운 방식이든 원장이 자신의 낙원 기획에 따라 원생들을 통제하는 것에 대해 침묵한다. 반면, 원장의 율법(낙원 기획) 안에 있으면서 율법을 정지 시키는 자는 섬을 탈출하는 원생들이다. 섬을 탈출하는 원생들은 인간으로서의 삶을 욕망한다. 그런데 『당신들의 천국』에서는 환자로서의 삶과 인간으로서의 삶 가운데 어느 하나를 선택하는 것을 '배반'이라고 표현한다.

황희백 노인에겐 누구보다도 분명한 배반의 이야기가 있었다. 그것은 이 섬 병원이 생긴 이래 최초로 일어난 살인 사건에 관한 이야기였다. 그리고 그 첫 번 살인이야말로 섬 병원 환자들이 스스로 그 배반의 한 부분을 담당해온 데 대한 명백한 자기 폭로극이었고, 주정수 원장에게는 그의 오랜 동상

의 꿈을 실현함으로써 마지막으로 섬에 대한 그의 배반을 완성케 한 비극의 시초였다.(158)

황희백 노인이 품고 있는 배반의 이야기는 원생들이 '환자로서의 삶'만을 추종하는 것과 관련된다. 주정수 원장의 신임을 얻고자 동료들을 모질게 대했던 이순구는 다른 동료에 의해서 살해당한다. 황희백 장로는 주정수를 추종했던 이순구의 행위만을 배반이라고 말하지 않는다. 오히려 그는 "섬 병원 환자들이 스스로 그 배반의 한 부분을 담당해"왔다고 말한다. 그가 보기에 주정수의 낙원 기획을 무조건 추종하지는 않았지만 그렇다고 전면적으로 부정하지도 않았던 원생들 모두는 "배반의 한 부분"을 담당했고 결국 "배반을 완성케" 했다. 그래서 그는 "이순구 한 사람의 배반을 용서한 대신 이 섬과 섬사람 모두를 용서하지 않"(167)는다.

『당신들의 천국』 2부의 「배반 1」 역시 이와 같은 계열의 배반을 보여준다. 원생들은 조 원장과 동등한 자격으로 오마도 개척 사업을 추진하겠다고 약속한다. 즉, 조 원장은 환자들의 천국을 건설하겠다는 명분으로 원생들의 인간적인 욕망을 억압하지 않을 것을 약속하고, 원생들은 자신들의 인간적인 욕망을 옹호하겠다는 명분으로 원장의 희생을 지배욕이라고 매도하지 않을 것을 약속한다. 그런데 오마도 간척 사업이 진행되는 와중에 계속해서 둑이 무너지고 동료들이 사고로 죽게 되자 원생들은 약속을 파기하기 위해 조 원장에게 몰려간다. 그들은 원장이 "자기 한 사람의 이름을 사기" 위한 "고집과 명예욕"(282)을 포기하지 않기 때문에 자신들이 피해를 입고 있으며, 이 같은 낙원 기획은 주님의 섭리에 어긋난다고 말한다. 여기서 「배반 1」의 화자는 원생들로부터 이루어지는 이 같은 약속 파행을 "배반"(269)이라고 부르고 있다. 언뜻 보기에 그들은 원장의 낙원 기획을 전면에서 부정하기 때문에 소록도를 탈출하고자 했던 동료들처럼 '인간으로서의 삶'을 추구하고 있는 것 같다. 하지만 그들은 자신들의 주장을 관철하기 위해 주님의 섭리를 근거로 제시한다. 앞에서 살펴봤듯이, 원장의 기획에 대한 침묵과 신에 대한 믿음은 원생들 스스로 자신의 죄책감을 은폐하기 위한 방어 행위였다. 신의 섭리 운운하며 "기묘한 말의 요술"(278)로써 원장의 낙원 기획을 비판하지만 원생들은 인간으로서의 주체성을 획득하는 것이 아니라 신의 섭리에 종속될 뿐이다. 그렇기에 원생들의 '배반'은 지배자의 통치를 수동적으로 따르는 '환자로서의 삶'과 다르지 않다. 이들과 다른 계열의 배반은 「배반 2」에서 제시된다.

> 상욱은 건강인으로서 섬과 섬사람들을 보란 듯이 배반하고 간 것이었다. (…중략…) 상욱의 탈출극은 윤해원의 경우에서 보다 심각한 파괴 작용을 하고 있었다.(313)

「배반 1」이 원생들이 '환자로서의 삶'만을 추종할 때 이루어진다면, 「배반 2」는 원생들이 '인간으로서의 삶'만을 추종할 때 이루어진다. 절강제(絶江祭)를 개최한 후 섬을 당당하게 떠나려는 조 원장을 이상욱은 우상을 세우고자 하는 욕심을 버리지 못했다며 비난한다. 이상욱은 섬을 탈출함으로써 조 원장의 낙원 기획을 강력하게 비판한다. 이상욱의 탈출은 절강제를 개최하려던 조 원장의 생각을 수정하게 하지만 그가 의도하지 못한 부정적인 효과를 발생시킨다. 서미연과 결혼식을 올리려던 윤해원은 그 탈출 때문에 결혼식을 포기하고 만다. 조 원장의 낙원 기획을 의심하고 비판하는 이상욱의 '자유'는 윤해원에게 건강인의 오만한 행동으로 보이기 때문이다. 이처럼 인간으로서의 삶, 즉 개인의 자유만을 극단으로 추구할 때 타인과의 연대는 불가능해진다. 이청준은 연재소설을 장편 소설로 개작할 때 윤해원과 서미연의 결혼식이 이상욱에 의해 파기되는 장면을 첨가한다. 이 같은 개작을 통해 자유에 대한 맹목적인 추구가 진실한 천국에 대한 배반 행위라는 점이 강조된다. 이처럼 사랑이라는 명목으로 수행되는 원장의 낙원 기획을 묵묵히 따르는 원생들과, 자유라는 가치를 위해 어떠한 낙원 기획도 부정하는 원생들은 모두 진정한 의미의 낙원을 배반한다. 「배반 1」은 사랑에 대한 복종을 보여주고, 「배반 2」는 자유에 대한 맹종을 보여준다.

4. 소결

『당신들의 천국』 3부에서는 오마도 간척 사업이 중단된 후 7년이 지난 섬의 모습이 제시된다.

이제 섬은 새로운 질서를 꿈꾸고 있는 징조가 역력했다. 새로운 질서란 통제에 의해서가 아닌 조화에 의한 것이었다. 원생들이 책을 읽고 글을 쓰는 것,

공원을 산책하고 노래를 부르는 것, 그리고 교회당으로 나가 예배를 드리고 기도하는 것, 그 모든 것은 무엇보다 (⋯중략⋯) 원생들의 독립적인 인격 획득의 값진 개인화 과정이기도 했다. (⋯중략⋯) 이 섬을 지금까지 지탱해온 획일적인 지배 질서로부터의 눈에 보이지 않는 해방의 징후였다.(364~365)

섬에는 억압적인 지배 질서가 사라졌고, 원생들은 보편적인 인간으로서 삶을 추구하고 있다. 곁에서 보기에 섬은 모든 사람들을 위한 낙원이 된 것 같다. 하지만 이 같은 낙원에 어울리지 않는 것들이 두 개 남아 있다. 하나는 특별 병사에 남아 있는 환자들이고 또 하나는 조백헌의 광기이다. 특별 병사의 환자와 원장의 광기는 "눈에 보이지 않는 섬의 깊은 현실"(370)을 드러낸다. 섬은 원생들이 환자로서의 삶과 인간으로서의 삶을 자유롭게 추구할 수 있도록 변했지만, 특별 병사에 남은 환자들은 여전히 인간으로서의 삶을 추구할 수 없는 상태이다. 섬이 낙원으로 변했다고 해도 여전히 소외되는 사람이 있다는 점이 특별 병사의 환자들을 통해 증명된다. 한편 조백헌의 광기는 오마도 간척 사업이 섬 밖의 권력자들의 이해(利害)에 따라 통제된다는 데에서 비롯된다. 조백헌은 오마도 문제가 해결되기를 "덮어놓고 기다리는 것도 못 견딜 싸움"이고 그렇다고 "눈에 보이는 싸움의 상대"(355) 또한 없는 상황에서 자신의 고민을 들어줄 이웃조차 없다는 점에 실망한다. 실의에 빠진 그는 죽은 나무뿌리에 불 지짐을 하며 마치 광기에 빠진 것처럼 섬에서의 삶을 견뎌내고 있다. 그렇기에 조백헌이 나무뿌리가 예술작품이 되어 감상자와 소통될 수 있느냐고 이정태에게 연신 물어보는 것은 자신이 느끼는 실의가 섬 안의 원생들과 섬 밖의 건강인들에게 소통될 수 있는지를 밝혀내고 싶은 심정 때문이다. 한편, 광기 서린 조백헌의 모습은 이제 그가 원생들처럼 두 겹의 삶을 살아내고 있다는 점을 나타낸다. 원생들에게 인간으로서의 삶이 있듯이, 조백헌에게는 환자로서의 삶이 있다. 물론 그 환자로서의 삶은 단순히 조백헌의 비정상적인 광기의 삶을 의미하지 않는다. 그에게 '환자로서의 삶'은 자신의 낙원 기획이 타인과 소통될 수 없고 심지어 타인에게 통제받을 수 있다는 사실을 드러낸다. 즉, 조백헌은 두 겹의 삶을 살아가게 될 때 비로소 소통에 대한 문제를 자각하게 되고 타자의 삶을 좀 더 섬세히 이해할 수 있게 된다.

조백헌과 이상욱의 관계는 서미연과 윤해원의 관계로 대응된다. 조백헌의 낙원 기획(사랑)이 이상욱의 탈출(자유)을 통해 조정되듯 서미연의 사랑은 윤해원의 의심을 통해 조율된다. 마찬가지로 조백헌의 낙원 기획이 두 종류의 배반을 통해 원생들에게 검증되듯, 서미연의 사랑은 윤해원의 위악적인 고백과 이상욱의 탈출과 윤해원의 단종수술 등 수차례의 고비를 넘기면서 검증된다. 그 검증의 단계는 연재소설이 장편 소설로 개작되면서 좀 더 설득력을 획득하게 된다. 연재소설 판본과 다르게 장편 소설 판본은 1부에서부터 3부에 이르기까지 윤해원과 서미연 사이에서 발생하는 여러 차례의 갈등을 제시하고 있기 때문이다. 또한 연재소설에서는 배정면(서미연)이 건강인으로 설정되는 반면 장편 소설에서는 서미연이 미감아로 설정된다. 이 점 역시 윤해원에 대한 서미연의 사랑을 약자에 대한 동정으로 해석할 수 없게 한다. 약자에 대한 동정은 타자에 대한 이해를 가능하게 하는 것이 아니라 타자에 대한 은밀한 지배를 가능하게 한다. 이와 다르게 미감아인 서미연은 환자와 건강인이라는 두 겹의 삶을 살아감으로써 윤해원의 입장을 좀 더 섬세히 이해할 수 있게 된다.

특별 병사의 원생들과 조백헌의 '환자로서의 삶'은 낙원의 보이지 않는 오점이라고 할 수 있다. 그 오점은 조 원장의 '사랑'으로도 이상욱의 '자유'로도 해결되지 못했다. 그렇다고 오점이 곧 낙원의 한계는 아니다. 오점을 은폐하지 않고 받아들일 때 타자에 대한 이해의 가능성이 확장되기 때문이다. 조 원장의 사랑이 억압적인 지배 질서가 되고 이상욱의 자유가 타자에게 상처를 남기게 되는 경우는 그들이 이 같은 오점을 은폐하려고 했을 때이다. 마찬가지로 그 같은 오점을 은폐하려고 했을 때 성급한 보편화와 성급한 역사화는 이데올로기적 편견을 조장한다. 성급한 보편화의 시각에서는 보이지 않는 구체적인 현실이 오점이고, 성급한 역사화의 관점에서는 언어로 소통될 수 없는 실재적인 것이 오점이다. 『당신들의 천국』에서 조백헌과 이상욱의 낙원 건설은 실패하지만, 그들의 실패가 서미연과 윤해원의 결혼을 이끌어 낼 수 있었던 것은 조백헌과 이상욱이 사랑과 자유가 남긴 오점을 은폐하지 않았기 때문이다.

이제껏 이청준 소설에 대해서 상찬이나 비판으로 일관하는 대개의 논의들은 그 나름의 설득력을 지니고 있으며 이청준 소설의 가능성과 한계를 두루 살펴보도록 했다는 데 중요한 의미를 지닌다. 그러나 이러한 견해들은 특별히 이청준 소설의 정치성을 논의할 때 중요하다고 여겨지는 '정치'와 '정치적인 것'의 개념을 구분하지 않고 있으며, 이 때문에 소설의 정치성을 자유와 평등 가운데 하나의 개념으로 수렴시키는 오류를 보였다. 그렇기에 상찬이나 비판으로만 일관하는 이들 논의들은 이청준 소설을 읽어내는 유의미한 관점을 제공했음에도 불구하고 이청준 소설에 내장되어 있는 '정치적인 것'의 의미를 밝혀내지 못했다는 데 공통된 한계를 지닌다. 성급하게 일반화할 수 없겠지만 그간 이청준 소설을 상찬하는 논의들이 액자소설이나 추리소설 또는 상호텍스트성 등과 관련된 기법적 특징에 과도하게 집중했던 것도 개인의 자유에 대한 옹호를 미학적 자유로 연장하여 생각한 데 원인이 있다고 볼 수 있다. 기법의 독특함을 논의하는 과정에서 포스트모더니즘의 공통된 주제라 할 수 있는 주체의 비동일성이나 진리의 다수성 등이 이청준 소설에서 강조될 수 있었지만, 이런 견해들은 이청준 소설이 끝내 포기하지 않으려 했던 독특한 진리(정치적인 것의 진리)를 무시한 채 무한 상대주의적 결론으로 내닫게 된다. 작가 스스로 소설의 임무로 강조하곤 했던 끝없는 '의심'을 단순하게 수용한 이들 견해는 그러한 의심이 무한상대주의와 어떤 차이를 지니는지 해명하지 못하고 있다. 이런 논의들과 반대로, 고정된 진리를 거부하는 이청준 소설이 의도와 다르게 진리 그 자체를 포기하는 허무주의나 상대주의에 빠질 우려를 비판했던 견해들은 이청준 소설이 정치성을 지니지 않는다고 보았는데 이들에게 소설의 정치성은 오로지 평등의 개념에 근거하여 개진되었기 때문이다.

이청준 소설의 정치성은 자유와 평등의 결합이 모순적인 관계가 아니라 역설적인 긴장을 유지하는 데 있다. 만약, 하나의 명제(p)와 반대 명제(~p)의 결합인 모순으로 '자유와 평등'을 이해할 때 소설의 정치성은 자유나 평등 가운데 어느 하나를 옹호함으로써 모순을 해소하는 방식으로 실현될 수 있을 것이다. 하지만 이청준 소설은 자유와 평등이 둘 사이에 해소될 수 없는 적대를 유지하면서 함께 사유될 때 자유-평등의 독특한 진리치를 지니게 된다는 것을 보여준다. 요컨대 이청준 소설에 내장된 정치적인 것의 특징은 자유와 평등의 역설적 결합에서 비롯된다.

본문 2장에서 분석했듯이, '의사 정치'는 자유와 평등 가운데 하나를 옹호하는 행위이며 이를 통해 타자를 배제하는 폭력적인 국가가 성립된다. 이청준의 유일한 희곡 〈제3의 신〉에 등장하는 농부 호아의 삶에서 볼 수 있었듯이 개인적 자유만을 추구하는 태도는 자신의 의도와 다르게 폭력적인 국가 형태를 만드는 데 조력하게 되고, 이와 반대로 인민의 평등만을 강조하는 국가는 법의 외설적인 폭력을 이용하여 마찬가지로 폭력적인 국가 형태를 만들게 된다.

한편 자유와 평등의 역설적인 긴장을 포기하지 않기 위해 이청준이 강조하는 미학적 실천으로 개작(改作)과 연극과 알레고리가 언급된다는 점 역시 주의 깊게 살펴볼 필요가 있다. 「수상한 해협」에 대한 논의에서 살펴보았듯이, 일반적으로 개작은 가독성과 흥미를 높이기 위해 원작 서사의 세부에 정보를 보충하고 논리적 인과성을 보완하는 일로 여겨질 수 있지만 이청준의 개작은 원본의 완성도를 세공하기 위해 수행되는 대신 원본의 완성도를 의심하기 위해 이루어진다. 그렇기에 이청준의 소설은 원작의 완성이 은폐했던 의미를 밝혀내는 데 집중하게 된다. 박제상의 충절만을 강조함으로써 권력의 위선적인 메커니즘을 살펴볼 수 없었던 원작 『삼국유사』 이야기의 한계가 이청준 소설의 개작을 통해 극복된다. 또한 〈제3의 신〉에 등장하는 인물들이 무인도에서 수행한 연극은 개작과 유사한 형태로 전개된다. 개작이 원본과 유사하면서도 다른 활동이듯, 무인도에 낙오된 이들의 연극은 베트남에서 살았던 시절의 삶을 유사하면서도 다르게 재현한다. 이들의 연극은 자신들을 배척한 모국의 법질서를 무인도에서 똑같이 반복하는 데 목적이 있는 게 아니라 법질서의 외설성으로 구축되는 의사 정치의 폭력성을 성찰하는 데 있기 때문이다. 마지막으로 알레고리적 진술은 이 같은 개작이나 연극과 비슷한 기능을 수행한다. 「그림자」의 주인공은 범죄 사건에 대해서 알레고리의 형식으로만 진실을 말할 수 있다고 주장하고 있다. 이때 주인공의 알레고리적 진술은 원작과 유사하면서도 다르게 전개되는 「수상한 해협」의 개작과 비슷하고, 모국의 생활을 유사하면서도 다르게 재현하는 〈제3의 신〉의 연극과 흡사하다. 「그림자」의 주인공의 글쓰기는 경찰의 취조 형식과 유사하게 범죄 사건에 기대어 있으면서도 범인을 잡는 것에만 집중하지 않게 함으로써 다양한 해석 가능성을 이끌어낸다.

하지만 개작과 연극과 우화는 단지 해석의 다양성을 드러내는 데 목적이 있지 않다. 앞서 본문들에서 분석되었듯이, 이러한 미학적 형식들은 개인적 진실(자유)과 사회적 진실(평등)의 역설적인 긴장 관계를 드러내는 임무를 지닌다. 이를테면 「그림자」의 주인공이 강조하는 알레고리적 글쓰기는 단지 범죄 사건에 대한 흥미롭고도 다양한 해석만을 유희적으로 드러내기 위해 사용되지 않는다. 알레고리적 글쓰기를 통해 드러나는 것은, 주체의 소멸로 비유될 수 있는 똥개의 죽음에 대한 책임이 어느 한 사람에게 전가될 수 없는 구조적인 문제라는 점이다. 이처럼 「수상한 해협」, 〈제3의 신〉, 「그림자」, 『당신들의 천국』은 공통적으로 이청준 소설의 정치성이 자유와 평등 가운데 어느 하나를 옹호하거나 배척하는 가운데 이루어지지 않음을 알려주고 있으며, 오히려 그러한 편향된 행위가 정치로 보일지 모르지만 정치의 가능성을 사장시키는 의사 정치를 이끌어낼 뿐이라고 말하고 있다.

제6장   소설과 자유

1. 문제 제기 – 단식 광대와 배부른 표범

'나는 왜 소설을 쓰는가?' 또는 '나는 왜 소설가가 되었는가?'와 같은
질문은 이청준에게 일생토록 풀리는 않는 난제였다. 인터뷰, 좌담, 산
문, 소설 등에서 그는 이 문제에 대해 직접적이거나 우의적으로 답하고
자 했다.[1] 과장해서 말하면 그의 모든 문학 활동은 바로 '왜 쓰는가?'라
는 질문에 대한 답변이라고도 할 수 있다. 자기 모방[2]을 극도로 경계하

---

1   많은 연구자들은 이청준의 소설이 소설을 쓰는 과정과 소설론 자체를 서사의 소재로
    삼고 있다고 언급한 바 있다. 김교선, 「소설로 쓴 소설론」, 『현대문학』, 1967.3; 김인
    환, 「소설가의 소설론」, 『문학과지성』, 1972 가을; 원당희, 「Thomas Mann과 이청준
    소설에 나타난 예술가의 위상 비교」, 고려대 박사논문, 1991; 최은영, 「이청준의 예술
    가소설 연구」, 고려대 석사논문, 2000.
2   이청준에게 소설이 제도 정치와 다른 이유는 고정된 인식으로부터 부단히 벗어나기

며 40여 년 동안 지속적으로 문학 작품을 발표했지만 그는 글쓰기의 근본을 묻는 질문들에 대해 절대로 성급한 답변을 내리지 않았다. 그렇기에 그의 문학을 접한 많은 사람들은 손쉬운 답변을 거부하는 그의 진중한 태도를 존중했고, 당연히 그러한 태도는 동료들과 후배 문인들의 귀감이 되었다.[3] '장인'은 이청준의 소설에 빈번히 등장하는 인물이면서도 이처럼 구도자적인 태도로 소설 쓰기에 임하는 그에 대한 일종의 별명으로 익히 세간에 알려져 있다.[4] 그러나 장인이라는 명명은 한편 그의

위한 창조적 활동이기 때문이다. 그렇기에 타인의 생각이나 자신의 견해를 반복하는 것은 문학이 아니다. 이러한 그의 견해는 다음 대담의 한 답변에서 명확히 드러난다. "이청준 : (문학이 제도 정치와 다른 창조적 활동이기 위해서─인용자) 남의 모방도 해서는 안 되지만 더욱 어려운 것은 자기 모방의 경향에 빠지지 않는 것이지요. 자기 모방에서 탈피하려면 주제가 다른 얼굴처럼 보이면서 밑바탕에 깔려 있는 것은 일관되게 유지해야 합니다. 독자가 작품을 읽으면서 '그 사람 이야기는 전번하고 같네' 하게 되면 그 사람 소설은 다시 읽을 필요가 없는 것이 아니겠어요? 소재도 같은 것을 되풀이 이야기하면 구호가 된다고 이야기할 수 있지 않겠습니까?" 이청준·전영태(대담), 「나의 문학, 나의 소설작법」, 『현대문학』, 1984.1.

3 1970년 40살의 나이로 문단에 데뷔한 박완서는 등단 직후 자신의 글쓰기에 대해 자신감을 갖지 못해서 불안했는데 이때 이청준의 첫 소설집 『별을 보여드립니다』(일지사, 1971)를 읽으며 소설 쓰기에 대해 많은 것을 배웠다고 언급한 바 있고, 이승우는 고등학생 때 이청준의 단편 「나무 위에서 잠자기」를 읽고 "전율"했으며 그 후로 그를 "나의 유일한 문학적 스승"으로 여겼다고 한다. 박완서, 「그는 담 밖 세상을 눈뜨게 해준 스승」, 『못 가본 길이 더 아름답다』, 현대문학, 2010; 이승우, 「이청준 선생님에 대한 기억」, 『본질과 현상』, 2008 겨울. 참고로 박완서(1931년생)는 이청준보다 나이가 8살 더 많았지만 평소 그를 선생님으로 부른 듯하다. 그러한 호칭은 둘 사이의 거리감을 드러낸다기보다 상대에 대한 존중의 태도를 드러낸다고 판단된다. 2008년 국립예술자료원의 예술인 구술 채록 작업에 참여하는 도중 이청준의 부음 소식을 전화로 전달받은 박완서는 "내가 참 좋아하는" "이청준 선생님이 돌아가셨다"며 슬퍼하기도 했다. 수류산방중심 편집부, 『박완서─예술사 구술 총서 5』, 수류산방중심, 2012, 283쪽.

4 이청준과 그의 소설 창작 태도를 두고 장인이나 장인정신이라고 명명하는 텍스트들은 일일이 나열하기 어려울 정도로 많다. 그중 이청준을 문학상 수상자로 선정한 이유에 대해 언급하는 텍스트들은 그의 문학적 성격을 압축적으로 설명하는 대표적인 텍스트들이라고 할 수 있고, 이 텍스들에서 그는 빈번히 장인(또는 예인)이라고 언급된다. 2003년 '인촌상' 심사위원들은 문학 부문 17회 수상자로 이청준을 선정하면서 그를 "남도 예술의 멋과 향취를 한껏 뿜어내는 예인"이라고 말했고, 1998년 '21세기문학상'

문학적 자세를 압축적으로 명쾌히 설명해 주지만 다른 한편 천천히 따져봐야 할 그의 문학적 세계관을 단순화시킬 우려가 있다. 가령, 근대화의 폭압적 질서에서 배척된 개인의 고유한 자질을 지켜나가는 장인과 같은 소설가적 태도는 당연히 존중받아 마땅하지만 그것이 폐쇄적 개인주의나 배타적 엘리트주의와 어떻게 구별되는지 살펴볼 필요가 있고, 부단히 글쓰기에 대해 질문하는 그의 태도는 소설을 신화화시키지 않으려는 자세로 마땅히 존중받아야 하지만 다른 한편 그러한 공정한 태도 이면에 개인사적이거나 심리적인 이유가 있는지 따져볼 필요가 있다. 그렇기에 그의 소설과 소설론들은 시기적 구분 없이 장인적 특성으로 일반화하기 이전에 시기별 변화를 꼼꼼히 검증해 볼 필요가 있다. 요컨대 '장인' 또는 '장인정신'이란 표현은 이청준의 소설가적 태도를 선명히 드러내는 만큼 단순화시킬 우려가 있다. 이번 장은 이러한 문제의식을 바탕으로 하여, 보통 장인이라고 명명되곤 하는 이청준의 소설론을 일반화시키지 않기 위해 시간적 변화의 도정 위에서 살펴보고자 한다.

「줄」(1966), 「매잡이」(1968), 「서편제」(1976), 「선학동 나그네」(1979),

심사 위원이었던 우찬제는 그의 수상작인 「날개의 집」을 "장인정신으로 빚어낸 예술가 소설의 완결편"이라고 말했으며, 1990년 '이산문학상' 심사 위원이었던 최일남은 수상작 「자유의 문」을 쓴 이청준을 "방짜 같은 소설을 쓰는 장인"이라고 언급했다. '인촌상' 관련 텍스트 : 인촌기념회(http://www.inchonmemorial.co.kr /prize_old17_3.-html 최종 검색일 : 2014.4.11); '21세기문학상' 관련 텍스트 : 우찬제, 「장인정신으로 빚어낸 예술가 소설의 완결편」, 『21세기문학』, 1998 봄·여름; '이산문학상' 관련 텍스트 : 최일남, 「심사평」, 『문학과사회』, 1990 가을. 참고로 이청준이 등단 후 처음으로 받은 동인문학상(1967년)부터 마지막으로 받은 호암예술상(2007년)까지, 13개 수상 경력은 다음의 글에 정리되어 있다. 이윤옥, 「이청준 약전(略傳)」, 『본질과현상』, 2008 겨울. 수상 경력에 대한 이윤옥의 꼼꼼한 정리를 좀 더 보완하자면, "1969년 「매잡이」로 '대한민국문화예술상' 수상"은 '대한민국문화예술상 신인상'이고, "1979년 「살아있는 늪」으로 중앙일보사 제정 '중앙문예대상' 수상"은 '중앙문예대상 장려상'이며, "1986년 대한민국문학상"은 '1985년 대한민국문학상'이다.

「시간의 문」(1982), 「자유의 문」(1989), 「날개의 집」(1997), 「목수의 집」(1997), 「조물주의 그림」(2007) 등은 예인이나 장인이 등장하며 그들의 삶의 태도가 소설의 중심 주제로 드러나는 대표적인 작품들이다. 근대의 지배적 질서로부터 벗어나거나 그것과 맞서는 방식으로 자기만의 세계를 구축하는 장인형(型) 인물들은 1960년대부터 2000년대까지 부단히 이청준 소설에 등장했고, 이들은 평생토록 소설이 무엇인지 질문하며 소설가의 삶을 살아가던 작가 이청준을 연상케 한다. 그런데 장인과 예인에 대한 그의 관심은 소설 장르에만 국한되었던 것은 아니다. 이청준은 1968년 『세대』지에 원고지 100장 분량의 르포를 발표한다.[5] 「곡마단」이란 제목으로 발표된 이 글에서 그는 1968년 현재 남한에서 활동하고 있는 12개 서커스단의 인적 구성과 이동 경로와 흥행 성적 등에 대해 자세히 언급하고 있다. 이 르포에서 이청준은 남북의 분단된 상황이 과거 만주까지 넘나들던 서커스단의 광대한 활동 범위를 축소시켰고, 교통의 발달과 영화의 보급은 서커스에 대한 대중의 관심을 빼앗았으며, 결국 서커스단이 지니고 있었던 생의 비밀과 동화 같은 신비가 사라졌다고 아쉬워한다. 과거 많은 사람들에게 서커스는 "신비스런 동화의 세계"로 경험되었고 그야말로 "이질적인 세계에 대한 최초의 개안"의 기회를 제공했다. 문명의 발달은 서커스단이 단원을 충당하기 위해 어린이들을 유괴한다거나 그들을 훈련시킨다는 명목으로 "린치"[私刑]한다거나 심지어 동료들 간의 난교가 행해진다는 식의 불미스런 관행과 소문을 불식시켰지만, "인간능력의 최대한의 계발"을 통해 비로소 무대에 재현되던 현실

---

5 이청준, 「곡마단」, 『세대』, 1968.5. 참고로 이 르포는 지금까지 간행된 이청준의 모든 저서에서 누락되어 있다.

과 다른 생에 대한 꿈까지 사라지게 했다는 사실은 문명 발달이 가져온 이점을 압도할 정도로 이청준에게 가장 아쉬운 부분이다. 그렇기에 이 르포는 단지 과거의 풍습 자체가 사라지는 것을 안타까워하거나 사라진 풍습에 대한 노스탤지어를 자극하는 글이 전혀 아니다. 오히려 이 글은 과거의 풍습에 내장되어 있던 인간 가능성의 확대와 새로운 세계에 대한 꿈이 사라지는 점에 대해 집중하고 있다.

즉, 이 르포가 진정 문제 삼고 있는 것은 점차 사라지는 풍습이 아니고 점점 축소되는 인간의 자유이다. 이청준이 중국이나 서양 서커스단의 기량을 낮게 평가하던 과거 남한 서커스단원들(특히 줄광대들의 자부심)의 긍지가 점점 사라지면서 곡예인들이 하나 둘 계약 관계에 종속된 생활인으로 전락하는 것을 아쉬워하는 이유도 이와 다르지 않다. 과거 "우리나라 곡예인들의 기예는 대부분 인간능력의 고도한 계발과 노력을 통하여 습득된 것"이었고, 다르게 말해 그것은 인간의 자유를 시대의 한계치 너머로 확장시키는 활동이었다. 이 르포에서 이청준은 곡예인을 생활인으로 전락하게 만드는 문명 세계의 발달을 지적하면서 카프카의 「어느 단식 광대」를 언급한다.[6] 카프카의 소설에서 평범한 사람들과 다르게 오랜 기간 단식할 수 있는 능력을 지닌 단식 광대는 자신의 능력을 사람들 앞에 증명할 수 없기 때문에 외롭다. 다행히 그의 특이한 단식 능력에 관심을 갖는 사람들이 많은 경우에도, 그러한 대중들의 관심은 대개 그의 기예를 무작정 속임수로 단정하거나 반대로 속임수를 눈감아 준다는 식의 동

---

6 현재 '한국카프카학회(Koreanische Kafka Gesellschaft)'에서 「어느 단식 광대」로 번역하는 "Ein Hungerkünstler"를 이 르포에서 이청준은 "「기아술사(飢餓術師)」"라고 언급하고 있다.

정적인 태도에서 비롯됐기 때문이다.[7] 점차 시간이 지나자 단식 광대는 대중들의 그러한 관심마저도 동물원의 동물들에게 빼앗기게 된다. 이청준의 르포에서 단식 광대의 종말은 자세히 언급되어 있지 않지만, 실제로 카프카의 소설에서 단식 광대는 단식을 하면 할수록 계속해서 자신의 존재 증명에 실패하게 되고 이로써 그는 더 큰 외로움을 느끼게 되며, 끝내 모두의 무관심 속에서 죽게 된 그의 자리는 서커스단의 표범이 차지하게 된다. 그런데 자신의 존재를 증명하기 위해서는 단식을 해야 하지만 단식을 시도할수록 사람들로부터 자신의 능력을 정당히 인정받을 수 없기 때문에 또 다시 더 극단적인 단식을 시도해야 하는 광대의 처지를 카프카 소설의 내포 화자는 결코 불행하게 여기거나 동정하지 않는다. 단식과 자기 증명에 대한 그의 끝없는 갈망은 바로 자유의 조건이기 때문이다. 카프카는 단식할수록 더 극단적인 단식을 갈망하는 광대의 역설적인 처지를 인간의 자유를 한계 너머로 확장시키려는 자가 감내해야 할 조건으로 인정한다. 즉 단식에 대한 끝없는 갈망은 자유에 대한 한계 없는 요구와 다르지 않다. 이 소설에서 자유를 갈망하는 단식 광대와 대비되는 캐릭터는 광대가 죽은 후 그의 자리를 대신 차지하는 서커스단의 표범이다. 카프카는 광대를 대치한 표범을 다음과 같이 서술하면서 이 작품을

---

7 평범한 사람들에게 인정받을 수 없는 단식 능력을 통해 자기 존재를 증명하고자 하지만 사람들의 의심과 동정적 태도 때문에 자기 증명에 실패하고 마는 단식 광대의 비극은 앞서 언급한 이청준의 장인형 소설뿐만 아니라 그의 다른 소설에서도 빈번히 등장하는 모티프이다. 예를 들어 『소매치기, 글쟁이, 다시 소매치기』 연작에 포함된 세 편의 단편들(「소매치기 올시다」, 「목포행」, 「문단속 좀 해주세요」)에서 주인공인 소매치기는 사람들에게 쉽게 인정받을 수 없는 소매치기 기술을 통해 자신의 존재를 증명하고자 하시만 주변 사람들의 도덕적 통념과 동정적 태도 때문에 끝내 존재 증명에 실패하고 만다.

마감하고 있다. "표범에게는 아무것도 부족한 것이 없었다. 당직자들은 오래 생각해보지 않고도 그것(표범−인용자)의 입에 맞는 먹이를 가져다 주었다. 표범은 결코 자유를 그리워하는 것 같지도 않았다."[8] 자기 증명에 대한 끝없는 갈망을 지닌 인간은 자유를 주어진 한계 너머로 확장시키고자 하는 자이기 때문에 평범한 '사람'이 아니라 '광대'(예인, 장인)이다. 반대로 자유에 대한 갈망을 포기하거나 그것으로부터 비롯되는 비극적 상황을 두려워 할 때 인간은 배부른 동물(표범)이 된다는 사실을 카프카는 「어느 단식 광대」를 통해 말하고자 했다. 이른바 싸우면서 건설되는 당대의 근대화는 르포 「곡마단」을 쓰던 시기 이청준에게 단지 서커스라는 과거의 풍습을 사라지게 하기 때문이 아니라, 자유에 대한 끝없는 갈망을 지녔던 인간을 배부른 표범으로 전락시키기 때문에 문제가 있었다. 이처럼 이청준에게 카프카의 소설에서 드러난 단식 광대의 종말은 1968년 남한 서커스단의 참혹한 앞날이자 당대 인간들의 끔찍한 미래로 받아들여졌다. 자유에 대한 갈망 없이 오로지 배부른 동물이 되어버릴 수 있는 인간 미래의 위험에 대해 이청준은 르포 「곡마단」을 통해 다음과 같이 경고하고 있다. "(인간이 만약−인용자) 자기 증거의 노력을 포기할 수 있다면 그는 그렇게 외롭지 않아도 될 것이다. 그러나 대신 그는 한낱 평범한 생활인은 될 수 있어도 다른 어떤 때 자기의 직업에 대한 긍지도 또한 잃어버리게 될 것이다."[9]

일반화할 순 없지만 이처럼 르포 「곡마단」(1968)에서 보듯 1965년

---

8 프란츠 카프카, 이주동 역, 「어느 단식 광대」, 『변신−카프카 전집 1』(개정판), 솔, 2003, 300~301쪽.
9 이청준, 「곡마단」, 『세대』, 1968.5, 286쪽.

등단한 이후 소설 쓰기를 일생의 소명으로 받아들이기 시작한 청년 이청준에게 '장인'(예인)은 과거에 대한 낭만적 향수를 불러오는 대상이 전혀 아니다. 장인은 자신의 존재를 부단히 증명하는 자이고, 이를 위해 인간에게 주어진 자유의 한계를 끝없이 확장하는 자이다. 다시 말해 그의 소설과 세계관에서 장인은 단순히 전근대적 공동체의 일원이라기보다 근대적 개인의 특성을 상당수 공유하고 있다. 그렇기에 카프카의 소설에서 예인인 광대가 단식을 하면 할수록 더 강도 높은 단식을 갈망하듯, 이청준은 '소설을 왜 쓰는가?'라는 질문에 답하는 순간 또다시 새로운 답변을 마련하고자 했다. 이처럼 평생토록 소설 쓰기에 대해 질문했던 그의 태도에서 '배부른 표범'이 아니라 '단식 광대'의 오기와 외로움을 연상하는 일은 어렵지 않다. 장인에 대한 청년 이청준의 이 같은 견해는 중고등학생들에게 자신의 문학관을 설명하는 지면에서 좀 더 쉽고 명확하게 드러난다. 1975년 『학생중앙』지는 다섯 명의 문학인에게 '하이틴을 위한 새 품위론'을 청탁했다.[10] 「창조적인 언어생활」이라는 글에서 이청준은 청소년들에게 말은 생각을 전달하는 수단에 불과한 것이 아니고 오히려 생각을 창안하는 역할을 한다고 역설한다. 말을 표현 수단 이상으로 소중하게 여기고 창조적으로 사용하다보면 자신의 생각도 관습적 통념을 넘어설 수 있을 것이라고 그는 말한다. 말을 창조적으로 사용하는 것은 일상에 만족한 배부른 표범이 아니라 부단히 자유를 갈망하는 단식 광대의 태도에 가깝다. 자신의 존재를 증명하기 위해 단식

---

10 다섯 명의 문학인과 그들이 『학생중앙』(1975.12)에 실은 글은 다음과 같다. 김주연, 「부끄러움을 안다는 것은 결코 부끄러운 일이 아니다」; 이청준, 「창조적인 언어생활」; 소해일, 「실수를 두려워 마라」; 강은교, 「상식이라는 예절」; 오규원, 「마음껏 멋을 부리십시오」.

광대는 남들이 하찮게 여기는 단식의 기술을 연마하듯, 청소년들이 각자 나름의 새로운 품위를 갖추기 위해서는 남들이 대수롭지 않게 여기는 말을 창조적으로 사용해야 한다. 이처럼 말은 생각의 수단이 아니라 생각을 창안하고 더 나아가 자신만의 고유한 품위를 갖추게 하여 종국에는 자신의 존재를 증명할 수 있게 한다. 하지만 이 글에서는 말을 아끼고 창조적으로 사용하는 방법이 구체적으로 어떤 것인지는 밝혀져 있지 않다. 물론 지면 분량상의 제약 때문이기도 하지만 그 같은 방법은 단식 광대의 단식 기술처럼 남들에게 쉽게 이해될 수 없는 각자의 고유한 방법이기 때문에 실천 방법의 구체성은 결여될 수밖에 없다고 판단할 수 있다. 그런데 말을 창조적으로 사용하여 자신의 존재를 증명케 하는 하나의 구체적인 방법은 시기를 달리하여 같은 지면에 발표된 이청준의 산문 「나는 왜 문학가가 되었는가」(1977)를 통해 알 수 있다.[11] 어떻게 보면 '하이틴을 위한 새 품위론'(「창조적인 언어생활」)과 「나는 왜 문학가가 되었는가」는 연속된 글로 파악하여 전체적으로 독해할 수 있는데, 앞의 산문은 전체 글의 총론에 해당하고 뒤에 발표된 산문은 총론에 대한 하나의 구체적인 논증이 수행되는 각론으로 볼 수 있다. 「나는 왜 문학가가 되었는가」는 '창조적인 언어생활'을 위한 이청준만의 개별적인 방법을 소개하는 글이기 때문이다. 이 글에서 어릴 적 그는 죽은 큰형의 유품이었던 책과 일기와 편지를 읽으면서 문학에 대한 호기심을 키웠다고

---

11 이청준, 「나는 왜 문학가가 되었는가」, 『학생중앙』, 1977.3. 참고로 이 산문은 『작가의 작은 손』(열화당, 1978)에 「다시 돌아보는 혜매임의 내력」이란 제목으로 재수록되어 있다. 재수록 과정에서 몇몇 문장들의 표현이 수정되었지만 의미상의 큰 변화는 없다. 다만 「나는 왜 문학가가 되었는가」에서 문단을 구분해주는 4개의 소제목('형의 유물에서 주운 길', '돈 많은 시인이 준 충격', '문학은 우리 삶의 창조적 실현', '삶과 세계에 대한 복수심')이 산문집에서는 삭제되어 있다.

말한다. 당시 이청준은 형이 남긴 책과 메모들을 읽으며 실제 경험보다 글을 통해 세상을 이해하려는 버릇이 생겼다고 한다. 하지만 그는 중학생이 되어 존경하던 은사의 꿈이 '돈 많은 시인'이었다는 말을 듣게 되고 이에 큰 충격을 받았는데, 그 말은 정신과 현실을 조화시켜 보려는 바람으로 그에게 이해됐기 때문이다.

나는 그저 책을 읽고 남의 삶을 생각하면서 그것을 흉내 내는 것으로는 나의 삶이 살아지고 있는 것이 아니라는 생각이 들기 시작한 것이다. 책을 읽으면서 거기서 배우고 생각한 것들은 나의 삶의 목적은 아니었다. 그것은 다만 나의 진정한 삶을 위한 수단일 뿐이었다. 내가 세상을 살아가면서 실현해 내야 할 나의 몫의 삶은 따로 있었다. 나는 내 몫의 삶을 살아야 했다. 나는 그걸 깨달은 것이다. 그리고 내 몫의 삶을 값지게 살아내기 위해서는 내면의 정신과 현실세계 사이에 옳은 조화를 꾀하는 것이 불가피할 수밖에 없다는 것을 깨달은 것이었다. 그것은 곧 내가 앞으로 어떤 인간이 되기 위하여 어떤 노력을 해야 할 것이냐는 문제, 이를테면 나의 전공과 진로, 뒷날의 직업 선택이나 그 희망들과도 깊은 관련이 있는 일이었다.[12]

큰형이 남긴 책을 통해 세상을 배우는 일은 중학생이 된 이청준에게 자기 몫의 삶을 살고 있다는 실감을 더 이상 제공해주지 못했다. 이때 그가 책의 세계를 등진 채 곧바로 현실 세계로 나아가지 않고 "내면의 정신과 현실세계 사이에 옳은 조화를 꾀하는 것"을 생각했다는 점은 주의를

---

[12] 이청준, 위의 글, 137쪽.

요한다. 이제 이청준에게 자기 몫의 삶을 사는 것은 책과 현실 사이에서 이루어지는 이분법적인 선택을 극복하는 일이다. 그것은 바로 문학가가 되는 일이었다. 그러므로 문학을 "전공과 진로, 뒷날의 직업선택"으로 삼는 일은 책의 세계와 현실 세계를 조화시키는 일이고, 창조적인 언어생활을 추구하는 일이며, "우리의 삶을 보다 인간다운 것으로 해방시키려는 화창한 자유에의 길"[13]로 나아가는 일이다. 그런데 이 글은 네 개의 소제목으로 구분되어 있는데 유독 마지막 소제목('삶과 세계에 대한 복수심') 안에 묶인 글은 분량이 상당히 적고 글 전체의 흐름상 췌언처럼 첨부되어 있다. 이 마지막 장에서 이청준은 지금까지 자신이 드러낸 견해가 "사실은 그때부터 생각해 온 나의 가장 정직한 말들은 아닐지도 모른다"고 말하고 있다. 물론 자기 견해에 대한 이 같은 경계는 자신이 문학을 선택한 과정에는 자신조차 알 수 없는 우연적 요소가 개입됐을 수 있고, 과거를 현재의 입장에서 어떤 일관된 인과법칙에 의해 환원론적으로 재구성했을지 모른다고 생각하는 작가의 엄격한 태도를 보여준다. 그러나 과거를 재구성하는 일에 대한 작가의 엄격한 태도보다 중요한 것은 이 글을 마감하는 '마지막 문장'에서 이청준이 언급하고 있는 "세계에 대한 끝없는 복수심과 지배욕"[14]에 대한 정직한 인정이다. 세계에 대한 복수심과 지배욕 운운하는 서술은 마치 문학을 하는 일이야 말로 내 몫의 삶

---

13 위의 글, 138쪽.

14 이 표현이 등장하는 문단 전체를 옮기면 다음과 같다. "문학이란 원래 자기의 삶을 부단히 패배시키려드는 현실의 세계를 자신의 이념에 의하여 거꾸로 지배해 나가려고 하는— 말하자면 현실세계에 대한 강렬한 복수심의 일면을 숨기고 있는 게 사실인 것처럼 보이지만 내가 그 문학을 선택하고 아직도 그것에 매달려 있는 가장 깊은 이유 인즉 사실은 언제까지나 이루어짐이 없는 나 자신의 삶과 이 세계에 대한 끝없는 복수심과 지배욕 때문인지도 알 수가 없는 노릇이니까 말이다." 위의 글, 138쪽.

을 사는 일이며 그것은 현실과 정신을 조화시키고 화창한 자유에의 길로 자신을 나아가게 한다던 이전의 서술을 통째로 부정하는 듯하다. 이 시기 그는 문학을 하는 사람은 예인이라 할 수 있는 단식 광대의 자기 증명을 향한 갈망과 오기(傲氣)를 포기해서는 안 된다고 생각하고 있었지만, 광대의 오기에는 일종의 피해자 의식에서 비롯된 세계에 대해 복수심과 지배욕이 스며 있을 수 있다는 사실을 막연하게나마 의식하고 있었다. 물론 복수심과 지배욕보다는 자유를 향한 단식 광대의 끝없는 갈망과 단단한 오기가 이 시기 이청준에게는 더 크게 보였던 듯하다. 즉, 문학가는 단식 광대처럼 주변 사람은 물론 스스로도 만족할 수 없는 자기 존재의 증명을 부단히 실천하는 외로운 자이다. 그렇지만 앞의 글들에서 드러난 모습과 다르게 실제 현실 속 이청준은 소설을 씀으로써 자기 존재를 증명하고 있다는 데 대한 긍지만큼이나 크게 부각되는 피해자 의식(복수심과 지배욕)을 쉽게 극복할 수는 없었다고 판단된다. 이 무렵 이청준과 자주 만나며 교유하던 고은의 일기에는 다음과 같은 기록이 남아 있다.

이청준과 소주 두 병 마셨다. 청준이 가정문제로 고민하다가 울음을 터뜨렸다. 그가 우는 것을 아무도 본 적이 없다. 내가 달랬다. 자꾸 다른 사람들이 미워지고 시골로 내려가 살고 싶다 했다. 그는 아내를 깊이 사랑하고 있다. 그는 오래 울고 또 울었다. 울음마다 새 울음 같았다.(1974년 2월 28일 목요일)

이청준과 함께 화곡동 종점 부근에서 소주 몇 병을 비웠다. 그는 김현의 평론집을 강물에 던졌다 한다. 이청준론이 다른 작가론에 비해서 터무니없이 초라했다는 것. 이쁘다.(1974년 7월 18일 목요일)[15]

이러한 기록은 제삼자의 일기라는 점에서 이청준의 내면을 객관적으로 살펴보는 데 근본적인 한계를 지니지만, 이 무렵 이청준의 심정을 간접적으로 살펴볼 수 있는 기회를 제공한다. 고향을 떠나 문학을 일생의 업으로 삼는 일은 화창한 자유의 길로 나아가는 만큼 단식 광대의 외로움을 평생 끌어안고 사는 일이다. "자꾸 다른 사람들이 미워지고 시골로 내려가 살고 싶다"는 말에는 이 무렵의 가정문제와 관련된 여러 가지 복합적인 심정이 포함되어 있었겠지만, 그 복잡한 마음 안에는 자유를 추구하는 자의 외로움과 더불어 세계를 향한 복수심 역시 분명 담겨 있다. 한편 위에서 두 번째로 인용된 일기에서 보듯 당시 이청준은 김현의 평론[16]이 자신의 문학 작품을 온전히 담아내지 못했다며 불평했다. 만족스럽지 못한 김현의 평론집을 강물에 버렸다는 이청준의 말에는 타인의 견해를 일절 받아들이지 않는 폐쇄적인 태도보다 오히려 자신의 작품과 문학 일반에 대한 답변(비평)에 대해 만족하지 않으려는 단식 광대의 자유를 향한 갈망이 엿보인다. "이쁘다"는 고은의 표현 역시 그가 후배 이청준에게서 감지되는 문학과 자유에 대한 끝없는 갈망의 태도를 존중하고 있음을 알려준다. 이처럼 위의 두 번째 일기에서 보듯 이청준에게 소설을 쓰는 것은 어떠한 답변으로 만족할 수 없는 자유를 끝없이 갈망하는 일이었지만, 위의 첫 번째 일기에서 보듯 자신을 포함한 어느 누구에게도 인정받을 수 없는 문학 행위는 실제 현실에서 혹독한 외로움과 더불어 세계에 대한 복수심까지도 불러일으켰다.

---

15 고은, 『바람의 사상―시인 고은의 일기 1973~1977』, 한길사, 2012, 173 · 263쪽.
16 이청준이 만족하지 못한 김현의 평론집은 그의 두 번째 평론집이자 첫 번째 소설 평론집인 『사회와 윤리』(일지사, 1974)이다. 여기에 실린 이청준론은 「60년대 작가 소묘」라는 제목하에 실리는데, 이 제목에서도 알 수 있듯이, 『사회와 윤리』에 수록된 이청준론은 한 편의 단독적인 글이 아니라 다른 작가들에 대한 월평들과 함께 묶여 있다.

2. 이청준의 반성과 김현의 성실성

김현은 이청준의 막역한 지기였으며, 이청준론을 많이 쓴 대표적인 평론가였고,[17] '문학이란 무엇인가'라는 질문에 대해 이청준만큼이나 진중하게 답하고자 했던 문학인이었다. 앞서 고은의 일기에서 보듯 이청준은 김현의 평론에 만족하지 못한 태도를 보이기도 했지만, 이러한 태도의 이면에는 자유를 끝없이 추구하는 문학의 이념과 문학을 평생의 업으로 삼은 김현의 문학관에 대한 신뢰가 담겨 있다. 즉 김현의 평론집을 강물에 버린 이청준의 행동에는 문학은 김현의 답변에 만족해서는 안 되며, 마찬가지로 김현만은 스스로 내놓은 답변(이청준론)에 절대로 만족해서는 안 된다는 기대와 믿음이 담겨 있다. 그런데 비슷한 시기 김현은 '문학이란 무엇인가'라는 질문에 대해 하나의 답변을 마련하고 있었다. 이에 대한 이청준의 반응을 살펴보는 일은 1960, 1970년대 그의 소설론을 보다 정교하게 이해하기 위한 하나의 지표를 제공해준다.

주지하다시피 문학은 쓸모가 없기 때문에 억압적인 권력으로부터 인간을 해방케 한다고 말했던 이는 김현이다. 김현이 자신이 쓴 책 중 가장 아꼈던[18] 『한국문학의 위상』(1977)에서 개진한 이와 같은 견해에 대해

---

17 '이청준에 대한 글'이라는 막연한 범주를 조사 기준으로 삼아 정확하다고 판단하기 어렵지만, 2006년도까지 집계된 자료에 따르면 이청준에 대한 글을 많이 쓴 사람은 김윤식, 김교선, 김병익, 김주연, 김치수, 김현, 천이두, 현길언, 권택영, 김경수, 우찬제, 정과리 등이다. 김영성, 「이청준 주요 연구자료」, 『본질과현상』, 2008 겨울.

18 김현, 「편집자의 말」, 『한국 문학의 위상 / 문학사회학 ― 김현문학전집 1』, 문학과지성사, 1991. 『한국 문학의 위상』은 1977년 문학과지성사에서 발간되었고, 여기에 실려 있는 글들은 계간지 『문학과지성』 1975 겨울호부터 1977년 여름호까지 연재되었다.

당시 이청준은 크게 공감했다. 이청준은 문학을 하는 이유에 대해 부단히 자문하곤 했는데, 쓸모없는 것을 꿈꾸는 문학이 현실의 억압으로부터 인간을 해방시켜 줄 수 있다는 김현의 답변은 그에게 큰 만족을 주었다. 이청준은 한 산문에서 김현의 글을 읽던 때를 회상하며 "그의 이런 견해(문학은 억압하지 않음으로써 억압을 반성케 한다-인용자)는 참으로 반해 자빠질 만한 탁견인 듯싶다"[19]라고 말한다. 김현의 견해에 대한 만족감이 얼마나 컸으며, 소설 쓰기에 대한 이청준의 성찰이 얼마나 치열하고도 고된 일이었는지는 매사 진지하고 조심스런 행실[20]을 보여준 그와 어울리지 않아 보이는 그 같은 표현에 단적으로 드러난다. 당시 이청준은 다수의 문학상을 수상하기도 하고 비평가들이 선정한 신뢰감 가는 작가 1위로 선정되기도 했으며 몇몇 작품집들이 베스트셀러로 언급될 정도로 문단 안팎에서 작가적 입지를 확고히 한 상태라고 할 수 있다.[21] 그런데도 불구하고 이청준은 여전히 소설 쓰는 행위에 대해 부단한 성찰을

---

19 이청준, 「왜 쓰는가」, 『작가의 작은 손』, 열화당, 1978, 194쪽. 참고로 이 산문집은 217종 472권 가운데 35종 44권을 선발했던 1978년도 문공부 추천도서 중 하나로 선정됐다. 『경향신문』, 1978.12.21일.

20 이청준에 대한 이런 이미지는 작가의 주변 동료뿐만 아니라 이청준을 소개하는 신문 기사에서도 쉽게 확인할 수 있다. 「병신과 머저리」로 1968년도 동인문학상을 수상한 작가에 대해 한 신문은 "젊은 세대답지 않은 모랄리스트", "얌전한 미남에 아무진 얼굴" 운운하는 표현을 보여준다. 『동아일보』, 1968.3.23.

21 1970년대까지 이청준이 수상한 문학상의 내역은 다음과 같다. 1968년 제12회 동인문학상(「병신과 머저리」), 1975년 제8회 한국창작문학상(「이어도」), 1978년 제2회 이상문학상(「잔인한 도시」). 이청준은 평론가와 교수 40명이 뽑은 오늘의 작가 10명 중에 24표를 받아 1위를 기록하기도 했다(『한국문학』, 1979.11). 한편 1970년대 발표된 이청준의 작품집들 중 『별을 보여드립니다』(일지사, 1971), 『소문의 벽』(민음사, 1972), 『조율사』(삼성출판사, 1972) 등은 중앙도서전시관과 광화문서적센터에서 조사한 베스트셀러 목록에 자주 언급된다. 이에 대해서는 『동아일보』, 1972년 11월 8일부터 1973년 10월15일까지의 기사, 『매일경제』 1974년 3월 19일부터 8월 27일까지 기사 참고. 기사들을 종합해 보면 『소문의 벽』은 근 2년 동안 베스트셀러 목록에 언급된 책이다.

시도하고 있다. 김현의 생각은 이청준에게 상당히 큰 공감을 주었던지, 그는 서울대학교 가정대학에서 주최한 작가 초청 강연회에서도 김현의 견해를 반복하고 있다. "문학 행위에서 중요한 것은 자유로운 정신 속에서 삶을 삶답게 사는 방법과 진실을 왜곡시키는 것들에 대항할 수 있는 용기를 가지고 삶에 대한 사랑을 추구하는 것이다."[22] 이처럼 김현이 언급했던 무용성의 문학은 이청준에게 인간의 자유를 확장시키고 삶과 진실을 바르게 발현시키는 일이 된다. 그렇지만 김현의 견해에 공감하면서도 이청준은 다음과 같은 말들을 남겨두고 있다.

> 하지만 나는 그걸(김현의 문학론—인용자)로는 나의 질문(왜 쓰는가—인용자)을 마감해 버릴 수가 없었다. 문학이라는 것이 (혹은 소설을 쓰는 일이) 일종의 꿈을 꾸는 일이라는 생각에 수정을 가하고 싶어서가 아니라 도대체 문학이라는 것이 그런 식으로 간단히 규정지어져 버릴 수는 없는 것일 듯싶었기 때문이다. 무엇보다도 문학 작업이란 이 세상의 모든 규범과 틀에서 벗어져 나려는 노력에 맞먹는 일이며, 그러므로 그것은 우선 그것 자체가 어떤 당위론적인 정의와 규범 속에 갇혀들기를 꺼려 할 터이기 때문이다. 도대체 문학이 꿈으로 그만이라면 이젠 더 이상 그 문학의 이름을 빌어 꿈을 꿀 흥미조차도 반감되어질 일이 아닌가.[23]

문학이란 현실의 규범과 틀에서 벗어나고자 꿈을 꾸는 일이라고 말했

<hr />

던 김현의 견해에 적극 동의하지만 이청준은 그 견해가 하나의 당위처럼 굳어 버리는 것에 대해 반대한다. 문학 행위에 대한 부단한 반문을 통해 가까스로 얻어낸 해답을 이제 이청준은 스스로 거부한다. 문학은 김현이 말한 대로 현실의 억압적 규범을 벗어나게 하는 꿈이자 자유이자 무용한 것인데, 만약 그것이 문학의 전부라면 이청준에게는 더 이상 문학을 할 이유가 없다. 이러한 이청준의 생각은 김현의 견해를 이른바 대리 보충한다. 위의 인용문은 김현의 견해를 보충함으로써 견고히 완성시키지만 동시에 김현의 견해가 불완전하다는 것을 증명함으로써 대체시킨다. 이러한 생각을 더 밀고 나가면, 그에게 당위적 이유를 갖는 문학은 문학이 아니듯 자유를 획득한 작가는 이제 작가가 아니다. 그래서 작가는 항상 자유를 갈구해야 하지만 자유를 획득하면 기꺼이 그것을 포기하는 사람이라고 이청준은 말하고 있다.

> 작가가 현재의 삶을 삶답게 영위한다면 그는 더 이상 작가일 수 없다. 작가는 언제나 현재의 삶에서 패배하면서 내일을 꿈꾸는 자이기 때문이다. 그렇다고 작가가 결코 다른 사람과 유리된 존재는 아니다. 타이타닉호의 악사들도 결국 다른 사람들과 같이 죽어갔듯이 작가도 다른 모든 사람들과 같은 공동운명체이기 때문이다.[24]

이처럼 김현과 이청준이 공유하는 문학 행위의 근본 이유가 되는 자유는 유사하면서도 다르다. 김현은 현실의 억압으로부터 벗어나게 해주

---

[24] 이청준, 앞의 글, 1976.5.17.

는 자유를 추구했다면, 이청준은 그렇게 해방된 이후의 또 다른 자유에 대해 생각했다. 그 차이는 그들이 자주 언급했던 단어로 표현하면 각각 성실성과 반성에 해당한다.[25] 물론 김현의 비평에 반성이라는 어휘가 등장하지 않는 것은 아니지만, 유독 그는 성실성이란 단어를 글에서 뚜렷이 강조하고 입버릇처럼 반복하고 있다. 그렇다면 김현에게 "성실성(authenticité)이란 무엇인가? 간략하게 말해서 그것은 (…중략…) 자기가 본 진실이다."[26] 정신분석과 바슐라르 견해에 의지해 김현은, 인간은 누구나 태어날 때부터 정신적 외상을 지닐 수밖에 없는데, 그러한 인식적 장애는 개인의 개별성을 억압하면서도 발현케 하는 양면적인 특성을 지닌다고 말한다. 인식적 장애에 구속된 자아와 그것으로부터 벗어나려는 자아, 이렇게 두 자아의 싸움 속에서 작가 고유의 개별적 진리가 드러

---

25 당연히 이청준의 문학적 세계관을 신화화시키지 않기 위해서는 반성이라는 이념 자체보다 무엇에 대한 반성인지 따져보는 게 중요하다. 이 장에서 주목하는 이청준의 '반성'은 김현의 '성실성'과 함께 살펴볼 때 구체적인 의미를 부여받을 수 있다. 그렇지만 이청준에게 '반성' 그 자체는 시기를 초월해서 문학 행위의 한 이념으로 중요하게 여겨졌다고 판단된다. 1986년의 한 대담에서 이청준은 문학 행위에서 반성이 차지하는 위상을 다음과 같이 역설한다. "문학에서의 삶의 탐구는 삶에서 우리의 말의 구조탐구라고 볼 수 있는데 그 반성이 가장 근본적인 문학 대상이 됩니다. (…중략…) 이 반성과 연결해서 생각나는 말이 문학의 포괄성인데 반성도 이 포괄성과 연결해서 반성되지 않으면 안 되며, 이 반성 자체가 문학방법의 성과·확대를 가져온다고 생각합니다. (…중략…) 그래서 **문학은 반성이 문학의 제일 의의적(意義的) 속성이 아닌가고까지 과장할 수 있을 것 같습니다.**"(강조는 인용자) 이청준·김치수(대담), 「한국소설의 종합진단─80년대 중반 우리의 소설문학이 직면한 문제는 무엇인가?」, 『문학사상』, 1986.5, 132~133쪽.

26 김현, 「무엇이 지금 문제되고 있는가」, 앞의 책, 1991, 66쪽. 김현 평론이 개인 각자의 진실을 중요하게 여긴다는 점은 여러 필자들에 의해 상반되게 평가받기도 했다. 이를테면 이동하는 자기 자신을 일종의 해부대에 올려놓는 김현의 주관적인 비평에 대해 배타적인 자기동일성에 갇힌 사유라고 평가했지만, 이와 반대로 이경수는 그 같은 김현의 비평적 태도에서 타자를 이해하려는 시도를 읽어낸다. 이동하, 「한국 비평의 재조명 2」, 『한국문학과 비판적 지성』, 새문사, 1996; 이경수, 「'나'로부터 출발한 운명적 이중성」, 작가와비평 편, 『김현신화 다시읽기』, 이룸, 2008.

난다. 이러한 개별적 진리를 드러내려는 태도는 작가의 성실성을 파악하는 근거가 된다. 김현이 보기에, 인간마다 모두 다르게 지니고 있는 자아의 인식적 장애에 주목하지 않을 때 섣부른 참여문학론이 대두되고, 반대로 그 장애를 운명처럼 수락할 때 "정신의 파시즘화"라고 할 수 있는 순수문학론이 주창된다. 『68문학』부터 『문학과지성』 초기까지 김현의 비평이 적극적으로 대결하고자 했던 것은 바로 순수와 참여라는 이분법에 갇힌 문학론이었다.[27] 김현이 『68문학』 '편집자의 말'에서 강력히 언급했던 "정신의 리베랄리즘"은 그가 평론들에서 내내 강조했던 '성실성'과 동의어이다. 그런데 김현이 강조했던 정신의 자유주의와 성실성은 한편으로는 기성세대 문학인들과 세대적 단절을 형성했고, 창비 계열로 대변되는 동시대 문학인들과는 세계관적 단절을 이루었다.[28] 그래서 선배 세대들에게 김현을 필두로 하는 『문학과지성』은 참여파로 보이기도 하고, 창비 계열의 같은 세대 평론가들에게는 순수파로 보이는 "애매모호성"[29]을 지니게 된다. 특히 1장 서론에서 언급했듯이 김현과

---

27 권보드래, 「1970년대 『문학과지성』 동인의 시론 — 김현을 중심으로」, 『한국현대시론사 연구』, 문학과지성사, 1998.

28 권성우는 세대론적 차별성을 부각시키는 김현을 중심으로 한 4·19세대의 문학론이 1950년대 문학의 성과를 단순화시킬 우려가 있다고 지적한다. 한편 윤지관은 권성우의 이 같은 견해는 설득력을 지니지만, 1960년대에 등장한 4·19세대들('문지', '창비', '청맥', '비평연습' 등의 에콜) 간의 문학적 차이를 간과할 수 있다고 지적한다. 권성우와 윤지관의 견해는 1960년대 참여와 순수의 담론을 비판했던 김현의 문학론이 구세대 문인들과 신세대 문인들 모두로부터 차별화된 자리를 마련하려는 시도였음을 알려준다. 권성우, 「4·19세대 비평의 성과와 한계 — 비평적 인정 투쟁의 논리를 중심으로」, 『문학과사회』, 2000 여름; 윤지관, 「세상의 길 — 4·19세대 문학론의 심층」, 『4월혁명과 한국문학』, 창작과비평사, 2002.

29 김현은 참여와 순수 가운데 하나를 선택하는 행위를 거부한 채 그 사이의 '애매모호성'을 유지하는 문학만이 성실성을 갖추었다고 말하고 있다 : "자신의 자율성에만 갇혀 있거나, 사회적 사실만이 되려고 노력하는 예술 작품이란, 예술 작품이 자신에 충

이청준이 크게 싸운 1969년 겨울 무렵 김현은 동시대 창비 계열과 선명한 선을 긋는 일보다 앞 세대의 샤머니즘적 정신 태도와 단절하는 일에 공을 들였다.[30] 물론 선배들과 다른 세계관의 문학을 꾸리겠다는 열정은 꼭 김현만이 지니고 있던 것은 아니었는데, 1960년대 문학을 회고하는 자리에서 임헌영, 염무웅, 김승옥 등은 선배들과 다른 문학을 하기 위해 심지어 『현대문학』에 글을 발표하지 않았다고 말한다.

> 임헌영 : 김승옥 선생은 지금까지 『현대문학』에 소설을 몇 편 발표했어요?
>
> 김승옥 : 한 번도 안했어요.
>
> 염무웅 : 나도 『현대문학』에 한 번도 쓴 적이 없어요. (…중략…) 그 잡지
> 엔 안 쓴다는 약간의 오기도 있었지요.[31]

하지만 임헌영, 김승옥, 염무웅과 다르게 김현과 이청준은 『현대문

실하면서 동시에 사회적 사실이 되어야 한다는 그 예술의 애매모호성을 이해하지 못하고 그것을 해체시켜 쉽게 해답을 찾아낸, 다시 말해 고통하지 않는 작품이라 하지 않을 수 없다. 고통하지 않는 작품이란, 감히 말하거니와 성실하지 못하다." 김현, 「무엇이 지금 문제되고 있는가」, 앞의 책, 1991, 74쪽.

30 염무웅은 한 좌담에서 『문학과지성』이 창간되는 1970년대 이전까지 창비 계열 평론가들과 문지 계열 평론가들의 색깔이 크게 다르지 않았다고 말한다. 염무웅·장성규 (좌담), 「4·19, 유신, 그리고 문학과 정치의 문제」, 『실천문학』, 2012 겨울. 한편, 『사상계』 1968년 2월호에는 백낙청과 선우휘의 대담이 실려 있는데, 김현은 이 대담을 읽고 그에 대한 인상평을 남기고 있다. 여기서 김현은 사르트르의 이론을 한국적 맥락과 무관하게 그대로 받아들인다면 사르트르도 비웃을 거라는 백낙청의 견해에 크게 공감하고 있다. 신우휘·백낙청, 「작가와 평론가의 대결」, 『사상계』, 1968.2; 김현, 「다시 한 번 '참여론'을」, 『현대문학』, 1968.4.

31 이 좌담은 2001년 9월 22일에 있었고, 참가자는 김병익, 김승옥, 염무웅, 이성부, 임헌영, 최원식(사회)이다. 최원식 외(좌담), 「4월혁명과 60년대를 다시 생각한다」, 『4월혁명과 한국문학』, 창작과비평사, 2002, 56쪽.

학』에도 글을 발표한다. 그들이 등단[32]한 이후부터 불화하기까지, 넓게 잡아 1962년 3월부터 1969년 2월까지 김현은 『현대문학』에 6편의 글을 발표하고, 이청준은 3편의 단편을 발표한다.[33] 그러니까 김현과 이청준에게 앞 세대 문학과 단절하는 일은 단순히 『현대문학』에 글을 보내지 않는 태도와 연결되지 않는다. 그들에게 중요한 것은 선배 세대 매체와의 단절이 아니라 세계관의 단절이기 때문이다. 물론 김현이 『산문시대』, 『세대』, 『68문학』, 『문학과지성』과 같은 동인지와 잡지를 연속적으로 창간했던 일에서 유추할 수 있듯이 그가 작품 발표의 기회나 기성 매체의 성격에 있어서 어떤 한계를 느끼지 않았다고 볼 수는 없다. 조연현에 따르면 1960년대 중반까지 남한에는 30여 개의 동인지가 발표되고 있는데, 이 같은 수량만 보더라도 문단에 진입하지 못하거나 이제 막 등장한 신예들이 매체에 대해 불만을 지니고 있음을 쉽게 감지할 수 있다. 『현대문학』측은 30여 개 동인지 중에서 구성원들이 문단에 등장한 사람들로 이루어진 10개의 동인지를 선택해서 그 구성원들을 모아 좌담을 마련한다.[34] 조연현은 동인지를 만든 시기와 이유, 동인지를 발행하는 데 발생하는 구체적인 문제들(신규 동인 영입 방식, 동인지 간행 비용, 동

---

32 김현은 『자유문학』 1962년 3월호에 평론 「나르시스 시론」으로 문단에 데뷔했고, 이청준은 『사상계』 1965년 12월호에 단편 「퇴원」을 발표하면서 문단에 등장했다.

33 이 시기 『현대문학』에 발표한 김현의 글은 다음과 같다. 「김승옥론−존재와 소유」(1966.3), 「문학풍토기−서울대학편」(1966.8), 「다시 한 번 참여론을」(1968.4), 「'총독의 소리'와 '강'」(1968.5), 「'난중일기'와 '배교도'」(1968.6), 「샤머니즘의 극복」(1968.11); 이청준의 글은, 「굴레」(1966.10), 「마기의 죽음」(1967.9), 「보우너스」(1969.2).

34 조연현 외, 「동인지의 이념과 현실」, 『현대문학』, 1966.8. 좌담에 참여한 10명의 동인지 멤버는 다음과 같다. 강인섭(『신춘시』), 강태열(『영도』), 김규희(『여류시』), 김치수(『산문시대』), 류경환(『시단』), 이경남(『六○年代 사화집』), 이우석(『신연대』), 주문돈(『현대시』), 추영수(『돌과 사랑』), 황희영(『청자』).

인지 가격과 판매 수량), 동인지 발행 외의 활동, 동인회 멤버로서 문단에 대한 요구 등 4가지 질문을 좌담에 참가한 10명의 신예들에게 제시한다. 먼저 동인지를 만든 이유에 대해서 단지 친목을 위해 동인지를 만들었다는 답변과, 참여와 순수라는 당대 문단의 논쟁을 지양하거나 새로운 한국적 서정을 드러내기 위해서 모였다는 답변이 제시되는데, 이러한 답변은 좌담의 사회를 맡은 조연현도 재차 반문하듯이 방법의 구체성이 떨어진 채 단지 새로운 문학에 대한 열정만을 토로하는 수준을 보여준다. 그런데 흥미롭게도 『산문시대』를 대표해서 좌담에 참여한 김치수는 이들보다 좀 더 선명한 답변을 제시한다. 그는 "논리적인 문학"을 만들기를 원하며 그러한 문학은 "자기 자신에 대한 고뇌로서 출발해서 어떤 열매"를 맺는 것으로 "무슨 주의 무슨 주의 하고 모방"하는 선배들과 다른 문학이라고 말한다. 이러한 김치수의 답변은 김현이 강조했던 문학의 자유 또는 성실성을 자연스레 연상케 한다. 그런데 조연현이 준비한 4개의 질문 중 나머지 3개의 질문은 공교롭게도 새로운 문학에 대한 열정을 내세웠던 이들 신예들을 어느새 주눅 들게 만든다. 동인지를 만드는 데 비용 문제가 발생하고, 주변의 무관심은 애초의 열정마저 식게 하여 동인 멤버들이 쉽게 문학을 포기하게 하며, 그래서 그들은 선배 문인들에게 인정받을 수 있는 문학 외적 활동을 하기도 한다. 결국 이들은 문단에 요구할 것을 말하라는 조연현의 마지막 질문 앞에서 선배 문인들에게 의지하는 답변을 제시한다. 기성 문단은 동인지 신예들에게도 발표 지면을 제공해 주고, 더불어 기성 비평가들은 신예들의 작품에 대해 거론해 주기를 이들은 간절히 바란다. 그들의 불만을 듣던 조연현이 '동인지 문학상' 같은 것을 제정하면 문제가 해결되지 않겠느냐며 다소 막연한 답변을 내놓자 심지어 어떤 동인회 멤버는, "문단의 선배이시고 문학 활동 면에서 여러 가지로 많이 관여하시는 조 선생께서 그런 생각을 해주셨다는 그것만 가지고도 저희들은 퍽 감사하게 생각합니다" 운운 하는 인사를 남긴다. 즉, 선배들과는 다른 새로운 문학을 하겠다고 의기양양 모인 신예들은 어느새 선배들의 도움과 관심을 요청하는 역설적인 태도를 보이고 있다. 그런데 이 같은 좌담에서 흥미로운 점은 김치수의 태도다. 김치수는 문단에 바라는 점이나 동인을 꾸리는 문제 등과 같이 선배에게 의존하도록 만드는 질문들에 대해 일절 답변하지 않거나 어떠한 문제도 없다고 잘라 말한다. 김치수의 이러한 태도가 곧바로 김현이 강조한 '성실성'을 보여주는 것은 아니겠지만, 이 좌담에서 보여준 김치수의 태도는 『산문시대』부터 시작되어 『문학과지성』에 이르는 동인들이 선배 세대 문인들로부터 과감히 단절하려는 모습을 유추할 수 있게 한다. 문단 선배들의 도움과 일련의 기성 제도에 대한 전면적인 거부는 김현이 서울대학교 학생을 "독학생"이라고 말하는 다음의 대목에서도 알 수 있다.

다른 사람들은 어떠했는지 잘 모르지만 소위 '국립 서울대학교'라는 복마전(伏魔殿)에 들어가기 위해서 지불한 노력의 댓가를 나는 완전히 받아냈다고는 생각할 수 없다. (…중략…) 사회에서 흔히 생각하듯이 서울대학교 학생들이 아카데믹한 것은 아니다. 오히려 그 반대다. 아카데믹이라는 형용사를 달고 행해지고 있는 그 숱한 모순들은 아카데믹이라는 말을 무지하게 추하게 만들어버리고 있다. 도대체 책 한 권을 마음 놓고 읽을 환경도 조성되어 있지 않고, 마음 놓고 읽을 책마저도 충분치 못한 환경에서, 아카데믹이란 씨도 안 먹은 소리이기 때문이다. 이런 속에서 '독학생' 이상의 무엇을 바란다는 것은, 바라는 편이 오히려 바보일 것이다.[35]

'문단풍토기'라는 제명하에 여러 대학의 문인들에 대해 소개하는 기획의 글에서 김현은 서울대학 출신의 작가들을 설명하는 역할을 맡는다. 그는 서울대학교가 외부에서 보이는 것과 다르게 학문과 예술 전반에 걸쳐 지적 활력의 조건을 제공하지 못한다고 말한다. 그는 독학생을 만드는 서울대학교를 비판하지만 독학생의 지적 성실성만은 옹호한다. 그렇기에 "국립 서울대학교라는 간판을 보무당당하게 떠벌리고 다니는"[36] 학생들의 심리를 이해하면서도 그는 그들을 동료로서 인정하지 않는다. 그가 받아들이는 동료들은 서울대학교라는 간판에 기대지 않고 독학생으로서 자신의 지적 성실성을 추구하는 서울대 출신의 문인들이다. 그들이야말로 독학생의 한계를 새로운 문학의 가능성으로 전환시키는 자들이기 때문이다. 이들에 대한 김현의 신뢰는 다소 지나쳐 보이기까지 하는데, 이를테면 "서울대는 완전히 비평가 생산소처럼 되어버린 느낌이다. 이것은 별로 나쁜 일은 아닐 것이다"[37]라는 그의 말에는 엘리트주의로 오해받을 수 있을 정도로 서울대 출신의 문인(특히 비평가)은 독학생의 자존심을 지키고 있으며 이들만이 지적 성실성을 지닌다는 식의 과장된 신뢰를 드러낸다. 물론 그의 독학생들에 대한 지나친 신뢰는 엘리트주의에서 비롯되었다기보다 그가 『68문학』을 창간하면서 강력

---

35 김현, 「문단풍토기─서울대학편」, 『현대문학』, 1966.8.
36 위의 글, 233쪽.
37 위의 글, 235쪽.

히 외쳤던 "정신의 리베랄리즘"에 대한 열망으로 보아야 할 것이다. "아카데믹이라는 형용사를 달고 행해지고 있는 그 숱한 모순"이 서울대학교에 존재한다는 김현의 지적은 기성 문단을 비판하던 『68문학』의 서문을 자연스레 연상케 한다. 서울대학에 들어왔지만 곧바로 독학생이 되어야 했듯이, 문학을 본격적으로 시작했지만 그는 "태초와 같은 어둠 속에 서 있"[38]게 된다. 서울대가 아카데미의 이름으로 아카데미의 활력을 억압하듯이, 순수와 참여라는 이분법적 담론에 갇힌 기성의 문단은 문학의 이름으로 문학의 가능성을 축소시킨다. 순수와 참여의 문학적 담론이 조장한 태초와 같은 어둠에서 벗어나기 위해 김현은 독학생처럼 문학적 자율성을 추구하고자 한다. 독학생, 정신의 리베랄리즘, 지적 성실성 등은 짧게 잡아도 『문학과지성』의 독자성을 구축하는 1970년대 초까지 김현의 문학적 세계관을 대표하는 키워드라고 할 수 있다. 이러한 김현의 키워드는 자신을 비롯하여 『문학과지성』에콜을 지칭하는 '한글세대', '4·19세대' 등으로 연결되어 일종의 세대론적 단절의 개념을 마련케 한다. 이러한 세대론적 단절의식은 그가 문학을 시작하면서부터 영면할 때까지 계속해서 변하지 않고 지속되었다. 이를테면 1968년의 한 좌담[39]에서 김현은 1960년에 대학에 입학한 자신들의 세대가 기성세대와 다르다는 점을 강조하고 있으며, 1988년에 출간된 그의 마지막 평론집[40]에서도 그는 자신이 이전과 다름없는 4·19세대임을 명시

---

38 김현, 「편집자의 말」, 『68문학』, 한명문화사, 1969.1.
39 김승옥·김현·박태순·이청준(좌담회), 「현대문학 방담」, 『형성』, 1968 봄. 문단 아래 인용된 좌담의 일부는 『형성』 77~80쪽의 내용을 본문의 흐름에 맞게 편집한 것이다.
40 김현의 마지막 평론집 『분석과 해석』(1988)의 머리말의 일부는 김현의 4·19세대론을 언급하는 많은 연구자들에 의해 자주 인용되는 구절이다. "내 육체적 나이는 늙었지만, 내 정신의 나이는 언제나 1960년의 18세에 멈춰 있었다. 나는 거의 언제나 사일

한다. 다음은 그 1968년 좌담의 일부이다.

> 박태순 : 우리가 60년에 입학했잖아.
>
> 김현 : 그게 중요하지. (…중략…) 4 · 19세대는 어떤 정신적인 리베랄리
> 즘 속에 있었고, 그때(이호철, 손창섭, 서기원 등이 문단을 대표하던 시
> 기 – 인용자)는 밤낮 군대얘기였고 절망의 포즈였지. (…중략…) 제도
> 화된 것 속에서 정신적인 분위기가 어떻게 감촉되었는지가 문제지.
>
> 이청준 : 기고만장했었잖아.
>
> 김현 : 여하튼 정신의 능력이 한정 없이 팽배해 있었지. (…중략…) 새로운
> 세대에 새로운 것이 있다면 어떤 것일까?
>
> 이청준 : 있대니까 그런 것이 구체적으로 떠오르기는 하는군.

4 · 19라는 사건에서 제도 정치 변화의 성과와 한계[41]를 살펴보는 대
신 제도화된 정신적인 분위기로 부터의 해방("정신적인 리베랄리즘")을 보
는 김현의 관점은 위에 인용된 좌담에서도 뚜렷이 드러난다.[42] 그런데

구 세대로서 사유하고 분석하고 해석한다." 김현, 『분석과 해석 / 보이는 심연과 안
보이는 역사전망 – 김현문학전집』 7, 문학과지성사, 1992. 이러한 김현의 4 · 19 이해
는 4 · 19를 유독 예술과 정신의 자율성이라는 측면으로만 이해함으로써 역사적 맥락
을 놓치고 있다고 비판받기도 한다. 이에 대한 설득력 있는 비판은 이명원, 「김현 비평
과 근대성의 모험」, 『타는 혀』, 새움, 2000.

41 백낙청, 「4 · 19의 역사적 의의와 현재성」, 『4월혁명론』, 한길사, 1983.

42 참고로 4 · 19에 대한 김현의 관점은 『문학과지성』 편집 동인의 한 명인 김병익의 관점
과도 연결되는 듯하다. 4 · 19를 회고하는 2001년의 좌담에서 김병익은 이렇게 말한
다. "역사적인 사건으로서도 그렇지만 4 · 19가 준 **심리적인 측면**이 참 **중요하다**는 '생
각이 드는데요. (…중략…) 그러니까 이제까지 패배적이고 수동적이고 이타적이었던
우리의 심리상태를 4 · 19를 통해서 비로소 극복한 것이 아닌가. 그래서 자유든 박애
는 진보석인 이네올로기든 신택을, 그리고 경제개발이나 과학기술 개발의 자신감, 그
러니까 우리가 비로소 무엇인가 할 수 있다는, 하면 된다는 자신감을 심어준 것이 그

4·19 이전 세대와 자신들의 세대를 확실히 구분하려는 김현의 이 같은 주장에 대해 좌담 참석자들은 모두 동의하고 있지만, 유독 이청준만은 동의와 더불어 유보적인 태도를 보이고 있다. 과거 자신들의 태도가 기고만장했었는지 모른다는 답변이나, 좌담에서 세대차가 있다고 말하니 그런 것이 떠오르긴 한다는 말투에는 김현이 주장하는 "정신의 리베랄리즘"에 대한 심정적 경계의 태도가 드러난다. 김현의 '정신의 리베랄리즘'은 '감히 말하거니와 오직 문학만이 억압으로부터 해방을 이끌어준다'는 식의 문학의 자율성에 대한 옹호로 연결되는데,[43] 물론 이청준 역시 김현이 강조하는 문학의 자율성을 옹호하는 데 반대하지 않는다. 이청준의 산문과 김현의 평론에는 각주 없이 마치 자신의 의견인 양 상대의 의견을 활용하는 경우가 빈번하다. 특히 문학의 자율성을 옹호하는 대목에서 이청준과 김현은 거의 같은 문장을 쓰고 있다. 김현이 한 평론에서 '문학이라는 것이 별것인가, 중요한 것은 살아남는 것'이라는 식의 발언을 하는 문인들의 위선을 비판한 대목은 이청준의 산문에서도 반복된다. 그는 '문학이 별거냐'와 같은 말을 내뱉는 작가들의 말버릇이 문학의 위엄과 자존심을 작가 스스로 내쳐버리는 결과를 초래한다고 말한

이후의 세대에게 끼친 가장 큰 영향이 아닐까."(강조는 인용자) 최원식 외, 『4월혁명과 한국문학』, 창작과비평사, 2002, 61쪽.

43 이러한 김현의 수사에는 논리적 비약이 있다. 이동하는 바둑, 영화, 음악, 그림 등 다른 분야의 활동과 다르게 오로지 문학만이 인간을 억압으로부터 벗어나게 해준다는 김현의 견해에는 논리적 설득력이 떨어진다고 비판한다. 그런데 문학적 동료로서 김현과 한 시대를 함께 지내온 이청준은 김현의 이름을 드러내진 않지만 김현과 유사한 문학론을 전개하면서 이 같은 논리적 비약은 비난만 해야 할 것이 아니라 그만큼 문학의 고유성을 지켜내기 어려운 시기에 그것을 지켜내려는 문학인의 열망으로 이해할 수 있다고 말한다. 이동하, 「한국 비평의 재조명 2—김현의 '한국문학의 위상'에 나타난 몇 가지 문제점」, 『한국문학과 비판적 지성』, 새문사, 1996; 이청준, 「문학 30대」, 앞의 책, 1978.

다.[44] 마찬가지로, 작품 안에 '신의 몫'이 많이 담길수록 작품의 해석이 풍성해진다는 앙드레 지드의 말을 인용한 김현의 사유는, 이청준의 산문에서도 문학 속 신의 몫이야 말로 문학을 단일한 해석의 틀(이청준의 말로는 '고용문학'이나 '알리바이 문학')에서 벗어나게 하는 힘으로서 재차 강조된다.[45] 이처럼 문학적 자율성을 옹호하는 데 있어서 김현과 이청준은 같은 생각을 공유하고 있고 심지어 그것을 표현하는 상대의 표현까지도 신뢰하고 있다.

그렇다면 위의 좌담 인용문에서 보듯 이청준이 김현의 이 같은 생각에 전적으로 동의하는 대신 다소 유보적인 태도를 보이는 이유는 무엇인가. 이청준과 다르게 김현은 문학적 자율성에 대한 옹호 여부를 하나의 기준으로 내세워 그것을 포기한 자들을 기성세대로 몰아세우고 있다. 하지만 "기고만장했었잖어", "(기성세대와의 차이가─인용자) 있대니까 그런 것이 구체적으로 떠오르는 군" 운운 하는 이청준의 말에는 문학적 자율성을 옹호하면서도 그것을 기준으로 기성세대와 선명한 경계선을 긋고자 하는 김현의 태도에 대해 거리를 두려는 자세가 엿보인다. 앞에서 보았듯이, 이청준은 김현의 문학론(감히 말하거니와 문학은 인간에게 꿈을 꾸게 함으로써 인간을 억압으로부터 해방시킨다)에 동조하면서도 그것이 하나의 정답처럼 굳어 버리는 것에 반대했다. 이 같은 이청준의 생각은 김현의 '정신의 리베랄리즘'에 동의하면서도 유보하게 만드는 한 원인이다.

---

44 김현, 「자유와 사랑의 실천적 화해」, 『뿌리 깊은 나무』, 1976.9(김현 전집─「이청준에 대한 세 편의 글」, 『문학과 유토피아─김현문학전집 4』, 문학과지성사, 1992); 이청준, 「문학이 뭐 별건가」, 앞의 책, 1978.

45 김현, 「문학은 무엇을 할 수 있는가」, 『문학과지성사』, 1975년 겨울호(김현 전집─「문학은 무엇을 할 수 있는가」, 『한국문학의 위상 / 문학사회학─김현문학전집 1』, 문학과지성사, 1991); 이청준, 「고용의 문학」, 위의 책, 1978.

문학적 자율성을 옹호하는 것이 또다시 하나의 고정된 진리가 되는 것에 대해 이청준은 거부한다. 여러 산문에서 이청준이 누차 강조하는 '반성'과 '의심'은 문학적 자율성을 하나의 고정된 진리로 내세워 세대론적 단절을 시도하려는 김현의 태도에 대해 거리를 두게 만든다. 그렇다면 이 시기 이청준이 고정된 진리라든가 세대적 단절론에 대해 김현보다 예민하게 반응한 이유는 무엇일까. 김현의 성실성(정신의 리베랄리즘, 문학적 자율성, 4 · 19세대)에 신뢰와 동의를 보내면서도 그것에 반성적 거리를 두려는 이유는 무엇에서 비롯될까. 다시 말해, 순수와 참여 운운하며 정해진 문학론으로 수렴되던 기성세대의 문학을 거부했던 김현의 문학적 자유(성실성)를 이청준이 다시 한 번 거부(반성)한 이유는 무엇인가. 이청준이 김현의 문학론만으로는 만족할 수 없었던 이유를 따져볼 필요가 있다. 얼핏 보면 이청준은 문학 외적 억압으로부터 해방되고자 하는 열망이 김현보다 더 치열했다고 여겨질 수 있다. 하지만 이청준의 반성은 모든 구속으로부터 벗어난 극단적 자유의 상태를 갈망하지 않는다. 한 산문에서 이청준은 "동기가 좀 다른 데서이긴 하지만 (김현과 마찬가지로 -인용자) 나 역시 그 소설을 쓰는 일이 꿈을 꾸는 일이라 생각한 적이 있었고 아직도 그런 생각을 버리고 싶지가 않"[46]다고 말하고 있는데, 여기서 김현과 다른 이청준의 문학적 동기는 무엇일까. 답변을 마련하기 위해서는 역설적으로 보일 정도로 앞과 뒤가 달라 보이는 이청준의 견해를 살펴볼 필요가 있다. 앞서 보았듯이, '문학이 뭐 별거냐, 잘 사는 게 중요하지'라는 답변에 기대어 애초부터 문학의 자율성을 포기하거나 문

---

[46] 이청준, 「왜 쓰는가」, 위의 책, 194쪽.

학을 특정 이념의 수단으로 활용하려는 작가들을 이청준은 비판했다. 하지만 다른 지면에서 이청준은 자신이 비판했던 작가들과 유사하게 보일 정도로 문학을 특정 목적의 수단으로 대하고 있다.

①사람들이 한데 모이는 곳엔 반드시 어떤 현실적인 지배의 질서가 생기고, 그러한 질서를 살아가는 사람들은 흔히 자신의 유리한 위치를 확보하기 위하여 잔인스럽고 부도덕하고 음흉스런 싸움들을 사양치 않을 수 없는 데 반하여, 문학의 세계는 바로 그러한 지배의 질서로부터 우리의 삶을 보다 인간다운 것으로 해방시키려는 화창한 자유에의 길이라는 것이 그때(문학을 전공으로 선택하던 때−인용자) 이미 어슴푸레 짐작이 되었기 때문이었다.

②그러나 내가 그때 그 문학을 지망하게 된 보다 큰 이유는 그 문학 작업이 이 세계와 인간의 삶에 대한 총체적 이해와 창조의 길이라는 점 때문이었을 터이다. (…중략…) 나의 (문학적−인용자) 삶과 노력은 우리 인간과 이 세계의 전면적 진실에 대한 봉사의 길이 되게 하고 싶었다.[47]

문학을 하며 살아가는 게 자신을 "화창한 자유에의 길"에 이르게 할 것이라는 ①의 견해는 정신의 리베랄리즘을 뜻하던 김현의 문학론을 연상케 한다. 하지만 ②에서 보듯 이청준은 자신의 문학을 억압적인 현실로부터 문학 자체와 인간을 해방시키는 역할에 한정시키지 않는다.

---

[47] 이청준, 「다시 돌아보는 헤매임의 내력」, 위의 책, 132∼133쪽. 6장의 각주 11에서 언급했듯이 이 글의 원래 제목과 출처는 「나는 왜 문학가가 되었는가」, 『학생중앙』, 1977.3이다.

그가 바라는 문학은 나와 문학 모두를 "이 세계의 전면적 진실에 대한 봉사의 길"로 이끄는 일종의 '수단'이 되어야 한다. 그러한 문학은 세계에 봉사하는 문학이고, 세계에 구속되는 문학이다. 문학의 자율성을 포기하고 문학을 현실의 수단으로 축소시키려는 자들을 비판함으로써, 김현과 함께 문학의 자율성을 전면에서 방어하는 듯 보이던 이청준은 이처럼 역설적이게도 문학을 더 큰 세계에 구속시키기를 원하고 있다. 그렇다면 문학이 자율성을 획득한 후 다시 나아가야 할 "이 세계의 전면적 진실에 대한 봉사의 길"이라는 다소 추상적으로 보이는 문학의 역할은 구체적으로 무엇을 의미하는가.

이청준은 자유를 옹호하지만 질서를 거부하지 않는다. 자유 없는 질서의 강조는 그럴듯한 명분만 내세운 억압적 체계가 되기에 이청준은 이를 단호히 거부한다. 또한 질서 없는 자유는 극단적인 이기심의 발현일 뿐이기에 이 역시 이청준은 거부한다. 이청준은 자유와 질서가 동시에 실현되기를 원하는데, 이것을 좀 더 정확히 말하면 그는 자유를 통해 질서가 발현되기를 갈망한다. "진짜 질서나 조화는 개성적인 인격의 창조적 실현과 그 참여의 결과로서 얻어지는 것이어야 한다"[48]라고 이청준이 말할 때 여기서 '진짜 질서나 조화'는 '문학인과 문학이 봉사해야 하는 세계의 전면적 진실'을 뜻한다. 억압적 질서로부터 인간에게 자유를 선사하는 문학이 만약 진짜 질서와 보편적 진실을 제시하지 못한다면 이청준에게 그러한 미학적 자율성은 큰 의미를 지니지 못하게 된다. 그러므로 이청준이 김현과 함께 힘주어 강조했던 미학적 자율성은 그

---

48 이청준, 「질서와 조화에 대하여」, 앞의 책, 1978, 84쪽.

보다 큰 보편적 질서를 위한 하나의 단계이자 수단으로서 중요한 것이다. 미학적 자율성을 획득한 문학이 결과로서 '진짜 질서나 조화'를 창안하지 못한다면 이청준에게 그러한 문학은 작가의 이기적 소산이기 때문이다.

지금까지의 서술과 앞서 고은의 일기에서 보았듯이 이청준과 김현은 상대의 문학적 세계관과 태도에 대해 깊이 존중하면서도 상대의 생각에 일방적으로 동화되지 않기 위해 서로를 자극하는 더 큰 우정을 실천했다. 서론에서 언급했듯이 『68문학』의 향방을 토론하면서 이들이 크게 싸웠다고 알려진 1969년의 겨울, 그때 김현(1942년생)은 아직 28살 평론가였고 이청준(1939년생)은 어느덧 30세에 이른 소설가였다. 김현은 아직 미혼이며 석사학위를 지닌 국립서울대학의 교양과정부 조교였고,[49] 이청준은 작년(1968년)에 갓 결혼해 잡지사(『아세아』)를 다니며 약수동 근처에 20만 원짜리 전세방 한 칸을 얻은 상태였다.[50] 가난을 한 번

---

49 홍정선, 「연보―'뜨거운 상징'의 세계」, 『자료집―김현문학전집 16』, 문학과지성사, 1993. 김현(김광남)의 1967년 석사논문 「Le Vomissement de Céline(셀린의 구토에 대한 연구)」은 아직까지 박사 학위자를 배출하지 못했던 서울대 불문과 문학석사학위 부문 16번째 성과물이다. 서울대 불문과 홈페이지(http://www.snufrance.com 최종 검색일 : 2014.4.11) 참고.

50 김금례(金今禮) 씨 아들 이청준 군은 남경우(南敬祐) 씨의 삼녀 남경자(南京子) 양과 1968년 10월 10일 정오 신문회관 강당에서 서울대 독문과 교수 강두식(姜斗植)의 주례로 결혼식을 거행한다. 『동아일보』, 1968년 10월 8일. 이청준의 가난은 결혼한 후에도 계속됐지만 대학을 졸업한 후 곧바로 『사상계』사에 입사했을 때에도 상황은 크게 개선되지는 않은 듯하다. 대학을 졸업하고 처음으로 취직한 잡지사(사상계)에 출근하던 시절인 1966년 여름 이청준의 월급은 6천원이었고, 당시 2인 합방 하숙비는 5천원이었다. 더구나 사상계는 월급을 제때 지급하지 못한 듯한데, 그 시절을 이청준은 "직장생활 초장부터 빈주머니 달랑거리며 회사를 오가야 하는 고달픔은 이만저만 나를 무기력하게 만든 게 아니었다"라고 회상한 바 있다. 결혼 후 1971년 무렵에는 형님의 죽음으로 시골 식구들이 뿔뿔이 흩어졌다는 사실과 자신의 병(위궤양)과 유신 개헌 등의 문제로 상당한 무력감에 빠져 있었다. 이상의 사실들은 다음의 두 편의 산

도 겪어보지 못한 채 성장하고 서양 문화에 대한 새것 콤플렉스를 경계하며 최첨단 프랑스 문학과 이론에 심취해 있던 20대 소장 평론가 김현과 문학을 하는 것 때문에 주변 사람들에게 원죄의식마저 느끼던 가난한 30대 이청준에게 문학이 선사하는 '자유'는 같으면서도 다른 의미를 지니고 있었다. 권력도 재력도 채워주지 않지만 자유를 안겨주는 문학은 김현에게 오로지 자부심으로 여겨졌지만, 이청준에게는 자부심만큼의 부채감을 상기시켰다. 일례로 이청준이 자신과 자신의 문학 활동을 두고 '소설쟁이'나 '소설질'로 표현하는 것에는 세상의 억압적인 질서에서 벗어나 자유로운 주체로서 활동하는 것에 대한 자부심만큼이나 말 못할 부채감을 지울 수 없다는 점을 인정하는 자조감이 배어 있다. 그러므로 문학의 세계 안에서 세대적 차이는 없고 "진정한 문학인은 언제나 자기 자신을 30대의 그 영원한 도전의 세대 속에 인생을 살아야 한다"[51] 라고 이른바 '30대 문학론'을 펼치는 이청준의 견해는 기성세대와 4·19세대를 명확히 구분하고 정신의 리베럴리즘을 외치던 20대 김현의 사유와 어긋난다. 그렇다면 이청준의 '30대 문학론'은 무엇인가. 그에 따르면 문학인은 나이와 상관없이 30대의 자리를 지켜내야 하는데, 그 자리는 20대처럼 자신의 욕망을 정직하게 드러내는 자유를 추구하면서 동시에 기성세대처럼 보편적인 조화와 질서를 갈망하는 역설적인 자리이다. 다시 말해 '30대 문학인'은 자신이 획득한 자유가 "보편적인 인간의 삶의 명분과" "창조적으로 조화"를 이룰 수 있도록 하는 "자기 극복"

문 참고. 이청준, 「원고료 운반비」·「다시 태어남에의 꿈」, 『사라진 밀실을 찾아서』, 월간에세이, 1994.

51 이청준, 「문학 30대」, 앞의 책, 1978, 177쪽.

과정을 포기해서는 안 된다.[52] 이 같은 보편성에 대한 갈구는 이청준에게 자신의 문학적 자율성에 대한 원죄의식에서 비롯된다. 억압을 거부하지만 그것이 나만의 이기적 자유가 될지 모른다는 원죄의식과 부끄러움은 이웃의 자유를 고려하는 보편성에 대한 갈구를 포기하지 않게 한다.[53] 그렇기에 『68문학』의 향방에 대해 토론하던 1969년 겨울 김현의 자유(문학적 자율성, 정신의 리베랄리즘, 성실성)와 이청준의 자유(자신의 자유에 대한 부끄러움, 원죄의식, 반성)가 겹치면서도 어긋났다는 사실은 강조할 필요가 있다. 그뿐만 아니라 두 사람의 자유로 대변되는 자유의 이중성에 대한 고찰은 이청준의 소설뿐만 아니라 김현 비평의 변화를 살피는 하나의 관점을 제공하기도 한다. 미학적 자율성을 궁극의 목적으로 보고 있는 김현의 자유와 미학적 자율성을 보편적 진리와 진짜 질서를 창안키 위한 수단으로 보는 이청준의 자유는 둘의 관계를 공고히 묶어주면서도 갈등하게 만든다. '보편적 진리'와 '진짜 질서' 등의 모호한 표현에서 알 수 있듯이 그들이 불화하던 1969년 겨울 이청준은 아직까지 구체적이진 않지만 김현의 자유로는 만족할 수 없는 다른 자유에 대한 갈망을 품고 있었다. 김현은 1971년 「소문의 벽」을 계기로 이청준과 화해

---

52 위의 글, 182쪽.

53 원죄의식과 부끄러움에 대해서는 다음의 산문들 참고. 이청준, 「삶으로 맺고 소리로 풀고」, 『이청준론』, 삼인행, 1991; 이청준, 「창작집 '남도사람'에서」, 『작가의 작은 손』, 열화당, 1978. 이 산문은 제목 그대로 창작집 『남도사람』(예조각, 1978)의 작가 후기와 동일하다. 이 산문에서 서술된 '부끄러움'은 겸손과 양보를 뜻하는데, 다른 산문에서 이청준은 방송 매체를 비롯한 사회 시스템이 '부끄러움'과 '원죄의식'이 없는 것을 오히려 사람들에게 자랑으로 여기도록 조장한다며 안타까워하기도 한다. 이청준, 「청론탁설 ─ 빼앗긴 부끄러움」, 『동아일보』, 1981.9.19. 이청준에게 소설과 부끄러움(원죄의식)이 관련된다는 생각은 1990년대에도 계속된다. 그는 자신의 소설쓰기가 젖은 속옷을 제 체온으로 말리는 행위처럼 부끄러움 때문에 시작됐다고 말한다. 이청준, 「부끄러움 견디기의 소설질」, 앞의 책, 1994.

하게 됐다고 회상하고 있지만, 오히려 이들의 화해는 단순히 작품 한 편 때문에 이루어졌다기보다는 김현의 사유가 점차 이청준의 사유를 받아들이는 성숙함과 유연성을 획득하게 된 데서 비롯된 듯하다. 김현의 글이 시간의 흐름에 따라 전기와 후기로 명명할 수 있을 정도로 선명히 구별된다고 볼 수 없기에 쉽게 단정할 수 없지만,[54] 김현이 스스로 지금까지 수행한 자신의 비평의 결산이자 새로운 시작이라고 말했던 『문학의 위상』(1977)에 수록된 글들에는 김현의 자유가 차차 이청준의 자유로 확장되는 것을 확인할 수 있다. 이 비평집에는 8편의 글이 수록되어 있으며, 이 글들은 시간적 순서에 따라 배열되어 있다.[55] 8편의 글에는 직접적이든 간접적이든 '문학은 쓸모가 없어서 오히려 인간을 해방시키고 억압을 추문으로 만든다'는 그의 독특한 문학론이 반복적으로 개진되지만, 8편의 글들 중 발표 시간이 뒤에 놓일수록 그의 문학론은 아래의 인용문과 같이 조금씩 보완되고 변화된다.

인간은 자유로워야 하며, 인간의 노동은 행복한 그리고 즐거운 노동이어야 한다. 그것은 대전제이다. 그러나 (아직까지 나는―인용자) 그런 사회에

---

54 김현 비평이 시간이 지남에 따라 변화되는 것에 대한 하나의 논증으로 권성우의 논문을 제시할 수 있다. 권성우, 「매혹과 비판 사이―김현의 대중문화 비평에 대하여」, 『한국 현대 비평가 연구』, 강, 1996.
55 『한국문학의 위상』에 실린 8편의 글의 서지사항은 다음과 같다. ① 「왜 문학은 되풀이 문제되는가」, 『문학과지성』, 1975 겨울, ② 「문학은 무엇을 할 수 있는가」, 『문학과지성』, 1975 겨울, ③ 「문학은 무엇에 대해 고통하는가」, 『문학과지성』, 1975 겨울, ④ 「무엇이 지금 문제되고 있는가」, 『문학과지성』, 1976 봄, ⑤ 「문학 텍스트를 어떻게 이해할 것인가」, 『문학과지성』, 1976 여름, ⑥ 「한국 문학은 어떻게 전개되어 왔는가」, 『문학과지성』, 1976 가을~1977년 여름, ⑦ 「문학에 대한 논의는 어떻게 전개되었는가」, 『문예총감』, 1976, ⑧ 「우리는 왜 여기서 문학을 하는가」, 『문학과지성』, 1977 여름.

서는 제도가 없을 것인가 하는 것에는 대답할 거리를 갖고 있지 못하다. 한 사회가 사회로서 유지되기 위해서는 최소한의 금기와 그 금기 체계 위에 세워진 제도-기구를 갖지 않을 도리가 없다. (…중략…) 문제는 그래서 더욱 복잡해진다. (…중략…) 억압 없는 사회는 내가 보기에는 획일화라는 가장 큰 억압에 사로잡혀 있었다. 획일화되지 않고, 개성을 갖고 있으면서 자유로운 사회가 과연 있을 수 있는가.[56]

위의 인용문에서 드러나듯 논리적 비약을 감수하면서까지 오로지 문학만이 인간을 해방시켜준다고 말하던 20대 청년 김현의 과잉된 열정은 어느 정도 자성적 태도에 의해 진정되고 있다. 위 글이 발표되던 1977년은 남한의 정치 경제적 조건이 변하고 김현도 사십대에 진입하고 있으며 이청준과의 우정도 심화되고 있는 시기이다. 이 시기에 김현은 자유의 "문제는 그래서 더욱 복잡해진다"고 말하고 있다. 억압으로부터의 해방만을 뜻하던 1969년도 여름의 김현의 자유는 이제 해방 이후의 획일화된 사회를 극복할 수 있는 문제와 대면하고 있다. "한 사회가 사회로서 유지되기 위해서는 최소한의 금기와 그 금기 체계 위에 세워진 제도-기구를 갖지 않을 수 없다. (…중략…) 획일화되지 않고, 개성을 갖고 있으면서 자유로운 사회가 과연 있을 수 있는가"라는 판단과 자문은 이청준이 자유로부터 이끌어내고자 하는 보편적 질서에 대한 탐구를 연상케 한다. 잘 알려져 있다시피 1980년 광주는 김현에게 지금까지

---

56 『한국문학의 위상』에 실린 마지막 글 ⑧ 「우리는 왜 여기서 문학을 하는가」의 일부이다. 여기서는 문학과지성사판 김현 선집에서 인용. 김현, 『한국문학의 위상 / 문학사회학—김현문학전집 1』, 문학과지성사, 1991, 186~187쪽.

실천해 오던 자신의 비평을 다시 생각하게 하는 계기를 마련해 주었는데,[57] 사실 그 이전에 이청준과의 우정은 1970년 무렵부터 김현의 사유를 심화시키고 변화시키는 계기가 되고 있었다. 억압으로부터의 자유를 열렬히 옹호하면서 그것을 다시 반성하게 하는 유보적 태도가 함께 드러나기에 1977년에 간행된 『한국문학의 위상』은 김현 스스로 말하듯이 그의 비평의 총결산이자 시작을 알리는 저서이고, 그 새로운 시작은 이청준과의 우정에서 동력을 얻고 있다.

이처럼 김현의 성실성과 이청준의 반성은 자유의 두 가지 속성을 보여준다. 어떠한 외적 구속으로부터도 벗어나게 하는 자유(성실성)와 새로운 질서 창안의 조건으로 기능하는 자유(반성), 이렇게 두 개 자유가 유지하는 팽팽한 긴장은 김현과 이청준의 우정과 문학적 세계관을 더 크고 깊게 확장시키는 역할을 했다. 즉, '성실성'에 대한 지나친 강조가 폐쇄적 개인주의에 빠질 수 있는 오류는 '반성'에 의해 경계될 수 있었고, 반대로 '반성'의 지나친 추구가 불러올 모종의 보편주의적 억압에 대한 오류는 '성실성'에 의해 수정될 수 있었다. 그런데 1장에서 살펴봤듯이, 이청준의 자유에는 김현으로부터 강력히 추동된 성실성과 시골에 남아 있는 가족으로부터 비롯되는 원죄의식과 더불어 단식 광대의 외로움과 오기에 스며 있던 복수심과 지배욕이 아직 남아 있었다. 1965년

---

57 김현은 1980년 광주에 대한 원죄의식에 사로잡히게 되고 이를 문학적으로 돌파하기 위해 『문학사회학』(민음사, 1983)을 집필했다. 어쩌면 프랑스 문학과 문학적 자율성에 몰두해 있는 김현에게 어울리지 않아 보이는 '원죄의식'이란 단어가 출현한 계기는 1980년 광주이기도 하지만 이청준과의 영향 관계를 무시할 수는 없다. '원죄의식'과 '부끄러움'은 1980년 광주 이전부터 계속되던 이청준의 키워드이기도 하기 때문이다. 김현과 5·18의 영향 관계에 대해서는 다음의 책 「편집자의 말」을 참고, 김현, 「편집자의 말」, 『폭력의 구조 / 시칠리아의 암소—김현문학전집 10』, 문학과지성사, 1992.

등단 이후부터 1970년대 중반 무렵까지 김현과의 교류를 통해 이청준의 자유는 분명 더 정교하게 실천될 수 있었지만, 자유에 은밀히 내재한복수심과 지배욕을 경계하는 단계까지 나아가지는 못했다고 판단된다.이청준은 자신의 문학 행위와 자유에 대한 끝없는 갈망이 일종의 피해자 의식에서 비롯될 수 있다는 점을 막연히 의식하고 있었지만, 아직 그것을 문학 창작의 문제까지 확장하지는 못했다.

3. 타인의 고통

이청준은 1965년 문단에 데뷔한 이후부터 2008년 영면하기까지 다수의 문학상을 수상했을 뿐만 아니라 문학상 심사위원으로도 활발히 활동했다.[58] 그런데 문학상 수상자로서 발표하는 소감문과 문학상 심사위

---

58 문학상 수상 내역은 6장의 각주 4에서 언급했듯이 이윤옥의 정리를 참고할 것. 한편 이청준이 문학상 심사위원으로 참여한 이력은 아직까지 정확히 조사된 바 없지만, 대략적인 이력을 밝히면 다음과 같다(참고로 말하자면, 문학 연구에 있어서 곁텍스트 (paratext)의 가능성을 확장하기 위해서 이청준이 심사 위원으로 참여한 이력을 정리하는 일은 앞으로 좀 더 보완될 필요가 있다고 여겨진다). 제5회 여류장편 소설 예심 심사위원(관련 글 : 이청준, 「일반적인 약점들」, 『여성동아』, 1972.11); 제3회 대학생문예상 본심 심사위원(이청준, 「두 작품에 대하여」, 『한국문학』, 1979.7); 제6회 한국문학 신인상 본심 심사위원(이청준, 「개선의지의 믿음」, 『한국문학』, 1981.12); 현대문학 창간 30주년 기념 장편 소설상 본심 심사위원(이청준, 「흔치 않은 시각」, 『현대문학』, 1986.2); 제11회 이상문학상 본심 심사위원(이청준, 「개성적이고 값진 눈길과 목소리」, 『문학사상』, 1987.9); 제1회 현진건문학상 심사위원(이청준 외, 「치열한 서사정신, 사변적 표현의 탈피를 기대」, 『문학과비평』, 1987 겨울); 제12회 이상문학상 본심 심사위원(이청준, 「찌르는 빛과 울림의 소설」, 『문학사상』, 1988.10);

원으로서 심사기준을 드러내는 심사평은 모두 이청준의 문학적 세계관
을 압축적으로 드러낸다는 데 공통점이 있다. 김현은 「문학상의 권위」라
는 산문에서 1970년대 들어 문학상을 수여하는 횟수가 많아진 것에 대
해 의견을 제시하고 있다.[59] 그는 당시 창작과비평사의 만해문학상, 한국
문학사의 문학상, 세계의문학사의 오늘의작가상, 문학사상사의 이상문
학상, 한국일보사의 창작문학상, 문예진흥원의 반공문학상과 흙의문학
상 등이 공로상이 아니라 작품상을 지향한다는 점을 일단 긍정적으로 평
가한다.[60] 왜냐하면 공로상은 몇몇 권위자들의 영향력이라든지 투명하

제1회 현대소설 신인상 본심 심사위원(이청준, 「한 치의 아쉬움」, 『현대소설』, 1990
여름); 제5회 현대소설 신인상 본심 심사위원(이청준, 「개성적인 시선과 이해」, 『현
대소설』, 1992 여름); 제14회 문예중앙 신인문학상 본심 심사위원(이청준, 「새로움
을 위한 모험」, 『문예중앙』, 1992 겨울); 제9회 동서문학상 본심 심사위원(이청준,
「심사평」, 『동서문학』, 1996 가을); 제2회 21세기문학상 본심 심사위원(이청준, 「우
리 삶과 시대의 거품현상을 꿰뚫는 고품격의 소설」, 『21세기문학』, 1998 가을·겨
울); 제3회 21세기문학상 본심 심사위원(이청준, 「우리 소설의 성취도를 높여준 작
품」, 『21세기문학』, 1999 봄); 제4회 21세기문학상 본심 심사위원(이청준, 「우리 삶
의 아픔을 일깨워준 작품」, 『21세기문학』, 1999 가을); 제5회 21세기문학상 본심 심
사위원(이청준, 「작가에 대한 신뢰감을 재확인시켜준 아름답고 힘있는 작품」, 『21세
기문학』, 2000 봄); 제6회 21세기문학상 본심 심사위원(이청준, 「윤흥길 문학의 또
다른 성과를 보여준 작품」, 『21세기문학』, 2000 가을); 제7회 21세기문학상 본심
심사위원(이청준, 「소설가의 자기 해부」, 『21세기문학』, 2001 봄); 제9회 이수문학
상 본심 심사위원(이청준, 「영혼의 깊은 울림」, 『21세기문학』, 2002 여름); 제12회
이수문학상 본심 심사위원(이청준, 「절정의 기억 형식」, 『21세기문학』, 2005 여름);
제13회 이수문학상 본심 심사위원(이청준, 「삶의 전 과정 꿰뚫는 가작」, 『21세기문
학』, 2006 여름); 제14회 이수문학상 본심 심사위원(이청준, 「시간 저쪽에서의 이야
기」, 『21세기문학』, 2007 여름); 이외에도 2000년부터 2008년까지 이청준은 동인
문학상 종신 심사위원으로 활동한 바 있고, 다수 신문의 신춘문예 심사위원으로 활동
했다. 이에 대해서는 별도의 조사가 필요하다. 참고로 1987년도 시, 소설, 평론 부문
신춘문예 전반에 대한 심사위원들의 인상기 가운데 이청준의 소감은 「선자를 굴복시
켜야 하는 싸움」, 『문학사상』, 1987년 11월호에 실려 있다.

59 김현, 「문학상의 권위」, 『뿌리깊은나무』, 1977.12.

60 '흙의문학상'과 '반공문학상'은 각각 1977년과 1976년에 한국문화예술진흥원에서
제정한 문학상이다. 이들 상과 더불어 한국문화예술진흥원의 '아동문학상(1979년

지 않은 방식을 통해 수상자가 결정될 우려가 있기 때문이다. 하지만 구체적인 작품을 토대로 상을 수여한다고 하더라도 '좋은 작품'이라는 기준은 사람마다 다르기 때문에 작품상 역시 주의를 요한다. 작품상은 '좋은 작품'이라는 명목만을 내세운 채 상업적인 목적이라든지 새로운 지배 담론에 의해 공정하지 못한 방향으로 얼마든지 왜곡될 수 있기 때문이다. 김현은 작품상이 공로상의 부정적인 성격을 타파하는 올바른 상이 되기 위해서는 '좋은 작품'이라는 기준을 심사위원 각자가 명확히 공개하지 않으면 안 된다고 역설한다. 이 같은 김현의 견해에서도 알 수 있듯이, 공정한 과정을 통해 수여되는 문학상이라면 이때 심사위원의 심사평은 '좋은 작품'에 대한 심사 위원 자신의 견해가 뚜렷이 드러난 텍스트라고 볼 수 있다.[61] 1970년대 초반부터 문학상 예심 심사위원으로 참여한 이청준은 1980년 무렵부터 다수의 문학상 본심 심사위원으로 활동했고 많은 심사평을 남겼다. 당시 그의 심사평들은 먼저 순위를 매길 수 없는 작품 가운데 당선작을 내야하는 입장의 곤혹스러움을 드러내고, 그럼에도 불구하고 특정 작품을 선택할 수밖에 없는 이유에 대해서 구체적인 의견을 제시한다는 점에서 대체로 일관성을 지니고 있다.

제정)'은 1980년부터 '대한민국문학상'으로 통합된다. 이상호에 따르면 1985년도 현재 남한에서 시행되는 문학상은 신인상, 공로상, 작품상으로 나눌 수 있고 전체 수효는 대략 94개에 달한다. 참고로 이상호의 조사는 스스로 언급했듯이 지방에서 시행되는 문학상이나 몇몇 문학상들의 세목을 누락했다는 점에서 한계를 지니나 문학상의 현황과 역사, 역대 수상자 현황, 1985년도 현재 중단된 문학상 목록 등의 정보를 비교적 성실히 제공하고 있다. 이상호, 「한국의 문학상, 100여종 된다-한국의 문학상 현황」, 『문화예술』, 1985.8.

61 이청준 역시 문학상 심사는 "독자에게 작품을 추천하는" 행위이기 때문에 심사평에는 "추천의 책임과 관련하여 작품의 새로움이나 이해의 값에 대해 일방통행식이 아닌 어떤 상식적이고 均衡 있는 평가의 기준"이 반드시 마련되어야 한다고 역설한 비 있다. 이청준, 「개성적인 시선과 이해」, 『현대소설』, 1992 여름, 220쪽.

그러므로 문학상 수상에 대한 소감문과 문학상 심사위원으로 수상작을 선정한 이유를 드러내는 심사평들은 거대하게 집적된 이청준의 문학 작품들에 비하면 한낱 작은 곁텍스트(paratext)들로 보이지만 실제로는 이청준의 문학관을 압축적이면서 밀도 있게 드러내기에 그의 문학 연구에 있어 무시할 수 없는 텍스트라고 판단할 수 있다. 2장에서 살펴봤듯이 이청준의 반성과 김현의 성실성이 자유의 내포와 외연을 심화시키고 확장시키며 생산적인 긴장 상태에 놓여 있던 1970년대 중반 이청준은 「이어도」로 『한국일보』 창작문학상을 수상했다. 당시 『한국문학』은 이청준에게 수상 소감과 더불어 앞으로의 문학 활동에 대한 전망을 밝히는 글을 청탁했다. 이 소감문[62]에서 이청준은 실명과 출처를 밝히고 있지 않지만 그 무렵 발표됐던 오생근의 비평문 가운데 일부를 인용하면서 글을 시작하고 있다. "그(이청준-인용자)의 소설은 '어떻게 사는가?'에 대한 해답이 아니라 물음이다. (…중략…) 그러나 작가의 물음이 보다 보편적인 의미로 확산되기 위해서 타인 또는 사회와의 긴장을 외면한 자기중심적 고뇌는 지양되어야 할지 모른다."[63] 이 같은 오생근의 지적을 읽고 이청준은 관념적이라고 종종 지적받는 자신의 소설에 대해 깊이 반성했으며, 앞으로 '사회와의 긴장을 외면한 자기중심적 고뇌는 지양되어야 한다'는 견해를 문학 행위의 지표로 소중히 간직하겠다고 겸손히 말하고 있다. 하지만 사실상 오생근의 견해는 정신의 리베랄리즘을 역설했던 김현의 문학적 세계관을 깊이 존중하면서도 그것을 더욱더 심화시키기 위해 부심했던 이청준이 이 무렵 고민한 생각이기도 했다. 자유를 향한 끝없는 갈

---

62 이청준, 「'이어도'의 전후」, 『한국문학』, 1976.2.
63 오생근, 「갇혀 있는 자의 시선─이청준의 작가세계」, 『문학과지성』, 1974 가을, 703쪽.

망은 보다 보편적이고 화창한 질서로 확장되어야 한다는 것, 그렇기에 "나(이청준－인용자)의 文學 行爲의 궁극은 나의 문학 안에서 구원받고자 하는 그 自己가 보다 보편적인 自己로 돌아가 그것과 만나야하는 것"이 다. "뒤집어서 말하면 그것은 個人과 사회를 연결하는 모종의 끈으로서 나의 소설이 시작되었"다는 사실을 잊지 않는 것이다. 물론 여기서 오생근의 견해와 이청준의 고민 중 무엇이 먼저인지 따지는 것은 중요하지 않다. 강조되어야 할 것은 이청준이 개인[自己] 안에 국한된 자유의 추구를 근본적으로 반성한다는 사실이다. 심지어 그는 이제까지 써 온 소설에 대해 다음과 같이 반성하기까지 한다. "자유로운 정신의 모험을 꿈꾸었으되 그 모험은 보잘 것이 없었으며, 일상적인 현실과의 상투적인 관계를 거부하려 노력하였으되 그런 노력의 성과는 무기력한 자기방황과 혼돈 속에서 힘찬 질서에의 의지를 보여주지 못하고 그 시대에 그곳에 내가 있었노라는 음흉스럽고 간교한 자기 알리바이와 공허한 헛몸짓밖에는 지어 보일 수가 없었"다. 그는 종종 관념적이라고 지적받곤 하던 자신의 소설들이 일상의 상투적인 담론에서 벗어나고자 노력했던 과정의 산물들이지만 보편적인 질서를 제시하지 못했다는 점에서 볼 때 그것들은 '공허한 헛몸짓'에 불과했을지 모른다고 말하고 있다. 물론 이 같은 이청준의 견해는 과거에 발표했던 문학 작품들을 반성함으로써 앞으로 진행될 문학 행위의 포부를 드러내야 하는 수상 소감문의 형식 때문에 발생하는 과도한 일반화일 수 있다. 하지만 여기서 이청준이 앞서 르포 「곡마단」(1968)에서 언급했던 단식 광대의 오기를 무조건 긍정하지 않는다는 점은 주목할 필요가 있다. 시기적으로 명확히 가름하여 일반화할 수 없겠지만, 「곡마단」을 쓰던 1960년대 그는 '배부른 표범'이 되지 않기 위해 타인뿐만 아니라 스스로도 만족할 수 없는 기예의 능력을 인간의 한계치 너머로 확장시키고자 했던 단식 광대의 태도를 전폭적으로 지지했다. 하지만 『한국일보』 창작문학상을 받고 그 수상 소감문 「'이어도' 의 전후」를 발표하는 1970년대 중반 그는 단식 광대의 기예가 만약 "힘찬 질서"를 창안하지 못한다면 "무기력한 자기방황과 혼돈 속에서" "공허한 헛몸짓밖에" 지어 보이지 못한 것이라며 반성하고 있다. 이 소감문에서 그는 "인간의식의 경화현상을 경계하면서 고통스러우나 자유로운 정신의 모험을 감내해나갈 각오를 단념해 버리지 않는 한 언젠가는 보다 바람직스런 자기 극복의 방법이 열리게 될 것으로 믿"는다고 말하고, 그 새로운 방법은 어쩌면 "우리 민족 독창의 향기 높은 예술형식인 판소리의 방법과 정신에 대한 소설에의 동경 같은 것"일지 모른다면서 글을 마감한다.[64] 여기서 자유로운 정신의 모험이 고통스럽다는 점은 단식 광대의 행위를 통해 익히 예상할 수 있다. 하지만 그러한 고통스런 모험으로 수행되는 '자기 극복'은 단순히 기술과 재주의 향상만을 의미하는 것은 아니다. 힘겹게 이루어지는 자기 극복은 개인과 사회를 연결하는 보편적인 질서의 창안을 뜻한다. 더불어 이 시기 이청준은 자유를 향한 개인의 극한적인 노력을 통해 비억압적인 보편적 질서를 창안하는 방법으로 막연하게나마 판소리를 거론하고 있다. 즉, 단식 광대의 단식 행위를 존중하던 1960년대처럼 예인들의 기예인 판소리를 생각하고 있는 이청준은 1970년대에도 장인의 삶을 깊이 존중한다. 다만 이제 그는 장인이 추구하는 자유로운 삶이 폐쇄적인 개인의 영역에 국한되는 경우를 반대하고

---

64 지금까지 이청준의 수상 소감문(1975년 『한국일보』 창작문학상)에서 직접 인용된 문장의 출처는 다음과 같다. 이청준, 「'이어도'의 전후」, 『한국문학』, 1976.2, 168~169쪽.

있다. 정리하자면, 인간에게 주어진 자유를 한계치 너머로 확장하는 장인들의 삶을 흠모하며 르포 「곡마단」(1968)을 쓰던 청년 이청준은 차차 정신의 리베랄리즘을 주장하는 김현의 성실성과 생산적인 긴장관계를 유지하게 되고, 어느덧 1970년대 중반에 이르자 그는 자유를 통한 보편적 질서의 창안에 대해 보다 진지하게 생각하고 있다. 10여 년의 시간동안 변하지 않은 것은 개인의 자유를 확장시키는 장인들의 삶에 대한 존중의 태도이고, 변한 것은 장인들의 자유가 이끌어내는 결과에 대한 복합적인 사유이다. 요컨대 개인의 자유에 대한 강조가 폐쇄적 개인주의로 왜곡될 수 있다는 점을 『한국일보』 창작문학상을 받는 1975년 무렵 이청준은 명확히 인지하고 있었다. 개인의 욕망을 억압하는 1970년대 남한 근대화의 질서에 대항하기 위해서 이 시기 이청준에게 이를테면 장인의 개인주의는 비억압적인 보편적 질서를 만들기 위한 하나의 수단일 뿐이지 궁극의 목적이 될 수 없었다.[65]

그런데 지금까지 서술한 이청준의 문학 행위의 도정에는 아직까지 해결되지 않은 두 개의 문제가 남아 있다. 하나는 1976년도 수상 소감문에서도 만연하게나마 판소리에 대한 가능성을 언급하고 있듯이 개인의 자유를 추구함으로써 발현되는 보편적 질서를 구체적인 소설로 제시하는 것과 관련된 문제이다. 개인의 자유와 보편적 질서의 조화라는 견해 자체를 개진하는 일과 그러한 조화를 실현시키기 위한 구체적인 방법을

---

[65] 참고로 자신의 소설과 세계관이 개인의 자유를 존중하지만 그것이 폐쇄적 개인주의와는 다르다는 점을 이청준은 1990년대 한 인터뷰에서도 다음과 같이 분명히 하고 있다. "문학이 인간의 심성을 문제 삼는다면 그건 아름다운 세계, 좋은 세계를 꿈꾸는 전제 아래서 이뤄지는 거겠지요. (…중략…) 저는 '전체의 출발이 개인이다'라는 걸 신봉하고 있습니다. 이건 어디까지나 개인주의와는 별갭니다. 개성이죠."(강조는 인용자) 박영태, 「송년 인터뷰—깨어 있는 진실로 '자유의 문' 연다」, 『학원』, 1990.11.

소설이란 장르 속에서 실험해야 하는 일은 절대 똑같지 않다. 개인과 사회의 조화를 가능하게 할 수 있는 구체적인 방법들을 소설로 실험해야 할 과제가 1976년도 무렵 이청준에게 남아 있었다.[66] 판소리에 대한 막연한 언급은 이미 이청준이 이 같은 문제에 대해 고민하고 있었다는 증거이기도 하다. 두 번째 문제는 1장의 단식 광대의 경우에서 살펴봤듯이, 실현 불가능한 자유의 추구에서 비롯될 수 있는 타인에 대한 복수심이나 지배욕과 관련된다. 단식 광대의 단식 행위는 자기 존재를 증명하고자 하는 욕망을 자극하지만, 그 욕망은 충족되면 될수록 단식은 더 극단적으로 수행되도록 자극되고, 결국 광대에게 자기 존재의 증명 과정은 평생토록 종결될 수 없다. 그런데 자신뿐만 아니라 타인들로부터 존재를 증명 받는 데 실패할 때마다 단식 광대는 더 강도 높은 단식을 꿈꾸기도 하지만 자신의 행위를 인정하지 않는 타인과 세계에 대한 복수심을 품기도 한다. 타인들에 대한 복수심과 지배욕에 기반 한 행위는 비억압적인 질서를 창안할 수 없기에 이 무렵 이청준에게 근본적인 한계로 보였을 것이다. 인간 한계 너머의 자유를 꿈꾸는 단식 광대의 행위는 복수심과 지배욕을 제거했을 때 비로소 이청준의 문학 행위로 응용될 수 있다. 이처럼 1970년대 중반 이청준은 개인의 자유와 보편적 질서의 조화를 소설 안에서 구체적으로 실험해야 하는 문제, 개인의 자유를 추구하는 과정에서 복수심과 지배욕을 제거하는 문제, 이렇게 두 개의 문제 앞에 놓여 있었다.

---

66 이청준 소설 가운데 최초로 판소리를 소재로 삼고 있는 소설인 「서편제」는 『한국일보』 창작문학상 수상 소감문이 발표된 지 두 달 후 『뿌리깊은나무』에 발표된다. 이청준, 「서편제」, 『뿌리깊은나무』, 1976.4.

이 수상 소감문을 발표하던 1970년대 중반 이청준은 소설 쓰기의 문제를 직접적으로 다루고 있는 단편 「지배와 해방」(1977)을 발표한다.[67] 이 소설에서 윤지욱은 소설가 이정훈의 강연을 테이프에 녹음한 후 그것을 재생시켜 다시 듣고 있다. 출판 강연회에서 이정훈은 '왜 쓰는가'라는 주제로 자신의 생각을 발표했는데, 그 내용은 지금까지 살펴본 이청준의 문학관과 상당히 유사하다. 등장인물 이정훈에 따르면 소설가의 최초 글쓰기는 자기 증명에 실패한 상처에서 비롯되는 경우가 많고, 그렇기 때문에 그 글은 "자기 삶의 근거를 마련하려는 일종의 복수심"(112)을 해소하게 해준다. 그런데 "자기 화풀이"나 "자기 위로 행위"(109)의 기능에 국한된다면 소설은 일기나 편지의 수준을 벗어나지 못하게 된다. 소설은 "일방적으로 파괴만을 꿈꾸는 복수심에서와는 달리, 그의 독자에 대한 명백한 문학의 책임"을 지녀야 하고, 그러한 책임 의식은 "끊임없이 새로운 세계의 새로운 질서를 꿈꾸는 것"(124)과 관련된다. 이정훈에 따르면 그것은 파괴적인 복수심이 아니라 건설적인 지배욕이다. 결국 복수심에서 출발한 사적인 글쓰기를 지양하기 위해 소설가는 "자유의 질서로써 독자를 지배"(132)하는 글을 쓴다. 이정훈의 발표 내용은 단식 광대의 기예를 존중하면서도 은연중 마음에 품게 될 복수심을 경계해야 하는 당대 이청준의 고민으로 읽을 수 있다. 그런데 이 소설에서 이정훈이 시도했던 복수심과 지배욕의 구분은 논리적 비약을 지니고 있는 듯하다. 복수심은 맹목적인 파괴심이기에 지양되어야 하고 자유로 이루어지는 지배

---

67 이청준, 「지배와 해방—언어사회학서설」, 『세계의문학』, 1977 봄; 이청준, 「지배와 해방—언어사회학서설 3」, 『자서전들 쓰십시다—이청준 문학전집, 연작소설 1』, 열림원 2000. 이 책에서 이 작품 속 문상을 직접 인용할 경우 열림원판 전집을 활용하고 쪽수는 괄호 안에 표기했다.

욕은 보편적 질서를 창안하기에 수용되어야 한다는 식의 이정훈의 이분법은 해명되어야 할 사유의 많은 단계를 생략하고 있다. 평론가 전영태역시 두 표현의 문제를 지적하고 있다. 그는 "복수라는 말은 오해의 여지가 많고 이론(異論)의 여지가 있는 일종의 은유"라고 말하며 복수심과 더불어 지배욕이라는 표현이 「지배와 해방」의 서사 안에서 명쾌히 설명된다고 하더라도 그것은 "패배한 존재라는 전제"에서 출발하기 때문에 재고할 필요가 있다고 말한다.[68] 즉 「지배와 해방」을 발표할 때까지 이청준에게 보편적 질서를 창안하는 자유의 지배욕은 피해자("패배한 존재") 의식을 벗어나지 못하고 있다고 판단된다. 물론 이청준의 피해자 의식은 가정사와 같은 그의 개인적인 문제에서 비롯됐다고 볼 수도 있다. 실제로 그는 의사가 된 옛 친구가 어려운 처지의 주인공을 한 동안 제 병원에 머물게 해주는 장면을 그린 「퇴원」(1965)이나 중학교 시절 점심을 싸오지 못하던 제자를 생각하며 평생토록 자신의 끼니의 절반을 덜어놓는 선생님을 등장시킨 「선생님의 밥그릇」(1992)을 창작한 동기에는 "신세짐의 기억이라도 있었으면 내 마음이 한결 유족해질 것 같은 원망(願望)"이 나름대로 크게 작용했다고 회고하기도 했다.[69] 즉 남에게 도움을 받은 기억이 있었다고 생각해야 위로가 될 정도로 고단했던 이청준의 처지를 고려한다면 그의 소설론이 피해자 의식과 연결될 수 있다는 점은 어렵지않게 이해될 수 있다. 그러나 이 시기 이청준의 소설관이 그의 고단한 처지에서 비롯된다는 사실을 언급하는 일은 느슨한 상관성은 찾을 수 있을지 몰라도 엄격한 객관성을 확보하기 어렵다. 그 뿐만 아니라 이청준의

---

68 전영태, 「자유의 질서를 구현하기 위하여」, 『문학사상』, 1988.2, 188~189쪽.
69 이청준, 「사랑과 화해의 예술―새와 나무의 합창」, 『본질과현상』, 2005 가을, 239쪽.

소설관과 개인사적 문제의 상관성을 따지는 일보다 더 중요한 것은 피해자 의식에서 비롯된 복수심과 지배욕을 극복하지 않는 한 보편적 질서의 창안은 근본에서부터 불가능하다는 점이다. 그러므로 단편 「지배와 해방」의 서사 마지막 부분에서 윤지욱이 소설가 이정훈의 강연을 만족하게 생각하면서도 녹음테이프를 서랍에 "감금"[70]하는 장면은 사소해 보이지만 매우 중요하다. 왜냐하면 테이프를 감금하는 윤지욱의 행위는 강연 이후 발표될 이정훈의 실제 작품을 계속해서 검증하겠다는 의지를 대변하고, 다르게 말하면 이정훈의 강연에 한계가 있을 수 있음을 의식하는 행위이기 때문이다. 즉 「지배와 해방」의 이정훈과 1970년대 말 이청준은 보편적 질서의 창안을 갈망하고 있었지만 복수심과 지배욕을 제거하는 방법은 찾지 못하고 있었다. 『한국일보』 창작문학상(1975)을 받고 그에 대한 소감문(「'이어도' 전후」, 1976)을 통해 문학 행위의 새로운 의지를 다짐한 이후 그는 「지배와 해방」(1977)을 발표했지만 아직까지 남겨진 문제들을 해결하지는 못했다.

이후 이청준의 문학적 세계관의 변모 양상을 파악하기 위해서는 앞서 언급했듯이 문학상 심사위원으로서 그가 작성한 심사평들 역시 참고 대상이 될 수 있다. 이청준이 문학상 심사 위원으로서 남긴 텍스트들은 대개 출품된 문학 작품들의 성과와 한계를 하나하나 구체적으로 언급하는 공통점을 지니고 있다. 그런데 그가 심사 위원으로서 좀 더 책임감을 지

---

70 윤지욱은 이정훈의 강연 테이프를 서랍 속에 소중히 '보관'했다고 말하지 않고 계속해서 지켜보기 위해 '감금'했다고 표현한다. 보관과 감금의 미묘한 뉘앙스 차이는 이 작품의 핵심에 육박한다고 판단된다. '보관' 대신 '감금'이란 표현을 사용했기 때문에 이 작품은 이청준(또는 등장인물 이정훈)의 소설관을 고정된 진리로 보지 않을 수 있게 한다.

녀야 할 위치인 본심 위원으로 활동하는 기간에 발표된 심사평들은 예심 위원으로 발표한 심사평들보다 이청준 고유의 문학적 세계관이 좀 더 직접적으로 드러난다. 즉, 예심 위원으로서 그는 "문장·구성·주제·상상력 따위의 기준을 두고 응모작"[71]을 평가했다면, 본심 위원으로서 참여할 경우 그는 소설 작법상의 오류를 따지기보다 응모 소설에 내장되어 있는 세계관을 검토한다. 물론 이 같은 차이는 일차적으로 예심 위원과 본심 위원이 검토하는 응모작의 차이에서 비롯된다. 하지만 더 중요한 것은 본심 심사위원으로 이청준이 작성한 심사평들은 그의 문학적 세계관과 응모작에서 드러나는 문학적 세계관이 본격적으로 비교되는 일종의 대결의 장이라는 점이다.[72] 1979년 그가 본심 심사위원으로 참여한 한국문학 제정 제3회 대학생문예상에서 그는 「두 작품에 대하여」라는 심사평을 남긴다.[73] 이 글에서 그는 「설행(雪行)」이란 응모작이 「평행봉 선수」보다 절제되고 압축된 문장과 이야기 전개 방식의 세련미를 드러내기 때문에 소설 작법상의 완성도가 훨씬 더 높지만 당선작은 될 수 없

---

71 이청준(예심 심사위원), 「일반적인 약점들」, 『여성동아』, 1972.12, 112쪽. 심사 소감문의 제목에서도 알 수 있듯이 이 글에서 이청준은 예심에 오른 응모작들을 한 편 한 편 구체적으로 언급하면서 그것들에서 보이는 기초적인 소설 작법 상의 "일반적인 약점들"을 지적하고 있다.

72 신춘문예 본심 심사위원으로서 응모작을 검토할 때 이청준은 개성적인 문장이나 효과적인 구성 등 소설 작법상의 문제에 크게 집착하지 않는다고 말한다. 이를테면 그는 소설 속 문장이 문법에 맞지 않더라도 글쓴이의 정직한 세계관과 유기적으로 결합하고 있다면 그것은 소설의 문장으로서 문제가 없다고 본다. 이청준은 소설 기법상의 문제보다 중요한 것은 주제라고 말한다. "한 작품의 진정한 주제는 우리가 말로 설명할 수 있는 것보다 훨씬 크고 복합적인 것"이기 때문이다. 이처럼 소설의 주제에 집중하는 이청준의 심사평은 응모작의 세계관과 선자(選者)의 세계관이 부딪히는 지적 싸움의 장이기에 그의 문학적 세계관을 엿볼 수 있게 한다. 이청준, 「선자를 굴복시켜야 하는 싸움」, 『문학사상』, 1987.11, 205쪽.

73 이청준, 「두 작품에 대하여」, 『한국문학』, 1979.7.

다고 말한다.[74] 그 이유는 "글쓴이 자신이 주인공의 삶을 그 만큼 깊이 아파하지 못하고 다만 아파하는 척 하기만 해온 어떤 상투적인 시선의 허물"이 엿보이기 때문이다. 이청준은 「설행」의 창작자 박대성(朴大星)을 포함해서 소설을 쓰고자 하는 모든 대학생들에게, "살아가는 데에서, 글 쓰는 데에서 자기 자신에 대해 더 많은 아픔을 견디고 나면 아마 틀림없이 좋은 글들을 쓰리라"는 조언을 남기면서 심사평을 마치고 있다. 일단 이 심사평은 설득력 있는 객관성을 확보했다고 보기 어렵다. 글쓴이가 주인공의 아픔에 진정 어린 태도로 접근하는지 여부를 제삼자가 판단하는 것에는 오해의 소지가 다분하기 때문이다. 오히려 이청준과 함께 본심 심사위원으로 참여한 윤흥길은 「설행」의 한계에 대해 다음과 같이 보다 객관적인 의견을 제시한다. "주인공의 정신적 방황의 중요 단서가 되는 가정의 파괴가 생략된 점은 독자에 대한 지나친 불친절이다."[75] 이처럼 서사의 개연성을 문제 삼고 있는 윤흥길의 견해는 소설 작법상의 문제를 제시하기 때문에 이청준의 주관적인 견해보다 좀 더 설득력을 지닐 수 있다. 그렇지만 이청준의 심사평이 객관성을 놓치고 있다는 사실을 지적하는 일은 그렇게 중요하지 않다. 여기서 주목해야 할 점은 이청준의 심사평은 자신의 고유한 문학적 세계관에 기반 하여 이루어졌다는 사실이다. 이 심사평에서 이청준은 소설의 등장인물을 포함해서 타자의 아픔에 정직하게 공감하는 것이야 말로 소설 창작의 핵심이라고 말하고 있다. 그는 타자의 상처에 거짓 없이 공감하는 태도는 타자에 대한 "상투

---

74 응모작 두 편은 다음의 지면에 수록되어 있다. 박덕규(경희대학교 국문과 2학년생), 「평행봉 선수」, 『한국문학』, 1979.7; 박대성(외국어대학 스웨덴어과 2학년생), 「설행」, 『한국문학』, 1979.8.
75 윤흥길, 「전통작법과 건강한 시선」, 『한국문학』, 1979.7, 252쪽.

성의 시선"을 벗어날 수 있게 한다고 본다. 그런데 여기서 문제는 타자에 대한 상투적인 시선을 벗어나게 하는 진정 어린 공감을 느끼기 위해서 글쓴이가 지녀야 하는 태도이다. 심사평 마지막의 문장에서 보듯 타자의 상처를 이해하기 위해서 이청준이 제시하는 방법은 먼저 '자기 자신의 많은 아픔을 견디어야 한다'는 것이다. 이처럼 이 무렵 이청준은 소설이란 타인의 아픔과 함께 하는 것이고 그처럼 정직한 소설을 쓰기 위해서는 먼저 자신의 아픔을 견뎌야 한다는 문학적 세계관을 지니고 있었다. 그러므로 1979년의 심사평은 이청준의 소설관의 변모 양상을 파악하는 데 상당히 중요한 역할을 한다고 판단된다. 왜냐하면 나의 아픔은 세계에 대한 복수심과 지배욕을 합리화시키기 위한 조건이 아니라 타인의 상처를 이해하기 위한 전제로 변화됐기 때문이다. 즉 타인의 아픔을 정직히 공감하지 않은 작품은 상투적이고, 상투성을 벗어나기 위해서는 먼저 나의 아픔이 복수심과 지배욕으로 발현되지 않도록 견뎌야 한다. 이것이 바로 1980년대 입구에서 이청준이 찾아낸 하나의 답변이다.

그런데 이청준이 활동했던 1960년대부터 2000년대까지 10년 단위로 시기를 나누어 살펴보면 그는 유독 1980년대에 문학상을 받은 횟수가 적다. 1985년에 「비화밀교」로 대한민국문학상(한국문화예술진흥원 제정)을 받은 것을 제외하고는 1980년대 내내 그는 문학상 수상자로 문단에 부각되기보다 문학상 심사위원으로 분주히 활동했다.[76] 또한 1980

---

[76] 이청준은 1960년대 2개 문학상을 수상했고(1967년 동인문학상, 1969년 대한민국문화예술상 신인상), 1970년대에는 3개(1975년 『한국일보』 창작문학상, 1978년 이상문학상, 1979년 중앙문예대상 장려상), 1980년대에는 1개(1985년 대한민국문학상), 1990년대에는 3개(1990년 이산문학상, 1994년 대산문학상, 1998년 21세기문학상), 2000년대에는 4개 문학상(2003년 인촌상, 2004년 대한민국문화예술상, 2007년 호암예술상, 2007년 제비꽃 서민소설상)을 수상했다.

년대는 이청준이 문학상을 적게 받은 시기이기도 하지만 다른 시기에 비해 문학 작품을 비교적 적게 발표한 기간이기도 하다. 물론 비교적 적은 수의 작품들이 발표됐지만 그 작품들은 이른바 '문제작'으로 문단 안팎에서 자주 거론되었다.[77] 하지만 1980년대 입구에서 그가 찾아낸 하나의 사유는 실제 소설 창작을 통해 활발히 검증되었다고 보기 어렵다. 즉, 복수심과 지배욕을 극복한 자유의 추구로써 보편적 질서를 창안하기 위해서는 먼저 타인의 아픔에 진정 공감해야 한다던 그의 소설론이 1980년대 발표된 문학 작품 안에서 본격적으로 실험되지는 못했다. 이 시기 이청준은 소설 창작보다 오히려 문학상 심사나 대학 강연과 같은 외부 활동에 많이 참여했다. 실제로 그는 1986년 3월부터 다음해 10월까지 한양대학교 국문과에서 전임강사로서 주(週) 3회씩 현대문학 관련 과목을 가르치기도 했다.[78] 하지만 그는 "(학생들을 가르치는 일을 – 인용자) 너무 늦게 시작했다는 점과 글쟁이로서 규제 없이 살아온 생활 습관이

---

[77] 1980년대 문학 평론가, 신문 기자, 방송사 PD 들은 이청준의 작품을 높이 평가했다. 김창완 외(좌담), 「1980년 소설 문학 총결산 – 8대 일간지 문화부 기자 방담」, 『소설문학』, 1980.12; 조남현, 「문제적 인물에 대한 끊임없는 탐구 – 비평가들이 선정·분석한 해방후 10대작품론」, 『문학사상』, 1984.8; 편집부, 「이 계절의 문제작 10」, 『소설문학』, 1984.5; 편집부, 「이 계절의 문제작 10」, 『소설문학』, 1984.8; 편집부, 「이 계절의 문제작 10」, 『소설문학』, 1985.5.

[78] 한양대학교 70년사 편찬위원회, 『한양대학교 70년사』 3, 한양대학교, 2011, 161쪽. 참고로 『한양대학교 70년사』 3에 따르면 이청준이 임용되기 전인 1984년 12월 한양대는 교원인사규정을 대폭 개정했다. 이 개정안에 의하면 전임교원의 직위는 4등급(전임강사, 조교수, 부교수, 교수)으로 나뉘고, 신규로 전임강사에 임용되는 사람은 최소 박사과정을 수료해야하며 어학 및 송합시험에 통과해야 한다. 기존 교원들 가운데 박사 학위를 취득하지 못한 경우는 1985년부터 5년 이내에 학위를 취득해야 하고 그렇지 않은 경우 전임강사의 경우 재임용될 수 없다. 이러한 규정을 토대로 보면 석·박사 학위를 취득하지 못한 이청준의 이력은 교원 임용 기준을 만족시킬 수 없었지만 그의 문학적 성과를 학교로부터 인정받았다고 판단된다.

쉽게 타협되지"[79] 않았다는 자책을 하며 한양대 전임강사직을 만 2년 만에 그만두었다.[80] 이청준은 몇몇 인터뷰에서 한양대 전임강사직을 그만둔 이유에 대해 이와 비슷한 답변을 남겼다.

글 쓰는 일과 학교에서 문학 얘기 하는 것이 그 게 그 일 같아 뵈겠지만 전혀 다른 일이에요. 소설이 은유라면 강의는 직설법이라고 할까. 방법이 아주 달라요. (…중략…) 제 성질이 또 좀 그래요. 난 약속을 못하는 사람이거든요. 약속을 하게 되면 그 약속이 지나가기 전엔 아무 일도 못해요. 전혀 글을 쓸 수 없게 되죠. 약속이 지나가야 다른 일을 겨우 하게 된단 말예요. 그렇게 살아온 사람이 규모 있는 자기관리가 쉽겠어요. 전에 직장 다닐 때는 출퇴근 시간 같은 게 정해져 있지 않던 직장이어서 그게 가능했었어요. 그런데 학교는 어떻습니다. 이건 개인과 개인의 약속이 아녜요.(1988년 인터뷰)[81]

---

79 「현대문학에 '아리아리강강' 연재」, 『경향신문』, 1988.4.30.
80 "너무 늦게 시작했다"는 말은 국문과에 재직하는 동료 전임교원들보다 나이가 많은데도 불구하고 자신의 직위가 낮았다는 뜻으로 유추할 수도 있겠지만, 오히려 소설 쓰기에 대한 이청준의 열정이 전임강사로서 대학생들을 가르치는 일보다 더 컸다는 의미로 받아들일 수 있다. 실제로 당시 한양대 국어국문과 전임교원 중 이청준보다 나이가 어린 사람은 이승훈 한 명뿐이었다. 이청준이 전임교원으로 재직하던 시기 한양대(서울 캠퍼스) 국문과 전임교원 전체 명단과 직위는 다음과 같다. 이경선(1923년생, 교수), 이종은(1931년생, 교수), 서정수(1933년생, 교수), 박노준(1938년생, 교수), 이승훈(1942년생, 부교수), 윤재근(1936년생, 부교수), 이명규(1935년생, 부교수), 이청준(1939년생, 전임강사). 한편 당시 국어국문과 전공과목은 33개 개설되어 있었고, 현대문학 관련 과목은 다음과 같다. '국문학사(KOR203)', '신문학사(KOR204)', '현대소설론(KOR206)', '문예사조(KOR209)', '시창작론(KOR214)', '현대시론(KOR302)', '소설창작론(KOR315)', '문체론(KOR317)', '현대작가론(KOR402)', '현대문학연습(KOR404)', '문예비평론(KOR407)', '비교문학론(KOR411)'. 한양대학교, 『한양대학교 요람 1987』, 한양대 출판부, 1987, 42~180쪽. 이청준이 재직하던 당시 국어국문학과 교육과정은 다음의 책을 참고할 수 있으나 실제로 그가 가르쳤던 과목은 언급되어 있지 않다. 한양국문 50년사 편찬위원회, 『한양국문 50년사』, 이펙P&P, 2010, 74쪽.
81 이청준·구효서(대담), 「진실된 말의 실천을 위하여」, 『문학사상』, 1988.6, 49쪽.

전임으로는 솔직히 겁나서 못 가겠데요. 내일 쓸 것이 떠오를까봐 내일의 술 약속도 못 잡는 내가 어떻게 많은 학생들을 상대로 몇 개월씩 약속을 하겠어요. 집에 있으면 비록 쓸 것이 없더라도 취직하면 또 쓸 것이 생길 것 같아 젊어 몇몇 직장을 얼마 안 가 포기한 심사나 마찬가지겠지요. 또 강단에서 가르치는 지식은 이미 창작이 굳어진 개념이어서 그것을 줄줄 가르치다 보면 내 소설 쓰기도 굳어질까 무서웠고요.(2004년 인터뷰)[82]

다른 시기에 이루어진 인터뷰지만 위의 두 개 인용문의 내용은 사실상 같다. 이청준은 한양대 출강 시절 실제로 소설을 쓰기 어려웠고 다시 소설에 전념하기 위해서 학교를 그만 두었다고 회고한다. 위 인용문에서 보듯 이청준은 타인과의 약속을 절대로 가볍게 여기지 않았으며, 마찬가지로 소설 쓰기를 평생의 업으로 삼았던 청년 시절 자신과의 약속 역시 예사롭게 여기지 않았다. 학생들과의 약속을 지키기 위해 소설 쓰기를 어느 정도 포기했고, 자신과의 약속을 지키기 위해 전임강사직을 과감히 포기했다. 위 삽화를 조금 더 확장해서 말하면 1980년대 내내 이청준은 소설 쓰기에 대해 결코 관성적으로 생각하지 않았다("가르치는 지식은 이미 창작이 굳어진 개념이어서 그것을 줄줄 가르치다 보면 내 소설 쓰기도 굳어질까 무서웠고요"). 이처럼 소설 쓰기에 대한 그의 열정은 1980년대에도 이전 시기와 다르지 않았다고 판단되지만 실제로 발표된 작품의 수효는 이전 시기에 비해 상당히 적었다. 특히 만 2년 정도 대학에 있는 동안 그가 발표한 작품의 수효는 이전 시기와 비교해 보면 지극히 저조하다.[83] 하지만 한양대 전임강사직을

---

82 이경철, 「만나고 싶었습니다—소설 쓰기는 징하나 독자 분들 때문에 행복」, 『문예중앙』, 2004 겨울.

그만둘 정도로 대단했던 소설 쓰기에 대한 이청준의 열정과 고민은 이 시기 그가 참여했던 문학상 심사평을 통해서 간접적으로 살펴볼 수 있다.

① 주인공은 월남전을 '싸움을 보러 간 전쟁'이 아닌 '아픔을 함께 하러 간 전쟁'으로 읽고 있다. 그것은 바로 월남 전쟁이 월남인을 위한 월남인의 전쟁이 아니라, 6 · 25를 겪어낸 우리 자신의 아픔의 역사를 이겨내려는 우리의 전쟁이라는 인식을 읽게 한다. 문학에서의 전쟁은 군인의 용감성이나 전투 승리가 아니라 인간의 삶이며, 그 삶의 아픔이나 사랑이 문제임은 두말할 나위가 없는 일일 것이다.[84]

② 「붉은 방」은 특히 그 절망과 고통의 광도를 높이기 위한 소설적 장치나 구조가 치밀하여 내 눈을 거풀째 지지고 드는 고통이 느껴진다. (…중략…) 「해변의 길손」은 가해자이면서 피해자인 주인공의 인물형과 그 삶이 매우 새롭고 독특하게 읽혀진다. (…중략…) 작품의 말미에서, 노년이 된 주인공의 통곡 조 울음소리가 내게 그만큼 울림이 컸던 것도 그의 삶의 겹이 그만큼 깊었던 까닭일 것이다.[85]

---

83 이청준이 한양대에 출강하던 시기 그의 근황을 알리는 글에서 그의 작품 발표가 유난히 저조하다는 사실을 언급하고 있는 서술은 쉽게 발견된다. 연합통신 문화부 기자 조선희(趙善姬)는 그의 작품수가 적다는 점을 다음과 같이 전한다. "그의 새 작품을 고대하는 이들은 허전했을 것이다. 올(1986년—인용자) 들어 발표한 작품은 단편 「섬」(『현대문학』 5월호) 하나 정도이다. 이 작품도 기실은 지난 해 써놓았던 재고에 손을 좀 본 것이라고 하는데(이하 생략)" 마찬가지로 비슷한 시기 이청준을 인터뷰했던 구효서도 "그가 지난 이태(1986~1987년) 동안 겨우 세 편의 단편만을 발표한 채 침묵했다"고 말하고 있다. 조선희, 「작가의 근황—밀실의 작가 이청준」, 『소설문학』, 1986.8; 이청준 · 구효서(대담), 앞의 글.

84 현대문학 창간 30주년 기념 장편 소설상 본심 심사평 : 이청준, 「흔치 않은 시각」, 『현대문학』, 1986.2, 58쪽.

인용문 ①은 현대문학 창간 30주년 기념 장편 소설상 본심 심사위원으로 이청준이 남긴 심사평이다. 이원규의 장편『훈장과 굴레』를 수상작으로 선정하면서 그는 타인의 고통을 함께 아파하는 태도를 통해 자신의 문제를 되돌아보게 함으로써 월남전에 대한 "흔치 않은 시각"을 획득할 수 있었고 종국에는 범박하지 않은 참신한 소설을 완성하였다고 격찬한다. 인용문 ②는 제12회 이상문학상 본심 심사위원으로 그가 남긴 심사평이다. 여기서 그는 임철우의 「붉은 방」과 한승원의 「해변의 길손」이 자신에게 '찌르고 울리는' 감동을 건넸다고 말한다. 왜냐하면 두 작품은 타인의 고통에 정직하게 반응한 소설이기 때문이다. 그가 보기에 가해자와 피해자가 교차하는 임철우 소설의 독특한 구조와 피해자와 가해자를 선명하게 구분하지 않는 한승원의 인물 제시는 단순히 소설적 기교에 불과한 것이 아니라 타인의 고통을 정직하게 함께 앓고 있다는 증거이다. 이처럼 이청준은 1979년도 제3회 대학생문예상 심사평에서 제시한 자신의 소설관을 1980년대 후반까지 계속해서 유지하고 있다. 즉 타인의 고통에 정직하게 반응하고 공감하는 태도를 1980년대 이청준은 소설의 중요한 이념으로 생각하고 있었다.

---

85 제12회 이상문학상 본심 심사 심사평 : 이청준, 「찌르는 빛과 울림의 소설」, 『문학사상』, 1988.10, 73쪽.

4. 피해자 의식에서 가해자 의식으로

③그동안 메모만 해놓고 작품으로 옮기지 못한 것과 초고들을 정리하는 한편『현대문학』에 연재한 바 있는 장편「아리아리강강」의 뒷부분을 마무리할 작정이다. 새해설계란 대개 시작은 그럴듯하지만 결과를 장담할 수 없는 것인 만큼 이번 새해 설계 또한 마음만 앞서는 것이 아닐는지. 손발이 짧더라도 한 해 동안 또 열심히 매달려볼 수밖에.(1989년 새해 설계)[86]

④새해 계획을 쓰는 일과 더불어 건강뿐이다. 지금까지의 건강요법이라는 것이 서울의 공해를 벗어나는 방법뿐이어서 올해는 더 많이 서울 바깥으로 다녀봤으면 싶다. 또「아리아리강강」 2부를 마무리지으려는, 이제부터는 좀 더 소설을 길게 써볼 욕심을 새해엔 가지고 있다.(1991년 새해 설계)[87]

1980년대 발표한 작품 수는 이전보다 줄었지만 창작 활동을 위해 한양대학교 전임강사직을 그만둘 정도로 이 시기에도 소설 쓰기에 대한 이청준의 열정은 변함없었다. 이 기간에 그는 단편 소설보다 중편 이상 분량의 소설 쓰기에 집중했다.『낮은 데로 임하소서』(1981),『백조의 춤』(1983),『제3의 현장』(1984) 등은 이 시기에 발표된 전작 장편 소설들이고,「시간의 문」(1982),「여름의 추상」(1982),「비화밀교」(1985) 등은 중편 소설이며,「인간실습장」(1984),「아리아리강강」(1988),「자유

---

86 이청준,「1989년 200자 나의 새해설계」,『현대문학』, 1989.1, 67쪽.
87 이청준,「문학인 35인 나의 새해설계」,『현대문학』, 1991.1, 44쪽.

의 문」(1989)은 도중에 중단되거나 최종회까지 완료된 연재소설들이다.[88] 그런데 「아리아리강강」의 첫회 모두(冒頭)에 서술된 "작가의 말 / 結句를 위한 告祝"에서 이청준은 이 작품을 1984년 가을 녘에 시작해서 지금까지 3번 수정했고 이번 1988년도 연재본이 4번째 수정된 텍스트라고 말하고 있다. '작가의 말'에 이청준인 덧붙인 '결구를 위한 고축'이란 문구에서도 알 수 있듯이 연재본이 "어떤 식으로든 결판"이 나서 더 이상 서사의 변모가 없기를 그는 간절히 원했다. 연재가 시작될 무렵 다른 지면에서 그는 "숨어 사는 이 혹은 쫓기며 사는 이들의 삶의 참의미는 근 십년 동안 나의 소설의 중심과제가 되어 왔다. 그리고 그에 대한 간구의 과정 속에 나는 늘 한 편의 소설을 그려 왔다"라고 「아리아리강강」의 창작 동기를 언급하기도 했다.[89] 그러나 1988년의 '결구를 위한 고축'에도 불구하고 위에 인용된 두 개의 '신년메시지'에서 보듯 이 소설은 1990년 말까지도 완료되지 못했다. 지금까지 서술들을 종합해보면, 1970년대 말부터 이청준은 '쫓겨 사는 이들의 삶의 참의미'에 대해 깊이 관심 갖고 있었고, 그러한 관심은 1984년 가을 무렵 「아리아리강강」을 창작함으로써 좀 더 구체적으로 개진될 수 있었으나, 개작과 연재를 시도하며 '結句를 위한 告祝'을 빌었음에도 1990년대 초까지 소설의

---

88 「인간실습장」은 『꿈과일터』 1984년 11월호부터 1985년 5월호까지 총 7회 서사가 연재되는 도중 중단되었다. 1985년 5월호 말미에는 8회 서사가 연재될 것이라고 공지되어 있지만, 『꿈과일터』를 발간하던 홍성사 사장 이재철의 부도 때문에 6월호부터는 잡지가 발행되지 못했다. '아리아리강강」은 『현대문학』 1988년 5월호부터 9월호까지 총 5회로서 연재를 완료했고, 「자유의 문」은 『신동아』 1989년 7월호부터 11월호까지 5회로서 연재를 완료했다. 나머지 작품들의 서지사항에 대해서는 본 책 마지막 상에 첨부되어 있는 '별지 부록'을 참고할 것.

89 「현대문학에 '아리아리강강' 연재」, 『경향신문』, 1988.4.30.

결구는 완료되지 않았다. 『현대문학』에 연재를 마친 후 곧이어 그는 단행본 『아리아리강강』(1988)을 발표했지만 이 장편 소설의 서술 마지막 부분에 "제1부 끝"이라는 표기를 남겨두었다.[90] 단행본의 마지막 표기와 인용문 ③에서 보듯 이제 그는 『현대문학』지에 연재한 「아리아리강강」을 개작하는 대신 서사를 더 보완하기를 원하고 있다. 「아리아리강강」의 뒷부분을 좀 더 보완해서 완료된 형태의 단행본은 1991년에 발표된다. 인용문 ④에서 보듯 그는 「아리아리강강」 2부를 마무리하길 원했는데, 그의 신년 계획대로 1991년 12월 말에 기존의 「아리아리강강」은 『인간인』이라는 제목의 두 권의 책으로 발간됐다.[91] 이처럼 『인간인』은 "좀 더 완벽한 작품을 써보고 싶다는 욕심에 작가 생활 중 가장 긴 시간을 할애한 가장 긴 작품"이며,[92] 다르게 말해 1970년대 말부터 1990년대 초까지 이청준의 문학적 활동을 증명하는 작품이다. 앞서 1, 2장에서 언급했듯이 1970년대 말 이청준은 개인의 자유가 보편적 질서의 전제임을 소설이란 장르 안에서 실험해야 하는 문제와 자유의 실천

---

90 연재 마지막회가 실려 있는 『현대문학』 1988년 9월호의 말미는 "끝"이라고 표기되어 있는 반면, 단행본 말미는 "제1부 끝"이라고 표기되어 있다. 그런데 책의 속장 말미의 표기와 다르게 단행본 표지는 분책 정보가 표기되지 않은 채 "이청준 장편 소설"이라고만 씌어 있다. 즉 이 책은 표지만으로는 한 권의 완결된 서사를 독자에게 기대하도록 하면서도, 속지를 통해 완결된 서사를 부정하고 있는 흥미로운 형식을 보여준다. 그러나 이러한 형식이 작가의 의도라고 판단할 근거는 없다. 오히려 출판사와 작가 사이에서 소통이 제대로 이루어지지 않은 이유로 인쇄 과정에서 발생한 오류라고 판단된다. 한편, 단행본 초판은 연재가 끝난 지 4개월 정도 지난 1988년 12월 20일에 발행되었다. 연재본 발표와 단행본 발행 사이의 시간적 격차가 지극히 짧은 점은 "결구를 위한 고축"의 마음이 당시 이청준에게 지극히 컸음을 간접적으로 보여준다. 이청준, 『아리아리강강』, 우석, 1988.

91 이청준, 『인간인─아리아리강강 1』, 우석, 1991; 이청준, 『인간인─강강술래 2』, 우석, 1991.

92 「작가와의 대화─역사 이끄는 힘의 원천 찾고 싶었다」, 『경향신문』, 1992.1.30.

속에 포함될 수 있는 세계에 대한 지배욕과 복수심을 제거해야 하는 문제 앞에 놓여 있었다. 더불어 그는 1980년대를 통과하면서 타인의 고통에 정직하게 공감할 때 이러한 문제들이 해결될 수 있을 것이라는 믿음을 품고 있었다. 이 같은 1970, 1980년대 고민의 시간을 모두 아우르고 있는 『인간인』은 이청준의 문학적 세계관 앞에 놓인 두 개의 문제와 하나의 믿음이 대결하는 장이었다.

　『인간인』이 다루고 있는 시간은 일제시대부터 1980년 광주민주화운동까지이다. 1부의 서사는 일제시대부터 한국전쟁까지의 시간대에 걸쳐 있고, 2부 서사의 시간적 배경은 1970년대부터 1980년 광주까지이다. 시간적 배경은 다르지만, 1부와 2부 서사는 쫓기는 자와 쫓는 자가 쉽게 구분될 수 없으며 누구든 피해자와 가해자가 중첩된 일종의 겹의 존재로서 살아갈 수밖에 없다는 점을 알려준다. 이 같은 서사의 문제의식은 1부의 남도섭과 2부의 안장손에 의해서 구체적으로 개진된다. 그런데 남도섭과 안장손이 자기의 존재 증명 실패나 굴곡진 가정사적 문제 때문에 세계에 대한 복수심을 품게 된 내력을 지닌 인물이라는 점은 주목을 요한다. 왜냐하면 앞 장에서 살펴봤듯이, 1980년대 이청준은 자유의 추구가 복수심과 지배욕을 제거했을 때에만 비로소 보편적 질서로 확장될 수 있다고 생각했기 때문이다. 쫓기는 자에서 쫓는 자가 되기 위해 자신의 신분을 위장하는 남도섭과 안장손은 카프카의 단식 광대처럼 자기를 증명하기 위해 자유의 추구를 극단적으로 실천하는 자들이지만 아직까지 자기 안의 복수심을 제거하지는 못한 인물들이다. 그렇기 때문에 두 인물이 세계에 대한 복수심을 제거하고 보편적 질서를 창안하는 과정을 살펴보는 일은 『인간인』 독해의 핵심이자 1980년대까지 진행되어온 이청준의 문학적 세계관이 실제 소설 안에서 실험되는 과정을 검토하는 일이기도 하다. 먼저 1부의 중심인물 남도섭은 고향 친구 상준과의 여러 가지 경쟁에서 "무참스런 배패"를 당한 후 세계에 대한 "복수심"(1부, 169쪽)을 해소하기 위해 권력을 획득하고자 한다. "세상은 어차피 힘을 쥐고 누리는 쪽과 그 힘에 쫓기며 짓눌려 살아가는 쪽으로 나뉘는 법이다. 해서 그 힘을 놓친 자는 제 것을 아무것도 지킬 수가 없는 법이다."(1부, 129쪽)[93] 이 같은 아버지 남 초시의 처세훈을 받들어 남도섭은 친일 행위를 통해 권력을 잡고자 한다. 그는 대원사에 경찰의 첩자로 잠입하여 일제의 권력에 거스르는 자들을 밀고한다. 이제 남도섭은 자신이 비로소 쫓는 자가 되어 권력을 잡았다고 생각한다. 하지만 시간이 흘러 한국전쟁이 발발하자 남도섭은 다시 공산주의 세력들에게 쫓기는 자가 된다. 남도섭은 대원사 소영각 밀실로 피신하게 되고 이때 그가 깨닫게 되는 것은 과거 자신의 첩자 행위를 이미 대원사 측에서 알고 있었고, 자신이 따랐던 친일 형사 안도가 사실은 자신을 배반하고 이용했었다는 사실이다. '자신의 모습이 지워지는 집'을 뜻하는 소영각(消影閣)에서 남도섭이 이제까지 품고 있던 권력의 추구에 대한 믿음은 사라지게 된다. 즉, 권력을 잡았다고 생각하는 순간 가장 강력하게 권력에 구속되며, 쫓는 자의 위치와 쫓기는 자의 위치가 고정될 수 없다는 사실을 비로소 그는 소영각 밀실에서 알게 된다. 그렇기에 도섭은 "운명은 이미 다 점지되어 있다는 것, 그러나 거기 대해 자신은 아무것도 알 수가 없다는 것, 자신이 자신의 앞일을 알 수 없고, 그걸 어떻게 해볼 수도 없다는 것, 자신의 모든 일이 벌써부터

---

93 이청준, 『인간인』 1 · 2, 열림원, 2001. 앞으로 이 작품의 문장을 직접 인용할 경우 괄호 안에 해당 권수와 쪽수를 표기한다.

자기 손을 떠나고 말았다는 것—그런 참담스런 사실의 자각" 속에서 "절
망감"(1부, 344)에 빠진다. 그렇지만 1부 서사는 앞서 이청준 소설 전반에
대해 오생근이 지적했듯이 "'어떻게 사는가?'에 대한 해답이 아니라 물
음"만을 제시하며 마감되지는 않는다. 즉, 자유를 확장시키기 위해 운명
으로부터 벗어나고자 노력할수록 인간은 더 견고하게 운명에 구속된다
면, 남도섭을 비롯하여 인간들은 앞으로 어떻게 살아가야 하는가? 자신
의 자유를 확장하고자 하는 모든 시도를 애초부터 포기해야 하는가? 이
러한 질문들에 대해 1부의 서사는 우봉 스님의 목소리를 통해 하나의 답
변을 제시하면서 마무리된다.

> "네가 대체 누구의 죄인이더냐. 죄를 지은 건 누구고, 그 죄를 쫓는 건 또
> 누구더냐……. 네 진정 밖에서 너를 쫓는 자만을 두렵다 하겠느냐……. 그
> 곳(소영각 밀실 – 인용자)을 들고나는 건 네가 언제고 알아 정할 일이다. 허
> 지만 덫을 진 짐승은 몸부림을 칠수록 제 몸만 더욱 깊이 옭아 묶을 뿐이니
> 라. 헌데도 제가 덫을 지고 있는 것조차 모르는 중생은 그저 제 몸 하나 갑갑
> 한 것만 생각하고 사지를 쉴 새 없이 나대고 덤비는 법. 거기 비해 제법 지혜
> 가 있는 중생은 미련스럽게 제 몸을 나대기보다 제가 진 덫이 어떤 것인가부
> 터 알아내려 애를 쓴다. 그래 그 덫이 어떤 것인지를 알게 되면, 그것을 벗게
> 될 지혜도 저절로 깨닫게 되게 마련이다. 헌데 제가 진 덫을 안다는 것이 무
> 엇이냐. 그게 바로 제 본 마음을 아는 것이 아니더냐……."(1부, 348쪽)

자신의 운명을 벗어나려고만 하지 말고 그것을 깊이 알아야 한다는
것, 그리고 운명을 깊이 안다는 것은 자신이 피해자가 아니고 가해자("네

가 대체 누구의 죄인이더냐")임을 알아야 한다는 것, 그때 비로소 인간의 자유가 확장될 수 있다는 것이 우봉 스님의 답변이다. 그렇지만 우봉 스님의 답변은 서사 마지막 부분에 비교적 소략하게 등장할 뿐 그러한 가르침이 구체적으로 실천될 수 있는 방법을 1부 서사는 제시하지 못한다. 즉, 자유롭기 위해 자신의 "본 마음을 아는 것"이 중요하다는 우봉 스님의 가르침은 마치 선문답 같아서 한편 강력한 설득력을 지니고 있지만 다른 한편 구체성을 결여하고 있다. 이처럼 『인간인』 1부 서사는 자유에 내장된 복수심의 한계를 증명할 수는 있어도, 복수심을 제거한 후 보편적 질서를 창안하기까지의 구체적인 과정을 제시하지 못한 한계를 지니고 있다. 이청준이 1980년대 입구에서 마련한 자신의 문학적 세계관을 1988년도에 발표된 『인간인』 1부 서사[94]는 온전히 감당했다고 보기 어렵다. 1988년 『인간인』 1부 서사인 『아리아리강강』을 발표한 후 이청준이 계속해서 이 소설의 완성을 부정하며 서사를 첨부하고자 했던 이유도 여기에 있는 듯하다. 즉 『인간인』을 집필하면서 이청준은 물음의 서사가 아니라 답변의 서사를 욕망했다고 판단된다. 그는 복수심을 제거한 자유가 보편적 질서를 구현하는 것에 대해 증명하고자 했다. 『인간인』 2부 서사는 이 같은 작가의 욕망에 대한 반응물이다. 인물, 배경, 사건 등에서 2부 서사는 1부 서사와 구조적 상동성을 지닌다. 1부에서 남도섭의 정신적 갱신을 돕는 윤 처사는 2부에서 안장손의 갱신을 돕는 노암 스님이 되고, 소설에는 명확히 드러나지 않지만 자신의 '본 마음'을 알기 위해 수행하는 2부의 무불 스님은 1부의 소영각 안에서 깨달음을 얻는 남도섭을 연

---

94 문장과 표현이 수정되었지만, 『인간인』 1부의 서사는 1988년도에 연재된 「아리아리강강」과 동일하다.

상케 하며, 쫓기는 자에서 쫓는 자로 신분을 위장한 채 권력을 추구하는 인물인 2부의 안장손은 1부의 남도섭과 유사한 깨달음의 과정을 거친다.[95] 하지만 2부 서사가 1부와 구조적 상동성만을 지니는 것은 물론 아니다. 이미 말했듯이, 2부 서사는 1부에서 해결하지 못한 보편적 질서를 창안하는 것과 관련된 문제를 정면에서 다뤄야 하기 때문이다. 그러기 위해 우선 2부 서사가 문제 삼는 것은 무불 스님의 태도이다. 무불 스님은 1부에서 우봉 스님이 건넸던 마지막 답변('먼저 자신의 운명과 본심을 알아라')을 온몸으로 실천하는 자이다. 자신의 운명과 본심을 명확히 알기 위해 세상과 단절한 채 이루어지는 듯 보이는 무불 스님의 수행을 안장손은 폐쇄적 개인주의의 위장된 행동이 아닌지 검증한다. 2부 서사 전반부는 안장손과 무불의 세계관적 대결이 상당한 지면을 차지하고 있는데, 이는 1부에서 제시한 우봉 스님의 답변을 작가 스스로 2부의 서사를 통해 치밀하게 점검하는 행위로 볼 수 있다. 이청준은 1부 서사에서 제시한 우봉 스님의 다소 추상적인 답변이 구체적인 현실과 타인들의 고통으로부터 절연된 이기적인 행동으로 왜곡될 수 있음을 2부의 안장손과 무불 스님의 대결을 통해 살펴본다. 그러므로 1부에서 제시된 '자신의 본심을 직시하라'는 답변은 2부에서 불교의 인연론을 통해 보완된다. 자신의 운명을 직시함으로써 얻게 된 깨우침은 타인과 인연을 맺게 될 때 비로소 완성된다는 점을 2부 서사는 강조한다.

이처럼 1부와 2부 서사의 구조적 상동성은 특정 시대를 떠나 보편적으로 인간이 가해자와 피해자의 중첩된 굴레에서 벗어나지 못한다는 점을

---

[95] 1부와 2부 서사에서 드러나는 인물 설정의 상동성은 이경훈에 의해 사세히 증명된 바 있다. 이경훈, 「관념의 봄, 혹은 몸의 관념 만들기에 대하여」, 『현대소설』, 1992 여름.

알려주지만, 1부가 그러한 운명의 구속을 벗어나기 위해 자신을 직시하라는 식의 다소 추상적인 답변을 제안했다면, 2부 서사는 운명의 구속을 벗어나기 위한 방법으로 타인과의 관계[因緣]를 제시한다. 결국 2부의 주제는 자신이 피해자가 아니라 오히려 가해자임을 알 때 타인과 올바른 인연을 맺게 되고 비로소 자유를 구속하는 운명의 굴레를 벗어날 수 있다는 점이다. 2부의 주인공 안장손은 이러한 서사의 가르침을 재연하는 인물이다. 자신의 의도와 다르게 정 씨를 국가보안법으로 구속하게 만든 일이라든지 도움을 주고자 했지만 오히려 주성모 청년을 구속되게 했던 일 등을 겪으면서 안장손은 자신의 행동이 의도는 그렇지 않더라도 타인의 고통에 한 원인이 되었음을 깨닫게 된다. 즉 인연설은 다름 아닌 타인의 고통과 관계 맺는 일을 의미하고, 그것은 바로 자신이 가해자임을 깨닫는 윤리적인 사유이다. 2부 서사는 이러한 깨우침을 얻은 안장손이 자신의 목숨을 바칠 정도로 숭고한 사랑의 실천을 수행하는 장면에서 마무리된다. 다음의 인용문은 인연론의 깨달음으로 타인의 고통과 관계 맺은 안장손이 난정과 그녀의 아이를 구하기 위해 절규하는 장면이다.

> 이 살인마들아! 너희가 이제는 우리 아이까지 빼앗아가겠단 말이냐. 아직 태어나지도 않은 이 내일의 우리 생명까지 말이다! 그럴 수는 없을 거다. 우리는 가야 한다. 너희들에게 이 아이를 빼앗길 순 없단 말이다. 빼앗기지 않는다! 자, 가자. 차를 돌진해 가자! (2부, 340쪽)

안장손은 임신한 난정을 트럭에 태운 후 광주로 들어가고자 하지만 1980년 5월 광주를 진압한 군인들은 그들의 진입을 허용하지 않는다.

군부정권을 연상케 하는 광주의 진압군들을 향해 "이 살인마들아!"라고 외치는 장면은 종종 관념적 소설이라고 오해받고 비판받아 왔던 이청준의 소설이 아닌 것처럼 보일 정도로 직설적이다. 그러나 진압군들에 대한 직설적인 비판보다 주목해야 할 것은 이청준이 2부 서사에서도 끝내 보편적 질서가 창안되는 장면을 제시하지 못했다는 사실이다. "아직 태어나지도 않은 이 내일의 우리 생명"은 이청준이 생각하는 미래의 억압 없는 보편적 질서와 연관되지만, 그것의 소설적 실현을 이청준은 끝내 제시하지 않으면서 2부 서사를 마감하고 있다. 이처럼 『인간인』 1부와 2부는 1980년대 이청준이 제시한 문학적 세계관을 적극적으로 소설이란 장르 안에서 실험해본 텍스트이다. 자유의 실천 속에 포함되어 있는 복수심이 권력을 맹목적으로 지향함으로써 타인에 대한 폭력으로 왜곡될 수 있다는 점이 1부에서 검증되고, 복수심을 제거한 자유의 행위가 폐쇄적 개인주의에서 벗어나기 위해 타인의 고통과 관계 맺어야 한다는 점이 2부에서 고찰된다. 하지만 완성된 형태의 보편적 질서를 마련하고 이에 하나의 답변을 제시하고 싶었던 이청준의 욕망은 끝내 서사 안에서 실현되지 않았다. 그 질서는 2부의 등장인물 난정의 뱃속 아이처럼 유산될 위험과 아직 태어나지 않은 미래의 가능성 사이에 놓여있었다. 그렇지만 개인의 자유와 보편적 질서가 조화를 이룬 상태를 소설 안에서 제시하지 못한 것이 『인간인』 1, 2부 서사의 한계가 되지는 않는다. 오히려 성급한 보편성을 경계함으로써 새로운 보편성에 대한 사유를 자극하는 것이야 말로 이청준 소설의 특장이다. 더구나 1990년대 초 이청준은 보편적 질서를 창안하기 위한 지난한 과정을 생략한 소설 쓰기에 대해 크게 실망하고 있었다.

고백하자면 근래 들어 나는 내 소설 작업을 서서히 마무리지어 나가야겠다는 생각을 자주 해왔다. 동시에 지금부터라도 이 소설질 말고 달리 사람값을 좀 할 만한 일이 없을까, 공소한 파장 의식에 사로잡힐 때가 허다했다. 우선은 이 일에 대한 자신의 체력과 정신력에 한계를 느끼게 된 때문일 것이다. 그리고 그 쇠약과 힘부침의 결과로 나의 소설 작업에 대한 보람이나 믿음이 많이 줄어든 때문일 터이다.[96]

제2회 이산문학상을 수상하면서 남긴 이청준의 수상 소감문의 일부이다. 이 소감문을 발표한 1990년 가을 무렵 이청준은 소설 쓰기에 피로감을 느꼈으며 위에 인용되진 않았지만 심지어 "자기 신뢰감"을 상실했다고 고백하고 있다. 앞서 인용문 ④에서 보듯 이 무렵 이청준은 1991년 새해 계획으로 「아리아리강강」 2부를 완성하고 싶다는 포부를 내세우기도 했었다. 즉 1990년 무렵 이청준은 소설 쓰기에 대한 피로감과 새로운 포부 사이에서 갈등하고 있었다. 『인간인』 2부 서사는 이 같은 힘겨운 고뇌의 시간을 통과한 작품이라는 점에서 더 의미가 있다고 볼 수도 있다. 즉 자유의 실천이 보편적 질서를 창안하는 조건으로 작용할 수 있다는 작가의 문학적 세계관을 소설로 검증하는 과정은 이청준 스스로에게 매우 힘겨웠다고 판단된다. 하지만 이 같은 작가의 개인적 고뇌를 고려해서 『인간인』 2부 서사를 과장되게 평가할 이유는 없다. 오히려 이청준이 이 시기 소설 쓰기에 피로감을 느낀 구체적인 이유와 2부 서사의 상관성을 살펴보는 것이 중요하다. 이산문학상 수상 소감문

---

[96] 제2회 이산문학상 수상 소감 : 이청준, 「소설 부문 수상 소감」, 『문학과사회』, 1990 가을, 1314쪽.

에서 이청준은 "소설 일이 때로 내게 개인적 소망이나 믿음을 뒤로 한 채 이 시대나 사회의 공의를 우선시켜 목소리를 얼마간 바꾸거나 조절해나가야 할 경우가 없지 않았던 때문"[97]에 자신의 소설 쓰기에 대해 스스로의 신뢰감을 잃게 되었다고 말하고 있다. 즉 개인적 소망이나 믿음을 제거한 채 사회적 공의만을 내세운 소설 쓰기에 이청준은 실망감을 느끼고 있다. 이 시기 그의 심정은 자유와 질서의 조화를 추구하고자 하는 자신의 문학관을 그대로 반영한다. 즉 개인적 자유를 고려하지 않은 채 보편적 질서와 거창한 대의만을 실천하는 소설을 이청준은 거부한다. 『인간인』 2부 서사가 보편적 질서를 갈망하면서도 그것을 하나의 완성태로 제시하지 않은 이유에는 이처럼 이 시기 소설 쓰기에 대한 이청준의 고민이 반영되었기 때문이다.

1990년대 이후 이청준은 개인의 자유가 보편적 질서의 조건이 되기 위해서는 타인의 고통에 대해 윤리적인 책임의식을 지녀야 한다는 생각을 고수했다. 개인의 자유와 사소하고 속된 삶을 고려하지 않은 채 거대한 대의만을 추구하는 태도를 또다시 검증하기 위해 이 시기 이청준이 주목한 것은 통일문제이다. 「가해자의 얼굴」(1992)에서 아버지와 딸은 통일문제를 두고 대화를 나누지만 끝내 불화한다. 아버지와 딸 두 사람은 통일을 바란다는 점에서 같은 견해를 지니지만, 통일의 방식에 대해서는 의견 차이를 보인다. 아버지의 의견은 '가해자 의식'에서 비롯되고 딸의 견해는 '피해자 의식'에 기반 하기 때문이다. 즉 아버지는 분단의 원인에 자신도 책임이 있다는 식의 속죄의식을 지녀야 한다고 생각한다

---

97 위의 글, 1314쪽.

면, 딸은 남한과 북한 모두 서양 세력에 의한 부당한 피해를 보았다고 생각한다. 아버지는 자신이 가해자라는 생각이 없이 이루어지는 남북통일은 또 다시 다른 세력을 가해자로 낙인찍으며 배제하는 행위이기 때문에 동의할 수 없다고 말한다. 이에 딸은 아버지의 지극히 윤리적인 생각이 실제로는 통일의 미루는 변명이 될 수 있다며 반대한다. 하지만 둘의 의견 격차는 끝내 좁혀지지 않고 딸이 집을 나가면서 이 소설은 마감된다. 피해자 의식에서 비롯된 딸의 통일론은 아버지의 입장에서 볼 때 역사에 기록되지 못한 개인의 작은 삶들을 고려하지 않는다. 그 작은 삶 속에는 『인간인』에서 언급했던 가해자와 피해자가 중첩된 인간상이 분명 존재하지만, 역사적이고 거대한 대의를 추구하는 딸의 시선에서는 그러한 겹의 존재가 보이지 않는다. 이 소설은 아버지의 가해자 의식과 딸의 피해자 의식 중 어느 하나를 지지하지 않으면서 마감되지만, 실제로 이청준이 지지했던 생각은 가해자 의식이다. 이 소설이 발표한 후 이루어진 한 좌담에서 이청준은 가해자 의식을 다음과 같이 지지했다.

6·25 혹은 그 이전의 4·3 사건 등의 이념적 대립이나 갈등의 과정을 다룬 작품들을 보고 갖게 되는 저의 대체적인 생각은 우리가 가해자이면서 동시에 피해자로서의 삶을 함께 살아왔다는 것입니다. 그런데 가해자이면서 동시에 피해자로서의 삶을 살았거나 그와 비슷한 경험을 한 사람들이 그런 삶을 문학적으로 정리하고 드러내 보이는 방식은 대개 피해자 의식 쪽에서가 아니었나 생각됩니다. (…중략…) 그러나 그 피해자나 수난자 의식이라는 것은 대개 그와 대립적인 가해자의 존재를 전제한 의식태(意識態)이기 때문에, 그에 대한 자기회복이나 보상요구, 혹은 복수정서 같은 것을 잉태하

기 마련입니다. 그래서 이것은 문제의 해결이 아니라 끝없는 악순환을 되풀이하게 될 수도 있겠구나 하는 생각이었습니다. 그렇다면 그 같은 상대적인 수난자 의식보다는 반성이나 참회의 이성적 의식태인 가해자 의식 쪽으로 문제해결의 길을 열어나가 보자는 것이지요. (…중략…) 이 문제와 관련하여 다시 한 번 첨가해두고 싶은 것은 사람이나 처지에 따라 '나는 피해자인데 왜 가해자의 자리에 세우려드느냐'는 질책어린 항변이 있을 수 있다는 점에 대해서입니다. 이것은 우리가 그동안 모두 가해자였다거나 가해자였다는 것을 시인하자는 것보다도, 그 가해자 의식이라는 반성적 의식태를 취해보자는 소설적 모색이었음을 한 번 더 밝혀두고 싶습니다. 문학이 원래 어떤 새로운 시각과 태도의 발견을 위한 일종의 의식모험 아닙니까.[98]

이청준이 지지하는 가해자 의식은 피해자와 가해자를 가르는 이분법을 근본적으로 거부하는 반성적이고 윤리적인 사유다. 이때 가해자 의식을 지니기 어려운 사람들은 이청준 스스로도 언급했듯이 역사적 사건의 가혹한 피해자들과 가해자나 피해자로서 역사적 사건에 관계 맺지 않은 후세대들이다. 그런데 진정한 용서는 용서 불가능한 것을 용서하는 것이라면, 피해자와 후세대가 스스로를 가해자라고 여기는 일은 누구보다 어렵겠지만 진정 윤리적인 태도이다. 1990년대 이후 이청준은 가해자 의식과 윤리적인 사유를 통해서 개인의 자유와 보편적 질서를 통합하고자 했다. 그러나 『인간인』 1, 2부 서사와 「가해자의 얼굴」의 결미에서 보듯 그 같은 통합이 이루어지는 형태를 소설이란 장르 안에서

---

98 이청준·김윤식·최하림(좌담), 「통일문학, 어디로 갈 것인가」, 『문예중앙』, 1992 가을, 283~284쪽.

완성태로 재현하지는 않았다. 어느 정도 일반화를 감안해서 말하자면, 「가해자의 얼굴」이 발표되던 1992년도까지 이청준은 작가로서 가해자 의식을 지지했지만, 그것이 개인의 자유와 보편적 질서를 구현할 수 있는 완벽한 답안이라는 식의 소설적 재현 방식을 거부했다. 그렇기에 「가해자의 얼굴」에서 세대 차로 구현되는 가해자 의식과 피해자 의식의 대립적 상황은 손쉽게 소설 안에서 해소되지 않았다. 이 같이 두 이념 간의 해소 불가능한 적대적 상황이 드러나는 서사는 이청준이 소설을 하나의 고정된 해답이 아니라 열린 사유의 장으로 인식했음을 보여주는 증거이다. 이청준 자신이 고수했던 문학적 세계관(가해자 의식을 통한 자유의 확장과 보편적 질서의 창안)이 실제 창작된 소설 안에서 완성태로서 실현되지 않기 때문에 지금까지 살펴본 그의 문학 작품은 독자들에게 새로운 사유를 자극할 수 있게 된다. 즉, '어떻게 살아야 되는가'라는 질문에 대한 하나의 답변을 욕망하면서 창작되지만 실제 서사는 끝내 하나의 질문으로 남게 된다.

5. 소결 – 1993년 이후 변화된 소설

1993년에 발표된 장편 소설 『흰 옷』은 「가해자의 얼굴」(1992)을 대리 보충하는 서사이다. 세대 간의 견해차를 바탕으로 하여 가해자 의식과 피해자 의식을 다시 한 번 점검한다는 점에서 볼 때 『흰 옷』은 「가해자의 얼굴」을 보충하는 서사지만, 자유를 통한 보편적 질서의 창안을 갈망하던 이청준의 문학적 세계관이 실제 서사 안에서 실현되는 장면을 그리고 있기 때문에 이 장편은 「가해자의 얼굴」을 포함한 이전의 이청준 소설을 대체한다. 「가해자의 얼굴」처럼 『흰 옷』의 아버지 종선과 아들 동우는 한국전쟁과 연관된 선인들의 삶과 고통을 기억해야 한다는 점에서 같은 생각을 지니고 있다. 하지만 기억의 방식을 두고 두 인물은 불화한다. 1990년대 운동권을 연상케 하는 동우는 아버지가 겪은 1950년 무렵의 사건들을 진보적 이념의 틀로 재구성하고자 한다. 이에 반해 아버지는 거대한 이념의 틀로는 쉽게 이해할 수 없는 삶의 흔적들을 기억해야 한다고 주장한다. 이 같은 서사의 큰 틀은 남북한의 통일을 열망한다는 점에서 같은 생각을 지니고 있지만 통일의 방식을 두고 아버지와 자식이 대립하는 「가해자의 얼굴」의 서사적 구조를 반복한다. 하지만 「가해자의 얼굴」에서 두 인물의 화해 장면이 서사 안에서 끝내 드러나지 않는다면, 『흰 옷』에서 자식 세대와 아버지 세대는 한자리 모여 씻김굿을 실연함으로써 서로 간의 인식적 격차를 해소하게 된다. 이러한 세대 간의 화해는 과거를 기억하는 방식에 대한 동우의 근본적인 변화에서 비롯된다. 아버지와의 대화와 방진모 선생과의 만남 등을 통해 동우는 자신의 현재 세계관에 기반 하여 과거를 기억할 때 또 다른 배제와 망각이 이루어질 수 있다는 사실을 절실히 깨닫게 된다. 이 같은 동우의 깨달음은 피해자 의식을 통해 통일론을 주장할 때 새로운 가해자가 양산되며 결국에는 가해자와 피해자를 분리하는 메커니즘 자체는 극복될 수 없다던 이청준의 문학적 세계관을 그대로 반영한다. 동우는 과거 사람들의 실천적 활동을 이념적 스펙트럼에 기대어 평가하고 분리하는 대신 그들의 행동 모두를 조국과 미래를 위해 헌신한 숭고한 행위로 이해하고자 한다. 동우의 인식적 변화를 통해 비로소 소설 결말부에서 재현되는 씻김굿은 피해자와 가해자를 가르는 대립적인 판단을 극복하는 거대한 화해의 의식이다. 이처럼 인식론적으로 대립하던 등장인물들이 화해하는 장면으로 소설이 마감됐다는 점은『흰 옷』을 지금까지 발표된 이청준 소설들의 한 변곡점 위에 놓이게 한다. 하나의 낙관적인 미래상을 제시한다는 점에서 볼 때 지금까지 유지되어 온 이청준 소설의 치열한 회의의 정신이『흰 옷』에서 부재하고 있다고도 보이기 때문이다.

> 이들 의식(종교적 의식―인용자)은 죽은 자의 개인적 원한을 풀거나 타계적 차원에서의 해한에 한정되어 있어, 따라서 억압된 민중의 한을 비역사화, 비정치화 해버려, 결국 민중 한의 원동력을 역사변혁이나 이 변용으로 수렴하지 못하고 아편으로서 작용할 수 있다.[99]

한국전쟁 무렵 선인들의 활동을 좌파나 우파의 이념으로 환원시키지 않고 모두 숭고한 실천으로 일반화할 때『흰 옷』의 씻김굿이 완성된다. 하지만 위의 인용된 서술에서 보듯 그 같은 보편적이고 종교적인 해법

---

[99] 미야모토 히사오, 이광휘 역, 「한과 십자가―이청준의 소설에서」, 『본질과현상』, 2006 가을, 185쪽. 참고로 미야모토 히사오의 이 같은 서술은『흰 옷』의 씻김굿 장면을 염두에 두고 쓰인 것은 아니다. 이 서술에서 보듯 그는 씻김굿과 같은 종교적 의식이 역사적인 문제를 단순화시키는 오류를 범한다고 말하면서도, 인용된 서술 다음에서는 아무런 근거 없이 이청준의 소설에 등장하는 종교적 의식이 그 같은 한계를 극복했다고 평한다. 인용된 문장 뒷부분에 이어지는 미야모토 히사오의 글은 이청준 소설을 지나치게 존중하는 과정에서 논리적 비약을 드러내고 있다.

은 역사의 맥락을 단순화시킬 우려가 있다. 이처럼 종교적인 의식을 통해 인식론적 적대를 해소한다는 점에서 볼 때『흰 옷』은 이청준의 과거 소설과 현격히 다르다. 가령 1970년대 이청준이 발표한『천관산』이란 연재소설에는『흰 옷』의 씻김굿과 유사한 전근대적 풍습인 기우제가 등장하지만 이 같은 풍습은 소설 속에서 거대한 화해를 이끌어내기보다 "무지막지한 야만행위"로 평가된다.[100] 대립하는 두 집단이 등장하고 이들의 화해를 지향한다는 점에서 볼 때『천관산』서사의 구조는『흰 옷』과 유사하다. 겉으로 보기에 이 소설은 전근대적 세계관을 공유하지만 지역적 이기심을 극복하지 못한 관산면 주민들과 대흥면 주민들의 대립을 문제 삼고 있다. 하지만 근본적으로는 이들의 대립을 해소하기 위해 응용되어야 할 근대적 사유와 전근대적 사유가 이 소설 안에서 대립한다. 가뭄이 들자 천관산을 경계로 나뉜 관산면 주민들과 대흥면 주민들은 상대 지역의 무덤을 파헤쳐 송장을 태우는 기우제를 실시한다. 이 같은 의식은 실제로 가뭄을 해결해 줄 수 없을 뿐만 아니라 두 마을 간의 대립의 골을 더 깊게 할 뿐이다. 하지만 이 소설은 이 같은 전근대적 의식의 폐해를 극복하기 위한 방법으로 근대적 사유를 무조건 지지하지는 않는다. 그 대신 이 소설은 두 지역의 이기심과 두 세계관의 대립을 모두 해결할 수 있는 방법으로 "중립"과 "제삼의 자리"라는 막연한 지양의 방법을 제안하고 있다.『흰 옷』에 비해 갈등을 해소하는 과정의 주밀함이 부족한 소설[101]이라고 판단되지만,『천관산』은 기우제와 같은 종교적이고

---

100 이청준,「천관산」,『새농민』, 1977.1~12. 위에 인용된 서술은 연재 9회(『새농민』, 1977.9), 148쪽.
101 『천관산』에서 교장 선생의 목소리를 통해 제안되는 '제삼의 자리'나 '중립'에 대한 강조는 마을 간의 대립을 해결하기 위한 방법으로 서사적 구체성을 획득하지 못하고 있

전근대적 사유를 통해 현실의 대립을 해결하는 것에 시종 반대하고 있다는 점에서 1993년 이후 변화된 이청준 소설을 비교할 수 있는 하나의 참조점을 제공한다. 다시 말하면 '중립'과 '제삼의 자리'처럼 특정 세계관으로부터 지적인 긴장과 거리를 유지하길 원하던 이청준 소설은 1993년 『흰 옷』에 이르면 그것을 자발적으로 포기하는 듯하다. 역사적 사건을 겪지 않은 후세대의 피해자 의식이 지적 판단의 거리에서 비롯된다면, 그들의 가해자 의식은 그러한 거리가 사라질 때 가능한 타자와의 공감에 기반한다. 1980년 무렵부터 이청준은 문학적 세계관으로 가해자 의식을 지지했지만, 그것을 실제 소설의 서사 안에서 무조건 긍정할 수 없도록 하는 장치들을 정교하게 마련했었다. 이를 통해 작가의 세계관과 그것의 서사적 재현 사이의 거리와 긴장이 유지될 수 있었다. 하지만 『흰 옷』에서는 가해자 의식을 지지하면서도 재차 검증하고 거리를 두려는 서사적 긴장이 사라져 있다. 다소 과장하자면, 1993년의 『흰 옷』 이후 발표된 이청준의 소설은 대개 이 같은 지적 긴장이 서사 안에서 제거되어 있다. 1970년대부터 발표됐지만 이청준 동화의 발표수가 1990년대부터 급증한다는 것도 이와 관련된다. 이청준에게 동화는 비극적 세계관이나 사태에 대한 지적 판단을 유도하는 서사가 아니다. 그것은 오히려 개인의 자유와 보편적 질서의 실현을 재현하고 화해로우며 낙관적인 미래상을 서사 안에서 제시한다. 『흰 옷』의 씻김굿에서 보듯

다. 더욱이 마을 간의 대립을 낳은 가뭄과 가뭄으로 비롯된 마을 간의 대립은 '중립'과 '제삼의 자리'를 강조하는 인간들의 노력이 아니라 자연의 힘에 의해 다소 허무하게 해소된다. 이처럼 대립의 해결을 위한 방법을 제안하지만 그 방법을 소설 안에서 치밀하게 검증하지 못했다는 점, 특히 인간의 노력 대신 자연의 힘에 의해 대립을 해소하며 소설을 마감했다는 점 등은 『천관산』의 서사적 완성도를 떨어뜨린다고 판단된다.

소설에서 음악과 종교적 소재가 공동체의 조화로운 질서의 실현을 위해 활용되고, 비극적 세계관을 유지하던 이청준의 소설에서는 등장하지 않던 '웃음'의 모티프가 동화를 통해 활발히 드러나기 시작한 것 역시 1990년대 무렵부터이다. 그런데 이 같은 변화에 대해 다음의 두 연구자는 서로 다른 견해를 제시하고 있다.

⑤「목수의 집」으로 돌아가 말하면, 소설의 지혜는 집으로 상징되는 조화로운 삶의 형식이란 불가능한 꿈임을 시인하도록 요구하는 것이다. 그러나 이청준은 (…중략…) 그것이 사랑 속에 존재한다는 희망적 사고로 독자를 유도한다. 그의 음악적 전체성이란 은유는 사람들의 조화로운 공생을 아름다운 가상으로 체험하게 하는 동시에 그 공생의 사회적·정치적 조건에 관한 물음을 억압한다. (…중략…) 지금 소설에 필요한 것은 어쩌면 부재하는 집을 꿈꾸는 것이기보다 집이 부재하는 현실과 생생하게 접촉하는 것인지 모른다.[102]

⑥아마도 비정한 역사 전개는 어김없이 이 아름다운 축원의 언어(『흰옷』에서 씻김굿으로 성취되는 대립의 해소─인용자)를 배반하고 말 것이다. 배반당하고 패배할 운명을 앞에 두고 있기에 그래서 더욱 아름다운 꿈이다. 이 아름다운 꿈의 언어는 자유로운 인간 꿈의 실현을 막고 가두고 상처입히는 사슬들의 세월을 살며, 40년 가까이 자유를 향한 꿈을 노래해온 소

---

102 황종연, 「삶의 화음과 소음 사이」, 『창작과비평』, 1998 봄, 356쪽. 인용된 서술은 「목수의 집」을 대상으로 쓰였지만, 『흰 옷』 이후 발표된 이청준 소설의 변화에 대한 견해로도 무리 없이 수용될 수 있다고 판단된다.

리꾼 이청준이, 그 배반당함과 패배의 운명을 알면서 먼 하늘에 띄워보는 비원의 언어일 것이다. 터무니없는 낙관이 아니라 그 좌절의 운명을 알면서도 높이 내걸어보는 슬픈 바람이라는 것, (…중략…) 그 '슬픔'이 이청준 문학을 가볍고 얇은 낭만주의와 준별하는 핵심 요소이다.[103]

「목수의 집」(1997)을 대상으로 쓰인 서술이지만 ⑤의 견해를 적용하면 『흰 옷』의 씻김굿 장면은 독자들에게 조화로운 공동체의 가상을 아름답게 체험하게 해주지만 공동체의 역사적이고 정치적인 조건들을 망각하게 할 우려가 있다. 반대로 ⑥의 견해를 따르면 그러한 가상은 패배를 염두에 둔 것이기에 "터무니없는 낙관"이나 "얇은 낭만주의와 준별하는" "비원"의 형식이다. 내용은 반대되지만 두 견해 모두 이청준 소설에 대한 깊은 존중에서 비롯됐다고 판단된다. 실제로 소설이란 무엇이다라는 식의 전제('소설은 조화로운 삶의 형식이란 불가능한 꿈임을 시인하도록 요구하는 것이다')가 연구자의 개별적인 문학관에 근거하고 있어서, 비판자체가 고루한 편견에서 비롯되었다고 이해될 수 있는 ⑤의 견해 역시 천천히 음미할 필요가 있다. 왜냐하면 '소설은 조화로운 삶의 형식이란 불가능한 꿈'이라는 전제는 다른 누군가의 편견이기 이전에 지금까지 발표됐던 이청준 소설의 견고한 회의의 정신과 다르지 않기 때문이다. 즉 ⑤의 견해는 이분법적인 인식 가운데 '중립'과 '제삼의 자리'를 힘겹게 지켜왔던 이청준 소설의 지적 긴장의 태도를 다시 한 번 요청하고 있다. 이처럼 ⑤와 ⑥의 견해는 모두 이청준의 이전 소설에 대한 지극한 존

---

103 정호웅, 「씻김굿의 새로운 형식」, 『흰 옷』, 열림원, 2003, 254쪽.

중의 태도에서 비롯된 비판과 옹호의 견해이다. 그런데 1993년 이후 변화된 이청준 소설에 대한 비평가적 판단과 더불어 중요하게 생각되어야 할 점은 그 같은 변화의 원인이자 효과이다.

이청준은 폐쇄적 개인주의를 옹호하지 않았지만 개인 각자의 자유를 최대로 확장하는 것에 대해서 등단 이후부터 영면할 때까지 변함없이 주장했다. 그런데 이 같은 이청준의 문학적 세계관은 『흰 옷』을 발표하던 무렵인 1993년 이후부터 그의 의도가 어떠했건 간에 시대적 맥락과 유리된 결과를 초래했다고 판단된다. 즉 자유를 옹호하는 소설은 군사 독재 시기의 지배적 질서에 불화하고 저항할 수 있지만, 『흰 옷』이 쓰이는 시기 비억압적 방식의 억압 기제로 확장된 자본주의 체제에 대해 생산적인 비판을 이끌어내기 어렵다. 물론 이는 이청준이 1990년대 이후 변화된 현실에 대해 침묵하고 있었다는 것을 의미하지 않는다. 이를테면 이 시기 그는 첨단의 정보사회 구축과 남해의 원자력 발전소 건설에 대해 반대했다.[104] 그리고 이러한 비판들은 이전과 마찬가지로 개별성에 대한 존중에서 비롯된다. 최첨단 정보사회는 개인의 작은 기억들을 망각시키기 때문에 비판되고, 원자력 발전소는 지역적 개별성을 파괴하기 때문에 비판된다. 그러나 최첨단 정보사회를 구축하고 원자력 발전소를 건설하려는 의도의 근간에 보이지 않게 그물망처럼 펼쳐져 있는 자본주의적 욕망과 메커니즘에 대해서 그는 살펴보지 않는다. 자유만을 맹목적으로 강조하는 대신 자유의 이율배반적 특성까지 고려하던 이청준의 복합적인 시선은 1990년대 변화된 사회 체제를 살펴보는 데 예민

---

104 이청준, 「시간 지우기의 흔적」, 『목수의 집』, 열림원, 2000; 이청준, 「역사의 굽이마다 떨쳐 일어난 의향」, 『월간중앙』, 1992.11.

하게 대응하지 않는다. 이를테면 2006년 한 신문의 지면에서 그는 조지 오웰의 『1984』를 언급하면서 2000년대 다시 등장한 전체주의를 경고한다. 이 역시 개인의 개별성을 존중하는 그의 문학적 세계관에서 비롯된 비판이다. 그런데 그에게 새로운 전체주의는 최첨단 정보사회를 조직하는 진화된 자본주의적 체제에 의해서 구축된다고 보이지 않고 오히려 자본주의의 부정적인 결과("양극화 현상")를 비판하는 세력들에 의해 조장된다고 판단된다. 즉 자본주의와 "절제 없는 자유주의 체제가 삶과 사회의 불평등을 부른다는 비판적 정서"는 2006년 이청준에게 새롭게 등장한 전체주의적 관념으로 보였다.[105] 이처럼 개인의 개별성과 자유를 옹호하는 이청준의 세계관은 1990년대 이후 변화된 사회체제에 비판적인 기능을 수행하기 어렵다고 판단된다. 심지어 자신의 의도와 다르게 그의 세계관은 자본주의에 의해 조장되는 당대의 지배체제를 옹호하는 결과를 초래할 수 있다.

둘째로 이청준의 문학 작품이 다루는 시기의 범위를 생각할 필요가 있다. 그의 소설은 멀리 백제시대까지 가닿아 있지만 1980년 광주 이후의 현실 문제에 대해서는 접근하지 않았다. 특히 『흰 옷』이 쓰인 1993년 이후 발표된 소설이 다루고 있는 시대적 배경은 1990년대와 2000년대가 아니라 오로지 과거이다. 장편 소설 『축제』(1996)나 동화 『새 소리 흉내쟁이 요산아저씨』(2003)처럼 동시대의 시간적 배경 안에서 서사가 전개된다고 하더라도 이들 작품에서 시대의 정치경제적 맥락을 읽기 위한 역사적 관점은 생략되어 있다. 이청준 소설이 역사적

---

105 이청준, 「아침논단—다시 읽는 소설 '1984년'」, 『조선일보』, 2006.2.15.

관점으로 접근했던 기간은 1945년 해방부터 1980년 광주까지이다. 이를테면 앞서 살펴봤듯이 『인간인』은 여러 번의 개작이 이루어졌지만, 해방 시기부터 1980년 광주까지라는 시간적 배경에 대한 설정은 한 번도 변화되지 않았다.[106] 이처럼 1990년대 이후에 이청준 소설이 주목했던 시대는 당대가 아니다. 이 시기 이청준은 가해자 의식이라는 윤리적 사유를 강조했지만 그 의식이 문제 삼은 것은 일제시기부터 1980년 광주까지의 역사적 사건이지 동시대 자본주의 체제가 구축하고 있던 비억압적 억압에서 비롯된 사건들이 아니었다. 즉, 이청준 소설이 다루고 있는 시대적 배경의 범위는 1990년대 이후 변화된 시대적 맥락과 생산적인 긴장관계에 놓이지 못했다고 판단된다.

이처럼 개별성으로부터 창안되는 보편적 질서를 옹호하던 이청준의 문학적 세계관이 1990년대 이후 변화된 자본주의 체제와 생산적인 긴장 관계를 유지하기 어려울 때 그는 『흰 옷』처럼 조화로운 공동체의 완성태가 서사 안에서 재현되는 소설을 썼다. 물론 이러한 낙관적 미래의 재현은 「날개의 집」(1997)의 주인공 화가처럼 이청준과 그의 문학이 1990년대 이전의 힘겨운 시간을 정직하게 통과한 후 비로소 가능했던 것이라고 볼 수 있다. 「날개의 집」에서 화가가 된 아이가 그린 그림에는 창공을 날고 있는 자유로운 새가 재현되어 있지만, 그 그림을 그릴 수 있기까지 아이는 타인의 고통에 공감하기 위한 기나긴 수련과 고통의 시간을 통과해야만 했다. 하지만 이 같은 작품 창작의 과정과 1960년대부

---

106 조선희와의 인터뷰에서 그는 「아리아리강강」 전체 서사를 3부로 완결 짓고 싶다고 언급하기도 했다. 하지만 그는 이 소설이 3부로 개작된다고 하더라도 시대적 배경은 일제시대부터 1980년 광주까지라고 말하고 있다. 조선희, 「작가의 근황 밀실의 작가 이청준」, 『소설문학』, 1986.8.

터 2000년대까지 이청준 소설의 변화와 맥락을 존중한다고 하더라도, 개인의 자유에 의한 보편적 질서를 옹호하는 이청준의 소설이 1990년대 이후 변화된 자본주의적 지배 체제와 생산적인 긴장 관계에 놓여있었다고 판단하기는 어렵다.

제7장　결론

　　1965년에 등단한 후 2008년 7월 타계하기까지 이청준은 쉬지 않고 작품을 발표했다. 그의 많은 작품들은 일반 대중 독자들과 전문 연구자들 모두에게 관심을 받았다. 그 같은 지대한 관심을 반영하듯이 그의 소설들은 지금까지 세 번에 걸쳐 전집으로 정리되기도 했다. 첫 번째 전집 작업은 1984년 홍성사에서 시도되었다. 그의 전집이 기획되던 1983년도 어름은 한길사의 함석헌 전집, 문학과지성사의 황순원 전집, 지식산업사의 박경리 전집, 평민사의 이강백 전집 등 개인전집류가 활발히 출판되던 시기였다. 당시 신문 기사들은 이러한 출판물을 "개인전집물"이라고 언급하면서 다소 과장된 의미를 부여한다. 왜냐하면 최인훈 전집[1]

1　"팔기 위해서 아무렇게나 원고를 모아 그럴듯한 제목을 붙인" 기존의 전집들은 "벼락 부자의 서가를 채워 주기 위해" 만들어졌다면, 최인훈의 전집과 같은 "단행본 형식"의 전집은 "오랜 준비 과정을 거쳐서" 기획되는 드문 경우의 출판물이었다. 김현, 「새로운 형태의 문학 전집─최인훈 전집」, 『뿌리깊은나무』, 1977.1, 24쪽.

과 같은 몇몇 선례를 제외하고 그동안 발간된 전집들은 외국 작가의 전집을 통째로 번역해서 빈축을 사거나 여러 작가들의 대표작들을 묶어 상업성만을 높인 전집들이었기 때문이다.[2] 이에 비해 당시 기획되고 출판되던 개인전집물은 상업성보다는 작가의 작품들을 온전히 수록하는 데 목적을 두기에 출판사에게도 전문성을 요하는 작업이었다. 더구나 이청준은 작품을 왕성히 발표하는 현역 작가였기에, 홍성사는 이청준 전집이 완간되기까지는 수십 년이 걸릴 것이고 과거의 작품뿐만 아니라 그때그때 발표되는 그의 작품들을 빠짐없이 정리할 것이라고 출판 계획을 발표하기도 했다. 단기간이 아닌 오랜 시간 정성을 들여 전집의 낱권을 완성해 나가는 작업이 일부 출판사가 아닌 여러 출판사들에 의해 비로소 1980년대에 시작된 것은 물론 출판사의 전문성이 신장된 것에 모든 원인이 있지는 않다. 1970년대 전집물들은 대개 외판원들에 의해 판매되었고, 그렇게 판매된 전집은 주택 붐과 중산층이 늘어나던 상황과 맞물려 실제로 읽히는 책이라기보다 장식용으로 활용되는 경우가 많았다. 하지만 1980년대 단행본 출판사의 증가와 실제로 책을 읽고 직접 서점에서 낱권으로 구입하는 독자의 증가는 오랜 기간에 걸쳐 서서히 완성되는 개인전집물의 출판을 가능하게 했다.[3] 즉, 개인전집물의 출판이 증가한 현상을 두고 출판사들은 출판업에 대한 전문성의 신장으로 과시했지만, 출판사의 전문성으로만 이해할 수 없는 1980년대의 출판 외적 맥락은 분명 존재했다.

---

2 이상의 내용은 다음의 기사를 참고. 「개인전집물 출판 활발」, 『매일경제』, 1983.11.23; 「작가 이청준 씨 전집 모두 13권 펴내」, 『경향신문』, 1984.3.9; 「새로 나온 책」, 『경향신문』, 1984.3.28.
3 「전집류 낱권 출판 활기」, 『동아일보』, 1987.5.19.

하지만 함석헌, 황순원, 박경리, 이강백 등의 이름에서 쉽게 예상할 수 있듯이, 당시 개인전집물은 출판 외적 조건인 상업성과 출판 내적 조건인 전문성 모두를 충족시켜 줄 수 있는 작가에 국한되었다. 이제 등단한 지 20년이 되어가는 40대 이청준에게 전집 작업은 흥분과 두려움을 안겨 준 듯하다. 당시 이청준은 홍성사의 전집 작업이 "자신의 문학을 일단 정리해보고 독자에 대한 일종의 서비스로" 생각하다고 말한 바 있는데,[4] '일단'이란 부사와 '일종의 서비스'란 표현에는 겸손함과 더불어 전집이 자신의 활발한 창작 작업을 온전히 담아내지 못할 것이라는 자신감이 담겨 있다. 총 14권을 예상했던 이청준 전집은 홍성사 사장 이재철의 연이은 부도와 그의 신학대학원 입학으로 단 3권만 발간하고 더 이상 진척되지 못했고,[5] 이로써 우연의 일치지만 전집 출간에 대한 이청준

---

4 『경향신문』, 1984.4.30. 비슷한 시기 이청준은 다른 지면에서 전집 출간은 새로운 출발을 위한 작업이라고 말한 바 있다. "결국 자기 정리겠지요. 한 20년 동안 이런 저런 주제를 가지고 쓰다 보니 자기 세계에 대한 윤곽이 흐려지는 느낌도 있구요. 그것들을 한데 모으고 묶는 일을 해놔야 제 자신의 어떤 확신 위에서 새로운 창작의 문을 열 수 있으리란 생각도 들었읍니다." 홍영철, 「20년 문학 생활에 전집 묶어내는 작가 이청준」, 『학원』, 1984.6.

5 어떤 이유에서인지 모르겠지만 당시 신문 기사들은 이청준 전집에 대해 약간씩 다른 정보를 제공한다. 이를테면 어떤 기사에는 전집이 13권을 계획하고 있다고 발표되고, 다른 기사에는 14권이라고 발표된다. 아무튼 홍성사는 이청준 전집으로 『눈길―이청준문학전집 3』, 『조율사―이청준문학전집 5』, 『흐르지 않는 강―이청준문학전집 9』 세 권을 발표한 후 더 이상 전집 출간 작업을 진행하지 못했다. 당시 홍서사 사장 이재철의 부도와 그의 진로 변경은 다음의 책을 참고했다. 이재철, 『'믿음의 글들', 나의 고백―홍성사의 여기까지』, 홍성사, 1992. 홍성사가 출판 사업을 축소시킨 것은 갑작스럽게 이루어진 듯하다. 같은 시기 홍성사에서 의욕적으로 창간(1984.11)했던 월간지 『꿈과 일터』에는 이청준의 소설 「인간실습장」이 연재되었는데, 이 소설의 7회분이 실려 있는 1985년 5월호에는 연재가 계속된다고 명기되어 있지만, 6월호부터 이 잡지가 아무런 언급 없이 발간되지 않은 사실에서 홍성사의 사업 관련 결정이 시급하게 이루어졌음을 유추할 수 있다. 이재철 목사의 자서전을 참고하면 그는 1985년 5월 이후에 출판업을 타인에게 양도하고 신학대학원에 입학한다. 이재철의 입학과 더불어 그가 추진했던 출판 기획들(이청준 전집, 『꿈과 일터』 발행)이 갑작스럽게 종결되었다고 판단된다.

의 발언은 현실화되었다. 즉 그의 전집은 미완의 상태로 남겨졌고, 그 이후로도 그의 작품은 계속해서 발표되었다. 홍성사의 전집 작업 이후 비교적 완성도를 갖춘 이청준 전집은 출판사 열림원에서 1998년부터 5년에 걸친 작업으로 완성되었다. 작가 생전 두 번째로 시도된 전집이자 이청준이 직접 관여하기도 했던 전집이기에 열림원판 전집은 그 나름의 의미를 지닌다. 작가 사후 현재 문학과지성사는 열림원판 전집을 보완하는 방식으로 세 번째 전집 작업을 시도하고 있다. 세 번째 전집은 그동안 두 번의 작업에서 누락된 작품들과 개작 여부와 서지사항 등을 정확히 밝힌다는 데 의미가 있다.

이처럼 세 번이나 시도된 전집 작업은 이청준의 문학 작품의 다양성과 풍요로움을 반증한다. 하지만 이와 반대로 그동안 수행된 이청준 문학에 대한 연구는 특정 작품군에 집중되는 한계를 보였다. 또한 선행 연구는 상당히 누적되었지만 역설적으로 보일 정도로 아직까지 기본적인 서지사항조차 정리되지 않을 정도로 정교하게 진행되지 못했다. 한편 이청준은 문학의 개별성을 옹호했지만 소설, 산문, 동화 등의 장르적 경계는 명확히 내세우지 않았다. 이를테면 그의 소설은 산문으로 재발표되기도 했고 이미 발표되었던 산문은 소설의 일부로 삽입되기도 했으며 동화는 소설로 다시 발표되기도 하는 등 세 장르의 글쓰기는 시기를 달리해서 계속해서 결합하고 뒤섞이고 치환되었다. 더구나 이청준은 이미 발표한 작품들을 스스로 조금씩 또는 과감히 개작했다. 장르적 경계가 불분명하고 개작이 빈번하기 때문에 그가 단독 저서로 발표한 저서들과 동료 문인들과 앤솔러지 형식으로 발표한 저서들은 두루 검토될 필요가 있다. 더불어 그는 '작가의 말'이나 '머리말' 형식으로 집필한 산문들까지도 작품집 전체의 일부로 생각하거나 그 자체로 다른 장르의 글쓰기로 활용했기 때문에 이 같은 곁텍스트(paratext)들 역시 그의 문학 연구의 중요한 자료로 활용될 필요가 있다. 이청준의 전집 작업이 세 번이나 시도되는 이유도 바로 이러한 그의 문학 자체의 '혼종성'과 관련된다.

작품의 내용을 분석하기 이전에 이청준 문학의 형식적 혼종성은 연구자들에게 그의 작품을 포스트모던적 사유와 접속시키고자 하는 호기심을 자극하기에 충분하다. 특히 포스트모던 계통의 철학적 사유가 유행처럼 번졌던 1990년대 이청준 문학을 자크 데리다나 롤랑 바르트와 같은 텍스트 이론가들의 사유로 접근하고자 했던 선행 연구들이 대거 발표되었다는 점은 이청준 작품이 고정된 진리를 거부하고 외적 억압으로부터 벗어나려는 극단의 자유를 추구한다는 모종의 편견을 조장했다. 더불어 그의 소설에 빈번히 등장하는 정신 병리학적 인물들은 연구자들에게 정신분석학적 독해를 자극하기도 했다. 그런데 중심보다는 주변에 관심을 갖고 합리적 이성보다는 모호한 무의식을 이청준 소설에서 찾아내고자 했던 이러한 선행 연구들은 자신들이 도구로 활용했던 포스트모던적 사유나 정신분석학적 학문들의 가르침과 다르게 그동안 이청준의 대표 소설이라고 언급된 중심 작품들에만 집중했다. 그러한 선행 연구들은 방법론을 세련되고 정교하게 다듬는 데에는 공을 들인 반면 가장 기초적이라고 할 수 있는 이청준 작품의 서지사항에는 무관심했다. 느슨하게 말해 이러한 선행 연구들은 텍스트 외적 조건을 텍스트 자체와 연결시키지 않으려는 신비평이나 내재비평의 일종이지만, 역설적이게도 신비평의 의도를 충족시키지 못한 채 이청준 소설을 고정된 해석 틀

안에 머물게 했다고 판단된다. 이 같이 신비평적 연구가 과도하게 누적된 현 상황에서 오히려 이청준 소설을 풍부하게 읽을 수 있는 방법은 신비평이 거부했던 외재적 독해를 적극적으로 받아들이는 데 있을지 모른다. 다시 말해 작가의 생애나 작품과 관련된 실제 사건들을 작품과 함께 살펴볼 때 그동안 선행 연구들에서 놓친 이청준 작품의 문제의식이나 주변부 작품들이 새롭게 드러날지 모른다. 이 논문은 이러한 가설에 입각해서 자유라는 키워드를 중심으로 이청준 소설을 살펴봤다.

'자유'는 그의 소설을 옹호하거나 비판하던 평자들에게서 중요하게 다뤄진 개념이다. 이청준의 소설을 옹호하는 평자들은 그의 소설이 외적 억압에서 벗어나고자 한다는 데 주목했고, 반대로 그의 소설에 대해 비판적이었던 평자들은 그의 소설이 엘리트주의적이거나 개인의 자유를 극단화시킨다고 생각했다. 하지만 이들의 견해는 겉으로는 다르게 보이지만, 이청준 문학의 자유가 양면성을 지닌다는 점을 살피지 않았다는 점에서 공통된 한계를 지니고 있다. 이청준 문학의 자유는 자유 옹호와 자유 비판이라는 양면성을 함께 고찰한다. 그러한 양면성을 살펴보기 위해 이 책은 알레고리, 동화, 환대, 정치라는 네 개의 관점을 마련했다.

알레고리라는 개념에 입각해서 이청준 자유의 양면성을 살펴본 2장에서는 그동안 선행 연구들이 주목하지 않았거나 주목하더라도 정신분석학적 관점으로만 접근했던 「공범」을 비교적 자세히 살펴봤다. 이 작품은 1963년의 최영오 학보병사건을 소재로 삼고 있지만 알레고리적 기법에 의해서 이 같은 실제 사건을 드러내면서도 감추고 있다. 일반적으로 알레고리는 역사적인 층위와 추상적인 층위를 함께 드러내며 이때 추상적인 층위는 권위적인 해석으로 수렴된다고 알려져 있다. 가공적인 이야기 속에 교훈적인 가르침을 내장시키는 알레고리는 해석적 다양성을 이끌어낼 수 없지만, 이청준 소설의 알레고리는 해석적 다양성을 유지하는 독특한 특성을 지닌다. 그에 대한 논거로 2장 본문에서는 「공범」의 알레고리가 자유를 억압하는 1960년대 군사 정권과 자유를 맹목적으로 옹호하는 사람들을 두루 성찰하고 있다는 점을 살펴봤다. 한편 이청준의 알레고리는 단순히 기법적 새로움이나 작가의 호기심의 산물이 아니라 작가가 당대 현실의 문제에 적극적으로 참여하고자 하는 동기에서 비롯됐다. 이청준은 1960년대 말의 순수 / 참여 논쟁의 이분법을 거부했지만 근본적으로는 '참여'의 관점을 옹호했다. 하지만 그가 옹호한 참여는 현실의 구조를 분석한 이후에 결과적으로 드러나는 독특한 참여였다. 「공범」에서는 당대 현실의 맥락을 살피지 않은 채 맹목적으로 인권과 자유를 옹호하며 성급하게 문인의 참여를 외치는 인물들이 등장하는데, 이들의 참여는 이청준의 참여와 상반된다. 이처럼 알레고리는 이청준 소설이 당대 현실과 밀접하게 관계되어 있다는 사실을 보여주고, 그 알레고리가 이끌어내는 해석의 다양성은 그의 문학적 참여가 현실적 구조를 복합적으로 분석하는 것에서 시작됨을 보여준다.

3장에서는 이청준이 발표한 아동문학을 전체적으로 살펴봤다. 이청준은 1970년대부터 2000년대까지 동화를 계속해서 발표했으며 그가 발표한 작품의 수효는 별도의 연구의 대상이 될 정도로 방대하다. 선행 연구들에서 간과한 아동문학을 살펴봤다는 데 일차적인 의미가 있겠지만 더 중요한 연구 동기는 이청준의 동화가 그동안 선행 연구들에서 주목한 그의 문학적 특성을 배반하는 것으로 보인다는 데 있다. 이청준의 동화는 일종의 쿠오레 경향을 따르기 때문에 모험적인 서사라기보다 교훈적인 서사이다. 그의 소설이 권위적인 해석을 거부한다고 알려진 것과 다르게 그의 동화는 해석의 다양성을 인정하지 않는 것처럼 여겨진다. 하지만 이청준은 동화 작가로서 자신의 이름이나 개성을 드러내고자 하지 않았는데, 마치 포스트모던적 사유의 대표적 실천을 보여주듯 저자의 죽음을 동화로써 실천하고자 했다. 이처럼 어울리지 않아 보이는 '쿠오레 경향'과 '저자의 죽음'이 작품 안에서 함께 드러난다는 점이 이청준 동화의 특징이다. 이러한 이질적인 결합을 통해 이청준은 개인의 자유와 타자와의 연대가 함께 실현될 수 있는 가능성을 사유할 수 있었다. 한편 이청준 동화는 그의 소설과 다르게 독자들에게 시종 '웃음'을 선사하는 특성을 지닌다. 이러한 웃음은 그가 아동 독자들에게 교훈적인 메시지를 전달하면서도 그것이 억압적인 방식이 되지 않게 하는 기능을 수행한다.

4장에서는 환대의 개념을 통해 이청준 문학에 내장된 자유의 개념에 대해 살펴봤다. 우선 이 장에서 '환대'는 이청준 소설을 읽어내는 하나의 키워드였던 '고향'의 의미를 수정하기 위해서 요청됐다. 그동안 이청준 소설에서 고향은 마치 낭만적인 공간처럼 해석되었고, 이러한 관점은 같은 작품이더라도 평자들 간에 상찬과 비판의 선명한 대비를 드러내게 했다. 하지만 이청준 소설에서 고향은 동일성을 중심으로 구축되는 낭만적인 환상에 근거하지 않고 오히려 동일성에 포섭되지 않는 타자를 환대하는 기능을 수행한다. 고향이라는 단어는 단순히 실제 도시와 대립되는 공간이나 낭만적인 의미의 장소로 받아들여질 우려가 있는데, 그의 소설에서 고향의 의미를 밝혀내고자 했던 선행 연구들이 「남도사람」 연작이나 「이어도」와 같이 토속적인 소재가 등장하는 작품들에 과도하게 집중했다는 사실은 고향이라는 단어 자체가 수정될 필요와 이유를 제공한다. 그렇기에 이 책은 고향이란 단어를 대체하기 위해 이청준 소설에서 고향의 기능을 살펴보고자 했다. 이청준 소설에서 장소로서의 고향 자체가 아니라 고향의 기능에 주목한다면 토속적인 소재가 아니더라도 고향으로서 기능하는 것들에 대해 사유할 수 있게 되고 그 만큼 분석 대상이 되는 작품의 외연은 확장될 수 있기 때문이다. 이 같은 이유로 4장에서는 고향 대신 환대라는 개념에 입각해서 토속적이지 않은 작품들에서 수행되는 고향의 기능을 살펴봤다. 한편 이청준은 타인을 의심하고 따져보는 과정에서만 자유가 실현된다고 생각하지 않았다. 그 같은 소극적 자유의 극단적인 추구는 타인을 배제하는 삶으로 왜곡될 수 있기 때문이다. 그는 소극적 자유의 한계를 극복하기 위해 이른바 적극적 자유를 주장하는 대신 타인에 대한 무조건적인 환대를 제안했다.

5장에서는 이청준 소설에서 정치성 또는 정치적인 것의 개념에 대해 살펴보고자 했다. 그동안 선행 연구들은 이청준 소설이 옹호한 자유를 과장하거나 축소해서 살펴봤다. 하지만 이청준 문학은 일체의 억압으로부터 벗어나고자 하는 소극적 자유만을 옹호하지 않았다. 소극적 자유의 획득은 인간에게 고립감과 무력감을 안겨 주기에 적극적 자유를 통해 극복될 필요가 있기 때문이다. 하지만 적극적 자유는 에리히 프롬과 이사야 벌린이 우려했듯이 나치즘으로 왜곡될 우려가 있는데, 이청준의 소설은 소극적 자유와 적극적 자유의 한계를 두루 성찰하면서 그것을 극복할 수 있는 방법으로 자유와 평등의 역설적인 결합 형태를 주장했다. 그러한 결합을 5장에서는 정치성으로 파악했고, 그동안 선행 연구에서 주목받지 못했던 두 편의 단편(「수상한 해협」, 「그림자」)과 한 편의 희곡(〈제3의 신〉)을 우선적으로 살펴보는 과정에서 정치적인 것과 의사 정치의 차이를 논증했다. 그리고 이들 작품들과 다르게 상당수 많은 선행연구가 누적되어 있는 『당신들의 천국』을 자유와 평등의 역설적인 계류 상태로 독해했다. 이를 위해 먼저 『당신들의 천국』이 연재소설에서 장편 소설로 개작됨으로써 세부적으로 변화된 특성에 주목했다. 본문에서 논증했듯이 이 작품의 개작은 자유와 평등의 역설적인 결합 상태를 거부할 때 발생하는 이율배반적 결과가 훨씬 더 명확히 드러나는 방향으로 시도되었다는 사실을 알 수 있었다. 결과적으로 이들 작품들은 자유와 평등, 소극적 자유와 적극적 자유 가운데 어느 하나를 선택할 때 의사 정치가 실현됨을 보여주고, 이러한 의사 정치적 상황을 벗어나기 위해 정치적인 것을 창안할 필요를 알려준다.

6장은 이청준의 소설론을 일반화시키지 않기 위해 그의 텍스트와 곁 텍스트들을 시간적 도정 위에서 살펴봤다. 시기적 구분 없이 살펴보면 이청준의 문학은 개인적 자유의 추구를 변함없이 옹호했다고 말할 수 있다. 하지만 그의 문학적 세계관은 개인적 자유의 추구가 억압 없는 보편적 질서를 창안해야 한다는 점으로 점차 확장된다. 명확히 시기를 구분할 수는 없지만 1960년대 말부터 이러한 그의 생각은 확고해졌다고 판단된다. 결국 자유와 질서의 조화는 이청준의 고유한 문학적 세계관이고 이는 이후에도 변함없이 그의 문학 안에서 실천되었다. 하지만 자유와 질서를 조화시키는 구체적인 방법에 있어서 시기적 변화가 드러난다. 이청준은 1970년대 중반 무렵부터 자유의 추구가 타인에 대한 복수심과 지배욕을 내장할 수 있다는 점에 집중했다. 이제 이청준에게 문제는 단순히 자유를 통해 질서를 이끌어내는 것에 국한되지 않고, 복수심과 지배욕이 배제된 자유의 실천을 통해 질서를 창안하는 일이 된다. 이청준은 타인의 고통에 진실하게 관계 맺으려고 노력할 때 개인의 자유가 복수심을 제거할 수 있게 되고 보편적 질서도 이끌어낼 수 있다고 봤다. 더불어 그는 타인의 고통을 진심으로 이해하기 위해서는 피해자 의식을 가해자 의식으로 전환할 때 비로소 가능하다고 봤다. 즉, 자유를 추구하는 나의 행동이 의도와 상관없이 타인에게 피해를 주었을지 모른다고 생각하는 지극히 윤리적인 사유를 그는 가해자 의식이라 명명하고 그것을 소설 속에서 실험하고자 했다. 1993년에 발표된 『흰옷』은 이러한 이청준의 소설적 세계관이 소설 안에서 이전과 다르게 실현된 작품이다. 가해자 의식을 옹호하면서도 끝내 조화로운 질서가 창안되는 장면을 실현시키지 않던 이청준은 『흰옷』 이후부터 그러한 정신적 긴장의 태도를 거부한다. 이후 발표되는 소설들은 보편적 질서가 창안되는 순간을 낙관적으로 그리고 있다.

이처럼 이 책은 곁텍스트를 적극 활용하여 이청준 소설에 등장하는 자유의 의미가 복합적인 성격을 지닌다는 사실을 알레고리, 동화, 환대, 정치, 소설이라는 다섯 개 관점을 통해 살펴봤다. 자유는 분명 이청준 문학을 풍부하게 독해할 수 있게 하는 키워드이지만, 공교롭게도 1990년대 포스트모던적 사유와 결합하면서 그의 문학에 대한 풍부한 독해를 오히려 억압한 측면이 있다. 이청준 문학에서 추출될 수 있는 포스트모던적 성격을 과장해서 그의 문학을 상찬하거나 비판했던 선행 연구들은 그의 작품들에 대한 실증적 조사를 간과하거나 비교적 알려지지 않은 작품들을 살펴보지 못한 공통된 한계를 지녔다. 본 연구는 기존 선행 연구들이 주목했던 자유의 개념을 수정하고자 했고, 이러한 과정을 통해 그동안 부각되지 못한 작품들과 개작들을 함께 살펴보자 했다. 하지만 이 책은 포스트모던적 사유와 정신분석적 견해와 소설의 기법적 측면에 과도하게 주목했던 선행 연구들의 관점을 수정하고자 하는 데 집중한 나머지 의도와 다르게 분석 대상이 된 작품들에 대한 모종의 편향성을 드러냈다고 판단된다. 이러한 한계에 대한 보완은 이후 과제로 남겨져 있다.

참고문헌

1. 기본자료

이청준 소설, 산문, 동화 (별지 부록 참고).

『경향신문』, 『대학신문』, 『대학신문 (고교판)』, 『동아일보』, 『매일경제』 소재 이청
준 관련 기사.

『산문시대』, 『68문학』, 『아세아』, 『꿈과 일터』, 『광주고보 · 서중 · 일고 육십년사
1920~1985』, 『KBS연지』, 『문화방송연지』

〈이어도〉, 〈KBS TV문학관〉, 1983.3.19 방송.

〈천국에서 온 광대〉, 〈KBS TV문학관〉, 1985.3.23 방송.

〈벌레 이야기〉, 〈MBC 베스트셀러극장〉, 1988.3.27 방송.

〈행복연습〉, 〈MBC 베스트셀러극장〉, 1988.10.16 방송.

2.대담 및 좌담

김병익 · 류철균 (대담), 「되돌아봄, 둘러봄, 들여다봄」, 『우공의 호수를 보며』, 세계
사, 1991.

이청준 · 김승옥 · 김현 · 박태순, 「좌담회ー현대문학 방담」, 『형성』, 1968 봄.

이청준 · 전영태, 「나의 문학, 나의 소설작법」, 『현대문학』, 1984.1.

이청준 · 김치수, 「한국소설의 종합진단」, 『문학사상』, 1986.5.

이청준 · 구효서, 「진실된 말의 실천을 위하여」, 『문학사상』, 1988.6.

이청준 · 권성우 · 우찬제, 「말 · 삶 · 글 (6)ー영혼의 비상학을 위한 자유주의자의
소설탐색」, 『문학정신』, 1990.3.

이청준 · 김윤식 · 최하림, 「통일문학, 어디로 갈 것인가」, 『문예중앙』, 1992 가을.

이청준 · 이위발, 「문학의 토양을 이룬 반성의 정신」, 『사라진 밀실을 찾아서』, 월간
에세이, 1994.

이청준 · 김승희, 「남도창이 흐르는 아파트의 공간」, 『말없음표의 속말들』, 나남,
1985.

이청준 · 권오룡, 「시대의 고통에서 영혼의 비상까지」, 『이청준 깊이 읽기』, 문학과
지성사, 1999.

이청준 · 우찬제, 「'우리들의 천국'을 향한 '당신들의 천국'의 대화」, 『문학과사회』,
2003 봄.

이청준 · 이승우 · 김화영, 『한국 문학의 사생활』 (좌담집), 문학동네, 2005.

최원식 외(좌담), 「4월혁명과 60년대를 다시 생각한다」, 『4월혁명과 한국문학』, 창작과비평사, 2002.

3. 국내 논문 및 평문

강은교, 「상식이라는 예절」, 『학생중앙』, 1975.12.

권보드래, 「1970년대 『문학과지성』 동인의 시론 – 김현을 중심으로」, 『한국현대시론사 연구』, 문학과지성사, 1998.

_____, 「4·19는 왜 기적이 되지 못했나?」, 『1960년을 묻다』, 천년의상상, 2012.

권성우, 「매혹과 비판 사이 – 김현의 대중문화 비평에 대하여」, 『한국 현대 비평가 연구』, 강, 1996.

_____, 「4·19세대 비평의 성과와 한계 – 비평적 인정 투쟁의 논리를 중심으로」, 『문학과사회』, 2000 여름.

권오룡, 「이카루스의 꿈」, 『병신과 머저리 – 이청준 전집 1』, 문학과지성사, 2010.

김교선, 「소설로 쓴 소설론」, 『현대문학』, 1967.3.

김규진, 「더 낮은 데로 내려가기 위하여」, 『꿈과 일터』, 1985.3.

김남혁, 「아토포스, 문학의 자리」, 『자음과모음』, 2012 겨울.

_____, 「끔찍한 모더니티」, 『벌레 이야기』, 문학과지성사, 2013.

김병익, 「김현과 '문지'」, 『자료집 – 김현문학전집 16』, 문학과지성사, 1993.

_____, 「회상 – 황인철과의 40년」, 추모문집간행위원회 편, 『'무죄다'라는 말 한 마디』, 문학과지성사, 1995.

김수림, 「식민지 시학의 알레고리」, 고려대 박사논문, 2011.

김승옥, 「'산문시대' 이야기」, 『내가 만난 하나님』(개정판), 작가, 2007.

김영성, 「이청준 주요 연구자료」, 『본질과현상』, 2008 겨울.

김영순, 「일제강점기 시대의 아동문학가 이정호」, 『아동청소년문학연구』, 2007.12.

김영찬, 「이청준 격자소설의 정치적 (무)의식」, 『한국근대문학연구』 6-2, 2005.

_____, 「4·19와 1960년대 문학의 문화정치」, 『한국근대문학연구』 15, 2007.

김우창, 「자유·이성·정치」, 『신동아』, 1982.3.

김윤식, 「어떤 4·19세대의 내면풍경」, 『김윤식 선집 3 – 비평사』, 솔, 1996.

김은경, 「이청준 소설의 글쓰기 양상에 대한 일고찰」, 『관악어문연구』 26, 2001.

김인환, 「소설가의 소설론」, 『문학과지성』, 1972 가을.

김종철, 「생활 현실의 착반」, 『시와 역사적 상상력』, 문학과지성사, 1978.

_____, 「작가의 관점과 소설의 현실성」, 『뿌리깊은나무』, 1978.2.

김주언, 「타자의 시선 앞에 놓인 문학의 운명과 자유」, 『어문연구』 40-3, 2012.

김주연, 「부끄러움을 안다는 것은 결코 부끄러운 일이 아니다」, 『학생중앙』, 1975.12.

_____, 「새 소설을 낳는 출판사―열화당의 '현대작가 신작 소설선'」, 『뿌리깊은나무』, 1977.4.

김지하, 「김현」, 『흰 그늘의 길』 1, 학고재, 2003.

김창완 외, 「1980년 소설 문학 총결산―8대 일간지 문화부 기자 방담」, 『소설문학』, 1980.12.

김치수, 「'문학과지성'의 창간」, 『문학과지성사 30년』, 문학과지성사, 2005.

김 현, 「김승옥론―존재와 소유」, 『현대문학』, 1966.3.

_____, 「문학풍토기―서울대학편」, 『현대문학』, 1966.8.

_____, 「다시 한 번 '참여론'을」, 『현대문학』, 1968.4.

_____, 「'총독의 소리'와 '강'」, 『현대문학』, 1968.5.

_____, 「'난중일기'와 '배교도'」, 『현대문학』, 1968.6.

_____, 「샤머니즘의 극복」, 『현대문학』, 1968.11.

_____, 「새로운 형태의 문학 전집―최인훈 전집」, 『뿌리깊은나무』, 1977.1.

_____, 「문학상의 권위」, 『뿌리깊은나무』, 1977.12.

_____, 「더 좋은 즐거움을 위하여」, 『TV문학관 걸작선』 1, 대학문화사, 1983.

_____, 「무엇이 지금 문제되고 있는가」, 『한국 문학의 위상 / 문학사회학―김현문학전집 1』, 문학과지성사, 1991.

_____, 「60년대 작가 소묘」, 『현대 한국 문학의 이론 / 사회와 윤리―김현문학전집 2』, 문학과지성사, 1991.

_____, 「이청준에 대한 세 편의 글」, 『문학과 유토피아―김현문학전집 4』, 문학과지성사, 1992.

_____, 「서문과 독자」, 『존재와 언어 / 현대 프랑스 문학을 찾아―김현문학전집 12』, 문학과지성사, 1992.

김효은, 「이청준 소설의 자유 구현 양상 연구」, 한양대 석사논문, 2012.

류보선, 「새로운 방향의 모색과 운명의 힘」, 『이청준 깊이 읽기』, 문학과지성사, 1999.

문부식, 「문학과지성, 그 영혼의 쉼터에서」, 『'무죄다'라고 말할 수 있는 용기』, 문

　　　　학과지성사, 1998.

박대성, 「설행」, 『한국문학』, 1979.8.

박덕규, 「평행봉 선수」, 『한국문학』, 1979.7.

박상익, 「소설, 연극, 그리고 영화의 매체 간 서사 재현 양상 연구」, 『국제어문』 55, 2012.8.

박완서, 「그는 담 밖 세상을 눈뜨게 해준 스승」, 『못 가본 길이 더 아름답다』, 현대문학, 2010.

박영태, 「송년 인터뷰—깨어 있는 진실로 '자유의 문' 연다」, 『학원』, 1990.11.

박태순, 「4·19의 민중과 문학」, 『4월혁명론』, 한길사, 1983.

배봉기, 「잔인한 세상 속, 우리들의 초상」, 『극단아리랑 10주년 기념 희곡집 3—배꼽춤을 추는 허수아비』, 공간미디어, 1996.

백낙청, 「4·19의 역사적 의의와 현재성」, 『4월혁명론』, 한길사, 1983.

서동수, 「시뮬라크르의 세계와 미시권력」, 『겨레어문학』 27, 2001.

선안나, 「동화의 독자는 누구인가?—이청준·강석경의 동화분석을 중심으로」, 『아동문학평론』, 1996.6.

선우휘·백낙청, 「작가와 평론가의 대결」, 『사상계』, 1968.2.

서철원, 「이청준 소설의 주제구현 양상 연구」, 전북대 석사논문, 2012.

송기섭, 「자유를 표현하는 방식과 그 의미—이청준론」, 『한국문학이론과비평』 54, 2012.

안미영, 「해방 이후 전체주의와 조지 오웰 소설의 오독」, 『민족문학사연구』 49, 2012.

안현경, 「소설과 영화의 서사성 비교 연구—이청준의 단편 소설 '조만득 씨'와 '나는 행복합니다'를 중심으로」, 대구가톨릭대 석사논문, 2011.

염무웅, 「文學人은 무얼 했나」, 『월간중앙』, 1971.12.

염무웅·김윤태(대담), 「1960년대와 한국문학」, 『증언으로서의 문학사』, 깊은샘, 2003.

염무웅·장성규(대담), 「4·19, 유신, 그리고 문학과 정치의 문제」, 『실천문학』, 2012 겨울.

오규원, 「마음껏 멋을 부리십시오」, 『학생중앙』, 1975.12.

＿＿＿, 「실명소설·이청준—손해보는 원고」, 『소설문학』, 1981.2.

＿＿＿, 「표지 장정과 나」, 『문학과지성사 30년』, 문학과지성사, 2005.

오생근, 「갇혀 있는 자의 시선—이청준의 작가세계」, 『문학과지성』, 1974 가을.

우정권, 「이청준의『잃어버린 말을 찾아서』에 나타난 '말'과 '소리'에 관한 연구」, 『현대소설연구』 13, 2000.

우찬제, 「장인정신으로 빚어낸 예술가 소설의 완결편」, 『21세기문학』, 1998 봄 · 여름.

＿＿＿, 「삶과 소설을 위한 향연」, 『문학판』, 2003 가을.

＿＿＿, 「수사적 상황의 상호 수행적 역동성과 열린 텍스트」, 『동아연구』 53, 2007.

＿＿＿, 「견인성(堅忍性) 보헤미안의 견딤의 미학」, 『문학과사회』, 2009 가을.

원당희, 「Thomas Mann과 이청준 소설에 나타난 예술가의 위상 비교」, 고려대 박사논문, 1991.

유준 · 정근식(대담), 「한센의료인 · 정책지도자의 증언」, 『한센병, 고통의 기억과 질병 정책－구술사료전집 1』, 국사편찬위원회, 2005.

윤지관, 「억압사회에서의 소설의 기능」, 『실천문학』, 1992 봄.

＿＿＿, 「세상의 길－4 · 19세대 문학론의 심층」, 『4월혁명과 한국문학』, 창작과비평사, 2002.

윤흥길, 「작가 中上健次를 말한다－마성과 동심의 조화」, 『문예중앙』, 1981 여름.

＿＿＿, 「전통작법과 건강한 시선」, 『한국문학』, 1979.7.

이경수, 「'나'로부터 출발한 운명적 이중성」, 『김현신화 다시읽기』, 이룸, 2008.

이경철, 「만나고 싶었습니다－소설 쓰기는 징하나 독자 분들 때문에 행복」, 『문예중앙』, 2004 겨울.

이경훈, 「관념의 봄, 혹은 몸의 관념 만들기에 대하여」, 『현대소설』, 1992 여름.

이규태, 「소록도의 반란」, 『사상계』, 1966.10.

＿＿＿, 「출소록기」, 『인간박물관－맨발기자 남한 종횡기』, 삼중당, 1967.

이근배, 「이청준 스승의 혼신의 작가 정신을 담은 '이상한 선물'」, 『문학의 문학』, 2008 가을.

이동하, 「한국 대중소설의 수준」, 『이청준론』, 삼인행, 1991.

＿＿＿, 「한국 비평의 재조명 2」, 『한국문학과 비판적 지성』, 새문사, 1996.

이명원, 「김현 비평과 근대성의 모험」, 『타는 혀』, 새움, 2000.

이상호, 「한국의 문학상, 100여종 된다－한국의 문학상현황」, 『문화예술』, 1985.8.

이선영, 「'탈권력'을 위한 권력적 글쓰기」, 『국어국문학』 162, 2012.

이승우, 「이청준 선생님에 대한 기억」, 『본질과현상』, 2008 겨울.

이승준, 「이청준의 엽편소설(葉篇小說) 연구」, 『우리어문연구』 34, 2009.

이윤옥, 「이청준 약전(略傳)」, 『본질과현상』, 2008 겨울.

이주미, 「이청준 동화의 특징과 아동문학적 가치」, 『한민족문화연구』 38, 2011.10.

이태동, 「부조리 현상과 인간의식의 진화」, 『이청준 론』, 삼인행, 1991.

이호철, 「내가 겪은 탄압 사례」, 『자유의 문학 실천의 문학』 2, 이삭, 1985.

이화진, 「이청준 소설의 글쓰기 양상에 대한 검토―탈 권력의 지향과 계몽의 기획에
　　　　대한 비판」, 『비교어문학회지』 15, 2003.

임헌영, 「74년 문인간첩단사건의 실상」, 『역사비평』 11, 1990.11.

임헌영·채호석, 「유신체제와 민족문학」, 『증언으로서의 문학사』, 깊은샘, 2003.

장백일, 「세칭 문인 간첩단 사건」, 『문단유사』, 월간문학출판부, 2002.

장윤수, 「'조율사'의 우의법과 소설가의 죽음」, 『어문논집』 55, 2007.

_____, 「이청준 소설 '선고유예'의 탈근대성」, 『어문논집』 60, 2009.

장현숙, 「푸른 '유니폼'의 연인들에게」, 『동아춘추』, 1963.1.

전영태, 「자유의 질서를 구현하기 위하여」, 『문학사상』, 1988.2.

정과리, 「마침내 사랑이 승리했을까? 혹은 반복의 간지에 대해―이청준의 세계관
　　　　에 대한 하나의 질문」, 『네안데르탈인의 귀환』, 문학과지성사, 2008.

정선혜, 「우리 그림책의 도약―이청준의 그림이야기 『할미꽃은 봄을 세는 술래란
　　　　다』」, 『아동문학평론』, 1996.6.

_____, 「한국 불교 동화연구―이청준의 판소리동화를 중심으로」, 『아동문학평
　　　　론』, 1998.6.

정혜경, 「'매잡이'의 서술 방식 연구」, 『어문논집』 48, 2003.

정호웅, 「씻김굿의 새로운 형식」, 『흰 옷』, 열림원, 2003.

조남현, 「문제적 인물에 대한 끊임없는 탐구―비평가들이 선정·분석한 해방후 10
　　　　대작품론」, 『문학사상』, 1984.8.

조선희, 「작가의 근황―밀실의 작가 이청준」, 『소설문학』, 1986.8.

조연현 외, 「동인지의 이념과 현실」, 『현대문학』 1966.8.

조은숙, 「한국 아동문학의 형성과정 연구」, 고려대 박사논문, 2005.

조해일, 「실수를 두려워 마라」, 『학생중앙』, 1975.12.

주지영, 「이청준 소설에 나타난 '고향'의 변모양상과 주체의 동일화」, 서울대 석사
　　　　논문, 2004.

진은영, 「한 진지한 시인의 고뇌에 대하여」, 『창작과비평』, 2010 여름.

최영오, 「이 캄캄한 무덤에서 나를 잠들게 하라」, 『동아춘추』, 1962.12.

최성만, 「벤야민 횡단하기1」, 『문화과학』, 2005 겨울.

최은영, 「이청준의 예술가소설 연구」, 고려대 석사논문, 2000.

최일남, 「심사평」, 『문학과사회』, 1990 가을.

최현명, 「1970년대 재야 민주화운동 연구」, 이화여대 석사논문, 2001.

한상규, 「멈추지 않는 자유의 현상학」, 『작가세계』, 1992 겨울.

허만욱, 「이청준 소설에 나타난 탐색과 해체적 글쓰기의 미학 연구」, 『우리문학연구』 20, 2006.

편집부, 「오늘의 작가선정 10」, 『한국문학』, 1979.11.

_____, 「기획특집 문학사상 보고서 1 − TV 속의 문학」, 『문학사상』, 1984.2.

_____, 「이 계절의 문제작 10」, 『소설문학』, 1984.5.

_____, 「이 계절의 문제작 10」, 『소설문학』, 1984.8.

_____, 「이 계절의 문제작 10」, 『소설문학』, 1985.5.

_____, 「지성과 반지성이 교차하는 캠퍼스−국문학과 대학생 문학관 집중 분석 ①」, 『소설문학』, 1987.1.

한순미, 「나환과 소문, 소록도의 기억−나환 인식과 규율체제의 형성에 관한 언술 분석적 접근」, 『지방사와 지방문화』 13-1, 2010.5.

한승헌변호사변론사건실록간행위원회, 「'한양'지 관련 문인 사건」, 『한승헌 변호사 변론 사건 실록』 2, 범우사, 2006.

한승헌, 「『한양』지 '문인 간첩단 사건'」, 『한 변호사의 고백과 증언』(개정판), 한겨레출판, 2012.

홍승직, 「고속도로와 사회변동」, 『오늘의 한국사회』, 나남, 1993.

홍영철, 「20년 문학 생활에 전집 묶어내는 작가 이청준」, 『학원』, 1984.6.

홍정선, 「연보−'뜨거운 상징'의 생애」, 『자료집−김현문학전집 16』, 문학과지성사, 1993.

황정현, 「문학 텍스트로써의 판소리 동화 수용의 교육적 의의−이청준 판소리 동화를 중심으로」, 『한국초등국어교육』 37, 2008.

황종연, 「삶의 화음과 소음 사이」, 『창작과비평』, 1998 봄.

3. 국내 저서

강성률·고명철, 『격정시대의 문화운동−문예운동 30년사』, 한국민족예술인총연합, 2006.

권오룡 외, 『이청준 깊이 읽기』, 문학과지성사, 1999.

고은, 『바람의 사상−시인 고은의 일기 1973∼1977』, 한길사, 2012.

극단아리랑,『극단아리랑 10주년 기념 희곡집 3－배꼽춤을 추는 허수아비』, 공간
　　미디어, 1996.
김병익 · 김현 편,『우리시대의 작가연구총서－이청준』, 은애, 1979.
김상웅 편,『민족, 민주, 민중선언』, 한국학술정보, 2001.
김영명,『한국 감리교 신학의 개척자 정경옥』, 살림, 2008.
김영민,『한국 현대문학비평사』, 소명출판, 2000.
김윤식,『이상 연구』, 문학사상사, 1987.
＿＿＿,『전위의 기원과 행로』, 문학과지성사, 2012.
김치수,『박경리와 이청준』, 민음사, 1982.
김치수 외,『이청준론』, 삼인행, 1991.
김현,『한국 문학의 위상 / 문학사회학』, 문학과지성사, 1991.
나병철,『한국문학의 근대성과 탈근대성』, 문예출판사, 1996.
노명식,『자유주의의 역사』(개정판), 책과함께, 2011.
문지영,『지배와 저항－한국 자유주의의 두 얼굴』, 후마니타스, 2011.
박태순,『문예운동 30년사』1, 작가회의출판부, 2003a.
＿＿＿,『문예운동 30년사』2, 작가회의출판부, 2003b.
수류산방중심 편집부,『박완서－예술사 구술 총서 5』, 수류산방중심, 2012.
심전황,『소록도 반세기』, 전남일보출판사, 1979.
안요한,『낮은 데로 임하소서, 그 이후』, 홍성사, 2010.
양성일 편,『이 캄캄한 무덤에서 나를 잠들게 하라』, 합동문화사, 1963.
원종찬,『동화와 어린이』, 창작과비평사, 2004.
윤정모,『섬』, 한마당, 1983.
이선영,『한국문학의 사회학』, 태학사, 1993.
이오덕,『시정신과 유희정신』, 창작과비평사, 1977.
이임자,『한국 출판과 베스트셀러－1883~1996』, 경인문화사, 1998.
이재복,『우리 동화 바로 읽기』, 한길사, 1995.
이재철,『'믿음의 글들', 나의 고백－홍성사의 여기까지』, 홍성사, 1992.
이정숙 · 천정환 · 김건우,『혁명과 웃음』, 앨피, 2005.
이호철,『이 땅의 아름다운 사람들』, 현재, 2003.
정성일 대담, 이지은 정리,『임권택이 임권택을 말하다』2, 현문서가, 2003.
최덕교 편,『(학원시단 303인집)시의 고향』, 창조사, 1989.
최장집,『민주화 이후의 민주주의』(개정판), 후마니타스, 2010.

편집부, 『(어린이 교육) 칼라텔레비젼 4 − 아라비안나이트, 어머니를 찾아…기타』, 금성출판사, 1972.

푸른세대운동본부, 『보소서 우리들의 포도밭을』, 중원사, 1981.

한국방송공사, 『국풍'81』, 1981.

한국사사전편찬회, 『한국근현대사사전』, 가람기획, 2005.

한양대학교, 『한양대학교 요람 1987』, 한양대 출판부, 1987.

한양국문50년사 편찬위원회, 『한양국문 50년사』, 이펙P&P, 2010.

한양대학교70년사 편찬위원회, 『한양대학교 70년사』 3, 한양대학교, 2011.

홍신선 편, 『우리문학의 논쟁사』, 어문각, 1988.

4. 국외논저

가라타니 고진, 박유하 역, 「아동의 탄생」, 『일본근대문학의 기원』, 도서출판b, 2010.

_____, 허호 역, 「나카가미 겐지에 관하여」, 『고목탄』, 문학동네, 2001.

긴즈부르그, 카를로, 유제분 · 김정하 역, 『치즈와 구더기』, 문학과지성사, 2011.

네그리, 안토니오 · 하트, 마이클, 윤수종 역, 『제국』, 이학사, 2001.

단턴, 로버트, 조한욱 역, 『고양이 대학살』, 문학과지성사, 1996.

데 아미치스, E., 이현경 역, 『사랑의 학교』 3, 창작과비평사, 1997.

데리다, 자크, 남수인 역, 『환대에 대하여』, 동문선, 2004.

맥퀸, 존, 송낙헌 역, 『알레고리』, 서울대 출판부, 1980.

모레티, 프랑코, 조형준 역, 『근대의 서사시』, 새물결, 2001.

무페, 샹탈, 이행 역, 『민주주의의 역설』, 인간사랑, 2006.

미야모토 히사오, 이광휘 역, 「한과 십자가 − 이청준의 소설에서」, 『본질과현상』, 2006 가을.

바디우, 알랭, 현성환 역, 『사도 바울』, 새물결, 2008.

바르트, 롤랑, 김희영 역, 『텍스트의 즐거움』, 동문선, 1997.

바흐친, 미하일, 이덕형 · 최건영 역, 『프랑수아 라블레의 작품과 중세 및 르네상스의 민중문화』, 아카넷, 2001.

벌린, 이사야, 박동천 역, 『자유론』, 아카넷, 2006.

벤야민, 발터, 김유동 · 최성만 역, 『독일 비애극의 원천』, 한길사, 2009.

_____, 반성완 역, 『발터 벤야민의 문예이론』, 민음사, 1983.

브라운, 웬디, 이승철 역, 『관용 − 다문화제국의 새로운 통치전략』, 갈무리, 2010.

사이토 준이치, 이혜진 외역, 『자유란 무엇인가』, 한울, 2011.

사토 요시유키, 김상운 역, 『권력과 저항』, 난장, 2012.

살레클, 레나타, 이성민 역, 『사랑과 증오의 도착들』, 도서출판b, 2003.

슈타이거, E., 이유영·오현일 역, 『시학의 근본개념』, 삼중당, 1978.

아감벤, 조르조, 김상운·양창렬 역, 『목적 없는 수단』, 난장, 2009.

_____, 양창렬 역, 『장치란 무엇인가?』, 난장, 2010.

아즈마 히로키, 안천 역, 『일반의지 2.0』, 현실문화, 2012.

애벗, H. 포터, 우찬제·이소연·박상익·공성수 역, 『서사학 강의』, 문학과지성사, 2010.

앤더슨, 베네딕트, 윤형숙 역, 『상상의 공동체』, 나남, 2002.

이글턴, 테리, 이현석 역, 『우리 시대의 비극론』, 경성대 출판부, 2006.

지젝, 슬라보예, 이성민 역, 『까다로운 주체』, 도서출판b, 2005.

_____, 이수련 역, 『이데올로기라는 숭고한 대상』, 인간사랑, 2002.

카프카, 프란츠, 이주동 역, 「어느 단식 광대」, 『변신―카프카 전집 1』(개정판), 솔, 2003.

파농, 프란츠, 남경태 역, 『대지의 저주받은 사람들』, 그린비, 2004.

푸코, 미셸, 박정자 역, 『사회를 보호해야 한다』, 동문선, 1998.

_____, 오생근 역, 『감시와 처벌』, 나남, 2003.

_____, 오트르망 역, 『안전, 영토, 인구』, 난장, 2011.

_____, 오트르망 역, 『생명관리정치의 탄생』, 난장, 2012.

푸코, 미셸·뜨롬바도리, 둣치오, 이승철 역, 『푸코의 맑스』, 갈무리, 2005.

프롬, 에리히, 김석희 역, 『자유로부터의 도피』, 휴머니스트, 2012.

하비, 데이비드, 구동회·박영민 역, 『포스트 모더니티의 조건』, 한울, 2009.

헤벨, 요한 페터, 배중환 역, 『예기치 않은 재회―독일 가정의 벗, 이야기 보물상자』, 부산외대 출판부, 2003.

Mouffe, Chantal, *The Democratic Paradox*, New York : Verso, 2006.

Genette, Gérard, trans. Jane E. Lewin, *Paratexts-Thresholds of interpretation*, New-York : Cambridge University Press, 1997.

Bakhtin, Mikail, trans. Hélène Iswolsky, *Rabelais and His World*, Bloomington : Indiana University Press, 1984.

Benjamin, Walter, trans. John Osborne, *The origin of German tragic drama*, New York : Verso, 2003.

■ 동화와 산문 목록

작품집 제목	수록작	비고
『컬러판 세계의 명작동화 6 – 엄마 찾아 삼만리』, 국민서관, 1971	「엄마 찾아 삼만리」 / 「왕곰 쟈크」 / 「견우와 직녀」	글 : 이청준(소설가), 감수 : 정희경(이화여자고등학교 교장) 책 말미에 「어머니가 꼭 읽어야 할 해설」이 첨부되어 있음.
이청준 외, 『쟁이만이 사는 동네』, 우성사, 1978	「별을 기르는 아이」	• 이 작품은 『새싹문학』 창간호(1977 봄)에 먼저 발표되었다. • 그림 : 차명희 • 참여 작가 : 강은교, 김병총, 김승옥, 김채원, 박완서, 이병주, 이어령, 이호철, 정연희, 조해일, 조세희, 최인호, 최정희, 최하림, 한수산, 호영송, 홍성원, 박태순, 김동리
『치질과 자존심』, 문장, 1980	「치질과 자존심」 / 「돌담 울타리」 / 「웃음 선생」 / 「복사와 똥개」 / 「미친 사과나무」 / 「名手」 / 「증인」 / 「소문과 두려움(發芽)」 / 「사랑의 목걸이」 / 「복 요리사」 / 「괴상한 버릇」 / 「습관성 골절상」 / 「누님 있습니다」 / 「마지막 먹은 것」 / 「전쟁과 여인」 / 「꽃동네의 합창」 / 「해변의 육자배기」	표제는 '이청준 寓話小說'
『뻐꾸기와 오리나무』, 동화출판공사, 1981		• 이 동화는 『(새로 쓰고 새로 그린)그림나라100』 시리즈 중 9번에 해당된다. • 그림 : 이두식
이청준 외, 『보소서 우리들의 포도밭을』, 중원사, 1981	글짓기 작품을 읽고 : 「고향, 그 은혜스런 삶의 뿌리」	이 책에는 '제1회 전국산업청소년글짓기작품집'에 수록된 글에 대한 이청준의 산문이 실려 있다.
이청준 외, 『사랑이여 빛일레라』, 홍성사, 1982	「기원」	• 참여 작가 : 이청준 외 29명 • "기원"이라는 제목 아래 「별이 되어 간 어느 친구의 누님 이야기」와 「마지막 선물」이 묶여 있다.
이청준 외, 『짧게 즐겁게 – 지성작가 8인의 집중 꽁트 소설집』, 친우, 1985	「웃음선생」 / 「복요리사」 / 「복사와 똥개」 / 「사랑의 목걸이」 / 「습관성 골절상」 / 「누님 있습니다」 / 「증인」	이청준, 전상국, 이문구, 김원일, 윤흥길, 백시종, 한승원, 한수산

---

* '별지부록'에 정리된 이청준의 텍스트 가운데 오기나 누락된 텍스트가 있을 수 있다. 부족한 부분은 다음의 연구를 통해 채워나가겠다.

작품집 제목	수록작	비고
『이청준 산문집-말없음표의 속말들』, 나남, 1985	1. 지문 없는 사람들 : 「지문 없는 사람들」 / 「아파트 동네의 호미질 소리」 / 「나이의 빛」 / 「나그네」 / 「세상에서 제일 비싼 소철분 이야기」 / 「남녘하늘의 비행운」 / 「더위의 우화」 / 「묘지의 민요가락」 / 「益草의 이름」 / 「碑銘」 / 「사랑의 衣裳」 / 「여인의 청순미」 / 「대장장이의 자(尺)」 2. 기성세대 소질 : 「자기높임을 위한 독서의 권리」 / 「더 넓은 창조공간의 확대를」 / 「소유와 지배욕망」 / 「기성세대 소질」 / 「빼앗긴 부끄러움」 / 「말의 인플레」 / 「書架 앞의 女心」 / 「山들은 말하지 않는다」 / 「자신만의 봉우리」 / 「명분에 대하여」 3. 집단의 꿈과 개인의 진실 : 「아픔의 얼굴, 기원의 불꽃」 / 「말없음표의 속말들」 / 「존재적 언어와 관계적 언어 사이에서」 / 「집단의 꿈과 개인적 진실」 / 「문학의 신발가게」 / 「자기 부끄러움과 소설 질에 대하여」 / 「왜 쓰는가」 / 「문학 30代」 4. 죽음의 미학과 사회학 : 「우리의 영혼 위에 날아오르는 鶴」 / 「삶의 두 양식」 / 「여름江의 꿈」 / 「陰畫의 歷史」 / 「세 가지 차원의 눈」 / 「내 이름 앞의 盞」 / 「죽음의 美學과 社會學」 / 「이어도의 실재와 허구의 의미」 / 「미스 윤, 지친 영혼의 귀향지」 / 「魔性에 대한 神性의 승리를」 5. 복수와 용서의 변증법 : 「어린날의 추억 讀法」 / 「南道唱이 흐르는 아파트 공간」 / 「복수와 용서의 변증법」 / 「그가 좋아하는 것과 싫어하는 것」	• 산문집 • 5부의 마지막 세 편의 글은 각각 김승희, 김치수와의 대담과 심정섭의 '실명소설'이다.
『따뜻한 강』, 우석, 1986	1. 새들을 위한 鎭魂曲 : 「연(鳶)-새와 어머니를 위한 세 變奏 ①」 / 「빗새 이야기-새와 어머니를 위한 세 變奏 ②」 / 「학(鶴)-새와 어머니를 위한 세 變奏 ③」 / 「전쟁과 女人」 / 「張畵伯의 새」 / 「마지막 선물」 2. 별들의 전설 : 「나들이 하는 그림(동화)」 / 「별이 되어 간 누님」 / 「강나루 전설」 / 「별을 기르는 아이(동화)」 3. 나무들의 合唱 : 「물속의 꽃마을」 / 「生命의 추상」 / 「老松」 / 「행운의 主人」 / 「뻐꾸기와 오리나무(동화)」 / 「꽃동네의 합창」 4. 寓話시대 : 「미친 사과나무」 / 「發芽」 / 「사랑의 목걸이」 / 「습관성 골절상」 / 「괴상한 버릇」 / 「맞선」 / 「名手」 5. 道士 열전 : 「마음 비우기」 / 「치질과 자존심(새를 위한 악보 ①)」 / 「돌담 이야기(새를 위한 악보 ②)」 / 「웃음 선생(새를 위한 악보 ③)」 / 「세상에서 단 혼자 팬츠를 입은 남자」 / 「천재의 고민」 / 「동해의 낙조」 / 「복요리사」 6. 풍속의 自畫像 : 「누님 있읍니다」 / 「복사와 똥개」 / 「同行」 / 「마지막 먹은 것」 / 「무교 빌딩 8층」 / 「증인」 / 「사람과 개」 7. 사랑歌 : 「사랑, 혹은 눈물의 주머니」 / 「이민수속」 / 「사랑의 손가락(동화」 / 「따뜻한 江」 / 「흰철쭉」	

작품집 제목	수록작	비고
이청준 편, 『욕심 많은 다람쥐-한국 전래 동화집 1』, 샘터, 1986	「나들이하는 그림」/「도꼬마리와 한삼덩굴」/「욕심 많은 다람쥐」/「평생 신는 신발」/「바보 신랑 똑똑한 신랑」/「효부(孝婦) 태워 준 호랑이」/「세상에서 제일 무서운 것」/「말하는 빨래」/「흘러간 물」/「암퇘지 잡은 셈」/「종이만 있으면」/「아귀와 병어와 가자미」/「송아지가 한 마리뿐」/「혼자 먹을 때는 쉽더니」/「염소의 심술」/「황소 도둑과 쌀가마 도둑」/「부처님의 눈과 돼지의 눈」/「장님과 길눈」/「대사(大師)와 어린이」/「사심(私心)이 배어든 글씨」/「덕진 다리」/「남의 몫의 곡식」/「설마 나 하나쯤」/「금관(金棺)을 묻은 명당(明堂)」/「임금님이 말린 명당」/「윤관 장군과 잉어 다리」/「정승과 공당공당」/「중과 고자의 싸움」/「노래는 죽이지 말아라」/「절을 두 번 한 까닭」/「대원군을 야단친 사람」/「찔레꽃과 해당화」/「사랑의 손가락」/「아기 장수의 꿈」//「책 끝에 붙이는 말-함께 사는 법」	삽화가 있으나 화가의 이름은 언급되어 있지 않음
이청준 외, 『작가가 쓴 작가의 고향』, 조선일보사, 1987	「삶으로 맺고 소리로 풀고」	이청준 외 30명
이청준 외, 『왕자동화집』, 샘터, 1987	「염소의 심술」	• 『한국 전래 동화집 1』(샘터, 1986) 재수록 • 참여 작가 : 한승원, 김원일, 조장희, 유경환, 정중수, 박완서, 석지현, 강은교, 알퐁스도데
이청준 외, 『고요한 밤 거룩한 밤, 흐뭇한 이야기』, 을유문화사, 1989	「나들이하는 그림」/「이민 수속」/「꽃동네의 합창」	참여 작가 : 김남조, 김승옥, 유안진, 이성교, 전영택, 조성기, 황금찬 외
이청준 외, 『사랑줍기』, 민족과문학사, 1990	「여선생과 피난민」/「미스 윤, 지친 영혼의 귀향지」/「잃어버린 '白鳥의 춤'」	콩트집 참여 작가 : 김문수, 김원일, 김주영, 김홍신, 박범신, 박양호, 박영한, 박완서, 송영, 서영은, 유순하, 유재용, 윤후명, 이동하, 이문구, 전상국, 정종명, 조선작, 천승세, 한수산, 한승원
이청준 외, 『잘난 사람들의 이른 아침 그리고 낮과 밤』, 친우, 1991	「웃음 선생」/「복요리사」/「복사와 똥개」/「사랑의 목걸이」/「습관성 골절상」/「누님 있습니다」/「증인」	• 참여 작가 : 이청준, 전상국, 이문구, 김원일, 윤흥길, 백시종, 한승원, 한수산. • 이 단행본의 부제는 "대표지성작가 8인의 사회풍자 掌篇小說"이다
이청준 외, 『선생님의 밥그릇』, 호암출판사, 1993	「선생님의 밥그릇」	참여 작가 : 이청준외 17명
『광대의 가출-이청준 산문제』, 청맥, 1993	제1부 : 「물 속의 꽃마을」/「흰철쭉」/「행운의 주인(主人)」/「마음 비우기」/「이민 수속」/「지문 없는 사람들」/「세상에서 제일 비싼 소철분 이야기」/「익	편집자는 이 책이 "에세이와 우화, 동화 3부로 구성되어 있다고 설명함.

작품집 제목	수록작	비고
	초(苕草)의 이름」 / 「어린 날의 추억 독법(讀法)」 제2부 : 「강나루 전설」 / 「천재의 고민」 / 「사랑의 목걸이」 / 「명수(名手)」 / 「세상에서 단 혼자 팬츠를 입은 남자」 / 「복요리사」 / 「발아(發芽)」 / 「복사와 똥개」 / 「치질과 자존심」 / 「돌담 이야기」 / 「웃음선생」 제3부 : 「나들이 하는 그림」 / 「남의 몫의 곡식」 / 「별을 기르는 아이」 / 「뻐꾸기와 오리나무」 / 「사랑의 손가락」 / 「설마 나 하나쯤」 / 「바보 신랑 똑똑한 신랑」 / 「대사(大師)와 어린이」 / 「노래는 죽이지 말아라」 / 「사심(私心)이 배어든 글씨」 / 「대원군을 야단친 사람」 / 「덕진다리」 / 「아기 장수의 꿈」	
『사라진 밀실을 찾아서』, 월간에세이, 1994		산문집
이청준 외, 『보물상자—해님편』, 인간과예술사, 1994	「별을 기르는 아이」	참여 작가 : 김동리, 이어령, 정연희, 유재용, 조세희, 김원일, 손춘익, 오성찬, 박범신, 최학, 김채원, 이광복, 김정례, 김호운, 황충상, 곽의진
『할미꽃은 봄을 세는 술래란다』, 열림원, 1995		그림 : 최정훈
『바람이의 비밀』, 삼성출판사, 1996		그림 : 최정훈
『놀부는 선생이 많다』, 파랑새, 1996		
『토끼야, 용궁에 벼슬 가자』, 파랑새, 1996		
『심청이는 빽이 든든하다』, 파랑새, 1997		
『춘향이를 누가 말려』, 파랑새, 1997		
『옹고집이 기가 막혀』, 파랑새, 1997		
『할미꽃은 봄을 세는 술래란다』, 파랑새, 1997		열림원(1995)판과 동일한 책
『뻐꾸기와 오리나무』, 금성출판사, 1997		• 이 작품은 1981년 동화출판공사에서 발행된 작품과 완전히 일치한다. • 그림 : 이두식
이청준 엮음, 정현주 그림, 『한국전래 동화1』, 파랑새, 1997	「착한 며느리를 태워 준 호랑이」 / 「못말리는 심술쟁이 염소」 / 「아귀와 병어와 가자미」 / 「아기 도꼬마리와 엄마 한삼덩굴」 / 「어디 가는 길인공?」 / 「찔레꽃과 해당화」 / 「평생 신는 신발」 / 「설마 나 하나쯤이야」 / 「사랑의 손가락」 / 「장님과 길눈」	개별 작품 말미마다 「엄마랑 함께 생각하기」가 첨부되어 있음.

작품집 제목	수록작	비고
이청준 엮음, 최준식 그림, 『한국 전래 동화』 2, 파랑새, 1997	「나들이하는 그림」 / 「송아지가 한 마리뿐」 / 「혼자 먹을 때는 쉽더니」 / 「욕심이 배어든 글씨」 / 「덕진 다리」 / 「금관을 묻은 명당」 / 「내 몫과 남의 몫」 / 「대사와 어린이」 / 「노래는 죽이지 말아라」	개별 작품 말미마다 「엄마랑 함께 생각하기」가 첨부되어 있음.
이청준 외, 『마지막 편지』, 바다출판사, 1998	「선생님의 밥그릇」	참여 작가 : 이문열, 방정환, 박완서, 김남조, 양귀자, 로맹 가리, 폴 빌라드, 르네 벨베노아, 헬렌 G 레자토, 파멜라 헤넬, 암브로즈 플랙
이청준 외, 『나무 밑에 서면 비로소 그대를 사랑할 수 있다』, 나무생각, 1999	「한해 살이 나무」	참여 작가 : 서영은, 최인호, 안도현, 이제하, 오정희, 장석남, 김채원, 이문재, 김용택, 김지원, 장원, 함민복, 성석제, 송영, 정호승; 그림 : 임효
『선생님의 밥그릇』, 다림, 2000	「나들이하는 그림」 / 「별을 기르는 아이」 / 「선생님의 밥그릇」 / 「그 가을의 내력」 / 「어머니를 위한 노래」	• 그림 : 강우현 • 표지에 "이청준 단편집"이란 제명
이청준 외, 『때론 치열하게 때로는 나지막이』, 울림사, 2000	「밤길의 동행을 좇아—어두운 눈길 위의 내 소설질 자국」	참여 작가 : 이청준 외 65명
조성자, 『어린이 낮은 데로 임하소서』, 홍성사, 2000		원작 이청준, 글 조성자, 그림 신가영
『떠돌이 개 깽깽이』, 다림, 2001		그림 : 윤문영
『야윈 젖가슴』, 마음산책, 2001	1분 : 「문학의 길」 / 「성자의 두 모습」 / 「보이지 않는 세계의 힘」 / 「시간 지우기 독서」 / 「다시 읽는 '광장'의 망명」 / 「상상력과 현실의 경주」 / 「참자유와 평등의 길」 / 「우리 굿 문화」 / 「문화의 뿌리」 / 「국가 권력과 역사의 폭력」 / 「고문장체의 힘과 미덕」 / 「한국 회화론과 한 문학의 가르침」 / 「역사소설의 새 서사전개」 / 「쉽고 아름다운 우리말 사전들」 / 「권력의 덫」 / 2부 : 「삶과 문학의 만남」 / 「깨어진 영혼들의 대화」 / 「서울은 아직 정글이다」 / 「향기를 뿜는 꽃 그림」 / 「'고향의 봄'과 이원수 선생」 / 「책 주고받기」 / 「우리말의 고향」 / 「나이를 넘어선 평생 독서의 모습」 / 「추사와 초의 스님의 교유」 / 「따뜻한 마음의 길」 / 「인간 신의 힘」 / 「삶의 결굽은 사랑의 씨앗이 될 수 있다」 / 「그가 이길 수 있는 것 단 한 가지」 / 「동시대 삶 속에 그를 만난 내 소설의 행운」	산문집
『새소리 흉내쟁이 요산 아저씨』, 두산동아, 2003		동화
『그와의 한 시대는 그래도 아름다웠다』, 현대문학, 2003		• 그림 : 김선두 • 산문집
『숭어 도둑』, 디새집, 2003	「숭어 도둑」 / 「이야기 서리꾼」 / 「봄꽃 마중」 / 「일기장 속의 그날」 // 작가의 말 : 「어린 시절을 거듭 사는 즐거움」	그림 : 우승우

작품집 제목	수록작	비고
이청준 외, 『그 여름의 일기장 소동』, 다림, 2003	「그 여름의 일기장 소동」	• 「지문 없는 사람들」(『말없음표의 속말들』)을 어린이 눈높이에 맞게 개작 • 참여 작가 : 이청준 외 19명
『동백꽃 누님』, 다림, 2004		• 그림 : 김은정 • 이 작품은 『숭어 도둑』(디새집, 2003)에 실려 있는 「봄꽃 마중」과 동일한 작품이다.
『마음 비우기』, 아가서, 2005	「장 화백의 새」 / 「나들이하는 그림」 / 「꽃동네의 합창」 / 「마음 비우기」 / 「심지연(心之硏)」 / 「물속의 꽃마을」 / 「작호기(作號記)」 / 「생명의 추상」 / 「빛과 사슬」 / 「영혼의 소리를 듣는 화가」 / 「향기를 뿜는 꽃 그림」 / 「고향집 골목의 배꽃」	
『수궁가─토끼야, 용궁에 벼슬 가자』, 파랑새어린이, 2005(개정판)		
『옹고집타령─옹고집이 기가 막혀』, 파랑새어린이, 2005(개정판)		
『심청가─심청이는 빽이 든든하다』, 파랑새어린이, 2005(개정판)		
『흥부가─놀부는 선생이 많다』, 파랑새어린이, 2005(개정판)		
『춘향가─춘향이를 누가 말려』, 파랑새어린이, 2005(개정판)		
『이야기 서리꾼』, 파랑새어린이, 2006	「할미꽃은 봄을 세는 술래란다」 / 「이야기 서리꾼」	그림 : 김중석
『사랑의 손가락』, 문학수첩, 2006	「봄 들녘 술래와 금단추 꽃」 / 「뻐꾸기와 오리나무」 / 「황소 도둑과 쌀가마 도둑」 / 「바보 신랑 똑똑한 신랑」 / 「설마 나 하나쯤」 / 「노래는 죽이지 마라」 / 「절을 두 번 한 까닭」 / 「대원군을 야단친 사람」 / 「아기 장수의 꿈」 / 「덕진 다리」 / 「사심(私心)이 배어든 글씨」 / 「사랑의 손가락」 / 「대사(大師)와 어린이」 / 「남의 몫의 곡식」 / 「부처님의 눈과 돼지의 눈」 / 「송아지가 한 마리뿐」 / 「세상에서 제일 무서운 것」 / 「정승과 공당공당」 /	
이청준 외, 『에세이 모음─착한 이웃 따뜻한 세상』, 착한이웃, 2007	「생명의 섭리」	참여 작가 : 이청준 외 43명

■ 단행본 전체 목록(동화, 산문 포함)

작품집 제목	수록작	비고
『별을 보여 드립니다』, 일지사, 1971	「退院」/「姙夫」/「줄」/「무서운 土曜日」/「바닷가 사람들」/「굴레」/「변신과 머저리」/「별을 보여 드립니다」/「共犯」/「登山記」/「幸福圓의 예수」/「마기의 죽음」/「과녁」/「沈沒船」/「나무 위에서 잠자기」/「石花村」/「매잡이」/「개백정」/「꽃과 뱀」/「假睡」/	
『소문의 壁』, 민음사, 1972	「쓰여지지 않은 自敍傳」/「소문의 壁」// 후기	
『조율사』, 삼성출판사, 1972		
『병신과 머저리』, 삼중당, 1975	「굴레」/「과녁」/「沈沒船」/「이상한 나팔수」/「姙夫」/「그 가을의 내력」/「木浦行」/「병신과 머저리」/「眼疾注意報」/「假睡」	
『假面의 꿈』, 일지사, 1975	「건방진 신문팔이」/「마스코트」/「보우너스」/「들어 보면 아시겠지만」/「辯士와 演劇」/「加虐性訓練」/「괴상한 버릇」/「문단속 좀 해주세요」/「戰爭과 樂器」/「낮은 목소리로」/「미친 사과나무」/「떠도는 말들」/「發芽」/「배꼽을 주제로 한 變奏曲」/「假面의 꿈」/「뺑소니 사고」/「張畵伯의 새」/「이어도」	
『당신들의 天國』, 문학과지성사, 1976		장편 소설
『이어도』, 서음출판사, 1976	「병신과 머저리」/「調律師」/「이어도」	
『豫言者』, 문학과지성사, 1977	「눈길」/「거룩한 밤」/「불 머금은 항아리」/「支配와 解放」/「豫言者」/「황홀한 失踪」// 작가 후기(「얻은 이, 또는 얻지 못한 이의 밤을 위하여」)	
『自敍傳들 쓰십시다』, 열화당, 1977	「별을 기르는 아이」/「떠도는 말들」/「自敍傳들 쓰십시다」/「歸鄕練習」/「소리의 빛」	작가가 쓴 작가연보에는 작가가 서울에서 집을 구했던 내력이 자세히 소개되어 있다.
『이제, 우리들의 盞을』, 예림출판사, 1978		장편 소설 이 소설은 『조선일보』에 '圓舞'라는 제목으로 연재했던 소설. 여성동아에 연재하던 소설 중에 '이제, 우리들의 잔을'이라는 동명 제목의 다른 소설이 있다.
『南道사람』, 예조각, 1978	「연(鳶)」/「따뜻한 겨울」/「南道사람」/「누님 있읍니다」/「사랑의 목걸이」/「구두 뒷굽」/「치자꽃 향기」/「현장사정」/「줄빰」/「蟹公의 疾走」/「꽃동네의 合唱」/「大興不動産公司」/「새가 운들」/「빗새 이야기」	
『춤추는 司祭』, 홍성사, 1979		장편 소설
『흐르지 않는 江』, 문장, 1979		장편 소설
이청준 외, 『떠도는 말들—계간 문학	「떠도는 말들」	참여 작가 : 김원일, 김주영, 박

작품집 제목	수록작	비고
『과지성 선정 문제소설선』, 문장사, 1979		순녀, 박완서, 박태순, 서영인, 송영, 이문구, 이병주, 이제하, 조선작, 조세희, 조해일, 최인호, 홍성원, 황석영
이청준 외, 『우리들의 사랑 이야기』, 예조각, 1979	「퇴원」(작가의 말 : 「미쓰 윤, 지친 영혼의 歸港地」 포함)	참여 작가 : 김주영, 박태순, 송기원, 송영, 윤흥길, 이문구, 조선작, 조세희, 조해일, 황석영
『白鳥의 춤』, 여학생사, 1980	후기(「어린 시절의 추억」)	장편 소설
『살아 있는 늪』, 홍성사, 1980	「겨울 광장」/「살아 있는 늪」/「엑스트러」/「문패 도둑」/「전근발령」/「빈 방」/「얼굴 없는 방문객」/「仙鶴洞 나그네」/「새와 나무」	
『낮은 목소리로―이청준 대표단편집』, 문장사, 1980	「줄」/「병신과 머저리」/「과녁」/「假面의 꿈」/「낮은 목소리로」/「구두 뒷굽」/「自敍傳들 쓰십시다」	
『치질과 자존심』, 문장, 1980	「치질과 자존심」/「돌담 울타리」/「웃음 선생」/「복사와 똥개」/「미친 사과나무」/「名手」/「증인」/「소문과 두려움(發芽)」/「사랑의 목걸이」/「복 요리사」/「괴상한 버릇」/「습관성 골절상」/「누님 있음니다」/「마지막 먹은 것」/「전쟁과 여인」/「꽃동네의 합창」/「해변의 육자배기」	표제는 '이청준 寓話小說'
『잃어버린 말을 찾아서』, 문학과지성사, 1981	「떠도는 말들―言語社會學序說①」/「서편제」/「自敍傳들 쓰십시다―言語社會學序說②」/「支配와 解放―言語社會學序說③」/「仙鶴洞 나그네」/「빈방―혹은 딸꾹질 주의보」/「夢壓發聲―言語社會學序說④」/「다시 태어나는 말―言語社會學序說⑤」	수록작 서지사항 포함
『낮은 데로 임하소서』, 홍성사, 1981		장편 소설
『과녁』, 문학예술사, 1982	「줄」/「병신과 머저리」/「과녁」/「假面의 꿈」/「낮은 목소리로」/「구두 뒷굽」/「自敍傳들 쓰십시다」/「떠도는 말들」// 작가의 예술론(「왜 쓰는가」)	
『잔인한 都市―이청준 수상작품집』, 홍성사, 1982	「잔인한 都市」/「이어도」/「石花村」/「매잡이」/「병신과 머저리」/「退院」	
『시간의 門』, 중원사, 1982	「여름의 抽象」/「기로수 씨의 마지막 심술」/「조만득 씨」/「老松」/「시간의 門」	작가연보, 수록작 서지사항 포함
이청준 외, 『칼끝』 11, 오상, 1982	「눈길」	참여 작가 : 오정희, 박완서, 한수산, 이순, 박범신, 이외수, 김홍신, 박영한, 김성동, 이문열
『황홀한 失踪』, 나남, 1984	작가서문(「자기 부끄러움과 소설질에 대하여」)// 「가위 밑 그림의 음화와 양화」/「줄광대」/「건방진 신문팔이」/「황홀한 失踪」/「눈길」/「仙鶴洞 나그네」/「소문의 壁」/「自敍傳들 쓰십시다」/「다시 태어나는 말」/「얼굴 없는 방문객」/「개백정」/「빵소니 사고」/「시간의 門」	
『눈길―이청준문학전집 3』, 홍성사, 1984	「별을 보여 드립니다」/「沈沒船」/「歸鄕練習」/「현장사정」/「大興不動産公司」/「구두 뒷굽」/「새가	

작품집 제목	수록작	비고
	운들」 / 「눈길」 / 「살아 있는 늪」	
『조율사―이청준문학전집 5』, 홍성사, 1984	「조율사」 / 「들어 보면 아시겠지만」 / 「배꼽을 주제로 한 變奏曲」 / 「엑스트러」 / 「건방진 신문팔이」 / 「뺑소니 사고」 / 「낮은 목소리로」	
『흐르지 않는 강, 여름의 추상―이청준문학전집 9』, 홍성사, 1984	「흐르지 않는 강」 / 「여름의 추상」	
『제3의 현장』, 동화출판공사, 1984	작가 후기(「아픔의 얼굴, 기원의 꽃불」)	『이교도의 성가』(1988)와 같은 소설
『비화밀교』, 나남, 1985	「불의 女子」 / 「해변 아리랑」 / 「生命의 추상」 / 「老巨木과의 대화」 / 「학(鶴)」 / 「가위 밑 그림의 음화와 양화」 / 「마지막 선물」 / 「젖은 속옷」 / 「벌레이야기」 / 「단 혼자 팬츠를 입은 남자」 / 「秘火密敎」 / 〈제3의 神〉	
이청준 외, 『밤과 희망과 우리들의 공동체』 1, 지양사, 1985	「해변 아리랑」	• 편자: 황석영, 김정환 • 참여작가: 이호철, 송기숙, 현기영, 박완서, 방영웅, 조세희, 김원일, 김원우, 오정희, 임철우
『말없음표의 속말들』, 나남, 1985		산문집
이청준 외, 『짧게 즐겁게―지성작가 8인의 집중 꽁트 소설집』, 친우, 1985	「웃음선생」 / 「복요리사」 / 「복사와 똥개」 / 「사랑의 목걸이」 / 「습관성 골절상」 / 「누님 있읍니다」 / 「증인」	이청준, 전상국, 이문구, 김원일, 윤흥길, 백시종, 한승원, 한수산
『쓰여지지 않은 自敍傳』, 중앙일보사, 1985		장편 소설
이청준 외, 『밤과 안개의 도시』, 우석, 1986	「숨은 손가락」	참여 작가: 김원일, 최인호
『따뜻한 강』, 우석, 1986	1. 새들을 위한 鎭魂曲:「연(鳶)―새와 어머니를 위한 세 變奏①」 / 「빗새 이야기―새와 어머니를 위한 세 變奏②」 / 「학(鶴)―새와 어머니를 위한 세 變奏③」 / 「전쟁과 女人」 / 「張畵伯의 새」 / 「마지막 선물」 2. 별들의 전설:「나들이 하는 그림(동화)」 / 「별이 되어 간 누님」 / 「강나루 전설」 / 「별을 기르는 아이(동화)」 3. 나무들의 합唱:「물속의 꽃마을」 / 「生命의 추상」 / 「老松」 / 「행운의 主人」 / 「뻐꾸기와 오리나무(동화)」 / 「꽃동네의 합창」 4. 寓話시대:「미친 사과나무」 / 「發芽」 / 「사랑의 목걸이」 / 「습관성 골절상」 / 「괴상한 버릇」 / 「맞선」 / 「名手」 5. 道士 열전:「마음 비우기」 / 「치질과 자존심(새를 위한 악보①)」 / 「돌담 이야기(새를 위한 악보②)」 / 「웃음 선생(새를 위한 악보③)」 / 「세상에서 단 혼자 팬츠를 입은 남자」 / 「천재의 고민」 / 「동해의 낙조」 / 「복요리사」 6. 풍속의 自畵像:「누님 있읍니다」 / 「복사와 똥개」 / 「同行」 / 「마지막 먹은 것」 / 「무교 빌딩 8층」 /	

작품집 제목	수록작	비고
	「증인」, 「사람과 개」 7. 사랑歌:「사랑, 혹은 눈물의 주머니」, 「이민수속」 / 「사랑의 손가락(동화)」, 「따뜻한 江」, 「흰철쭉」	
『이어도』, 서음출판사, 1986	「병신과 머저리」, 「이어도」, 「調律師」, 「엑스트러」	
이청준 외, 『'86 우수 단편모음』, 행림 출판, 1986	「밤에 읽는 童話風」: 이 작품은 일종의 꽁트 연작('나들이하는 그림', '대사와 어린이', '봉해 가지고 가는 노래', '딴생각이 배어든 글씨')	참여 작가 : 강용후, 김원우, 김 중태, 백용운, 오성찬, 오탁번, 이 석봉, 전상국, 정한숙, 최기인, 최 미나, 최해군, 한말숙, 현길언, 황 석영
이청준 편, 『욕심 많은 다람쥐 ― 한국 전래 동화집 1』, 샘터, 1986	「나들이하는 그림」, 「도꼬마리와 한삼덩굴」, 「욕심 많은 다람쥐」, 「평생 신는 신발」, 「바보 신랑 똑똑한 신랑」, 「효부(孝婦) 태워 준 호랑이」, 「세상에서 제일 무서운 것」, 「말하는 빨래」, 「흘러간 물」, 「암돼지 잡은 셈」, 「종이만 있으면」, 「아귀와 병어와 가자미」, 「송아지가 한 마리뿐」, 「혼자 먹을 때는 쉽더니」, 「염소의 심술」, 「황소 도둑과 쌀가마 도둑」, 「부처님의 눈과 돼지의 눈」, 「장님과 길눈」, 「대사(大師)와 어린이」, 「사심(私心)이 배어든 글씨」, 「덕진 다리」, 「남의 몫의 곡식」, 「설마 나 하나쯤」, 「금관(金冠)을 묻은 명당(明堂)」, 「임금님이 말린 명당」, 「윤관 장군과 잉어 다리」, 「정승과 공당공당」, 「중과 고자의 싸움」, 「노래는 죽이지 말아라」, 「절을 두 번 한 까닭」, 「대원군을 야단친 사람」, 「찔레꽃과 해당화」, 「사랑의 손가락」, 「아기 장수의 꿈」 // 작가의 말(「함께 사는 법」)	동화
이청준 외, 『작가가 쓴 작가의 고향』, 조선일보사, 1987	「삶으로 맺고 소리로 풀고」	이청준 외 30명
이청준 외, 『나』 1, 청람, 1987	「해변의 육자배기」	상세한 작가 연보 포함 참여 작가 : 강은교, 박태순, 윤 홍길, 이문구, 이정환, 이호철, 조 정래, 홍승원
『겨울광장』, 한겨레, 1987	작가의 말(「나무와 숲」), 「퇴원」, 「살아 있는 늪」 / 「과녁」, 「해변 아리랑」, 「假睡」, 「조만득 씨」 / 「다시 태어나는 말」, 「잔인한 도시」, 「예언자」 / 「겨울 광장」	
『이상문학상 수상작가 대표작품선 ― 이청준』, 문학사상사, 1988	「幸福園의 예수」, 「굴레」, 「加虐性訓練」, 「빈 방」, 「夢壓發聲」, 「서편제」, 「歸鄕練習」, 「불 머금은 항아리」, 「거룩한 밤」, 「낮은 목소리로」, 「잔인한 도시」 // 「제2회 이상문학상 수상연설문」	
『아리아리강강』, 우석, 1988		장편 소설. 마지막 페이지에 "제1 부 끝"이란 표기 있음
『南道사람』, 문학과비평사, 1988	「서편제」, 「소리의 빛」, 「仙鶴洞 나그네」, 「새와 나무」, 「다시 태어나는 말」, 「눈길」, 「살아있는 늪」	
『異敎徒의 聖歌』, 나남, 1988		장편 소설 『제3의 현장』(1984)과 같은 소설

작품집 제목	수록작	비고
『벌레 이야기』, 심지, 1988	「벌레 이야기」 / 「비화밀교」 / 「살아 있는 늪」 / 「잔인한 都市」 / 「이어도」 / 「石花村」 / 「매잡이」 / 「병신과 머저리」 / 「退院」	
이청준 외, 『소설 우리 예수님』, 청노루, 1988	「벌레이야기」 / 「행복원의 예수」	참여 작가: 이범선, 정을병, 김원일, 김용운, 오승재, 백도기, 강정규, 조성기
『自由의 門』, 나남, 1989	작가 서문(「自由人을 위한 메모」)	
『키 작은 自由人』, 문학과지성사, 1990	「가위 밑 그림의 음화와 양화」 / 「전짓불 앞의 傍白」 / 「금지곡 시대」 / 「잃어버린 절」 / 「키 작은 自由人」 / 「누군들 초장부터 꾼으로 태어나랴」 / 「숨은 손가락」 / 「섬」 / 「흰철쭉」 / 「흐르는 산」 / 「이 여자를 찾습니다」 / 「止觀의 소」	
『이제, 우리들의 잔을』 상·하, 도서출판 동아, 1990	작가의 말(「사랑의 통로」)	장편 소설
이청준 외, 『사랑줍기』, 민족과문학사, 1990	「여선생과 피난민」 / 「미스 윤, 지친 영혼의 귀향지」 / 「잃어버린 '白鳥의 춤'」	콩트집 참여 작가: 김문수, 김원일, 김주영, 김홍신, 박범신, 박양호, 박영한, 박완서, 송영, 서영은, 유순하, 유재용, 윤후명, 이동하, 이문구, 전상국, 정종명, 조선작, 천승세, 한수산, 한승원
『젊은 날의 이별』, 청맥, 1991	「젊은 날의 이별」 / 「登山記」 / 「별을 기르는 아이」 // 작가 후기(「어린 시절의 추억」)	「젊은 날의 이별」은 『백조의 춤』(1981)의 개정판
『새가 운들』, 청아출판사, 1991	「치질과 자존심」 / 「假面의 꿈」 / 「병신과 머저리」 / 「낮은 목소리로」 / 「얼굴 없는 방문객」 / 「흰철쭉」 / 「새가 운들」 / 「그 가을의 내력」 / 「石花村」 / 「연」 / 「빗새 이야기」 / 「沈没船」 / 「이어도」	작가연보
이청준외, 『차마 그 고향이 꿈엔들 잊힐리야』, 문이당, 1991	「눈길」 / 「仙鶴洞 나그네」 / 「여름의 抽象」	참여 작가: 이청준, 전상국, 이문구, 김원일, 이문열
『인간인 ①—아리아리랑』, 우석, 1991		장편 소설. 『아리아리강강』(1988년 개정판). 책 서문에서 작가는 1985년 초고를 썼다고 말함
『인간인 ②—강강술래』, 우석, 1991		장편 소설
이청준 외, 『날이 갈수록 그리운 것들』, 문이당, 1992	「사랑의 막패」 / 「여인의 청순미」 / 「세상에서 제일 비싼 소철분 이야기」 / 「우정의 문」	참여 작가: 이해인, 박재삼, 박완서, 문정희, 이문열, 신경림, 이경자, 이청준, 김원일, 엄인희
『누군들 초장부터 꾼으로 태어나랴』, 성훈출판사, 1992	「假睡」 / 「소문의 壁」 / 「豫言者」 / 「빈 방」 / 「시간의 門」 / 「누군들 초장부터 꾼으로 태어나랴」	
『가해자의 얼굴』, 중원사, 1992	「心池硯」 / 「선생님의 밥그릇」 / 「도시에서 온 新婦」 / 「作號記」 / 「종이새의 비행」 / 「집터」 / 「소주 체질」 / 「기억 여행」 / 「세월의 덫」 / 「흙터」 / 「필수과외」 / 「수상한 해협」 / 「가해자의 얼굴」 / 「龍沼考」 / 책을 꾸미고 나서(「아픔 함께 나누기」)	

작품집 제목	수록작	비고
『광대의 가출―이청준 산문제』, 청맥, 1993	제1부 : 「물 속의 꽃마을」 / 「흰철쭉」, 「행운의 주인(主人)」 / 「마음 비우기」 / 「이민 수속」 / 「지문 없는 사람들」 / 「세상에서 제일 비싼 소철분 이야기」 / 「익초(益草)의 이름」 / 「어린 날의 추억 독법(讀法)」 제2부 : 「강나루 전설」 / 「천재의 고민」 / 「사랑의 목걸이」 / 「명수(名手)」 / 「세상에서 단 혼자 팬츠를 입은 남자」 / 「복요리사」 / 「발아(發芽)」 / 「복사와 똥개」 / 「치질과 자존심」 / 「돌담 이야기」 / 「웃음선생」 제3부 : 「나들이 하는 그림」 / 「남의 몫의 곡식」 / 「별을 기르는 아이」 / 「뻐꾸기와 오리나무」 / 「사랑의 손가락」 / 「설마 나 하나쯤」 / 「바보 신랑 똑똑한 신랑」 / 「대사(大師)와 어린이」 / 「노래는 죽이지 말아라」 / 「사심(私心)이 배어든 글씨」 / 「대원군을 야단친 사람」 / 「덕진 다리」 / 「아기 장수의 꿈」	편집자는 이 책이 "에세이와 우와, 동화 3부로 구성되어" 있다고 설명함.
『그 노래 다시 부르지 못하네』, 동화출판사, 1993	작가 후기(「아픔의 얼굴, 기원의 불꽃」)	장편 소설 『제3의 현장』(1984), 『이교도의 성가』(1988)와 같은 소설
『흰옷』, 열림원, 1994	작가의 말(「아픔 속에 숙성된 우리 정서의 미덕」)	장편 소설
『사라진 밀실을 찾아서』, 월간에세이, 1994		산문집
『조율사』, 장락, 1994	작가의 말(「다시 태어남에의 꿈」)	작가 후기에는 이 작품이 20대 후반 사상계에 다니면서 쓴 것이라는 사실이 밝혀져 있다. 연재는 71년 '문학과지성'에 봄, 여름, 가을 세 번. 상세한 작가 연보 수록.
『춤추는 사제』, 장락, 1994	작가의 말(「음양(陰陽)의 역사」)	장편 소설 상세한 작가 연보 수록.
『씌어지지 않은 자서전』, 장락, 1994	작가의 말(「아픔을 전해주는 상처자국」)	책 뒷면에 김인환, 오생근의 발문
『섬』, 열림원, 1996	「섬」 / 「노송」 / 「이어도」	
『석화촌』, 솔, 1996	「병신과 머저리」 / 「침몰선(沈沒船)」 / 「석화촌(石花村)」 / 「매잡이」 / 「이어도」 / 「눈길」	
『축제』, 열림원, 1996		장편 소설
『눈길』, 문학과지성사, 1997	「선생님의 밥그릇」 / 「키 작은 自由人」 / 「치질과 자존심」 / 「눈길」 / 「치자꽃 향기」 / 「꽃동네의 합창」 / 「그 가을의 내력」 / 「줄광대」 // 작가 후기(「비권력적 소설로 읽히기를 바라며」)	작가 연보
이청준 편, 『한국 전래 동화』 2, 파랑새, 1997	「나들이 하는 그림」 / 「송아지가 한 마리뿐」 / 「혼자 먹을 때는 쉽더니」 / 「욕심이 배어든 글씨」 / 「덕진 다리」 / 「금관을 묻은 명당」 / 「내 몫과 남의 몫」 / 「대사와 어린이」 / 「노래는 죽이지 말아라」 // 작가의 말(「잃어버린 마음을 찾아 드립니다」)	동화 개별 작품마다 '엄마랑 함께 생각하기'라는 난을 미련하여 작품에 대한 정리를 시도하고 있다. 이러한 정리를 출판사에서 한 것인지

작품집 제목	수록작	비고
		이청준이 했는지는 책에 언급되지 않음.
이청준 외, 『21세기 문학상 수상작품집－날개의 집』, 도서출판SU, 1998	「날개의 집」 // 수상소감(「배 위에서 배를 미는 어리석음 안 되게」)	수록 작가: 김형경, 전경린, 조경란, 방현석, 공지영, 강규, 성석제, 최윤
이청준 외, 『잊혀진 자의 고백』, 오늘의선택, 1998	「얼굴 없는 방문객」	짧은 작가 메모 포함 참여 작가: 이인화, 마광수, 하창수, 공선옥, 김승희, 배수아, 윤영수, 하성란
『소문의 벽－중단편 소설 7』, 열림원, 1998	「퇴원」; 작가노트(「황폐한 젊음의 회복을 꿈꾼 '퇴원'」) / 「소문의 벽」; 작가노트(「보이지 않는 독자」) / 「황홀한 실종」; 작가노트(「밀실을 찾아서」) / 「잔인한 도시」; 이상문학상 수상식 답사(「집단의 꿈과 개인의 진실」), 이상문학상 수상식 소감(「문학의 신발가게」) / 「겨울광장」 / 「조만득 씨」; 작가노트(「극단 아리랑의 '조만득 씨' 각색 연극 '배꼽춤을 추는 허수아비'에 부쳐」)	이청준 문학전집
『이어도－중단편 소설 8』, 열림원, 1998	「바닷가 사람들」 / 「석화촌」 / 「이어도」; 작가노트(「'이어도'의 실재와 허구」) / 「노송」; 작가노트(「큰 나무들은 변하지 않는다」) / 「섬」 / 「흐르지 않는 강」; 작가노트(「여름 강의 꿈」)	이청준 문학전집
『조율사－장편 소설 3』, 열림원, 1998		이청준 문학전집 장편 소설
『낮은 데로 임하소서－장편 소설 6』, 열림원, 1998	작가노트(「세 가지 차원의 눈」)	이청준 문학전집 장편 소설
『자유의 문－장편 소설 8』, 열림원, 1998	작가노트(「자유인을 위한 메모」) / 작가후기(「죽음 앞에 부르는 만세소리」)	이청준 문학전집 장편 소설
『서편제－연작소설 2』, 열림원, 1998	「서편제」 / 「소리의 빛」; 작가노트(「'서편제'의 희원」) / 「선학동 나그네」; 작가노트(「우리의 영혼 위에 날아오르는 학」) / 「새와 나무」; 작가노트(「나무와 새에 관한 꿈」) / 「다시 태어나는 말」; 작가노트(「아픔 속에 숙성된 우리 정서의 미덕」)	이청준 문학전집
『제3의 현장－장편 소설 7』, 열림원, 1999	작가노트(「공리적 설명어와 심정적 고백어」)	이청준 문학전집 장편 소설
『이청준 문학상 수상 작품집』, 청어, 1999	「병신과 머저리」 / 「매잡이」 / 「이어도」 / 「잔인한 도시」 / 「살아 있는 늪」 / 「날개의 집」	
이청준 외, 『나무 밑에 서면 비로소 그대를 사랑할 수 있다』, 나무생각, 1999	「한해 살이 나무」	참여 작가: 서영은, 최인호, 안도현, 이제하, 오정희, 장석남, 김채원, 이문재, 김용택, 김지원, 장원, 함민복, 성석제, 송영, 정호승
이청준 외, 『먼 그대의 손』, 문이당, 1999	「내가 네 사촌이냐」	참여 작가: 김준성, 김주영, 한승원, 김원일, 이문열
『선생님의 밥그릇』, 다림, 2000	「나들이하는 그림」 / 「별을 기르는 아이」 / 「선생님의 밥그릇」 / 「그 가을의 내력」 / 「어머니를 위한 노래」	표지에 "이청준 단편집"이란 제명

작품집 제목	수록작	비고
『눈길―중단편 소설 5』, 열림원, 2000	「눈길」; 작가노트(「나는 '눈길'을 이렇게 썼다」) / 「살아 있는 늪」/「해변 아리랑」; 작가노트(「원죄 의식과 부끄러움」) /「새가 운들」/「귀향 연습」/「여름의 추상」/「연」/「빗새 이야기」	이청준 문학전집
『시간의 문―중단편 소설 6』, 열림원, 2000	「줄광대」(원제 : 줄) /「과녁」/「매잡이」/「불 머금은 항아리」; 작가노트(「깨어진 상처로 완형을 이룬 그릇」) /「시간의 문」; 작가노트(「죽음의 미학과 사회학」) /「노거목과의 대화」/「지관의 소」	이청준 문학전집
『자서전들 쓰십시다―연작소설 1』, 열림원, 2000	「떠도는 말들」/「자서전들 쓰십시다」; 작가노트(「자서전에 대하여」) /「지배와 해방」; 작가노트(「왜 쓰는가」) /「가위잠꼬대」/「빈방」/「건방진 신문팔이」/「미친 사과나무」	이청준 문학전집
『별을 보여드립니다―중단편 소설 1』, 열림원, 2001	「별을 보여드립니다」/「행복원의 예수」/「마스코트」/「그 가을의 내력」/「구두 뒷굽」/「꽃동네의 합창」/「얼굴 없는 방문객」/「현장 사정」/「대흥부동산공사」/「별을 기르는 아이」	이청준 문학전집
『병신과 머저리―중단편 소설 2』, 열림원, 2001	「아이 밴 남자(원제 : 임부(姙夫)」/「무서운 토요일」/「병신과 머저리」/「등산기」; 작가노트(「나이의 빛」) /「나무 위에서 잠자기」/「변사와 연극」; 작가노트(「궁꿉스런 시대의 동화」) /「낮은 목소리로」/「치자꽃 향기」; 작가노트(「고향의 자정력」) /「이상한 나팔수」/「안질주의보」; 작가노트(「해변의 육자배기」)	이청준 문학전집
『예언자―중단편 소설 4』, 열림원, 2001	「전근 발령」/「공범」/「마기의 죽음」/「가수(假睡)」/「전쟁과 악기」; 작가노트(「폭력 욕망의 유형화」) /「뺑소니 사고」/「따뜻한 강」/「예언자」; 작가노트(「나그네」) /「거룩한 밤」(원제 : 불알 깐 마을의 밤)	이청준 문학전집
『씌어지지 않은 자서전―장편 소설 1』, 열림원, 2001	작가노트(「아픔을 전해 주는 상처 자국」) /「전집판 발행에 즈음한 작품 교열의 변―남겨진 부끄러움」	이청준 문학전집 장편 소설
『인간인 1 : 아리아리랑―장편 소설 9』, 열림원, 2001		이청준 문학전집 장편 소설
『인간인 2 : 강강술래―장편 소설 10』, 열림원, 2001	작가노트(「역사를 사는 쓰는 사람의 자리」)	이청준 문학전집 장편 소설
『가면의 꿈―중단편 소설 3』, 열림원, 2002	「굴레」/「보너스」/「가학성 훈련」/「소매치기올시다―소매치기, 글쟁이, 다시 소매치기1」/「목포행―소매치기, 글쟁이, 다시 소매치기2」/「문단속 좀 해주세요―소매치기, 글쟁이, 다시 소매치기3」/「가면의 꿈」/「들어보면 아시겠지만」/「엑스트라」/「해공(蟹公)의 질주」/「문패 도둑」/「배꼽을 수제로 한 변주곡」/「새를 위한 악보」	이청준 문학전집
『벌레 이야기―중단편 소설 10』, 열림원, 2002	「기로수 씨의 마지막 심술」/「젖은 속옷」; 작가노트(「자기 부끄러움과 소설질에 대하여」) /「나들이 하는 그림」/「비화밀교(秘火密教)」; 작가노트(「깨어진 영혼들의 대화」) /「벌레 이야기」/「흐르는 산」/	이청준 문학전집

작품집 제목	수록작	비고
	「이 여자를 찾습니다」/「용소고(龍沼考)」/「세월의 덫」; 작가노트(「함께 아파하기」)/「누군들 초장부터 꾼으로 태어나랴」	
『이제, 우리들의 잔을─장편 소설 2』, 열림원, 2002	작가노트(「사랑의 통로」)	이청준 문학전집 장편 소설
『춤추는 사제─장편 소설 5』, 열림원, 2002	작가노트(「음양의 역사」)	이청준 문학전집 장편 소설
『흰옷─장편 소설 11』, 열림원, 2003	작가노트(「함께 아파하기」)	이청준 문학전집 장편 소설
『신화를 삼킨 섬』 1, 열림원, 2003		장편 소설
『신화를 삼킨 섬』 2, 열림원, 2003		장편 소설
『새소리 흉내쟁이 요산 아저씨』, 두산동아, 2003		동화
『꽃 지고 강물 흘러』, 문이당, 2004	「꽃 지고 강물 흘러」/「오마니!」/「들꽃 씨앗 하나」/「문턱」/「심부름꾼은 즐겁다」/「무상하여라?」	
『옥색 바다 이불 삼아 진달래꽃 베고 누워』, 학고재, 2004	「고향 속살 함께 읽기」/「시인, 화가와 고향 봄길을 가다」/「영혼의 소리를 듣는 화가」/「천관산 문학공원」/「삶의 향기, 말씀의 향기」/「섭섭 할머니의 야윈 젖가슴」/「철부지 출향과 게자루」/「해변의 육자배기」/「나는 〈눈길〉을 이렇게 썼다」/「바닷가 성묘길」/「가을 추억 두 가지」/「밤나무 동산으로 추석을 가꾼 어른들」/「팽나무와 매미 울음소리의 추억」/「큰산 너머 넓은 세상」/「공포감의 뿌리─고향의 순수」/「허기진 연」/「학으로 날아오르는 산」/「삶으로 맺고 소리로 풀고」/「소매치기와 장흥장 풍경」/「이 나이의 빚꾸러미─꽃이 핀들 아는가 새가 운들 아는가」	이청준, 김영남, 김선두 공동 산문집
『동백꽃 누님』, 다림, 2004		동화
『꽃 지고 강물 흘러』, 문이당, 2007	「꽃 지고 강물 흘러」/「들꽃 씨앗 하나」/「살아 있는 늪」/「잔인한 도시」	이 책의 표제는 '청소년 현대문학선'. 자세한 연보 수록.
『천년학』, 열림원, 2007	「서편제─남도 사람 1」/「소리의 빛─남도 사람 2」/「선학동 나그네─남도 사람 3」// 작가서문(「눈먼 소리꾼 누이와 떠돌이 오라비의 마지막 여정(旅程)을 위하여」)	
『그곳을 다시 잊어야 했다』, 열림원, 2007	「천년의 돛배」/「그곳을 다시 잊어야 했다」/「지하실」/「이상한 선물」/「태평양 항로의 문주란 설화」/「부처님은 어찌하시렵니까?」/「조물주의 그림」// 에세이 소설「귀향지 없는 항로」/「부끄러움, 혹은 사랑의 이름으로」/「소설의 점괘(占卦)?」/「씌어지지 않은 인물들의 종주먹질」	
『신화의 시대』, 물레, 2008	작가의 말(「나는 왜, 어떻게 소설을 써 왔나」)	장편 소설

■ 개별 작품 서지사항

(1) 1960년대

작품 또는 작품집	발표지 또는 출판사	연도	비고
「닭쌈」	『학원』	1958.5	수필
「바다, 오늘」	『대학신문(고교판)』 246호	1959.2.9	수필
「오늘」	『대학신문(고교판)』 249호	1959.3.28	수필
「나무로 천년을 살다」	『대학신문』 303호	1960.9.26	시
「승자상(勝者像)」	『대학신문』 310호	1960.11.14	콩트
「零點을 그리는 사람1~7」	『대학신문』 370, 372, 374, 376, 378, 380, 382호	1961.11.6~12.21	연재소설
「퇴원」	『사상계』 154호	1965.12	등단작
「임부(姙夫)」	『사상계』 157호	1966.3	이후 「아이 밴 남자」로 개제
「줄」	『사상계』 160호	1966.8	이후 「줄광대」로 개제
「무서운 土曜日」	『월간문학』	1966.8	
「바닷가 사람들」	『청맥』	1966.9	
「병신과 머저리」	『창작과비평』 4호	1966 가을	
「굴레」	『현대문학』	1966 10	
「전근 발령」		1966 겨울	미확인
「별을 보여 드립니다」	『문학』	1967.1	
「共犯」	『세대』	1967.1	
「登山記」	『자유공론』	1967.2	
「幸福園의 예수」	『신동아』	1967.4	
「과녁」	『창작과비평』	1967 가을	
「마기의 죽음」	『현대문학』	1967.9	
「더러운 강」	『대한일보』	1967	미확인
「나무 위에서 잠자기」	『주간한국』 172호	1968.1.7	
「沈沒船」	『세대』	1968.1	
「좌담회 : 현대문학 방담」	『형성』	1968 봄	좌담(이청준, 김승옥, 김현, 박태순)
「병신과 머저리」	『사상계』 180호	1968.4	재수록
「빨간 카네이션」	『새가정』 160호	1968.5	단편 소설, 전집 미수록
「曲馬團」	『세대』	1968.5	르포(지금까지 발표된 모든 단행본에 미수록됨)
「石花村」	『월간중앙』	1968.6	
「매잡이」	『신동아』	1968.7	

작품 또는 작품집	발표지 또는 출판사	연도	비고
「마스코트」	『한국전쟁문학전집』 제3권	1969	
「이상한 나팔수」	『여성동아』	1969.4	
「개백정」	『68문학』	1969.1	
「보우너스」	『현대문학』 170호	1969.2	
「변사와 연극」	『여원』	1969.3	
「선고유예」	『문화비평』 1호, 5호	1969.3, 1970.3	두 번 분재 도중 중단
「소매치기올시다」	『사상계』 193~194	1969.5~6	
「6月의 神話」	『아세아』	1969.6~7·8	두 번 연재 도중 잡지 폐간
「꽃과 뱀」	『월간중앙』	1969.6	
「꽃과 소리」	『세대』	1969.7	"전작중편450장 전재"
「假睡」	『월간문학』	1969.8	
「바람의 잠자리」	『여원』	1969.10	전집 미수록
「원무」	『조선일보』	1969.11.15~1970.8.14	230회 연재 이후 「이제, 우리들의 盞을」로 개제

(2) 1970년대

작품 또는 작품집	발표지 또는 출판사	연도	비고
「이제 우리들의 盞을」	『여성동아』	1970.1~1971.2	연재 14회 완료
「加虐性 訓練」	『신동아』	1970.4	
「戰爭과 樂器」	『월간중앙』	1970.5	
「11시 반 밤 택시」	『대학신문』	1970.5.4	
「천리를 가뿐하게—(1)뜻을 세워 얻은 길」	『경향신문』	1970.7.13	산문
「천리를 가뿐하게—(2)실감 안 나는 속도」	『경향신문』	1970.7.14	산문
「천리를 가뿐하게—(3)관광붐에의 저항」	『경향신문』	1970.7.15	산문
「천리를 가뿐하게—(4)움트는 변화」	『경향신문』	1970.7.17	산문
「카메라콩트, 가을의 주변을 찾아서, (끝)바캉스」	『경향신문』	1970.9.19	산문
「그림자」	『월간문학』	1970.11	
『별을 보여드립니다』	일지사	1971	소설집
「따뜻한 강」	『한국일보』	1971	미확인
「습관성 골절상」	『샘터』	1971.1	꽁트
「發芽」	『월간문학』	1971.4	이후 「소문과 두려움」으로 개제

작품 또는 작품집	발표지 또는 출판사	연도	비고
「괴상한 버릇」	『여성동아』	1971.6	
「소문의 壁」	『문학과지성』	1971 여름	
「木浦行」	『월간중앙』	1971.8	
「문단속 좀 해주세요」	『현대문학』	1971.8	
「들어보면 아시겠지만」	『월간중앙』	1972.3	
「미친 사과나무」	『한국일보』	1972.3.12	
「調律師」	『문학과지성』 7~9	1972 봄~가을	• 김현 회고(전집2권 418쪽) : 1967년에 쓰인 후 모잡지사에 4년간 유보된 작품 • 3회 연재 완료
「友情」	『여성동아』	1972.7	단편
「어떤 歸鄕」	『세대』	1972.8	전작 중편 이후 「귀향연습」으로 개제
「배꼽을 주제로 한 變奏曲」	『신동아』	1972.9	
「가면의 꿈」	『독서신문』	1972.10.8 · 15	"(상)""(하)"로 두 번 분재
「현장사정」	『문학사상』	1972.11	
「일반적인 약점들」	『여성동아』	1972.11	문학상 심사문
「그 가을의 내력」	『새농민』	1973.2	
「大興不動産公司」	『자유공론』	1973.1	
「엑스트러」	『여성동아』	1973.1	
「떠도는 말들—言語社會學序說 ①」	『세대』	1973.2	단편
「分校로만 다닌 六년」	『여성동아』	1973.4	산문
「떠도는 말들—言語社會學序說 ①」	『문학과지성』	1973 여름	재수록
「사랑을 잃은 철새들」	『서울신문』	1973.4.2~12.1	209회 연재
「건방진 신문팔이」	『한국문학』	1974.2	
「당신들의 천국」	『신동아』 116~136	1974.4~1975.12	21회 연재(75년12월호에는 "連載20回完"이라고 오기되어 있다)
「眼疾注意報」	『문학사상』	1974.6	
「줄빰」	『세대』	1974.7	
「이어도」	『문학과지성』	1974 가을	
「뺑소니 사고」	『한국문학』	1974.9	
「낮은 목소리로」	『현대문학』	1974.10	
「움직이는 지렛대」	『샘터』	1974.11	『작가의 작은속』(열화당, 1978)에 재수록
「흐르지 않는 江」	『대구 매일신문』	1975.5.1~8.31	총104회 연재 완료

작품 또는 작품집	발표지 또는 출판사	연도	비고
「헛된 名分을 버려라」	『샘터』	1975.3	『작가의 작은속』(열화당, 1978)에 「名分에 대하여」로 개제하여 재수록
「미완의 규격품으로」	『대학신문』 934호	1975.6.30	산문
「라일락 그늘」	『여성중앙』	1975.7	이후 「필수과외」로 개제
「張畵伯의 새」	『샘터』	1975.9	
「구두 뒷굽」	『문학사상』	1975.12	
「창조적인 언어생활」	『학생중앙』	1975.12	산문
「사랑의 목걸이」	『한국문학』	1976.1	
「'이어도'의 前後」	『한국문학』	1976.2	산문
「蟹公의 疾走」	『월간중앙』	1976.4	
「서편제」	『뿌리깊은나무』	1976.4	
「황홀한 失踪」	『한국문학』	1976.6	중편
「自敍傳들 쓰십시다—言語社會學序說 ②」	『문학과지성』	1976 여름	
「꽃동네의 合唱」	『한국문학』	1976.8	
「꽃이 핀들」	『독서생활』	1976.9	
「수상한 海峽」	『신동아』	1976.9	
「하알 수 있나아」	『샘터』	1976.9	『작가의 작은속』(열화당, 1978)에 「畢生의 스승」으로 개제하여 재수록
「집단인격시대」	『대학신문』 973호	1976.9.13	산문
「별을 기르는 아이」	『부산일보』	1976.11	미확인
「육자배기처럼 살더니」	『새농민』	1976.11	산문
「치자꽃 향기」	『한국문학』	1976.12	
「문패 도둑」		1976 겨울	미확인
「天冠山」	『새농민』	1976.1~12	연재소설 : 12회 연재
「별을 기르는 아이」	『새싹문학』	1977 봄	동화 단편 「별을 기르는 아이」와 제목은 같으나 다른 서사
「支配와 解放 : 言語社會學序說」	『세계의문학』	1977 봄	
「나는 왜 文學家가 되었는가」	『학생중앙』	1977.3	『작가의 작은 손』에 「다시 돌아보는 헤매임의 내력」으로 개제되어 재수록된 산문
「주말 콩트, 연(鳶)」	『동아일보』	1977.2.5	
「춤추는 司祭」	『한국문학』	1977.1~1978.2	연재소설
「빗새 이야기」	『샘터』	1977.4	꽁트
「豫言者」	『문학사상』 60~61	1977.9~10	

작품 또는 작품집	발표지 또는 출판사	연도	비고
「불알 깐 마을의 밤」	『뿌리깊은나무』	1977.11	이후에 「거룩한 밤」으로 개제
「눈길」	『문예중앙』	1977 겨울	
「불을 머금은 항아리」	『문학과지성』	1977 겨울	
「나는 필요한 존재인가」	『샘터』	1978.1	『작가의 작은속』(열화당, 1978)에 「作家의 작은 손」으로 개제하여 재수록
「소리의 빛」	『전남일보』	1978	미확인
「얼굴 없는 방문객」		1978	미확인
「잔인한 도시」	『한국문학』	1978.7	
「겨울광장」	『문학사상』	1979.2	
「빈 방」	『문예중앙』	1979 여름	중편
「仙鶴洞 나그네」	『문학과지성』	1979 여름	
「두 작품에 대하여」	『한국문학』	1979.7	문학상 심사문
「살아 있는 늪」	『한국문학』	1979.8	중편

(3) 1980년대

작품 또는 작품집	발표지 또는 출판사	연도	비고
「새와 나무」	『문예중앙』	1980 봄	중편
「새를 위한 樂譜」	『한국문학』	1980.8	이근배 회고(월간조선, 2008. 8.18) : 원제는 「우화3제」
「화제의 작품 : 흐르지 않는 江」	『샘터』	1980.2	'작가의 말'과 줄거리가 소개된 글
「복 요리사」	『샘터』	1980.6	꽁트
「조만득씨」	『세계의 문학』	1980 겨울	
『낮은 데로 임하소서』	홍성사	1981	전작 장편 소설
「가위잠꼬대」		1981.1	미확인
「돌아오지 않는 蕩子」	『문학사상』	1981.2	
「기로수 씨의 마지막 심술」	『소설문학』	1981.2	오규원의 "實名小說·李淸俊" 「손해보는 원고」가 표제 아래 함께 실려 있다.
「다시 태어나는 말들」	『한국문학』	1981.5	
「老松」	『소설문학』	1981.9	
「復讐와 容恕의 辨證法」	『신동아』	1981.10	좌담(이청준, 김치수)
「개선의지의 믿음」	『한국문학』	1981.12	문학상 심사문
「시간의 門」	『문학사상』	1982.1	중편
「여름의 抽象」	『한국문학』	1982.4~5	중편, 2번에 걸쳐 분재됨
「젖은 속옷」		1982	미확인
「第三의 神」	『현대문학』	1982.8	희곡
『백조의 춤』	여학생사	1983	전작 장편
『제3의 현장』	동화출판공사	1984	전작 장편
「나의 文學, 나의 小說作法」	『현대문학』	1984.1	좌담(이청준, 전영태)
「가위 밑 그림의 음화와 양화」	『세계의문학』	1984 봄	
「老巨木과의 對話」	『현대문학』	1984.4	
「老巨木과의 對話」	『소설문학』	1984.8	재수록
「인간실습장」	『꿈과 일터』	1984.11~1985.5	연재 7회에서 중단
「비화밀교」	『문학사상』	1985.2	
「해변아리랑」	『문예중앙』	1985 봄	
「벌레이야기」	『외국문학』 5호	1985 여름	
「백정시대」	『문학사상』	1985.6	단편「개백정」에 대한 산문
「밤에 읽는 童話風」	『현대문학』	1985.7	「나들이하는 그림」, 「대사와 어린이」, 「딴 생각이 배어든 글씨」 세 편의 텍스트가 엮인 것
「흰 철쭉」	『현대문학』	1985.10	

작품 또는 작품집	발표지 또는 출판사	연도	비고
「누군들 초장부터 꾼으로 태어나랴」	『문학사상』	1985.10	
「숨은 손가락」	『문학과지성』	1985 겨울	
「두 가지 행사」	『광주고보·서중·일고』	1986	산문
「흔치 않은 시각」	『현대문학』	1986.2	문학상 심사문
「섬」	『현대문학』	1986.5	
「韓國小說의 종합診斷」	『문학사상』	1986.5	좌담(이청준, 김치수)
「즐겁게 읽히는 괴로운 이야기」	『샘이깊은물』	1986.6	• 기존 산문집들에서 누락된 글 • 김현의 『두꺼운 삶과 얇은 삶』에 대한 서평
「흐르는 山」	『문학과비평』	1987 봄(창간호)	
「개성적이고 값진 눈길과 목소리」	『문학사상』	1987.9	문학상 심사문
「선자를 굴복시켜야 하는 싸움」	『문학사상』	1987.11	신춘문예에 대한 산문
「미더운 힘이 나올 때」	『샘터』	1987.11	소설집 『가해자의 얼굴』(중원사, 1992)의 '작가의 말'에 「아픔 함께 나누기」로 개제되어 수록
「치열한 서사정신, 사변적 표현의 탈피를 기대」	『문학과비평』	1987 겨울	문학상 심사문
「아리아리강강」	『현대문학』	1988.5~9	5회 연재
「진실된 말의 실천을 위해」	『문학사상』	1988.6	좌담(이청준, 구효서)
「남도 사람」	『문학과비평』	1988 가을	
「찌르는 빛과 울림의 소설」	『문학사상』	1988.10	문학상 심사문
「전짓불 앞의 傍白 : 가위 밑 그림의 음화와 양화·2」	『문학과사회』 1호	1988 봄	
「1989년 200자 나의 새해설계」	『현대문학』	1989.1	산문, 이청준 외 99인
「금지곡 시대」	『문예중앙』	1989 봄	
「금지곡 시대」	『오늘의소설』 3호	1989 상반기	재수록
「1989년 200자 나의 새해설계」	『현대문학』	1989.1	산문
「잃어버린 절」	『현대문학』	1989.7	
「자유의 문」	『신동아』	1989.7~11	5회 연재
「키 작은 자유인」	『문학사상』	1989.8	
「이 여자를 찾습니다」	『현대소설』	1989 겨울	
「키 작은 자유인들」	『오늘의소설』 4호	1989 하반기	

(4) 1990~2000년대

작품 또는 작품집	발표지 또는 출판사	연도	비고
「자유인의 정신과 어른의 풍모」	『역사의 신』	1990	김준엽의 책에 수록된 산문
「止觀의 소」	『문학정신』	1990.3	
「한 치의 아쉬움」	『현대소설』	1990 여름	문학상 심사문
「龍沼考」	『현대소설』	1990 가을	
「소설 부문 수상 소감」	『문학과사회』	1990 가을	문학상 수상 소감문
「문학인 35인 나의 새해설계」	『현대문학』	1991.1	산문, 이청준 외 34인
「거절을 용납하는 度量」	『샘터』	1991.6	산문
「세월의 덫」	『계간문예』	1991.12	
「인간인」 1, 2	우석	1991	장편 소설
「거절을 용납하는 度量」	『샘터』	1991.6	
「이청준―영혼의 비상학을 위한 자유주의자의 소설탐색」	『말·삶·글』, 열음사	1992	좌담(이청준, 권성우, 우찬제)
『가해자의 얼굴』	중원사	1992	소설집, 미발표 단편들 수록
「선생님의 밥 그릇」	『여의주』	1992.1	쌍용사외보
「흉터」	『현대문학』	1992.2	
『가해자의 얼굴』	『월간중앙』	1992.5	
「개성적인 시선과 이해」	『현대소설』	1992 여름	문학상 심사문
「통일문학, 어디로 갈 것인가」	『문예중앙』	1992 가을	좌담(이청준, 김윤식, 최하림)
「내 고향 명소: 장흥의 회진포와 보림사 : 歷史의 굽이마다 떨쳐 일어난 義鄕」	『월간중앙』	1992.11	산문
「새로움을 위한 모험」	『문예중앙』	1992 겨울	문학상 심사문
「뚫어」		1993	미확인
『가해자의 얼굴』	『오늘의소설』	1992 상반기	재수록
「서편제의 고향 남도 해변의 육자배기」	『학원』	1993.6	산문
「흰 옷」	『문예중앙』	1993 겨울	장편 전재
「아우 쌍둥이 철만 씨」	『문학동네』	1994 겨울(창간호)	
「문학의 토양을 위한 반성의 정신」	『사라진 밀실을 찾아서』, 월간에세이	1994	좌담(이청준, 이위발)
「심사평」	『동서문학』	1996 가을	문학상 심사문
「삶의 새로운 정보를 생산하는 소설을 기대하며」	『문학사상』	1997.1	문인 18인의 신년메시지
「날개의 집」	『21세기문학』	1997 가을	중편
「木手의 집: 혹은 수공업 시대의 추억」	『문학과사회』 40호	1997 겨울	

작품 또는 작품집	발표지 또는 출판사	연도	비고
「뻐꾸기와 오리나무」	『국립공원문화』 71호	1998	재수록
「강나루 전설」	『국립공원문화』 72호	1998	재수록
「익초의 이름」	『국립공원문화』 73호	1998	재수록
「배 위에서 배를 미는 어리석음 안 되게」	『21세기문학』	1998 봄·여름	산문(21세기 문학상 수상소감)
「내가 네 사촌이냐?」	『창작과비평』 100호	1998 여름	
「우리 삶과 시대의 거품현상을 꿰 뚫는 고품격의 소설」	『21세기문학』	1998 가을·겨울	문학상 심사문
「우리 소설의 성취도를 높여준 작품」	『21세기문학』	1999 봄	문학상 심사문
「시인의 시간」	『21세기문학』	1999 가을	중편
「우리 삶의 아픔을 일깨워준 작품」	『21세기문학』	1999 가을	문학상 심사문
「위대한 개인언어의 대두, 문학의 희망」	『문학동네』	1999 가을	좌담(이청준, 이스마일 카다 레 : 곽효환 정리)
『목수의 집』	열림원	2000	소설집
「작가에 대한 신뢰감을 재확인 시 켜준 아름답고 힘있는 작품」	『21세기문학』	2000 봄	문학상 심사문
「윤흥길 문학의 또다른 성과를 보 여준 작품」	『21세기문학』	2000 가을	문학상 심사문
「소설가의 자기 해부」	『21세기문학』	2001 봄	문학상 심사문
「문학의 숲 고전의 바다—성자의 눈물과 웃음」	『조선일보』	2001.2.24	칼럼
「문학의 숲 고전의 바다—쉽고 아 름다운 우리말 사전들」	『조선일보』	2001.3.10	칼럼
「문학의 숲 고전의 바다—역사소 설의 새 서사 전개」	『조선일보』	2001.3.24	칼럼
「문학의 숲 고전의 바다—권력의 무서운 덫」	『조선일보』	2001.4.7	칼럼
「문학의 숲 고전의 바다—'한국 회 화론'과 '한문학'의 가르침」	『조선일보』	2001.5.5	칼럼
「문학의 숲 고전의 바다」	『조선일보』	2001.5.19	칼럼
「문학의 숲 고전의 바다」	『조선일보』	2001.6.2	칼럼
「문학의 숲 고전의 바다—나이를 넘어선 평생 독서의 모습」	『조선일보』	2001.6.16	칼럼
「문학의 숲 고전의 바다—우리 굿 문화」	『조선일보』	2001.6.30	칼럼
「문학의 숲 고전의 바다—보이지 않는 세계의 힘」	『조선일보』	2001.7.14	칼럼
「문학의 숲 고전의 바다— 다시 읽 는 '광장'의 망명」	『조선일보』	2001.7.28	칼럼

작품 또는 작품집	발표지 또는 출판사	연도	비고
「문학의 숲 고전의 바다―추사와 초의 스님의 교유」	『조선일보』	2001.8.11	칼럼
「문학의 숲 고전의 바다―국가 권력과 역사의 폭력」	『조선일보』	2001.8.25	칼럼
「2001년 우리의 뒷모습」	『조선일보』	2001.12.31	칼럼
「상복 입은 일곱 명의 여성」	『문학동네』	2001 여름	대담(이청준, 르 클레지오)
「들꽃 씨앗 하나」	『21세기문학』	2002 여름	
「영혼의 깊은 울림」	『21세기문학』	2002 여름	문학상 심사문
「이청준 에세이―돌, 나무, 강물의 시간」	『현대문학』	2002.6~2003.9	산문 연재 15회(2003년 6월 호에는 산문 연재되지 않음)
「신화를 잃어버린 시대」	『샘터』	2002.7	산문
「뱀헤엄과 내 소설의 몫」	『문학과사회』 61호	2003 봄	산문
「꽃 지고 강물 흘러」	『문학과사회』 61호	2003 봄	
「'우리들의 천국'을 향한 '당신들의 천국'의 대화」	『문학과사회』	2003 봄	좌담(이청준, 우찬제)
「詩장이 소설장이 그림장이의 고향 '장흥' 젖가슴 더듬기」	『출판저널』 347호	2004	좌담(이청준, 김영남, 김선두)
「무상하여라?」	『현대문학』	2004.6	
「한국문학의 사생활」	『한국문학의 사생활』, 문학동네	2005	좌담(이청준, 김화영, 이승우)
「절정의 기억 형식」	『21세기문학』	2005 여름	문학상 심사문
「사랑과 화해의 예술―새와 나무의 합창」	『본질과현상』	2005 가을	산문
「지하실」	『문학과사회』 72호	2005 겨울	
「태평양 항로의 문주란 설화」	『현대문학』	2005.8	
「어떤 나라를 물려줄 것인가」	『조선일보』	2005.11.3	칼럼
「말(言語)이 병들면 세상이 무너진다」	『조선일보』	2005.11.30	칼럼
「소설은 '희망'을 쓴다」	『조선일보』	2005.12.29	칼럼
「사학의 역사와 긍지」	『조선일보』	2006.1.25	칼럼
「다시 읽는 소설 '1984년'」	『조선일보』	2006.2.15	칼럼
「천 년의 돛배」	『현대문학』	2006.3	단편 소설
「賞 못받은 작품에도 갈채를」	『조선일보』	2006.3.19	칼럼
「'틈새'가 있어야 살아있는 세상이다」	『조선일보』	2006.4.19	칼럼
「삶의 전 과정 꿰뚫은 가작」	『21세기문학』	2006 여름	문학상 심사문
「그곳을 다시 잊어야 했다」	『21세기문학』	2007 봄	
「조물주의 그림」	『현대문학』	2007.2	산문
「시간 저쪽에서의 이야기」	『21세기문학』	2007 여름	문학상 심사문
「이상한 선물」	『문학의문학』	2008 가을	2009년 가을 재수록

작품 또는 작품집	발표지 또는 출판사	연도	비고
「신화의 시대」	『본질과현상』	2006 겨울~2007 가을	연재소설(4회 연재)
「나는 왜, 어떻게 소설을 써 왔나」	『본질과현상』	2007 겨울	
「이상한 선물」	『문학의문학』	2007 가을(창간호)	
「이상한 선물」	『문학의문학』	2008 가을	재수록(추모 특집)
「저 숲을 영원히 볼 수는 없다」	『문학과사회』 90호	2010 여름	병상 일기